文春文庫

オールド・テロリスト

村上 龍

文藝春秋

目　次

初出　文藝春秋　２０１１年６月号～２０１４年９月号
単行本　２０１５年６月　文藝春秋
JASRAC 出 1713886-701

オールド・テロリスト

地下鉄代々木公園駅から、NHKに向かって歩く。桜が散りはじめていて、ピンクの花びらが風に舞って飛んでくる。歩きながら、何かいつもと違うと思った。通行人が、ごく普通におれとすれ違うのだ。いつもは、胡散臭そうにじろじろ見るか、視線を合わせないようにして避けるかのどちらかだった。普段のおれの風体はホームレスと変わらない。今日は午後一番で久しぶりに銭湯に行って溜まった垢《あか》を洗い流した。二ヶ月ぶりに床屋にも行って、一着だけ残しておいたスーツを着て、激安店でYシャツを買い、ネクタイも締めた。安アパートの押し入れに仕舞っておいたので、スーツにはカビの匂いが染みついていて、ドライクリーニングに出さなければならなかった。スーツは五十男を風景に溶け込ませる。最新のデザインとはいかないが、いつもの格好に比べると格段の差がある。それにやや履き古してはいるが、ちゃんとした革靴を履いているし、フリーの記者をしていたころの、ブランドもののビジネスバッグを提げている。

「おい、セキグチ、ルポを書いてくれないか」

以前の上司から電話がかかってきたのは三日前だ。おれは、九年前まで、大手出版社発行の週刊誌で働くフリーの記者だった。外資系の証券会社に勤める妻と、保育園に通う娘もいた。集団不登校を起こした中学生の取材で社長賞をもらったこともあった。だが、週刊誌が廃刊となり、状況は一変した。大切なものは失ってみてはじめてわかる。おれはまず仕事を失い、充実感を失い、家族を失って、最後に誇りを失った。実はフリーの記者という仕事を、どこかで軽視していた。本当はこんなことをやっている人間ではない、ノンフィクション作家とか、評論家とか、他にもっと自分に向いた仕事があるはずだとタカをくっていたのだが、見当違いだった。

週刊誌は、まさに日本の象徴のようなメディアだったと思う。高度成長時に誕生し、日本経済の需要の巨大化とともに成長した。政治家のスキャンダルを暴いて時の政権を倒したこともあるし、ヌードグラビアは長い間サラリーマンたちを慰めた。だが、八〇年代あたりで本当は役目を終えていたのだ。普通のサラリーマンという単一の層がなくなり、雑誌のニーズも多様化したが、その変化に適応できなかった。ゆっくりと衰退していき、やがてインターネットなど新興メディアに駆逐され、一誌、また一誌と休刊、廃刊となっていった。出版不況と言われたが、実際には不況ではなかった。淘汰だったのだ。

週刊誌がなくなっても仕事はあるはずだと、廃刊が決まってもおれは安閑としていた。だが、仕事はなかった。軽視していたくせに、実は週刊誌に依存していたと気づいたが、もう遅かった。これといった技術も資格もコネもない四十代後半の男に、再就職口など見つかるわけがなかった。建設現場の後片付けや段ボールの梱包やビルの清掃など、そんな仕事しかなく、しだいに追い詰められ、苛立って、一家の収入を一人で支える妻に皮肉を言ったり、当たり散らすようになり、やがて妻は娘を連れてマンションを出て行った。本国の支社に転勤を申し出て、シアトルに移った。

「そんなあなたは見たくない。娘にも見せたくない」

妻の最後の言葉だった。マンションを追い出され、公園で野宿もした。夏だったので蚊に襲われ、そのときは情けなくて涙が出てきた。どんな仕事でもしようと決めて、昔の知り合いに片端から電話をして、若いアルバイト記者がやるような、大衆食堂や激安居酒屋の食べ歩き、ストリップ小屋や風俗店や風俗嬢の紹介、中小企業のホームページの社史や製品紹介、街の商店街のパンフレットなど、どんな仕事でも引き受けた。しかし月額にして平均十二万から十五万程度で、大久保の木賃宿のような四畳半のアパートに住んでぎりぎりの生活を続けた。

「ルポ？　なんですか、それ」

電話を受けたとき、思わずそう聞いた。こちらからは仕事を回してくれと何度も連絡したが、もちろん何の音沙汰もなく、当の上司は電話に出ようともしなかった。それなのに今さら、何のルポを書けと言うのだろう。もうかなり前のことになるが、集団不登校を起こした中学生たちは、やがていろいろなビジネスをはじめ、為替取引などで巨額の資金を得て、北海道に半ば独立したコミュニティを作って移り住んだ。野幌という土地で、当時は大きな話題になったが、今では独立区として定着している。大不況が続く日本で北海道経済が比較的ましなのは、その独立区のせいだと言われていて、日本だけではなく世界でも有名で、知らない者はいない。元中学生たちの活動はおれの特ダネ源だったが、新しい動きなどないはずだ。彼らの幹部の中に何人か親しい知り合いもいたが、フリーの記者を辞めてからはまったく連絡を取っていない。

「わからん、お前にルポを書いて欲しいと言うんだ。ご指名なんだよ。お前、ヨシザキってじいさんを知ってるか。電話があったのは、そのじいさんなんだよ。大久保の将棋道場の、将棋仲間だって言ってたな。知ってるか」

大久保の将棋道場にはたまに顔を出す。仕事がないとき、七百円で一日過ごせる娯楽施設は貴重だった。汗臭い四畳半の部屋にいると気が滅入ってくるし、幼児連れの母親が集まる公園で本を読んでいるとホームレスと間違われ警察に通報されたりする。何をするにも金がかかるので、おれは中学校のころまで好きだった将棋をいつしか再開したのだった。だが、ヨシザキという名前には覚えがなかった。その将棋道場の常連はみんな年寄りで、五十四歳のおれはほぼ最年少だった。それにしても、いったい何のルポなのか、上司の答を聞いて、おれは絶句した。

「ＮＨＫでテロをやるっていうんだよ。ＮＨＫの西玄関のロビーだ。絶対に許せないやつがいるというから、対人テロだろうな。誰を殺《や》るとは言わなかった」

テロ？　そんなバカな話があるかと思った。世相は、確かに暗い。七年前の大震災後、日本は強烈なスタグフレーションに見舞われ、円は一時期暴落して、その影響はいまだに続いている。金回りはどんどん悪くなっている。財政はほとんど破綻していて、アメリカをはじめ、周辺の各国から無視されていて、再編を繰り返す政党と政治家は無能で、政治への信頼などかけらもなくなり、去年の総選挙の投票率は四十パーセントを切った。だが衰退と没落に気づこうとしないのか、あるいは国民が怒りを忘れたせいか、デモさえ起こらない。もちろんストライキもない。通り魔は頻発しているが、テロは、国内では死語になりかけている。建物全体が傾いている大久保の将棋道場で日がな一日将棋を指しているじいさんと、テロをどうやったら結びつけられると言うのだろうか。

「取材費出すから、やってくれ。五万だ。本当に事件が起こったらギャラは別途払う。うちのウェブマガジンにルポを書いてくれ」

　話が少し見えてきた。他に誰も行く者がいないのだ。将棋ファンのじいさんによるテロの予告、ばかばかしいにもほどがある。将棋仲間である老人からテロの情報をもらったんですが、と警察に通報しても、まともに相手にしてもらえないだろう。突飛すぎる。

漫画のネタにもならない。だが、もし本当にテロが起こったら、世間は驚く。飼い主が犬を嚙み殺したというニュースに驚くのと同じだ。

「カメラマンを出す余裕がないから、セキグチ、お前写真も撮ってきてくれるか。ちょっと会社に寄ってくれ。カメラ貸すから。あと、名刺も渡すよ」

最後に、上司はつぶやくように、妙なことを言った。

「そのヨシザキってじいさんだけどな。何て言うか、江戸弁じゃなくて、山の手の、東京弁っていうのか。妙にていねいでさ。いずれにしましてもテロは危のうございますから、なんて言うわけだよ。小津安二郎の映画みたいな感じなんだ。おたく、根っから江戸っ子なんですねって、ついおれは聞いたんだが、じいさん、何て答えたと思う？　わたしは江戸っ子でも日本人でもありません、今でも満洲国の人間なんです、って、そう答えたんだよ。満洲の人間、じゃなくて、満洲国って言ったんだ。しかも、今でも、ってどういう意味なのかな」


取材費を受け取りに久しぶりに昔勤めていた出版社に行った。社屋が新しくなっていた。出版不況は続いているが、若手の新社長が登用されてから、十誌以上の雑誌が廃刊され、雑誌局や出版局のいくつもの部署が閉鎖統合され、かなりの人員がリストラされて、さらに電子書籍事業が成功して、業績は上向きなのだそうだ。新社屋の玄関は吹き抜けになっていて、現代的な彫刻が飾られて観葉植物が置いてあり、染みだらけのコート姿のおれの風体はかなり目立った。おまけにだいぶ長い間風呂に入っていない。受付で上司の名前を告げると、しばらく待つように言われた。館内には入れてもらえなかった。上司が現れ、おれの汚れたスニーカーの足先から、ぼさぼさの髪を眺めてため息をつき、取材費の五万円と、PCで作って簡単にプリントした名刺が入った封筒を渡して、領収書を書くようにと言った。名刺に、インディペンデント・ジャーナリストと横文字の肩書きがあって、おれは苦笑した。

「NHKの西玄関、コンノという男を訪ねるんだ。大学の後輩で、お前を入館させてくれるように話はついてる。面倒だからコンノにはテロの話はしてない。お前もするなよ。ところでセキグチ、そのじいさんだけどさ、気になるんだが、今でも自分は満洲国の人間ですって、何なんだろうな」

わからないとおれは答えて、さっさと会社を出た。わたしたちはエコロジーに配慮してますというポリシーが見え見えな清潔な建物から、一刻でも早く出たかったし、だいたい満洲国など、興味がなかった。もちろんその固有名詞は知っている。だが、平安京とか、応仁の乱とか、日本海海戦とかと同じように、すでに歴史に埋もれてしまっていて、自分とは何の関わりもないのだと思っていた。

だが、やがておれは、自分の無知を後悔することになる。満洲国の亡霊とも言える人間たちに、おれ自身と、そしてこの日本が翻弄され、やがて破滅の危機にさらされることになるのだが、そんなことが想像できるわけもなかった。

うららかな陽光の中、代々木公園から金髪の外国人の夫婦が乳母車を押しながら歩いてきて、おれは幼児に愛想笑いをして手を振った。女の子で、目が大きくて可愛かった。ふと娘のことを思い出してしまった。もう八年近く会っていない。もうすぐ十三歳になるはずだが、幼児のころから整った顔をしていたから、きっと美人になっているだろう。三年前、妻から、再婚するかも知れないというメールが来た。返事を出さなかったので、そのあとは連絡がなく、実際に再婚したかどうかわからない。ある時、イチローの試合を安アパートのテレビで見ながら、妻と娘と白人の男の姿を必死で探した。質流れ品のテレビが画像が悪く、大観衆の中で妻と娘を見分けられるわけもなかったが、妻はイチローのファンだったので、きっとデビュー以来、長く活躍した記念すべきスタジアムで行われるこの特別試合を見に来ているはずだと思ったのだ。そして、試合はそっちのけで観客の姿ばかり見ていて、情けない話だが、気がついたら声を上げて泣いていた。

仕事と家族、それに誇りまで失って、おれはどうして自殺しなかったのだろうかとよく考える。結論はいつも同じだ。これまでの人生で、楽しいことがまったくなかったわけではない。物心ついてから楽しいことがまったく一つもないという人はいないだろう。妻と娘がシアトルに行ってしまってから、ひどい抑うつ感に襲われた。健康保険が停止されたので医師にはかかっていないが、その辺の怪しい心療内科だったら簡単にうつ病と診断したかも知れない。確かに自殺も考えた。だが死ななかったのは、これまで何度か、そこそこには楽しいことがあった、今は最悪だけど、ひょっとしたらこれからも何か楽しいことがあるかも知れないと思えたからだった。もう十数年前のことだが、集団不登校を起こした中学生たちと付き合っていた時期は、今思えば、もっともおれが充実したときだったのかも知れない。学校へ行かなくなった中学生たちはそのあとインターネットを駆使した新しいビジネスをいくつも立ち上げ、自分たちで技術学校まで作り、情報操作による為替取引で莫大な資金を得て北海道に独立区を作って移住した。最終的にはおれは決別したわけだが、彼らは本当に新しいことを実行し、実現した。この日本に、もうあんなことは二度と起こらないだろう。自殺を思いとどまったのは、彼らとともに過ごした日々のせいかもしれないと、何度かそう思った。

交番の前を通り過ぎる。いつもと違ってスーツに身を包んでいるおれは警官からも注視されることがない。しかし昔の名残だろうか、歩道に立っていた警官と目が合ったときに少しだけ動悸がした。おれの場合、芸能ネタや風俗ルポが多かったので、警察とはずっと犬猿の仲だったのだ。だが、春の陽射しの中でいかにものんびりした様子の警官を見ていると、今さらながら、NHKだろうが朝日新聞だろうが国会だろうが、テロなど起こるわけがないと、そう思う。取材を引き受けたのは、単に取材費が魅力だったからだ。五万円の臨時収入は、今のおれにとって天の恵みのようなものだ。銭湯代と床屋代とクリーニング代とシャツ代と交通費を差し引いても四万五千円以上が残る。カツ丼と鰻重と寿司、それにビールと日本酒がまぶたに浮かんできて、その夜は豊かな気分で床についた。一ヶ月に十二万から十五万というインカムは、住居費と食費、交通費と携帯電話代でだいたいきれいに消えてしまう。それ以外には使えない。保険料滞納で健康保険がなく風邪も引けないし、何より安酒さえ満足に飲めないのが辛い。現金が尽きそうなときにどうしても缶ビールが飲みたい夜があれば、ポテトチップなどのスナックを一枚ずつゆっくりと食べて空腹をごまかすのだ。

ＮＨＫ西玄関に入り、入館申込書に記入し、灰色のスーツを着て髪をアップにした生意気そうな受付嬢に、コンノという名前と面会のアポを告げる。受付嬢はコンノに電話を入れ確認を取ったあと、ＩＣチップが入った来訪者入館カードを渡してくれて、コンノはこちらに参りますのでロビー内でお待ちください、と言った。駅の改札口を小さくしたようなゲートが数列並んでいて、読み取り機にカードをかざし開閉式のフラップドアを抜けてロビー内に入る。腕時計を見たり鞄の中の書類を出して眺めたりして人を待つ素振りをしながら、おれはしばらくあたりを観察した。ＮＨＫ西玄関は、スタジオパークなどがある表玄関に比べると出入り口が狭い。受付も小さく、ロビーは奥に向かって細長く続いている。スクリーンパネルの衝立《ついたて》で簡単に仕切られた応接スペースが左側にあり、安っぽいビニール張りのソファやパイプ椅子がおいてあるのが見えた。突き当たりにはガラス張りの巨大な窓が見える。

出入りする人間たちは、大まかに二種類だ。ＮＨＫの職員と来訪者で、職員はさらに三種類に分けられる。スーツを着た管理職、よりラフな格好の現場のプロデューサーやディレクター、それにカメラやライトなどの技術スタッフだ。NHKの職員は、下請けも含めて写真入りのIDカードを首から下げているのですぐわかる。彼らは受付に立ち寄ることなく、ゲートから自由に出入りする。だがゲートはジャンプすれば簡単に乗り越えられる低さで、セキュリティとしてはほとんど役に立っていない。二人のガードマンは警棒さえ持っていないし、もちろんボディチェック用の金属探知機などもない。武装したテロリストでなくても、ナイフや角材やバットを持った乱入者も、楽々と突破できるだろう。ただし、出入り口のガラス窓が広く、表の車寄せと駐車場がよく見渡せるので、攻撃してくる不審者がいれば、すぐにシャッターを下ろし、警察に通報し、バックアップのガードマンが集まってくるシステムになっているのだそうだ。

コンノという報道局の職員が、形だけだが、おれに会いに来た。来訪者の名前は受付のパソコンデータに残り、実際に打ち合わせや会談がなされたかどうか、ワーキングレポートと照らし合わされることがあるらしい。

「いったい何の取材なんですか。オガワさんは、大したことじゃないって、何も言いませんでしたけど」

コンノは四十代後半で、人が良さそうな小太りの男だった。オガワというのは、おれの元上司の名前だ。フリーの記者として働いていたころの担当デスクで、そのあと編集長になり、週刊誌が廃刊したあとも、電子書籍関係の部署でしぶとく生き残ったばかりか、役員にもなっている。オガワは、コンノにテロの話はしていないし、おれにもするなと言っていた。実際にテロが起こる可能性はほとんどゼロだが、そういった情報があるとＮＨＫの職員はいちおう警察に通報するだろう。警察がロビーを閉鎖してしまうと取材ができない。

「いや、おたくの報道局政治部の職員が電車で痴漢行為をした、だから直《じか》に会って脅迫するっていうタレコミがあったんですね。当事者だって言う女からです。いや、変な女なんですけどね。その職員の名前も言わないし、十中八九イタズラだと思うんですが、その女がですね、西玄関のロビーで本人を呼び出して会うことになってるって言うもんだから、ちょっとした騒動があれば、ネタになるかなと、まあそんなつまらないものなんです。それで、今、このロビーにですね、報道局政治部の人っていますか」

おれは適当にそんなことを話した。オガワさんもくだらないことやってるんだなあ、とコンノは苦笑したあと、あたりを見回し、スクリーンパネルの向こう側を覗《のぞ》きこむようにして応接スペースを確認し、二人いますけど、と顎で示した。職員の部署は、首から下げたＩＤカードの色で分けられているらしい。政治部の人間がいるかと聞いたのは、たとえば刃物を使った対人テロだったら、右にしろ左にしろ政治がらみではないかと思ったからだった。

「あの紺色のスーツを着てるのが報道局政治部のデスクですね。あっちのブースにいるのが政治経済の番組センターの編成ですけど、痴漢なんかするかなあ」

コンノは怪訝《けげん》そうに首を振った。報道局政治部だという男は応接スペースのブース内で外部スタッフだと思われる三人に書類を示しながら何か指示を出している。隣りのブースにいる編成部の男はまだ三十代そこそこの若さで、ＰＣでメモを取りながら、誰かを待っている様子だった。

「一人で待っているわけだから、痴漢して脅されているのは、あの編成の若手かな。それで、どんな女なんですかね。痴漢されるくらいだから色っぽいのかな」

コンノはそんなことを呟いている。背が低くて小太りなのできっと女にはあまり縁がなくて、痴漢されて脅迫するという女に期待しているのかも知れない。だが、当然のことだが、そんな女が現れるわけがない。おれが注意を払っているのは、政治部の職員に近づく男だ。しかし、実行犯もじいさんなのだろうか。テロの予告電話の主はヨシザキというじいさんだった。ＮＨＫ西玄関に出入りするのは基本的に職員と外部スタッフ、それに出演者、関係者で、スタジオパークやふれあいホールの見学者、ＮＨＫホールの観客たちは表玄関の方に回ることになる。だから西玄関にはじいさんの来訪者は少ない。大物の熟年俳優がときどき現れるが、彼らはカードを示すことなく、フラップドアを押しのけるようにして顔パスでゲートを通る。

職員のＩＤカードの管理は厳しいのかとコンノに聞いた。ライフルとか手榴弾でも使わない限り、玄関口からはテロはできない。ロビー内に入る必要がある。テロリストが入館申込書に記入して受付で来訪者入館カードをもらうとは考えにくい。イスラム過激派の自爆テロならともかく、受付で顔を覚えられてしまうのは致命的だ。

「手に入れるのは簡単ですよ」

コンノは、ロビーに入ってくる女をいちいち目で追いながら、そう言って苦笑した。

「外部スタッフにも大量に配ってますからね。契約が切れたスタッフのカードを回収できないことが多いんですよ。なので本当はICチップのアップデートを定期的にやらないといけないんですが、何しろ数が多いですから、そうひんぱんにはできないんですね。あと紛失するやつも多いです。鞄に入れている職員も多いから、鞄を奪ったら簡単に入手できます」

そんなことを言いながら、あ、あの女じゃないですか、とコンノはヒョウ柄の派手なパンツスーツを着て玄関口からこちらに歩いてくる中年女を指さした。女は四角い箱形の大きめのバッグを持っている。たぶん女優付きのメイク係だろう。

突然、おれはわけのわからない胸騒ぎを覚えた。原因はメイク係の女ではなかった。その手前にいる若い男だった。服装はごく普通で、テレビ局の若い製作スタッフがよく着ているようなフード付きのベストに、カーキ色の迷彩パンツをはいていた。靴はアウトドア用の編み上げの短ブーツだった。撮影機材用によく使う銀色のジュラルミン製のトランクをキャスターに乗せ、布製のミニボディバッグを肩から掛け、すぐ前を歩いていた撮影スタッフの集団の後に続いてロビー内に入ってきた。挙動が怪しいというわけではない。落ち着きなくあたりを見回したりしていないし、背後を気にしたりもしていないし、顔を隠すように不自然にうつむいているわけでもない。サングラスもしていないし、顔を上げて背筋を伸ばし、堂々と歩いているようにも見える。顔つきもどちらかと言えば端正で、どこにでもいるような中肉中背の目立たない体つきだった。

だが、目が宙に浮いていて、どこを見て歩いているのかわからない。それにまるで操《あやつ》り人形かロボットのように動きが妙に規則的だった。おれは、ニュースの映像でそういう若者をこれまで何人も見たことがあったし、取材で実際に会ったこともあった。典型的なのは、去年渋谷で起こった「トッキリ」と呼ばれる通り魔事件だ。トッキリというのは「突然切りつける」の略語で、ネットで生まれたらしい。トッキリの語源となった若者は、道玄坂を歩いていて周囲の人たちに刺身包丁で突然切りつけた。難《まぬが》を免れた通行人が携帯電話で一部始終を撮影していて、ネットに流出した。服装も普通、髪型や顔つきも普通で、不審な態度というわけでもないが、目がうつろで、歩き方がおかしかった。一歩一歩、左手と右足を出して、次に右手と左足を出すのだと、いちいち考えて身体を動かしているような動きだった。そしてふいに立ち止まり、懐に入れていた細身の長い包丁で、やはり機械仕掛けのような動作で周囲を歩いている人に突然斬りかかり、八人を殺傷し、一人の胸に包丁を突き刺して骨に引っかかり抜けなくなったところを取り押さえられた。

初代のトツキリは一九九九年の池袋という説もあるし、二〇〇八年の秋葉原だという説もあるが、おれは、三年前、二〇一五年の福岡の事件が最初ではないかと思う。池袋も秋葉原も犯人はどちらかと言えば興奮状態にあった。秋葉原ではトラックを衝突させ、奇声を上げながら人々を襲っている。だが、福岡天神の地下街で七人を殺し十数人に重傷を負わせた若者は、無表情で目に力がなく、動きが機械的だった。誰かに操られているような印象があった。最初から興奮状態で切りつけるのではなく、放心状態のようなぎこちない動きがふいに止まり、スイッチが入るように、そのあと突然犯行に移るのだ。

その若い男は、ロビーに入ってから応接スペースのスクリーンパネルに沿って、ゆっくりと奥のほうに進んでいる。ぎこちない動きはずっと変わらない。動悸がしてきた。トツキリのニュース映像とテロという言葉が混じり合って頭をぐるぐると回りはじめた。ガードマンはもちろん、その男に注意を払う者は誰もいない。ロビーはまるでラッシュ時の駅の構内のように人通りが多いし、その男が興奮して何かわめいたり叫んだり、凶器を振り回したりしているわけではないからだ。単に目がうつろで歩き方がぎこちないというだけでは誰も注目したり警戒したりしない。テロの予告を知らなかったら、おれも気づくことはなかっただろう。

「どうかしたんですか」

おれの顔を覗きこんで、コンノがそう聞いた。きっと顔色が変わっていたのだろう。

若い男は、ロビーを行き交う人々に見え隠れしながら不自然に規則的で機械的な足どりで奥に進んでいる。ちょっと待ってて、コンノにそう告げて、おれは、あとを追った。みんな逃げろと大声で叫ぶべきだろうか。だが男がトッキリだという確証は何もない。男が事前に取り押さえられたりしたらテロは未遂に終わり、おれはルポが書けなくなる。だが本当に男がテロリストでこれから惨事が起こるのだったら、そんなことは言っていられない。男がもし刃物を取り出したら大声を出して危険を知らせようと決め、バッグを探って、すぐに取り出せるように右手でカメラをつかんだ。

「ちょっと待ってくださいよ。いったいどうしたんですか」

背後でコンノの声が聞こえる。三メートルほど前方を進む男は、やがて歩くのを止め、奥まった場所にある応接スペースを覗きこみ、誰もいないことを確かめるとブースに入ってパイプ椅子に腰を下ろした。

「あの男がどうかしたんですか」

怪訝そうな顔で、コンノがそう聞く。あいつ、ちょっと変なんだよ、そう言ってブース内をそっと覗きこむ。男はパイプ椅子に座って、ジュラルミンのトランクを開けようとしていた。

「どうしてですか。彼は撮影チームの外部スタッフでしょう。だってあそこのブースは技術部専用で、撮影済みテープをこれから担当者に渡すんですよ」

コンノがそう説明しているうちに、男はトランクからビデオテープを取り出し、小さな丸テーブルに載せはじめた。動作はやはりぎこちなくどこか機械的だったが、トランクから取り出したのがナイフや包丁ではなくビデオテープだったので、おれはひとまず胸をなで下ろした。どうしたんですか、ともう一度コンノが聞いて、いや勘違いだった、とおれは首を振って苦笑した。過剰反応だった。考えてみれば、動きがぎこちない若者など大勢いる。

いやあ、お騒がせしました、とコンノに詫びて、応接スペースのそばから立ち去ろうとして、ゆっくりと歩いてくるヒョウ柄のパンツスーツを着た中年女が目に入った。確かに背も高く容姿も整っていて、これだったら女優でも通用するかも知れないとおれは見惚れていたのだが、突然女が顔をしかめた。その視線の先の床に、黒い染みのようなものが細長く延びていて、同時に鼻をつく異臭が漂ってきた。酸、硫黄、燐、ガソリン、それらが混じったような匂いだった。まるで黒い蛇のように見える細長い染みは応接スペースから漏れ出ている。あの若い男がブース内にしゃがみ込んでいるのが見えた。男は、金属製の容器を傾けどろりとした液体を床に流しながら、ときどき無表情で周囲を見回している。逃げろ、とおれはコンノの耳元で言った。流れ出た液体は床を滑りながら放射状に広がっている。周囲の人々が騒ぎ出した。ガードマンがこちらに駆け寄ってくる。コンノは異臭に顔を歪《ゆが》めたまま、わけがわからないという顔で、呆然《ぼうぜん》と突っ立っている。おれはその腕を引っ張って応接スペースから遠ざけようとした。そのとき、ボンというくぐもった音が聞こえて、次の瞬間視界がオレンジ色に染まり、熱風に包まれ

た

　とっさに床に伏せ転げながら熱風から遠ざかろうとした。写真を撮ってこいと言われたことを思いだし、バッグからカメラを取り出そうと思うが、熱風でパニックになっているようで、手や指に感覚がなくうまくつかめない。逃げ惑う人の足音と、悲鳴がロビーにこだまし、ビニールのスクリーンパネルが溶けて焼け落ちている。タンパク質が燃える匂いがする。誰かの肉や髪の毛が燃えているのだと思った。顔に冷たいものを感じてスプリンクラーが作動しているのがわかったが、炎はロビーの半分を被《おお》って収まらない。ただの炎ではなく、おそらく可燃剤が爆発的に燃えているので水では消えないのだ。応接スペースからヨロヨロと逃げ出す人が目に入って、おれは叫び声を上げた。まるでパニック映画のように全身が火に包まれていたからだ。コンノの姿を確かめる余裕も、カメラを探る気力もないまま、おれは他の人の足や身体にぶつかりながら床を転がり続けた。

　どのくらい時間が経過したのかわからなかった。一瞬のようでもあるし、数時間が経ったような感覚もあった。目を閉じて、熱風とは反対のほうに床を転がり続けたが、やがて悲鳴が止んで、人々の話し声が耳に入ってきて、そっと目を開けると、すでに炎は収まっていた。しかし、周囲の光景は想像をはるかに超えたもので、おれは、何かに突き動かされるようにバッグの中をかき回しカメラを取り出した。何かしなければ頭がおかしくなりそうだっただけで、自分が何をしようとしているのか、把握できていなかった。カメラをちゃんと構えることができなくて二度床に落とした。床はスプリンクラーから落ちた水と、その他どろどろした液体や黒い煤《すす》で汚れていて、濡れてしまったレンズやボディをハンカチで乱暴に拭い、カメラを構えてシャッターを押したが、すぐに胃のあたりから酸っぱいものがこみ上げ、気がつくと嘔吐していた。まだスプリンクラーから水が垂れている。よろよろしながら歩き出して、とにかく出口を目指した。左の足首がひどく痛んだが、火傷ではなさそうだった。ズボンの裾も靴も焼けていない。遠くからサイレンが聞こえる。頭を抱えて床にうずくまっている人、黒く煤けた壁に体を支えて助けを求めながら泣いている女、どこかに駆けだしている人、衣服が焼けて下半身が剝《む》き出しの友人を抱きかかえて何か叫んでいる人、まるで中東の自爆テロのニュース映像だった。ロビーの奥からカメラクルーが何か怒鳴りながらこちらに走ってくるのが見えた。

パーティションがすべて焼け落ちた応接ブースのほうに、四肢が奇妙な形に折れ曲がった黒焦げの死体がいくつか転がって、そのほとんどはまだぶすぶすと音を立ててくすぶっていた。両手を上に突き上げるような格好をしたもの、身体をエビのように深く折り曲げたもの、裂けたように足を大きく広げているもの、みんな出来損ないの彫像のようだった。焼死体を間近で見たのは生まれてはじめてだ。悪夢の中にいるようだった。折り重なるように倒れた負傷者でロビーは埋めつくされている。その中の一人の、右半分だけ皮膚が溶け落ちた顔を見たとき、完全に現実感を失った。最初このロビーに入ってきたときからすでにこの光景が続いているような気がしたし、過去に見た映像を追体験しているという錯覚に陥ったりもした。またこれから起こることを既視感を伴って想像しているだけのような感覚もあった。そしてわけのわからない強い怒りの感情がこみ上げ、身体が震えだして、そのすぐあとで今度は無力感に襲われ、その場に崩れ落ちそうになった。

痛む足首を引きずりながら玄関を出て、表の駐車場に集まりはじめていた野次馬の中に紛れ込んだ。とにかく元上司のオガワに電話をしなければならない。テロは本当に起こったのだ。だが動悸が治まらず、喉がカラカラに渇き、指が震えていて携帯のボタンを押せなかった。消防車とパトカーのサイレンを聞きながら、自販機で水を買って飲んだ。指だけではなく身体全体が小刻みに震えていてペットボトルのキャップを外すのに時間がかかった。ペットボトルの水を一気飲みした。だが水が喉を通る感覚がなく、すぐにもう一本飲み干し、何度も深呼吸をして、やっと少しずつ動悸が治まってきた。

「西玄関は火の海になりました」

オガワはジョークだと思ったのか、今忙しいんだよ、と醒めた声を出した。すでにロビー内ではカメラクルーが撮影し、キャスターがマイクを持って喋っていた。NHK見てください、速報やってませんか、そう言うと、しばらく会話が途切れ、そのあと電話の向こうでオガワが息を飲むのが伝わってきた。

「ひょっとして誰か死んだのか」

さすがにテレビで黒焦げの焼死体は映せない。おそらくカメラは負傷者だけを映しているのだろう。消防と警察、それに救急車のサイレンが迫ってくる。オガワの緊張が高まるのがわかった。

「何人も死んで黒焦げになってますよ」

そう言うと、写真を撮ったか、とオガワは聞いた。黒焦げの死体と聞いて、元週刊誌デスクとしての本能がよみがえったのだろう。炎が爆発的に広がったので、逃げるだけで精一杯だったけど写真は何枚かは撮れているはずだと答えた。炎が収まったあとだが、シャッターを何度か押した記憶があった。わかった、そこからすぐ離れて原稿を書け、と興奮した声でオガワは命じた。

★ウィークリー・ウェブマガジン〈ザ・メディア〉
2018/4/17
総力特集：NHK大量殺人事件「テロの時代到来か!?」
『記者は目撃した』by関口哲治
そんな光景に実際に立ち会うことになるとは、想像もできなかった。もちろん昨日の

NHK西玄関での大量殺人事件のことである。ちょうどNHK西玄関ロビーで、報道局のK氏と打ち合わせをしている最中だった。すべてはあっという間に起こり、枯れ木に火がついたような音がしたかと思うと、あたりは阿鼻叫喚《あびきょうかん》の地獄と化した。とっさに床に伏せたのだが、皮膚が焦げるかのような熱風が襲ってきて、目を閉じ手足を丸くして床を転げ回る以外、何もできなかった。ときおり目を開ける。凄まじい光景が展開されていた。人々は炎に包まれたままヨロヨロと歩き、燃える衣服を脱ごうとして半狂乱になって叫び、焼けた顔を押さえながら「水、水」とうめき声を上げ、熱風から遠ざかろうとして転び、ロビーは悲鳴と怒号で埋め尽くされた。

既報の通り、容疑者と思われる人物は焼死体で発見された。死体のそばに可燃剤が入っていたと見られる焼け焦げた金属製容器があったことで、警察は有力な容疑者だとしているが、身元はわかっていない。歯の治療痕とDNA鑑定にゆだねられている。だが、筆者はその男を目撃した。二十代後半か三十代そこそこの、若者だった。その若者がロビーに現れたとき、いわゆる「トッキリ」を連想した。その若者は、まるで夢遊病者のように現れ、奪ったとされるIDカードでセキュリティゲートをくぐり抜け、応援ブースの中で金属製容器から液体の可燃剤を放出し自ら火をつけた。セキュリティ会社の危機意識の欠如は否めない。だがNHK西玄関の人の流れの多さを考えるとIDのチェックは簡単ではない。紛失や盗用への対応としてIDカードのアップデートはほとんど行われていなかったらしい。管理を怠ったNHK側にも当然責任があると言えよう。容疑者を見逃したと非難されたガードマンの一人は事件後に自殺した。不安を煽《あお》り世論を暴走させるメディアの犠牲者と言えるのではないか。犯行声明もなく、組織的な犯罪かどうかもはっきりしない。暗い世相の中、不安感だけが高まっている。私事であるが、犠牲者の中にはK氏の名前もあった。亡くなられた方々のご冥福を祈り、負傷された方々の一日も早い回復を祈るばかりである。

おれのルポは事件の翌日午後にアップされ、かなりの反響を呼んだ。結果的に、NHK西玄関ロビーでは八人が現場で焼死し、病院に搬送された重傷者のうち四人が死亡するという大惨事となった。おれは左の足首をねんざしただけですんだ。床を転げ回っているときに誰かに強く踏まれたのだが、その程度の軽傷者まで含めると百人以上が何らかの被害にあった。コンノは、犯人のいる応接ブースから離れるのが遅れてしまったらしい。焼死したのは、最初に燃え広がった炎のすぐ近くにいた人たちだった。炎は爆発的に立ち上がり、衣服と身体に燃え移った。警察は、可燃剤の詳しい成分を公表しなかった。ガソリンと燐が使われた可能性があると、曖昧な言い方をしたのだが、模倣犯を警戒していることがばれて、逆に社会不安を煽ることになった。ネット上では、ナパーム弾と同じくナフサと増粘剤を使っているとか、テルミットと呼ばれる金属の酸化還元反応を利用する焼夷弾と同じ成分だとか、中には燃料気化爆弾の応用だというような怪しげな説まで、ありとあらゆる憶測が流れたが、いずれにしろその可燃剤は、やっかいな代物には違いなかった。犯人が持っていた金属製容器は容量が十八リットル入りのポリタンクより一回り小さく、単にガソリンを流して火をつけただけではあれだけの威力はない。可燃剤は黒っぽい色で、まるでタールのようにドロドロしていた。

警視庁は、特別捜査本部を置いた。おれは、事件当日の夜、ルポが公開される前に、自ら出向いて事情聴取を受けることにした。オガワと相談して、自分から警察に行くほうがいいということになった。現場に居合わせたとルポに明記しているわけだし、コンノとの面会もデータとして残っているはずなので、いずれ警察から呼び出される。だったら自ら出向いたほうが、余計な疑いを持たれずにすむ。日本の警察には、自ら進んで捜査に協力する人とお金持ちは悪いことをしないという常識がいまだに残っている。被害者ということもあり取り調べは穏当だったが、犯人らしい男を目撃したということで、過激派やカルト宗教信者の写真を数時間見せられ、モンタージュ写真の作製に協力させられた。だが、あの「トツキリ」の若者は過激派でもカルト宗教信者でもなかった。あいった若者はごく普通に暮らしていて、あるとき突然「トツキリ」になる。動機も不明だ。学校でいじめを受けたとか、会社をクビになったとか、両親が離婚したとか、恋人に振られたとか、そんな動機をメディアは探し出して安心しようとする。だが、「トツキリ」になる動機は見つからない。

おれとオガワが迷ったのは、テロの予告電話について警察に言うべきかどうかだった。

ヨシザキと名乗る老人からの電話のことだ。多数の死者が出た大事件なので、当然情報を提供する義務がある。ただ、正直に言うと面倒になる恐れがあった。どうして事前に通報しなかったのかと詰問されるかも知れないし、ヨシザキという老人について尋問されるかも知れなかった。しかし、おれたちの懸念は、意外にあっさりと消散した。ヨシザキではなく、他のいろいろな名前で、テレビや新聞や雑誌など二十を超える大手メディアに対し、同じような内容のテロの予告があったからだ。電話はいずれも老人だと思われる声で、NHKを爆破するとか、会長以下全職員を殺害するとか、放送網を寸断してやるとか、放送姿勢に鉄槌《てっつい》を下すとか、話が支離滅裂だったために、どこも相手にしなかった。ただし、他のメディアと違っていたのは、ヨシザキと名乗った老人はおれの名前を挙げ、ルポを書けという指示をしたことだ。どうしておれの名前や、元フリーの週刊誌記者だと知っていたのか、わからない。

事件から三日経った午後、オガワから会社に呼び出された。徹夜で書き上げたルポは、まずまずの出来だとほめられたが、写真は、使いものにならなかった。高性能のデジカメなので絞りやフォーカスをすべて自動にして撮ればよかったのだが、尋常ではない精神状態であちこちボタンやレバーに触れてしまったようで、気がつかないうちに手動に切り替えられていて、事件現場を写したものはすべて真っ黒で何が映っているのかわからず、修復も不可能だった。一枚だけ、何とかおぼろげに映っている写真があった。だが、それは事件現場ではなく、反対側の出入り口付近が映っていた。おれが混乱してファインダーも見ずにシャッターに触れ、勝手に撮影された一枚だった。炎が収まったあと、修羅場と化したロビーを怖々と見ている人々がぼんやりと映っていた。ピントがぶれている上に、逆光で、人物はシルエットになって顔はよくわからなかった。

おれは、短期契約社員として昔の職場に復帰した。契約は一ヶ月ごとに更新される。以前もフリーだったから立場としては同じだ。「ウェブマガジン」編集部は、改装された社屋の六階にあって、先端的なデザインのオフィス家具が整然と並んだ清潔感にあふれるスペースで、窓際に置かれた観葉植物の柔らかそうな葉が、空気清浄機の風でかすかに揺れていた。かつての週刊誌編集部とはまったく雰囲気が違った。働いている人間もわずか四人だけだ。記事も写真もすべてオンラインで送られてきて、校正やレイアウトは外部にアウトソーシングしているらしい。編集部の仕事としては、原稿と写真とレイアウトの確認をして、あとはサーバ管理会社に最終原稿を送信するだけらしい。実に静かで、若い社員たちの耳元からかすかにスマートフォンの音楽が洩れていて、あとはキーボードを打つ音だけが聞こえる。週刊誌時代は、雑然とした大部屋を数十人の記者や編集者やカメラマンが早足で行き交い、ときおり怒号も飛び交い、電話が鳴り響き、近くの食堂からひっきりなしに出前が届き、あちこちにビールの空き缶が転がり、徹夜明けの者がソファに横になっていた。あれから十年も経っていない。だが、すべてが変わってしまった。

簡単な契約書を見せられサインする前に、できれば正社員にして欲しいと、オガワに懇願しそうになった。フリーで働いているときは、正社員なんて会社に縛られる奴隷みたいなものだとえらそうに構えていたのだが、いつ仕事があるかわからない不安定な生活の恐怖が、おれを変えてしまったらしい。当然、五十四歳という年齢もある。昔のような気力や体力がないし、学習や訓練のための、時間という資源が残り少なくなっている。もちろん若いときはそんなことには気づかない。簡単には解雇されず、会社に行けば常に何らかの仕事があり、定年まで給料がもらえる、その安心感がいかに貴重か、おれはこの数年間で骨身にしみて学んだのだ。だが、正社員にしてくれとは言えなかった。短期とはいえ契約社員という身分はオガワの温情によるものだったからだ。ようやくセキグチ向きの事件が起こったな、オガワはそう言って、単発記事を買い叩くのではなく、原稿料にプラスされて月給が支払われる契約社員にしてくれたのだった。

帰り際、編集部の一人から呼び止められた。小柄で、目がぱっちりとして睫毛《まつげ》が長い可愛らしい顔の青年で、マツノと言います、と礼儀正しく自己紹介した。あとで聞いたら三十三歳ということだったが、Tシャツにパーカーを着ていて、まるで高校生のように見えた。青森出身らしい。訛りが少しだけ残っていた。ハイテクを操る自信に満ちた顔つきと、青森弁のイントネーションが好対照だった。

「ちょっとこれ、見てもらえますか。これ、うちのCG室から回ってきたセキグチさんか撮った写真ですけど」

　事件現場とは反対方向の玄関出入り口付近がぼんやりと映った写真だった。焼死体や負傷者や焼け焦げた壁ではなく、現場を眺める群衆が映っている。使いものにならないということで、CG室は最初からデジタル処理をしなかったらしい。

「何となく気になって、露光量と入力レベルを補正してみたんです」

　マツノ君の前の三十四インチのモニタには、デジタル処理されて、かなり鮮明になった画像が映し出されている。目の前で事件を目撃した数十人の群衆だ。ほとんどすべての人が呆然として立ちすくんでいた。

「それで、このおじいさんなんですけど」

　マツノ君は、一人の老人を指で示した。その老人は、最前列でしゃがみ込み口に手を当てている人と、その背中をさすってやっている人の背後からこちらを眺めている。

「笑っているように見えませんか」

　人の陰からそっと首を突き出し現場を覗きこんでいる老人は、確かに笑顔を浮かべているようにも見える。一瞬、鳥肌が立った。見覚えのある顔だったからだ。名前や素性はわからない。どこで、いつ会ったのかも記憶がない。だが、確かに見覚えがあった。顔や佇《たたず》まいはごく普通の老人だ。眼鏡をかけていて、細面で、白いものが混じった髪がだいぶ薄くなっているが、他にこれといって目立った特徴はない。年齢はおそらく七十代の後半といったところで、クリーム色のジャンパーを着ていた。

「確かに、笑っているようにも見えるね」

おれがそう言うと、変ですよね、とマツノ君が眉間に皺を作った。

「痴呆が入ってるとか、ちょっとおかしい人なんですかね」

他の目撃者は一様にショックを受け呆然として怯《おび》えているのに、笑っているのは明らかにおかしいが、おれは、その老人に見覚えがあることを、マツノ君にもオガワにも言わないようにしようと思った。フリーの記者としての嗅覚がよみがえったのだ。その老人は、痴呆などではなかった。そもそも痴呆やボケ老人がNHK西玄関にいるのはおかしい。それに表情は弛緩《しかん》していなかった。逆に、眼鏡の奥の目つきは鋭かった。直感で、事件と関連のある人物だとわかった。テロの予告電話をした老人かも知れない。フリーの記者にとっては、独占的な情報だけが自らの命脈をつなぐ。おれは、老人が映った写真をマツノ君に頼んでプリントアウトしてもらい、バッグにしまった。

「セキグチさん、あんなひどい事件を目撃したんだから、PTSDとか、気をつけないといけないですね」

別れるときに、マツノ君はそんなことを心配してくれた。PTSDとは、悲惨な出来事がトラウマとなり、そのあと心身機能に不調を来すことを言う。だいじょうぶだと思うよ、おれはそう答え、若いのにちゃんと気をつかってくれて本当にいいやつだなと、マツノ君に対し好感を覚えた。そして、誰かに好感を持つなんて何年ぶりだろうと思った。

編集部を出て、大久保に向かった。コリアンタウンの手前、大久保通りから北に向かう狭い路地の中程に、そのビルはあった。入り口付近のコンクリートの壁に、「大久保将棋道場は2Fです」と書かれた画用紙が貼りつけてある。画用紙は濡れないように表面にサランラップが張られ、ガムテープで留められている。周囲は古い木造のアパートと、昔ながらの煙草屋や飲み屋やスナック、それに雀荘や駄菓子屋などが雑然と並んでいて、歩いていると昭和に戻ったような錯覚に陥る。松葉菊や桜草や紫露草など庶民的な花の植木鉢を玄関前や軒下に置いている家屋も多く、下町のような風情がある。最近は昭和の香りを求めてこのあたりを散策する人もいるらしい。だが、おれはこの風景が嫌いだった。憎んでいると言ってもいい。木賃宿のようなおれのアパートは、この路地のさらに奥にあり、歩いて数分の距離だ。この路地周辺は、おれにとって転落を象徴する場所だった。

結婚していたころは小滝橋のマンションに住んでいた。妻は、娘が二歳になったとき、この近くの有名な保育園に預けることにした。食育を重要視する保育園で、野菜は自前の畑で有機栽培したもの、牛乳は低温殺菌、米は発芽玄米などを使い、食材選びから調理までを受け持つ専任の管理栄養士がいた。シアトルに本社がある証券会社に勤める妻はアメリカの富裕層の友人が多くて、幼児期の食事が非常に重要で成長後の精神活動にも影響を与えるという説を信じていたのだ。保育園は警備会社にセキュリティを委託し、保護者が必ず送り迎えをしなければならないというアメリカ的なシステムになっていて、それも妻のお気に入りだった。交代で娘を送り迎えしていたが、失業してからは、ヒマをもてあますおれの役目となった。毎朝娘を保育園まで送り届け、その足でハローワークに行き、徒労感を覚えながら午後に迎えに行くという日々が続いた。そのうちハローワークに行かなくなり、娘の迎えの時間まで、保育園の周囲を当てもなく歩き回り、寺や神社の境内、公園や野球場などで時間をつぶすようになり、このあたりの地理に詳しくなった。家賃三万円以下という信じがたい安アパートを偶然見つけてホームレスへの転落を防ぎ、また将棋という安価でささやかな楽しみを得られたのも、考えようによっては、あのころの絶望的な散歩のおかげなのかも知れなかった。

だが、妻と娘がシアトルに行ってしまってからも、おれは毎日このあたりを歩き回り、公園や神社の境内で長い時間を過ごし、そして、必ず保育園に行った。精神を病む一歩手前の状態だった。行くな、もう娘の姿を見ることはないんだ、自分にそう言い聞かせるのだが、いつも足が自然と保育園のほうに動いてしまうのだ。すでにそのころおれはホームレスと変わらない格好に落ちていたので、隣に建つ長期滞在型高層ホテルの植え込みの隙間から、園児たちの姿をこっそりと眺め続けた。そんな自分が情けなく、無力感にさいなまれたが、他にすることも、行く場所もなかった。この路地は、そういった記憶をよみがえらせる。

「なんだ、セキグチか」

将棋道場を経営する堀切氏が、いつもの無愛想な声で迎えてくれた。平日の午後で、対局は一組だけだった。将棋盤を挟んで堀切氏と向かい合っているのは、コリアンタウンにゲームセンターを二軒持つ、悠々自適の初老のオヤジだ。名前は確かモリタだった。髪を短く刈り上げ、口ひげを生やしている。年齢は六十代半ばだろう。ジーンズに、光沢のある白のシルクのシャツを着て、太い金の鎖のネックレスをしている。堀切氏は、この道場が入っている三階建てのビルのオーナーだ。地階をスナックに、一階をつけ麺屋に貸し、自身は三階に住む。白髪を長く伸ばして後ろで結び、常にスーツにネクタイを着けている。おしゃれというわけではなく将棋に対するリスペクトらしい。下側の総入れ歯が口から少しはみ出しているのを除けば、整った顔つきと言えるだろう。道場のスペースは十五畳ほどで、両側の壁に沿って将棋盤が七つずつ並び、小さなキッチンとユニットバスが付いている。出窓にはよく手入れされた植木が置かれ、採光もよくて部屋の雰囲気は明るい。修復された写真で笑っているように見えた老人だが、出会っているとすれば、この将棋道場しかない。他に老人と知り合う場所はない。しかもテロ予告をしてきたヨシザキと名乗る老人は、おれとは将棋道場での知り合いだと言ったらしい。堀切氏と、ここの常連の何人かには、昔はフリーの記者だったことは話した。

「すぐ終わるから待ってろ」

堀切氏が盤面を見つめたままそう言って、腕を伸ばし敵の玉頭《ぎょくとう》に歩を垂らしたあと、蓋《ふた》が外れて電池が剝き出しになったチェスクロックを乱暴に押した。二人とも、ものすごい早指しだ。モリタは自称一級で、堀切氏はアマ二段だが、早指しは、将棋の腕とはあまり関係がない。すでに二人は何百回と対戦してお互いの戦法を知り尽くしているのだ。平日の午後はいつも数人しか客がいない。今日みたいに客がたった一人ということも多く、また常連の顔ぶれはだいたい決まっている。だから対戦相手も限られていて、お互いの戦法を熟知することになる。もともと将棋人気は下降気味で、しかも対戦型の将棋ゲームがインターネットで普及してからは、家賃を払って営業していた街中の将棋クラブは次々に潰れていった。今、将棋クラブを維持できるのは堀切氏のようにビルを丸ごと所有している人だけだ。月にどのくらいの売り上げがあるのか聞いたことがあるが、そんな質問するなと怒ったあと、多いときで十万を少し超える程度だとこっそりと教えてくれた。

一方の壁に、細長い板に毛筆で記した会員の名札が掛けられている。段位で区切ってあり、数十人の名前があるが、中にはすでに顔を見せなくなって十年以上経つという人もいるらしい。実際に常連として通っているのは、おれを入れてもせいぜい十数人だ。ちなみに、ヨシザキという名札はなかった。しかし本名を名乗ってテロの予告をするバカはいない。この道場は、夕方になると人が増える。冷蔵庫にはビールが冷えていて原価で飲めるからだ。また今どき珍しく煙草も吸える。二人の対局は、お互いに入玉《にゅうぎょく》を目指す泥仕合《どろじあい》になっていて、すぐ終わるという割りには時間がかかりそうだった。

「セキグチ、お前ビールでも飲んでろよ」

堀切氏がそう言ってくれて、まだ陽が高かったが、喉が渇いていたので、おれはキッチンに向かった。そして、神棚の脇の、「大久保将棋道場歴代名人」と記された何枚かの額入りの写真を見たとき、心臓がびくんと跳ね、息をのんだ。声を上げそうになり、慌てて口を押さえた。あの修復された画像で笑っているように見えた老人を、額入りの写真の中に見つけたのだ。「第九代名人・太田浩之」と額の横にはそう書かれている。あの、堀切さん、この人は誰ですか、おれはその写真を指して、聞いた。

「太田さんか。その人は本当に強かった。でも腎臓かどこか悪くして、もう六、七年来てないな」

連絡先とか、わからないですかね、と言うと、堀切氏は無表情で、わかるわけないじゃないか、と首を振った。この道場は、訪れる人はとりあえず全員歓迎するといういい加減な運営で、会員制とうたっているが名目だけで、名簿のようなものもない。おれは、手帳を取り出して、「太田浩之」という名前を書き記した。その名前だけが、とりあえず唯一の手がかりとなった。

おれは、オガワのリクエストに応じて、その後も何本かルポを書いた。犯人だと思われる若者の印象、炎が爆発的に立ち上がったときのロビーのディテール、「トッキリ」に関する考察などをそれぞれテーマにした。だが、笑っているように見える老人のことは一行も書かなかった。事件は、あらゆるメディアで連日報道されたが、捜査はなかなか進展しなかった。犯人と思われる焼死体の身元は不明なままだったし、単独犯なのか、組織的犯行なのかもわからなかった。テロの予告は老人の声だったが、いずれも都内の公衆電話からで、手がかりになりようがなかった。電話をしてきた老人と若者との関係も謎で、そのこともワイドショーの格好のネタになり、ネットには偽情報と憶測があふれた。最近の若者はあまりに幼稚で犯行予告もたぶんできないので、代わりに祖父が警告を兼ねて各メディアに連絡したのだろうという推測をした識者もいた。もっとも大きな謎は動機だが、これといった動機はないのではないかという指摘も多かった。確かに「トッキリ」には計画性がない。突然周囲に敵意と攻撃性を暴発させる。しかし、動機がないという見方には無理がある。たとえば使用された可燃剤だ。オガワの知り合いの軍事・兵器おたくに会って話を聞いたが、ナパームに近いものだろうと推測するだけで、詳しい成分についてはいろいろな組み合わせの可能性があるので本当にわからないということだった。いずれにしろ酸化や燃焼に関するかなり高度な化学の知識がないと作れないものらしい。

だが動機は、事件の六日後、衝撃的な形で明らかになる。「ごめんなさい、わたしたちがＮＨＫテロの犯人グループです」という書き置きを残した三人の若者の自殺死体が、東京近郊の山中で発見されたのだ。書き置きには、なぜＮＨＫだったのかという動機が詳しく書いてあった。

★ウィークリー・ウェブマガジン〈ザ・メディア〉
2018/4/23

総力特集：NHK大量殺人事件　特別版第9弾
『深まる謎』by関口哲治

「おかしい、何か変だ」それが事件の一報に接したときの偽らざる気持ちではないだろうか。「ごめんなさい、わたしたちがNHKテロの犯人グループです」という書き置きを残し、山口修平（21）、富川治（22）、横光愛子（24）という、三人の若者が、軽自動車内で自殺した。場所は奥多摩湖近くの人気のない山道で、排気ガスを車内に引き込むという、自殺サイトなどではもっとも一般的（？）な、一酸化炭素中毒によるものだった。山口と富川はそれぞれ東京と埼玉の私立大学生だが、春休み前から欠席が続いていたらしい。横光は文京区内のうどんチェーン店で店長代理だったが、事件の約一ヶ月前から休みがちで、店側としては解雇を検討していたという。事件後の警察の調べによると三人に接点と言えるものはなかった。少なくとも友人などではなかった。お互いの名前さえ知らなかったのではないか。そのことは、近年ますますその数を増やしている自殺サイトでは珍しいことではないらしい。だが、奇妙なことに、彼ら三人が自殺サイトにアクセスした痕跡はない。

接点はないが、共通点は多い。三人とも、親や親類と疎遠で、友人と言えるような同級生や同僚がいない。存在感が希薄で、印象が薄く、成績も中の下で、クラブ活動などへの参加もなく、中学や高校の担任の教師たちはそろって「どんな生徒だったかほとんど記憶にない」とコメントしている。問題となった書き置きだが、既報の通り、最近では珍しい「手書き」だった。しかもA3大の用紙に、筆を使って「隷書体《れいしょたい》」で書かれていた。専門家によると、手書きの隷書体文字は非常に珍しいもので、書き置きは、達筆とは言えないが、非常に長い時間をかけて一字一句ていねいに書かれたものだという。誤字も脱字もなかったそうだ。書いたのは、駒込の書道教室に通っていた横光だと推測されている。

「ごめんなさい、わたしたちがNHKテロの犯人グループです。でも、わたしたちはNHKを許せませんでした。2015年の成人の日にオンエアされた『若者よ、負けるな』という特集番組をご覧になった人は多いでしょう。有名人や文化人、中年や老人など、さまざまな人たちからの若者へのメッセージが紹介されるコーナーがあり、その中に、スーパークライマーおじいさんという方が登場なさいました。そのおじいさんは、群馬の赤城山を四季を通じ、しかも上半身裸で、しかもほとんど駆け足で登るという人でした。七十歳をゆうに超えた方でしたが、ニュース映像によると、本当に上半身裸で、しかも下半身は短パンで、もちろん裸足というわけではなく登山靴をはいていらっしゃるのですが、標高一千メートルを超える山を跳ぶようにして登られます。登山グループのガイドもされているようですが、ガイドをしているときはゆっくりと登らなければいけないので体が冷えて困る、のだそうです。このおじいさんは話題になり、称賛されましたが、ＮＨＫは致命的なミスを犯しました。登山の素人や初心者の老人が、スーパークライマーおじいさんに憧れてマネをする危険性を忘れていたのでした。『このおじいさんは特別なケースです。よい老人はマネをしてはいけません』という不可欠な注意をしなかったのです。案の定、まず妙義山で、上半身裸で登山した六十代の人が心臓発作で亡くなりました。そのあと、計八名のご老人が、全国で同じように亡くなりました。これは犯罪です。わたしたちは何度も、いえ、何十回となく、ＮＨＫに抗議の電話をし、謝罪を求めましたが、ＮＨＫの対応は、すべて個人の責任ですという許せないものでした。誰が考えてもわかるはずです。ＮＨＫがスーパークライマーおじいさんを番組で紹介しなかったら、あるいは『よい老人はマネしないでください』という但し書きさえあれば、上半身裸で一千メートル級の山に登ろうという人は現れることがなかったのです。ＮＨＫが犯したのは殺人ですよ。しかし、まったく反省も謝罪もありませんよ。わたしたちは罰を与えることにしました。ＮＨＫ西玄関で『赤身』を流し火をつけたのはわたしたちの仲間です。グループでの実力行使は目立ちます。なので、彼はひとりでことを起こしましたが、わたしたちは敬意を表し、ここに殉死します。実行者の彼は英雄ですよ。わたしたちの誇りですよ。わたしたちの仲間は他にもいますよ。予備軍も含めると無数と言ってもよいですね。武器も持っています。ＮＨＫで使ったのは『赤身』という火攻め用の武器ですが、もっと威力の強い『中トロ』や『大トロ』、さらに『太巻き』などもあります。これからも、権威を盾に取り人を傷つけ殺す個人や組織に攻撃をいたします。そうご期待ですね。わたしたちのあとに続く同志の健闘を祈りつつ、眠りにつくことにします。こんな世の中には何の未練もありませんから、お父さん、お母さん、理解してください。先立つ不孝をお許しください。嘆かないでください。わたしたちは、平和と繁栄の礎《いしずえ》となり、永遠の眠りにつくのです。おやすみなさい。さようなら」

雰囲気をつかんでいただくため、ワープロの「隷書体」というフォントで書き置きを再現してみた。もちろんこの見慣れない文字を毛筆で書くのは簡単ではない。この「書き置き」をどう見ればいいのだろうか。いろいろな見方が可能だが、NHKへのテロの動機が解明され、事件は収束したという報道もあった。だが今後のテロ予告とも受け取れる記述もあり、警察は警戒を緩めていない。焼死体で発見された実行犯の身元もまだわかっておらず、合同捜査本部は、規模を縮小してさらなる捜査を続けると発表した。NHKは会見で、「スーパークライマーおじいさん」に関する報道に問題はなかったと弁明した。だが、当の「スーパークライマーおじいさん」は、マスコミの取材攻勢を浴びてノイローゼとなり、同居人によれば、今後はいっさい登山をしないと決めたらしい。

謎は、むしろ深まったと言うべきではないか。確かに一部大手マスコミや識者が指摘するように、この不穏な時代、何が起こっても不思議ではない。何ら接点のない若者たちがインターネット上で知り合い、テロによる大量殺人を引き起こしても、驚くべきことではないのかも知れない。ただ、実際にNHK西玄関でテロに遭遇した筆者の違和感は、もっと具体的なものだ。たとえばあの特殊な可燃剤である。山口も富川も専攻は経済学で化学の知識があるとは思えない。横光は短大の英文学科卒だ。三人のアパート、それに実家などからも、可燃剤に関係する資料や材料や道具類など、いっさい見つかっていない。すでに処分されているはずだという指摘もあるが、だったら「中トロ」「大トロ」「太巻き」などと隠語で表現されている武器らしきものや、「仲間は他にもいます」という記述をどう考えればいいのか。しかもこれといって接点が見当たらない三人を、果たして「仲間」と言えるのか。そしてもちろん、最大の謎は、彼らが本当に犯人なのか、ということである。

おれは、定期的に「ウェブマガジン」の編集部に通うようになった。ワークスペースの端に座らせてもらい、端末を借りて、執筆する。他の寄稿家は自宅か自分のオフィスから記事や写真をオンラインで送信してくるのだが、おれのＭａｃＢｏｏｋはごく初期のモデルで、しかもアパートのネット環境は四半世紀前と変わらなかった。ネットへの接続は、昔ながらのモジュラージャックか、携帯電話だが、料金がバカにならない。アナログの電話回線は通信速度が遅いし、大量の情報を携帯の画面で読むのはストレスが大きすぎた。アパートの向かいに昔ながらの平屋建ての一軒家があり、未亡人と思われる妙齢の女性が住んでいた。名前は桃子さんだ。こっそりと郵便物を漁って誕生日を調べ、パスワードを突きとめて彼女のＡｉｒＭａｃから無線ＬＡＮを使わせてもらっていた時期があったが、四年ほど前に桃子さんが亡くなってから、それもできなくなった。風俗店のHPなど、雑文の執筆ではネットカフェも利用した。だが今回の事件のルポはネットカフェでは書きたくなかった。ネットカフェに偏見があるわけではない。独特のゆるい感じは嫌いではない。だが利用する人々のあきらめと無気力が空気のように漂い充満している場所では、何かに挑むという意欲は湧いてこない。

そういったことを相談すると、オガワは編集部の端末を使うように勧めた。「ウェブマガジン」編集部がある新社屋六階には、他に絵本や写真集の電子本制作室が入っている。だが人の出入りは少なくて、とても静かだ。スマートフォンで音楽を聞きながらキーボードを打ち続ける若い社員たちのファッションは男も女も実に多様で、花柄のシックなワンピースやスーツ&タイという者もいれば、マツノ君のようにジーンズとパーカーというスタイルもある。そんな中、よれよれのジャケットを着た五十代のおっさんであるおれはまさに異物だったが、意外にあっさりと風景の一部として溶け込んだ。ルポライターとして認められたというわけではない。若い社員は一様に、自分の仕事以外には他人や外部にあまり関心を示さないのだ。

オガワは、このフロアではなく、七階の役員室にいる。そして八階には、オガワが自慢する社員食堂があった。最先端のIT企業を真似た五十席ほどの小規模な食堂だ。専任のシェフが有機野菜や無添加の食材を使って献立を作り、急いで食事する人のために吉野家の牛丼の出店もあった。昔の週刊誌時代は各自勝手に出前を取ったりインスタントラーメンを食べたりしていたが、なるべく同じ時間にいろいろな部署の人とテーブルを囲んでコミュニケーションをとりながらランチするように心がける、というのが新社長の方針らしい。新社長自身、出張や外出のとき以外は必ず食堂でランチをとる。おれも一度だけ八階に行ってマツノ君たちといっしょに二百六十円の牛丼を食べた。牛丼はそれなりの味だったが、マツノ君もその同僚も携帯端末を持ち込んで、ほとんど会話がなく、仕事を続けながら有機野菜のマリネなどを食べていた。

「セキグチさん、例の三人組が自殺した現場には行ったんですか」

オフィスでは、マツノ君だけが、ときどき思い出したように話しかけてくる。おれは、飛行機の翼のような形の細長いワークスペースの端にいて、マツノ君はその向かいだ。いや、行ってないよ、と言うと、どうしてですかとまた聞くので、あまり意味がないからだと答えた。マツノ君は、軽く何度かうなずくと、また自分の仕事に戻った。おれがどうして意味がないと判断したのかには、興味がないらしい。おれは、自殺した三人はNHKのテロとは無関係だと、直感で思った。だから現場には何も見るべきものがないと判断したのだ。奥多摩湖畔の現場は、自殺サイトにもその紹介がある有名なスポットらしかった。

自殺した三人には、申し合わせたように人生の痕跡が残っていない。まず写真がほとんどない。テレビなどは、三人が学校で撮った卒業時の集合写真を、周囲を黒く塗りつぶしトリミングして使っていた。山口は身長が高く、九州熊本の出身であり、目鼻立ちがはっきりしていて眉も濃いが、集合写真の中で影が薄い。富川は、色白で太っていて心臓に持病がある。あまり鮮明ではない集合写真でも、力なく肩を落とし、両腕が垂れていて、うつむき加減にこちらを見つめていて、その脆弱さが伝わってくる。少し触れただけで倒れそうな印象がある。横光愛子は笑顔を見せているが、不自然さを感じる。顔がこわばっていて、怯えているような印象さえある。だが、影が薄いという特徴は、今の若者全体に共通したものかも知れない。ある学校関係者は、目立たないことが生徒にとって重要になっているとテレビでコメントしていた。しかも、そういった傾向はいじめとは関係ないのだそうだ。

確かに今の日本で、存在感を示し、目立つことにメリットはないのだろう。エネルギーやパワーを外に向かって示すことが、日本人の精神性から完全に消えつつあったのだ。三人が示したテロの動機が現実味のあるものとしてネット上で話題になったのも、似たような理由からだった。「スーパークライマーおじいさん」が身体中から湯気を発して険しい山道を早足で駆け上がる映像はテレビのワイドショーなどで繰り返し紹介され、ＹｏｕＴｕｂｅでは数百万ビューを記録したという。「スーパークライマーおじいさん」本人は目立ちたがり屋のバカだが罪はないと比較的好意的に評されたが、若者へのメッセージとしてそんな人物を紹介したＮＨＫに対してはネット上で非難が集中した。

「今元気な人間って、どこかおかしいわけでしょ？　そんな人をポジティブに紹介するメディアって発狂してると思いますけど」

　おれのルポを読んだマツノ君はそんなことを言った。そして、ぼくは自殺した三人には興味が持てないけど、セキグチさんは何か気になることがありますか、と聞いてきた。おれは正直に、あるよ、と答えた。

「あの書き置きの文字だよ、隷書体の、手書きの文字」

　うどん屋チェーンで店長代理を務める二十四歳の女が書道を学ぶのは、特に不自然というわけではない。だが書道は、将棋と同じように、どちらかと言えば老人が好むものだ。おれは、書き置きの内容よりも、隷書体という珍しい書体で書かれているのが腑《ふ》に落ちなかった。横光愛子は、今回のテロ事件の陰に見え隠れする老人たちと、書道を通じて何か接点があったのではないかと、直感的にそう思ったのだ。

　編集部を出て、地下鉄で池袋まで行き、山手線に乗り換えて駒込で降りた。駅でスポーツ紙を買ったが、三人の自殺に関する記事はもうどこにもなかった。三人の自殺から二日しか経っていないが、テレビのワイドショーなどでも扱いが小さくなった。そして三人の自殺のあと、それまで過熱気味だったＮＨＫテロ事件に関する報道も急にトーンダウンした。犯人が自殺したので事件はもう収束したというニュアンスに変わり、トップニュースではなくなった。書き置きの中の、「仲間がいる」とか「武器を持っている」

といった部分は無視された格好になった。三人の自殺は、テロ事件の衝撃と不安をいろいろな意味で中和したのだ。

犯人がわかって、しかも自殺した。詳細な書き置きを残し、動機も含め犯行を自白している。その動機にしても、イデオロギーなどとは無縁の、たとえば酒場の話題として盛り上がるような、たわいのないものだった。犯人は、どこにでもいるような存在感のない若者たちで、怖さはなかった。書き置きには仲間や武器について言及してあったが、仲間とか武器という言葉とはもっとも縁がなさそうな人種だったのだ。そんな連中がどうやって特別な可燃剤を作ることができたのか、「赤身」や「中トロ」といった奇妙な隠語は何を意味するのか、そもそもいまだ身元がわからないテロの実行犯とされる若者と三人はどこでどうやって知り合ったのか、謎はいくらでもあったが、無視された。

駒込駅の北口に出て、本郷通りをしばらく歩くと、左側に霜降《しもふり》銀座商店街というアーチ型の看板が見えた。幅三メートルほどの路地で、車は入れない。さまざまな商店が並び、平日の午後なのにかなりの買い物客がいて活気があった。入り口付近には、持ち帰り寿司の店と、焼き団子や鯛焼きを売る甘味屋がある。いずれも小さな店だが、焼いた餅米や混ぜ合わされる酢飯の香りに包まれ、緊張がゆるんだ。漫画と雑誌が中心の書店、中華ソバ屋、焼き鳥屋、店先のバケツに切り花を盛った花屋、手作りパンを売る店、どの店もせいぜい数坪から十坪ほどで、魚屋の軒先には氷を敷き詰めた発泡スチロールの箱に丸のままのヒラメやスズキやイワシが置かれて、すぐ脇に調理台があり、注文に応じて刺身や切り身に加工されていた。威勢のいい声が飛びかい、店主と客が冗談を交わしていた。おそらくこの路地の住人と客はほとんどみな知り合いなのだろう。そういった光景を見て、ごく自然に、懐かしい気分になった。おれは、東京郊外の団地で平凡なサラリーマンの長男として生まれ育ったが、巨大なスーパーマーケットが出現する前はどこにも似たような商店街があった。だから懐かしい気分になる。だが、昔ながらの商店街を知らない世代も、きっとこの路地を歩けば懐かしさを感じるのではないか。魚や肉やパンや野菜、それに切り花や衣料品やバッグや雑貨が売られている。魚は切り身ではなく丸のまま魚の形をしていて、焼き団子は目の前で焼かれ、メンチカツは目の前で揚げられる。衣料品はおもに中高年向けの普段着で、ブランドなどとは完全に無縁で、化粧品も日用品も小間物もおしゃれな輸入品などではなく、普段の生活で普通に使うものばかりだった。平均的な日本人の等身大の生活が、すぐ間近にある。

「やっぱりパジャマはグンゼです。生地・仕立・着心地最高！」と黄色い紙に赤の油性マーカーで描かれた洋品店を覗くと、店の奥に置いてある年代物のラジカセから、心を揺さぶる曲が流れてきて、おれは一瞬昔に引き戻されるような感覚にとらわれ、その場に座り込みそうになった。曲は中島みゆきの「わかれうた」で、数年前に何十回と繰り返し聴いた。フリーの記者をクビになり、生活が荒れて、妻が娘を連れてシアトルに去っていったあと、待ち構えていたかのように東日本大震災が起こった。おれには、実質的な被害と言えるものはなかった。暮らしはじめていた木賃宿のようなアパートも倒壊を免れたし、その後長期間にわたって人々を不安にした福島原発からの放射能も、おれはまったく気にならなかった。甲状腺癌などより自分の精神状態のほうが切実だったからだ。だが、東北と関東を覆った放射能への恐怖と不安は、おれに対しては複雑に作用した。不安が多くの人に広がり一般的になったことで、おれ自身の個人的な惨めさと救いのなさがより鮮明になったのだ。そのころ、夜になると浴びるように安酒を飲んだ。そして気がつくと、昔の歌謡曲やポップスをイヤフォンで、朝方まで、まるで飢餓から逃れるために食い物を口に押し込むかのようにして、大音量で聴き続けた。

いろいろな曲を聴くのではなく、同じ曲を何度も何度も繰り返し何時間も聴くのだ。医者にかかっていないので病名はわからないが、明らかに病気だった。どうやって立ち直ったのかよく覚えていない。ひょっとしたら立ち直っていないのかも知れない。何とか他人とコミュニケートできる、何とか社会生活が送れる、それが立ち直るということならおれは立ち直っている。だが、日々活力がある、自信に満ちている、充実した毎日を送っている、自らを肯定できる、それらが立ち直るということなら、おれは立ち直ってなんかいない。中島みゆきの「わかれうた」は三日三晩聴いた。聴き続けていると、あるときふいに酔いが醒めて、今すぐ死んでしまいたいような、ぞっとする気分に襲われ、もう二度とその曲は聴きたくなくなり、次の曲を探した。「わかれうた」の前は荒井由実の「あの日にかえりたい」で、そのあとは石川セリの「八月の濡れた砂」だった。

そして最後に、もっとも長い間聴き続けたのはザ・ピーナッツの「恋のバカンス」だった。中島みゆきや荒井由実の曲はオンタイムで聴いた。だが「恋のバカンス」は確か中学校のころ、実家に置いてあったシングル盤で聴いた曲だった。iTunes Storeで百五十円で購入したが、一千回以上聴いたので元は充分に取った。

「ちょっと、あんた、あんた、だいじょうぶかい、あんた」

気がつくと、洋品店の女主人がおれの腕を突いていた。現実に戻り、女主人の顔を見た瞬間、軽いめまいを感じて、同時にNHKの西玄関で見た焼死体が眼前に現れ、おれは叫び声を上げそうになった。すみません、何でもないんです、そう言いながら、店を離れたが、動悸がして、何かに押しつぶされるような不安が押し寄せてきて、現実感を失いそうになった。どうしたんだ、しっかりしろ、と自分に言い聞かせ、路地を奥に向かってゆっくりと歩いた。落ち着け、しばらくすると治まる、と呟きながら深呼吸をしようとするがうまくいかない。よく映画やテレビで極度の不安に陥った人間が深呼吸をするシーンがあるが、おれの経験では、パニックに近い状態のときには深呼吸をするのは簡単ではない。深呼吸ができるのはすでにかなり精神が落ちついてからだ。落ちつこうとして無理に深呼吸を試みると過呼吸になることもある。深呼吸をあきらめ、周囲を眺めながらゆっくりと歩くことにした。フリーの記者をクビになり、妻が娘を連れて出て行ってから、抑うつと不安感はまるで水や空気のようになじみ深いものとなっていたが、さっきのように鮮明で強いイメージが現れることはなかった。焼死体のイメージはまだ消えていない。右側にはクリーニング店があり、左側に薬局がある。薬局のガラス戸には「ノブのスキンケアぜひお試しください」と書かれた紙が貼ってあるのが見えるが、現実の視界を切り裂いて、フラッシュバックのように点滅しながら、焼死体が現れては消える。

メロンパンクラブという菓子パン屋からカレーパンの匂いがして、その向かいに鶏肉専門店があり店先でローストチキンが作られている。マツノ君がいつか言ったことがよみがえってくる。

「セキグチさん、あんなひどい事件を目撃したんだから、ＰＴＳＤとか、気をつけないといけないですね」

事件から一週間以上経っているが、これはＰＴＳＤなのだろうか。漬け物と干物と佃煮を売る店の横にちょっとしたスペースがあって、そこで財布を取り出し、小銭入れの中に入れておいた精神安定剤を噛み砕いて、米屋の店頭の自販機で水を買い、喉に流し込んだ。風俗店のＨＰで女の子紹介を書いているときに、やたら世話好きの店主から大量にもらった処方薬だ。常用はせずに、抑うつや不安が強く出たときだけ飲むようにしている。薬が効いてくるのに二、三十分かかる。「紅茶とハーブのお店」という看板のある喫茶店に入った。天然素材だと思われる木のテーブルと椅子、よく磨かれたウォルナットのフローリング、「オーガニックコットンで作られています」という表示のある素朴なデザインのシャツが販売されていて、棚のケースに手作りのスコーンが並び、クラシックが流れていて、姉妹だと思われる女性二人がイギリス国旗をあしらったエプロンをして迎えてくれた。他に客はいない。カモミールティを飲んでいるうちに少し気持ちが落ちついてきて、おれは店の女性と少し会話をした。現実感を取り戻すには、他人と話したほうがいい。この商店街は懐かしい感じで落ちつきますね、と言うと、作られたのは昭和三十年代初めなのだと教えてくれた。東京都の商店街グランプリで準グランプリを受賞したこともあり、ユニークで暖かな街造りがみんなの誇りなのだと言う。商店街の外れにある商業ビルの中に書道教室があるらしいんですがご存じですかと聞いたが、それは知らないわね、と女性二人は首を振った。

ポットのカモミールティを全部飲み、流れているクラシック音楽を聴き終わるころには安定剤が効いてきて動悸が治まり、焼死体のイメージも消えた。風俗店の店主がくれた安定剤は動悸を鎮め不安を軽減するが、全身に軽い脱力感があり、手の指先がかすかに痺れるような感覚がある。目的のビルは、紅茶とハーブの店のすぐ向かいにあった。ややカーブした路地に沿って、四階建てのビルが五棟建っている。ビルとビルの間はほとんど隙間がなく、色や形に統一感のない一つの建物のように見える。どのビルも共通して一階は家庭用品や衣料の店舗で、その上の階に歯科や皮膚科や眼科などのクリニック、眼鏡屋や薬局、会計事務所や雀荘や鍼灸院や美容室などが入っていた。光源ビルは、五棟の真ん中にあるコの字型の建物で、凹んだ中央部にガラス張りのエレベーターがあった。書道教室を探したが、入り口に表示はない。「（財）西ヶ原文化教室」というカルチャーセンターが三階にあり、３０２という番号の郵便ボックスにパンフレットが貼りつけてある。社交ダンス、陶芸、書道、珠算、詩吟、カラオケ、琴、着付けとそれぞれクラスが紹介してあり、「先土器、縄文・弥生時代の遺跡も数多く発見されている由緒ある地名・西ヶ原にちなんだみなさまの文化教室です」という小文が載っている。改めて周囲を見回すと、通りを歩いているのも、ビルに出入りするのもほとんど老人で、若者の姿はない。二十四歳の横光愛子は本当にこの文化教室で書道を学んでいたのだろうか。

扉の向こうから歌声が聞こえた。カラオケの教室だろうかと思っていると、ふいにドアが開き、大音量の演歌が聞こえてきて、和服を着て顔を白く塗った老婦人が現れ、いらっしゃい、と大音量の演歌に負けない大声で言って、金歯を見せて笑った。どうしておれがドアの前にいるのがわかったのだろうと不思議に思っていると、老婦人は得意そうな表情で、外の壁に設置された監視カメラを指さした。あの、実は、と挨拶しようとするが、老婦人は、おれの手を取って中に引き入れ、部屋の奥に進んでいく。部屋の中は暗く、天井のミラーボールが回り、光の斑点が床や壁や家具を移動していて、熱唱される演歌に合わせ、時代劇の扮装をした老人が剣を持って踊っていた。異様な雰囲気に圧倒され、場違いなところに来てしまったと、逃げ出したくなった。

部屋は十畳ほどの広さで、今どき珍しく煙草の煙が充満している。人々はソファに腰掛けたり、絨毯の上にあぐらをかいたりしているが、明かりはミラーボールだけなので、いったい何人いるのかわからない。案内してくれた老婦人が、おれの耳元に口を寄せて、完全防音だからね、だいじょうぶだからね、と大声で言った。

壁一面を覆うようにテレビモニタがあり、最新の通信カラオケが設置されている。幕末とか嵐とか天守閣とか白虎隊とかそんな歌詞が聞こえてくるが、何という歌なのかわからない。歌っているのは男物の着流し姿の老婦人だが、驚いたことにマイクを使っていない。喉に太い血管を浮き上がらせ、両手を広げるようにして朗々とした声を響かせる。舞っている老人は、七十代後半か八十代前半だろう。大柄で背筋が伸びて、髪の毛も豊かだ。紺色の袴の裾をなびかせ、白い足袋を滑らせながら床を移動する。その動きは滑らかで、能か太極拳のようにゆったりとしていた。

足を踏み入れたときはわからなかったが、部屋はかなり奥行きがあり、細長い座卓がコの字型に配置されて、さまざまな格好をした十数人の老人たちが、出前の寿司をつまんだり、皿に盛られたおつまみ類や煎餅や饅頭などを食べている。まだ外は陽が高いというのに、一升瓶から酒を茶碗に注ぎあおっている人もいる。缶ビールを飲んでいる女性もいる。ウーロン茶や麦茶も用意されているがアルコールを口にしている人のほうが多い。煙草を吸っている人も大勢いて陶器の灰皿は吸い殻でいっぱいだった。

部屋に案内してくれた老婦人が、舞っている老人を指さして、九十過ぎ、と耳元で教えてくれた。やがておれは、舞っている老人が持つ刀が、ミラーボールからの光を反射して異様な輝きを放っているのに気づいた。老人は刀を振り回したりはしていない。正面に両手で構えたり、脇に垂らしたり、頭上に持ち上げてそのまましばらく止めたりする。いかにも重そうだった。ひょっとしたら真剣なのかも知れない、そう思うと寒気がしてきて部屋を出たほうがいいと一瞬考えたが、はーい、新入りさんでーす、と老婦人がキンキンしたよく通る声で言って、老人たちから拍手が起こり、座布団があてがわれて、隣りから日本酒が入った茶碗が回ってきた。酒を飲むような気分ではなかったが、少しだけ口をつけた。新入りとしてこの場にどういう態度で臨めばいいのかわからなくて、しばらく周囲を眺めていたが、そのうち、誰もおれのことなど注目していないと気づいた。

演歌がエンディングを迎えようとしていて、はあー、はあー、と歌い手の太い声が響き渡り、舞い踊る老人は刀を鞘に収め、天を仰ぐような仕草とともに両手を高く掲げ、恍惚の表情を浮かべた。すると、人々が中腰になり、手拍子とともに、カ・リ・ヤ、カ・リ・ヤ、カ・リ・ヤ、と連呼をはじめた。おそらく舞い踊る老人の名前なのだろう。踊りを止めた老人は、右手を前に出して、連呼と手拍子を制止し、わかったというように何度かうなずいて、部屋の隅を指さした。おお、という歓声が起こり、一人が立ち上がって指示された場所に行き、よっこらしょと声を出しながら何か運んできた。それは、アパレルで使うトルソーのような、上半身をかたどった人形で、首と顔の部分には円筒形に丸めた古畳表が固定され、裾の短い服が着せてあった。詰め襟があり、光沢のある派手な色の中国服で、確かチーパオと呼ばれるやつだ。

いやな予感がした。カリヤと呼ばれる老人は、まず刀を腰帯から抜いて右手に持ち、壁に置いてある神棚に一礼し、そのあとテーブルについている人々にも同じように一礼した。そのあと両手で刀を掲げ、刀そのものへの敬意を示し、再び鞘を腰帯に差した。前方を見据え、しばらく呼吸を整え、かっと目を開いたかと思うと、右足を踏み込みながら右斜め上に抜刀し、古畳表で作られた人形の顔半分を削ぎ落とし、そのまま刀身を左方向に回すようにして上段に構え、そのまま左斜め下方に振り下ろして首を切り落とした。そして、まるで付着した血を落とすように刀を小さく振ったあと、不動の姿勢をとり、鞘に戻した。

「登録証さえあれば所有できるらしいですよ」

おれの隣りで缶ビールを渡してくれた老人が、そう教えてくれた。いい季節だし明日も天気がいいらしいですよ、というような感じの口調だった。人形を切りつけるパフォーマンスは毎回披露されるわけではないらしい。観客のリクエストが多く、気分が乗れば見せてくれるのだそうだ。日本刀が真剣で、しかも中国服を着せた人形の顔と首が切られたのを見て、おれは気分が悪くなり、トイレに行って、安定剤をもう一錠嚙み砕いて飲んだ。糖衣錠なので嚙み砕くと効きが早い。部屋に戻り、安定剤を流し込むように缶ビールを半分ほど飲んで、やっと気分が少し落ちつき、真剣を所持しても大丈夫なんでしょうか、と隣に座っている老人に質問したのだった。

ミラーボールは回転を止めていて、天井に設置されたスポットライトが、学生服姿の老人を照らしている。舟木一夫の「高校三年生」のイントロが鳴り、その横にはセーラー服を着て造花の花束を持つ老婦人が片膝をつき、学生服を着た老人を見上げていた。

「詳しいことは、カリヤさんに直接お聞きになったら」

隣りの老人はそう言って席を立ち、向かいのテーブルに座っているカリヤという老人を連れてきた。大柄な老人は、おれの隣りに正座し、ようこそお越しくださいました、わたしはカリヤと申します、と深々と頭を下げた。戦前の俳優のような非常に整った顔立ちで、肌に張りがあり、とても九十過ぎには見えない。パフォーマンスで汗をかいたのだろう、着流しに着替えていて、胸から「I♥PARIS」とプリントされたTシャツがのぞいている。カリヤ氏は、酒ではなくウーロン茶を飲んでいた。

「立派な刀ですね」

傍らにある刀を見ながら、おれはそう言った。ありがとうございます、とカリヤ氏は目礼し、これは無銘ではありますがカシュウキヨミツの作だと言われております、と刀身を鞘から十センチほど抜き、帝国陸軍九八式軍刀であります、と話しはじめた。刀身二尺二寸、血流しが入っております。高級将校用でありますから鍔《つば》は透かし型で、はばきは銀無垢でありまして、ご覧の通り薄革巻の鉄鞘に収めております。すでにご承知かと思いますが、わたしの抜刀道は戸山流でありまして、陸軍戸山学校におきまして満洲事変以来の実戦体験により、立ち技として組み立てられたものであります。

　おれは日本刀に関する知識などない。知ったかぶりをするとまずいと思い、でも実に美しいものなんですね、と褒めながら、刀剣には無知なのだと正直に告げた。カリヤ氏はかすかに微笑み、深くうなずいて、日本刀の所有については、登録証さえあれば警察の許可も免許も不要なのだと簡単に説明してくれた。古美術商などから購入する際に登録証が発行されて、記載されている教育委員会に名義変更の手続きをすれば所有が認められるらしい。美術品という扱いなのだ。だがいくら美術品でも、カラオケに合わせて舞ったあとで人形を切るのはたぶん違法だろうと思ったが、もちろんそんなことは言わなかった。一通りの説明が終わると、カリヤ氏はまた深々と頭を下げ、どうぞごゆっくりなさってくださいと言って、元の席に戻っていった。お辞儀を返しながら、電話もせず突然入ってきた見ず知らずのおれがどうしてこんなに簡単に受け入れられるのだろうと不思議に思った。名前も素性も聞かれない。だいいち誰が管理しているのかも、入会にはどんな手続きが必要なのかもわからない。

「さっきの抜刀術ですが、どうして人形が中国服を着ていたんですか」

　カリヤ氏と入れ替わるように隣に戻ってきて、二本目の缶ビールを渡してくれた老人に聞いてみた。光沢のある生地を使った詰め襟の中国服は、清朝時代から一般的になったらしい。清を建国したのは満洲人だ。おれは、テロ予告をしたヨシザキと名乗る老人の、わたしは満洲国の人間ですという言葉を思い出し、何か関連があるのかも知れないと思ったのだった。しかし老人の答は満洲国とはまったく関係のない現実的なものだった。友人が何人も中国の女に騙《だま》されたからですよ、と老人は答えた。後添いを求めて中国本土まで出かけていき、結婚して、結局いいように騙され住居や預貯金など財産を横取りされる老人が大勢いるのだそうだ。あなたね、信じられますか、と老人は首を振りながら言った。北区や足立区の都営住宅にですね、中国人の女が数え切れないくらい住んでいるのですよ。中国まで後妻を探しに行く人も浅ましいと言えば浅ましいわけですが、考えてみてください。小金のあるなしにかかわらず、独り者の男の年寄りほど、寂しい人間はこの世にいないんではないですか。哀れと言えば哀れでしょう。わたしなどは外国へ行くお金などないのでそんな真似もできんですがね。

「必ず中国服なんですか」

そう聞くと、最近は多いです、と老人はビールを飲みながらうなずいた。だが政治家の似顔絵や嫌いな俳優や歌手の写真を古畳表の筒に貼りつけることもあるらしい。老人は、柿の種が入った皿から、器用に指先を使ってピーナツだけを素速く数粒つまんで、口の中に放り込み音を立てて噛み砕きながらビールを飲む。おそらく七十代だろうが、歯が丈夫なんだなと感心した。おれは四十代半ばから不摂生と歯周病で奥歯がぐらぐらしてきて、ピーナツやおかきはもちろん、最近では硬い肉なども食べられない。ぐらついている奥歯が他の歯にも影響して、このままではいずれ総入れ歯を覚悟しなければいけないと歯医者は脅し、インプラントという人工歯根手術を勧めたが、料金が一本につき最低でも二十万だと聞いて、即座にあきらめた。おれにとっては宇宙旅行と同じくらい無縁の話だった。

「いやいや、わたしは総入れ歯ですよ」

おれが歯の話をすると、ピーナッツ好きの老人はそう言って、指で唇を押し広げるようにして歯を見せてくれた。不自然に白い歯が均一に並んでいる。総入れ歯になってもピーナッツが食べられるのかとおれ自身の歯のことを考えて安心していると、この人はもっとすごいです、とすぐ隣りで手拍子をとっている小柄な老人を示し、アンドウさん、ちょっといいですか、とこちらに呼び寄せた。アンドウという人は、和装や学生服ではなくツイードのジャケットとズボンというごく普通の老人の服装をして、わずかに残った髪をぴったりと真横に撫でつけている。九十三歳で、歯が全くないが、入れ歯が嫌いで、驚くべきことにあらゆる食物を歯茎で嚙むのだという。そんなことが可能なんですかと聞くと、ずっと歯茎を使っていると鍛えられて硬くなるんですと黒っぽく変色して本当に硬そうな歯茎を見せ、食べるところを実演してくれた。目の前に盛ってある焼き鳥を示し、つくねやレバーではなく、腿肉とネギを手にとって串から抜き取り、上下に嚙むのではなく、口全体をぐるぐる回すように動かしたあと、喉を震わせて嚥下《えんげ》した。まるでブレンダーのようだった。食べられないものはないらしい。おかきやナッツ類は無理だろうと思ったが、充分に湿らせてから硬い歯茎で押しつぶすのだそうだ。この歳まで生きるといろいろなことが可能になるとわかります、とアンドウという老人は言って、楽しそうに笑った。

いつの間にか「高校三年生」が終わっている。ではみなさんのリクエストにお応えしてもう一曲、と学生服の老人がそう言って、やはり舟木一夫の「学園広場」がはじまった。誰もリクエストなんかしていないが、二曲続けて歌う老人に文句を言う人はいない。造花の花束を持ったセーラー服の老婦人は歌う老人の周囲をスキップし、ときおり恥じらうように腰を折り、胸に両手を当て首を傾けて恋心を表現したりする。そんな二人のパフォーマンスをじっと見つめる老人もいるし、天井を仰ぎ見て黙々とつまみを食べ日本酒をあおる老人もいる。何か噂話をしているのだろう、肘でお互いを突きながら笑い転げている和装の老カップルもいる。服装もバラバラだし、好きなものを好きなように食べ、飲んでいる。ここには規制とか規則のようなものがないのかも知れないとおれは思った。叫んだり暴れたり、誰かを傷つけたり、他人の迷惑になるようなことをしない限り、どういう過ごし方をするのも自由なのかも知れない。どこか懐かしい混沌とした雰囲気があった。おれが生まれ育った東京郊外の街には、戦前から続いている赤田屋という酒屋があって、年寄りたちが昼間からコップ酒を飲み煙草を吸って大声で話し、笑い合っていた。今だったらみっともないとかだらしないとか、健康や子どもの教育に悪いと言われるだろう。

この教室ですけど管理する人はいないんですかと総入れ歯の老人に聞いたが、変な顔をされた。質問の意味が伝わらなかったのかも知れない。この文化教室を主宰しているのは誰なんですかと聞き直すと、ぼくたちです、と即答が返ってきた。入会も退会も自由で、氏名や住所や電話番号などの個人情報も明かしたくない人は届け出る必要はないらしい。ほら、ぼくたちの歳になると訳ありの人だって多いわけですからね。カテゴリー共通で会費だけは月二千円いただきますが、足りない分は、社長や地主やビルのオーナーといった余裕がある方々がいて、身銭を切って食料や酒を調達してくれましてね。ときには鰻重や特上寿司が出ることもあるんですね。お酒がないときはお茶だけでもいいですし、要はみんなが楽しく過ごせればいいわけですから。総入れ歯の老人はそんなことをうれしそうに言った。会費二千円と聞いて、おれがポケットから財布を出すと、初回は見学ということで無料です、と言われた。とにかくですね、はじめての人は大歓迎なのですよ。

「とても自由なんですね。こういう場所って、ちょっと他では聞かないですね」

総入れ歯の老人に向かってそう言ったのだが、ちょうど「学園広場」の歌が終わり部屋が静かになったときで、全員から注目された。おれは、どうも、どうも、と周囲の老人たちに改めて会釈し、拍手を受けた。人形の首を切り落としたパフォーマンスを見たときのショックからしだいに立ち直り、教室の運営方法に素直に感心した。最初、顔を真っ白に塗った和装の老婦人や、剣舞や学生服とセーラー服を着た老人たちに抱いた強烈な違和感がしだいに薄れていくのがわかった。自分でも信じられなかったが、おれは教室の老人たちに好感を持ちはじめていたのだ。

「いや、ここだけではありませんよ」

学生服を着た老人が絨毯を這うようにしながら近づいてきて横に座り、そう言った。学生服を着て学生帽を被り、舟木一夫に似せて眉を描き口紅まで塗って、手の甲にも白粉が塗られている。白粉で塗り固められているが、深く刻まれた皺から判断すると八十歳を超えているだろう。だが声は朗々としたバリトンで身のこなしにも品がある。近くで大きな運送業を経営しておられるスズキさんです、と総入れ歯の老人が身を乗り出すようにして教えてくれた。

「このような憩《いこ》いの場所は、都内に十ヶ所以上ですかね、あります。埼玉や千葉のほうにもありますね。わたしたちは、あなたがおっしゃったように、できる限り自由にというコンセプトで運営していまして、流行の表現を使いますと、ネットワークですか、そういったものですね、独自の形で築き上げようとしているんです」

舟木一夫の扮装をしたスズキという老人は、現役の経営者だというだけあって言葉づかいも他の人とは違った。

「生意気を申すようでご容赦願いたいのですが、わたしは約八十年生きてまいりまして、このところ思うところがあり、その思うことをですね、このような憩いを通しまして、大勢の人々に知ってもらいたい、できれば賛同していただきたいと、そういうことですね。つまり、わたしども、年齢に関係なく、外の世界、人々とともに、と申しますか、関係性の中で生きております。外の世界や人々に押しつぶされる、それこそが不幸というものの正体であり、何とか折り合いをつけながら生きていく状態を普通、外の世界や人々を従わせたり、関わり合って変化させ、利益を得るのが勝ちであり幸福、というような風潮もあるかと思うんですが、わたしは、年齢を経るにつれて勝ちとか幸福ではなくて、普通を選びたいと思うようになったんですね。何とか折り合いをつけながら生きていくということですが、そのことには実際、普通以上の価値があると、今は確信しております。勝ちや幸福を超えたものかも知れない。とくにわたしどもの世代は戦争を知ってますから、いっそう強くそんなことを考えるのかも知れません」

学生帽を被った白塗りの老人からそんな話を聞くのはシュールな感じもしたが、迫力と説得力があり、おれはうなずきながら聞き入った。スズキという老人が言うことは正しいと思ったし、傷が癒されるような気がした。家族から見捨てられるという最悪の事態を経験し、おれには常に罪悪感と自己嫌悪がくすぶっている。他人に関わり合って変化させると、スズキという老人は言った。おれは、妻と娘がシアトルに行ってしまってから、人生でもっとも辛いことは何なのかわかった。最底辺で生きることでもないし、他人から屈辱を受けることでも世間から無視されることでもなかった。もっとも辛かったのは、大切な人に対し何もできない存在になってしまったことだった。だから、自分は生きる価値のない人間だとどこかで決めつけてしまい、気持ちは常に萎《な》えていた。まるでおれの状況をすべてわかっているかのように、現実や他人と何とか折り合いをつけて生きていくことには普通以上の価値があると言われ、感動してしまったのだ。この人たちは戦争と戦後という困難な時代を生き抜いてきたのだと、周囲の老人たちを眺めながらそう思った。

「あの、この教室ですが、書道を習うこともできるとパンフレットにあったんですけど」

約十年ぶりにカラオケを熱唱したあと、総入れ歯の老人にそう聞いた。歌ったのは中村雅俊の「ふれあい」で、教室に案内してくれた和装の老婦人が歌に合わせ白いハンカチをひらひらさせながら踊りを披露してくれて、おれは全員から拍手をもらった。

「書道ですか。書道なら、今も隣りの部屋でやってますよ」

総入れ歯の老人はそう言って立ち上がり、先導して、テレビモニタのすぐ脇にある扉を開けた。扉の向こうに厚手の生地の黒い幕が下りている。防音用なのかなと、その幕をくぐるようにして向こう側の部屋に入ったとき、一瞬目がくらんだ。窓からの陽射しがあふれていたからだ。六畳ほどの狭い部屋で、一人の女が机に向かって正座しているのが目に入った。長い髪が垂れていて、顔はよくわからない。

「失礼します。こんにちは」

声をかけると、女は筆を止めてこちらを向き、頭部をほんの少し上下に動かした。うなずきとも会釈ともつかない、ぎこちない動きで、そのあとすぐに再び半紙に向かい筆を動かしはじめた。今どき珍しい真っ黒でまっすぐな髪で、腰のあたりまで伸びている。歳は二十代半ばというところだろう。小さな花をプリントした茶系のブラウスとジーンズという地味なファッションで、尻の下から覗いている素足の指が妙になまめかしかった。どう話しかければいいか、おれは迷った。さっきこちらを見た女の目に、まったく力がなかったからだ。うつろだった。一見、一心不乱に書道に集中しているかのようだが、誰かに命じられるまま機械的に筆を動かしているような、そんな印象があった。警戒されたら終わりだと直感でそう思った。週刊誌でフリーの記者をしていたときには、おもにヤクザや風俗関係者だが、似たようなタイプの人間をいやというほど取材した。他人すべてが敵という環境でずっと生きてきて、信頼という概念を持っていない。だから警戒心を少しでも刺激したら逃げられてしまう。二度と口をきいてくれない。おれとしては、ここで書道を習っていたという横光愛子のことを聞きたいのだが、下手に質問するとコミュニケーションそのものが成立しなくなる。

「それは、楷書体《かいしょ》ですよね」

距離を測り、近づきすぎないように注意して、そっと手元を覗きこむようにして、そう聞いた。女はかすかにうなずいただけで、何も言葉を発しない。だが、たとえうなずくだけでも、反応さえあればコミュニケーションは維持できる。不利なのは、おれに書道に関する知識がないことだった。書道に詳しければ警戒心を解くような質問を考えることができるが、女がどのくらいの腕前なのかもわからない。楷書体という名称も、奥多摩湖近くで自殺した三人の書き置きについてルポを書くときに、隷書体、楷書体、行書体、草書体など、ざっと調べて覚えただけだった。ほとんどの書道教室では楷書体がスタンダードとなっている。だが、どうしてこの女は一人だけで練習しているのだろう。先生はいないのだろうか。

「いつも一人で練習するんですか」

そう聞いたが、首をほんの少し傾けただけで返事はない。肯定したのか、否定なのかもわからない仕草だった。部屋には机と小さなスチール棚以外家具らしいものがない。窓にはカーテンも掛かっていない。向かいのビルの隙間からの陽射しがまともに差し込んでいるのはそのためだ。横光愛子もこの部屋で書道を学んだのだろうか。警察は、横光愛子がこの文化教室に通っていたという情報を、彼女が働いていた文京区のうどん屋の同僚から得たらしい。

「わたしも書道を練習したいんですが、先生とかいないんですか」

そんな質問をしたとき、いますよ、という声が背後で聞こえた。セーラー服を着た老婦人が垂れ幕から顔を出している。「高校三年生」で、造花を持って踊った老婦人だ。

「わたしが教えますよ。でも、書道はとにかく繰り返し書かないとね。他の教室ではとにかく形だけ整えればという教え方も多いですが、わたしどもは、まず心を磨いてもらうようにしてます。他の習い事も同じです。詩吟も陶芸もカラオケもお琴も同じです。形ではなく心なのよね」

たんですよね」

「すみません、あの、この間亡くなった横光愛子さんという人もここで書道を学んでい

　おれは老婦人に聞いた。横光さんのことをどうしてご存じなの、と老婦人は怪訝な表情になった。新聞で読みましたと言うと、なるほどとうなずいて、そうよ、と首を振りながら悲しそうな顔つきになった。

「まさかね、あんなことになるなんてね。大人しくていい子で、とても熱心だったのよ。わたしはまだ信じられないです。いつもそこで、今のカツラギさんみたいに、一心不乱に何時間も何時間も練習していらっしゃったのにね。形ではなく、心、きちんとそう学んだ人だったのにね。人間ってわからないものね」

　老婦人はそんな話をして、また垂れ幕の向こう側に姿を消した。中国服を着せた人形の首を真剣で切り落とすパフォーマンスのどこに心があるのだろうと思ったが、もちろんそんなことは言わなかった。おそらく警察はこの教室にも聞き込みに来ただろう。だが、人間ってわからないものですね、と温厚そうな老人たちに言われたら、疑いを挟む余地がない。しかし、おれがつい好感を抱いてしまったこの老人たちの中にテロに関係する人物が実際にいるのかどうかは別にして、この文化教室と横光愛子の自殺に何らかの関係があるのは間違いなかった。

　老婦人との会話には収穫があった。女の名前がわかったからだ。カツラギという若い

女は、横光愛子の話題が出たときに、じっとこちらを見ていた。何かを知っているとおれは確信した。しかし、返事を得るための試みはことごとく失敗した。隷書体も書けますかと聞いたが、単に首を横に振っただけだった。楷書体以外にはまだ習っていないんですかと聞くと、けだるそうにうなずくだけで、他の書道教室にも通ったことがあるんですかと聞いても、どちらともとれないように曖昧に顔を斜めに傾け、子どものころから書道が好きだったんですかと聞いてみたが、まったく反応がなかった。おれは微妙に間を取って声をかけるようにした。たたみかけるように質問すると、うるさいと思われ、警戒されてしまう。だが、間を取りすぎても沈黙が圧迫となって警戒心が生じる。途中から質問するのを止めて、ぼくもここに通おうかな、ほんとここは開放感があっていいですね、駒込にこんなところがあるとは意外だったな、そんなことを周囲を見回しながら独白のように小さな声で話したのだが、完全に無視された。おれは途方に暮れ、きっと横光愛子もこんな感じでここに通っていたんだろうなと思った。孤独で、コミュニケーションが苦手な若者はたぶんこの教室が気に入るだろう。月に二千円だったらフリーターでも払えない金額ではないし、何よりも余計な干渉がない。部屋さえ空いていれば、好きなときに来て好きなだけいて好きなときに帰ることができるのだろう。

老人たちが歌うカラオケが洩れてくる。フランク永井の「君恋し」が終わり、誰の歌か忘れたが「雨に咲く花」という曲に変わった。およばぬことと諦めました、だけど恋しいあの人よ。胸が締めつけられるような切ないメロディで、おれは別れた妻と娘のことをまた思い出してしまい、自分はこんなところで、何も話さない女を相手に何をしようとしているんだろうと気分が落ち込み、もうどうでもいいやと投げやりな気持ちになって、お茶しませんか？　とカツラギという女に声をかけた。

「すぐ近くにハーブティがおいしい店があるんですよ。手作りのスコーンもあるし」

すると、信じられないことが起こった。女が長い髪をなびかせてこちらを向き、声を出したのだ。

「スコーン？」

大きな声だった。女は、正面から見ると端正な顔つきをしていた。肌が真っ白で、切れ長の目をして鼻筋が通っていて、唇が薄く口は小さかった。まるで陳列ケースに入った日本人形のようだと思った。ふいにそのケースが粉々に割れ人形が喋り出したような不思議な感覚にとらわれた。おれは、半ばやけくそでお茶に誘っただけだった。返事どころか、反応もなく無視されるだろうから、そのときはあきらめて退席しようと決めていた。だからびっくりして、混乱してしまい、女が発したスコーンという単語が意味を失って頭の中で反響した。それがイギリスのパンの一種を表す言葉だと自分で再確認するのにしばらく時間がかかった。

「スコーンって、あの英国のスコーンですか？」

女は確かめるように、また声を出した。独特の声だと思った。低く、少し鼻にかかっていて、妙に心が和む。イギリスではなく英国と言ったが、それも不自然ではなかった。英国っていうか、本当はスコットランドのものらしいけどね、おれがそう言うと、ぜひ食べたいです、と女は目を輝かせた。

「ずっと前から、一度食べたいと思っていたんです」

じゃあ、ハーブティとスコーンのお店はすぐ向かいなので、ぼくは先に行って待ってます、おれがそう言うと、カツラギという女はうなずいた。スコーンという単語に反応したときの目の輝きはもうなかった。本当に来てくれるのか確信が持てなかったが、横光愛子の取材源はこの女以外にはない。そして、いっしょに教室を出るのは、何となく避けたほうがいいような気がした。大部屋ではカラオケが続いていて、白塗りの老婦人が「津軽海峡・冬景色」を歌っている。わたくし、実は仕事の途中ですのでこれで失礼させていただきます、また必ず伺わせていただきます、と総入れ歯の老人に伝え、カリヤ氏やスズキさんをはじめみなさんに目礼し、「ふれあい」を歌ったときに脱いだジャケットを壁際のハンガーから回収して、できるだけ名残惜しそうに見えるように愛想笑いをしながら何度も振り返り、お辞儀を繰り返して、ゆっくりと退席した。

「紅茶とハーブのお店」の前で、一時間近く待つことになった。何度かあきらめかけたが、カツラギという女の「スコーン?」というハイテンションな声を思い出し、時間をつぶしながら待った。店の前にずっと立っているのは不自然なので、文化教室が入っているビルの出入り口を確認しながら行ったり来たりして周辺をうろつき、自販機のお茶を飲み、久しぶりに煙草を四本ほど吸った。しかし、四十分ほど経ったころ、「紅茶とハーブのお店」から女性が顔を出し、「夕方六時までお休みします」というプレートを扉のノブに掛けた。それを見て、急に気持ちが萎えた。カラオケの老人たちの毒気に当てられた疲労が一気に吹き出し、その場に座り込みそうになった。時計を見る。午後四時前だ。あのカラオケの大部屋にいたのは一時間半ほどだが、異様な雰囲気に飲まれて、自分がひどく緊張していたことに気づいていなかったのだろう。ビールの酔いも醒め、時間が経つにつれて、いったいあれは何だったんだと、徒労感が身体の奥からわき上がってきた。おれはジャケットの内ポケットを探り携帯を取り出そうとした。会社に電話をして、オガワかマツノ君を相手に何でもいいから話をすれば気持ちが落ちつくかも知れないと思ったのだ。

携帯といっしょに、名刺かプリペイドカードのようなものが指に触れた。ポケットにそんなものを入れた記憶はない。見ると、名刺でもカードでもなかった。厚紙で縁取された長方形の紙切れで、ボールペンで短いメッセージが書いてあり、その脇に、切手よりも小さいビニールのようなものが貼りつけてある。最初は携帯で読み取るQRコードかと思ったが、違った。メッセージ文を読んで、一瞬めまいがした。関口君へ、とおれの名前が記されていたからだ。

「関口君へ。ようこそ。君に特ダネをあげるから、また取材して記事にしたまえ。来西杉郎　PS．ところで子犬たちの悲鳴は止んだかね」

おれが隣りの小部屋に行っている間に、誰かがメッセージを書いてジャケットの内ポケットに入れたのだ。あの大部屋にいた老人全員に可能性がある。非常に達筆で、文字からは男女の区別がつかない。おれは名前を誰にも明かしていない。あの老人たちの中におれのことを知っている者がいたということだ。呼吸が荒くなり、動悸がしてきた。あの老人のうちの誰かが、あるいは何人かが、ひょっとしたら全員が、おれの名前は関口で、いずれあの文化教室を訪ねてくると知っていたことになる。顔見知りはいなかった。大久保の将棋道場と何か関係があるのだろうか。テロ予告の電話をしてきたヨシザキという老人はおれの名前を知っていて、オガワにおれを取材者として指名したらしい。

来西杉郎、キタニシスギオ、あるいはクルニシスギオだろうか、その名前にも覚えがない。本名ではないだろうが、そんな名前の老人は将棋道場にもいなかった。特ダネを、とあるが、またテロの予告なのだろうか。だが具体的なことは何も書かれていない。それにしても、追伸の「子犬たちの悲鳴は止んだかね」とはどういう意味なのか。トマス・ハリスの同名の小説を映画化した「羊たちの沈黙」に似たような台詞があった。精神科医で稀代の殺人鬼であるレクター博士が、ジョディ・フォスター演ずるＦＢＩ訓練生クラリスに物語の最後に言う台詞で、原作と映画のタイトルの由来となっている。クラリス、子羊たちの悲鳴は止んだかね。クラリスにはトラウマがあり、警察官だった父親の死と、朝方に殺される子羊たちの悲鳴を幼児期に聞いたことが、無意識下で重なっている。レクター博士はそれを見抜いたのだった。だがおれは子犬など飼っていないし、これといって子犬に関する記憶もない。何かのメタファーなのだろうか。動悸が治まらない。ひょっとしたら子犬とは娘のことを意味しているのではないかと思った。フリーの記者を辞めて気持ちがすさみはじめていたころ、おとうさんがずっと家にいるとトイレットペーパーが早くなくなるんだねと娘が言って、おれは切れてしまい、トイレの紙なんかどうでもいいじゃないかと怒鳴って、びっくりした娘が泣き出したのだった。子犬が娘のことを指すのだったら、このメッセージを書いた人物はおれのプライバシーも知っていることになる。そんなことは可能だろうか。はっきりした記憶はないが、将棋道場でみんなとビールを飲んだときなどに、家族や離婚について軽い感じで話したのかも知れない。

「あの」

なかなか動悸が治まらず苦しくなってきて、安定剤をもう一錠飲もうかと考えていたとき、声をかけられた。振り向くとカツラギという女が顔をわずかに右に傾けてすぐ後ろに立っていた。calligraphyという筆記体の英語がプリントされた薄手のバッグを下げている。書道用具を入れるバッグらしい。女は、途上国の民芸品でよく見るような、白く太い糸で編んだカーディガンをはおり、布とコルクの素朴なサンダルを履いている。意外に背が高い。一七〇センチというところだろうか。おれとほぼ同じだが、サンダルの踵《かかと》分だけ見下ろされる格好になった。

「ごめんなさい、この店なんだけどね、夕方までお休みらしいんですよ」

女は、おれと店を交互に見て、困ったような表情になり、下を向いた。長い髪が顔にかかり、しばらくそのままうつむいて何も言わず、固まったように身体も動かない。これから、どうすればいいのだろうか。老人たちの毒気に当てられた上に、謎のメッセージでさらに混乱していて、あまり話が通じそうにない女とはいっしょにいたくなかったが、横光愛子について何かわかるかも知れないとわざわざ駒込まで来たわけで、記者のはしくれとしてはせっかく見つけた取材源から逃げるわけにもいかなかった。

「あの、もしよかったらだけど、他に行きませんか。スコーンのおいしいお店を知ってるんですが、どうですかね。もし、よかったら、ということですが」

警戒心を与えて逃げられないように、できるだけていねいに、無理強いするようなニュアンスにならないように心がけて話しかけたのだが、気持ちが不安定になっていたので声が少し震えた。まずいなと思ったが、女は肘が触れ合うほど近くに立ったまま、反応がない。しかも、おれは嘘を言った。スコーンのおいしい店など知るわけがない。スコーンを食べたことさえない。スコーンにしろクロワッサンにしろベーグルにしろ、そんなものにはまったく興味がなかった。あとで編集部に電話すればいいと思った。マツノ君か誰かに聞けば、スコーンがおいしい店をネットで調べて教えてくれるだろう。そういったことを考えていると、ざわついていた神経が少しずつ落ちついてきた。

タクシーで行きましょう、そんなに時間はかからないと思いますから。財布に現金がいくらあったか考えながらそう言って、おれは商店街の出口のほうにゆっくりと歩き出そうとした。女は顔を上げて、おれのほうをじっと見た。目にまったく力がない。放心状態なのかと思ったが、しばらくして、はい、という答が返ってきた。ただし音声ではなく、口の形でわかっただけだ。それも「はい」だけだ。しかも、タクシーで行きましょうとおれが誘ってから一分近く経過したあとだった。おれはスローモーションのようにゆっくりと歩きだした。あまりにゆっくりと歩いたので、自分が夢遊病者か、壊れたロボットになったような気がしてきた。女は、相変わらずぴったり寄り添うようにして、付いてきた。本郷通りに出て、道路の反対側でタクシーを拾う。どちらまで、と運転手に聞かれて、とりあえず新宿方向に、と言おうとすると、それより先に、それまで「あの」と「はい」しか話さなかった女が、はっきりした声で、行き先を告げた。

「テラスです」

テラスって？　タクシーの運転手は困惑したような声で聞き直す。おれも、テラスというのがどこなのか、そもそもそれは場所を意味するのか、わからなかった。テラスですと言ったきり、また女は口を閉ざした。タクシーは走り出したが、編集部に電話をして新宿あたりでスコーンのおいしい店を教えてもらうか、それとも女にテラスの意味を聞いたほうがいいのか、わからなくなった。あの、どこに向かえばいいでしょうか、長髪の若い運転手は、面倒くさそうな表情でルームミラーで何度もこちらを見る。困ったなと思っていると、女は前部シートをつかみ身を乗り出すようにして、テラスと言えばたまプラーザでしょう、と突然びっくりするようなかん高い声を上げた。たまプラーザって田園都市線のたまプラーザ？　と運転手が確認して、女が、そうそうと何度もうなずく。そこにスコーンがあるのかと思いながら、じゃあ、たまプラーザに向かってくださいとおれは運転手に言った。しかし、たまプラーザという固有名詞には聞き覚えがあったが、正確にどこにあるのか知らなかった。初台南から首都高に乗って東名を使ってもいいでしょうか、と言われて、いったいどこまで行くのだろう、タクシー代を払えるだろうかと不安になった。スコーンだったら、別にそんなに遠くまで行かなくても新宿あたりでおいしい店があると思うんですけど、どうですか、と説明したのだが、女はまた不可解な台詞を言った。

「スコーン？　それ、何ですか」

タクシーの運転手がルームミラーで怪訝そうにこちらを見る。怪しまれるのも無理はない。パッとしない身なりの五十男と二十代の女がわけのわからない会話をしているのだ。カツラギという女は、全体的には地味だが、染めていない長い髪はストレートで、一見すると服装もごく普通で、一重まぶたの切れ長の目をして、案外端正な顔をしている。女はたまプラーザのテラスという場所に行きたいのに、五十男は新宿でいいじゃないかと安く済まそうとしている。スコーンを食べさせようとしているようだが、女は同意していないし、どうやらスコーンという食べ物に興味がないか、あるいはそもそもスコーンを知らない。おれたちの会話は、運転手にとって理解不能だろう。おれだってわけがわからない。

「あの、たまプラーザ方面に向かっていいんですよね」

運転手がそう聞いて、そう、テラス、と女は毅然として言った。それでテラスというのは、たまプラーザ駅にあるモールでいいんですよね、そう言いながら運転手はナビの地図画面を指で動かして確かめている。そうそう、とても人気があるモールなんですよ、誰でも知ってますよね、と女は、うれしそうに運転席のほうに身を乗り出し、行ったことがありますか、と運転手に聞いた。

「いや、あっちのほうはあまり行かないです。自分、下町のほうなんで」

すると女は、たまプラーザの「テラス」というショッピングモールがいかに人気があるか、「テラス」を紹介したテレビの番組名や雑誌名を次々に挙げながら話しだした。さっきと表情が違って、声も弾んでいる。適当に相づちを打つ運転手には、いきいきとした明るい二十代女性に映っているだろう。

「それから、六チャンネルの、『おしゃれ街イブニングッド』という番組でも確か何度か紹介されたんですよ。それからそれから雑誌だと『マリリン』にも載ったし、それからそれから『パプリカ』ってフリペにも載りました」

早稲田を過ぎ、山手通りを走って初台南から首都高に乗った。おれは、カツラギという女が常軌を逸しているのだとやっと気づいた。妻と娘が出て行き精神が不安定になったころ、心の病気について書いてあるホームページを片端から見ていた時期があった。カツラギという女が、具体的にどういった病気なのかはわからない。だが、おそらく作用の強い精神安定剤を常用しているのではないだろうか。気分がぼんやりとしていて脱力し、目はうつろで周囲への関心も低い。だが相手の言葉や態度にときおり過剰に反応することがある。封印している記憶が一時的によみがえるのだ。だから、スコーンのことにしても、嘘をついたとか、何かをごまかそうとしたというわけではない。あの書道の小部屋での、スコーンという言葉への反応は、あのときに限れば本当だった。スコーンをいつか食べてみたいという欲求がどこかにあったのだろう。だが時間の経過とともに、スコーンという言葉が喚起した記憶がまた消えてしまった。今、カツラギという女をとらえているのは、たまプラーザのテラスというショッピングモールだ。

平日の午後、首都高も東名の下りもガラガラで、あっという間にたまプラーザ駅に着いた。タクシーが東名を疾走する間、おれは、十数秒ごとに加算されていくデジタルの料金メータに目が釘付けになり、現金が足りなかったらどうしようとそればかり考えていた。フリーの記者時代はアメックスのゴールドカード他数枚のクレジットカードを持っていたが、とっくにそんなものはない。ウェブマガジンにルポを書くようになってからは、財布に一万円札を入れるようにしたが、以前は札入れに札がないことも多かった。コインだけがポケットに入っているという経済状態が続くと金銭感覚が変わる。コンビニやスーパーの値札は十の単位はもちろん、一の単位までちゃんと見るようになる。百二十一円と百二十八円の違いが気になるのだ。そんな状況が長く続いたおれにとって、一万円を超えるタクシー料金はほとんど異次元の世界だった。

「絶対に一人が似合わないし、一人では行きたくない場所ってあるじゃないですか。ディズニーランドとか、遊園地とか。でも、わたしの考えだと、実はそれは、モールだと思うんですよね。モールは、絶対に女子一人だけでは行けないでしょう」

奇跡的に、財布には一万円札が二枚入っていて、タクシー代を払うと約七千円残った。領収書をもらいながら、取材費として認められるかどうか微妙だと思った。女から何を聞き出せるかにかかっているが、まともな会話はたぶん成立しないだろう。女は、複雑な構造のショッピングモール「テラス」を歩きながら、モールと孤独について語っている。信じられないことに、女はタクシーを降りてから、おれと腕を組んだ。女と腕を組んで歩くなんてこの十数年記憶にないが、相手が相手なので、感慨のようなものはなかった。平日の午後ということで、「テラス」には子ども連れの主婦とリタイア後のカップルが目立った。高級住宅地が周辺に点在するだけあって、ファッションも洗練されている。だが、太い糸で編んだシンプルな白のカーディガンを着て、黒い髪をまっすぐになびかせる背の高い女は、意外なことに「テラス」に溶け込んでいた。オーガニックの食品や衣料、手作りのパンやスイーツ、自然化粧品やガーデニング専門店に代表されるいわゆるナチュラル系のモールに、カツラギという女は妙にフィットしていた。

「テラス」はとにかく明るかった。パイプで組んだ屋根と壁は採光のために透明な強化プラスチックとガラスがふんだんに使われ、ミラノとかパリとか、映画で見た欧州の駅のようだった。いくつかのブロックに分かれていて、あちこちに広大な吹き抜けのスペースがある。広場やフロアにはタイルか煉瓦が敷き詰められ、至るところに観葉植物が置いてあり、雰囲気も、売られているものも、ヘルシーでナチュラルでエコで、歩いているだけで自分が清潔になっていくような気がした。カツラギという女は、おれと腕を組んだまま、ハーブティの店でテイスティングをしたり、ハワイアン雑貨専門店でクジラの置物を眺めたり、靴下専門店でボンボンのついたソックスを手に取ったり、帽子専門店で毛糸の帽子を被ったりして、終始楽しそうで、おれは呆気にとられてその様子を見ていた。不思議だった。「テラス」は光と緑、自然に充ちている。ここには闇がないと、そう思った。あのカラオケの大部屋とは対極にある世界だった。人工的に闇を消した場所を、心に闇を抱える女がうれしそうに歩いている。

三十分ほど「テラス」を歩き回ったあと、女が疲れた表情を見せたので、おれたちは表玄関のほうに戻り、パティスリーの店に入った。ショーケースにいろいろな種類のケーキが並べられ、室内に三十席ほどのテーブルがあり、屋外にも白いパラソルのあるカフェテラスがある。女は、ガレット・オ・グリオットというサクランボのケーキを注文した。おれは、コンセプトが南仏プロヴァンスだという店内のインテリアや雰囲気が苦手で、食欲もなく、エスプレッソだけをオーダーした。なじみのない横文字ばかりが目について落ちつかない。タルト・メリメロ、クラフティ・オ・フランボアーズ、ガレット・オ・フリュイ、ガトー・オ・フレーズ、フロマージュ・ブラン、それらはケーキの名前だが、どんなものかまったくイメージできなかった。おれはそもそもパティスリーという意味さえ知らなかった。小麦粉を使ったケーキ類の総称らしい。女は、クッキーの生地でサクランボを覆ったケーキを細かく砕いて口に運んでいたが、しばらくして顔をしかめ、胸のあたりを手で押さえて苦しそうな表情をした。嚙み砕いたものが喉につまってうまく飲み込めないというような感じだ。いやな予感がした。目を閉じて、口をもぐもぐさせながら唾液を流し込むように喉を動かしていたが、やがて顔を上げた。

「わたしは、犬だったんですよ」

突然、大きなはっきりとした声で、そう言った。店内にいた十数人の客とウエイトレスがびっくりして、いっせいにこちらを見る。犬、と聞いて、胸騒ぎがした。やばい話題だと直感でわかった。だが、どう対応すればいいのかわからない。立ち上がって女の口を塞ぐわけにもいかない。

「そっちの仕事は辞めたくて仕方がなかったんです。でも、正直に話しました。そういう雰囲気だったので」

何の話なのかわからない。だが少しずつ声が小さくなったので、助かった。そのあとの話を聞いて、こんなことを子ども連れの主婦たちに聞かれたらどうなっただろうとぞっとした。

「まるで子どものような純粋な人で、わたしはそんな彼氏を裏切っていたんですよ。もともとは、自称博報堂マーケティング部の部長に日産の年契をとってやると言われて、半年間美容整形に通ったお金を返すのが目的でした。店は五反田にあったんですが、だから今でも山手線に乗るのがいやなんです。ＳＭが好きだとか、エッチが好きとかそういう子もいましたが、わたしはそういうわけではなかったですから、心を空っぽにして人形になるんだと言い聞かせて、知らない男の人にお尻を突き出し、犬になっていました。高校生のころからレースクイーンに憧れていたので、日産の年契って聞いたら、誰だって騙されるよって言ってもらえたときはうれしかったです。でも彼氏なんて本当はいなかったんですけど、それって関係ないですよね」

同意を求められたので、何のことかわからなかったが、そうだよ、関係ないよ、と相づちを打った。「誰だって騙されるよ」と言ってくれたのは誰なのか、聞きたかったが止めた。話を遮《さえぎ》って不明なところを質問したり、細部を確かめたり、そんなやりとりができるとは思えなかった。カツラギという女は、「テラス」を散策して気持ちに変化があったのか、それとも安定剤を飲んでいてその効き目が切れたか、あるいは効いてきたのか、書道の小部屋にいたときとは違って興奮気味に休みなく喋り続けた。だが、話は断片的で、時間経過がでたらめな前衛映画を見ているようだった。

「とにかく大事に育ててくれた人や、自分の周りの環境すべてに申しわけないと思いながら、地獄のような時間を過ごしていたんですよ、わたしは。知らない男の人の前で裸の犬になってお尻を振るんですね。ずっと死んでしまいたいという気分でした。死にたくなるのはですね、顔にモザイクがかかった自分の裸の写真がネットや風俗誌に載っているのを見るじゃないですか。そんなときです。モザイクがかかった自分の写真、見ますよね、普通」

普通なら見ないと思ったが、うん、それは見てしまうよね、とおれはうなずきながら答えた。カツラギという女は、どうやら風俗のSMクラブで働いていたようだ。そしてそのことに強い罪悪感を覚えている。

「わたしを大事にしてくれる人なんか本当はいなかったんですけど、いたかも知れないでしょう？　自分が気づかないだけでそういう人がいたかも知れないんだよって、言ってもらえたときはびっくりして泣いたのを覚えてます。わたし、笑わないでしょう？　本当は笑えるんですよ、ちゃんと。でも笑わないんです。笑えないんじゃないですよ。笑わないんです。それで、あなただって笑えるんだよ、と言ってもらいました。きっといつか笑えるようになるよってあの人たちに言ってもらったときは、本当に救われました。しかも救われるというのはこういうことなんだって、あの人たちと出会ってわかったんですね」

「あの人たち」って誰なんだろうと思っていると、女は、ふと何かを思いだしたような表情になり、ちょっと失礼しますと会釈して財布を取り出し、小銭入れのファスナーを開けて、錠剤が入ったシートを破って白い薬を口に入れ、噛み砕いて、歯や歯茎にこびりついた破片を舌でこすり取るようにしながら呑み込んだ。やはり薬を飲んでいたのだ。安定剤だろう。そして、非常にゆっくりとした動作で、静かに水を飲んだ。水を飲むという行為で自らを落ちつかせようとしているのかも知れない。おれも同じような体験がある。現実感を失いそうになったとき、水をゆっくりと手に取り、口に含んで長い時間をかけて飲むのだ。水を飲むというのはもっとも日常的で一般的な行為で、それをなぞることによって現実感が戻ることがある。

カツラギという女は喋るのを止め、うつむいたままじっと何かに耐えているように動かなくなった。薬が効いてくるのを待っているのだろうか。おれは、女から窓外に視線を移した。カフェテラスの白いパラソルがヨットの帆のように揺れ、クリーム色と灰色のタイルが格子状に敷かれた広場には巨大なプランターがいくつも置いてあり、点在する木陰が抽象画のような模様を作っている。塵《ちり》一つ落ちていない。通りの向こう側には百貨店があり、壁のほぼ全面がショーウインドウになっている。これが郊外型高級住宅地沿線特有の景色なのだと思った。だが、現実感が薄い。カツラギという女は、しっかりと目を閉じて何かに耐えるような表情でうつむいたままだ。目の前には半分残ったガレット・オ・グリオットという名前のケーキがある。ガレット・オ・グリオットという名称は何かを象徴していると思う。そんな名前のケーキは、この世の中に必要不可欠なものなのだろうか。おれは、必要不可欠なものをいくつか失った。家族と仕事、そして誇り。それらはどうしても必要なものだった。わたしは犬だったんですと告白したこのカツラギという女はどうなのだろう。必要不可欠なものをちゃんとキープしていたら、犬にならなくて済んだかも知れないし、安定剤も飲まなくて済んだかも知れない。おれは、はじめてカツラギという女にシンパシーを持った。この駅前の景色よりも、カツラギという女とその告白のほうがリアルだと、そう思った。緑と光にあふれたこの景色は、必要不可欠なものを失った人間には明るすぎて不自然だ。

「あの」

やっと女が顔を上げた。こちらを見ている。

「何を見ていたんですか」

小さいが、はっきりした声でそう聞かれた。いや、やたら明るい景色だなと思って見てたんだけど、そう言うと、女は意外な言葉を発した。

「闇がないってことですか」

そう言って微笑んだので、おれはびっくりした。闇がないという、おれの思いとシンクロする台詞にも驚いたが、それよりも女の微笑みが新鮮で魅力的だったのだ。一瞬鳥肌が立ち、そのあと冷たくこわばっていた筋肉がほぐれるように緊張が解けて、気持ちがなごんだ。

「あの人たちも、よくそう言いますよ」

カツラギという女は、微笑みを浮かべたままそう言って、半分残ったケーキをまた口に運びはじめる。あの人たち。さっきも同じことを言った。誰なのだろうか。あの大部屋にいた老人のことだろうか。

「昔のね、映画とか写真の、フィルムと、今のビデオですけど、まったく違うものらしいんですね。昔のフィルムは暗い部分がしっかりと黒く潰れるんだそうです。ビデオでは、真っ暗な闇が表現できないんだって、キニシさんたちはいつも言いますよ」

闇というのはフィルムやビデオの話だったのかと思い、女が言った「キニシ」という名前に気づくのに、しばらく時間がかかった。内ポケットを探って名刺大の紙切れを取り出し、名前を確かめる。来西杉郎。クルニシやキタニシではなくキニシと読むのかも知れない。

「それと同じことらしいんです。ビデオに闇が映らないのと同じで、この世界も闇を失ったんだって、そういうことらしいです。だけどわたしたちの心の闇が消えることはないから、消えない闇はですね、たとえばですね、たとえばですよ、コンビニの蛍光灯、高層ビルの窓明かり、遊園地のイルミネーション、そういうものにね、跳ね返されるようにして決して吸収されずに、わたしたち自身にまた戻ってくるらしいんですよ。闇がね、戻ってくるんです」

キニシさんって、ひょっとしてこの人？　おれはドキドキしながらそう聞いて、紙切れを女に渡した。すると、女は、紙切れを持ったままクスクス笑い出した。そして、またわけのわからないことを言った。

「キニシさんって、一人じゃないんですよ。たくさんいらっしゃるんですよ。どちらかと言えば、あの人たちのニックネーム、かな。これ、ほら、キニシスギオでしょう。あの人たち、いつも言うんです。ぼくたちは、いろいろなことを気にしすぎるから、だから名前をキニシスギオにしたんだよって。気にしすぎの人たちってことなんです」

カツラギという女は、紙切れに貼られていた四角いビニールのようなものが何かということも、教えてくれた。マイクロフィルムだそうだ。大学のとき図書館情報学のゼミにいたことがあって、マイクロフィルムによる資料検索を学んだらしい。どこで閲覧できるのだろうか。図書館、それに大きな出版社や新聞社には今でもマイクロフィルムリーダーがあるはずだと、カツラギという女は言った。おれは、編集部に戻ることにした。おれが契約社員として再び籍を得た出版社は、日本で二番目に大きい。


だがその前に、重要なことを女に確かめる必要があった。横光愛子、それにキニシスギオのグループについてだ。あのカラオケの大部屋にいた老人たちの中で、誰がキニシスギオなのだろうか。

「アイチンですか」

横光愛子について何か知っているかと聞くと、女は、愛称で呼んだ。親しかったのだろうか。

「教室で何度かいっしょで、よく話したんですよ。いろいろなことを話したんだけど、何も覚えていません」

カツラギという女は、日が暮れようとしている広場を見ながら、そう言った。いつの間にかケーキをきれいに食べ終えている。異様にきれいな食べ方だった。クッキー生地の細かな破片もすべて器用にフォークですくい取るようにして口に運び、未使用かと思うほど皿はピカピカだった。それにしても、いろいろなことを話したけど何も覚えていないというのはどういうことなのだろうか。

「どうでもいいことしか話してないんで」

視線を店内に戻し、おれの顔をじっと見て、そんなことを言う。安定剤が充分に効いてきたのか、穏やかな顔つきになっている。これで性格と言動がまともだったらきっともてるだろうと思った。レースクイーンに憧れたくらいだから身長やプロポーションは申し分ない。切れ長の目と細い鼻筋、小さな口、滑らかなカーブを描く頬とアゴのライン、昔のモノクロ映画の女優のようだと思った。どうでもいいことしか話してないというのは、プライバシーには触れていないという意味だろうか。

「アイチンはうどん屋でバイトしてたみたいで、そこで働く人の人格や教養がいかに下らないかみたいなことを聞いた気がするけど、だいたい、忘れました」

話をしていて自殺を予感させるようなことは何もなかったのだろうか。精神が不安定な人間相手に自殺という言葉を使ってもいいものか迷ったが、女が何度か時計を見るようになって、帰りたがっているような素振りに見えたので、率直に聞いた。横光さん、自殺したわけですが、そんな感じ、ありました？

「え？」

女は、少し驚いた表情になって、そのあとかすかに唇の端を歪めて微笑みを浮かべながら、誰だって同じじゃないですか、と言った。

「自殺考えてない人間なんかいないじゃないですか」

たまプラーザ駅の改札を通りながら、あのカラオケの大部屋にキニシスギオさんはいたのだろうかと聞いたが、わたしが知っているキニシさんはいませんでしたね、という答が返ってきた。ホームで上りの電車を待っているとき、わたし、電車に乗れるかなあと、女は不安そうに何度か呟いた。電車に乗るのが怖いのかな、と聞くと、パニックになったことは一度もないですよと、また小さな微笑みを浮かべ、誰だって同じじゃないですか、電車怖くない人間なんかいないじゃないですかと、さっきとほぼ同じ台詞を口にした。

渋谷で別れるとき、それでわたしとまた会いますか、と女が聞いてきた。おれはびっくりしたが、ぜひ、と言って名刺を渡すと、カツラギという女は、約二十秒間名刺を見つめたあと、セ・キ・グ・チ・さん、とゆっくりとおれの名前を読みあげ、じゃあまたわたしと会いますか、と同じ抑揚で繰り返して、人混みに消えた。女がいなくなったあと、解放感と感傷が混じり合ったような奇妙な感情が起こった。初対面の誰かと別れるときに安心感と寂しさを同時に覚えるなんて、これまでなかったな、そう思った。

「いたずらじゃないのか。これはただの文字化けだ」

重要な情報を入手したとオガワに連絡し、本社地下にある資料室で、「生き字引」と社内で呼ばれているらしい六十代半ばの白髪の女性にマイクロフィルムを渡し、リーダーで読み取ってもらい、さらにスキャナーにかけてプリントアウトしてもらった。だが現れたのは、文書でも図面でもなく、ただの記号と数字の羅列だった。いわゆる文字化けというやつだ。

divclass=”mofixed”9j4RW8RXhpZgAASUkqAAgAAAAMAAABAwABAAAAAAMAAAE
BAwABAAAAAAQAAAIBAwADAAAAngAAAAYBAwABAAAAAgAAABIBAwABAAAA
AAQAAABUBAwABAAAAAwAAABoBBQABAAAApAAAABsBBQABAAAArAAAACg
BAwABAAAAAgAAADEBAgAcAAAAtAAAADIBAgAUAAAA0AAAAGmHBAABAAAA
A5AAAABwBAAAIAAgACACAAoAECcAAID8CgAQJwAAQWRvYmUgUGhvdG9zaG9
wIENTNSBXaW5kb3dzDIwMTE6MDk6MDkgMTc6NDA6NTgABAAAAkAcABAAAAD
AyMjEBoAMAAQAAAPAAACoAQAAQAAACwBAAADoAQAAAJABAAAAAAAA
AAAGAAMBAwABAAAABgAAABoBBQABAAAAagEAABsBBQABAAAAcgEAACgBA
wAB

というような文字列がA４用紙数ページ分並んでいるだけだった。スキャンしたデータとプリントアウトされた紙を「生き字引」から受け取り、考えてみればあんなじいさんやばあさんたちがデジタル情報を使いこなせるわけがないかと呟きながら、おれは資料室をあとにした。おれはいったい何を期待していたのだろう。次のテロの情報が書いてあると勝手にそう思っていた。

「君こ侍ダネをあげるから、また取材して記事にしたまえ」という文面には何の意味もなかったのか。単なるいたずらだったのだろうか。いったいお前はどんな取材をしてるんだと、あきれた表情をして、オガワは自分のオフィスに戻った。駒込とたまプラーザの取材の詳細は、話していない。中国服を着せた人形の首を真剣で切る老人や、わたしは犬だったんですとパティスリーの店で突然大声を上げる女のことを話しても、それで記事が一本書けるのか、と聞かれたら黙るしかない。おれは、珍妙な老人たちのカラオケや精神を病んだ若者のルポを頼まれたわけではない。ＮＨＫのテロ事件を追っているのだ。横光愛子の情報はつかめなかったし、キニシスギオが誰なのかもわからない。カツラギという女の話は興味深かったが、ＮＨＫのテロと直接結びつくような情報はなかった。駒込からテラスまでのタクシー代は取材費として落ちないかも知れない、そう思うと徒労感がこみ上げてきた。

「どうしたんですか」

編集部に立ち寄り、その辺にあった椅子に座り込むと、マツノ君から声をかけられた。

「セキグチさん、顔色が悪いです」

おれは、よほど暗い表情をしていたのだろう。変な人たちにいっぱい会って疲れたんだよ、とため息混じりに言うと、どんな人たちですか、と身を乗り出してきたので、駒込のカラオケとカツラギという女について、おおまかに話した。最後に、マイクロフィルムのデータがただの文字化けだったと言うと、マツノ君は、大きくて愛らしい目をぱちぱちさせ、興味深そうな顔つきになって文字化けを見たがり、おれはプリントアウトしたものを手渡した。

「これ、ただの文字化けじゃないです」

出力データがあるかと聞かれたので、資料室でもらったメモリスティックを渡した。マツノ君は、データを自分のPCに移し、モニタに映し出してしばらく眺めていたが、これは画像ファイルです、と言った。

「これ、電子メールです。電子メールって基本的に文字列しか扱えないので、画像とか映像は文字コードに変換されてメール中に埋め込まれるんですが、エンコードの形式がいろいろあってですね、受信側で対応できない形式で変換されたものはメール文面で文字化けの羅列になってしまうんです」

そんなことを言いながら、インターネットのブラウザを開いて、あるサイトにアクセスし、そのページ内の「BASE64 decode」と記されたスペースに、文字化けをペーストした。拡張子という項目に「jpg」と入力し、変換をクリックする。すると、デスクトップにアイコンが現れ、子どものイタズラ描きのような、稚拙な絵が浮かび上がった。

「これ、何だろう」

気味の悪い絵だった。プロペラのようなものが描いてあって、それが回転し、人だと思われる形の、首の部分をはねている。人は自転車だと思われるものにまたがっている。頭と首の部分は、戻型の血しぶきをあげて宙に浮き、その背後に、手書きの、これもひどく稚拙なひらがなが並んでいる。

「おおたくいけがみやなぎばししょうてんがい@にじゅうくにちゆうがたかな」

人は、顔の部分が単なる逆三角形で、目は二つの点で、身体部分は棒のようなただの線で、手と足が支線のように二本ずつ横と下に延びている。二つの車輪と湾曲したハンドルのようなものがつながっているので、かろうじてそれが自転車ではないかと想像できる。プロペラは花びらのようなものが四枚描いてあって、回転しているのを示すように、動きを示す短い円弧が数本書き込んである。プロペラが人の首を切断したという絵柄だった。しかし、どうしてこんなに稚拙な絵である必要があるのだろうか。

「はっきりとはわからないですが、これだけ下手だと、誰が描いたのかわからないわけですよね。誰が描いたのか、知られたくないんじゃないですか」

マツノ君はそんなことを言って、周囲を見回したあとで、机の下にあるキャスター付きの白い箱をごろごろと引き出した。窓外はすっかり日が落ちて、ふと気づくと編集部にいるのはおれとマツノ君だけだった。一辺が四十センチほどの立方体の白い箱は、小型の冷蔵庫だった。シリコンバレーの酒好きが開発したデスクの下に隠せるサイズという触れ込みの小型冷蔵庫らしい。

「もう誰もいないし、飲みませんか」

マツノ君はいたずらっぽく笑って、マイ冷蔵庫から五〇〇㎖の缶ビールを二本取り出した。酒好きの両親に育てられて、小学校高学年のころから日本酒を飲んでいたそうだ。

津軽人にはシャイな人が多いらしいが、マツノ君も実は人との付き合いが苦手なようで、社内でいやなことがあったときなどに、酒だとわからないようにプラ容器に移し替えた日本酒をこっそり飲んでいたという。だが去年の健康診断で肝臓の数値がひっかかり、日本酒は医者から禁じられたらしい。ビールは少量ならいいそうだ。五〇〇㎖は少量なのかなと聞くと、まあ、その辺は厳密じゃないですから、と笑った。屈託のない笑顔だった。おれが好感を持ったのは当然だったんだなと思った。酒好きに対しては、なぜか大前提的に好感を持ってしまう。

コンビニで何かつまみを買ってこようか、と言うと、ありますよ、とマツノ君はタッパウエアをマイ冷蔵庫から取り出して、焦げ茶色の味噌を示し、これ、母が送ってくれたニンニク味噌なんですが、とおれに差し出した。青森のニンニクは有名だ。ニンニク味噌はピリ辛で、栄養もあるということだった。懐かしい味で気分がなごんだ。おれは、NHKのテロと老人たちのグループについて、これまで得た情報をぽつりぽつりとマツノ君に向かって話しはじめた。

「その怪しいじいさんたちは、セキグチさんの考えだと、あちこち別のグループに分かれてるんですね。それで、その変な女は、キニシスギオってじいさんが複数いるって言ったんですよね」

マツノ君は、興味深そうな表情になってそんなことを聞き、おれはうなずいたあと、モニタに映し出された気味の悪い幼稚な絵に視線を移した。あまりにへたくそな絵だと描いた人間を特定できないとマツノ君は言ったが、指紋やDNAなどと違って、どんなに上手に絵を描いたとしても、おれたちはもちろん、警察も人物を特定するのは無理だ。指紋でも、人物特定が可能なのは基本的に逮捕歴や前科がある場合に限られるし、DNAにしても病院や研究所や軍隊などにデータがなければ照合できない。まして絵や文章から人物を割り出すことは、上手だろうが下手くそだろうが無理なのではないか。おれがそんなことをぶつぶつ呟いていると、そういう意味じゃないです、とマツノ君が首を振った。

「セキグチさん、アル・カイーダって覚えてますか」

懐かしい響きの言葉だった。それにマツノ君が口にするとは意外な感じがした。マツノ君が国際政治に興味があるとは思っていなかった。それにアル・カイーダは死語になりつつあった。イスラム過激派のテロや暴動が収束したわけではない。イスラム系移民を受け入れている欧州諸国では毎年のように暴動や爆弾テロが起こっている。ISISも勢力は衰えていない。中東では中国とロシアの影響力が増した。そしてアメリカは、経済面でも軍事面でも覇権を失いつつあった。連邦政府が何度もデフォルト寸前に陥り、いくつかの州では財政が実際に破綻して、州兵が出動する大規模な暴動が起こった。皮肉なことなのか、あるいは当然のことなのか不明だが、アメリカの覇権の衰退に合わせるかのように、アル・カイーダは死語になっていったのだった。

マツノ君がアル・カイーダなんかに興味があるって意外だね、と言うと、大学の専攻が応用生命システム工学という分野で、おもに神経伝達物質と免疫機能の関係性を研究していて、そのときに社会学的な組織論にも興味が湧いて、ケーススタディとして登場してきたころのアル・カイーダを取り上げたのだそうだ。

「組織としてのアル・カイーダですけど、ほんと、ユニークだと思ったんですね。先端的なんですよ。システム、組織論としては、高等動物の生体システムに近いほど進化しているという常識があるんですが、アル・カイーダは、前世紀まで主流だったピラミッド型ではなく、アメーバのように独立して分散する小グループの集合体なんですよ。免疫システムにちょっと似てるんです」

マツノ君は、缶ビールをゆっくりと少しずつ飲みながら、大きな目をきらきらさせて話す。人との付き合いが苦手なシャイな人には見えない。渋谷駅で別れたカツラギという女を思い出した。彼女も、犬になる前は、おそらくシャイで人との付き合いが苦手という程度だったのではないだろうか。今の時代、人との付き合いが得意で上手という人間がいるのだろうか。苦ではないという人はいるだろう。他人とのコミュニケーションには多大な労力が必要だ。妻と娘がシアトルに行ってから、おれは他人と話すのがおっくうになり、他人が怖くなった時期もあった。コミュニケーションの能力がなくなったからではない。コミュニケーションに必要な労力、つまり心のエネルギーが足りなくなり、やがて枯渇したからだ。

―当時アル・カイーダ全体としては、アメリカとアメリカ人に対して死刑を宣告するという大きな原則だけがあって、アメーバがですね、増殖と合体と分離と消滅を繰り返すように、小グループが共同でテロを計画し実行するんです。まず、テロの計画立案と実行部隊が分かれていまして、その計画立案でも、たとえばアフリカのある国のアメリカ大使館を爆破するというような、基本計画を立てるグループと、情報を集めて攻撃対象の国を決定するグループと、爆弾の種類や手配や人員の配置を決めるグループと、細かく分かれているわけです。実行部隊は、もっと細かく分かれています。アジトを提供するグループ、トランスポーテーション、人員の移動を担当するグループですね。それから爆弾の材料の入手と運搬と製造ですね。とくに電気雷管は重要なので、最後にまた別のグループが手配して、さらにまた別のグループが運搬してきます。爆弾が完成すると、製造に関わったグループはその国や地域から離れます。完成した爆弾を運搬するのは別の実行部隊です。そして車両を用意し、設置するのはまた別のグループです。なので、実際に乗り込んで、アッラー・アクバルと叫び目標に突っ込む殉教者はですね、その車両がどこで準備されたか、そして爆弾がどこで誰によって作られたか知らないんです。そういった分散型の組織は、仮にテロがどこかのタイミングで発覚しても組織的な被害が最小で済みますね。全体が壊滅することがないです。それに、たとえば実行直前に警備状況から判断して攻撃対象をとっさに変えるような柔軟性があるのでテロ対策がとりづらいんです。そういった先端的なシステムは、そのあと、アメリカ陸軍や、グローバル企業の組織に応用されていくわけです。現代の戦争はほとんどが市街戦なんですね。

第二次大戦後期にロシアの大平原で戦われた数千台の戦車戦とか、もはやあり得ないんですね。市街戦は近くに非戦闘員の市民がいるので、分隊とか小隊レベルでの現場での判断が重要になるわけです。だから分隊や小隊という小グループのリーダーは、戦術をとっさに変更できる能力が求められます。典型的なアメーバ型組織ですね。あと、企業でも、たとえばある世界的な消費財メーカーがあるとしますね。シャンプーを製造しているとします。するとアジアの、インドと中国では微妙に髪質が違うので、シャンプーの成分や香料を変えるんですね。その場合、現地法人に決定権があるわけです。数年前まで絶大な売り上げを誇ったユニクロでも、各店舗の店長に仕入れや商品レイアウトが任されていました」

缶ビール一本でこんなに人が変わるのかというくらい、マツノ君は身振り手振りを交えてよく喋った。爆弾の運搬というところでは、実際にデスクの上の鉛筆削りを大切そうに抱え椅子から立ち上がって数歩歩いたり、自爆テロの実行犯のくだりでは、両手でハンドルを握る格好をして天を仰ぎ小声でアッラー・アクバルと言った。だが、アル・カイーダタイプの組織と、マイクロフィルムに収められていた稚拙な絵がどう関係するのだろうか。

「たとえ普通の上手な絵でも、誰が描いた絵か、ぼくたちは、確かにわからないです。でも、仲間内だったらどうですかね。わかるじゃないですか。このタッチは誰だとか、人の顔の描き方とかで、あいつが描いたんだなって、仲間だったらわかりますよね。ア

ル・カイーダ、実は、やってます。攻撃目標の略図とか、特別な起爆装置とか、手書き
の画像が必要なときに、子どもが描くような絵に似にしたことがあったんですね」

要するに、分散型のアメーバのような組織では、誰の計画か特定できないように、わ
ざとひどく稚拙な絵を使うことがあるということだった。

「セキグチさん、イメージしてくださいよ。大久保でしたっけ、将棋道場がある、それ
と駒込のカラオケ教室ですか。似たような場所が東京都内や近郊にいくつもあるって、
学生服のじいさんが言ったわけでしょう? そこにじいさんたちが集まっているわけで
しょう。その中に別の顔を持つ連中が潜んでいるはずだと、セキグチさんは考えている
わけですよね。その中の誰かがテロを計画し、NHK西玄関の見取り図を描いて、マイ
クロフィルムや他の媒体で実行グループのキニシスギオに送る必要があるわけですよね。普通に図や絵
を描けば、たとえば、これは駒込のキニシスギオだと特定されるじゃないですか。でも
幼稚園児のような絵柄にすれば誰が立案したのかわからないです」

情報の送り先は実行グループだけではなく複数あるはずだとマツノ君は言った。

「NHKテロのあとで野次馬に紛れて笑っていた老人がいたじゃないですか。あれはた
ぶん被害状況の確認係です。他に、事前に現場の下見をしたり、また可燃剤や武器を製
造したり、あるいは実行犯を運んだりする別のグループがあって、必要な情報を書き込
んだマイクロフィルムがいつでも用意されているんじゃないですかね。そうだとしたら、
セキグチさんがいつ駒込に現れるかわからないのにジャケットに紙切れを忍ばせること
ができたのはなぜなのかという謎も解けるじゃないですか」

すごい想像力だと思った。だが、妙にリアリティがある。

「セキグチさん、とりあえず行ってみませんか」

マツノ君は目を輝かせ、モニタに浮き出たひらがな文字を指して、言った。

「ほら、ここです。大田区池上柳橋商店街・アットマーク・二十九日夕方かなって。二十九日っていったら今度の日曜です。会社も休みだし、行ってみましょう」


大きめのボードを買いアパートの狭い壁に立てかけて、プリントアウトしてもらった稚拙な絵とひらがなの文字を貼った。他にも、NHKの西玄関で野次馬に紛れて笑っている「太田浩之」の写真、駒込の文化教室の案内パンフ、それにNHKテロと、横光愛子他二人の自殺の新聞記事も切り抜いて貼りつけた。よくテレビで見るアメリカの殺人課の真似をしてみたのだが、資料そのものも足りないし、関連性も浮かんでこない。

警察の捜査は手詰まり状態だった。NHKテロからまだ二週間も経っていないのだが、テレビも新聞もすでに事件の報道をしなくなった。当初、掲示板やブログなどでは、自殺した三人は犯人ではなくダミーなのではないかという書き込みが殺到したが、今ではネット上でも話題にならなくなった。新情報もないし、新しい展開もないので当然と言えば当然なのだが、可燃剤によるテロで、NHKというメディアの総本山のような場所で十二人の死者を出した大事件にしては、忘れられるのが早すぎる。このところ事件の風化が異様に早いとテレビで怒る識者がいたが、問題点や疑問点を示さず、犠牲者の葬儀や遺族のコメントなど情緒的な報道しかできない日本のメディアの罪は大きいとおれは思う。この国のメディアは、なんて悪い人なんでしょうと、なんて可哀相な人たちなんでしょうという二つのアプローチでしかニュースを作れない。何も対策をとらなかったら人間はどこまでも堕落して、どんな悪いことでもするという前提がない。週刊誌時代は、いったいどうしてなのだろうと考えたりしていたが、いつの間にかどうでもよくなった。要するに、そういう国なのだ。

カツラギという女から携帯のメールが来るようになった。件名もなく、おれの名前もなく、自分の名前もない独特のメールだった。

「覚えてますか。ワンワン。覚えてますか」

「今日はいい天気ですが頼みごとでもないのです」

「お知らせまで。すぐ脇を電車が走ってますよ」

「遠くに行きたいけど近くでもだめですか」

「夜遅くに失礼します。考え事でしたか」

「紫陽花寺ですか。わたしはラベンダー派です」

適当に、「その後お元気ですか」とか「私は何とかやっております」とか「メールをありがとうございます」とか当たり障りのない返信をした。だが返信への反応はなく、意味がよくわからない短いメールが勝手に送られてくるだけだった。時間帯は深夜か早朝で、一分間に何通ものメールが来ることもあったし、丸一日まったく来ないこともあった。

「どうしてここなんですかね」

マツノ君は、ごく普通のジーンズ、白のTシャツ、格子柄の長袖シャツに、ナイキのスニーカーをはいて、待ち合わせ場所である東急池上線池上駅の入り口付近でおれを待っていた。会社と同じファッションだった。池上通りに出て大森方面に歩く。目的の商店街までは歩いて数分の距離だった。どうしてここなのかとマツノ君は言ったが、確かにNHKの西玄関に比べるといかにも地味で平凡だった。駒込の霜降銀座のほうが、高齢者向けにレトロに徹していてまだ存在感があった。商店街といっても長さが五十メートルほどしかなく、店舗数も少ない。しかも、街路樹の剪定が行われているらしくて、刈払機《かりはらいき》のエンジン音がうるさかった。ただ、日曜で快晴なので、本門寺公園や梅園公園に散策に行く人も多いのだろう、歩道はかなり混み合っていた。

「コーヒーでも飲みますか」

注文ごとに豆から焙煎《ばいせん》いたします、と看板に書かれたカフェの前で、マツノ君がつまらなそうな顔で言った。テロが起こるのではないかと期待してきたのに何なんだ、というような表情だった。

カフェに入ろうかどうか迷っているとき、走ってくる自転車がスピードを落とさずにマツノ君のすぐ脇をすり抜けようとした。おれは思わずマツノ君の腕をつかみこちらに引き寄せ、自転車はそのまま走り去った。危ないなあ、と走り去った自転車を睨んでいると、マツノ君が何かに気づいたような顔つきになり、歩道の端に寄ってバッグからタブレット型の端末を取り出し、何か検索して、これだと言いながら、見せてくれた。あるニュースサイトの先月の記事で、「池上の商店街でまた自転車被害」と見出しがあり、歩道を走る自転車にぶつかって七十八歳の老人が死亡したと書いてあった。商店街では歩道への自転車の乗り入れを禁止しているが、車道が狭い上に路上駐車が多いために歩道に乗り入れる自転車があとを絶たず、今年に入ってすでに三件の事故が起きているのだそうだ。

注意して眺めると、確かに歩行者の間をすり抜けて走っている自転車が多い。あの稚拙な絵も自転車が描かれていたけど、プロペラって何だろうと考えていると、マツノ君が何かに目を止めて口をぽかんと開け、驚いたような表情になっていた。どうしたんだよ、と聞くと、あれ、と言って、フラフラと右手を上げ、二十メートルほど先にある高さ数メートルの街路樹を示した。幹に中折れ式のスチール製の梯子がかかっていて、刈払機の騒音が響いていた。葉が茂っているために、剪定している人はかろうじて足だけが見えている。

「あれ、うるさいですけど、枝も葉も落ちてないですよ」

マツノ君がそう言って、おれはプロペラが首を切る絵を思い出し、突然周囲の風景が一変したような感覚にとらわれた。人の流れが、まるでコマ送りのビデオ映像のように見えてきた。前方から自転車が何台もこちらに向かって走ってくるが、その動きもスローモーションのように見えてしまう。先頭の自転車は、主婦らしい女が乗っていて、前の籠《かご》に幼児がいる。その後ろにはサラリーマン風の男が乗るマウンテンバイクが続き、その後ろは帽子を被った中年女だ。

「出た」

マツノ君の顔が恐怖で歪んだ。刈払機の先端が街路樹の茂みから姿を現し、通り過ぎようとした自転車に刈刃が突き出された。だが、首にはヒットしなかった。主婦の顔をかすっただけだった。しかし自転車は勢いよく倒れ、幼児が前方に投げ出された。通行人はまだ何が起こっているのかわかっていない。単に自転車が転倒したと思っている。刈払機はいったん上に引き上げられ、次のターゲットが現れると再び急角度で刈刃が降りてきて、今度はサラリーマン風の男の首にぴったりと当たった。地面と水平に差し出された刈刃に、男の首が無防備に吸い寄せられた格好になった。自転車は止まったり速度を落としたりせずに走り続け、ふいに男の顔だけががくんと垂れて視界から消え、次の瞬間、ただの筒になった首から血があふれ出して男のワイシャツがあっという間に赤黒く染まった。男の首は完全には切断されていなくて斜め後ろにだらりと下がり、マウンテンバイクはそのまま滑るようにこちらに向かってきた。周囲は、呆気にとられて立ち尽くしているが、すでにざわめきは止んだ。あたりには刈払機のエンジン音だけが響いていた。

首がない中年男を乗せた自転車は惰性でしばらく走ったあと大きくバランスを崩し、おれたちのすぐ手前で倒れた。垂れ下がった頭部が振り子のように揺れ、地面に当たり奇妙な角度でねじれた。まるで、うつ伏せの男があり得ない角度で首を回して後ろを振り返っているかのようだった。シャツは赤黒く染まっているが、顔はきれいなままで、まずいことに目が開いたままだった。突然時間が止まってしまったように、人々は立ちすくんでいる。悲鳴も上がるわけでもなく、話し声も聞こえない。呆けたように口を開けたままの人も大勢いる。通話中だった人は、携帯を切ることも忘れ、携帯を耳に押し当てたままの格好で死体を見つめている。死体から目を背けたいのだが、目を閉じることさえできないのだ。おれも、身体が動かなかった。隣りを見ると顔面蒼白のマツノ君が震える手でバックパックから何か取り出そうとしている。最初に攻撃を受け顔を傷つけられて倒れた母親が、放り出されて地面に転がっている幼児のほうに這いながら進んでいたが、首がねじれた死体を見て動きを止めてしまった。幼児は歩道と車道の境目に横向きに倒れていて動こうとしない。トラックがその頭をかすめるようにして通り過ぎるが、誰も幼児を助けようとしない。冷淡なのではなく、情けないことに身体が動かないのだ。片側一車線の車道では車が普通に行き交っている。歩道で起きたことに気づいていないようだ。刈払機による攻撃は警告も予告もなく突然はじまり、一瞬にして三人の犠牲者を出した。ＮＨＫの西玄関で炎が上がり目の前で人間が火に包まれたときにも似たような感覚にとらわれたが、時間の軸がずれたような妙な感じになっている。起こっていることが現実なのか、過去の記憶なのか、予測したイメージなのかはっきりしない。焦点がぶれたり、ビデオの早送りやスローやコマ送りが繰り返されているかのように視界もおかしい。現実を認めるのを感覚が拒んでいるのだ。首がねじれた死体が目の前に転がっているが、それが現実だと思わなくて済むように、脳の奥から感覚を狂わせる指令が出ているのだろう。街路樹の茂みから刈払機が突き出されてから、どのくらいの時間が経ったのかわからない。とにかく、事件はあっという間に起こった。そして、まだ終わっていなかった。

刈払機のエンジン音はまだ止んでいなかった。喧噪《けんそう》が止み、あたりが静かになって、刈払機のエンジン音が微妙に変化することに気づいた。ちょうど車やオートバイのスロットルと同じように、アイドリング状態のときは比較的エンジン音が小さく、ギアがかみ合って刃が高速回転を開始すると大きくなった。次のターゲットを狙うように、回転する刃がふらふらと揺れている。だが、もうすべての自転車は動きを止めていて、人々は街路樹から遠ざかっていた。

「あ、下りてきますよ」

おれの脇でマツノ君が後ずさりしながらそう呟く。街路樹の茂みから犯人のスニーカーが現れ、ゆっくりと梯子を下りてくる。周囲の群衆がさらに遠のき、おおお、という驚きの声が上がり、女性数人が同時にかん高い悲鳴を上げた。驚いたことにマツノ君は、iPodで動画を撮影していた。撮影といっても、焦点の合ってない目をして、iPo dを胸の前に力なくかざしているだけだったが、それにしても驚くべき冷静さだと思った。おれはそれを見て、少しだけ現実感を取り戻した。バッグからペットボトルを出し、水を飲むことにした。NHK西玄関でも自販機から水を買って飲んだと思い出した。最初、喉が詰まった感じでむせたが、落ちつけと言い聞かせながら一口飲むと、やっと声が出た。

「撮影してるの？」

そう言うと、マツノ君は震える声で答えた。

「カメラを回すといいらしいです」

右手で刈払機のシャフトを持ち、左手で梯子の枠をつかんで、若い男が下りてきた。二十代の後半だろう。中肉中背で、ニット帽で顔はよく見えない。黒のジャージの上下にスニーカーという格好だ。バックパックを背負っているように見えたが、刈払機を支えるために肩に回しているベルトだった。地面に降り立ち、梯子から離れると、男はアイドリング状態の刈払機を両手でしっかりと握り直し、ゆっくりと周囲を見回すような動作をしたが、そのときに顔が見えた。片方の頰にニキビの跡があり、顎が尖っているが、どこにでもいるような特徴のない顔をしていた。そして、無表情で、目に力がない。刈払機はシャフトの長さが二メートルほどで、先端部に回転鋸があり、反対側に燃料を入れる小さなタンクと原動機が取りつけられて、手元のほうに扇形の短いハンドルが付いている。簡単な構造だった。たぶん誰でも購入できるのだろう。男は、血だまりに倒れた死体をしばらく眺めていたが、そのときも表情は変わらなかった。どうします？逃げますか、とiPodを掲げたままのマツノ君が聞く。群衆は、若い男から遠ざかろうと、やっと我に返ったかのように、大声を上げながら駆け出していた。車道にも人があふれて、車が渋滞し、クラクションが鳴り響いている。歩道の縁に倒れていた幼児がいつの間にかいなくなっている。誰かが救出したのだろう。母親も両脇を抱えられて、車道の向こう側へと運ばれていた。おれたちは後ずさりして、若い男から数メートル遠ざかった。だが、おれはその男がさらに攻撃してくるとは思えなかった。

パトカーのサイレンが聞こえる。誰かが通報したようだ。渋滞で止まった車から降り、犯人に近づこうとした数人の勇敢な男たちがいたが、転がった死体を見て、うわっという叫び声を上げ、唸りを上げる刈払機を構えている若い男と対峙して、硬直したように動かなくなった。犯人を取り押さえようと先を急ぐあまり、転がった死体に足を引っかけてつんのめりそうになった大柄な男は、目を剝いたまま妙な角度でねじれている死体の首を放心したようにしばらく見つめたあと、嘔吐した。

「あれ？」

マツノ君が、掲げたiPodを少しずらして、犯人の若い男のほうに耳を向けた。刈払機のエンジン音と車のクラクションがうるさくて何も聞こえないが、口元が動いていた。何かを呟いているようだ。しばらくして、若い男はポケットから紙切れを取り出し、目の前に掲げ声を出して読みはじめた。だが、刈払機の音と周囲の騒音でやはり何も聞こえない。やがて、パトカーが近づくにつれて渋滞した車のクラクションが止み、群衆の声もしだいに小さくなっていき、それに合わせるように、若い男は、刈払機のハンドル部分を操作してスロットルを緩め、エンジン音が小さくなって、声がおれたちのところまで届いてくるようになった。自転車、危険、法律、無視、法治国家、そんな言葉がとぎれとぎれに聞こえる。パトカーが停車し、警察官がこちらに駆け寄ってくるのに気づいた若い男は、さらに大きい声を張り上げた。だがその声には強弱や抑揚がなく、単語ごとにいちいち区切る棒読みで、意志が感じられなかった。誰かに命じられたから仕方なく朗読しているという感じだった。ウィーンという刈払機のエンジン音を、まるで伴奏楽器のように言葉の合間に響かせ、文章を不自然に区切りながら読み上げた。甲子園の高校野球の選手宣誓に似ているとおれは思った。

「わたしは、法律、および、条例で、禁止、された、歩道で、自転車、に、乗る人々に、抗議し、死刑を、宣告、さらに、実行、いたしました。現在の、この、社会の、停滞と、衰退は、人々が、行動しない、という理由に、よって、もたら、されて、おります。わたし、わたし、わたし、わたしは、それが、我慢、我慢、できません、でした。よって、ゆる、され、ざる、人たちに、死刑を、宣告し、実行して、責任と、ともに、わたし、わたし、自身も、死刑を、選ぶ、もので、あります」

「マツノ君、見るな」

おれは思わず叫んだ。何が起こるかわかった。犯人の若い男は、向かってくる警官たちを見すえるように仁王立ちになり、スロットルを開けて刃の回転を最大に上げ、右手でハンドルを、左手でシャフト上部を持って、自らの首を差し出すようにした。目を閉じようとしたが、全身の筋肉が萎えてしまったような脱力感があって、まぶたを動かすことができない。マツノ君が、ダメだろ、と力なく呟いている。ダメだろ、それやっちゃダメだろ。犯人は、高速回転する刃を自分の首に強く押し当てた。自転車の中年男と同じように、犯人の首も血を吹き出しながら後ろに垂れ下がった。そして、不思議なことに、切り裂かれた首が後ろに垂れ下がったあとも、犯人は倒れたりせずに立ったままで、しかも刈払機をしっかりと握ったままだった。

★ウィークリー・ウェブマガジン〈ザ・メディア〉
2018/4/30

総力特集：「新たなるテロ、発生!?」 by関口哲治

わたしたちの社会で何か異様なことが進行しているのではないか。そう確信させるような「池上商店街自転車襲撃事件」である。前のNHK西玄関大量殺人テロと同様な電話予告があり、筆者は事件当日夕刻に大田区池上柳橋商店街に赴いた。周知の通り、NHK西玄関大量殺人事件以来、各メディアへのイタズラ電話によるテロ予告は、減少傾向にあるとはいえ、今でも一日に数件はあるといわれる。さらにネットへのテロ予告の

書き込みは警視庁によると一千件を超えていて、警察の出動回数も数百に上る。昨日の事件現場に警察による規制や警戒はなかった。事件後、予告があった時点で事前に商店街を閉鎖すべきだったのではないかという批判が噴出したが、筆者はまさに、このような事態こそが、テロの恐るべき効果であると考える。つまり、社会全体が「疑心暗鬼」に陥り、根底から安定が揺らぐのである。

事件は、休日の平和な商店街で、突然に起こった。草木の刈払機による攻撃という残忍きわまる犯行は、日本のみならず、全世界に衝撃を与えることになった。ある目撃者の携帯電話で撮影された事件映像が、ネットの動画共有サービスに投稿され、無数にコピーされて、全世界に流れたからだ。突然、街路樹の茂みから刈払機の回転刃が突き出され、通行する自転車を攻撃するという犯行は、わたしたちの常識を越えている。ただ、今回の事件では、犯人を英雄視するかのような明らかに間違った意見がネットに氾濫した。犯人の滝沢幸夫（27歳・犯行後に自殺）が、一年前に祖母を自転車との衝突事故で失っていたために、さらに筋違いな同情を生むことになった。確かに、道交法の規制が強化されているにもかかわらず、自転車の乱暴な運転は目に余る。とくに歩道上で歩行者と衝突する事故がいっこうになくならない。だが、法治国家においてはいかなる場合でも報復は許されない。一人が死亡し、二人が重傷を負った。自転車から放り出された幼児は、頭の骨を折る重体でまだ意識が戻っていない。母親が運転する自転車に乗っていただけの三歳の幼児に、いったいどんな罪があるというのか。

警察は、NHK西玄関大量殺人事件との関連は今のところ認められないと発表した。だが、偶然にも二つの事件現場に居合わせた筆者は、その警察の見解に違和感をおぼえる。確かに、滝沢幸夫は、やはり自らも焼死したNHK西玄関大量殺人の犯人とも無関係であり、犯行声明と遺書を残して自殺した三人の若者とも無関係だった。しかし、思い出していただきたい。その三人の遺書には「仲間は他にもいる」と書かれていた。彼らが言う「仲間」というのは、過去の過激派などとは概念が違うのかも知れない。わたしたちはテロに接すると、名称や命令系統があり、リーダーがいて綱領があるような「組織」をイメージしがちだ。だが、現代のテロリストたちの結びつきはもっとゆるやかなのかも知れない。比較するのは乱暴かも知れないが、あのアル・カイーダがそうだった。「アメリカとアメリカ人に死刑を」という共通の目的を持つ小グループの集まりだったことが現在では通説となっている。

衝撃的な事件が続けざまに起こり、ともに犯人は犯行後に自殺した。わたしたちが想像もできない恐るべき事態が進行しているのではないか。名状しがたい不安と恐怖を感じるのは筆者だけだろうか。惨劇の現場で感じたのは単純なことだった。草木を刈る刈払機という機械があり、自転車で通行する人間がいて、その首の、皮膚も筋肉も柔らかい。ホラー映画でもない限り、刈払機と人間の首は結びつくことはない。だが、それが現実となった。まるで、悪夢が目の前に形を伴って現れたかのようだった。人々は茫然自失となって言葉を失い、立ちすくんで、嘔吐する者もいた。筆者も金縛りにあったかのように、しばらく身動きができなかった。ホラー映画ではなく、これは現実である。現実に、わたしたちの社会で起こったことなのだ。

ＮＨＫ西玄関大量殺人事件のときと同じように、今回も記事を配信する前に、マツノ君とともに自主的に警察に出頭し、参考人として事情聴取を受け、目撃したことをすべて話した。ＮＨＫの事件を担当する捜査本部ではなく、現場近くの池上署で、マツノ君は、撮影した映像をＰＣにコピーしたあと、ｉＰｏｄを提出した。動画サイトで流され全世界で数千万ビューを記録したといわれるショッキングな映像は、マツノ君ではなく他の目撃者が携帯電話で撮ったものだ。マツノ君がｉＰｏｄで撮った映像は、アングルも画質もそれとは比べものにならないくらい優れていた。池上署に出頭する前、おれたちはオガワを交えて数時間打ち合わせをして基本姿勢と供述を決めた。曖昧な内容の予告電話が編集部にあったことにして、駒込のカラオケ教室のことは、マイクロフィルムや暗号めいた文字化けの稚拙な画像を含めて話さなかった。あの老人たちの中に、「キニシスギオ」か、あるいは関連する人物がいるのは間違いない。たとえ警察に話し、カラオケ教室に捜査が入っても、わたしたちは何も知りませんよ、で終わってしまうだろう。マイクロフィルムを貼りつけた紙切れをおれのジャケットに忍ばせた人物は、マイクロフィルムの製作者とは別人で、さらに仲介者がいるはずだ。おそらく「キニシスギオ」たちは、おれがすべて警察に話すことも想定していて、その場合、おれへのコンタクトを止めるかも知れない。なぜ「キニシスギオ」たちがおれに接触してくるのかはわからない。だが、情報源を失うのは避けなければならなかった。彼らとの接点を失えば、おれは仕事を失う。どういうわけか必ず事件現場にいるから、他のメディアや書き手と差別化できているだけで、おれの取材力や文章力が優れているわけではない。ただし、オガワからは、警察への通報義務違反で問題が生じた場合、会社はいっさい責任を負えないと念押しされた。

池上署では、おれもマツノ君もていねいな扱いを受けた。事情聴取も取調室ではなく、署長室の脇にある応接スペースで行われ、味の薄い日本茶のサービスもあった。担当したのは三十代前半の刑事だったが、紳士的で、警察官独特の威圧感や横柄さがなく、キャリアだろうとおれは思った。封筒に入った事件現場の写真を取り出すときには、刺激的な写真もありますがだいじょうぶですか、とわざわざ了解を取った。おれは、被害者の写真はできれば見たくありませんと言った。本心だった。事件後、それまで頓服《とんぷく》として服用していた精神安定剤を、定期的に飲むようになった。PTSDは、衝撃的なできごとに遭遇したあと、しばらく経ってから影響が出ることが多いらしい。おれは、池上署では、NHK西玄関と池上柳橋商店街の二つの事件を目撃し、そのショックで心身ともに弱っているにもかかわらず自ら警察に出頭して捜査に協力する「善良な市民」として迎えられた。実際に、事件後はほとんど何も食べられなかったし、眠れなくて、顔色も悪く、やつれ果てていた。どれだけ洞察力に優れた刑事でも、おれが情報源を隠していて、そのことをごまかすために出頭していると見破るのはむずかしいだろうと思った。それに、犯人は自殺した。事件は一応収束しているのだ。聴取は事実関係の確認だけで三十分程度で終わり、最後は雑談になった。最近の犯罪は動機がはっきりしなくて不気味だと感じるのだがジャーナリストとしてどう思いますかと聞かれ、どれだけ世相が暗いか政治家が理解していないのが最大の悲劇ですねとおれが答えると、刑事は感心したようにうなずいていた。

「犯人ですけど、安定剤を飲んでたみたいですね」

記事が配信されたあと、おれとマツノ君は早退した。ものすごい事件を間近で目撃したと、オガワも編集部のみんなも同情してくれて、早く帰って休めと言われたのだ。まだ夕方早い時間だったが、マツノ君に誘われて、会社の近くの韓国料理屋に入った。食欲がないんだよと言うと、案外辛い料理がいいですよ、と勧められた。店は、在日コリアンの経営らしかった。「韓国家庭料理・リャンおばさんの店」という看板が出て、十種類以上のキムチやナムル、韓国風お好み焼きとチゲ鍋がメインで、焼き肉はない。十席ほどのカウンターと、数人掛けのテーブルが四つあるだけの小さな店で、唐辛子の香りが漂い、おれは気持ちが落ちついた。ビールを飲み、芥子菜のナムルと豆腐チゲを食べた。事件後はじめてのまともな食事だった。

「うん、あれ、かなり強いやつだよ」

犯人の滝沢幸夫は、かかりつけの心療内科医から抗うつ剤と睡眠薬と抗不安薬を処方されていたらしい。新聞やテレビは、うつ病で薬を服用していたとだけ報道したが、ネットでは薬品名が詳しく公表されていた。滝沢幸夫のジャージのポケットには、抗うつ剤のルボックス、睡眠薬のベゲタミンとハルシオン、抗不安薬のメイラックスが入っていたようだ。おれは、妻と娘が家を出たあと精神的に不安定になり、気力も、仕事や他人への興味も失い、安アパートに移ってからはカップ麺と安酒で腹を満たし、ぼんやりと一日中ネットを眺めて過ごした。大半はポルノだった。有料サイトに入会する金はないので、ありとあらゆる無料サイトのサンプル画像や動画を見続けた。興奮するわけでもないし、オナニーをすることもなかった。ただ、女の裸とセックス以外、他に何も見たくなかったのだ。当時のおもだったAV女優の顔と名前はたいてい覚えてしまった。白鳥綾、如月忍、雨宮零、吉原静香など、好きな女優が何人かいた。温和な顔立ちで、小柄で、おっぱいが小さく、目がぱっちりと大きくて、今考えると家を出て行った妻にどこか似ていた。そのうち、乳房や尻や性器の大きさや形、指の長さや陰毛の生え具合や太もものホクロや背中や尻の吹き出物から、女優名を当てるのが楽しみになった。ものすごい数の女たちが出演していて、約一ヶ月ほど彼女たちだけを見ていたので、日本中のすべての女がAVに出演しているのではないかという錯覚に陥った。やがて、無料ポルノサイトにも飽きてきて、精神的に不安定になっている人たちのブログを読むようになり、彼らが使用する薬の特徴や作用の強弱、依存度や切れ味などの説明を読むのが日課になった。「レキソタンのジェネリック製品としてはセニランがあり、いずれも神緩をリラックスさせる。非常に強い抗不安作用があり、鎮静・催眠作用を持ち、また筋緊張緩和作用もある」というような記述をぼんやりと読んでいるだけで、妙に気分が落ちついた。どんな不安でも作用の強い抗不安薬を飲めば治まるという事実に触れるだけで、また世の中には自分以外にも不安に怯えて暮らす人が少なからずいるというだけで、少し楽になった。


「でも精神安定剤で、あんなことできるもんですかね」

額に汗を浮かべて豆腐チゲを食べながら、マツノ君が聞いた。刈払機の刃で人間の首を切るというような行為には、安定剤ではなく興奮剤が必要なのではないかという疑問だった。メイラックスは飲んだことないけど、安定剤というか、抗不安薬は文字通り不安状態を脱して気持ちを落ち着けるので、大胆になれることもあるんだよ、自殺する前に飲む人もいるらしい、とおれはかってブログで読んだことを教えた。

「そうなんですか。でも、特徴のない人ですね」

滝沢幸夫は、神奈川県小田原市内で生まれ育ち、東京の専門学校でコンピュータを学んでSEとしてシステム会社に就職した。だが過重労働からうつ病になり、退社して、京王線沿線の四畳半のアパートで親からの送金で暮らしていた。インターネットとマンガとTVゲームだけの、引きこもり同然の生活だったという。刈払機はネットの通販で購入している。小田原市役所に勤める父親と、専業主婦の母親、それに信用金庫で事務員として働く姉がいて、報道の通り、去年自転車事故で祖母を失っている。中学高校の成績は中の上で、中学時代はバレー部に入ったが半年で退部している。高校の卒業アルバムの「趣味」の欄には「パソコン」、「好きな言葉」の欄には「努力」と書いていた。専門学校の同級生は、誰もその存在を覚えていなかった。滝沢幸夫の二十七年間の人生を語るには、おそらく四百字もあれば足りるだろう。

「ああいう人、IT業界には多いんですよ」

そう言ってマツノ君はジョッキに残っていたビールを一息に飲み干した。プログラミングをするSEは、ずっとパソコンと向かい合っていて、人との交流が極端に少ないのだそうだ。しかも現状ではSEは余っている。創造的で高度な技術を持っていれば別だが、たとえ就職できても過酷な労働を強いられることが多い。週四十時間を超えるサービス残業を強要されてやはりうつ病になった友人がいると、二杯目のビールを飲みながら、マツノ君はそんなことをとぎれとぎれに話した。ビールを飲んでも、酔えないようだ。おれも同じだった。豆腐チゲを半分ほど食べたが、胃のあたりが重く、気分が沈んだままだった。首が後ろに垂れた死体がつねにフラッシュバックのように頭をよぎる。単にその凄惨なイメージが恐ろしいだけではなかった。そんなことが実際に起こってしまうことが怖かったのだ。自分史を記しても四百字で足りるような平凡な若者が心を病み、引きこもり同然となって、ある日突然刈払機を買い、商店街に出向き、幼児だろうが女性だろうが見境なく人を殺す。あまりに簡単すぎる。他人を傷つけ殺し、そのあとで自分も殺す。不安に怯える若者の意識が外に向かうきっかけが、それしかなかったということになる。何か重要なものがすっぽりと抜け落ちている。だが、それが何なのか、いまだおれはわからない。

「セキグチさん、彼の病気のこと、書かなかったんですね」

犯人が心の病いを患っていたことを、他のメディアは強調して報道した。心を病んでいたのだから衝撃的な事件を起こすのも無理はないと、まるでそう納得したがっているかのようだった。

「だって、うつ病の人はめったに攻撃的になることなんかないんだよ」

おれがそう言うと、マツノ君はうなずいた。うつ病を発症したマツノ君の友人も、思いやりがあって、優しい性格だったそうだ。うつ病になりやすいのは、責任感が強く、まじめな人だ。自分で招いた不幸を他人や社会のせいにしたり、責任を他人に押しつけるような図々しい人はうつ病にはなりにくい。だから、うつ病だからショッキングな事件を起こしたという構図は間違っていて、おれは記事の中で犯人の病気についてはいっさい触れたくなかった。

「うつ病って、すごく多いんですよね」

マツノ君はそう言ったあと、でも今元気なのはバカだけだもんなあと一人言のように呟いた。元気なのはバカだけ、その通りだと思ったが、他にも元気な連中がいると、おれは思った。駒込のカラオケ教室の老人たちを思い出したのだった。

「首切り映像百回見ました。記事も読んでますよ」

「わたしがわかりますか。ワンワン。誰かわかりましたか」

「わたしに会いたいですか。会いたくないですか。どちらでも可です」

事件から一週間が経ったころ、カツラギという女から何通かメールが来た。そのころおれは、毎日編集部に顔を出し追加の記事原稿も書いてはいたが、心身ともに不調が続いていた。食欲がなく、夜は寝付きが悪くて、些細なことで苛立つのだ。マツノ君も調子が悪そうで、来客との約束に遅刻したり、ページレイアウトを間違えたりした。二人とも、最初の二、三日は、夕方になると机の下の小型冷蔵庫が恋しくなったが、そのうち酒も飲みたくなくなった。ビールを飲んでもあまり酔えなくて、ウイスキーなどの強い酒だとあとで必ず気分が悪くなる。だが、おれたちは、ミスを責められたりすることはなかったし、元気を出せと励まされることもなかった。とんでもない事件を目撃したということで同情されていたからだ。オガワの勧めもあり、近いうちにいっしょにカウンセリングを受けることになっていた。そんな精神状態で会うには、カツラギという女は強烈すぎる。記事を読んでくれたみたいでありがとうとか、元気にしているようで安心しましたとか、どうでもいいメールを返していたのだが、何通目かのメールを見て、おれは息をのんだ。

「タキザワ君死んじゃった。知ってる人が死ぬのは寂しい」

会わなければと思ったが、それまで適当に返事するだけで、タキザワという名前が出たとたんに「ぜひ会いましょう」と態度を変えたら警戒されるかも知れないと思った。カツラギのようなタイプを相手にするときは、ほんの少しでも警戒されたら最後だ。姿を消してしまって、二度とコンタクトが取れなくなる。彼女については携帯メールのアドレスがわかっているだけで、電話番号も住所もフルネームも知らない。カツラギが本名かどうかも怪しい。

「ぼくのほうは何となく寂しい毎日です」

そんなメールを出して、反応を待った。

「待っていますよ。どこかでわたしは」

翌日早朝にそんなメールが来て、どこで会えばいいのだろうと考えた。スコーンのことはもうすでに忘れているだろうし、モールも興味を失っているかも知れない。新宿や渋谷の喫茶店とか、騒々しいところはまずいだろうし、電車が怖くない人はいないと言ったくらいだから駅の改札口などは論外だ。ホテルのロビーやカフェも変だ。考えれば考えるほどわからなくなり、カツラギという女と待ち合わせるのに適した場所はどこにもないのではないかと絶望的な気分になった。だが、その日の午後、また理解できないことが起こった。

「わたしは来ました。あなたの会社前であなたを待ってます」

メールを見て、すぐに編集部を飛び出し外に出ると、クリーム色のワンピースを着て、つばの広い黒の帽子を被った背の高い女が会社の正門にもたれかかるようにして立っていた。カツラギさん、と声をかけると、女はこちらを向き、あらセキグチさん、ごきげんよう、と微笑んだ。心臓がどきどきして、ごきげんよう、という言葉の意味がしばらくわからなかった。昔風の上品な挨拶だと気づいて、こんにちは、とおれは頭を下げた。

「お茶でも飲みますか」

そう訊ねると、カツラギという女は、お茶でも飲みますか、とオウム返しに同じことを言って、照れたように下を向いた。


カツラギという女を連れて、会社近くの行きつけの喫茶店に入った。カツラギという女は、ごく自然に、おれと腕を組んで歩く。踵の高いサンダルを履いているので、帽子がおれの頭上でひらひらと揺れた。喫茶店は、古い雑居ビルの一階にあって、「ロックウエスト」という西部劇のタイトルのような名前の店だが、外見も内装も平凡で、オーガニックの豆とかを使っているわけでもなくコーヒーは昔ながらの布ドリップで大量に入れられ、スパゲティナポリタンは今どき珍しくケチャップだけで味付けされていて、しかもピーマンやウインナーソーセージが入っていた。店内は採光が悪く、枯れかけた観葉植物の葉や紙くずが床に落ちていて掃除の形跡がなく、どの席でも煙草が吸えた。三十年前にタイムスリップしたような店だが、スターバックスに代表されるおしゃれなカフェに辟易《へきえき》した喫煙者たちの憩いの場になっているようで、いつも混んでいた。意外なことに、若い女性客も多かった。

店主は岩西という名前の無愛想な老人で、おれたちはガンさんと呼んでいた。「ロックウエスト」という店名は「岩西」の単純な英訳だ。おれがフリーの記者のころ、ガンさんはまだ還暦前で、近所のボクシングジムに通ったりして、硬派で通っていた。皮肉屋で愛想がなく、ときどき酔って客を怒鳴りつけたりするので煙たがる人もいたが、おれとは気が合った。二十代のころは小説を書いていたと本人は言っているが、本当かどうかわからない。雑居ビルの二代目オーナーなので、店は趣味でやっているようなものだ。編集部に復帰して、久しぶりに顔を見せたとき、お前生きてたのか、と真顔で言われた。週刊誌時代の記者や編集者が、実際に何人も死んだらしい。肺癌で三人だろ、胃癌で一人、肝硬変で二人か三人、それと何人か自殺したんだよ、そんなことを言うガンさんも顔色が悪く、聞くと糖尿病が悪化してインスリンを注入しているのだと言った。

カツラギを連れて店に入っていくと、カウンターの向こうからガンさんが驚いた顔でこちらを見ているのがわかった。妻と娘が家を出てシアトルにいるのだと、先週、バーボンを飲みながら涙ながらに告白したばかりだったので、若い女と、しかも腕を組んで現れたのでびっくりしたのだろう。街中でも店内でもカツラギはよく目立った。身長があって、抜けるように肌が白く、顔立ちも整っているからだ。

「素敵な店。動物園みたい」

わけのわからないことを言ってカツラギがトイレに立ったあと、ガンさんが近づいてきて、マジかよ、とおれを睨んだ。そのあとも何か言いたそうな表情で脇に突っ立っていたが、カツラギが戻ってくると、ご注文、何にいたしましょう、と口ごもりながら言って、まじまじとおれたちを交互に眺めた。椅子に座りカツラギが帽子を脱ぐ。長い黒髪が肩と背中にふわりと垂れて、ガンさんがため息を漏らすのがわかった。日本人形のような顔立ちで、髪も染めていないし、爪にもマニキュアがない。ガンさんは、感嘆の表情でカツラギを眺めている。

「このお店は何時に開店して何時に閉店するんですか」

ペラペラのB5の紙をクリアファイルに入れただけのメニューに目をやったまま、カツラギがそう聞いた。ガンさんが、テキトーにやっております、と直立不動で答え、ホットコーヒーとおれが言うのを無視するように、メニューを凝視するカツラギをじっと見つめた。

「わたし、何か食べようとしてるんですけど」

カツラギは、何度もメニューを目で追っているが、食べ物はカレーとメキシカンピラフとスパゲティナポリタンとサンドイッチの四種類しかない。あのね、お腹が空いているんだったらカレーの大盛りがいいですよ、とガンさんが、メニューの「カレーライス」を指先で示した。カツラギは、ガンさんのごつごつした人差し指をちらりと見たあと、だからわたしは、お腹なんか減ってるわけないですよ、と低い声を出した。あ、失礼しました、じゃあお飲み物は何にしましょうか、とガンさんは焦って咳払いしながらそう聞いたが、カツラギはしばらく黙り、メキシカンピラフっていったい何ですか、と不機嫌そうな声で訊ねた。ガンさんは、カツラギが面倒なキャラだと気づいたのか、お前にまかせた、と顎で合図をして、こちらを振り返りながらカウンターのほうに戻っていって、二度と近づいてこなかった。

「この店はどんな店ですか」

結局カツラギはスパゲティナポリタンを頼み、ウインナーソーセージをフォークで突き刺して目の前に掲げ少しずつ前歯でかじりながら、そう聞いた。おれは滝沢幸夫について情報を得たくてうずうずしていたが、カツラギが自分から話しだすまで何も聞かないことにした。カツラギは、日常生活ができないほど精神的に病んでいるわけではない。だがコミュニケーションは簡単ではない。おそらく心に傷を負っていて、何かをひどく恐れている。何を恐れているのか、専門家でもないおれにわかるはずがないが、妻と娘が出て行ったあとのひどい精神状態を経験しているので、多少想像はできる。安アパートの四畳半に閉じこもってポルノサイトを眺めていたあのころ、おれがもっとも嫌悪したのは、図々しい他人だった。コンビニに売れ残りの弁当を買いに行くとき、笑い合いながら歩道いっぱいに広がって集団で歩く中高生や、公園で下手くそな楽器を演奏する男や、店内で携帯に向かって大声を張り上げる女を見ると、切れそうになった。苛立ってナイフを取り出す人間の気持ちがわかる気がした。人間の図々しさは、暴力に近いと思う。神経の隙間に強引に割り込んできて、爪で皮膚を引っ掻くように身体の内側を傷つけるのだ。

「ここは、ぼくの友だちの店。だから、落ちつくんだよ」

そう答えると、ここはぼくの友だちの店、とオウム返しに言って、ウインナーソーセージを突き刺したままのフォークで、ガンさんを指した。そう、あの人が友だち、というようにおれはうなずき、ゆっくりとコーヒーを飲んで、肝心なことが語られるのを待った。カツラギは、ケチャップで赤く染まったスパゲティをかき分け、ウインナーソーセージだけを選んでフォークに刺してかじる。四本のウインナーソーセージを食べ、さらにスパゲティを何度も何度もかき分けて、麵とピーマンとタマネギしか残っていないことを確かめたあと、カツラギは顔を上げた。

「あのときあそこにいたんですよね」

池上商店街のことだ。おれは、視線を落とし、力なくうなずいた。滝沢幸夫と知り合いだったというカツラギを気遣うための演技ではなかった。池上商店街という地名が頭に浮かぶだけで神経がざわつく。血まみれの首が脳裏に現れて現実感が奪われそうになる。あの切断された首が確かな現実だったとしたら、この目の前の景色はいったい何なんだと、わけのわからない苛立ちと不安が起こるのだ。

「何か思いました？」

カツラギは次に、ピーマンをフォークの腹に乗せ、皿から取り除くことをはじめた。ピーマンが嫌いなんだね、と聞くと、嫌いなものなんかあるわけないじゃないですか、と言って、照れたように微笑んだ。じゃあ今はピーマンを退けたい気分なんだ、と言うと、そう、それそれ、とうなずいて、フォークで一つずつピーマンを運んで紙ナプキンの上に乗せる。

「思ったことって、あまりないんだよ。とにかくびっくりしたから」

そう言うと、カツラギは、ピーマンを運ぶ手を止め、口に放り込んで、ゆっくりとまるでガムを嚙むように口を動かして、ふいにクスクス笑いはじめた。左手を口に当て、しばらく笑い続けて、ずっとバカだなって思ってたけどあそこまでバカだって普通思わないですよね、と言って、おれのほうを見た。滝沢幸夫のことだろう。カツラギがどんなつもりでバカだと言っているのかわからない。だがおれは、余裕がなかった。目の裏側の血まみれの首が消えなくて、神経がざわついたままだった。カツラギの真意を推し測り、もっとも適正な反応を考えることなどできなかった。


「ね、バカだと思わないですか」

おれが黙っていると、カツラギはさらにそう聞いてきた。よくわからないよ、とおれは答えた。

「あの犯人だけど、なんか、泣いてるみたいだったんだ」

そう言うと、カツラギがクスクス笑うのを止めた。

「いっしょにいた会社の人間が、それはダメだろ、それやっちゃダメだろ、っておれの横でずっとブツブツ言ってたんだけど、その声が消えないんだよ。結局、自殺したわけだけどさ、あの犯人は。おれは、彼が悲しんでいるように見えてしょうがなかったんだ。追い詰められてるっていうか、そんなことしなくてもいいんだよって、誰も言ってくれる人がいないんだなって。あのときは気づかなかったな。今ね、わかるんだよね。カツラギさんから聞かれて、今、はじめてわかったんだけどね。あのとき、おれはそんな風に犯人のことを見てたなって」

カツラギがじっとこちらを見ている。カツラギのそんな表情をはじめて見た。やがて、何かを決断したような顔つきになり、大きく息を吐いてフォークを置き、じゃあ、行ってみますか、と言った。どこへ？　と聞くと、決まってるじゃないですか、と帽子を持って立ち上がった。

「タキザワ君と知り合った心療内科ですよ。キニシスギオさんがいます。今から予約しますね」

渋谷まで電車で行き、道玄坂を上がった。両側には雑居ビルがびっしりと並んでいる。人通りが多い。カツラギが足を止めて、this is it.　と六階建ての雑居ビルを指さした。英語ができるのだろうかと意外に思ったが、マイケル・ジャクソンの映画のタイトルだったからよく使うだけ、と無表情で言った。雑居ビルは、何の変哲もないコンクリート造りで、第4コダマインターナショナルビルジング、という汚れたプレートが壁に貼りつけられ、一階には美容院とネイルサロンが入っていた。店内には至るところに鏡があり、片方の壁面には鏡板を伝って水が流れ落ちる装飾が施されていた。二階はタイ式マッサージ、三階は輸入代行業、四階が格安航空券専門の旅行代理店、五階は「手のひらに汗をかく癖を治します」という表示のある治療院、そして、最上階の六階に、目的の心療内科医院があった。「アキヅキ・メンタルクリニック」という看板が六階の窓ガラスを覆うように掲げられている。キニシという名前ではない。カツラギによると、キニシスギオは複数存在する。個人の固有名詞ではなく、ある何かの構成員であることを示す符牒《ふちょう》のようなものらしい。

エレベーターは狭く、カツラギの身体と触れ合いそうになって緊張した。6というボタンを押すカツラギの人差し指が、細く長く、そして白くてきれいだと思った。別れた妻は小柄で、何とかぎりぎり美人に分類される顔立ちをしていたが、指がごつごつしているから自分でも嫌いだといつも言っていた。妻がそう言って、自分の指と手を苦笑しながら眺めるたびに、そんなことはないよとおれは慰めた。嘘をついたわけではなかった。女の指や手にあまり興味がなく、注意して見たこともなかったので、どのくらいの太さや長さが標準なのか知らなかったのだ。だが、カツラギの人差し指の美しさ、長さと細さと白さは、別れた妻と比べると際だっていた。労働とは無縁の手だと思った。

クリーム色のドアに、太陽とハートと笑顔をあしらった乙女チックなマークが描かれ、クリニック名を記した小さなプレートがあった。カツラギがドアを開ける。かなり広い待合室があり、ソファがいくつか並んでいるが、訪れる人のプライバシーを尊重するためだろう、パーティションでうまく仕切られている。クリニック全体が暖色系で統一されていて、うるさくない程度に観葉植物が配置され、独特の香りが漂っていた。鼻をクンクンさせていると、あれ、と言って、カツラギが、一輪挿しのような形の加湿器を指さした。透明感のある乳白色の加湿器で、ボディの色が赤から黄色、そして青に変わり、香りを含んだ蒸気を先細の口から定期的に吹き出している。

「あら、カツラギさん」

受付にいた女が、立ち上がった。声に張りがあり、目鼻立ちがはっきりとして背筋が伸び、髪を短くまとめ、ぴったりと身体に貼り付くような細身のスーツを着ていたので、おれは最初二十代後半か三十代かと思ったが、一歩近づくごとに十歳ずつ老けていった。本当に久しぶりね、この人が電話で話した方ね、女はそう言って、手を差し出してきた。セキグチです、とおれは自己紹介して握手したが、手の甲の皺と、厚化粧から、最終的に、七十代だと判断した。

「先生は、診療室でお待ちです。他の患者さん、今の時間、どなたもいらっしゃらないから、だいじょうぶなのよ」

カツラギがドアをノックする。はいはい、どうぞ、という穏やかな声が内側から聞こえて、ドアが静かに開いた。

「いらっしゃい、お待ちしていました」

目の前に、白のワイシャツ姿の温厚そうな紳士が立っていた。身長はおれとほぼ同じだが、引き締まっていて均整の取れた体つきをしている。カツラギによると、このアキヅキという名前の心療内科医は七十代前半だそうだが、五十代でも通りそうだった。顔色もいいし、髪も黒々として、声にも艶があり、話し方も滑らかで、間違いなくおれよりも健康そうに見えた。丸顔で人なつこい笑顔を絶やさないが、眼鏡の奥の目は鋭い。

「セキグチさんですね。はい、この本を持ってくださいね。そして、あの個室に入ってくださいね」

部屋は、診療室というより書斎のような雰囲気で、ソファとデスクと観葉植物があり、壁一面の書棚には、医学書以外にもさまざまなジャンルの本が並んでいる。目を引くのは非常にたくさんの内外の絵本で、おれはまだ挨拶も済まないうちに、その中の一冊を渡され、部屋の奥にある個室に入るように言われた。カツラギはおれのことを、知り合いで、先生に会いたがっていると紹介していた。取材で、情報を得たいなどとはもちろんいっさい言っていない。だから、きっとおれのことを患者だと思っているのかも知れない。いずれにしろ、あなたはキニシスギオと呼ばれる謎の老人グループの一人でNHK西玄関や池上商店街のテロに関係しているのですか、などと聞くわけにはいかない。表紙に熊と猿が描いてある翻訳物らしい絵本を持って、おれは指示通り個室に入った。公衆電話のブースほどの狭い個室で、丸椅子があり、ドアと左右の壁が磨《す》りガラスになっている。外の光が洩れてくるので暗くはないが、向こう側にいる人物は輪郭が曖昧なシルエットにしか見えない。ドアの目の位置に、直径が五センチほどの、円形の小さな窓のようなものがある。何だろうと不思議に思っていると、やがてその穴から、スタミナドリンクほどの太さの筒が、差し出された。

「これで会話しましょうね」

アキヅキという医師がシルエットとしてドアの磨りガラスに近づき、柔らかな声でそう言われた。受けとった筒は、竹でできていて、中央部に糸が付いている。

「糸をぴんと張って、糸電話を耳に当ててくださいね」

糸が付いた竹の筒は糸電話だったのだ。どうやらここは糸電話による会話用のブースらしい。そう言えば、対面恐怖症などで、セラピーとして糸電話を使うことがあると、昔誰かのブログで読んだことがあった。糸の長さは三メートルくらいで、丸い穴から、竹の筒を耳に当てているアキヅキという医師の姿が見えていたが、やがて半円形の蓋のようなもので、糸を通すわずかな隙間を残し、上と下から挟み込むようにして穴は閉じられた。

「まず、この音楽を聞いてみてください」

静かなクラシックか環境音楽を聞きながら絵本でも朗読するのだろうと思ったのだが、違った。竹の筒からは、なじみ深いエレキギターの音が聞こえてきて、おれはびっくりした。ローリング・ストーンズの「サティスファクション」のイントロだった。

「いかがですか」

竹の筒から流れてくる音楽の音量がいったん下がり、アキヅキという医師が糸電話を通して話しかけてきたが、おれは「いかがですか」という言葉の意味がわからなかった。ローリング・ストーンズを久しぶりに聞く感想を言えばいいのか、あるいは「サティスファクション」という曲名、または「おれは満足していないんだ」という歌詞に関して何か言うべきなのか、質問の真意がわからない。

「セキグチ君、よく考えてごらん。この曲を聞かせる意味がわかるかな。曲が終わるまでに意味がわかったら、少しだけ、わたしが知っている情報をあげようね。ただし、むずかしいだろうから、ヒントをあげようね。この曲が世界的にヒットしたときね、セキグチ君や、わたしがいくつだったかということだよ。これがヒントだ。セキグチ君、理解できたかな」

全身に鳥肌が立った。アキヅキという医師は、セキグチさんではなく、セキグチ君と呼んだ。おれのことを知っているのだ。カツラギが電話をするときにおれはそばにいた。だからカツラギが何かを明かしたわけではない。セキグチという名前の男がカツラギといっしょにアキヅキ・メンタルクリニックを訪れる理由と意味を、彼らのネットワークを通してあらかじめ知っていたのだ。編集部にNHK西玄関テロを予告してきた老人はおれの名前と仕事を知っていたし、あの駒込の文化教室に仲間がいれば、カツラギとおれの関係を知るのは簡単だ。カツラギはこのクリニックで滝沢幸夫と出会っている。滝沢幸夫が池上商店街で刈払機によるテロを実行したあと、おれがカツラギに接触し、このクリニックのことを知って、情報を得ようとやってくるとわかっていたのだろう。

動悸がしてきて、竹の筒を持つ手がかすかに震えだした。キニシスギオのグループの一員が姿を現したというショックで、頭が真っ白になってしまった。おれはこれからどうなるのだろう。喉がカラカラに渇いた。水を飲みたくなったがブースの中には水などない。落ちつけ、殺されたりすることはない、と自分に言い聞かせる。キニシスギオのグループは、間違いなくNHK西玄関と池上商店街のテロに関与しているが、自分たちで手を下すことはない。このクリニックでおれを拉致したり殺したりすると、彼らにとってても面倒なことになる。カツラギもいっしょに口を封じなくてはならない。おれが、アキヅキ・メンタルクリニックへ取材に行くと編集部に知らせているかも知れない。だから危害を加えられることはない。どんな魂胆があるのかわからないが、知っている情報を少しだけ教えると言った。だから重要なのは、糸電話を通して「サティスファクション」が聞こえてくる意味を考えることで、むやみに怖がることではない。

曲は、I can't get no, I can't get no, という最後のリフに入った。あと一分ほどでフェイドアウトする。超有名なクラシックロックを聞くことに、意味などあるのだろうか。アキヅキはヒントを言った。この曲がヒットしたときに、おれとアキヅキがいくつだったかというものだ。確か「サティスファクション」のヒットは一九六五年だった。おれは一歳か二歳だ。アキヅキは何歳なのだろうか。七十歳だとすると、十七歳のときに「サティスファクション」を聞いたことになる。それにしてもミック・ジャガーの声が若い。ローリング・ストーンズは、ほとんどのメンバーが七十代半ばになった今も活動しているが、さすがにミック・ジャガーの声は枯れてきている。ミック・ジャガーは今七十四歳だ。おれは、アキヅキが求める回答が少しだけわかった気がした。問題は、曲ではない。年齢なのだ。

「どうですか。わかりましたか」

曲が終わり、糸電話を通してアキヅキの声が聞こえてきた。年齢が問題なのはわかったが、それが何を意味するのか、まだ言葉にできない。時間を稼ぐことにした。

「だいたいわかった気がするんですが、その前に一つ質問してもよろしいでしょうか」

糸電話の竹の筒につぼめた唇を突っ込むようにして、そう聞いた。竹の筒にぴったりと口を押し当てて話すために、大きな声は出せない。ぼそぼそと呟きに近い音量になる。竹の筒を口から耳に移すと、質問？　というアキヅキの柔らかな声が、ヌルヌルと耳の中に忍び込んでくるような感じで聞こえてきた。質問か、ともう一度確かめるようにそう言って、了解、どうぞ、とまた声がした。どうぞ、というのは、こちらは話し終えたのでそっちが話してもいい、という合図なのだろう。話すときは口に、聞くときは耳に、竹の筒を動かさなければならない。トランシーバーと同じで、話し終えて、聞くための準備に移ることを相手に伝える必要があるのだ。

「あの、どうして糸電話で話しているんでしょうか、あの、どうぞ」

「いつも治療で使っているんだけどね、どうぞ」

糸電話がセラピーに使われるのが理解できる気がした。相手と三メートル離れていて、おまけに磨りガラスのドア越しの会話なので、威圧感がない。それに、竹の筒を耳から口に、また口から耳へと移動させるのだが、その動作が不思議に気持ちを落ちつかせる。短い動作だが、ちょっとした余裕が生まれるのだ。

「わたしは、今、治療されているんですか。どうぞ」

　カツラギの紹介で、心療内科のクリニックを訪ねているのだから、セラピーとして糸電話が使われても不自然なことではない。だが、何の説明もなくいきなりブースに入るように言われ、「サティスファクション」を聞かされて、その意味を答えろというのはセラピーとしては変だ。

「君は、治療されているとも言えるし、警戒されているとも言えるし、テストされているとも言える。わかるかな。どうぞ」

　治療というのは嘘だが、警戒とテストは本当だろう。竹の筒を耳から口のほうに動かすときに、いつも胸の内ポケットに入れている取材用のＩＣレコーダーに肘が触れて、警戒というのは、ひょっとしてこれかも知れない、と思った。高感度のマイクロフォンが内蔵されていて、ささやき声に近い会話はもちろん、付属のケーブルを使えばあらゆる機種の電話の録音も可能だ。しかし、最新のＩＣレコーダーでも、糸電話の声は録《と》れない。もちろんＩＣレコーダーの先端を竹の筒に突っ込めば音は拾える。だがそうするとおれの耳には相手の声が届かないし、磨りガラス越しにシルエットとして見られているので、竹の筒を耳に当てていないことがばれてしまう。だが、会話を録音するのを警戒してるんですよね、とは聞けない。だから、わかりました、とおれは言ったのだが、

ＩＣレコーダーのことを考えているときに、どういうわけか、最初の質問の答えがわかった。アキヅキが何歳なのか正確にはわからないが、はっきりしているのは、昔の年寄りとは違うということだった。

「糸電話のことは了解いたしました。どうぞ」

そう言って竹の筒を耳に当てると、さっきの答はまだなのかな、という声が聞こえた。

「わたしは、アキヅキ先生が、おいくつなのか存じ上げませんが、カツラギさんからは、七十歳くらいではないか、と聞いております。七十歳という年齢だけを考えると、何と言えばいいのでしょうか、文化的にも、古い時代の人というイメージがあります。しかし、ローリング・ストーンズを聞かせていただいて気づいたのですが、『サティスファクション』が世界的にヒットしたのは一九六五年で、先生は十七歳であったことに気づいたしだいです」

竹の筒に唇をめり込ませ、そんなことを話しながら、今までこんなことを考えたことはなかったと思った。六〇年代以降現代に至るまで文化的に重要な変化は何も起こっていないと指摘する評論家がいた。ポップ音楽に関しては当たっている。六〇年代のビートルズやローリング・ストーンズのようなバンドはこの半世紀登場していない。七十歳のじいさんはあらゆる面で古臭いという先入観があるが、アキヅキの世代は、ビートルズやローリング・ストーンズをリアルタイムで聞いて青春時代を過ごしたのだ。

「なるほど、ほぼ正解だな。じゃあ、約束通り、わたしも君に、若干の情報というか、ヒントをあげるから、よく聞きなさい」

アキヅキは、どうぞ、と言わなかった。おれは、竹の筒を耳に押し当てたままにして、次の言葉を待った。

「もうだいぶ前だが、わたしたちの仲間の一人が、映画のシナリオを書いたんだ。タイトルは忘れたが、タイトルなどどうでもいい。重要なのは、ストーリーだからね。ある老人のグループがアメリカ合衆国を訪れるんだけどね。アイデアのヒントになったのは、役者なんだ。そのシナリオを書いた男が、勝新太郎の知り合いでね。君は、勝新太郎を知ってるかな、どうぞ」

もちろん知っています、と答えた。

「勝新太郎、若山富三郎、鶴田浩二、高倉健が、出演者として候補に挙がっていたな。みな、ビッグネームだった。彼らが演じる老人たちは、元極悪なヤクザだったんだが、あるとき悔い改めて、キリスト教のある宗派に入るんだよ。悔い改めたあと、動物の着ぐるみをかぶって孤児院の慰問をやったりするんだ。そして、その宗派の大きな集会がアメリカ西海岸で行われるときに、参加を要請されるんだね。元ヤクザで、その宗派の教えによって改心して、今では、孤児院などを慰問している模範的な老人たちということで、参加を請われるわけだよ。ところが、その連中は、実際は改心なんかしていなくて、仮釈放してもらえるってことで、宗教を利用しただけなんだ。でも、シャバに出てから、仮釈放中で監視されていることもあって、動物の着ぐるみをかぶって孤児院とか回っていたんだよ。彼らは、アメリカに行く。そして、その宗派の教えがいかにすばらしく、自分たちがいかに救われたかを、とうとうと語って、大喝采を浴びるんだ。そして、日本でやっていたように、ロスアンゼルスの大きなショッピングモールで、動物の着ぐるみをかぶって、招待した子どもたちと遊ぶんだね。そして、そこに、正真正銘のテロリストが侵入してくる。客を人質にして、金を要求するわけだ。そして、ここがこの物語のもっとも重要なポイントなのだが、彼らは、テロリストと戦うんだよ。まるで『ダイ・ハード』のブルース・ウィリスのようにだ。敵のテロリストを格闘術で倒し、武器を奪って戦う。どういうことかというと、実は、その元ヤクザたちは、ただの年寄りじゃなかったんだ。彼らは、戦争中、おもに支那方面で活動した旧日本軍の特殊工作員だったんだよ」

「つまり、彼ら老人たちには、誰も知らないバックグラウンドがあったわけだ。これがヒントだよ。セキグチ君、わかるかね。どうぞ」

わかるわけがない。高倉健、勝新太郎、若山富三郎、鶴田浩二、みんなすでにこの世にいない。彼らが旧日本軍の特殊工作員で、着ぐるみを着て、ロスのショッピングモールでテロリストと戦う映画はきっと面白いだろう。なぜ面白いのか、どこが面白さのポイントなのか、そう考えると、アキヅキが言うヒントが見えた気がした。おそらく、彼らがただの年寄りではなかった、というところが重要なのだ。

「少し、わかりました。どうぞ」

そう言うと、アキヅキの笑い声が聞こえてきた。糸電話からではなく、ブースの磨りガラスの向こう側からも届くような笑い声だった。どうして笑っているのかわからない。やがてカツラギの笑い声も混じるようになって、びっくりした。駒込の文化教室で会って以来、彼女のそんな高らかな笑い声を聞いたのははじめてだったからだ。

「セキグチ君、少しって何？　どうぞ」

笑い声が続いていて気になったが、竹の筒を口に押し当て、勝新太郎たち元ヤクザはただの老人ではなかったという点ですよね、とついさっき思いついた答えを言った。

「ただの老人という表現はちょっと変だが、まあいいだろう。老人に関して言うと、弱虫は老人にはなれないんだ。老いるということは、これが、それだけでタフだという証明なんだ。とくに昔はそうだった。統計は残っていないが原始時代の平均寿命は三十歳には届かなかっただろう。古代中国でも、紀元前のエジプトでも五十歳に達するとそれだけで長老と呼ばれてリスペクトされた。平均寿命が短いのは、何が原因かわかるかね。老人になる前に人がバタバタ死ぬからじゃなくて、乳幼児の死亡率が高いからだ。昔は、生まれてすぐ死ぬ子が多かった。出産では母親もよく死んだ。庶民は栄養状態が悪かったし、生活環境も不潔で、国民皆保険もなかったし、なかなか医者にも見てもらえなかったから、小さい子はぼろぼろと死んだものだ。学校へ入ると、集団生活になるので今度は感染症に罹《かか》りやすくなり、わたしが子どものころは、夏休みが終わると、何人かの机の上に花が飾ってあったよ。日本脳炎で死んだんだ。日本脳炎が減るのは、一九六〇年代後半からで、ワクチンの接種の他にアルミサッシによる網戸の普及が大きい。要は、非常に多くの乳幼児と子どもが昔は死んでいたんだ。成人してからも、弱虫はよく死ぬ。老人になるということだけでタフなのだとわかったか。どうぞ」

　しかし、このアキヅキという医師の声は独特だ。ひょっとしたら糸を伝わって届くときに音質が変わるのかも知れないが、恐ろしく滑らかで、耳ざわりのいい声だった。意味がわからないことを話されても、気持ちがいいのでつい聞いてしまう。ただ、アキヅキは何を言いたいのだろう。勝新太郎たち元ヤクザが旧日本軍の特殊工作員という設定も気になる。ＮＨＫ西玄関のテロを予告してきた老人が、わたしは満洲国の人間です、と言ったのを思い出した。情報、あるいはヒントをくれると言ったが、キニシスギオの仲間に満洲で活動した特殊工作員がいるとか、そんなことを匂わせるつもりなのだろうか。

「よくわかりました。ただの老人というかですね、戦争中に何か特別な訓練を受けた老人たちが、あなたたちの仲間にいるということでしょうか。どうぞ」

　そう質問すると、アキヅキはまた笑い出した。アキヅキの笑い声がブースの向こう側から響くと、カツラギもいっしょになって笑う。カツラギは何が可笑しいのだろうか。それとも、別に可笑しいわけではなくて、アキヅキが笑うときにはいっしょに笑わなければいけないと指示されているのだろうか。だが、カツラギの笑い声には演技のような不自然さがない。

「セキグチさん、何を言ってるんですか」

　セキグチ君ではなく、また、さんづけに戻り、敬語が使われた。翻弄されているような気がするが、主導権はおれにはない。会話を録音することもできないし、そもそも情報を得られるような会話になっていない。ヒントをくれると言ったはずだが、老人と平均寿命について一般論を一方的に喋っただけだ。しかし、アキヅキは心療内科医だ。心理戦の専門家で、誘導尋問などに引っかかるわけがない。しかも、おそらくおれがどんな情報を欲しがっているかもちゃんと把握している。

「ぼくたちの仲間って、何のこと？　どうぞ」

「わたしたちの仲間の一人が書いたシナリオとさっき言ったじゃないですか。どうぞ」

「ああ、そのこと。それは、ぼくの友人ということです。誰だって、仲間がいるじゃあないですか。映画好きの仲間です。そいつはちょっと名の知れた売れっ子の台本作家だったのですよ。もうずいぶん前に隠居してるんですが、プロデューサーや監督に頼まれたら、テンポラリーで今でも書くんです。さっき話した勝新太郎たちを使う元ヤクザのシナリオのすごいところは、旧日本軍の特殊工作員というところもさることながら、主役級の役者たちがショッピングモールのシーンで着ぐるみを着るというところなんです。着ぐるみを着れば、誰が中に入っているのかわからないですからね。必ずしも本物の役者ではなくてもいいんです。スタントマンが入ってもいいし、とにかく役者の拘束時間も短くて済むわけで、勝新太郎と若山富三郎の兄弟は、すごくこの映画をやりたがっていたんです。ただそれぞれの役者が違う会社に属してたし、それにプラザ合意の前後で、日米関係も微妙で制作会社を探すのも大変だったらしい。しかもそのころ鶴田浩二さんがちょうど癌になられて、勝新太郎は彼なしでは撮りたくなかったんです。だから結局お蔵入りになったというわけなんですけどね」

イライラしてきた。糸電話なんてふざけたことを強要され、翻弄されるだけで情報が得られないのだったら、小細工を弄しないで、ストレートに聞きたいことを聞いてみたほうがいいのかも知れない。だが、このアキヅキという医師は、おれが現役の記者時代に相手にしてきた風俗や芸能や金融の裏の世界の連中とは、知性と知識のレベルが違う。探りを入れて話をはぐらかしながら会話を誘導し、情報を引き出すような方法は通用しない。だいいち探りを入れられ話をはぐらかされているのはおれのほうだ。

「アキヅキ先生、質問してもよろしいでしょうか。どうぞ」

質問は、大歓迎だよ、セキグチ君、と低い声が返ってきた。しかも再度タメロに変わった。

「わたしはあるネットメディアの記者なんですが、そこにいるカツラギさんから、先日池上商店街で事件を起こしたタキザワという若者が、このクリニックに通っていたとお聞きしました。事実でしょうか。どうぞ」

事実だよ、とさらに低い声が響く。

「タキザワ君は、わたしのクライアントだった。あんな若者があんな恐ろしい事件を起こすなんて、信じられない。そのあたりのことは、警察にも報告済みだ。だからセキグチ君は、警察からも、わたしが言ったことについて、確認を取ることもできる。どうぞ」

たぶん、このアキヅキという医師が滝沢幸夫にテロを命じたわけではない。テロの計画と実行に関して、刈払機という凶器のチョイスやその入手先、場所と日時、具体的な攻撃のやり方、後処理などを指示したのは、おそらくそれぞれ別の人物だ。警察がいくら調べても、このクリニックがテロの実行と関係しているという証拠や情報は何も得られないだろう。ひょっとしたら、このクリニックは、テロの実行要員を見つけ出し、スカウトすることを担当しているのかも知れない。

「タキザワという人は、どうやってこのクリニックを知ったんでしょうか。それで、彼はどんな人でしたか。どうぞ」

ふん、とバカにしたように鼻で笑う声が届いて、しばらく応答がなく、あーあ、というため息も聞こえた。お前はバカか、というような感じだった。狭いブースの中にいて、姿が見えない相手から、そういった対応をされるとひどくこたえる。突き放され、見捨てられたような気分になるのだ。

「心療内科を訪ねるのは、みな切羽詰まった人たちだよ。試しに行ってみようとか、どんなところで何をするのか冷やかしで覗いてみようという人はいない。その点についてはセキグチ君もわかっているはずだと思うがね。このクリニックは、渋谷というロケーションから、若者が多い。タキザワ君もその一人だったし、このカツラギさんにしてもそれは同じだ。タキザワ君がどんな人だったか？　質問する言葉を選んでいただきたい。

どうぞ」

失敗した。のらりくらりしたアキヅキの返答に苛立ったせいで、単純で間が抜けた質問になってしまった。どういった葛藤を抱えていたのか、悩みや苦しみはどれほど深かったと考えられるのか、どういう経緯で怒りが社会に向いていったのだろうか。そういった質問をするべきだった。アキヅキが糸電話で会話する真意は不明だが、おれが、試されているのは確かだった。なぜ試されているのかはわからない。また合格したとき、あるいは不合格になったときに何が待っているのかも不明だ。だが、おれは間違いなくテストされている。

「失礼しました」

おれは率直に謝った。

「デリカシーのない質問でした。タキザワさんという人は、やはり深い悩みや葛藤を抱えておられたのでしょうか。どうぞ」

別に謝らなくてもいいよ、とぶっきらぼうな口調で言われた。糸電話の竹の筒から聞こえてくる声は独特で、言葉が脳に直接響く感じがして、しかも相手の表情がわからないために、言葉や口調の変化に敏感になる。

「タキザワ君は、他のほとんどのクライアントと同じで、不眠を訴えていた。最初のうちは、映画を見たり、コミック誌を読んだり、ゲームをしたりしていたようだが、そのうち何もする気になれず、ここを訪れたころは、一晩中、部屋の明かりを消したり点けたりしていたらしい。わかるかな。布団に横になって目を閉じると強く不安が出るので、起き上がって、壁にある蛍光灯のスイッチの前に立ち、倒れ込むくらい疲れるまで、オンオフを繰り返していたというわけだ。すぐにグローランプが切れるので、百個近く買いだめしていたと言っていた」

どうぞ、という合図がないまま、声が中断した。アキヅキはカツラギと小声で話しているようだ。先生がいつも言ってることを話してみたらいいんじゃないの、というカツラギの声が磨りガラスの向こう側から聞こえた。カツラギは、アキヅキに対し敬語を使わないのだろうか。ただし、お互いタメロで、気さくな感じでカウンセリングの応答が行われるのは別に不自然ではない。おれは、ブースに閉じ込められた格好になっているので、とぎれとぎれに聞こえるアキヅキとカツラギの会話が妙に気になる。また、アキヅキがおれに対して敬語とタメロを使い分けているのも気になる。

「セキグチ君、君は、最終電車が出る直前の新宿駅の中央線のホームに行ったことがあるかね」

そう言われて、もちろんですと答えそうになったが、「どうぞ」という合図がなく、アキヅキは間を置かずに話し続けた。

「夜中の一時ごろ、十六番線のホームには人があふれている。深夜一時頃に最終が入ってくるんだが、たいてい十数分遅れてくる。四ツ谷や御茶ノ水で乗り降りに時間がかかり発車に手間取るからだ。新宿からの出発はさらに時間がかかる。ものすごい数の若者が乗り込む。それを逃すとタクシー代が半端なくかかるし、カプセルホテルにも空き部屋が少ないので、みんな必死なのだ。九割が男で、若者だ。ほとんどが酔っていて、ゲロをまき散らし、飲み過ぎてうずくまったまま動こうとしない連中もいる。大声で騒ぐ輩《やから》もたまにいるが、あまり目立ちすぎると怖い連中から睨まれる。だからたいていみな大人しい。調子に乗りすぎて騒ぎを止めないときは、運が悪いと、その周囲で苛立っている誰かに線路に突き落とされたりする。あたりは人でごった返しているので、突き落とされても犯人は絶対にわからない。実際に突き落とされる事件は多いし、増えている。

多くの若者は、スマホを操っている。数百人の若者が申し合わせたようにまったく同じ動作をしているのは不自然な光景だ。だがもちろん当人たちは不自然とは思っていない。わたしのような年配者は、とてもじゃないが、そんな時間帯の新宿駅には近づけない。突き倒されても誰も助けてくれないし、電車が着くと、倒れた人を踏みつけながら、開いたドアに向かって突っ込んでいく。落伍者は誰もいない。ゲロを吐いていた若者は口の端からまだ形が残るジャガイモや焼鳥やおでんをぶらぶら垂らし、それを背広やシャツの袖で拭いながら、よろけた足どりで電車のほうに歩いて行くし、ホームでうずくまって今にも倒れそうだった若者も這うようにして乗り込んでいく。全員が乗り込むにはえらく時間がかかるが、積み残しはない。誰も乗り遅れたりしない。その規則的な行動は軍隊以上かも知れない。そう言えば彼らの服装も軍隊に似ている。中国やベトナムで大量に作られた安い生地と縫製の洋服で、量販店で配給されたものだ。もちろん、正確に言えば軍人の行動規範ではない。示されるのは、従順さだ。逸脱した行動をとると懲罰が与えられる奴隷の、従順さだ」

終電前の新宿駅の中央線ホーム、それに以前の渋谷の東横線のホームも似たような感じで、もちろんおれもよく知っている。見慣れた光景だから、こんなものかと思っていたが、アキヅキの声で描写されると、確かに異様に思えてきた。酔っ払いが大勢いたり、ゲロを吐いたりするのが異様なわけではない。ホームを埋めた全員が、ゲロを吐きながらも、一人の積み残しもなく電車に収容されていくのが異様なのだ。そう言えば、つい先日昼間の山手線で、向かいの席に座った七、八人の若者全員がスマホをやっていた。全員が下を向き、動作や表情もほとんど同じで、どういうわけか、ぞっとしたのを覚えている。まさに、そのときのおれの違和感を分析するかのように、アキヅキの語りは続いた。

「わたしは、どうして彼らのような人間が誕生したのか考え、近年になってやっと解答を得た。彼らは生まれ落ちたときから不幸であり、窮地を脱する術《すべ》を知らない。誰にも教えてもらっていないのだ。もうかなり前だが、戦争について議論する深夜の討論番組に、旧日本海軍航空隊の撃墜王が出演したことがあった。零戦のパイロットで、おもにラバウルとラエを基地にしてソロモン諸島で空中戦を戦い、大小の敵機を六十機以上撃墜して内外にその名をとどろかせた。その撃墜王は、討論番組の中で、先の戦争中よりも、現代のほうがいい時代だと明言した。その理由も明快だった。戦争中は生き方を選ぶことができなかったが、現代では生き方を選ぶことが可能である。それが撃墜王の考えだった。正しいが、決定的な誤解がある。どのような時代でも、原始時代から現代に至るあらゆる時代において、自分で自分の生き方を選ぶことができるのは共通して数パーセントだという指摘があり、そちらがより正確だ。

誰もが生き方を選べるわけではない。上位の他人の指示がなければ生きられない若者のほうが圧倒的に多く、それは太古の昔から変わらない。それなのに、現代においては、ほとんどすべての若者が、誰もが人生を選ぶことができるかのような幻想を吹き込まれながら育つ。かといって、人生を選ぶためにはどうすればいいか、誰も教えない。人生は選ぶべきものだと諭す大人たちの大半も、実際は奴隷として他人の指示にしたがって生きてきただけなので、どうすれば人生を選べるのか、何を目指すべきなのか、どんな能力が必要なのか、具体的なことは何も教えることができない。したがって、優れた頭脳を持ち、才能に目覚め、それを活かす教育環境にも恵まれ、訓練を自らに課した数パーセントの若者以外は、生き方を選ぶことなどできるわけがないし、生き方を選ぶということがどういうことなのかさえわからない。そういった若者にとって、人生は苦痛に充ちたものとならざるを得ない。苦痛だと気づいた者は病を引き寄せるし、気づかない者は、苦痛を苦痛と感じないような考え方や行動様式を覚える。同じような境遇の人間たちが作る群れに身を寄せ、真実から目を背けるのだ。

病を引き寄せる若者のほうが、誠実であるのは言うまでもない。気づかない者でも、あるとき突然真実に目覚めることがある。突然の目覚めによる苦痛は耐えがたいから、新興宗教に逃げ込む者も多いし、死を意識し、死を望む者もあとを絶たない。やがて彼らは、苦痛しかない人生だったら死んだほうがいいと、心からそう思うようになる。死は、苦痛からの解放だから、彼らは自分を殺すのを何とも思わないし、他人を殺すことも善だと考えるようになる。善は急げ、ということわざを、彼らは迷わず実行する。彼らは簡単に死ぬし、簡単に人を殺すようになる」

アキヅキの話には異様な力があった。まるで日本の若者全員が終電前の新宿駅に集合して自殺と殺人を考えているような、そんな錯覚に陥りそうになる。これが本当に治療なのだろうか。アキヅキの滑らかで柔らかな声の余韻が頭の中でこだまして、危ない新興宗教のイニシエーションを受けているかのような気がしてくる。自分がどこにいて何をしているのかが曖昧になり、声がどこかはるか遠くの、この世には存在しない場所から届いてくるように感じられた。こんな状態で、この声で、何か命令されたら、催眠術をかけられたように意識や感情を支配されてしまうのではないかと思った。こうやって、このアキヅキという医師とその仲間たちは、トッキリの若者たちを操っているのではないだろうか。

しばらく沈黙が続いている。だが、「どうぞ」という合図がないので、こちらから何かを話しかけたり質問したりするわけにもいかない。糸電話でのやりとりが途絶えると、竹の筒を耳に押し当てるという行為がどこか滑稽で非現実的なものに感じられてきて、狭いブース内に閉じ込められているという圧迫感が急に強くなる。磨りガラスを通してぼんやりとアキヅキとカツラギの輪郭が見えるが、さっきから目立った動きはない。目が不自由な人は、相手の話に集中するらしい。気配というか、相手の息づかいで気持ちの変化がわかることがあるという。狭いブース内で、似たような感覚が生まれるのかも知れない。磨りガラスを通して相手の動きがぼんやりと見えるので、さらに想像力が刺激されて感覚が敏感になるのかも知れない。竹の筒を耳に押し当てたまま、しだいに気分が不安定になっていき、アキヅキが何か話しかけてくるのを待った。そして、自分でも信じられないことに、ひょっとしたらこれは本当に治療なのかも知れないという妄想に似た思いが湧いてきた。

「悲しいことだ」

やっとアキヅキが声を出した。深いため息とともに、沈んだ声が聞こえた。大げさな演技のようでもあるし、心の底から嘆いているようでもある。芝居がかっているのだが、技術が卓越している。琴線に触れるという古い言い回しを思い出した。ひいきの役者がやっと舞台に現れて狂喜する観客か、長時間待たせたあとで説教や演説をはじめる教祖や独裁者に熱狂する信者のように、自分が喜びに震えているのがわかった。

「わたしは、若い世代のほうがいろいろな面で優れていると、ずっとそう思ってきたし、実は今もそう思っている」

アキヅキは、「わたし」と「ぼく」を使い分けている。親しげに話しかけるときは、「ぼく」を使い、客観的な話をするときは「わたし」と言っているような気がするが、そういった些細なことはもうどうでもよくなった。

「当然、若い世代のほうが新しい技術や知識の吸収も早いし、そのスピードも違う。わたしがビートルズを聞きはじめたころ、彼らが来日した。そのとき日本を代表する高名な老作曲家が、電源を切れば演奏できなくなるようなものは音楽ではないと批判した。信じられるか。その作曲家とビートルズと、どちらが歴史に残る楽曲を作り上げたか、明白ではないか。そのとき、わたしは決めた。自分が老年になっても、若年層の考え方や文化を頭ごなしに批判したり否定したりすることは、絶対にしないと、心に決めたのだ。だが、そういった若者優位の前提は、資源が枯渇し、国家の再分配がうまくいかなくなり、若年層がその犠牲となる時代には当てはまらないのではないかと、気づいた。現状を見ると、日本だけではなく先進国と言われるほぼすべての国々で、ごく一部の、数パーセントの、突出した個人を除いた一般的な若者の劣化が、目に見える形で進行している。彼らは、時代状況に合った教育や訓練を受けられず、相対的に劣化し、労働において途上国の若者と競合しなくてはならず、就職もままならず、賃金は下がり続け、日々ワンコインの弁当を食べ、安い店で安い酒を飲み、結婚もセックスもできず、インターネットのポルノサイトや成人向けの漫画雑誌を見ながらマスターベーションをする。ここにいるカツラギ君や、残念な死を遂げたタキザワ君が、精神の安定を失うのは、わたしに言わせれば、しごく当然のことだ。突出した個人になることが叶わず、かつ一律の劣化を拒むというケースがまれに生じる。その場合、彼らは当然バランスを失う。つまり、突出した個人にもなれず、しかも一律に劣化した群れへの参加を拒んだり、群れから拒否され追放されるような場合、そんな状態でも精神的な安定を保てるほど、人間という生き物は図々しくはなれないんだよ」

まるで荘厳なオペラのバリトンのソロを聞いているようだった。伴奏があるわけではなく、旋律があるはずもないが、語りが音楽的だった。全体の論旨も言葉の選び方も、それに抑揚やリズムも実に自然で、心地よく耳に入ってくる。言葉が、生き物のように熱や匂いや鼓動を伴い、竹の筒に結びつけられた糸を伝わって脳と身体に染み入ってくるのだ。とくに、人間という生き物は図々しくはなれない、という最後の一節が、おれの心を震わせた。よくある「人間という生き物はそれほど強くない」ではなかった。「図々しくなれない」という表現だった。おれは、自然に自分に結びつけていた。仕事を失い妻子と別れてから精神的に不安定になったが、それは君が弱いからではなく、そんな辛い状況でもバランスをとれるほど図々しくはなかったんだよ、と言ってもらったような気がしたのだった。

「だから、わたしはときに不可能なことを考える」

アキヅキの声が続く。おれはうっとりとして、聞き惚れている。不思議なことに、この心療内科医はこうやって若者を洗脳しているのに違いないという醒めた意識もちゃんとどこかにある。だが、その意識とは別の部分で、おれは心地よさを感じる。最初は狭くて息苦しさを覚えていたのに、薄暗い糸電話のブースが母の胎内のような安らぎの場所になってしまった。ある種の人間の声には魔力があるのだと、学者か作家か忘れたが、本に書いていた。昔の呪術者や宗教家は聞く人を魅了する声の持ち主だったらしい。

「人が人を救うのは不可能だというカウンセリングの原則がある。わたしたちがクライアントにできることは、話を聞き、会話をして、問題を理解し、人間には自ら回復する力があるということを伝えることだけだ。救うというのは、精神医学ではなく宗教の概念だとわかっているのだが、救いたいという願望を抑えることができなくなるときがある。救うというのは、どういうことだろうか。どういった場合に、それは可能になるのだろうか。それをわたしたちは考えているのだ。どうぞ」

最後に、「わたし」が「わたしたち」に変わり、「どうぞ」という合図も聞こえた。何か言わなければいけなくなった。考えてみれば、これまで何も情報を得ていない。アキヅキのすばらしい声と話術に癒されたが、おれは治療を受けに来たわけではない。どういった質問をすればいいのだろう。わたしたち、とアキヅキは言った。なぜおれを試したのかも知れない。やはり、試されている気がする。なぜおれを試すのか。おれに何かを促は、おれをここに連れてくるという、カツラギのリクエストになぜ応じたのか。滝沢幸夫の件で警察とも話したくらいだから、おれに取材されても困ることは何もないのだろう。だが、わざわざおれと会う必要もないはずだ。

「質問があるのですが、よろしいでしょうか。どうぞ」

アキヅキは、余裕を感じさせる声で、もちろん、どうぞ、と応じた。

「子犬たちの悲鳴は止んだかね、というのはどういう意味でしょうか。どうぞ」

アキヅキはしばらく黙ったあと、それは何だ、と聞いた。

駒込のカラオケ教室で、キニシスギオという名前でわたしに渡されたメモに書いてあったんです。カツラギさんから、アキヅキ先生が、キニシスギオという名称を持つ何人かのうちの一人だと聞きました。それと、キニシスギオというグループのですね、目的というか、グループができた理由みたいなものをお聞きしてもよろしいでしょうか。どうぞ」

なるほど、とつぶやいて、アキヅキがまた黙った。直接的すぎたかも知れない、もう少し遠回しに聞くべきだったかなと思いながら、竹の筒を耳に押し当てた。

「まず、そのメモを君に渡したのはわたしじゃない。だが、子犬たちの悲鳴という、『ヒッチン』の台詞のアレンジの意味はわかるよ。『ヒッチン』というのは『羊たちの沈黙』の略語だ。子犬たちの悲鳴は止んだか、というのは基本的には、『羊たちの沈黙』の、子羊たちの悲鳴は止んだかね、という有名な台詞が暗示するところと同じなんだ。つまり、君は無力感から自由になれたかという意味だ。だから、セキグチ君の場合は、シアトルの一件から立ち直ることができているかという意味だったんだろう」

一瞬鳥肌が立ち、竹の筒を耳から離した。アキヅキは確かにシアトルと言った。別れた妻と娘がいるところだ。動悸がしてきて、安定剤が欲しくなった。必死に、冷静になれと言い聞かせる。単に、以前おれ自身が、キニシスギオの仲間がいたと思われる大久保の将棋道場で、離婚のことや妻子がシアトルにいることを話したのかも知れない。いずれにしろ、キニシスギオたちが調べようと思えば、すぐにわかることだ。だが、アキヅキは、続けてもっと恐ろしいことを話した。

「次の、目的は何かという質問だが、それは、この日本を、そうだな、わかりやすく言うと、廃墟にすることだよ。終戦直後から復興の時期にかけて、巨大な需要があった。巨大な需要、それがすべてなんだ。焼け跡には、何もない代わりに巨大な需要がある。だから解決は簡単で、他にはどこにも方法がない。もう一度、あの時代に戻す。大震災で東北の太平洋岸は壊滅したが、政府にも、民間にも、危機感は生まれなかった。もっと徹底的にやらなければならない。本当の焼け野原にすべきなんだ。歴代の首相の中に、日本は焼け跡から出発したわけだから、その気持ちさえあれば経済を再生させることができますなどとふざけたことを言うやつがいたが、焼け野原になってもいないのに、そんな気持ちになれるわけがない。だから、本当に日本全体を焼け野原にすべきなんだ。それですべてが解決するんだよ」

アキヅキは、まるで舞台俳優のようだった。平幹二朗とか仲代達矢とかローレンス・オリビエとか、おれが知っているのはそんな名前だが、日本を焼け野原にすべきだと、朗々と語った。語っている内容は恐ろしく、リアリティもあったが、不思議なことに、聞いていて気分が高揚してきた。糸電話なので決して声は大きくない。低く、押し殺したようなバリトンだが、声質が滑らかで、微妙な抑揚があり、しかも芝居がかって聞こえるせいだろうか聞き惚れてしまい、そのうちに神経がざわざわと興奮してくるのだ。シアトルという固有名詞が出たときは驚いて安定剤が欲しくなったが、アキヅキの独演を聞いているうちに不安は薄れていき、廃墟とか巨大な需要とか壊滅とか焼け野原とか刺激的な言葉が連なり、語りが熱を帯びるにつれて腹の底から高揚感が湧いてくるのだった。おれは竹の筒を右の耳に押し当てているのだが、アキヅキの語りの途中から、ブースの磨りガラスを通して女の笑い声が聞こえてくるようになった。おかしくてしょうがないというような高らかな笑い声だ。カツラギだろうか。あの受付のおばあさんが診療室に入ってきて笑っているとは考えられない。しかし、これほど愉快そうなカツラギの笑い声を聞くのははじめてだった。それにしても、いったい何がそれほどおかしいのだろうか。

「もういいよ」

まるでかくれんぼの合図のような、ふざけた感じでアキヅキはそう告げた。最初、何がもういいのか、わからなかったが、ブースの扉が開いて、にこやかな笑みを浮かべたアキヅキが顔を見せた。その向こう側にカツラギがいる。カツラギにはまだ高らかな笑い声の余韻のようなものが残っていた。楽しくてしょうがないという表情をしているのだ。しかし、おれも似たようなものだった。ブースに閉じ込められた格好になっていて、何が何だかよくわからないことが続けざまに起こり、さすがに笑顔にはなれなかったが、血が騒ぐというか、奇妙な興奮に包まれたままだった。シアトルのことはもちろん気になっている。だが、それ以上に高揚のほうが大きい。

「あの、先生」

声が上ずって、しかも途中で裏返ってしまった。カツラギがおれを指差して、また笑い声を上げた。あの、先生、とおれの口調を真似て、両手で口を押さえ笑っている。何がおかしいの、とおれは、まずカツラギに聞いた。

「だって、セキグチさん、声が裏返ってるし」

カツラギは、やがて笑うのを止め、診療室のソファに腰を下ろした。セキグチさんもどうぞ、とアキヅキに促された。三人掛けの布張りのソファだが、奥行きがまるでシングルベッドのように広く、浅く腰掛けないと足を降ろせない。おれよりはるかに足が長いカツラギはごく普通に座り、悠然と背もたれに身体をあずけている。こんなにリラックスしているカツラギははじめてだ。このクリニックになじんでいるのだろう。しかし、心療内科のクリニックでもっともリラックスするというのはどういうことなのだろうか。

「おかしいでしょう？　アキヅキ先生って、ほんと、笑っちゃうでしょう。日本を焼け野原にするって。ぶっ飛んでますよ」

カツラギが嘘を言っているとは思えない。この女は、日本を廃墟にして焼け野原にするというアキヅキの話で本当に興奮しているのだ。しかし、信じがたいことだが、おれも同じだった。アキヅキの語りを聞いているうちに、シアトルという固有名詞がもたらした不安が中和され、気分が高揚した。日本を焼け野原にするというのは、さらに大規模なテロを実行するという意味なのだろうか。ＮＨＫ西玄関や池上商店街でのテロを操ったのは自分たちなのだという告白なのだろうか。

「あの、アキヅキ先生。質問させていただいてもいいでしょうか」

声が裏返らないように、深呼吸をしてから、おれは尋ねた。

「はい、もちろんですよ。何でも聞いてくださいね。何でもないことがとても重要なんですから」

アキヅキは、平然とした表情で、絡まないように注意しながら糸を巻き取り、二つの竹の筒を合わせるようにして、糸電話を専用のケースにしまっている。糸電話を使ったいつもの心理治療が終わったというような、ごく普通の表情をしている。自分たちがテロ実行犯の背後にいるのだと、聞きようによってはそう思えるような、衝撃的な話をしたあとの態度とは思えない。今のお話は、いったい何ですか、と聞くと、今のお話って？　と、とぼけた調子で聞き返してきた。シアトルのことも聞きたかったが、日本を本当に焼け野原にするという話がもっとも強烈だったので、まずそのことを聞いた。

「アキヅキ先生たちは、実際に日本を焼け野原にするおつもりなんですよね」

どんな答が返ってくるのか、ドキドキしながらそう聞いた。

「当たり前だろう。わたしが、存在しないことや、嘘を語ったと思っているのか」

アキヅキは、まるで舞台俳優が見得を切るように、糸電話をケースにしまうのを止め、身体を揺らしながら大げさにこちらを振り返って、おれをじっと睨んだ。すると、その仕草を見て、ソファのカツラギが足をばたつかせて大喜びした。おれは、もう何が何なのかわからなくなった。アキヅキが糸電話で語ったことは、真実なのだろうか、それとも全部がでたらめな芝居なのだろうか。しかし、冷静に考えてみれば、実際に日本を焼け野原にするなど不可能だ。ＮＨＫの西玄関に可燃剤を撒くのとはわけが違う。アメリカか中国が大規模な空爆をするとか核兵器で攻撃してくるとか、そんな途方もないことが起こらない限り日本は焼け野原にならない。

「しかしですね、具体的に、いったいどうやって日本を本当に焼け野原にするおつもりなんですか」

焼け野原にするおつもり、何という間の抜けた質問だと自分でも思いながら、聞いた。まるで、今夜のお食事はイタリアンにするおつもりですか、みたいな口調になってしまった。こいつらは、本当は単におれをからかって楽しんでいるだけなんじゃないのか、そんな疑いを持った。キニシスギオなどと、人を食ったような名前を付け、そこら辺のどうしようもない若者をだまして治療費をふんだくっているだけなんじゃないのか。シアトルの話題にしても、おれが将棋道場で妻と娘の愚痴をこぼしていたとすれば、こいつらが知っていても不思議ではない。こいつらが持っているのは、時間をもてあますじいさんばあさんたちのネットワークだけで、カラオケで厚化粧をして歌ったり、バカ話をメディアに通報したりして、喜んでいるだけじゃないのか。ＮＨＫ西玄関や池上商店街のテロは、キニシスギオと名乗る老人たちが裏で操っているわけではなく、単に頭がおかしい若者たちが発作的にやっていることなのかも知れない。アキヅキの態度と表情が不自然なくらい堂々として冷静なので、ついそんなことを考えた。テロに関わっている人物の態度や表情ではないと思ったのだ。だが、アキヅキの次の一言で、また背筋が凍りそうになった。

「セキグチ君。君は、配管がいかれそうになっている日本の原発が何基あるか、知らないだろう」

原発だって？　こいつはまたいったい何を言い出すのだろう。

「日本を焼け野原にする方法というのは、中国やアメリカの空襲じゃないのですか」

「アメリカも中国も、日本を爆撃したりするわけがないじゃないか。そんな時代じゃないだろう。あいつらは、日本にわずかに残った技術やパテントをこそこそと盗めばそれで足りる。日本の製造業や小売りを買収するか、現地法人化すれば足りるわけで、爆撃なんかしたら、さすがに国際社会から袋叩きに遭うんだよ。わたしたちを、その辺の能なしのナショナリストといっしょにしないで欲しいなあ」

アキヅキは、淡々とそんな話をする。天下国家について語るときの気負いというか、大仰なところが微塵もない。

「簡単なんだよ。福島第一の事故は、津波が原因ではなく、古くなっていかれかけてた冷却系の配管が大地震で壊れたのだという指摘があるのは知ってるだろう。配管が古くなっているのは、冷却系だけじゃないんだよ。原子炉と直接につながる配管だって、大半は古くなっている。それが割れたり外れたり、ひびが入るだけでも、どうなるか。想像できるか。それに、タービンだって、かなり古い。タービンからの蒸気だが、復水器に回せなくなったらどうなると思う？　復水器がつまったりしても冷却はもうアウトだし、循環ポンプが故障してもアウトだし、冷却系の配管が破断したら、あとはもう、カタストロフまで一直線だ。まだある。日本各地に、使用済み核燃料棒を貯蔵したプールがあるらしい。だいたい数千体単位で貯蔵されていて、当然、冷却し続けなければいけない。数千体の核燃料棒といえば、だいたい原子炉十基分の燃料体だそうだ。しかしだね、それらは原子炉と違って、格納容器も、頑丈な防御壁もない。周囲は単に薄いコンクリートの壁で覆ってあるだけだから、たかだか数百度の熱で崩壊する。海外のメディアが指摘するのは、そこで何かが起こったらどうするのかということだ。危ない奴がダイナマイトを数本放り投げるとどうなる？　ドッカーン。核燃料棒がばらまかれる。君に聞こう。これが、焼け野原でないなら、いったい何なんだ」

アキヅキは決して声を荒げるようなことはなく、こいつはこんなことも知らないのかと半ばあきれたような表情をして、面倒くさそうに、そんなことを話した。やはり声は滑らかなバリトンだが、おれは話の内容に衝撃を受け、さっきの高揚感がいっぺんに吹き飛んだが、何がどうなっているのか、さらにわからなくなった。もともとは滝沢幸夫のことを聞きに来たのだが、ローリング・ストーンズの「サティスファクション」を糸電話で聞かされ、次に勝新太郎や高倉健が出演する予定だったという映画の企画に話題が移り、劣化し続ける若者というテーマが展開され、人を救うという話や、映画『羊たちの沈黙』の台詞の説明があって、ふいにシアトルという固有名詞が出てきて、そのあと日本を焼け野原にするという恐ろしくも奇想天外な話になり、挙げ句の果てに、アキヅキの弁舌は原発に及んだ。話の展開に付いていけない。論理性がないわけではない。

アキヅキのそれぞれの話はとてもロジカルだった。それに、話題が不規則にころころ変わるというわけでも、展開が急に飛ぶというわけでもない。考えてみると、アキヅキは単におれの質問に対応し、その都度話題を選んでいるだけだった。原発の話題になってから、さすがにカツラギの顔からも笑いが消えた。

「それでは、あなたたちは原発テロを考えているんですか」

おれはどんどんバカになっていくようだ。とっさにそんなことを聞いてしまった。たとえば滝沢幸夫のこととか、本当は一つずつ整理したあとに次の話題に進むべきなのだが、どんな話題でもアキヅキの話は圧倒的に面白く、かつ論理的で説得力があり、おれの質問の枠そのものを破壊してしまう。だから、系統だった質問が考えられなくて、その場の思いつきで言葉を発してしまうバラエティ番組のお笑い芸人のようなやりとりになってしまっている。この診療室に入ってから、ずっとその繰り返しなのだ。

アキヅキは、糸電話を引き出しにしまったあと、椅子に深く腰掛けた。独特な形の背もたれがある椅子だった。背もたれのクッションが、頭と首、それに背中と腰の部分に分かれ、さらに背中の部分も左右に分かれて、それぞれが銀色の細いパイプで連結され、微妙な角度で向かい合っている。背面の各部分にぴったりとフィットするように作られているのだろう。アキヅキは、じっとおれの顔を見つめたあと、え？　何て言ったの？と首を傾げた。

「テロがどうしたって？」

声が大きくなり、眉間に皺を刻んで、睨むようにおれを見つめた。はじめて見せる表情で、おれは思わず身を固くした。

「セキグチさん、変なことを言うのは困るな。わたしがいつテロの話をしたっていうのかね。わたしは、日本のいくつもの原発で、冷却系にとどまらず、配管が古くなっているという話をしたんだよ。テロという言葉がどこかに出てきたか」

アキヅキの言うとおりだった、おれが、推測や憶測を交えて勝手に言葉を組み合わせてしまっただけだ。アキヅキは、勝新太郎や高倉健が出演する予定だったという映画企画の説明で、彼らがテロリストと戦うというストーリーを話し、そのときだけ、テロという言葉を使った。しかも、それは映画の中の話なのだ。もうだめだ、と思った。とんでもない失敗ばかりだ。このクリニックに来てすでに二時間以上経っているが、肝心なことは何一つわかっていない。キニシスギオたちが簡単に秘密を明かすとは思えないが、おれは単に混乱しているだけだ。奇想天外で、過激で、しかも思わせぶりなことをえんえんと聞かされ、焦りまくり、間の抜けた質問を続けて、正確な情報など何一つ得ていない。

「わたしは心療内科医で、セキグチさん、あなたにね、カツラギさんの紹介で、糸電話によるカウンセリングを行った。それだけだよ。いろいろなことを話した。いろいろ話したが、うーん、本当の秘密、それは、まだ言っていないんだけどね」

そんなことを言って、アキヅキはいたずらっぽく微笑み、何とウインクをした。おれは何か重要なことが話されるに違いないと身構えた。だが、またしても簡単にあしらわれただけだった。

「じゃあ、しょうがないから秘密を話しちゃうかな。何を隠そう、わたしは、役者の端くれなんだよ。学生時代演劇部で、今でもたまに劇作家の友人の紹介で、舞台に立つことがあるんだよ。患者さんの劇団でも、一、二度、ちゃんと台詞のある役を演じたな。しかしね、もう演劇は終わってます。どんな国でも演劇は近代化の嵐の中で発展して、社会が成熟してしまうとその役割を終える。だから、今は映画。まだ映画、という言い方もできるかも知れないけど、やっぱり映画だね。それも、テレビやパソコンのモニタで見ちゃダメですね。映画館だ。ぼくはこの歳で、歌舞伎町の映画館とか、しょっちゅう行きますよ。わかりますか。意味、わかるよね。歌舞伎町の映画館ですよ。歌舞伎町の、映画館ね。そう言えば、３Ｄの新作が、来週、封切られるようだ」

役者の端くれと聞いて、完全にバカにされていると感じた。まるで、今までの語りは全部演技だったんだよ、というようなニュアンスだった。怒りが湧いてきたが、おれにはアキヅキに立ち向かう気力がすでになかった。一刻も早くこの診療室から出たい、とそればかり考えていた。口を開くと、ありがとうございました、とお礼を言いそうで、自分でもぞっとした。ソファから立ち上がるのも辛いくらい疲れていたが、最後にシアトルのことだけは聞いておかなければいけないと思った。妻と娘が関係している。

「最後に、もう一つだけ、お聞きしたいことがあるのですが、よろしいでしょうか」

ソファから立ち上がり、ジャケットのボタンを留めながら、そう聞いた。情けないことに、恐る恐るお伺いを立てる、みたいな口調と態度になっていた。

「どうぞ、どうぞ、いくらでも聞いてください。次のクライアントが待ってるみたいだけど、だいじょうぶ」

アキヅキは、結局最初から最後まで態度がまったく変わらなかった。堂々として、一瞬の気の緩みもなく、何か重大なことを隠しているがお前なんかにわかるわけがないというムードを漂わせ、おれが興味を引かれるようなことを語りの端々に織り込みながら、結果的に肝心なことは何一つ話さなかった。手強すぎると思った。こんな連中が何十人、何百人もいて、ネットワークを作っているのだろうか。精神的に不安定な若者を洗脳することなど、赤子の手をひねるようなものだろう。

「わたしが、シアトルの一件から立ち直ることができているかどうか、みたいなことをさきほどおっしゃいましたが、実は、離婚したわたしの妻と娘ですが、シアトルにいるんです。どうしてそのことをご存じだったんですか」

誰だったかは忘れたが誰かに聞いたんでしょうね、アキヅキは、低い優しい声で、ささやくようにそう言って、おれの肩に右手をそっと置いた。曖昧だが、充分なインパクトのある回答だった。あたかも、おれの質問をすべて想定していたかのような、完璧な受け答えだ。

「セキグチさん、これだけは言っておきたいんですけどね。今後も、いつでも、カウンセリングを受けにいらっしゃい。また、ここに来たくなったら、いつでも、来ていいんですよ。誰だってね、セキグチさん、誰だってそうなんだ、今は、生きるのがとても辛い時代なんです。あなたはこれまでよくがんばってきたし、自分に嘘もついていない。そういう人は余計に辛いんだ。周りを見てごらんなさい。ひどいことばかり、ひどい人たちばかりです。みんな混乱してるんです。いいですか。生きるのが辛い、生きづらい。悪いことばかりが起こる。お金もないし、健康状態も不安だし、幸福とはほど遠い。幸福って何なのか、何だったのか、忘れてしまうほど、不安だらけだ。しかも、誰も助けてくれないし、誰が悪いのかもわからない。自分の才能や努力が足りないような気もするし、他人のせいだという気もするし、世の中が間違っていて、政治家が全部悪いような気もする。誰を憎めばいいのか、わからない。だからいつも苛立って、怒りが湧いてくるけど、その怒りを何に、どこに向ければいいのかわからない。苛立ちと怒りは自分の中に溜まり続けて、そこからまるで泉から水が湧くように、不安だけが湧き出て、ほんのちょっとしたことで、死ぬほど寂しくなったり、悲しくなったり、何かを壊したくなったりする。それはね、決して異常じゃないんですよ。今はね。だから、本当にいつでも、来たくなったら、ここに来てくださいね。わたしは、あなたのことをいつでも待っているんですよ」

「まだ目が赤いです」

カツラギにそう言われて、おしぼりで目のあたりを拭った。クリニックを出て、おれたちは、道玄坂から文化村通りに抜ける狭い路地にある台湾料理屋に入った。おれは昼食を食べそびれたままだったし、カツラギも「ロックウエスト」のスパゲティをウインナーソーセージ以外ほとんど食べなかった。午後の四時半という中途半端な時間帯だったが、店には数組の客がいた。外回りの営業、出勤前のホステスやウエイターや風俗嬢、そんな感じの客たちだった。メニューが漢字だらけの本格的な台湾料理屋で、カツラギは、アキヅキに一度連れてきてもらったらしい。カツラギの勧めで、腸詰めと湯麵を頼んだ。目が赤いとカツラギに指摘されて、何て情けない、いったいどうなっているんだろうと、自分のことを思った。今は誰もが生きるのが辛い、いつでも来たくなったらここに来てくださいね、アキヅキにそう言われて、不覚にもおれは涙を見せてしまったのだ。

「まあ、とにかく食べましょう。腸詰めはネギといっしょに食べるとおいしいですよ」

カツラギから慰められている。アキヅキのクリニックで、おれは混乱し、途中から質問を考える気力さえ失い、別れ際に優しい言葉をかけられて、まるで子どもみたいに泣き出してしまった。アキヅキの言葉には、抵抗しがたい力があった。ひょっとしたらカウンセリングの最後に必ず告げる挨拶代わりの言葉なのかも知れない。不安になるのは異常ではないとアキヅキは言った。「不安になる必要はない」ではなく、「不安になってはいけない」でもなかった。メディアにあふれている「君は一人ではない」「明日は必ずやってくる」「いっしょにがんばろう」「希望を持とう」といった偽の癒しや慰めはいっさいなく、現実を見すえた暗く乾いたリアリティがあり、しかも存在を認めてもらっているという安堵感があった。

「腸詰め、おいしいですか。セキグチさん、ビールでも飲んだらどうですか」

カツラギが聞いて、おれはうなずいた。でも、屈辱感は消えない。ジャーナリストの端くれとして、キニシスギオという別名を持つ怪しい心療内科医に情報を取りに行き、幼児のように軽くあしらわれただけで、別れ際に泣いてしまった。こんなのははじめてだ、こんな屈辱はないよ、おれはおしぼりを目に当て、運ばれてきた生ビールを一気に半分飲み干して、そんな愚痴をこぼした。

「そんなこともないですよ」

カツラギがまた慰める。

「いや、こういうのを完敗って言うんだよ。おれは、正直に言うけど、あんな人に会ったことがない。すごいし、恐い」

そう言うと、カツラギは、違いますよ、と首を振った。

「わたし、今日みたいな先生、はじめてですよ。普通はあんなにたくさん話したりしないから、先生もセキグチさんのことを、いろいろ考えてたんだなと思いましたけど」

そうなのか、とおれは顔を上げた。だが、カツラギが言うことをそのまま受けとってもいいのだろうか。カツラギは、アキヅキたちのグループに取り込まれてしまっているのではないか。ただ、もしそうだとしても、おれにできることは限られている。遠回しに相手を探って、誘導しながら情報を得るというような余裕はかけらもない。ビールの酔いも手伝って、まるで十年来の友人のように、おれはカツラギに話している。どうなんだろう、あのアキヅキ先生のグループが滝沢幸夫に刈払機でテロをやるように命じたのかな。

「先生も、そのお友だちも、誰かに何かを命じたりはしないです」

カツラギが意外そうな表情でそう答えて、おれは、ふと気づいた。気になることが二つあると気づいたのだ。一つは、これほどうちひしがれているのに、腸詰めをおいしいと思えることだった。アキヅキの語りと存在感に圧倒されっぱなしで、最後に涙を流して感情が乱れたが、ものが喉を通らないような不安感はまったくなく、安定剤を飲もうとも思わなかった。気になることの二つ目は、よくわからない。アキヅキの話の中の、ある部分が意識に引っかかっているのだが、それが何だったか、思い出せないのだ。あっさりしているがしっかりと味付けしてある湯麵を食べながら、アキヅキが話したことを順番に整理してみた。ローリング・ストーンズと老人の世代論、高倉健や勝新太郎の映画の企画、最終電車が出るときの新宿駅と若者論、日本を焼け野原にすべきという檄《げき》と原発、そして最後の優しい声がけ。違う。いまだ残滓《ざんし》のようにおれにへばりついているフリージャーナリストの本能に引っかかっているのは、そんな話題ではない。それらの話は奇想天外で衝撃的だが、自然でロジカルだった。あるとき、アキヅキが何か不自然で、かつ余計なことを話しているなと感じたのだが、それがどういった話だったのか、思い出せない。

「でも、よく食べるね」

カツラギは、ビールではなくウーロン茶を飲んでいるが、腸詰めの大半を平らげ、湯麺もスープまで飲み干した。精神的に不安定な人には見えない。たまプラーザの「テラス」や「ロックウエスト」では、ケーキやウインナーソーセージをまるで苦行のように口に運んでいた。

「先生に会ったあとは、いつもこんな感じですよ」

それにしても、日本を焼け野原にするとアキヅキが話していたときに、どうしてあんなに高らかに笑ったのだろうか。

「ぶっ飛んでるって言ったでしょう？　それですよ。だって、言ってることめちゃくちゃで、面白いじゃないですか。わたしだけじゃないと思うんですけどね。それって、みんな思ってるわけでしょう？　何か壊したいって。モノかも知れないし、人間、あるいは自分かも知れないんですけど、リセットしたいってことなのかな。だから、日本を焼け野原にするって聞いたりすると、たまらないですよ、面白くて」

じゃあ、アキヅキと会うと元気になるということだろうか。

「元気になるっていうのとはちょっと違うかな。どうでもいいことがちゃんとどうでもよくなるってことかも知れないですね」

アキヅキの仲間というのは、具体的にどんな人たちなのだろう。

「わたしが会ったのは、五人か、四人かな。だいたい、お酒飲んで、バカな話ばかりしてます。最初は、誰かが心臓が悪いとか、死んだとか、歳だから病気とか、薬の話が多いですけど、酔ってくるとだいたいどうでもいいような下ネタになりますね。元広告代理店にいたって人がいるんですけど、うんと若いころに、松田聖子とエッチしたって、必ず自慢するんです。でも当たり前だけど、誰も見てないので、嘘だとか、いい加減なことを言うなとか、かなり盛り上がりますね。そんな話ばっかりですね」

日本を焼け野原にするとか、テロをやるとか、若者にテロをやらせるとか、そんなことは普段は話さないのだろうか。滝沢幸夫も、そういったグループが集まる席に同席していたのだろうか。

「わたしは会ったことがないんですけど、昔そこそこ有名だった劇作家の人がグループにいるらしくて、その人を都知事にして、自分たちの土地にカジノを作らせようとか、まあまじめな話っていったら、その程度ですね。タキザワ君は、男だから、飲み会には誘われたことはないと思いますよ。先生たちが、誘うのは、女の子だけです。でも、すごく礼儀正しくて、無理にお酒を飲ませようともしないし、下ネタのときも、あ、カツラギさん、ごめんね、こんな下品なこと言って、みたいな感じでわざわざ謝ったりしますから」

カツラギの他に、どんな女の子が呼ばれるのだろうか。

「ブスは論外みたいです。常連の女の子としては、先生の患者さんがわたしの他に二人くらいいて、あと、あまり売れてない女優とか、ヴィトンだったか、アルマーニだったか忘れたけど、どこかのブランドショップの店長とか、ＪＡＬのキャビンクルーもいたし、それに、ファンドマネージャーっていうんですか、証券会社の人もいましたね。あ、そうだ、さっき、先生たちがどんなことを話してるかってセキグチさん聞いたけど、思い出した。映画の話は多いです。昔の映画や、今の映画、イランとかユーゴスラビアとかフィンランドとか、わたしたちがあまり知らない国の映画の話とか、盛り上がりますよ。みんな映画好きみたいで」

映画、と聞いて、突然おれは思い出した。何が引っかかっていたのか、わかった。アキヅキは、本当の秘密を語ると言っておれを緊張させ、実は昔役者の端くれだったなどと、下らないことを話しはじめた。おれは、またしても話をはぐらかされたとがっかりしたのだが、そのあと、演劇の時代はとっくに終わっていて、今は映画しかないのだと、そういうことを言った。だが、問題はそのあとだ。映画館だ、そう言った。映画はテレビやパソコンのモニタではなく、映画館で見なければいけない。今でも歌舞伎町の映画館に行く。

「意味、わかるよね。歌舞伎町の映画館ですよ。歌舞伎町の、映画館ね」

どうしてそんなことを繰り返し言う必要があるのだろうと一瞬怪訝に思ったのだが、アキヅキの語りと存在感に圧倒され、疲れ果てていたので、すぐに忘れてしまった。アキヅキは、おれに何かを伝えようとしたのかも知れない。

「そう言えば、３Ｄの新作が、来週、封切られるようだ」

歌舞伎町は何年ぶりだろう。コマ劇場が取り壊されて、風景が一変してしまっていた。

コマ劇場の跡地には、東宝系のシネマコンプレックスが建てられている。おれたちが向かっているのは、その左手にある新宿ミラノだ。昔は「ミラノ座」だったが、いつの間にか正式名称は「ミラノ」になった。二〇一四年に一度閉館したが外資が買収し、二〇一八年に復活した。内装はほとんど変わっていないらしい。ミラノ座には、大学時代にもフリーの記者時代にも足しげく通った。『ゴッドファーザー』『E.T.』『インディ・ジョーンズ』など、話題作はたいていミラノ座で見た記憶がある。そのころ、コマ劇場の前にある広場には噴水があり、早慶戦のあとで早稲田の学生たちが騒いでいた。噴水は、そのあと花壇に変わった。別れた妻との結婚前のデートはおもに映画で、ミラノ座にもよく行った。銀座や有楽町の映画街と違い、猥雑で庶民的で、気に入っていた。映画のあとは、たいてい風林会館の地下でお好み焼きを食べた。ミラノは、ほろ苦い思い出が詰まった映画館だった。

「歌舞伎町の、映画館」とアキヅキが繰り返し言って、直感的にテロの予告だと思った。東急ミラノのビルには、ミラノ1、ミラノ2、ミラノ3、それにシネマスクエアとうきゅうという四つの映画館が入っている。もちろん本当にテロが実行されるかどうかわからないし、実行されないほうがいいに決まっているが、これまでNHK西玄関でも池上商店街でも、おれに何らかの情報が入って、それが現実になった。警察に届けることも考えたが、経緯を説明しても、ほとんど説得力がない。警察が実際に警備のために動くかどうか疑わしい。アキヅキは、「歌舞伎町の映画館でテロが行われる」とは言っていない。「歌舞伎町の映画館によく行く」という話をしただけだ。実際にテロが起こり、警察にアキヅキを通報しても、アキヅキは逮捕されない。ＮＨＫ西玄関や池上商店街の殺傷事件との関連性も不明だし、おれは警察に引き留められ根掘り葉掘り聞かれるだろう。マツノ君やカツラギも警察に呼ばれる。だが、アキヅキやその仲間たち、それに駒込のカラオケ教室の老人たちがテロに関係しているという証拠はどこにもない。あのカラオケ教室の全員がテロ組織のメンバーというわけではない。あの中に、キニシスギオと名乗る人物がいるのは間違いない。しかし、それを特定するのも不可能だ。

「まだ時間があるので、何か食べませんか」

同行したマツノ君が、そう提案し、賛成、とカツラギが右手を上げた。本当に映画館でテロが起こったらシャレにならないので、おれは一人で来るはずだった。新作の封切り日に新宿ミラノに行くと言うと、マツノ君は、意外そうな顔をした。アキヅキが言った３Ｄの新作は、『ＡＭＡＯＵ』というタイトルの邦画で、同じ名前のアイドルユニットが主演だったのだ。「ＡＭＡＯＵ」は、一昔前のモーニング娘。、一昔前のＡＫＢ48、その次の世代の人気ユニットだった。赤い、丸い、大きい、うまい、の頭文字をとった同名の福岡産のいちごがあって、「ＡＭＡＯＵ」がデビューして人気が出はじめたころに商標を巡る無効審判が請求されたが、結局お互いに宣伝効果を認めて、和解した。今ではその商標問題そのものも「ＡＭＡＯＵ」の認知度を高めるための宣伝の一環だったのではないかと疑われている。

「ＡＭＡＯＵ」は「アマチュア王女さま」の略というのが定説になっている。本当かどうか不明だが、そんなことを問題にする者はいない。約五百人の、十三歳から十七歳の少女たちが、全国各地にある「あまおう城」と呼ばれるマンションで一種の寄宿生活を送り、演技やダンスや歌のレッスン、それにステイタスアップと称されるオーディションを受け、それらはネットで公開された。また、食事や少女同士のお喋り、そして公序良俗に反しない程度の、水着姿や、衣装替えの一部も公開されている。「ＡＭＡＯＵ」は元広告代理店の営業マンが仕掛けて、社会現象になった。飛び抜けたスターはいないが、老若男女に渡ってファン層が広い。子どもは、「ＡＭＡＯＵ」のメンバーを「おねえさん」と呼び、若い男は手の届く女の子として応援し、若い女は自分の夢を重ね合わせ、中高年は「かわいい娘」として声援を送るのだそうだ。ＡＫＢ48はサイン会や握手会の整理券と抱き合わせで写真集やＣＤを売って稼いだが、「ＡＭＡＯＵ」は、動画配信サービスに特化し、さまざまな広告を入れるという戦略で、さらに大量のファンを獲得した。ただ、ファンたちが心の底から「ＡＭＡＯＵ」に熱狂しているかと言えば、疑問だ。大衆操作というような大げさなものではないが、元広告代理店のやり手の営業マンが仕組んだものだとどこかでみな気づいていると、おれは思っている。どこか怪しげなバーチャルゲームを楽しむ以外、多くの人間にとって他に楽しみがないのだ。

新宿ミラノの周辺には、封切り日第一回目の上映を待つ人たちが集まりはじめていた。

「ＡＭＡＯＵ」の映画が封切られるということで、若者たちの姿も目立つ。だが今も昔も、歌舞伎町は若者たちには人気があるとは言えない。マツノ君もカツラギも、歌舞伎町ははじめてだからドキドキすると言っていた。若者たちは経済力に応じて、それぞれ渋谷、原宿、青山、六本木、自由が丘、下北沢などに集まる。伝統的に、歌舞伎町にたむろするのは、地方から出てきて水商売や風俗で生きる貧しい若者たちだ。一時は、アフリカ系の客引きや中国人や韓国人のホステスやバーテンなど外国人も多かった。だが、大震災後の原発事故でまず大半が帰国し、外国人の数も激減した。「ＡＭＡＯＵ」は、先行上映館として、銀座や六本木や渋谷ではなく、レトロな印象のある歌舞伎町と新宿ミラノをあえて選んだのだと、さっきマツノ君が解説していた。

「少し早めに映画館に入ったほうがいいんじゃないですか」

マツノ君が、テリヤキチキンバーガーにかぶりつきながら、新宿ミラノのほうを見て、そう言った。おれたちは映画館の脇にあるハンバーガーショップに入った。賛成、とエビカツバーガーを食べているカツラギが、左手を挙げる。

「じゃあ、早く食べよう」

おれは、マツノ君とカツラギを交互に見ながら、ロースカツバーガーを食べ、コーラで流し込んだ。確かに新宿ミラノに向かう人が目に見えて増えている。チケット売り場にはラインができはじめていた。新宿ミラノには指定席がない。早めにチケットを買わないと入場できなくなるかも知れない。しかし、こんなに人が来るとは思わなかったな、おれがそう言うと、アマオウだから、とカツラギが無表情でつぶやき、マツノ君が何度もうなずく。

マツノ君は、ハンバーガーを食べながら、ちらちらとカツラギを見る。マツノ君とカツラギは今日が初対面だった。カツラギとは、アキヅキのクリニックに行って以来、ほとんど毎日会うようになった。昼間に会社に来てランチを食べたり、退社後に会ったり、休日には新宿御苑をいっしょに歩いたりした。今から行きますというメールが来て、待ち合わせの場所を決めて会うのだが、いまだにカツラギがどこに住んでいるのか知らないし、一人で暮らしているのかどうかもわからない。平日の午後ふらりと訪ねてくるわけだから、きっと仕事はしていない。一度だけ、住まいは遠いのかと聞いたことがあったが、電車に乗れば早い、というわけのわからない返事で、そのあとはプライバシーを詮索するのを止めた。おれは、最初はキニシスギオのグループについて情報を得たいという動機で会っていたのだが、そのうちどうでもよくなった。アキヅキとその仲間たちが、NHK西玄関と池上商店街の事件に何らかの形で関与しているのはおそらく間違いない。ひょっとしたらカツラギは、おれの動向を監視するために、キニシスギオたちが送り込んだスパイなのかも知れないし、そういった警戒は確かに重要なのだが、アキヅキと会って、確かめる術がないことが身にしみてわかった。

カツラギは、会うと必ずおれと腕を組んで歩く。はじめのうちは照れ臭かったが、数日経つと、ごく自然なことのように思えてきた。それに慣れてくると、いっしょの時間は苦にならなかった。話したくないときは話さなくて済むからだ。もちろん、心が浮き立つとか、気がなごむとか、会話を楽しむとか、そんなタイプの女ではない。会話が成立しないことも多かったが、おれはカツラギとともに過ごす時間がしだいに楽しみになっていくのがわかった。背が高く、男たちが振り向くような和風の美貌だったし、何よりずっと続いていた孤独感が薄れていった。性的な欲求はなかったと言えば嘘になる。だが、まるで大昔の高校生のように、おれたちは腕を組み、手を繋ぐだけだった。カツラギがおれのことをどう思っているのかは不明だが、性的な関係を持つと、何かが台無しになってしまうような気がして怖かった。

おれとカツラギとマツノ君は、靖国通り沿いの、歌舞伎町入り口という交差点で待ち合わせた。マツノ君は、数分遅れで現れていきなりおれと腕を組んだカツラギを見て、つぶらな瞳をさらに大きく開き、啞然とした表情になった。ベージュのスラックスにオレンジ色のカーディガンを羽織ったカツラギは、その一帯の女の中で、間違いなくベストの容姿だった。ハイ、とカツラギは右手を上げてアメリカの学生のような挨拶をして、呆気にとられていたマツノ君も、ハイ、と震える声で返事をした。カツラギが来ることは、マツノ君に伝え済みだったが、駒込の文化教室で書道をする女だと紹介していたので、イメージが違いすぎたらしい。すごい美人じゃないですか、と新宿ミラノに向かって歩きながらマツノ君が言って、まあ、そうなんだけどね、とおれは言葉を濁した。駒込で出会って、たまプラーザの「テラス」に行ったが、あのころとずいぶん雰囲気が変わり、服装もメイクも洗練されている。あるときそのことを言うと、おじいさんおばあさんの中に入るわけだから駒込に行くときはわざと地味なファッションを心がけると、そう答えた。

ハンバーガーショップで、カツラギに、マツノ君の印象を聞いた。若いけど疲れない人で気をつかわなくて済む、と伝えていたが、実際はどうか確かめてみたかった。マツノ君は、どう評されるか、緊張した様子だったが、おれは、二人が気が合うだろうという自信があった。植物系、元気、普通、カツラギは、エビカツバーガーを食べ終わり紙ナプキンで口元を拭いながら、そう言って笑顔を見せた。今の、何ですか、とマツノ君が聞いて、分類、とカツラギは答え、人間は、動物系と植物系、元気と病人と死人、おじさんと普通とおばさんに、それぞれ分かれていて、それらの組み合わせで、特徴が決まるらしい。たとえば池上商店街で事件を起こした滝沢幸夫は「植物、死人、おばさん」だった。アキヅキは、「動物、元気、おじさん」で、おれは「動物、病人、おじさん」なのだそうだ。分類として、「動物・植物」と「元気・病人・死人」は何となくわかるが、「おじさん・普通・おばさん」というのが、おれもマツノ君も理解できなかった。歳を取った人だとわかりやすいけど、とカツラギは説明をはじめた。

「加齢とホルモンの関係らしいけど、たいていの男はおばさん化していくでしょう？エプロンとか割烹着が似合うおじさんって多いですよ。逆に、女は、加齢とともに、図々しくなり、威張るようになる人が増えていくでしょう？　おじさん化、ですよ。でもどれだけ歳を取ってもずっとおじさんでいる男の人も、少ないですけど、いますね。最近は、若い男でもおばさん化する子が多くて、若い女でもおじさん化する子が多いでしょう？　おじさん化してない若い女と、おばさん化してない若い男が、普通というカテゴリー。わたしですか？　わたしは実は、動物、病人、普通です」

ぼくは植物ですか、とマツノ君がつぶやいて、がっかりするかも知れないけど悪いことじゃないですよ、とカツラギがなぐさめた。

「今、若い男の子で動物ってバカしかいないから」

ラインに二十分ほど並び、チケットを買った。おれは、人気の店だからとラーメンを食べるためにラインに並ぶ人間がいるのが信じられない。ラーメンだろうが、飛行機やホテルのチェックインだろうが、昔からラインに並ぶのが嫌いだった。だが、五月晴れの土曜日の爽やかな午後で、陽射しも、ときおり吹いてくる風もとても気持ちよく、さらにマツノ君とカツラギがいて一人ではなかったし、並ぶのがまったく苦にならなかった。マツノ君とカツラギは「ＡＭＡＯＵ」について、やはり沖縄の子がリズム感がいいとか、青森出身の子の一人はイタコの孫だとか、東日本大震災で孤児になった子がリードボーカルをつとめるユニットがあるとか、楽しそうにそんな話をしていた。テロのことを忘れそうだった。アキヅキが、歌舞伎町の映画館、と不自然に繰り返したので、テロの予告に違いないと思い、新宿ミラノに来たわけだが、チケット売り場にも、通りにも、カラオケやゲームセンターや飲食店が入っている周囲のビルにも、どこにも緊迫感がない。これほどテロという言葉が似合わない風景もないのではないかと思ってしまう。ラインに並んでいる若者を眺め、トッキリらしき人物がいないか探したりしたが、「AMAOU」目当ての、間延びした顔ばかりが目についた。

館内に入り、やや後方寄りで、通路に面した座席を三つ確保した。チケットを求めるラインが長くなったために開場が四十分以上も早まり、上映の三十分前にはチケットは完売となった。大勢の人が一回目の上映チケットを買えなくて、すぐに次回のチケットが売り出され、それもあっという間に売り切れた。それにしても巨大な映画館だ。パンフレットによると、一般席が一千強、カップル用のペア席が十六、それにハンディキャップの人のための車椅子のスペースがあり、定員は千六十四人で、いまだ日本一らしい。開場してしばらくすると、座席はほぼ埋まった。マツノ君は、ハーゲンダッツのアイスクリームを買いに行って、おれはカツラギに座席の確保を頼み、非常口を確認することにした。左右と後部に十ヶ所近い非常口がある。後方の非常口は、そのまま階段を下って、映画館の出入り口につながっていて、もっとも早く退避できそうだった。スクリーンに向かって左側にある非常口は、小さな倉庫のようなスペースを経て、西武新宿駅側の、カプセルホテル前の道路に出ることができた。右側の非常口からも、歌舞伎町交番のある一方通行の道路に出られる。右の非常口の奥に、地下に下りていくコンクリートの階段があり、「関係者以外立ち入り禁止」と書いた紙が貼ってある。こっそりと地下に下りていくと、消火器やロープ、それに昔ながらの鳶口など消防用の道具が置いてあり、さらにその奥に、ビル全体の空調や換気や給湯を制御する機械室があった。「火気厳禁、関係者以外の立ち入りを禁ずる」という立て札があって、「係員室」という表札がある小部屋も見えるが、中には誰もいなかった。フリーの記者のころに取材させてもらった高層ホテルでは、地下のワンフロアがまるごと機械室になっていて、すべての装置がコンピュータで制御され、ガードマンを含む数人が常駐していた。無防備すぎるのではないかとおれは思った。おれがこうやって簡単に入ってこられたのだから、テロリストも同様にこの機械室に侵入できる。

「こんな広い場所で、どうやってテロなんかできるんですかね」

マツノ君は、ハーゲンダッツのアイスクリームを三人分買ってきた。自分はキャラメルウォールナッツ、カツラギはマンゴー、おれはラムレーズンだった。

「やはり爆弾でしょう」

カツラギが無表情でそう言ったが、二人とも、テロの実感を持てないのだと思った。マツノ君が目撃したのは、刈払機による犯行だった。残虐な手口だったが、被害が広範囲に及ぶことはない。マツノ君もカツラギも、NHK西玄関のテロを見ていない。映画館にいる人たちは、誰かが可燃剤を撒くというような事態をまったく想像していない。だが、あたりを見回すと、かなり大きめのバッグやキャスター付きの小型キャリングケースを持っている人が大勢いる。もうずいぶん前から、休日に東京で買い物をしたり遊んだりするという近県の人たちが増えた。いつのころからか地元の商店街は寂れ、東京の大手小売りや有名ブランドだけが儲かるようになった。キャスター付きのバッグが登場してから、旅行以外でもごく普通に誰もが持ち歩くようになった。NHK西玄関で犯人は可燃剤を入れた容器をカメラ機材用のジュラルミントランクに隠していた。容器をバッグに忍ばせて運ぶのは簡単だ。

場内が暗くなり、映画がはじまったが、周囲が気になって落ちつかない。マツノ君が3Dグラスを貸してくれた。最近は、ほとんどの人がマイグラスを持っているらしい。おれが最初に見た3Dは『キャプテンEO』だった。マイケル・ジャクソン主演で、監督はフランシス・コッポラで、ディズニーランドの人気アトラクションだった。結婚する前、妻といっしょに見に行ったことがある。ファズボールという名前の、翼のある猿のようなキャラクターのぬいぐるみを買って、妻が子どものように喜んだのを覚えている。そのあと『キャプテンEO』はアトラクションから消え、二〇〇九年にマイケル・ジャクソンが死んでから記念碑的に再演されたのだが、ちょうどそのころおれは仕事を失い、家族にとって最悪の時期が続き、結局妻は娘を連れてシアトルに行ってしまった。当時の3D用の眼鏡はフレームが紙で、赤と緑のセロファンを貼った素朴なものだった。マツノ君が貸してくれたグラスは流線型をした樹脂製のフレームで、普通の眼鏡とほとんど変わらない。非常に軽く、レンズも透明だ。だが、どうしてもフレームの部分だけ視界が狭くなるので、おれはグラスをそっと外し、数分おきに注意深く周囲を見回した。

スクリーンからの反射と非常灯で人の動きはわかる。

映画は、ひどい内容だった。ザ・ビートルズの『ヤア！ヤア！ヤア！』をモデルにしたという触れ込みのセミ・ドキュメンタリーで、タレントになるためのトレーニングを続ける「AMAOU」のメンバーたちの日常を紹介し、やがてステイタスアップのオーディションの日になって、母親の誕生日のプレゼントを買いに街に出た女の子が誤って財布を無くしてしまい、あまおう城に戻れなくなる。カメラで追っているわけだから、やらせに決まっているのだが、マツノ君もカツラギも別に白けた様子もなく真剣にスクリーンを見つめている。おれは、「AMAOU」の歌やダンスや演技をちゃんと見たことがなかったが、これほどひどいとは思わなかった。学芸会というか、高校の文化祭の催し物のほうがまだましだと思った。こんなに下手くそな歌やダンスのどこがいいのかと、カツラギに聞いたが、下手だから身近に感じられて好感が持てるという答だった。だって上手な歌なんか今誰も聞きたくないでしょう、とカツラギは言った。ただし、歌とダンスのバリエーションは多い。女の子たちは、演歌からジャズやシャンソンまで、あらゆる歌とダンスを練習する。日本舞踊からクラシックバレエ、それにフラメンコからベリーダンスまで、トレーニングは厳しく、泣き出す子もいるし、バレエのレッスン中に足をくじく子もいる。歌やダンスで感動するわけではなく、その熱意と努力にドラマ性があるだけだった。オリンピックのマラソンで息も絶え絶えになって最後にゴールインする選手に声援を送るのと基本的に同じだ。

きっと、おれはひねくれた見方をしているのだろう。六〇年代にいまだに憧れを抱いている時代遅れのオヤジで、安定した職がなく、妻子にも去られ、これといって将来への希望もない。今後ウェブマガジンの契約を切られたら、極貧の生活に逆戻りして、老後への備えも蓄えもないので、ホームレスへの転落に怯えながら暮らさなければならない。マツノ君は、ポップコーンを頬ばりながら笑顔を浮かべてスクリーンを見ているし、カツラギもそれなりに楽しんでいるようだ。カツラギは、うまく社会に溶け込めなくて心を閉ざしているが、おれとは違う。一人の女の子が足をくじいてオーディションに出られず泣き出して、その親友が励ますシーンで、カツラギは小さく拍手を送っていた。だがおれは、こんなことに感動してたまるか、と身構えている。この映画はほとんど新興宗教のようなものだと思う。周囲を見渡すと、老若男女を問わず、多くの人が涙を流している。こんなものに感動しているのだろうかと、唖然とする。

あと三十分ほどで映画が終わる。スクリーンでは、財布を無くした女の子が、地元の商店街のおじさんやおばさんの協力を得て、八百屋の軽自動車でオーディション会場に向かい、館内にぱらぱらと拍手が起こっているところだ。よかったね、とカツラギがこちらを向いてつぶやいたとき、異臭が漂ってきた。その瞬間、奇妙なことが起きた。おれは、その異臭に気づいていながら、何でもないと自分に言い聞かせようとしたのだ。お動悸がしてきて、息苦しさを覚えたが、すぐには反応できなかった。似てるけど違う、そう思おうとした。しかし、臭いは明らかにNHK西玄関で嗅いだものと同じだった。酸、硫黄、燐、ガソリンなどが混じった臭いだ。意識が、この映画館が火の海になると想像することを拒んでいるようだ。マツノ君、カツラギさん、とおれは震える声で二人に呼びかけた。異臭は、後方から漂ってくる。外へ脱出するには後方の非常口を使うのが最短だが、臭いが発生しているほうへ逃げるわけにはいかない。

「すぐ出よう」

おれは、二人の肩を揺すり、カツラギの手を引いて左側の非常口のほうに、身を屈めながらゆっくりと歩いた。異臭に気づいている人が他にもいるかも知れないし、今この瞬間にも発火するかも知れない。走ったりすると館内がパニックになって観客が非常口に殺到し逃げられなくなる恐れがあった。どうしたんですか、マツノ君が聞き、怖い、とカツラギが怯えて、それでもおれは、これは可燃剤の臭いではない、おれの勘違いだと、自分に言い聞かせるのを止めようとしなかった。NHK西玄関の焼け焦げた死体が脳裏によみがえり、あんなことはここでは絶対に起こるわけがないと、神経が拒否反応を示している。正常な思考を拒んでいるのだ。だから、おれの動きはまるでコマ送りの映像のようだった。動作がぎくしゃくとして、スムーズに歩くことができず、歩くのを止めてその場に立ちすくみ、しゃがみ込みそうになる。わたし、怖いです、カツラギは、おれの異変を察し、恐怖が伝染したのか、手を痛いほど握りしめてきた。マツノ君も身体が震えている。中央の通路を横切って、非常口を示す灯りの近くまで来たとき、後方から、ああああああ、という間の抜けた悲鳴が上がった。最後尾の座席付近で、何人か人が立ち上がり、叫び声を上げている。大音量のスピーカーから「AMAOU」の歌が流れていて、悲鳴はときどき聞こえなくなる。ほとんどの観客はスクリーンに目を奪われていて悲鳴を上げる人たちに気づいていない。

「誰か、転がってきます」

マツノ君が、中央右の緩やかなスロープ状の階段を指差し、震える声でそう言った。まるで岩が転がり落ちるように、身体を丸めた女性がこちらに向かって落ちてくる。スカートがめくれ上がって、妙な形に折れ曲がった足がぐるぐると回転している。いったい何が起こっているのか。可燃剤の臭いがするだけで、まだ炎は上がっていない。

「あの人、足が変」

中央通路の、おれたちのすぐそばに倒れ込んだ女性を見て、カツラギが身体をこわばらせた。女性の右足のふくらはぎのあたりに何かくっついている。そのとき映画がコンサートのシーンになってスクリーンが明るくなり、女性の足がはっきりと見えた。何かがくっついているわけではなかった。瘤《こぶ》のようなものができていたのだ。瘤は野球のボールくらいの大きさで、餅を付けたように見える。女性は足を投げ出して倒れていて、周囲の観客がざわめきはじめた。

「あの足、何でしょうね」

マツノ君が言って、おれはフリーの記者時代に取材した毒ガスの専門家を思い出し、信じられないことが起こっていると、金縛りにあったように身体が固まってしまった。逃げないと、と言おうとするが、言葉が出てこない。

「イペリットだ、びらん性のガスだ」

最後尾のあたりにガスが発生している。イペリットは空気より重い。だからゆっくりとこちらに漂ってくるはずだ。だが、炎が上がれば、気化して館内に充満する。イペリットが流れ出して、可燃剤が火を噴いたらと考えて、気を失いそうになった。

「息を吸うな。このまま逃げる」

声がかすれて、うまく喋れない。イペリットは、付着すると皮膚をただれさせ大きな水疱ができる。そして吸い込むと気管や肺で同じことが起こる。

「逃げろ」

館内に向けて、おれは叫んだ。だが映画の音量にかき消されてしまう。もう一度、逃げろ、と精一杯の大声を上げたとき、最後尾の座席付近に小さな灯りが見えた。ライターの火だろう。誰かが可燃剤に点火しようとしている。おれは、もう一度だけ、逃げろと周囲に叫んでから、マツノ君とカツラギの手を引いて非常口に向かった。非常口の扉を開けた瞬間、背後で、ぼっという短い汽笛のような音がして、細長いオレンジ色の炎が立ち上がるのが見えた。

「燃えてます」

マツノ君が後ろを振り返り、真っ青な顔で言う。喋るな、呼吸を止めろ、おれはそう言いながら、廊下を走り、映画がはじまる前に下見した西武新宿駅側の出口を目指した。どうすればいいんだ、混乱して何も考えられない。倉庫になっている狭いスペースで、おれは立ち止まり、耐えられずに嘔吐した。だいじょうぶですか、とカツラギが背中をさすってくれる。

よろけながら外に出た。まず自販機から飲み物を買って喉に流し込んだ。やみくもにボタンを押したので出てきたのはオロナミンCだったが、一気に飲んだ。映画館の中はどうなっているだろうか。警察と消防には誰か通報したのだろうか。おれたちもイペリットを浴びたのだろうか。毒ガスの専門家が言ったことを思い出そうとする。本を出版したいと言って編集部を訪ねてきたのだが、変わった経歴の人物で、最初頭がおかしいのかと思った。学生時代に中東を旅行し、イランイラク戦争に巻き込まれて、イラクの秘密警察に拘束され、医大生だとわかると、軍の毒ガス戦のチームに無理やり入れられて、結局十二年も現地で過ごすことになり、クルド人へのさまざまな毒ガス攻撃の効果を調査させられたらしい。イペリットについて、あの専門家は、とにかく付着したら洗浄しなければいけないと言った。もし吸い込んだら、その場合は病院に行くしかないらしい。身体を洗うと言ってもどこに行けばいいのだろうか。そんなことを考えているとき、目の前のドアが開いて、身体の左半分が焼け焦げた人が転がり出てきた。

おれたちは、凍りついたようにその場に立ちつくし、声も出なかった。カツラギもマツノ君も、ぽかんと口を開き、炎で焼かれて変わり果てた人間をただ茫然と眺めるだけだった。信じられない光景を見て悲鳴を上げるというのは嘘だ。ものすごいものを見てしまうと、悲鳴を上げる力も失う。だが、少し時間が経つと、最低限の精神の均衡を保

った めに悲鳴は必要になる。身体半分が焼け焦げた人を見て、その十数秒後に、カツラギが、サイレンのような叫び声を上げ、その場に崩れ落ちそうになった。おれはカツラギのからだを支え、カツラギさん、と大声で何度も呼びかけた。そして、そう呼びかけることで、おれ自身も、やっと自分を取り戻すことができた。身体半分が焼け焦げた人は、衣服が燃えてほとんど裸同然で、どうやら女性のようだった。ブラウスなのかブラジャーなのか、焼けて溶けた布の切れ端が左の乳房に貼り付いている。非常口の扉に寄りかかるようにして立ち、赤黒く変色した唇を震わせて、何か言おうとしていたが、やがて前のめりに倒れた。あああ、とマツノ君が奇妙な声を上げて、非常口の背後を指差した。扉の向こうに、折り重なるようにしてこちらに向かってくる人の群れが見えた。前方の何人かが倒れ、それを乗り越えて進もうとして足を取られ、また誰かが倒れる。男女の区別もつかないし、年齢もわからない。全員髪が焼けて大昔のパーマをかけたようにちりちりになっている。非常口の隙間から一人の腕が突き出された。肘から先が溶けて固まっていて、指などが判別できず、先の尖った黒い棒のようだった。

「逃げるぞ」

おれは二人に言ったが、マツノ君は、あああ、と相変わらずわけのわからない声を発し続け、焼け焦げた人たちを示し、手足を震わせてパニックに陥っていた。何とかしなければ、助けなければと、本能的にそう思っているのだろう。だが、おれたちには何もできない。助けられるような状態ではないのだ。可燃剤で焼かれた人々は、苦しそうとか痛そうだとか、そんなレベルではなかった。誰も喋れなかったし、顔の大部分が溶けている人もいた。

「逃げるんだ」

おれは大声を出したが、なぜ逃げなければいけないのか、混乱していて自分でもわからなかった。サウナ、という言葉が突然頭に浮かんだ。サウナ？　サウナがどうしたというのか、自分でもよくわからない。今にも倒れそうになるカツラギのからだを支え、マツノ君の腕を引っ張って、非常口から遠ざかろうとする。サウナ？　引きずるように二人を連れて歩きながら考えるが、まだどんな意味なのかわからない。そうだ、イペリットだ、可燃剤といっしょにイペリットが撒かれた。そして、サウナというのは、あの毒ガスの専門家が編集部での取材中に言った言葉だった。凶悪な感じがするイペリットガスと、サウナという平穏な言葉の取り合わせが意外で、印象に残った。とにかく洗い流さないといけないのです、と毒ガスの専門家は言った。街中でイペリットを使ったテロが起こったときはですね、銭湯とかサウナがとても重要になるんです。洗い流すには大量の水が必要で、そして、イペリットが付着した衣類は全部捨てなければだめです。救急車で病院に運ぶ前に、洗浄が必要なんです。

二人を引きずって西武新宿方面に歩きながら、まず服を売っている店を探した。救急車を呼んで病院に行くよりも、近くのサウナでからだを洗い流すほうが先だ。イペリットを吸い込んだ可能性もある。だがその場合は、症状が出た段階で、サウナのあとで病院に駆け込めばいい。下着も脱ぎ捨てなければいけない。だがサウナに用意されている入浴後のパンツで間に合うだろう。飲食店が並ぶ路地にリサイクルショップを見つけた。種類は限られているが衣類もあった。服を選ぶように言ったのだが、カツラギもマツノ君も茫然自失の状態で、おれのほうをじっと見るだけで反応がない。だが、無理もないとあきらめた。おれにしても、毒ガスの専門家に聞いたことを実行しなければという意識があり、やるべきことがわかっているので何とか自分を保っているだけだ。あんなひどい光景を見たあとで、平常心をすぐに取り戻すのは無理だ。おれは、そこらへんのTシャツとかジャンパーとか腰回りがゴムのジャージの上下、ビーチサンダル、それに布製のバックパックなどを手当たり次第にかき集めているが、今でも心臓が口から飛び出しそうで、呼吸も苦しかった。だが、急がなければいけない。イペリットの被害は浴びている時間に比例して重くなるのだそうだ。おれは、衣類をレジに運び、計算してもらっている間、マツノ君の頰を思いきり平手で張った。痛てえ、とマツノ君は声を上げ、カツラギがぼんやりとした目でこちらを見た。リサイクルショップの店員もびっくりして、電卓を打つ手を止めたので、いいから早く計算して、とおれは思わず大声を出した。激安をうたったリサイクルショップで、三人分の衣類とサンダルを買ったが全部で二万円もかからなかった。だが、面倒なことが残っていた。これからやるべきことを、できるだけわかりやすく、しかも素速く、二人に説明しなければならない。

「今から、あそこに見えるサウナに行く」

そう言って、路地の突き当たりにある雑居ビルの「サウナ&岩盤浴・女性専用階あり」という看板を示した。サウナ？　とカツラギが裏返った声を出した。こんなときに何を言っているのかわからない、という感じの、今にも泣き出しそうな声だった。

「あの、足に瘤みたいな腫れ物ができた人、見たよね。あれ、イペリットという毒ガスで皮膚がただれたんだ。おれたちも、浴びたかも知れないから、サウナで、裸になって洗い流す。身につけているものは靴下も靴も下着も、バッグも全部捨てる。バッグの中身は捨てなくていいので、このバックパックに詰め替える。それで、カツラギさんとは別のフロアになるので、できるだけ急いで、からだを全部洗い流して、そのあとこの服を着て、ビーサンを履いて、店の前で待ち合わせする。毒ガスだよ、今すぐに毒ガスを洗い流すんだ」

理解できているかどうかわからないまま、そんなことを言ったのだが、サウナには入らなくていいんですか、とマツノ君が聞いて、だいじょうぶかと不安になった。ビーサンって？　とカツラギが聞き、買ったばかりのビーチサンダルを示し、これだと教えた。どうやらビーサンは死語らしい。裸になって毒ガスを洗い流す、とカツラギは復唱した。マツノ君は、まだ意識が正常ではないが、おれといっしょにサウナに入るので何とかなる。衣類と、見るからに粗悪な造りの布製のバックパックをカツラギに渡し、サウナ店に向かって、走るように移動した。

マツノ君のからだにシャワーを浴びせ、洗い流しているとき、従業員が洗い場に入ってきて、近所で火災があったみたいなので出てください、と大声で怒鳴った。サウナ店のぶかぶかのパンツを拝借し、買ったTシャツを頭から被り、ジャージを着て、黒のビニールジャンパーを羽織りサンダルを履いて、四階にあるサウナ店を出てエレベーターに乗ろうとしたのだが、なんと満員だった。非常ベルが鳴り響いていて、エレベーターには飲食店などの従業員も乗っている。どの顔も緊張していた。地震じゃねえよなとか、近くってどこなんだよとか、ささやき声が聞こえた。退去するようにという通達が、ビル全体に出ているようだ。おれたちは、非常階段を下りた。マツノ君は、唇が細かく震えだして、また何も喋れなくなった。サウナで裸になってシャワーを浴びているうちに、少し自分を取り戻したように見えたが、退去のアナウンスで恐怖がよみがえったのだろう。

ジャージ上下にビニールのジャンパーとビーチサンダルというホームレスのような格好でビルの外に出て、カツラギを探した。雑居ビルの出口付近で待ち合わせることにしていたが、いない。出口からは、一定の間隔でエレベーターが到着するたびに人が吐き出される。非常口から逃げてくる人もいる。すぐ近くで消防や警察のサイレンが聞こえ、ミラノのほうから黒い煙が上がっていて、異様な雰囲気だった。だが、ビルから出てきた人々はどこに行けばいいのかわからないようで、警察や消防の誘導もない。電車は動いているのかな、家に帰ればいいのかな、そんなことを言いながら、ほとんどの人が西武新宿の駅のほうに歩きだしている。か、か、か、とマツノ君が唇を震わせながら何か言おうとする。おそらく、カツラギさんと言いたいのだろう。十数分出口付近で待ったが、カツラギは現れない。

「ここで待っててくれ、探してくる」

そう言うと、マツノ君は泣きそうな顔になって、ぼ、ぼ、ぼ、ぼく、と声を出した。ぼくもいっしょに行く、ということだろう。腕を引いて、ビルの中に戻る。エレベーターは一階で止まったままになっていた。ビル内の人はもう全員避難を終えたのだろう。女性サウナのフロアは五階だ。おれは非常階段を駆け上がろうとしたが、突然呼吸が苦しくなった。息がうまく吸えない。マツノ君が、不安そうな表情でこちらを見ている。無理したんだなと恐くなった。焼け焦げた人を見て、二人を引きずるようにしてその場を離れ、焦りまくってリサイクルショップで衣類を買い、サウナで自分とマツノ君のからだを洗い流した。体力と精神力をほぼ使い果たしてパニックが起きようとしている。エレベーターホールに戻って自販機から水を買い、財布に入れていた安定剤を出し嚙み砕いて飲んだ。そ、そ、そ、とマツノ君が錠剤を指差すので、一錠口に押し込んだ。水をゆっくり飲み、まず息をゆっくりと吐いた。パニックに陥りそうになり呼吸が苦しくなるときは、たいてい息を吐くのを忘れていることが多い。不安が押し寄せてくるので息苦しさを感じ、酸欠の金魚のように焦って息を吸おうとして、吐くのを忘れるのだ。非常階段が歪んで見えた。意識の底から、この階段を上がりたくない、このまま逃げて遠くに離れたいという衝動がせり上がってくる。息を全部吐き、そのあとでゆっくりと吸うと、少しずつ呼吸のリズムが戻ってきた。

五階と四階の間の踊り場に、カツラギが座り込んでいた。ビーチサンダルを片方しか履いていなくて、濡れたままの髪から雫《しずく》が垂れている。ジャージの上下だけでジャンパーは着ていない。サウナに置き忘れたのだろうが、取りに行く時間はない。おれのジャンパーを着せて、両脇に手を差し込んで立ち上がらせようとすると、何、何、何、と裏返った声を上げながら抱きついてきた。だいじょうぶだよ、だいじょうぶ、と耳元でささやきながら、非常階段を降りようとする。あの、これ、とマツノ君がどこからかカツラギのビーチサンダルの片方を見つけて、おれたちの目の前に差し出した。ビーチサンダルを履かせ、放心状態のカツラギを抱きかかえるようにして、非常階段を降りる。早くこのビルから出なければと気持ちが焦ると、また階段が歪んで見えるようになり、呼吸が苦しくなった。急がなくてもいい、とおれは自分に言い聞かせた。本当に呼吸が苦しいわけじゃない、循環器系や呼吸器系が本当にやられていて息ができないのだったらいずれ意識を失う、だから呼吸ができないのではなく、強い不安に支配されていて息ができないような感覚に陥っているだけだ、そう言い聞かせる。以前何度も同じようなことを体験した。妻と子がシアトルに去ってから、突然不安状態になり、息ができなくて胸が潰れてしまうような恐怖に襲われることがあった。要するに、感情や気分をコントロールできていないので息苦しい感じがするだけなのだが、その苦しさを何倍にも感じ、息をちゃんと吐けない。さらに苦しくなる、余計に息を吸おうとする、排気していない二酸化炭素が増加する、そして苦しさが倍加する、そんな悪循環が起こる。広々とした高原とか海を前に深呼吸すると肺が新鮮な空気で満たされ息が楽になる気がする。だが人間は、自然に楽に呼吸できているときのほうが実は少ないのだと、離婚後パニック障害すれすれのところをさまよっているうちに、気づいた。

階段を一段ずつ下りる。カツラギはまだ一人では歩けない。からだを支えて、トンという風に階段を下りるたびに、おれの顔にカツラギの濡れた髪が貼りつく。髪からは、サウナ備え付けの安っぽいシャンプーの匂いがする。カツラギはちゃんとからだを洗い流したのだろうか。からだ洗ったかと、抱きかかえたまま聞くと、血が出るくらいこすった、とかすれ声で答えた。髪を洗って、シャワーで流しているときに、退去してくれという声が聞こえて、ここでも何かが起こったのかとパニックになったのだそうだ。マツノ君は、おれたちの前にいて、階段を一段下りるごとにこちらを振り向くが、茫然自失から立ち直っていない。ひょっとしたら今は自分の名前さえ言えないかも知れない。

ビルの外に出た。あたり一帯に消防のサイレンが鳴り響いている。西武新宿駅に面した道路にも消防車が駐まっていた。いったい何台の消防車がいるのかわからない。サイレンの渦巻きが起こり、その中心にいるような感じで、さらに不安がかき立てられ、カツラギはあたりを見回して両手で顔を覆い、地面にしゃがみ込みそうになった。退去指示がビル全体に出るくらいだから、路地にも西武新宿駅に面した道路にも誰もいないだろうと思っていたのだが、驚いたことに、逆にさっきより通行人は増えていた。集まった人々は一様に背伸びをするように、ミラノのほうを眺めている。歌舞伎町だけではなく、近辺から野次馬が集まってきたのだろう。すげえ、すげえ、火事だ、と叫びながら、ミラノに向かって走る若者のグループもいたが、さすがに警官に止められた。警察や消防はイペリットに気づいていないのだろうか。退去の指示は単に火災によるものだったのだろうか。おれはどうすべきだろうか。イペリットが大量に撒かれたのだったら、ミラノから漏出して広がるので、念のためにこの一帯を離れたほうがいい。だが少量だと、可燃剤による火災ですでに拡散してしまっているかも知れない。

カツラギをマツノ君に預け、現場に戻って、何が起こっているのかを確かめたいという欲求が起こった。煙はミラノのあたりから上がっているだけだった。他の建物への延焼はないようだ。しかし、量にかかわらず確かにイペリットが撒かれたのだから、できるだけ早く歌舞伎町から立ち去るべきだ。頭ではよくわかっている。だが、現場をもう一度見ておけば原稿が書けるというばかげたスケベ心が生まれてしまった。マツノ君、カツラギさんを連れて新宿から離れてくれるかなと言おうとしたが、マツノ君もカツラギも、まるで幼児のようにおれにまとわりついて離れようとしない。カツラギは立っているだけで精いっぱいだし、マツノ君はまだ唇や指先が細かく震えている。暴風雨のようなサイレンの音に巻き込まれ、何度目かのパニックに陥ってしまったのだ。おれも本当は、二人とたいして違わない精神状態だったのだが、現場にどうにかして行けないだろうかと考えることで、何とか自分を保っているのだと思う。ある戦場カメラマンの伝記に、カメラを構えていると銃弾や爆撃の恐怖に耐えられると書いてあった。比べるのもおこがましいが、それと似ているのかも知れない。

ミラノ周辺は封鎖されているはずで、どうすれば現場に近づけるだろうかと考えながら、二人を連れて西武新宿駅に面した広い道路に出ようとしたとき、ドーンと腹に響く音がして、一瞬地面が揺れた。目の前の広い道路を爆風が吹き抜け、まるでアクション映画のように、人間が転がり、粉塵が恐ろしい速さで押し寄せ、喫茶店やゲームセンターの看板が吹き飛んでいった。衝撃で、おれも倒れそうになった。おれにからだを支えられていたカツラギは、立ちすくんでそのあと抱きついてきたが、マツノ君は後ろ向きに尻餅をつくように転んだ。広い道路に出てみると、倒れたままの消防士や警官もいた。爆風の直撃を免れた消防士たちが、退去、退去、何してるんだ、早く退去しろ、と野次馬に向かって怒鳴りだした。地震ですか、とマツノ君が聞いて、違う、とおれは答えた。間違いなく爆発だった。おれたちは爆風が吹き抜けた広い道路の数メートル手前にいたから、かろうじて助かった。消防士と警官が、倒れたままの同僚を助け上げ、携帯電話やトランシーバーで大声で連絡を取り合っている。爆発物かどうかはわからない。可燃剤の炎が広がりミラノのビルのボイラーの燃料に引火したのかも知れない。広い道路には、爆風でなぎ倒され地面に倒れている人がいて、建物や車の陰にいて難を逃れた人は、恐怖に駆られて逃げ出した。ミラノに戻って取材できないだろうかなどという考えは、横殴りの粉塵とともにとっくに吹き飛んでいた。このあとも何が起こるかわからない。できるだけ早くどこかへ避難しなければならない。

西武新宿駅に向かおうとしたが、駅前にあるホテルの周辺には人だかりができていて、電車が止まって、駅も閉鎖されているという声が聞こえてきた。カツラギはおれにすがりついたままだし、マツノ君もまだ放心状態が続いている。マツノ君のマンションは確か板橋で、カツラギはどこに住んでいるのかわからない。ＪＲ新宿駅もすでに閉鎖されたという噂がどこかから聞こえてきた。いずれにしろ、二人を自力で帰すのは、無理だった。西武新宿駅から大ガードのほうに少し移動してみたが、靖国通りは緊急車両で埋め尽くされて一部通行止めになっていた。パトカーに先導された救急車がサイレンを鳴らしながら歌舞伎町のほうに走り去っていく。走っているタクシーも停まっているタクシーもいない。ＪＲ新宿駅が閉鎖されたというのは本当なのかも知れない。

二人を連れて、もう一度西武新宿駅のほうに戻ろうとしたが、駅前のホテルのあたりにパトカーが並び、すでに立ち入り禁止になっていた。おれはとにかく歌舞伎町から離れることにして、封鎖されていなかった歩道を通って大ガードを抜け、西口に出て、すぐに右に曲がり、百人町のほうに向かった。右側に並ぶビルの向こう側、ミラノがあるあたりから、まるでのろしのように黒い煙が上がっていて、大勢の人々が不安げに眺めていた。何があったんですかね、と初老の男に聞くと、ミラノが燃えて吹き飛んだらしい、とため息とともにそう答えた。イペリットやテロだというニュースはまだ伝えられていないようだ。おれたち三人は、安っぽいジャージの上下やビニールジャンパーを着て、ビーチサンダルを履いているが、そんな格好に注意を払う人はいない。立ち上がる煙に誰もが気をとられている。煙は細い帯になって、上空で風に揺れ、不穏なものの象徴のようだった。

「何か食べる?」

そう聞いたが、二人とも力なく首を振るだけだった。どこにも行く当てがなく、歩ける距離だったので、自分のアパートに二人を連れてきた。築四十年の木造アパートの四畳半の部屋に入って、カツラギとマツノ君はさすがに驚いたようだった。窓はあるが北向きで採光が悪く、シャワーもなくトイレは共同で、キッチンは恐ろしく狭く、どんぶりと間違うほど小さな一人用の電気炊飯器だけが妙に目立っている。家具と言えば粗大ゴミ置き場から拾ってきた座り机とスチール製の本棚しかない。テレビと冷蔵庫は質流れの品で、十年以上も昔のものだった。途中、コンビニに寄って水と缶ビールと、温泉玉子やマカロニサラダや肉じゃがなど簡単な惣菜と、紙コップや割り箸などを買った。おれの部屋には、三人分のグラスも皿も茶碗もない。クッションはもちろん、座布団もないので古畳に直接座り、紙コップで水を飲んだ。

「すごい」

水を二杯飲んだあと、部屋を見回して、カツラギがそう言った。やっといつもの口調が戻っていた。何がすごいのかな、そう聞くと、狭いし、何か臭う、とカツラギは顔をしかめた。

「ごめん、たぶん、水道のパイプが詰まっているのと、あとはおれの加齢臭だよ」

おれがそう言うと、うなずきながら、また水を飲み、何度もため息をついた。

「あの、ぼくたちだいじょうぶなんですかね」

マツノ君は、壁に寄りかかり、膝を抱きかかえるように座っている。不思議なことに、この木賃宿のようなボロアパートの部屋に入ってから、二人とも少しずつ落ち着きを取り戻したようだった。何がだいじょうぶなのか、最初わからなかったが、イペリットのことだった。だいじょうぶだと思う、とおれは答えた。喉や胸に痛みはないし、皮膚もただれていない。サウナで洗ったからか、またはガスを浴びる前に脱出したということなのかはわからないが、イペリットに関するおれの限られた知識で判断すると、ほとんど被害はなかった。

「しかし、あれからどうなったのかな」

テレビを点けると、ちょうど民放のニュース特番が映った。黒煙を噴き上げるミラノの空撮の映像が出て、画面の下に「AMAOUのプレミアロードショーで死者六百人を超える大事故発生」というテロップが右から左に流れ続けていた。

「だめ、消して」

カツラギが顔をそむけ、押し殺したような声を上げて、マツノ君の唇がまた震えだしたので、おれは慌ててテレビを消した。確かにまだ事故の映像を見るような精神状態ではなかった。しかし、こういうとき、どんな話をすればいいのだろうか。事故の話は焼け焦げた人の姿を思い出させる。考えるだけでおれも胸騒ぎがしてくる。ただ、まるで関係ない話をするのも不自然だし、かと言って、こんな狭い部屋で顔をつきあわせてただ黙っているのも息苦しい。

「あ、そうだ」

何か思い出したような表情になって、マツノ君が布製のバックパックから財布を取り出し、全部出してもらったんで、お金ですけど、ジャージとかバッグですけど、いくらでしたかと言って、千円札を何枚か抜こうとした。いや、リサイクルショップでただみたいな値段だったし、あとでいいよ、おれがそう言うと、この服、ものすごく着心地が悪いです、とマツノ君がジャージの生地をつまんで引っ張り、苦笑した。苦笑ではあったが、マツノ君が笑顔を見せたのも、ミラノの非常口を離れてからはじめてだった。

「あの、さっきビール買ってましたよね」

マツノ君が、冷蔵庫の上に置きっぱなしになっている缶ビールを示した。ロング缶を半ダース買ったのだが、おれもまだ混乱していたし、こんな汚くて狭い部屋に住んでいることをカツラギに知られてしまうという恥ずかしさと焦りもあって、冷蔵庫に仕舞うのを忘れていた。

「少し、飲んでもいいですかね」

そう聞かれて、少しぬるくなった缶ビールをマツノ君に渡した。カツラギさんも飲む？　とビールを差し出すと、首を振った。安定剤を飲んでいるのでアルコールは飲めないのかなと思っていると、もっとガツンとくるお酒がいいかも、と電気炊飯器だけがぽつんと置かれたキッチンのほうを見た。

「ウイスキーとか、そういうやつ。ないですかね」

カツラギがウイスキーを欲しがるのは意外だった。

「あるけど、ウイスキーは止めたほうがいいよ」

どうして？　カツラギは、灰色のジャージの裾から形のいい素足を覗かせて怪訝な表情になった。酔いたい気持ちなのはわかるけど、気持ちを落ちつかせようとウイスキーをガンガン飲むと、そのあと地獄を見ることがある、そんなことを言うと、そうか、とうなずいて、セキグチさん、物知り、とつぶやいた。おれは、隅の座り机を運んできて、マカロニサラダと温泉玉子と肉じゃが、それにウインナーソーセージなどを紙皿に出した。ウインナーソーセージは、カツラギのために買ったものだった。「ロックウエスト」のナポリタンのウインナーソーセージだけを食べていたのを思い出したのだ。

「安定剤、マツノ君、どう、もう一個飲む？」

そう聞くと、いただきます、とマツノ君は右手を差し出し、おれは財布から白く丸い錠剤を一つ出して、手のひらにぽとりと落とした。ビールといっしょでもいいんですかね、マツノ君はすぐには口に入れずに、しばらく白い錠剤をじっと眺めた。本当はあまりよくないみたいだけど今日はしょうがないだろう、おれはそう言って、飲む？ というようにカツラギを見た。自分のがあります、カツラギは布製のバックパックからプラスチックのタブレットケースを取り出して、嚙み砕いて飲んだ。

「サウナですけど」

マツノ君が、ビールを飲み、肉じゃがを少しずつ食べながら、からだを洗い流したサウナに刺青をした外国人がいたことを話しだした。入り口に「固くお断りします」と明記してあったのに、両方の腕一面に唐草模様のような赤と紺色の刺青がびっしりと入った白人が三人いて、ロシア語で話していたらしい。刺青を入れた外国人がいるのはおれも気づいていたが、ロシア語だとはわからなかった。案外冷静だったんだな、と言うと、それ以外はまったく何一つ覚えてないんですと、マツノ君は少し笑った。

サウナの話のあとは、コンビニの惣菜に話題が移り、セブンイレブンのマカロニサラダはとにかくおいしいとマツノ君が力説して、カツラギは、ファミリーマートの肉じゃがをたまに食べるのだと言った。どうでもいい話だったが、とりあえず今はどうでもいい話をするしかなかった。そして、缶ビールを二本飲み干したあとも、二人は自宅に戻ろうとしなかった。一人になりたくなかったのだろう。それにしても、こんな狭い部屋に泊まっていくつもりなのだろうか。布団も毛布も枕も一つしかない。カツラギはビールで少し酔った。安定剤も効いてきたようで、トロンとした目つきになっていた。もしカツラギがこの部屋に泊まって、マツノ君が自宅に戻ったときにはどうなるのだろうと、おれは不謹慎なことを考えた。

「今夜だけど、どうする？」

おれは思い切って、二人に聞いた。カツラギとマツノ君はお互いに顔を見合わせて、そのあと部屋を見回し、困ったような表情になった。布団とか、一組しかないんだけど、よかったら泊まっていく？　と聞くと、いいんですか、と言いながら二人ともうなずいた。


おれたちは、敷き布団を横にして、おれを真ん中に川の字に並び、ジャージを着たまま寝ることにした。まだ九時だったが、缶ビールもなくなり、話題も尽きて、寝るしか他にすることがなかった。ミラノがどうなったのか、おれは気になったが、テレビも、携帯やタブレットで確認するのも二人がいやがるだろうし、確かめる方法がない。さっきちらっと見た特番では、死者が六百人を超えているらしかった。まだ発見されていないだけで、死者はさらに増えるだろう。しかし、アキヅキはこんな大規模なテロだと事前に把握していたのだろうか。

「セキグチさん、起きてる？」

カツラギがささやくように声をかけてきた。部屋があまりに狭く、おれの肩や腰がカツラギの身体に触れたままになっている。どきどきして眠れるわけがない。

「こんなときにあれだけど、下の名前、何だった？」

テツジだけど、知り合いはテツと呼ぶことが多い、そう答えたが、ふいに、ねえテツ、という別れた妻の声がよみがえって、かすかに胸騒ぎがした。

「テツ、テツ、テツ、いい感じ」

カツラギは何度かそう繰り返した。カツラギの下の名前を聞いてみようかなと思っていると、そのあと、奇妙なことを言った。

「今度、わたしのおじいちゃんの知り合いに会ってくれない？」


眠れないのではと不安だったが、疲れていたのだろう、数時間熟睡した。目が覚めるときに、わけのわからない悪夢を見て、声を上げそうになったが、隣りにカツラギの気配を感じて、手で口を押さえた。ディテールは思い出せないがひどい悪夢で、安定剤を飲もうと、そっと起き上がると、壁際に人影があり、心臓が破裂しそうになった。しかも、その人影は、顔の部分だけがぼんやりと明るくなっていて、まるでホラー映画の中に入りこんだようだった。人影は、両手で膝を抱える格好で壁に寄りかかっているマツノ君だった。

「どうしたんだよ」

カツラギが目覚めないように、そうささやいて肩を軽く揺すると、マツノ君はびくっとして全身を震わせた。よくわからないんですけど、すごく怖いんです、と小さな声で言った。外はまだ暗くて、時計を見ると、午前三時だった。

「あの、これ」

マツノ君が、タブレット型の端末を差し出した。顔だけがぼんやりと明るく照らされていたのは、端末のモニタの青白い灯りだったのだ。画面は、共同通信のページで、写真もあった。写真はヘリからの空撮で、黒煙を上げる新宿ミラノの遠景だ。さすがに被害者の写真はなかった。おれは、安定剤を二錠、噛み砕いて飲み、マツノ君の手のひらにも二錠乗せてやった。噛み砕いたほうがいいんですか、と聞かれたので、糖衣錠だからそのほうが早く効く、と教えた。

共同通信のヘッドラインには信じられない見出しがあった。

「前代未聞のテロ、予告されていた」

東宝、松竹、東映などの映画会社、それにソニー・ピクチャーズ、ワーナー・ブラザーズ、角川映画、ギャガ、テアトルシネマ、東宝東和、東北新社などの配給会社宛に、近々映画館で大々的なテロを行うので日本全国すべての映画館をただちに閉鎖せよ、というテロ予告の文書が送りつけられていたらしい。

「映画館では『赤身』の他に『大トロ』を使う予定」

文書には、そういった隠語も使われていた。ＮＨＫ西玄関のテロのあと、奥多摩湖近くの山道で自殺した若者三人が残した隷書体の書き置きにも「赤身」「中トロ」「大トロ」「太巻き」などの隠語が記してあった。「赤身」は可燃剤だったので、「大トロ」がイペリットなのだろうか。

テロ予告の文書は、新聞記事の文字を切り抜いて貼りつけ、それをコピーして茶封筒に入れるという、幼稚なものだった。それに日本全国すべての映画館をただちに閉鎖することなど不可能なので、各映画会社、配給会社の中には警察に届けたところもあったようだが、大半はいたずらだろうという判断で無視したという。『AMAOU』の制作配給は「二十三世紀映画制作委員会」という独立系の会社で、テロ予告文書は受けとっていたが、警察への通報はしていなかった。

だが、共同通信の記事には、「二十三世紀映画制作委員会」を批判するようなニュアンスはなかった。新宿ミラノへの批判もなかった。予告文書にはターゲットの指定はなかったし、大惨事の責任は映画を制作配給し公開した側ではなく、あくまでテロリスト側にあるという、当然と言えば当然の論調だった。新宿ミラノのテロの被害は甚大で、死者は八百六十七名、重傷者を含めると被害者は一千人を超えた。可燃剤の他に何か毒物が撒かれたとだけ書いてあって、イペリットという記述はなかった。遺体の損傷がひどく、身元確認はまったく進んでいないらしい。警察は関東の歯科医師会に歯形による身元確認を依頼しているが、一人の歯科医が一日に確認できるのは数名であり、精神的負担も大きいために、確認作業は難航が予想されるとあった。家族、友人知人が事件当日新宿ミラノに出かけたかも知れないと訴える人々からの情報が殺到し、警察は対応に追われているようだ。

マツノ君は、唇を震わせている。だいじょうぶ？　と聞いたが、目の前の闇を見つめたまま、返事がない。さっきは、怖いんですと、言葉を発していたが、不眠による疲労と不安で意識が揺れていて、すぐに茫然自失に陥ってしまうのだ。

おい、マツノ君、本当にあれから全然寝てないのか、再度聞くと、はっとした様子で、おれの顔をじっと見つめ、質問の意味がわからないようだった。呼吸が荒く不規則になっている。

「マツノ君、だいじょうぶか?」

カツラギが目覚めないように小さな声で、耳元でまたそう聞いた。おれのほうも、動悸が続いていて、とても正常と言えるような精神状態ではなかったが、マツノ君のほうがもっとひどい状態だったから、何とかしなければと思うことで、少しだけ落ち着きを取り戻すことができた。

「はい?」

マツノ君は、力のない目で、そう聞き直した。おれは、そっと立ち上がり、キッチンに行ってフェイマス・グラウスのボトルを出し、紙コップに注いで、まず自分で一口飲み、そのあとマツノ君に手渡した。

「ゆっくり飲まないと」

そう注意したが、マツノ君は手も震えていて、ウイスキーを少しこぼし、飲み込んだあとで、激しく咳き込んだ。おれは、またキッチンに行って水を持ってきたが、まずいことに、カツラギが目覚めてしまった。

「何してるの?」

カツラギは、最初のうち寝ぼけていたが、周囲を見回し、ここがどこで、どうしてここで寝ているのかを思い出した瞬間、顔がこわばり、何か叫びそうになったのか、両手で口を押さえた。

「財布、わたしの財布、デパス、デパス、デパス」

パニックになって、安定剤の名前を何度も繰り返した。枕元にあった財布を渡す。小銭入れに入った小さなビニール袋から安定剤のシートを取り出し、二錠嚙み砕いて飲んだ。部屋は、電気を消して暗いままだ。灯りをつけたほうがいいのかどうかさえ、判断がつかない。とりあえず、マツノ君の端末の電源を切った。カツラギに、共同通信の記事や写真を見せるべきではないと思った。

「二人とも、ちょっと、聞いて」

おれは、二人にそう呼びかけた。

「安定剤と、それにウイスキーを飲んで、今夜は寝よう」

二人は、おれの顔をじっと見て、何度もうなずく。だが、混乱は収まっていない。当然だ。おれだって、もしこの部屋に一人だったら精神的に保たないだろう。目を閉じると、イペリットで足に瘤ができて映画館の階段を転がり落ちてきた人や、全身が焼け焦げて腕の先が黒い棒のようになってしまった人が脳裏に浮かんできて消えない。そのイメージは理解や解釈を逸脱していて、神経から恒常性のようなものが失われていく。頭上には電球がある。だが、それがスイッチを入れると明るくなって周囲を照らし、お互いの顔がよく見えるようになるというような当然のことが一連の流れとしてうまくつかめなくなっている。

「安定剤が効いてくるまで、ゆっくりと、少しずつウイスキーを飲む」

おれは、見本を示さなくてはならなかった。目の前にウイスキーが入った紙コップを掲げて、口に持っていき、わずかに傾ける。刺激の強い液体を口の中で軽く転がすようにして、飲み込む。ウイスキーを二口ほど飲んだあと、必ず水も喉に入れる。

「昨日、おれたちはすごいものを見てしまった。だから混乱しているし、混乱しない人間はいないんだよ。だから、逆に言うと、おれたちは正常なんだ。理解できないものを目の前で見たわけだから、今のおれたちみたいに神経がやられるほうが、まともなんだ」

二人は、それぞれに紙コップを持ち、口に持っていき、ゆっくりとほんの少しずつ喉に流し込んで、そのあと水を飲む、という動作を繰り返しながら、おれの話に聞き入って、何度も何度もうなずく。

「もうすぐ、きっと眠くなると思うんだよ。でもね、眠くなっても、すぐに眠ろうと思ったりしないほうがいいんだよね。眠れば不安から逃れられると思って、焦ることが多いんだよね。焦るのは、いちばんよくない。焦ると、不安は強くなる。だから、逆に、眠れなくてもいい、あんなひどいものを見たんだから、眠れなかったり、すごく不安になったりするのが当たり前って思ったほうがいいんだよ」

おれは、妻子に取り残されたあと、神経がおかしくなりそうなときに気づいたことを反芻して、自分に言い聞かせるような感じで、二人に言った。不安が強いとき、不安に逆らうとさらに不安になり、悪循環が起こってやがてそれはパニックとなる。今は不安になるのが当然だと思うことが大切なのだ。

「じゃあ、横になろうか。それで、明日だけど、もしよかったら、このあたりを散歩しようかと思ってるんだよね。まあ何てことない街並みなんだけど、古い路地が多くて、案外落ちつくんだよ。安くておいしいそば屋とかあるし。あの店は日曜でもやってる。ほら、日曜はものすごい数の人がコリアンタウンに来るから、この一帯の店は日曜も営業してるんだよ」

そんな、どうでもいいことを話しているうちに、強烈な眠気が襲ってきた。眠らなくてもいい、眠らなくてもいい、眠らなくてもいい、そう繰り返しつぶやきながら、カツラギがおれのほうにからだをぴったりと近づけてきた。マツノ君は、すでに寝息を立てている。Tシャツ越しにカツラギの柔らかな胸のふくらみを感じる。胸はそれほど大きくはないようだが、決して小さくもないんだな、そんなバカなことを考えたが、そのあとすぐに水中に沈んでいくような感じで、おれは眠りに落ちた。

「警察に行ったほうがいいんですかね」

大久保の裏路地を歩きながら、マツノ君がそう聞いた。おれも、そのことは気になっていた。マツノ君は二回、おれに至ってはテロの現場に三回とも居合わせたことになり、警察も疑いを持つかも知れない。だが、NHK西玄関のテロは奇妙な老人からの予告電話があったし、池上商店街の刈払機によるテロも編集部に曖昧な予告電話があったことにしたたし、今回の大規模テロにしても映画会社や配給会社に予告文書が送りつけられたわけだから、おれたちが現場に居合わせたことは何ら不自然ではない。実際にＮＨＫ西玄関ではおれは危うく炎を浴びるところだったたし、昨日はイペリットを浴び焼け死んでいてもおかしくなかった。

「うん、オガワに相談してみるかな。おれも判断がつかないんだよ」

おれはそう返事しながら、人間というのは案外タフにできているんだなと、二メートルほど前方を歩くカツラギを見てそう思った。カツラギは、近くのコンビニで買ったガリガリ君というアイスキャンディーをなめながら、ごく普通の足どりで歩いている。昼近くまで寝て、最初におれが目覚め、二人を起こした。カツラギがシャワーを浴びたいと言うので新大久保のコリアンタウンで新しいＴシャツやジーンズを買ったあと、近所の銭湯に行き、そのあとで昔ながらのそば屋に入り、ざるそばを食べた。おれは、ウイスキーと安定剤のせいで頭が重く、食欲があまりなかったが、マツノ君とカツラギはざるそばの大盛りを頼み、そば湯を二杯も飲んだ。そして、何をするでもなく、おれのアパートのほうに向かって路地をぶらぶら歩いているのだが、昨日のように自分を失うような強い不安は出ていない。ただし、西武新宿駅や歌舞伎町のほうには決して近づこうとしなかった。ひどく薄い膜で傷が覆われているだけというような危うい感じだが、とりあえず現実感は戻っている。

「カツラギさん、これからどうする？」

そば屋で、カツラギの名前を教えてもらった。ユリコだった。だが、まだ名前で呼べなかった。

「公園か何か、ないですか」

カツラギは、こちらを振り返って、そう聞いた。新大久保で、Tシャツとジーンズと、ピンクのビニールジャンパーを買ったが、カツラギは、靴は要らないと、ビーチサンダルを履いたままだった。リサイクルショップで三百円で買ったビーチサンダルをペタペタ鳴らしながら歩いている。マツノ君は偶然足のサイズが同じだったので、おれのスニーカーを貸した。

「犯人は三人だったみたいです」

マツノ君が、タブレット型の端末を見ながら言った。テロの話題はできれば避けたいのだが、あのあとどうなったのか、どうしても気になる。新宿ミラノの非常口から出てきた焼け焦げた人たちのイメージがよみがえるのは苦痛で、そばを食べたあとに三人とも安定剤を飲んだ。だが、想像することを意志の力で止めることはできない。気になることを遮断してしまうと、逆に想像が活発になって、最悪のイメージがより鮮明になって現れる。目を閉じていやなものを見ないようにすればするほど、いやなイメージが強く湧き出るのと同じだ。

「メディアにまた封筒が送られてきて、ジップロックに三人分の毛髪が入っていたみたいです。警察は、首都圏から東海まで、鑑識を集めて、いろんなラボに協力要請をして、死にものぐるいでDNA鑑定、進めていて、それでもまだほんの一部しか終わってないようですが、一人は確認できたそうです。だから残りの二人もおそらく本物の実行犯だろうということです」

おれたちは、公園ではなく、近くにある寺に行った。木立の中にある鐘楼の階段に座っている。そうか、どうせきっとまた犯人は若者なんだろうな、とおれがつぶやくと、二十八歳、無職ですね、とマツノ君は言って、そのあと端末を閉じた。さっきから、思い出したように数分間端末を開いては閉じるということを繰り返している。テロの情報は気になるが、すぐにいやな気分がよみがえるのだ。おれは、昨夜寝る前にカツラギが言ったことがずっと気になっていた。わたしのおじいちゃんの知り合いに会ってくれない？　カツラギはそんなことを言った。「おじいちゃんの知り合い」とはいったい誰なのだろうか。どうして唐突にそんなことを言ったのだろう。今日目覚めてから、何か聞かれたら返答するが、カツラギは、自分からはほとんど喋らない。以前もよく喋るというわけではなかったし、とんでもない経験をしたわけだから、口数が少ないのは当然かも知れない。マツノ君だって、端末からの情報を伝える以外、しょっちゅうため息をついて、黙っている。「おじいちゃんの知り合い」について、聞いていいものか、おれはずっと迷っている。だが、意外なことに、話を切り出したのはカツラギのほうだった。ガリガリ君を食べ終えたあとも、棒を口にくわえて下を向いていたカツラギが、大きく息を吐いたあと、案外この近くなんですけど、と言い出したのだ。

けどね」

「ガリガリ君かガリ子ちゃんと交換できますって文字を見ると幸福な気分になるんです

と一人言を言って、しばらく黙った。

そう聞くと、カツラギは、ガリガリ君の棒をじっと見つめて、何度見ても外れは外れ、

「何が？」

ガリガリ君の当たりくじは本当はどうでもよくて、何か考えてるんだろうなと思った。カツラギは、ふと立ち上がって、プラスチック製のゴミ箱まで歩き、ガリガリ君の棒を投げ入れたあと、あたりをゆっくりと見回した。今日は日曜だが、有名な寺でもないので、境内には他に人影はない。

「わたし、平凡な人に見えますかね」

戻ってきて、カツラギは、おれにぴったりとからだを寄せるようにして、石の階段に座り、そんなことを聞いた。見えない、とおれが答えると、わたし、一人で住んでるんですけどね、目黒区の一軒家なんですけど、それって平凡じゃないみたいなんですけど本当に平凡じゃないんですか、とわけのわからないことを言った。安定剤が切れて、出会ったときのように支離滅裂な話をはじめるのではないかと、怖くなった。あんな調子で話されたら、今のおれは付き合いきれないだろう。マツノ君とカツラギといっしょにいて、ときおりどうでもいい会話を交わすことでどうにか神経が保っているだけで、一人だったらどうなっているかわからない。これだけの大規模テロに実際に遭遇したわけで、ウェブマガジンにレポートを書けば超が付く特ダネだが、今はたぶん一行も書けな

い。だいいち、オガワに連絡する気にもなれない。オガワには新宿ミラノに行くとは伝えなかった。知らせたら、すぐにレポートを書けと興奮するだろうが、そんなやりとりを考えることさえいやだった。

「株とか、やってるんですね。でも本当はわたしがやってるわけじゃなくて、ヒビノさんにまかせているんですけどね」

ヒビノっていったい誰なのか。証券会社の担当者らしい。奇妙なことを話すわりには、カツラギは表情も態度も落ちついていた。はじめて出会ったとき、たまプラーザの「テラス」に行ったが、あのときは目つきも変だったし、動作や態度もまるでロボットのようにぎこちなかった。今はあのときとは違う。そばを食べたあとで、安定剤を飲んだ。まだ二時間も経っていない。安定剤が切れているということはない。カツラギは、おそらく何かを伝えようとしているのだ。株？　意外だね、となるべく穏やかに相づちを打ち、話を急かさないようにしなければと思った。

「パパは、設計技師で、ママが、ダンサー。パパは、タイとかインドとか、海外でダムの建設をやっていて、ママは、家を、出たんですね。ママはテレビとかも出てましたよ。紅白歌合戦や他の歌番組。歌手のバックでね、踊る人。家を出て、ニューヨークに住むようになって、お金を送ってきて、わたしはよくニューヨークに呼ばれていきました。薬が好きだったんで、変なことを言う人になっていました。ユリコちゃん、わたしはこれからカリブに行くから、あなた、ここでブラザーを探して、連れてきてって言われて、お金を渡されて、わたしがブラザーを探して、連れて行くんです」

ブラザーって、兄弟じゃないですよね、とマツノ君が聞いて、アフリカン・アメリカンという意味でセックスフレンドという意味もあるブラザー、とカツラギが説明する。カツラギの母親は、セックスの相手の黒人を娘に買わせて、カリブのどこかの島に連れてこさせたということだ。にわかには信じがたいが、カツラギが今そんな込み入った嘘をつく必然性もない。

「お母さんは、ダンサーとしてニューヨークで成功したんだね」

おれがそう聞くと、カツラギは、なんで？　と怪訝そうな表情になった。

「だって、ブラザーを買うって、おれはよくわからないけど、お金がないとできないわけだよね」

おれは、日本人女性がセックス相手として黒人を買うということがそれほど異常なことではなく日常的に誰もがやっているというようなニュアンスで、またそう聞いた。だが、内心では、そんな女が本当にいるのか、このカツラギはそんな女の娘なのかと、混乱していた。マツノ君は、口をぽかんと開けて、唖然とした表情でおれたちのやりとりを見ている。

「違うの。ママはニューヨークでは遊びでサルサとかタンゴとか踊るだけだったの。働いていなかったの。大金持ちの家に生まれて、葉山ですね、海を見下ろす大きな家に住んでいたんです。おじいちゃんは、いろいろな会社の相談役とか、何て言うのかな、顧問？　要するに実際に会社に行かなくて、お金をもらったり、株を持っていて、すごい財産家でした。おじいちゃんが死んだとき保険信託とか、そういうやり方で、税金をあまり払わなくて済んで、ママは一人娘だったんで、お金持ちになって、それでおかしくなったんだってパパは言ってたけど、本当にそうなのかも。パパもタイから戻ってこなくて、ママが家を出て、わたしはパパの親戚の叔父さんに預けられたんだけど、その人は優しかったけどアブノーマルで、わたしは小学四年生くらいからアナルセックスをしてました。その叔父さんと。これはセックスじゃないからねって言われて。赤ちゃんもできないし、安全で、ユリコちゃんはバージンのままだからねって。中学生になって、わたしもバカじゃないから、だんだん変になって、何度か病院にも入ったし、それをママに言ったら怒って、おじいちゃんの知り合いのおじいさんに頼んで叔父さんを殺してもらうって言うから、ママは頭がおかしいけど嘘はない人なんで恐くなって、それは止めてって言ったら、じゃあ腕を切り落としてもらうって言って、叔父さんはそのあと本当に腕がなくなったんです。そのあと、わたしは株を分けてもらって、それをヒビノさんに預けて、あとは目黒の一軒家を買ってもらって、そこに住むようになり、そしたら、どうやって住所を調べたのかわからないけど片腕になった叔父さんが一度訪ねてきて、またアナルセックスをしようとしたので、おじいちゃんの知り合いのおじいさんのことを話すと、もう二度と来なくなったんです。おじいちゃんの知り合いのおじいさんとは、そのあと仲良しになって、洋服とかよく買ってもらったんですけど、ブランドものの服は止めなさいって、いつも言われてました。質素な服がいいんだって。ユリコちゃんは白が似合うし、シンプルで自然な素材の服を着るようにといつも言われました。人間って、贅沢を覚えると死にやすくなるし、いつか誰かに殺されるんだよって、いろいろ教えてもらいました。おじいちゃんの知り合いのそのおじいさんはおじいちゃんよりもずっと年上だったらしいんですが、年寄りって、だいたい二十歳くらい違っても同じ年寄りだから、同じくらいの歳に見えたんですね。でも今は、もう寝たきり。百歳超えてるって自分で言ってますけど、本当だと思う。その、おじいちゃんの知り合いのおじいさんから、昨日電話があって。会わないといけなくなったから来るようにって。セキグチさんも連れてくるようにって。だから、ここから案外近くなんで、今から行きましょう」

電話って、いつあったのだろうか。

「サウナにいるとき。映画に行ったのかって聞かれて、行ったと言うと、たくさん人が死んでると心配してくれて、セキグチさんのおかげで助かったと言うと、それはよかったと喜んでくれて、なるべく早く家に来るようにって。だから、早く行かないといけないんですよ」

カツラギは、信じがたい内容の自分史を淡々と語った。ときどき眉間に皺を寄せたり、口ごもったりしたが、基本的には表情も変えず、他人事のように話し、終始冷静だった。マツノ君は、呆気にとられ、動揺して、途中から明らかに落ち着きを失い、タブレット型端末をバッグから取り出してスイッチを入れようとして止め、またバッグに仕舞って、すぐにまた取り出すというような動作を何度か繰り返した。端末のスイッチを押そうとする指が細かく震えて、どこかに逃げ出したいけどからだが動かないといった感じだった。

「今から、行きますか」

カツラギは、そう言って立ち上がろうとする。ちょっと待って、とおれはそっと肩に触れ、その動きを制した。

「いくら何でも、急に訪問するのは失礼じゃないかな」

本当はそんなことはどうでもよかった。カツラギの告白が衝撃的で、気分を落ちつかせる時間が欲しかっただけだった。内容もすごかったが、ほとんど表情を変えずに淡々と話したカツラギに対して、やはり常軌を逸していると怖くなった。ママがセックスの相手として黒人を買っていたという逸話も充分にショッキングだったが、小学四年生で叔父さんとアナルセックスをしていたとか、その叔父さんが片腕を切り落とされたとか、しかも片腕がない姿で訪ねてきてまたアナルセックスを求めたとか、そこら辺になると、おれの理解をはるかに超えていて、混乱が増すばかりだった。脇の下から冷たい汗が出てきて、Tシャツが肌に貼りつき気持ちが悪かった。

「だいじょうぶですよ。待ってるはずなんで」

カツラギは、そう言って微笑んだ。

「そうか、今から行くって連絡しなくていいのかな」

おれは何とか出発を遅らせたかった。「おじいちゃんの知り合いのおじいさん」というのは、俗に言うフィクサーのような人物かも知れないと思った。映画や漫画でしか見たことがないが、戦後のどさくさで巨万の富を築き、政界に多大な影響力を持ち、商社や広告代理店や運輸会社、大手マスコミや通信社など、いくつもの会社の経営に関与し、歴代の首相や閣僚が極秘に挨拶に出向き、そばに和服の美女が大勢かしずいて、都内の数千坪の屋敷に住み、大きな池で泳ぐ一匹数百万の鯉に餌をやる、そんな人物だ。そう言えば、最初のテロ予告では謎の老人が「わたしは満洲国の人間です」と言ったらしい。満洲国については詳しくないが、兵器や阿片やレアメタルなどやばい物資と闇の人間たちがうごめき、莫大な資金と資源が動いた、そのくらいは知っている。そんな人物がいまだ生きているのだろうか。ジャーナリストの端くれとして本能的に興味が湧くが、人間としては、できれば関わり合いたくなかった。たとえその人が百歳を超えていても、平気で誰かの片腕を切り落とすような人に会いたいとは誰も思わない。

「ちょっと電話してみる」

カツラギは、リサイクルショップで買った六百五十円の布製のバッグからスマートフォンを取り出し、細く長く白い指でモニタをタップした。

「ユリコですけど、今から行ってもいいですか」

そう言ったあと、しばらく相手の話を聞いていたが、顔色が変わった。遠くを見るような、茫然とした表情になり、スマートフォンを落としそうになって、慌てて両手で握り直した。そして通話口を押さえ、おれのほうをじっと見て、震える声で言った。

「先生が、アキヅキ先生が、自殺したって」

わけがわからない。アキヅキが自殺したとカツラギはつぶやいて、スマートフォンを耳に当てたまま、茫然とおれの目の前に突っ立っている。最初、アキヅキという固有名詞が誰を指すのか、わからなかった。頭が正常に働いていないのだ。アキヅキが、先週訪れた渋谷の心療内科医だと把握するのに数十秒かかった。アキヅキが誰かはわかったが、あの堂々として、糸電話とか子供じみた道具を使い、徹底的におれを翻弄した心療内科医と、自殺は、まったく相反するイメージで、その前のカツラギの衝撃的な告白に重なるように、さらに混乱が増した。


「はい、じゃあ、今から行くね」

カツラギはそう言って電話を切った。行かなきゃ、と一人で歩きだそうとして、何かに気づいたようにおれのほうを見て、もう一度、行かなきゃ、と眉間に皺を寄せ、訴えるように言った。おれは、頭が空っぽのまま、カツラギのあとに付いてフラフラと歩きだしたが、あの、とマツノ君に呼び止められた。

「あの、ぼくは、どうすればいいんでしょうか」

マツノ君の姿勢がおかしい。タブレット型の端末を、少女が花を抱くように胸のあたりで両手で持ち、鐘楼の階段に直立不動で立っている。早く、早く来てって言われたし、カツラギは、まるでマツノ君が存在していないかのように、おれに声をかける。カツラギも混乱していて、マツノ君が目に入っていないのだ。おれたち二人で行くんだよね、と質問したが、ぽかんとして、何を言っているのかわからないという表情になった。いや、あのね、そのおじいさんのお友だちのところだけど、おれとカツラギさん二人だけで行くんだよね、もう一度そう確認して、突っ立っているマツノ君を示した。

「ああ、この人」

カツラギは、ぼそっとつぶやいて、困ったような表情になった。

「この人は、あの家に入れないですね」

マツノという名前も忘れている。家に入れないとはどういう意味だろうか。やはり黒塀に囲まれた和風の邸宅で、黒服のガードマンかSPに守られ広大な庭の池には一匹数百万の鯉が群れを成して泳いでいるのだろう。そんなところはいやだと思った。行きたくなかった。その、カツラギのおじいさんの知り合いという人物のことは絶対に記事にできない気がする。真偽は定かではないが誰かの片腕を切り落とすような人物について記事を書いたりしたら片腕では済まないのではないか。

「そういうことで。じゃあ」

カツラギは、マツノ君に向かって、まるで小学生の下校時の挨拶のような感じで、右手を上げ、おれの腕を取って歩きだそうとする。マツノ君は、大きな目をさらに大きく見開き、信じられないという顔をして、少女のようなポーズのまま、あの、あの、あの、と裏返った声で三回繰り返した。

「あの、ぼくはどうすればいいんですか。ここで待ってますか」

ちょっと待ってね、とおれは柔らかい口調で言ってカツラギを引き止め、どうすればいいのか考えようとしたが、頭は真っ白になったままだった。どうやらマツノ君は一人になりたくないらしい。だが、こんな、寺の境内で待つわけにはいかない。冷静な判断ができなくなっているので、自分が何を言っているのか、おそらくわかっていない。マツノ君、おれたちはここに戻ってこないかも知れないから、こんなところで待つのはだめだよ、おれはゆっくりと諭すように言ったが、じゃあ、ぼくはどうすればいいんですかね、と泣き出しそうな顔になった。板橋のマンションに戻るつもりはないのだろうか。それに、こんな精神状態で、明日出社できるのだろうか。ひょっとしたら会社に行くほうが気が紛れるのかも知れないが、当面の問題は、今日これからどうするかだ。マツノ君も、近くまで同行させて、喫茶店かどこかで待たせておくというのはどうかなと、カツラギに相談した。

「喫茶店って？」

カツラギは、目の焦点が合っていないし、おれの話も理解していない。尋常ではない惨劇を目撃し、異様な告白をして、さらにアキヅキが自殺したと聞いて呆然となり、混乱して、自分を失っている。こんな状態のカツラギといっしょにおじいさんの知り合いに会いに行くのはやばいのではないかと不安になる。だが、マツノ君を見て、この人は家には入れないと言った。そのおじいさんの知り合いの家にマツノ君を連れて行くわけにはいかないというのはおそらく本当なのだろう。おじいさんの知り合いは、いっしょに連れてこいと言うくらいだから、おれのことはよく知っているはずだ。アキヅキ、駒込の文化教室のキニシスギオ、あるいは将棋道場の太田浩之、おれを知っている老人は何人もいるし、人の片腕を平気で切り落とすほどの力があれば、個人情報を入手するのは簡単だ。現に、アキヅキは、別れた妻子がシアトルにいることさえ知っていた。片腕どころか、消そうと思えば、簡単におれを消せるのかも知れない。だが、マツノ君のことはたぶん知らない。知らない人間と接触するのは何らかのリスクがあって、そのことをカツラギはおそらく知っていて、家には入れないと言ったのだ。

「マツノ君、自分のマンションに戻るのはいやなんだよね」

そう聞くと、マツノ君は、はあ？　とまたぽかんと口を開けた。そして、ため息をついて下を向き、肩を落として、よくわからないんですね、とほとんど聞き取れない声でつぶやいた。

「よくわからないんですよね。たとえば、駅とか、どうなんですか。知らない人が大勢いますよね。何が起こるかわからないし、タクシーとかも、どうなんですかね。知らない人が運転してるわけですよね。セキグチさん、知らない人って、今どうなんですか。名前とか顔とか知らない人って、要はどういう人なのかわからないわけですよね」

声が震えている。あの七年前の大震災のあと、地震が怖くて家を一歩も出られなくなった人が少なからずいると聞いた。おれたちが昨日遭遇したのは天災ではない。悪意を持った誰かが火を放ち、焼け焦げた人が目の前に折り重なっていたのだ。マツノ君が知らない人を怖がるのは理解できた。

「おれのアパートだけど、場所を覚えてる？」

マツノ君は、うつむいたまま首を縦に振った。まるで人形のような不自然なうなずき方だったが、おれは鍵を取り出し、手に押しつけるようにして握らせながら、部屋に入って待っててもらえるかな、と言った。はい、わかりました、とマツノ君は悲しそうな表情で歩きだした。寺の出口ではなく、フラフラしながら境内の奥に向かったので、そっちじゃないと、肩をつかんで振り向かせて、道路までいっしょに歩いた。

「セキグチさん、明日からですけど」

おれのアパートがある路地まで来て、手のひらが白くなるほど部屋の鍵を強く握りしめて、マツノ君は立ち止まった。

「明日、会社ですよね」

今日もオレの部屋に泊まるかどうかは別にして、明日は月曜だが出社できるだろうか、出社して仕事ができるだろうか、気にしているのだろう。おれもわからなかった。出社したらしたで、仕事で気が紛れて何とかなるような気もするし、平常心を取り戻せなくて同僚とのコミュニケーションが苦痛になり、仕事にならないかも知れない。ひょっとしたら会社ではなくカウンセリングに行くべきなのかも知れない。出社すれば、オガワから呼ばれる。新宿ミラノのテロの現場にいたと言うと、記事を書けと言うだろう。衝撃的な事件に遭遇したとき、記事を書くことで精神的なショックがやわらぐことがある。たとえば地下鉄サリン事件で現場に行き、搬送される死傷者を目の当たりにして、ひどいショックを受けたが、ルポを書くことでしだいに冷静さを取り戻すことができた。だが、今回は事件後に取材に行ったのではなく事件が起こったときに現場にいたのだ。危うくおれ自身が被害者になるところだった。サリンの被害者には心が揺さぶられたが、昨日の新宿ミラノの非常口に押し寄せてきた人たちの姿は常軌を逸するもので、まるでホラー映画の中に放り込まれたようだった。焼け焦げて黒い棒みたいになった腕の先端を思い出すと、今でも動悸がしてきて、現実感を失いそうになる。

記事を書くのは無理だ、そう思う。確かにおれはジャーナリストの端くれとして、それがどんなにショッキングな事件でも、記事を書いて伝えることで、その残虐性を訴え、世論を喚起する役目がある。教科書的に言えばその通りなのだが、今回だけは違うと、頭ではなく、身体の奥から本能的な信号が送られてくる。たとえば遺族の思いなどを無視する形で被害者のことを記事にして報酬を得てもいいのかというような倫理的な罪悪感だけではない。当たり前のことだが、ジャーナリストである前に、おれは人間だ。人間が人間として生きていくためには、原則のようなものがあると思う。いろいろな原則があるが、他の人の生命や尊厳や財産を奪ってはいけないというのは、もっとも一般的な原則の一つだろう。死刑や内乱や戦争という好ましくない例外がある。だが、テロは例外ではなく、しかも原則を破る手段として最悪な行為だ。百歩譲って、大義があるテロというやつがあるのかも知れない。敬愛するチェ・ゲバラが主導したキューバ革命では、抑圧された弱者の抵抗の手段として、最後に残された手段としてテロを行った。イスラム原理主義の自爆テロですら、過激派の側からすると大義があるということになるのかも知れない。だが、NHKの西玄関の可燃剤によるテロ、池上商店街の刈払機による首刈り、そして昨日の新宿ミラノの大量殺戮《さつりく》、どう考えても、大義などかけらもない。

おれはどう転んでも、ひねくれ者で、しかも正真正銘の貧乏人で、人生の敗北者だ。だから、イデオロギー的には右も左もないが、政治家や企業家など権力を持つ者が大嫌いだ。国民をないがしろにして党利党略と自らの選挙当選だけを考える政治家たち、下請けや非正規社員を犠牲にして富を独占し蓄積する企業幹部たちを殺してやりたいと、何百回思ったかわからない。イペリットと可燃剤のテロが国会で起こっていたら、きっとおれは記事を書くだろう。しかし昨日、新宿ミラノでイペリットで皮膚をただれさせ、可燃剤の炎で身体を焼かれたのは、どこにでもいるごく普通の人たちだった。感じるのは、大義などではなく、悪意だ。さっきマツノ君の端末で見たニュースによると、各メディアに、毛髪を入れたジップロックを同封した、犯人からのものだと思われる封筒が送られてきたそうだ。たぶん犯行声明も含まれていたのだろう。犯行声明があったとしても、読みたくないし、知りたくない。こんな事件を起こす人間が大勢いるとしたら、社会は成立しない。現に、これから映画館に行く人はいなくなるだろう。全国のすべての映画館は閉鎖に追い込まれるかも知れない。探知機を備え、警察官が常駐してすべての観客の手荷物を調べるわけにもいかない。

「今後、映画館に行く場合は、周囲の異変に注意し、怪しい人を見かけたら通報すべきだろう」みたいな記事を書けるわけがない。記事を書くために必要な基盤が破壊されたような気がする。あの焼け焦げて折り重なった人々について、描写もコメントもできない。書きようがないのだ。だから、オガワにも連絡していないし、電話がかかってくるのがいやで携帯の電源を切っている。

「明日のことは、またあとで考えようか」

おれは、マツノ君にそう言うのが精いっぱいだった。マツノ君は、はい、と幼児のようにこくんとうなずき、路上に突っ立って、去っていくおれとカツラギを、道路を曲がって姿が見えなくなるまで見送っていた。


「早稲田まで」

大久保通りでタクシーを拾ったカツラギは、運転手にそう告げた。早稲田、どのあたりですか、と運転手が聞き返し、面影橋の手前だとカツラギは説明した。早稲田だったら、おれにも土地勘がある。おれ自身は、誰も名前を知らないような私立大出だが、早稲田の友人が何人かいて、よく遊びに行ったし、週刊誌のフリー記者のころ、著名なジャーナリストの講義を聴講生として聞いたこともある。だが、面影橋の周辺に大邸宅があったか、記憶にない。

大久保から、高田馬場を抜け、新目白通りをしばらく走る。どこかに長く続く黒塀があるはずだと注意して周囲を眺めるが、そんなものはなかった。神田川を渡るように左折し、あ、ここで、とカツラギが言って、おれたちはごちゃごちゃした住宅街の狭い路地でタクシーを降りた。確かこの先には氷川神社がある。

「こっち」

カツラギは、ビーチサンダルをペタペタと鳴らしながら先導して歩いて行く。どこにも大邸宅らしい建物はない。周囲にびっしりと並んだ家々はみな古くて小さく、人通りも少ない。キャスター付きの歩行補助器にコンビニのビニール袋を下げコトコトと音を立てながら歩く老婦人、お互いの身体を支え合うように寄り添い雑種の犬を連れて散歩する老夫婦、ジャージの上下を着て両手に小型のダンベルを握ってまるで歩くようにゆっくりと走る初老の男、目につくのはそんな老人だけで、路地は閑散としていた。

「ここだけど、ちょっと待ってて。セキグチさんが来たって、いちおう知らせないと」

路地に面したひどく小さな二階屋の前で、カツラギがそう言った。築五十年は経っているだろう、窓ガラスに補強用の板が打ち付けてあったり、二階部分に増築されたと思われる部分があったりして、周囲の家との境目がよくわからない。玄関の引き戸は、格子状の枠がところどころ剝がれ落ち、ガムテープで留めてあって、カツラギが開けるときに、ガタンガタンと音を立てて揺れた。おれは、呆気にとられて玄関前に立っている。延々と黒塀が続き、門の脇に警官の詰め所があるような大邸宅ではなかったのか。小さくて古いだけではなく、まったく特徴のない家で、風景に溶け込んで今にも消えてなくなりそうだった。敷地の広さは三十坪そこそこで、隣家との隙間が数十センチしかなく、とても庭があるようには見えない。一匹数百万という鯉が泳ぐ池はなさそうだ。

「入って」

またガタンガタンと音を立てて玄関の引き戸が開き、カツラギが顔を出して、おれを呼んだ。採光が悪いために玄関は薄暗く、叩《たた》きには靴が一足もなかった。開口部が大きくて縁が波を打っている昔風の金魚鉢が靴箱の上に置いてあるが、枯れた水草が底にへばりついているだけで、魚もいないし、水も干上がっていた。鯉どころか金魚もいないのか、そう思った。廊下はよく磨かれているが、あまりに古く、あちこちで板木がたわんで、歩くとぎしぎしと軋《きし》む音がした。ここに誰が住んでいるのか知らないが、カツラギが喋ったことはきっと嘘だったのだろうと少し安心した。誰かの片腕を切り落とすような闇の権力者が、こんなところに住んでいるわけがない。

「どうぞ、いらっしゃいませ」

廊下の突き当たりの部屋の障子が開き、黒い服を着た女性が顔を出した。薄暗いので顔つきがよくわからなかったが、近づいていくうちに、非常に高齢だとわかった。これほど高齢の人間をこれまで見たことがあっただろうかと思った。障子に触れている手の指は枯れ木のようだったし、顔は、骨にかろうじて皮膚が貼りついているという感じで、おれはどこかの寺に保存されているというミイラを思い出した。ただし、声には張りがあり、大昔の、たとえば小津安二郎とか成瀬巳喜男の作品の登場人物のようなきれいな東京弁のアクセントだった。

「セキグチ様ですね。お待ちでございます」

障子の向こうは八畳ほどの広さの和室で、照明を落としてあり、巨大な白いベッドが置かれていた。スペースのほぼすべてをベッドが占めていて、他には家具も調度品もない。ベッドは、よく医療もののドラマで集中治療室のシーンに出てくるような、複雑な形をしたストレッチャー型で、上体の角度を自由に変えられる。その周囲には酸素ボンベや複数の点滴装置、わけのわからない器機とモニタがいくつもセットしてある。部屋に入ると、くの字型に折れ曲がったベッドに横たわった老人が、顔を上げ、おれを見て、わずかに右手を動かした。たぶん挨拶のつもりなのだろう。鼻と喉にチューブが差し込まれて、よく顔は見えないが、ただ寝ているだけなのに、妙な威圧感があり、おれは思わず深々と頭を下げた。毛布が掛けられているので、見えるのは老人の首から上だけだが、全身を見たいとは思わなかった。毛布のふくらみが異様に小さくて、ひょっとしたら胸から下が何もないのではないかと恐くなったからだ。

「じゃあ、ユリコちゃん、お願いしてもいいかしら」

黒い服の女性が、カツラギにそう声をかける。はい、と返事をして、カツラギは寝ている老人に近づき、口元に耳を寄せた。黒い服の女性が、じっとおれを見て、目が合うと微笑む。顔の皺が微妙に変化するだけだが、たぶん微笑みなのだろう。黒い服は、よく見ると、男物かと勘違いするようなピンストライプのパンツスーツだった。スーツの下はベージュのタートルネックの薄手のセーターを着ている。靴下もスリッパも履いていない。足の指が長いと思った。さっき顔を合わせたときにはミイラのような顔に圧倒されて気づかなかったが、意外に背が高い。年齢は、まったく見当がつかないが、六十代とか七十代ではない。八十代か、九十代か、ひょっとしたらもっと上かも知れない。とにかくこれほど枯れ果てた印象の人間には会ったことがない。

「わたしは、コンドウと言う」

老人の口元に耳を寄せたカツラギが通訳をはじめた。親指よりも太いチューブが喉に挿入されているわけで、声は出せない。吐息で話していて、ささやきよりももっとボリユームが低く、おれには何も聞こえない。

「サノとか、いろいろな名前があった」

老人は、長い音節を言えない。吐息を使って言葉を発しているが、喉のチューブから酸素を得ていて、自力では呼吸ができないのだろう。心不全で肺が水浸しになり若死にした同僚がいたが、老人とまったく同じ格好で集中治療室に横たわっていた。

「ヨシムラとも呼ばれていた」

返事をすべきかどうか、迷った。実際に話しているのはカツラギだが、老人におれの声は聞こえるのだろうか。

「だが、コンドウが好きだ」

しかし、こんな状態で、ずっと言葉を発することができるのだろうか。喉に装着されているのは人工呼吸器で、バルーンが気管を塞いでいるために、麻酔が効いているはずだ。いずれ意識を失うのではないだろうか。コンドウとか、サノとかヨシムラとか、どうでもいいことを話している間に意識を失ってしまうと、もうそれ以上コミュニケーションができなくなるが、おれは、どちらかというと、そうなればいいと思っていた。本能的に、この老人の告白を聞きたくなかった。だいいち、おれが呼ばれた理由もわからない。カツラギは、この老人とどの程度親しいのだろうか。この老人がキニシスギオのグループのボスなのだろうか。こんな最先端の医療用ベッドと器機は、通常、一般家庭に用意されることはない。老人がただ者ではない証拠だ。こんな延命装置を備えた家庭はない。だが、誰かの腕を平気で切り落とすような絶大な権力がある人物が、なぜ東大や慶応や順天堂などの大学病院の特別室に入院していないのだろう。そもそも、喉に人工呼吸用のチューブを挿管しているような人間が、組織を率いることなど不可能ではないか。入院し人工透析を受けながら組織に指示を出していたという中南米の麻薬カルテルのボスの記事を読んだことがあるが、確か彼は病室に手榴弾を投げ込まれて爆死した。

「アキヅキが死んだ」

カツラギがそう訳したとき、黒いスーツの女性が、ああ、と顔を覆って悲痛な声を上げた。そして涙声になり、先生は、アキさんをとても可愛がっておいででした、とつぶやいたあと、はっと我に返ったような表情になって、申しわけありません、とベッドに向かって腰を深く折って、謝罪した。余計なことを申しました、決して二度といたしません。

「いいんだよ」

カツラギは、老人の言葉を翻訳するとき、おれのほうを見る。そんな目つきのカツラギははじめてだった。実際に見たことはないが恐山のイタコとか、シャーマンとか霊媒師とか、そういったものをイメージしてしまった。魂の脱け殻となり、ただ集中して老人の吐息を聞いて、おれに伝えるだけという感じだった。そもそも、この老人は何者なのだろうか。本当に権力者なのだろうか。確かに、一般家庭ではあり得ない治療を受けているわけだが、だったらこの家は何なのか。貧民街ではないが、豪壮な屋敷など一軒もないしょぼい街の、古くて小さな家に住んでいるのはどういうことなのか。そういったことを考えたとき、おれはふと、ある映画を思い出した。F・コッポラの『ゴッドファーザー・パート2』で、これまで何度繰り返し見たかわからない。強く印象に残っているシーンがある。新しくファミリーのボスになったマイケル・コルレオーネが、強力なライバル関係にあるユダヤ系マフィアの最高権力者ハイマン・ロスに会いに行くシーンだ。マイケルを演じるのは若き日のアル・パチーノで、ハイマン・ロス役はアクターズ・スタジオというアメリカ最高の演技指導施設の運営者だったリー・ストラスバーグだった。ハイマン・ロスは、マイアミの、どちらかと言えば貧困層が住むような地区の、安普請の平屋に住んでいた。ユダヤ系マフィアをしきる大立て者は、粗末な家の粗末なソファに座り、粗末な服を着て、出っ張った腹を見せ、出来合いのピザを食べていたのだ。つまり、豪邸に住んでいるほうが狙われやすい、ということだった。このコンドウと名乗った老人も、あえて目立たない家に住んでいるというのだろうか。

「時間がない」

霊媒師のような表情のカツラギの声が聞こえる。あなたは本当は絶大な力を持つ権力者で、でも敵に狙われないようにこんな小さな家に住んでいるんですよね、などとは聞けない。時間がない？　どういう意味だろう。アキヅキの自殺には驚いたが、とにかく、なぜおれなのか。権力者だったら、政府だって、警察だって、いや自衛隊だって動かせるのではないのか。

「わたしは、もう生きられないだろう」

まるで老人の魂が乗り移ったかのように、カツラギが悲壮な顔つきになった。薄暗い中でも、顔色が真っ青になっているのがわかった。

「ネットワークがある」

なるほどやっぱりこの老人がキニシスギオたちの元締めなのか。

「わたしが作った」

安定剤が欲しくなった。なぜおれがこんな話を聞かされるのかまったく不明だが、不穏なものを感じた。できれば耳にしたくない。わたしはそのようなことに関係も興味もありませんので、これで失礼いたします、と言って逃げ出せば、どうなるのだろう。

「話を聞いたほうがいい」

話を聞けという命令形でなかったのが、逆に恐かった。逃げ出そうかと考えたことを読まれたのだろうか。それともおれのことはすでに何でも情報としてつかんでいるのだろうか。シアトルの妻子のことも、この老人が指示して調べさせたのだろうか。たぶん、今ここから逃げ出したりしたら、かなりやばいことが起こる気がした。この家にいるのはカツラギとミイラのような高齢の女性だけだが、おれはたぶんアパートまでたどり着けないかもしれない。フリーの記者時代から、大勢のやばい人間に会ってきた。暴力団関係者もいたし、総会屋も純粋右翼も密売人もいた。彼らが発する信号は独特だった。サファリパークに似ているといつも思った。バスに乗っている限りライオンは攻撃してこない。だがバスを降りたら確実に食われる。何か、あるラインを越えたり、踏み外したりすると、いとも簡単に闇に葬られるという、波のような信号を身体から発する連中がいるのだ。老人からの波は、これまで経験したことがないものだった。それは理性とか常識では判断できないし、殺気とも違う。逃れることができない重苦しく冷たい霧に包まれているような感じで、おれは、カツラギの翻訳を黙って聞き続けるしかなかった。

「特別なネットワークだった」

「無数の細胞がある」

「全体はわからない」

「わたしにもわからない」

「どこかが暴走した」

「わたしの真意とは違う」

「アキヅキは絶望した」

「遺書はなかった」

「わたしはいかなる報酬も得ていない」

「それは満洲の教訓だ」

「金目当ての者はみな死んだ」

「国籍法の整備さえしていれば満洲は理想だった」

「だが、果たせなかった」

「阿片は悪だ」

「だが物資でもある」

「細胞はさらに暴走する」

「どの細胞か」
「アキヅキは知ったのだろう」
「探ってくれ」
「警察はだめだ」
「信頼できない」
「対応もできない」
「あなたのことは調べてある」
「勇気と取材力がある」
「失うものがない」
「お迎えの影が見える」
「ユリコを頼む」
「アキヅキが鍵だ」
「阻止してほしい」
「ユリコを頼む」
「あなたに害は及ばない」
「チームをつくる」
「資金は」
「用意した」
「ユリコを頼む」

「ユリコを」

「頼む」

「頼む」

「ユリコを頼む」と何度か繰り返したあと、老人は、話すのを止めた。話さなくなったというより、意識が遠のいて話せなくなったのだ。わずかに起きていた頭が、沈むように枕にもたれ、がくんと脱力して横を向いた。息を引き取ったのではないかと、ドキッとしたが、そうではなかった。

「先生は、眠りにつかれました」

黒いスーツの女がそう言って、老人に近づき、チューブとモニタの数値を確かめ、だいじょうぶというように、カツラギを見て、うなずいた。老人が意識を失ったことで、おれは安堵した。事情はわからないが、これでここから出られると思ったのだ。やばそうな連中がいて脅されているようなシチュエーションではなく、ものすごい高齢の男女が一人ずついるだけなのだが、建物全体に異様に重たいものが漂っていて圧迫感があった。神経がざわざわと騒ぎ、充分に呼吸ができていない気がして胸が苦しい。ここにはいたくない、一刻も早く外に出て、この建物から離れたい、そう思った。そもそも呼びつけたのはあの老人で、もう話もできないのだから、ここにいてもしょうがないはずだ。おれは、カツラギのほうを見て、帰ろうと目で合図を送った。カツラギは何度かこちらを見たが、反応がない。カツラギが訳した老人の話は断片的だった。はっきりと理解できたのは「ユリコを頼む」ということだけだ。とにかくここから出たい。先日会ったばかりのアキヅキという心療内科医が自殺したらしいが、そんなことに興味などないし、だいいちおれには関係がない。満洲という固有名詞が何度か聞こえたが、いったい満洲がどうしたというのだ、大昔の傀儡《かいらい》国家じゃないか、満洲といえば溥儀《ふぎ》という清朝最後の皇帝を擁し、旧日本陸軍が中心となって作り上げた国で、あっという間に瓦解した、それくらいしか知らない。『ラストエンペラー』という映画があったが、だらだらと長いだけで面白くも何ともなかった。

黒いスーツの女性が、ゆっくりとまたこちらに近づいてくる。まるで、しゃれこうべに薄い皮膚を貼りつけたような顔で、表情がよくわからない。角度によっては笑っているように見えるし、怒っているようにも見える。こんな不気味な人間には会ったことがない、そう思ったとき、突然腕と首筋に鳥肌が立って、お前、違うだろう、というつぶやきのようなものが、おれ自身の内部から喉のあたりにせり上がってくるのがわかった。何が違うんだ、とそのつぶやきのようなものを振り払おうとするが、うまくいかない。あの老人が断片的に話したことにはちゃんとストーリーがあって、お前はわかっているはずじゃないか。おれ自身のつぶやきだった。ごまかすな、やばいことに巻き込まれてしまった、それも満洲とか、時代がかっていて、わけのわからない歴史の闇みたいなものも背後にちらちらする、もっとも関わりたくないタイプの人間たちがうごめいている、逃げたいのはわかるが、ここで自分をごまかしてとんずらすると、きっともっとやばいことが起こるぞ。

身体から力が抜けていくのがわかる。しかし、なぜ、おれなんだ。昔気質のジャーナリストは他にも掃いて捨てるほどいるじゃないか。そもそも、おれはテロにも、老人たちが組織したというネットワークにもまったく興味がないし、利害の一致もない。発端は、単にオガワに言われてNHK西玄関に赴き、偶然テロに遭遇した、それだけだ。だが、編集部に予告電話をしてきた老人は、おれの名前を出したという。あのときから、つまり最初から、このミイラのような老人は、おれを知っていて、目を付けていたのだろうか。何らかの役目を負わせようとしていたのだろうか。だったら、カツラギもグルだったのだろうか。もう逃げられないのかも知れない。相手は、平気で誰かの腕を切り落とし、そのことをもみ消してしまうような連中だ。腹をくくったほうがいいのだろうか。そんなことがぐるぐると頭をよぎり、息苦しさが増して、途方に暮れていると、カツラギが静かに近寄ってきて、吐息がかかるほど、おれに身体を寄せてきた。

「お願い」

カツラギは、そう言って、寄りかかるようにして、頭を、おれの肩に乗せ、手を握りしめた。お願いって何だよ、と思ったが、やっかいなことに、おれは、実際には、だいたいのことを理解できていた。ただ、恐ろしくなって、自分を自分でごまかしていたのだ。この建物全体が、あまりに異様で、昨日あんな陰惨なテロに遭遇したばかりで平常心を保てないほど神経が参っているのに、ミイラのような老人から、絶対に聞きたくないことを聞かされた。それは、カツラギのささやき声で伝えられ、まとまりのない言葉の断片だったが、実は充分に理解可能なくらい論理的で、ストーリーがあり、これまでの経緯とも整合性があるものだった。おれは、そのことを認めるのがいやで、もう話は終わったはずだからと、逃げだそうとした。無理もない。いつもなら意気地がないと自分を責め、自己嫌悪に陥るのだが、今はそんな気持ちにならない。

ミイラのような老人は、死期が近い。本人も自覚している。先端的な医療用ベッドに横たわる姿は、死期が近いというより、半分死んでいるという表現のほうがより正確だ。老人は、ネットワークを作った。細分化されたアメーバのような組織で、各細胞が自立している。応用生命システム工学という学問を専攻していたらしいマツノ君が「アル・カイーダ型」と呼んだ組織だ。その組織の目的は不明だが、いくつかのテロを起こして社会に警鐘を鳴らすとか、政治家には解決能力がない現代日本を一度リセットするとか、おそらくそういったことなのだろう。むちゃくちゃだが、おれも含めてシンパシーを感じる人間は案外多いのではないか。死んだアキヅキは、日本を焼け野原にすると言って、原発事故を匂わせたが、その真意はわからない。

それで、一部の組織が暴走したらしい。きっとそれが昨日の映画館のテロなのだ。暴走ということは、当初はあれほどの大惨事を引き起こすつもりではなかったということだろうか。確かに、NHK西玄関のテロとは微妙にニュアンスが違う。NHKの職員、それにNHKに集まってくるような人間に比べると、AMAOUの映画を見に来る人々はもっと一般的だ。NHKと、NHKが象徴するものには日本を衰退させた何らかの責任があるが、AMAOUの観客たちは違うということなのか。一千人近い死者という事態は、おそらくアキヅキたちの意図を超え、単なる大虐殺となってしまい、逆に、リセットという動機を歪めたのかも知れない。

アキヅキに遺書がなかったということは、殺された可能性もあるということだろうか。そのあと、ミイラのような老人は、自らを語った。おそらくおれなんかの想像を超えた力を持っていながら、誰からも報酬を得ていないらしくて、それはどうやら満洲の教訓らしい。金目当ての者はみな死んだ、だから自分は報酬を望まない、というような台詞は以前にもどこかで聞いたことがある。著者もタイトルも忘れたが、世界のマフィア列伝みたいな本を読んだことがある。アル・カポネに代表されるシシリー系から、黄金の三角地帯やアフガニスタンの山岳地帯でケシ栽培をする民兵組織まで、公共の敵のオンパレードという書物だったが、興味深いことが書いてあった。現在組織犯罪として糾弾されるマフィアの起源は、そのほとんどが、そうしなければ食べていけないという経済行為に伴う武装と、中央政府への反抗で、本質は義賊だったらしい。たとえば中南米のコカイン密売組織の中には、貧民街に学校や病院や教会を建て、子どものためにサッカー場を造り、就職の世話をし、広く民衆の支持を得ていた連中もいて、彼らの多くは個人的な蓄財をしなかった。世代が変わり、組織同士の抗争がはじまると武装した民兵を雇うようになり、蓄財が必要になったが、莫大な資産を溜め込んだボスは例外なく悲惨な最期を遂げたという。

満洲でもそうだったのだろうか。旧満洲をはじめ戦前の占領地域からは、終戦のどさくさに巨額の資産や資源が持ち去られたらしい。それは戦後政治を動かしたり、さまざまな事業の原資となったりしたが、私利私欲に用いないというのが、満洲などで資金と資源の獲得に奔走したあと戦前戦後の闇の世界を生きた人たちの、サバイバルの鉄則だったのかも知れない。

国籍法の整備、そんな言葉もあったが、さすがにこれは意味がわからなかった。阿片という毒々しい言葉もあった。戦前の中国で阿片が陸軍などの活動資金の一部になったというのは有名だ。老人は阿片の密売に関与したのだろうか。阿片は悪だが、物資でもあるという台詞は印象に残った。ヒューマニズムの観点から旧満洲を見ようとしても何もわからないという意味だろう。そして、またテーマがネットワークの細胞に戻り、一部の細胞がこれからさらに暴走すると予測し、アキヅキが知ったことを探ってくれと言った。警察は信頼できないし、対応できないのだそうだ。確かに、オウム真理教のようなトップダウン型の組織ではなく、アメーバ型のアル・カイーダのような自立した無数の小組織の集合体だと、日本の警察は対応できないかも知れない。テロは、おそらくその中の一つのグループが独自に計画し、実行部隊はまた別で、命令系統は複数あって、かつ上手に分断されているから、誰かを逮捕しても、一網打尽というわけにはいかない。誰がリーダーかもわからないし、本部もない。そもそも簡単に警察の介入を許さないという目的で、老人はネットワークを作り上げたのだ。

あなたのことは調べてある、そう言われたとき、もうだめだと観念し、血の気が引くのがわかった。誰がどこまでどのようにして調べたのかわからないが、たとえばあの大久保の将棋道場で何人かから話を聞くだけで、だいたいのことはわかる。勇気と取材力があるという賛辞のあとに、失うものがないと言われて、怖くなった。アキヅキが、シアトルにいるおれの妻子に言及して驚かされたが、とっくに調べはついていたのだ。

老人は、死期が近いと自覚していることを伝え、ユリコを頼む、と何度か繰り返した。頼むとはどういうことだろうか。暴走している細胞がカツラギを襲ったりする可能性があるということだろうか。おそらくそんな単純なことではない。自殺したアキヅキがヒントを握っているから暴走する連中を阻止してくれと言い、おれに害はないという言葉もあった。あと、チームというのはどういうことなのか。

「一つだけ、教えてくれるかな」

おれにもたれかかったままのカツラギにそう聞いた。

「なあに？」

おれの肩に頭を載せたまま、カツラギは甘えたような声を出した。髪から、シャンプーとは違う、地肌が発するいい匂いがする。

「あのさ、こんなときに聞くことじゃないかも知れないけどね。カツラギさんは、意図的にね、おれに近づいたのかな」

耳元でそうささやくと、カツラギはゆっくりと頭を上げて、身体をおれから離し、握ったままの手に少し力を加え、違う、と小さな声で言った。

「だって、わたしに近づいてきたのは、セキグチさんだよ」

経緯を辿れば、確かにその通りだった。だいいちこれだけ精神的に不安定な女が意図的におれをネットワークに引きずり込むことはたぶん無理だし、駒込の「文化教室」やたまプラーザの「テラス」で見せた精神の混乱が、演技であるわけがない。もしあれがすべて演技だったとしたら、それはそれで惹かれるものがあるし、他に、もう一つ決定的な要因があった。

それに、考えてみたら、おれが、カツラギを女として気に入っているということだ。どうでもいいことだった。カツラギが老人たちと最初からグルだったのかどうか、もう指名があったとはいえ、NHK西玄関からはじまる一連の事件に首を突っ込んだのはおれだ。ツラギと引き合わせ、たまプラーザの「テラス」で安定剤を飲みながらのデートを演出し、興味を持たせ、アキヅキのところに連れて行き、新宿ミラノでテロに遭遇するように仕向け、最終的にミイラのような老人のところに連れて行ってミッションを指示する、というような経緯だが、その中のどれが仕組まれたもので、どこがおれの自由意思だったか、今さらわかったところで大して意味がない。おれは、ミイラのような老人の依頼をたぶん断ることができない。断ったところで、危険から逃れられるわけではない。平穏や幸福が訪れるわけでもない。ただ、資金とか、チームを作るべきというのはどういうことなのだろうか。


「どうぞ」

黒いスーツの女が、老人が横たわる医療用ベッドから離れ、前を横切り、廊下に出て、別の部屋を、枯れ木のような手で示した。線香の臭いが漂い、おれのボロアパートよりも狭い部屋は、立派な仏壇でほぼ占領されている。黒檀《こくたん》とか紫檀とかそういう恐ろしく高価な素材だと思われる仏壇には、何人かの遺影が置かれている。昔風の背広や中国服や軍服を着た男たちに混じって、レトロな夜会服を着た女も一人いた。いかがわしいというか、ドロドロした歴史の闇を感じた。どういった連中なのか興味がないわけではなかったが、知らないままのほうがいいような気がした。

「先生のご友人のみなさまです」

　黒いスーツの女が、目を細めて何かを懐かしむような表情になって、そう言った。

「先生がずっとお世話をしていた方々です。でも、みなさん旅立たれて、いちばん年長の先生だけがご存命なんです。無常、でしょうか」

　黒いスーツの女は、まず仏壇の前に正座し、お鈴を叩き、新しい線香を灯して、両手を合わせた。軍服を着た男の中の一人は、ある政治家にそっくりだった。確か旧満洲の官僚出身で、戦後の高度成長と日米関係の基礎を築いたといわれる政治家だ。だが本当に当人なのかわからないし、聞いて確かめる気にもなれなかった。旧満洲の人脈は、政治・経済はもちろんのこと、メディアまで、戦後のシステム全体に影響力を持った。莫大な資金と資源だけではなく、優秀な人材の宝庫でもあったのだ。記者になったばかりのころ、先輩から聞いて知ったのだが、たとえば大手広告代理店の電通や、通信社の共同通信などもその母体は満洲にあるらしい。

「五族協和」と達筆で記された書が額装されて壁に掛かっている。古いものだが、ハガキくらいの大きさで、額縁も質素で、控え目な感じだった。カツラギが、黒いスーツの女に続いて、仏壇に向かい、おれもよくわからないまま、線香を上げて、お鈴を打った。チーンという音が狭い部屋に何度も響いて、それが何かの合図のような気がして、今さらながら、おれは動悸がしてきた。

「わたしも、政治など、むずかしい話は存じ上げませんが、先生は、満洲で、国籍に関する法律を作るために尽力なさいました」

あまりに高齢だから疲れやすいのだろうか、黒いスーツの女の声は、出会ったときとはうって変わって、聞きとりづらくなっていた。声帯の震えが反響なしでそのまま伝わってくるような感じで、まるで昔のトランジスタラジオの音声を聞いているかのようだった。ミイラのような老人についての概略的な話で、かつての満洲国には最初から最後まで国籍に関する法律がなく、それは人口の一パーセントに充たなかった日本人が強硬に反対したからで、真の五族協和のためにと満洲国籍を作るために努力していたグループは孤立して、身の危険にもさらされた。ただし、そのグループには、軍部、官僚、民間ともに優秀な人材が揃っていて、戦後の復興にも多大な貢献をしたが、先生と呼ばれるミイラのような老人は、その中枢にいて、金融、産業育成、そして外交にいたるまで重要な局面で判断を求められ、仲介や仲裁に力を発揮したものの、決して報酬は受けとらなかった。それは立派なことだし、だからこんな小さくて古くて地味な居を構えているのだろうが、だったらなぜ、資金のことを言ったのだろうか。資金を用意したとか、最後のほうで確かにそんなことを言ったが、どこに金があるというのだろうか。ただ、あの医療用ベッドといい、この仏壇といい、文無しの人間が入手できるものではない。

「資金は、ユリコちゃんの口座に、振り込みをいたします。安全な住居も用意いたしました。先生は、チームとして五人、最大に多くても六人だろうとおっしゃっていました。

人選は、おまかせいたします」

「あの家だけど、安全なのかな」

ミイラのような老人の家を出ると、もう日が暮れかかっていた。玄関を出るときに確かめてみたが、表札も何もなかった。わずかな年金で暮らしている独居老人の貧相な住まいにしか見えなかった。ガードする人間もとくにいないようだし、あの骸骨に薄皮を貼ったような女一人では、もし攻撃を受けたときにはひとたまりもない。

「あの人は襲われないみたい」

カツラギは、相変わらずビーチサンダルをペタペタ鳴らして歩いている。老人の家の異様な圧迫感と、常軌を逸した話を聞かされて、おれはくたくたになったが、カツラギもかなり疲れたようだ。通りを歩き、老人の家が見えなくなると、あれは趣味の悪いいたずらか、白昼夢のような気がしてきた。だが、頭蓋骨に薄皮を貼ったような女の佇まいは強烈で目に焼き付いているし、仏壇があった部屋の線香の香り、それにチーンというお鈴の音が耳の奥でこだましている。

「わたしもよくはわからないけど、とにかくあの人は襲われないみたい」

たぶん、あのミイラのような老人をこの世から消したいと思う人間はいないのかも知れない。たとえいても、あの老人の影響下にある連中からの反撃を考えると、リスクが大きすぎるのかも知れない。よくわからない。要するに、おれは奇妙な仕事を依頼され、引き受けてしまった。五、六人のチームを作って、まずアキヅキの死と、彼の周辺を探ることになるようだ。チームといっても、いったいどんな人間が必要で、おれのコネで探せるだろうか。資金を、カツラギの口座に振り込むと言っていたが、どのくらいの額なのだろうか。いくら振り込まれるのか知ってる？　おれはそう聞いて、カツラギは、うん、トウゴウさんに聞いた、と答えた。黒いスーツの女はトウゴウという名前らしい。カツラギは、疲れた顔のまま、とりあえず十億、と答え、おれは卒倒しそうになった。

十億というのは、とりあえずという枕詞《まくらことば》がつくような額ではない。表通りに出てタクシーを拾い、マツノ君が待つおれのアパートに戻りながら、急に周囲が気になりだした。そんな金額をイメージできないのはもちろんだが、ふいにそんな大金を預けられたら誰かに狙われるという思いにとらわれたのだった。今手元に十億のキャッシュがあるわけではないし、カツラギの口座に十億円が振り込まれることを知っている人間がその辺を歩いていたり、タクシーを尾行しているなどとは考えられない。ちゃんとそういったことは頭ではわかっているつもりなのだが、精神的な動揺がひどくて、悲しいことにというか、貧困層として当然というか、十億円の金という概念に対しては、狙われるに決まっているという対応しかできなかったのだ。カツラギと二人でその十億を持ってどこか海外に逃げるというアイデアが一瞬浮かんだが、すぐに振り払った。

だが、考えてみると変だ。高価そうな医療用ベッドや、黒檀か紫檀の仏壇はあったが、家そのものはおれの安アパートと大して変わらない代物だった。しかも、ミイラのような老人は、報酬を求めないことで生き延びてきたと明言した。報酬を求めないでやってきた人が、どうして十億円を簡単に用意できるのだろうか。そういったことを、十億円という単語を漏らさないように注意して、タクシーの中でそれとなくカツラギに聞いた。

「わたしもよくわからないけど」

そう言って、カツラギはおれの顔をじっと見た。あまりにしげしげと見つめるので、顔に何か付いているのだろうかと思わず手で拭った。カツラギは、視線を戻し、可愛い、とつぶやいて、クスクスと笑った。可愛いというのは、おれのことだろうか。幼児以来、そんなことを言われたことはない。外見も、考え方も、おれほど可愛くない男はいないはずだ。

「セキグチさんって、案外、無知」

だから可愛い、とカツラギは付け加えて、クスクス笑い続けている。他の、たとえばオガワみたいなやつから言われたのだったら、からかわれていると腹が立つだろうが、情けないことに、カツラギから「可愛い」と言われて、怪訝に感じながらも、自分がどこかで喜んでいるのがわかった。だが、無知と評されたことには、プライドが疼《うず》いた。お前に言われたくはないと思った。安定剤を常用し、異様な性的体験を含む数奇な生い立ちを素面《しらふ》で語る女は、おれが何に無知だと断じたのか。

「あのね、お金は、本当は、持っているとか、持っていないとかではなくて、目に見えないところをね、流れているの。銀行、企業、ときには政府、みたいなところから、お札やコインみたいなものとは違う、実物じゃないお金が、あるときは単に電波に乗って帳簿の数字が変わるだけみたいな感じで、あっちに行ったりこっちに行ったりしているだけみたい。だから、どこかからどこかに行く予定の、たとえば五百億というお金の一部を、先生がトウゴウさんに言って、わたしの口座にちょっと寄り道させたんですよ。お金って信用だから、信用の大きさで、扱えるお金も大きくなるわけでしょう？」

何となくわかるが、それって汚職とか、公金横領とか、そういうことではないのか。

「お金は、たくさんの川みたいに、分かれたりまた合流したりしながらぐるぐる回っているわけでしょう？　そこからグラス一杯のお水を汲んだって、川の上流にいる人も下流の人も、気づかないでしょう？　多摩川の水を一杯グラスに汲んだから半年後にまたグラス一杯の水を多摩川に戻さないとやばいって思う人はいないと思うんだけど、どう？　ただし、たとえばね、カフェとかで、誰かの前に置いてあるグラスの水をね、黙って飲んじゃうと、怒られるでしょう？　セキグチさんが言ってるのは、そんな話だと思う」

わかったような、わからないような、遠い世界の話だと思った。あのミイラのような老人とはきっとスケールもタイプも違うのだろうが、以前フリーの記者時代に、闇金融の世界ではそれなりに名前が通った人物を取材したことがある。やはり八十歳近い高齢で、噂だが、二千億近い金を動かしているらしかった。原資はどうやって集めるんですかというおれの初歩的な質問に対し、集めるわけではありません、流れているものをつかむだけです、と答えた。欲に駆られた人間は逆に闇金では生きていけません。遅かれ早かれ、死ぬか、殺されます。それにわたしは欲深い人間には金を貸しません。夜逃げや自殺をするような人にも貸しません。必死で働いて一生かかっても金を返す人に貸すのです。数十万の手形が落ちないと一家心中するしかないという人を信用して、金を貸すと、その人は、わたしに感謝をして、死にものぐるいで働き、どんなに時間がかかっても必ず返します。そういったことを何十年も続けると金の流れが見えてきて、火傷も負わず、凍えもせず、素手で金をつかめるようになるわけです。闇金融の老人は、そんなことを話してくれた。似ているのかも知れない。だが、取材の最後で、どの流れの金をつかんだのかは絶対に聞かないでくださいと、すごみのある顔で言われた。ミイラのような老人が用意した金に関しても、おそらく、その十億はいったい誰の金なのかなどと質問しないほうがいいし、詮索しても意味がないのだろう。

「あの、まだよくわからないんですけど、ぼくも、その、チーム、ですか？　それに入れてもらうことはできないでしょうか」

マツノ君は、薄暗い部屋の片隅にうずくまり、おれたちの戻りを待っていた。テレビも見ていないし、端末をいじってもいないし、本を読んでもいないし、要するに何もしていなかった。両腕で膝を抱えるようにして、ただじっと待っていたのだ。タクシーを降り、アパートに戻る前に、マツノ君には今日のことは話さないほうがいいのかなと、カツラギに聞いた。さあ、とカツラギは首を傾げ、おれがどのくらいマツノ君を信頼しているのかと逆に訊ね、信頼していない人には、どんなことであれ話してはいけない、と言った。正論で、どうしてこんな女が精神的に不安定で安定剤の常用者なのだろうという思いと、そんな女だからこそ本質が見えているのかも知れないという思いを同時に持った。

　結局おれは、だいたいのことをマツノ君に話した。NHK西玄関のテロから、駒込の文化教室、池上商店街の刈払機による殺戮、キニシスギオという老人たちのグループ、そして新宿ミラノの大規模テロと、アキヅキの自殺、そしてアル・カイーダ型のネットワークの一部の暴走についてチームを作って調べ、彼らを阻止する、そんな感じだが、ミイラのような老人と旧満洲についての詳細は省いた。それに十億円という具体的な数字は伏せ、充分な額の資金を提供されて、おれとしてはもう断るわけにはいかないのだと言った。

「セキグチさんたちがいなくなってから、考えたんですけど、無理なんですよ。いや、会社ですけど、今みたいな精神状態で明日会社に行くことを想像したんですが、無理なんですよ。だいいち、みんなに何て言うんですか。あのとき新宿ミラノに自分もいたって言うんですか。それとも、黙ってるんですか。どちらも無理ですよ。映画館にいてサウナで毒ガスを洗ったなんて言ったら、もう大変ですよ。言わなかったら、何も知らないふりをして黙ってないといけないわけですよね。あり得ないです。要するに、もう会社には行けないです」

　そうか、とおれは、ミイラのような老人からの依頼にもメリットがあるとはじめて気づいた。十億円には、少なくとも経費と生活費が含まれているはずだ。マツノ君が言うとおり、おれもオガワには会いたくないし、編集部には行きたくない。どんな形であれ、新宿ミラノの大規模テロについては、絶対に原稿を書きたくない。それに、トウゴウという黒いスーツの女は、安全な住居を用意したと言った。安全な住居というやつがどのくらい快適かわからないが、どんなに控え目に考えても、このボロアパートよりは住みやすいのではないだろうか。

だが、それとは別に、マツノ君をチームに加えてもいいものだろうか。そもそも、チームと言うが、フットサルのチームを作るのとはわけが違う。どんなメンバーを考えればいいのだろうか。

「セキグチさん、カツラギさん、あの、そういったミッションの場合ですね。参考になることがあると思うんですね」

マツノ君は、カップ麵を食べながら、そういうことを話す。昼間、みんなでそばを食べてから、何にも腹に入れていないので、おれはピリ辛のカップラーメンを三人分作った。マツノ君が言う参考とは何なのだろうか。

「映画とかテレビです。たいてい、いろいろな分野のプロフェッショナルをそろえるわけじゃないですか。ぼく、ITだったら使えますよ。ITのプロは必要じゃないですか」

そう言えば、おれはまだ子どもだったが、人気があったアメリカのTVで、『スパイ大作戦』というのがあった。原題は『ミッション・インポッシブル』で、トム・クルーズ主演で映画でリメイクされ、ヒット作になっている。オリジナルのTV版では、国際謀略に関する仕事を受注するリーダーがいて、あとは変装の名人とか、メカに強いアフリカン・アメリカンとか、力仕事が得意なタフガイ、それにお色気でターゲットをたらし込み情報収集や時間稼ぎをする妙齢の美女などがいた。だが、要するに娯楽的なTV映画で、参考にはならない。

「ぼく、ITだったら、かなり使えますから」

マツノ君は、タブレット型端末を胸に抱きしめて、真剣な形相で訴え続けている。わかったよ、とおれは安心させるように軽く肩を叩いた。具体的にどこでどうITが必要になるのかわからないが、編集部を辞めるわけだしメンバーに加えないわけにはいかないだろう。おれも、編集部に戻ることは考えられなかった。オガワの顔も見たくない。何より記事を書くモチベーションも気力もない。いずれにしろ、あのミイラのような老人の依頼を受けるしかないのだ。記者を辞めるので収入も断たれる。十億に頼るしかない。それよりも、依頼を断った場合、きっと想像したくないことが起こる。

「知ってる人でチームを作ったほうがいい」

カツラギは、ものすごくゆっくりとカップ麺を食べながら、そういうことを言った。

「だから、この人は、メンバーに入れたほうがいい」

名前ではなく、「この人」と言われて、マツノ君は一瞬がっかりした表情になったが、
メンバーとしてカツラギに推されたことで、すぐに笑顔になって、うれしそうに何度もうなずいた。おれは、すでにカップ麺を食べ終え、ちびちびと缶ビールを飲んだ。面倒なことに巻き込まれたわけだが、不思議なことにウイスキーを飲みたいとは思わなかった。腹をくくったわけではない。そんな度胸があるわけがない。ただ、他に選択肢はないので、悩む必要がなくなったのかも知れない。

知ってる人でチームを作るべきだとカツラギは言った。確かにその通りだ。十億という大金があるからと、公募するわけにもいかない。だが、この三人でいったい何ができるというのだろう。妻子に捨てられた五十男、長身で和風の美人だが精神が不安定で異常な過去を持つ女、おそらく一度も殴り合いのケンカなんかしたことがなく二言目にはＩＴとつぶやく若者、映画館にイペリットと可燃剤を撒いて大量殺人を犯すような連中と渡り合えるとは思えなかった。記者時代にしょっちゅう取材をしていたから裏社会には知り合いが多いが、信頼できるようなやつがいるか、自信がない。

「明日とか、アキヅキ先生のところに行くでしょう？」

そう聞かれて、おれが、うん、そうだな、と曖昧に返事をすると、カツラギは、電話をかけた。

「あ、オノさんですか。カツラギです」

相手は、アキヅキのクリニックの、あの七十代だと思われる受付の女らしかった。日曜だし、だいいちアキヅキは自殺したわけだから、クリニックは閉まっているのではないだろうか。カツラギの携帯から、糸電話とか、遺書とか日記とか、警察とか、そういった言葉が、涙声でとぎれとぎれに聞こえる。カツラギはほとんど喋らず、そうですか、そうなんですね、と優しく相づちを打ちながら、相手の話を聞いてやっていた。

「警察はもう来ないようなことを言っていたので、いつ来てもいいって」

電話を切ったあと、カツラギはそう言ってため息をついた。アキヅキは、クリニック内で大量の薬を飲んで、眠るように死んでいたらしい。最近の睡眠導入剤はたいていべンゾジアゼピンという成分で作られていて大量に服用しても神経麻痺はほとんど起こらないという説もあるようだ。アキヅキは、強い作用のあるクラシカルな睡眠薬と抗うつ剤を大量に飲んだのだそうだ。オノが発見者だった。オノは、知らない女性から電話で連絡を受け、アキヅキの様子がおかしいので、クリニックに行ってみてほしいと言われたらしい。死を決意したアキヅキがミイラのような老人に何か伝え、あの黒いスーツの老女がオノという女性に連絡した、というのがカツラギの推測だったが、おそらく正しいのだろう。

「糸電話の糸が、五センチくらいの長さにね、きれいに切ってあって、床に並べられていたみたい」

オノという受付の女性は、救急車を呼んだが、呼吸停止後数時間が経って、すでに死亡していたようだ。いちおう病院に運ばれ、不審死ということで警察に連絡が行った。クリニックの机の上に日記があり、最後のページに、「わたし自身が疲れてしまって、もう患者様を助けることもかなわない」というようなことが記されていて、警察は自殺だと断定した。オノという女性は、事情聴取を受けたが、簡単なものだったそうだ。クリニックの経営に関してはよくわからないし、先生がそれほど精神的に参っていたとは気づかなかったと言うと、警察は、誠実な人ほど悩みが深いものだと、慰めてくれたという。

「明日お葬式が終わるので、そのあとだったらいつでもいいって」

アキヅキは独身で、近親者や友人も少なく、遺書代わりの日記には、葬式はできるだけ簡素にするようにという指示も書かれていたらしい。あのミイラのような老人は、アキヅキが鍵だと言った。だが、アキヅキのクリニックを訪ねて、いったい何を調べればいいのだろうか。情報が必要だということはわかる。だが、どんな情報が必要なのかがわからない。

「ぼく、電子メールとか、調べてみますよ」

マツノ君がそう言ったが、カツラギが、意味ない、と首を振った。アキヅキは、PCはもちろんのこと、携帯電話もほとんど使っていなかったのだそうだ。暴走した連中がクリニックのクライアントだったとしたらカルテに名前があるかも知れない、そう思った。だが、カツラギによると、アキヅキは最後までカルテを電子化していなかったそうだ。そしてアキヅキはもともと優れた心療内科医なので、全患者の身体疾患と精神疾患の関係性を細かく書き記していて、カルテは院内の保管庫にあるが、おそらく段ボール十数個か、それ以上あるという。それに、キニシスギオのグループが、マツノ君が言うようにアル・カイーダ型の分散したグループの集合体だったら、新宿ミラノで大規模テロを実行した連中がアキヅキのクライアントだったという可能性は小さいだろう。池上商店街で刈払機を振り回したタキザワという若者が、アキヅキのクライアントだった。タキザワの犯行に、アキヅキが何らかの形で関わっているとすれば、新宿ミラノのテロの実行犯は別にいる公算が大きい。しかし、カルテ以外に何かあるだろうか、そう考えると、無力感が押し寄せてきた。アキヅキのクリニックに行くのは必須だが、何をどうすればいいのか見当がつかない。テレビのニュースで見る東京地検特捜部は、容疑者の自宅や会社を捜索するときに、何十人という人数で、段ボール数十個分の資料を押収している。おれたちは三人しかいないし、素人だ。どんな情報が必要か、どうすればそれを得られるのか、わからない。すべてが悪い冗談なのではないかと、現実感を失いそうになった。満洲人脈を操るというミイラのような老人、頭蓋骨に薄い皮膚を貼りつけたような顔の高齢の女、診療に使っていた糸電話の糸を五センチずつ切り刻んだあとに自殺したという心療内科医、異様すぎる。そんな連中がこの世の中に存在していることさえ、おれはいまだにどこか信じられないでいるのだ。対応などできるわけがない。

「どうしたの」

黙り込んでしまったおれを見て、カツラギが膝を揺すった。いや、これはむずかしいかも知れない、おれは半ばあきらめていた。プロが必要だよ、そう言うと、何のプロ？とカツラギはまたおれの膝のあたりに触れ、さするような仕草をした。カツラギはまだカップ麺を食べ続けている。麺を一本か二本ずつ箸に巻くようにして口に運んでいる。麺はすでにすっかり伸びてスープがなくなってしまっていた。

「うん、情報収集と、分析のプロだけどね」

蚊が鳴くような声になった。

「あ、それなら、いるよ」

カツラギが、麺が垂れ下がった箸を口の手前で止めた。いったい、誰なんだよ、キニシスギオのグループの人間じゃだめなんだからね。

「違う違う。ほら、小学生のわたしにいたずらをして、片腕を切り取られた人。あの人」

その夜は、また三人でおれのボロアパートに寝た。マツノ君は自分のアパートに戻ろうとしなかったし、カツラギも、まるで幼女のようにおれにぴったりとくっついて離れようとしなかった。あの黒いスーツの高齢の女は、安全な住居も用意しましたと言った。どういう住居なのか見たかったが、いろいろなことがありすぎて、おれたちは全員ぐったりと疲れていて、どこにも行きたくなかった。現実感が揺らいでしまうほど疲れているときは、雑然として狭く、家具や調度品がほとんどなく、あるのは薄汚れた生活感だけで、ただそこにじっとしているしかすることがないという部屋が落ちつくのだと、おれたちは妙に納得した。異常な出来事の連続で時間の感覚がおかしくなっているが、新宿ミラノで焼け焦げた人々を目の前で見たのは、昨日だ。サウナに駆け込んで体を洗ったのは、もう何ヶ月も前のことのような気がする。ミイラのような老人に会ってからまだ数時間しか経っていない。可燃剤の被害者の黒い棒のようになった焼け焦げた手先、サウナから出たあと路地で腹に響いてきた爆発の衝撃、身体中にチューブが入った満洲国の亡霊のような老人、たとえばオガワに説明して、信じてもらえるだろうか。

そして、最後の極めつけは、伸びきったカップ麺を箸から垂らしたカツラギの提案だった。小学生だったカツラギのアナルを犯し、その制裁としてミイラのような老人の指示で片腕を切り落とされた男が情報収集の専門家なので、チームに入れればいい、カツラギはそう言ったのだ。へえ、そうなんだ、とおれは曖昧に返事をしたが、最初、頭が真っ白になった。下手なジョークかと思ったりしたが、カツラギの表情は真剣で、笑いを誘おうとか、場を和ませようとか、そういった感じではなかった。そもそもカツラギは、ジョークとしか思えないような、あるいはジョークだったらまだ理解できるというようなわけのわからないことを真顔で話すことは多いが、サービスでジョークを言うような女ではない。

カツラギは、小学校のころ、父親が建設関係の技師でタイに駐在していて、ダンサーの母親はアフリカン・アメリカンのジゴロを買ったりしながらニューヨークにいて、自身は叔父に預けられていたのだが、その叔父からアナルセックスを強要されていた。叔父については、何者なのか話はなかった。ただ、腕を切られたあと一度会いに来て、信じられないことにまたアナルセックスを求めたらしいが、あのミイラのような老人の話をしたら二度と姿を見せなくなった、そういうことだった。

「よくわからないけど、何かのコンサルタントをやってるみたい」

叔父について、何者なのか聞くと、カツラギは面倒くさそうな感じでそう答えた。経営のコンサルなのかと、さらに質したが、カツラギはコンサルという略語を知らなかった。どうして叔父さんが情報収集とか分析のプロだとわかるのかな、と違うアプローチで質問すると、どの会社が危なくてどの会社がこれから儲かるかとか、ものすごく詳しいから、たぶんどんな情報でも集められるはずだと、まったく熱意が感じられない口調で言った。わたしが言うことは絶対に間違いないのにどうしてそんなつまらないことをしつこく聞くのかわからないというようなぶっきらぼうな表情と態度だった。

おれは、カツラギに従うことにした。これまで会ったことも、想像したこともないようなレベルの変な女で、その生い立ちも、付き合っている人間たちも、おれの理解を超えているが、出会ってから今まで嘘をついていない。それに、信頼という概念について、独特の、嗅覚というか、直感のようなものを持っていると思った。おそらく友人と呼べるような人間は誰もいないだろう。カツラギがおれをとりあえず受け入れ、秘密を明かしたり、ミイラのような老人に紹介したりしたのは、「テラス」に行ってからか、アキヅキのクリニックを訪れたあとか、新宿ミラノでともにテロに遭遇したときか、どの時点からなのかはわからないが、信頼のようなものが芽生えたからだ。カツラギはなぜおれを信頼したのだろうか。きっと、おれが失うものが何もない人間だと知ったからだ。それも、妻子から捨てられたとか、金もなく仕事も安定していないとか、そういった具体的な情報とは関係がない。カツラギは、一般的なコミュニケーションは、苦手というか、まったくモチベーションがない。はじめて会った人に好かれようとか、うまくやっていこうとか、そんなことは微塵《みじん》も思っていない。だが、ある人間が、何を守ろうとしていて、何を失いたくないか、何によって精神の安定を保っているのか、おそらく本能的に察知する。

おれは、その叔父に会うことにした。その叔父は信頼できるのかなと、おれは最後に聞いて、その回答が完璧だったからだ。カツラギは、もちろん、とうなずいてから、次のように付け加えたのだった。

「だって、叔父さん、わたしの言うこと聞かなかったり、裏切ったら、もう一本の腕も切られちゃうんですよ」

翌日の月曜日、おれとマツノ君は別々に会社に行き、それぞれの上司に、仕事を辞めたい旨を伝えた。正社員のマツノ君と、短期契約のライターであるおれとは、担当上司が違う。マツノ君は、「ウェブマガジン」編集部と電子本制作室を統括する電子出版推進室長が直属の上司だった。おれは、拾い上げてくれたオガワと話した。オガワは、七階の役員室にいた。

「そういうことなら、しょうがないが、お前、ちゃんと食っていけるのか」

おれとマツノ君は、事前に話し合い、新宿ミラノにいたことを除き、ほぼ事実を伝え、仕事を続けられないと訴えることに決めた。つまり、二人して、池上商店街の刈払機による殺戮に遭遇し、ショックを受けていたところに新宿ミラノの惨劇が起こり、日常生活に支障を来すほど精神的に不安定になってしまい、とても仕事をできるような状態ではないということだ。嘘ではなかったし、おれたちは実際に安定剤が欠かせないほど気分的に落ち込み、憔悴しきっていて、ヒゲが伸び、髪が乱れ、これ以上はないというくらいだらしない服装をしていた。ビーチサンダルはさすがに履いていなかったが、新宿ミラノのテロのあとリサイクルショップで買ったジャージやジャンパーをそのまま着ていって、新社屋のガードマンから排除されそうになったし、他の社員たちからじろじろ見られた。

「生活なら、何とかなると思います」

消え入るような声で、そう答えると、オガワは、参ったなとつぶやき、困ったことがあったらいつでも相談に来るんだぞ、と優しい声で言って、励ますようにおれの肩を軽く叩いた。

「いや、おれもな、まさか、こんなことになるとは思ってもいなかった。それだけは理解してくれるか」

オガワは、ひどく暗い表情をしていた。どうやら、NHK西玄関のテロを軽いノリでおれに取材させたことに、上司として責任を感じているようだった。新宿ミラノの大規模テロは、社会全体に恐ろしい衝撃を与えた。政府が全国の映画館を閉鎖するかどうか検討しているというニュースが流れ、疑心暗鬼が生まれていて、小学校の休校を決めた自治体も多かった。いまだ身元のわからない犠牲者が多数いて、ネットには黒焦げの死体の映像がばらまかれ、NYタイムスは「東京が中東化した」という記事を書いた。日本中がパニックに陥っていたのだ。

「どうだった？」

会社を出て、地下鉄の入り口で待ち合わせたマツノ君に聞くと、上司はやはり深く同情し、正社員ということもあって、辞職ではなく、休職扱いにされたらしかった。

「給与も、半分、半年間出るらしいです。精神科の病院も紹介してもらいました」

マツノ君はそう言って、苦笑した。

「でも、なんか、みんな少しおかしくなっているみたいです」

オガワと同じく、マツノ君の上司も、それに「ウェブマガジン」の編集部も、みんな表情が曇っていて、不安そうに見えたらしい。同僚の一人は、昨日から安定剤を飲んでるとマツノ君にこっそりと告白したそうだ。

「気のせいかも知れないですけど、ここも何となく、みんな変ですよね」

地下鉄の駅で、周囲に目をやりながらマツノ君はそんなことを言った。昔懐かしいロックに、君が異邦人だったら周囲の人々の佇まいが奇妙でよそよそしく見えることだろう、という歌詞があった。確かに、電車を待つ人々がどこかよそよそしく、落ち着きがなく、苛立っているように見える。キョロキョロとあたりを見回したり、ひっきりなしに時計を見たり、あるいは無表情のままじっと足元を見つめたり、また不自然にけたたましい笑い声を上げているカップルやグループも目につく。ただ、人々の様子が変に映るのは、おれとマツノ君がいまだ精神的に不安定なせいかもしれなかった。自分自身が不安定なときは、周囲の景色やムードも不安定なものとして感じられる。

「変なの、当然かも、だって、また、いつどこで毒ガスがまかれたり、火事になったりするか、わからないじゃないですか」

マツノ君が、そう言って、タブレット型の端末のニュース記事を見せてくれた。朝日新聞電子版のヘッドラインで、「目的なきテロ、いったい誰が」という大きな見出しが付いていた。おれたちは、新宿ミラノのテロに関するニュースはできる限り見ないようにしていたが、街頭の大型モニタとか、駅の売店のスポーツ紙の広告とか、検索ポータルサイトのトピックス欄とか、否応なく目に飛び込んできた。マツノ君は、端末で、カツラギが待つ新居の場所を確認しようとしてポータルサイトにアクセスしたのだが、画面が、新宿ミラノ関連の特別配信ニュースで埋まっていたのだそうだ。

「地震とかとは、ちょっと違いますからね」

確かにマツノ君が言うとおりだった。しかも警察の捜査は進んでいなかった。容疑者は館内で焼死したと思われており、三人のうち未確認だった残りの二人も、DNA鑑定で犯行声明に同封されていた髪の毛と一致したそうだ。だが、動機はまったく不明だった。おれはまだ犯行声明の全文を読んでいないが、非常に短いもので、「偽善者に死を」というような意味のことが書かれていたらしい。偽善者というのが誰を指すのかわからない。映画館に居合わせたAMAOUのファンの観客がどうして偽善者なのか、何の説明もなかった。容疑者は全員、NHK西玄関や池上商店街と同じく、若者で、無職もしくはフリーターで、それぞれにつながりのようなものはなく、他のテロとの関連性もはっきりしなかった。だいいち、一連のテロが、組織的なものかどうかさえわかっていない。たとえばイスラム過激派とイスラエルのように敵対関係がはっきりしていれば、危険だと思われる場所には近づかないとか、狙われている国のエアラインには乗らないとか、リスクを避けることができるかも知れない。しかし、白昼の映画館で一千人近い犠牲者を出したテロなのに、どんな組織の犯行かもわからないし、そもそも組織があるのかどうかも不明で、動機も、もちろんターゲットもわからない。政府から何らかの圧力があったのかも知れないが、メディアはめずらしく、不安を煽るような報道を控えていて、何か異変が起こっても落ちついて行動し、不審な人物や所有者がわからない荷物を見つけたら警察に通報するようにと呼びかけていた。だが、よほどのバカでない限り、不安と恐怖を感じるはずだ。テロが再発するとして、いつ、どこで、誰を狙うのか、まったくわからない。映画館が狙われるとは限らない。喫茶店やファミレスにいても、通りを歩いていても、地下鉄の駅にいても、電車に乗っていても、テロに遭遇するかも知れないのだ。

「この人が来てますけど」

ミイラのような老人が用意したという新居に行ってみると、家具屋から運び込まれたばかりでまだビニールで包まれたままの北欧風のソファがあり、ベージュのスーツを着た男が座っていた。上衣の、左の袖がだらんと垂れ下がっている。カツラギが隣りにいて、ナガタさん、と紹介した。ナガタという男は、両足をそろえるように座っていて、顔もうつむき加減だった。紹介されたときに立ち上がり、よろしくお願いしますと、か細い声で挨拶した。中肉中背で歳はたぶんおれと同じくらいだろう。髪もきちんと整えられ、顔つきも地味というか平凡で、とても小学四年生の女の子のアナルを犯す男には見えなかった。

「だいたいのことは話した」

カツラギがそう言ったが、ナガタという男は、いや、何も聞いていませんよ、と無表情のまま首を振った。過去にいろいろとあった相手とはいえ、カツラギは、ナガタという男に、お茶も出していない。客が来たらとりあえず飲み物を出すというような常識はない。新居には簡単なキッチンがあったが、もともとはオフィスとして使われていたらしく、住居用の造りではなかった。場所は、三軒茶屋と駒沢大学の中間で、２４６沿いの、八階建てのビルの四階だった。全体はかなり広いが、オフィス用に設計されているので、部屋数は少ない。携帯電話の着信音やインターネットのホームページを制作するＩＴ系の会社が入っていたが、三年前に倒産し、以後ずっと空いていたらしい。ミイラのような老人に指示されて黒いスーツの老女が急いで準備したのだろう、きれいに掃除されて、壁紙が張り替えられ、床には立派な絨毯が敷いてあった。シャワー室はあるが、風呂はない。会議室が三つあり、そこが寝室で、カツラギはすでにベッドを運び入れていた。

「ここ、家賃高そうですね」

バレーボールコートが入りそうな、居間用の室内を眺めながら、マツノ君が言った。いくら家賃が高くても、十億あるわけだから関係ない、おれはそう思ったのだが、家賃なんか要らないですよ、とナガタという男がうつむいたまま一人言のようにつぶやいた。

「あの人が言えば、このくらいのビルは、いくらでもありますから。たぶんあまり目立たないように、ここに決められたんじゃないでしょうかね」

ナガタという男は、片腕がないことを除けば、風貌も、ファッションも、髪型も、すべて平凡な印象で、これといって特徴がない。

「このビルは、一階、三階、七階、それに八階に会社が入ってますが、他は空いてるんです。このあたりは立地としては中の上で、入居率にしてもごく普通ですね。だから何が言いたいかというと、あなた方が住んでもまったく目立たないということです」

物静かで、話し方もていねいだった。だが、ときおり、眉間に皺を寄せてうつむき、苦しそうな表情を見せた。腕を切り取られる原因となった女に呼びつけられたわけだから楽しいはずがないが、それにしても、独特の、ぞっとするような苦悶の表情だった。

「あの、カツラギさんが、何をどこまで話したのか、わかりませんし、わたしも何から話せばいいのかわからないんですが」

おれがそう言うと、ナガタという男は、いや、いいんです、と首を振った。

「全部話していただく必要はありません。ユリちゃんは、わたしに、頼みがあると言っただけで、セキグチさんは、具体的にどんな頼みなのか、それだけおっしゃっていただければと思います」

依頼したいことだけを話しても理解できないのではないだろうか、そう思った。キニシスギオという名称を持つ複数の老人たちがいて、彼らは何らかの動機があってテロを画策し、アル・カイーダのような分散型のネットワークを作って、魂の脱け殻のような若者たちをスカウトし実行犯に仕立て上げていたが、ネットワークの一部が暴走をはじめ、一昨日の新宿ミラノの大規模テロを生んだ、まずそういったことを話そうとしたのだが、止めてください、とナガタという男は、右手を振って、聞くのを拒んだ。

「聞きたくないですし、詳細を聞かなくても、おそらくお役に立てるはずです。ユリちゃんは、わたしのことをコンサルだと紹介したようですが、微妙に違います。経営コンサルタントではないんです。また、わたしのことは、どのような意味合いにおいても、信頼していただいてけっこうです。あなたや、その隣りの若い彼と、わたしは、まったく親しくありませんし、これからも親しくなることはありません。でも、わたしのことは信頼していただいていいんです。それは、わたしが、あなた方を裏切ることが不可能な人間だからです。あの人ですが、そう長くは保たないと聞いていますが、あの人の背後には、わたしの想像を超えた人々が存在していますので、もしわたしがあなた方を裏切ったりしたら、終わりです。どのような意味合いにおいても、終わりなんです。そういったことはユリちゃんがよく知ってますけど、終わりです。助かりません。そこだけ認識していただければ、わたしを信頼していただいてもノープロブレム、ということがおわかりいただけると思います」

だが、本当に具体的な依頼を言うだけで、おれたちが必要とするものが手に入るのだろうか。

「情報だと思うんですが、情報なら、手に入りますし、分析して、さらに必要な情報を提供できます。これはお約束します。わたしはもともと証券系のシンクタンクに所属していまして、今は独立して中小企業のエム・アンド・エーを仲介しております」

エム・アンド・エーとはいったい何だろうか。

「中小企業どうしの、合併や、買収、それに経営統合を仲介しております。日産自動車とルノーが経営統合するというような、そういった案件ではありません。年商数億から数十億の中小企業どうしの合併案件です。そういった中小企業は、株式を上場していないので、合併、買収、経営統合の際には、全体で段ボール箱十箱分くらいの資料が必要となります。それを分析し、また会計や税務、法務の監査を行います。ある鉄工所の社長が銀座のクラブで使った領収書など、すべて調べますし、愛人がいるかいないか、その愛人にマンションなどを提供しているかどうかまで、確認します。そうしないと、中小企業の合併や買収はできませんし、仲介者としてのわたしの信頼もキープできません。わたしは、会社や個人を、丸裸にできます。あらゆることがわかります。なので、どうか、具体的な依頼だけ、おっしゃってください」

アキヅキという心療内科のクリニックの医師が、どういう連中とコンタクトを取っていたか、それが知りたいんです、おれはそう言った。

わかりました、資料が必要です、ナガタという男は、あっさりとそう言った。まるで、その辺のコンビニに行って宅配便を出してくればいいんですね、というような言い方で、切羽詰まったような感じも、緊迫感のようなものもまったくなかった。

「参考になるものとしてはですね」

そう前置きして、エム・アンド・エーを行うときに必要とする資料について、淡々と、どこか憂うつそうな表情で、列挙した。

「まず、企業概要として、会社案内、会社経歴書、工場案内、最新の定款、商業登記簿謄本、これは法務局より最新の履歴事項全部の証明書の入手が必須になります。株主名簿、株主総会、取締役会、経営会議などの添付資料も必要です。次に、財務資料ですが、これがかなり重要になります。決算書、期末の残高試算表、勘定科目内訳の明細、法人税、住民税、事業税、消費税申告、それらは最低で三期分です。直近期の減価償却資産台帳、月次試算表、実績および予定の資金繰表、支払保険料と租税公課内訳、最新の固定資産税課税明細書、法務局より最新の全部事項証明書の入手が必須です。土地・建物の登記簿謄本、公図などの事業計画書、今後五期ほどの予想売上、利益、設備投資などですね。営業としては、製品とサービスのカタログ、店舗、事務所の概況、採算管理資料、売上と仕入れの内訳。人事としては」

ちょっと待ってください、とおれは話をさえぎった。ナガタという男が次々に並べ立てた経営に関する用語はどこかで聞いたことがあるものも混じっていたが、興味も関心もないものばかりで、途中から外国語か呪文のように聞こえた。そもそもアキヅキのクリニックは、商品を作ったり、サービスを売ったりする会社ではない。

「いや、わかってます。会社でも個人でも同じですが、データですね、つまり資料があれば、丸裸にできて秘密なんかどこにもないということをお知らせしたかっただけです」

ナガタという男は、うつむいたままそう言った。憂うつそうな表情を崩すことがない。今後自分にとっていいことなど何も起こらないという顔をしている。おれは、妙に緊張して、何か飲み物が欲しかった。だが、カツラギは、ソファで足を組み、なんてつまらない会話をしているんだろうという顔をして、おれとナガタという男を交互に眺めるだけだった。マツノ君は、じっとこちらを見て、タブレット型端末を膝の上に乗せ、外付けのキーボードで何か打ち込んでいる。ひょっとしたら、おれとナガタという男の会話をメモしているのかも知れない。こんなやりとりをメモしたって意味がないし、二人とも、飲み物を用意しようなどという配慮はゼロだ。十億という資金があるわけだが、お茶汲みの女の子を雇えるわけもない。カツラギは、白いコットンの部屋着を着ているが、恐ろしく裾が短い。男なら誰もがその真っ白な太ももに目が行くはずだが、そんなことを気にする様子もない。現に、ナガタという男は、経営用語を羅列しながら、何度かカツラギの足に目を奪われていた。こんな連中とチームを組むのか。いつの間にか気分が沈んでいった。バラバラで、お互いの気づかいがない。カツラギは独特のコネクションを持っていて決してバカではないし、マツノ君はコンピュータに強く、情報収集に関してナガタという男の知識と能力も確かなようだが、結束力のようなものがないし、今後もそんなものが生まれるとはとても思えなかった。

「ええと、ナガタさん、何か飲みませんか」

そう言って、促すような表情でカツラギとマツノ君を見たが、二人とも無反応だ。

「あ、わたしなら、お気遣いなく」

ナガタという男は、またカツラギの素足に目をやりながら、首を振った。

「わたしはあまり水分が多いものは苦手なんですよ」

ナガタという男から憂うつなムードが消え、笑顔に似た表情を示した。ただし本当に笑顔かどうか、はっきりしない。唇の両端が引き上げられて歯が覗いたから常識的に考えると笑顔だが、目とその周辺の皮膚と筋肉にはまったく変化がなく、単に口と頬を歪めただけなのかも知れない。いずれにしろ、おれは人間のそんな表情を目の当たりにするのははじめてだった。しかしそれにしても、飲み物について聞いたのに、水分が多いものは苦手とはどういうことなのだろうか。水分が少ない飲み物ってあるのだろうか。

「だから、あまり外では飲まないです。あえて何か飲むときは、コンビニで、飲むヨーグルト、というやつですね、それを買って飲みます。普段飲んでいるのは、百パーセントフレッシュのオレンジジュースとトマトジュースを三〇ccずつ混ぜて、そこにゴーヤ入り青汁というやつを大量に入れて、ていねいにていねいにマドラーで攪拌《かくはん》しまして、飲みます。ときに、栄養価が欲しい場合は、それらに加えまして、帝国ホテル製のコーンポタージュスープを入れて、攪拌して、飲むようにしてるんですね」

ナガタという男は、ゴーヤ入り青汁や帝国ホテル製のコーンポタージュがどうのこうのという話になると、急に活き活きと口調が滑らかになった。さっきまでの、裏切ったりしたら腕を切られて終わりだから信頼してもらってもいいと告白したときや、経営用語を羅列して自らの知識を披露したときは、異様に淡々と話し、憂うつそうだったが、水分が少ない飲み物について話すときは、身を乗り出し、目が輝いた。

「ただ、注意が必要なんです」

今から本当に大切なことを話しますからというように、ナガタという男は、さらに身を乗り出し、唇を舐めながらカツラギの太ももをじっと凝視したあと、一本しかない腕をおれのほうに突き出し、まるで自分のアジテーションに酔う革命家のようなうっとりした表情になった。

一百パーセントフレッシュのオレンジジュースとトマトジュースを等分に混ぜると、ちょうど夏の夕焼け空の色になります。ゴーヤ入りの青汁を加えると、あまりに濁った色合いになって、それは緑とも、黄色とも、茶色ともつかない、まるで点描画のような味わいの複雑な色になって、しかもそれは白い布や紙にこぼしたり垂らしたりすると、あれそっくりの色になるんですね。ほんと、あれそっくりで、しかも飲んだり舐めたりしてもいいわけです」

おれは、ナガタという男のアジテーションのような話し方に気圧《けお》されていた。あれって何なのでしょうか、と聞くと、ウンコだよ、とカツラギがうんざりした顔で言って、いやあ、ユリちゃん、よく覚えていたなあと、ナガタという男は、うれしそうに、子犬の鳴き声のような奇妙な声で笑い出した。

「帝国ホテル製のコーンポタージュを入れた場合ですが、色としてはどうなりますか」

ナガタという男が笑い終わるのを待って、タブレット型端末の外付けキーボードを打っていたマツノ君が、そう口をはさんだ。そんなこと聞かないほうがいいよ、とカツラギが怒ったような口調になって、はい、とマツノ君がうなずき、ナガタという男は、急に顔色を変え、うつむいて、憂うつな表情に戻った。

「あの、お聞きしたいことがあるんですが」

そう言うと、はい、何でしょうか、とナガタという男は、ゴーヤ入り青汁のことを話すときとは別人のような沈み込んだ声で応じた。

「情報が欲しいのは、さっき言ったとおり、アキヅキという心療内科の医師が、どんな人や団体と連絡を取っていたかということなんですが、そのアキヅキという医師は、つい先日、自殺したんです」

ナガタという男は、まるでうつ症状を抱えているかのような、ひどく憂うつそうな表情をしている割りに、自殺という言葉を聞いてもまったく顔色を変えなかった。アキヅキという医師のクリニックに関してだいたいのことはユリコさんから聞いております、と小さな声で答えた。おれは、気になっていることがあって、情報収集と分析の専門家だという触れ込みの男に質してみようと思った。糸電話のことだ。クリニックを訪ねたときに経験した糸電話を使ったカウンセリングは、独特で、アキヅキの朗々とした声のせいもあって異様なインパクトがあった。おそらくアキヅキが独自に考案したものだろう。電子メールやソーシャルネットワークなどがコミュニケーションの主要なツールとなった時代に、あえて一対一で、磨りガラスで隔てられながらお互いに非常に近い距離で、しかも糸を通して会話することで、ダイレクトではあるが肉体性は薄いという、絶妙な効果がある。アキヅキは、その糸電話の糸を五センチ程度にそろえて切り刻み、床にきれいに並べていたらしい。推理小説や犯罪ものの映画などでは、よくダイイング・メッセージというのが出てくる。殺された被害者が、犯人に関する情報を、自らの血で壁や床に書き残したりする。アキヅキが、ほぼ正確に五センチ刻みに糸電話の糸を切って、床に整然と並べたのは、何らかのヒントを残そうとしたのではないだろうか。

「ダイイング・メッセージなどではないです」

ナガタという男は、おれの推理をあっさりと否定した。だが、メッセージではなかったら、アキヅキはどうしてそんなことをしたのだろうか。

「わたしは、心理学者ではないから、はっきりしたことはわかりませんが、大した意味はないはずです」

ナガタという男は、どうしてこいつはこんなつまらないことを聞くのだろうというような、人を小ばかにしたような薄笑いを浮かべている。カツラギとマツノ君の他人事のように見える態度も手伝って、おれはしだいにむかついてきた。カウンセリングに使っていた重要な道具である糸電話の糸を、ほぼ正確に五センチずつ切り刻むというのは異常な行為で、そこには何らかの意味があると考えるべきではないか、そう言ったが、やや声が大きくなってしまった。

「異常な行為には、大して意味がないことが多いんです」

ナガタという男は、つまらなそうな顔つきのまま、聞き取りにくい小声でそう言ったのだが、どういうわけか、おれはその台詞にリアリティを感じて、胸のあたりに圧迫感を覚えた。ふいに、妻子がシアトルに行ってしまったあとの自分を思い出したのだ。ホームレスとあまり変わらない格好をして、木賃宿のような部屋で安酒を飲んで、えんえんとポルノサイトを眺め、昔の歌謡曲を繰り返し聞いていた。間違いなく、異常な日々だった。だが、確かに意味があったわけではなかった。おれは、単に寂しかっただけなのだ。

「わたし、先ほども申しましたように、心理学の関連事項は専門ではありませんのでわかりません。ただ、異常な精神状態に置かれた人間は、案外単調な作業をやりたがります。その医師は、おそらく大量に服用した薬剤の効果が現れるまでの間、他にやるべきことがなかったのではないかなと、そういう風に思いますね。ふと、糸電話を見つけ、卓上のハサミを取って、ていねいに長さをそろえて切りはじめ、ゆっくりとその行為を続けた、そんなところだと思いますが」

そう言われて、絶望したアキヅキが薬剤を服用したあと、茫然として糸電話の糸をハサミで切っている姿が浮かんできた。ナガタという男が言っていることは当たっているのではないかと思わざるを得なかった。だがそれでは、アキヅキが連絡を取っていた連中を突きとめるために、具体的にこれからどうすればいいのだろうか。

「カルテは不要です」

ナガタという男はそう言って、右手で髪の毛に触れながら、カツラギの太ももをちらりと見た。完璧に変態の目つきだった。

「クリニックのほうで税務申告はしているはずなので、契約している税理士から、直近の入金出金のデータだけでいいので、手に入れてください。それだけです」

クリニックにそういったデータは保存されていないのだろうか。

「個人経営のクリニックの場合、大規模な美容整形外科やレーシックをやっている眼科は別ですが、たいてい経理がいません。しかも青色申告がほとんどなので、領収書を集めてあとは税理士にまかせます。データは税理士が作製し、申告します。十二月締めですが、領収書は一ヶ月ごとに送られているはずなので、四月までのものが税理士のところにあります。データは七年間の保存が義務づけられていて、一般的に領収書などの紙資料は、申告後、いずれ顧客に返却することになりますが、開業医は年配の医師が多いので、面倒くさいのでしょう、領収書などの紙資料も税理士のところに預けっぱなしというケースがほとんどです。税理士のパソコン内の申告データと、この一年の領収書などの紙資料が必要です」

税理士事務所の所在は受付のオノという女性に聞けばわかるだろう。だが、たとえばおれが訪ねて行って、アキヅキ・メンタルクリニックのデータを見せて欲しいと言えば、提供してもらえるのだろうか。

「無理です。見せてもらえません」

ナガタという男は、薄ら笑いを浮かべて首を振った。

「盗まないと」

「何か食べようか」

夜になって空腹を覚え、おれがそう言うと、ピザハットからピザを取ったら？　とカツラギが提案したが、ピザはダメですよ、とマツノ君が反対した。嫌いなのかと聞くと、大好物らしい。ピザに反対したのは、９・１１のテロの実行犯のイスラム過激派がフロリダでピザばかり食べていたという有名な逸話があって、出前でピザを取ると計画がばれてしまうというわけのわからない理由だった。おれたちはテロをやるわけじゃないからだいじょうぶだよ、と繰り返し説得すると、じゃあ、シーフードミックスを、とぎこちない笑顔を浮かべた。

「誰が帳簿を盗むの？」

カツラギは、そう言いながら、配達されてきたピザをナイフで細かく刻んで、やはりものすごく時間をかけてゆっくりと食べた。アキヅキ・メンタルクリニックと契約していた税理士事務所からデータを盗むようにと指示したあと、ナガタという男は、急に何かを思い出したようにソファから立ち上がり、じゃあ帰りますとか、それでは失礼しますとか、何の挨拶もなく、新居から出て行った。

「わたしたちが、これから中野に行くわけ？」

カツラギが、アキヅキのクリニックのオノという受付の女性に電話し、契約していたのは中野駅すぐ近くにある大澤税理士事務所だとわかった。だが、おれたち三人が盗みに行くわけにはいかない。すでに夜九時で、税理士事務所は閉まっていて、施錠されたドアを開ける技術もないし、ドアが開いた瞬間に警備会社に通報が行く。契約先の出納帳はたぶん別棟の書庫か、あるいは事務所内のキャビネットに収められているはずだ。鍵がかかっているに決まっている。たとえどうにかして開けることができたとしても、膨大な中からアキヅキ・メンタルクリニックのものを探し出すのは簡単ではない。パソコン内のデータもパスワードがなければ見ることも取り出すこともできない。

「じゃあ、プロに頼むわけ？」

カツラギは、約二センチ四方に刻んだシーフードミックスピザを、一つずつつまんで口に運ぶ。カップ麺のときも、一本ずつ割り箸に巻きつけるようにして食べるので、ふやけてしまった麺を全部食べ終わるのに一時間以上かかった。

「もちろんプロが必要になるわけだけど、一般的な空き巣とか泥棒じゃだめなんだよ」

参ったなと思いながら、おれはそう言った。マツノ君は、ピザを食べ終えてからずっとタブレット型端末を操作し、さすがにどのブラックサイトにも盗みの専門家とかは載ってないですね、と真顔でそう報告した。ITの専門家だと豪語していたわけだが、たとえば大澤税理士事務所のPCに侵入して情報を盗み出すとかできないのかなと聞くと、クラッキングというのは案外地味なもので漏洩電磁波とかいろいろ言われてますけど、実はもっとも一般的なのは、その会社や個人宅のゴミ箱を漁《あさ》ってどうにかしてパスワードを入手するという方法なんです、と申し訳なさそうに答えた。しかもですね、シュレッダーにかけられたペーパーから文字情報を読み取るのはかなり時間がかかりますね、と誰にだってわかることを、付け加えた。

「あの、なぜ泥棒じゃだめなんですかね」

マツノ君が聞いて、同じことだから、とカツラギが答えた。

「だって、ほら、さっきセキグチさんが言ってたでしょ？　泥棒が盗みに入っても、どこにアキヅキ先生の帳簿があるか、わからないわけでしょう？」

カツラギは、少し冷えてきたと、さっき黒いスパッツのようなものを穿《は》いた。非常に薄い生地で、土踏まずに引っかけるようなデザインになっている。スパッツではなく、トレンカタイプレギンスというものらしい。ふくらはぎのラインが浮かび上がり素足よりもなまめかしい感じがして、目のやり場に困った。どうして男はこういう切羽詰まったときに限って、女のからだに目が行ってしまうのだろう、と情けなくなった。おそらく、ものごとに集中して考えるのは辛いことなので、つい身近で安易で魅惑的なことに興味が向いてしまうのだろう。部屋は別々だが、カツラギとは、新居では同じ屋根の下で暮らすことになる。同じ目的を持ち、いっしょに過ごすうちに、連帯を越えた感情が芽生え、一線を越えてしまうことがないとも限らない、などと想像してしまう。そういった想像はとてもわかりやすく、男に単純な元気の素を与えてくれる。ほとんど希望に近い。すべての希望は、セックスに結びついているのではないかと、カツラギのトレンカタイプレギンスに包まれた形のいい長い脚を盗み見ながら、そんなバカなことを考えた。バブル崩壊以後、東日本大震災を経て、日本経済が衰退の一途を辿り、平均世帯年収が下がり続けるようになって、ある著名な経済評論家が、希望とはたとえわずかでもいいから労働者の給与が上がることだという論考を発表した。正論だと思う。だが、給与が上がり、可処分所得が増えたとき、おれたちはうまいものを食べたりおしゃれな服を買ったり旅行に行きたいと考えるが、食い物も服も旅行も当然セックスに結びついている。だが、カツラギが特別な何かを持っているのか、それとも単におれが歳を取ったのか、二人で裸の体を絡ませ合うという直接的で具体的なイメージは湧いてこなかった。

「じゃあ、盗むのは無理じゃないですか」

ピザの後片付けをはじめたマツノ君が、どういうわけか、変にかん高い笑い声を上げながらそう言った。呆けたような力のない笑い声で、なぜ泥棒ではダメなのかとわかりきったことを聞いてしまい、カツラギからそれを小ばかにしたような口調で正されたので、腹を立て、すねて見せたのだ。空しい笑いを新居に響かせたあと、ダメだ、ダメだ、全然ダメだ、とぶつぶつ呟きながら、ピザの残骸をキッチンに運んでいる。カツラギは、無表情でそれを見送るだけで、手伝おうとしない。家事などやったことはないのだろう。カツラギがフライパンで炒めものをしたり、皿を洗ったり、洗濯物を干しているところなど、想像できない。瓜実型の顔は今どき珍しく和風で、しかも端整で、背が高く、言動はエキセントリックでつかみどころがなく、生活感がない。会社のそばの昔ながらの喫茶店のオヤジがカツラギを見て、なんでこんな女がお前と、というようにびっくりしていたが、無理もないと思った。おそらくマツノ君の世代には理解できない、昔のモノクロ映画のヒロインのような独特のムードがある。おれが直接的なセックスをイメージできないのもそのせいかも知れない。

「何？」

じっと見つめていたら、カツラギからそう言われ、おれはどぎまぎしてしまって、そう言えば、あの喫茶店のオヤジもカツラギを見てちょうどこんな感じでうろたえていたなと思い出した。会社の近くにある「ロックウエスト」という喫茶店だ。カツラギが訪ねてきたときに入った。店主は、岩西という名で、ガンさんという愛称を持つ頑固で硬派の老人だが、フリーの記者時代からおれはなぜか気に入られていた。その顔が脳裡に浮かんできて、どういうわけか、なかなか消えようとしない。いや何でもないんだけどね、ちょっとね、とカツラギに弁解していると、ガンさんの顔はさらに鮮明に浮かび上がってくる。そして、浮かび上がったガンさんはまるで何かを言いたそうな感じだった。

「セキグチさん、ボーッとした顔してる。わたしを見て何か思い出してる？」

思い出してる？　カツラギにそう言われて、やっと気づいた。オガワに請われてNHK西玄関のテロについて記事を書き、編集部に復帰したとき、すぐにガンさんの店に顔を出した。お前生きていたのか、と言われ、昔のフリーの記者仲間が何人も癌や肝硬変で死んだのだと教えられた。以来、退社後にちょくちょく店に立ち寄るようになった。ある夜、自身は糖尿病が悪化していてお湯割りの焼酎しか飲めなくなったガンさんに勧められるまま、おれはバーボンを痛飲し、実は妻子から逃げられたと、涙ながらに告白するという醜態を演じてしまった。以前はボクシングジムでのトレーニングを毎日欠かさなかった自他ともに認める硬派で、男気があるガンさんは、もらい泣きをしてくれた。そして、セキグチ、わかる、わかるぞ、とおれの手をぎゅっと握りしめ、情けない話だがと前置きし、糖尿が悪化して目をやられる前にどうしてもあと三年、つまり七十四歳までは生きたいのだと言った。二十代のころ作家を目指していたが、結局自分勝手な駄文をだらだらと書き連ねただけで、いくつかの出版社に持ち込んだが見向きもされず、才能がないのだとすぐにあきらめ、誰の目にも触れることなく終わったが、今、どうしても書いてみたい題材があるのだと、男泣きしながらそう訴えた。

「ある男がいるんだ」

ガンさんは、青い血管が浮き出た皺だらけの手で涙を拭いながら、そう切り出した。

「おれが、生まれてはじめて、すごいと思ったやつだ。どこから話したらいいのかわからないが、そいつのオヤジはイラン人で、母親が日本人だ。ほら、有名な野球選手がいるだろう。あいつと同じだ」

ダルビッシュ？

「そうだ。でも、ダルビッシュはハンサムで背が高いが、そいつは異様に背が低くて、顔も真四角でいけてない。だが、そんなことは関係なくて、何て言うか、日本人より日本男児らしくて、昔の、おれが好きな任俠の世界の、もうほとんど死語だが、男の中の男という感じ。おれは、ちょうど糖尿になってボクシングを止めようかなと思ってたころに会って、何度かメシをおごったよ。そのころは、よく喋るほうだった。オヤジは、イランの、何て言うのかな、正規軍とは別の軍隊があるだろう」

革命防衛隊かな？

「たぶんそれだ。その中に、破壊工作とかやる部署があるらしいんだ」

確か、アル・コドス軍っていうんじゃないのかな。

「いや、正確な名前はどうでもいいんだけど、その将校で、インドネシアとかマレーシアで何かしていたんだけど、何か裏切りみたいなことが起こって、そのあたりのことはよくわからないんだけど、要は本国の上官からスパイだということにされてさ、それで、どこだったかな、ブルネイかな、そこからタンカーで密航してきて、千葉沖に停泊中に泳いで日本にたどり着いたとか、そんな感じなんだ。いつごろかって？　おれが糖尿になったのがミレニアムかそこらで、そいつはおれとジムで出会ったとき確か十五とか十六とか、そんな歳だったんで、逆算すると、八三年とかそのあたりじゃないかな。何しろ特殊部隊の将校だから、都内のイラン人グループで、まあいろいろやばいことをやりながらのし上がって、日本人の女とできちゃって、それで、そいつが生まれるわけだよ。でも、オヤジはすぐ死んじゃうんだ。パスポートを偽造したりしているときに、情報が漏れて、別のイラン人のグループに殺されたらしい。ほら、なんかやばい本を翻訳した日本人が殺されただろう？」

　筑波大学の助教授だよ。

「そう、イラン人のグループは複雑で、やばいのがごろごろしているみたいなんだ。日本人の母親もどこか刺されて、そいつはまだガキだったんだけど殺されそうになって必死に逃げたらしい。それで、そんな目に遭っても、警察に訴えるわけにもいかないしな。国籍だけは何とか取れたんで、まあ学校には行けたんだが、そういうことってあるのかな、オヤジも背が高かったらしいし、オフクロも日本人としてはでかいほうだったらしいんだけど、ガキのころにオヤジが殺されるところを見たっていうショックから、一五〇センチくらいで成長が止まったそうなんだ。中学二年生で止まったって言ってた。いや、あれは一五〇センチもなかったかも知れないな。すごく小さかった。でも、何ていうか、性格的にはすさまじかったよ。闘争心と憎しみのかたまりだな。鼻の骨とか折っても折られても顔色一つ変えなかった。とにかくよく練習するんだよ。だからボクシングの技術もマジですごかった。アッパーがすごいんだよ。おれ、一回だけスパーリングしたことがあるんだけど、グローブがかすっただけで皮膚が切れたからね。スイングが速くて見えないんだよ。十六歳くらいで、プロの六回戦ボーイとか平気で倒してたからな。それで、アメリカに行きたいって言い出して、ジムのオヤジが推薦して、どこだったかな、サン・ディエゴとか、サンフランシスコとか、そのあたりだけど、オフクロといっしょに渡ったんだ。向こうでプロ契約したんだけど、連戦連勝だったそうだ。フライ級だけど、アッパーがミドルみたいに重くて、おまけに目に見えないくらい速いから、勝つのもたいていKOなんだ。あっという間にランキングを上げて、あと一年もすれば世界戦も夢じゃないというところで、あのどうしようもないテロが起こったんだ。9、11。迫害は、シャレにならなかったらしいぞ。考えてもみろ。中東系の、身長一五〇センチ以下のチビがアメリカ人を殴り倒すわけだからさ。迫害されるよ。さすがにそのあたりのことはほとんど話そうとしない。そいつは、オフクロといっしょに日本に戻ってくるんだけど、何て言うか、オヤジが殺されたわけだからさ、イランとかイスラムとかは死ぬほど憎んでるし、憧れていたアメリカからもひどい目に遭わされたわけだろう、自暴自棄になってもおかしくないんだけど、そいつは、オフクロだけは守るんだと言って、仕事をはじめるんだよ。最初は、組がやってる闇のファイトクラブを手伝ってた。おれも一度だけ見に行ったけど、廃業した相撲取りの顎をアッパー一発で砕いたり、それはもうでたらめに強かった。そのファイトクラブはそのあとすぐに摘発されたんだけど、そいつは、組で慕われてたんだ。だから、逃げ延びて捕まらなかった。すごいやつだと思わないか。そいつのことを書きたいんだよ。書くべきだと思うんだ。え？　今？　何をしてるかって？　わかりやすく言えば恐喝みたいなことだが、オヤジが将校だったくらいだから、頭脳も明晰でさ。絶対に殺人とかしないし、めったなことでは人を傷つけないし、組にも筋を通してうまくやってるし、具体的にどうやるのかはちょっとわからないんだけど、金さえ出せば何でも奪ってくるから、闇の世界では圧倒的に重宝されているらしい」

おれは、新居内にあてがわれた殺風景な部屋で、天井をぼんやりと眺めている。明日にでも「ロックウエスト」に行ってみるつもりだと、さっきカツラギとマツノ君に話した。イラン人とのハーフの男に関しては詳しい説明は避け、ガンさんという店主がそういった裏社会に通じている、というようなことを適当に話した。新居のキッチンには、かなり立派な冷凍冷蔵庫や食器棚、それに調理器具など、生活に必要なものはたいてい全部そろえられていたが、酒がなかった。マツノ君が、近くのコンビニから缶ビールを買ってきてくれたが、一本空けただけで体がぐったりと重くなり、おれは休むよ、と二人に言って自室に入った。まだ夜の十時前だったが、疲労感が強かった。じゃあ、ぼくも、とマツノ君もタブレット型端末を抱えて、自室に引っ込んだが、カツラギだけは、ビールを少しずつ飲みながらソファで足の爪を切りそろえていた。

おれの部屋は十畳ほどで、一枚ガラスの窓があり、外の通りを見下ろすことができた。窓には、落ちついた色合いのカーテンが取りつけられている。シングルベッド、木製のデスク、ヘッドレストのあるメッシュ素材の椅子、小型のテレビ、書棚などがあり、サイドテーブルには個人用のエスプレッソマシンが置いてあって、小さな冷蔵庫まであった。ベッドはシンプルなデザインだが、マットレスには適度な弾力があり、枕には形状記憶素材が使われているようで、羽毛入りらしい薄手の掛け布団は真新しい白のカバーがかけられ、新品の寝具独特の香りがした。えらい違いだと思った。昨日までの安アパートの布団は、湿っていて汗臭かった。

椅子に腰を下ろし、アームが自在に伸びたり曲がったりするおしゃれなデザインのデスクスタンドを点け、すぐにまた消した。デスクには、何種類かの筆記用具を並べたペン皿が用意されているだけで、他にはまだ何もない。PCは、マツノ君が全員のものを新しく買いそろえることになった。オフィス仕様とはいえ、部屋は清潔で、家具も寝具も文句のつけようがない。ミイラのような老人の指示で、あの黒いスーツの老女が用意したのだ。だが、あの老女が自ら家具屋などに出向くわけがないから、ある空きオフィスを大至急人が住めるようにしてくれという依頼を受けた誰かが、実際に絨毯やカーテンを、短時間のうちに用意したことになる。アキヅキが自殺したのは、一昨日だ。その知らせを聞いてから、これだけの準備を整えるのは簡単ではない。あのミイラのような老人がいかに強大なパワーと幅広いコネを持っているかという証《あかし》だった。

部屋に入ってすぐ、「ロックウエスト」に電話をして、大事な用があるので明日行くとガンさんに伝えた。どうしたんだ、店に電話なんかして、とガンさんは怪訝そうに聞いたが、声に元気がなかった。ちょっと用事ができたんです、と言うと、おれは毎晩ここにいるんだよ、いつでも来てくれよ、と聞き取りづらい声が返ってきた。だいじょうぶですか、なんか声が沈んでますけど、そう聞くと、歳と糖尿のせいで夜はだいたいこんなものなんだよと苦笑いした。

「忘れてました」

ノックのあと、マツノ君が顔を出し、明日まず銀行に行ってぼくとセキグチさんの新しい口座を開くことになってるみたいです、とそれだけ言って、またドアが閉まった。おれの口座には、どのくらいの金が用意されるのだろうか。十億をざっくり三人で割って三億円、そんな金額だろうか、またはあまりに多額だと疑われるし、基本的に資金管理はカツラギの役割らしいので、数百万、あるいは数十万円程度だろうか。ベッドに横になってぼんやりとそんなことを考えたが、すぐに空しくなった。自由に使える金が手に入ったわけではない。車や時計を買ったり、旅行したりする金ではないのだ。こんな気分ははじめてだ、そう思った。やっかいなことに取り組むわけだが、モチベーションはゼロだ。満洲国の亡霊とか、テロを実行していると思われるアル・カイーダ型の老人たちの組織とか、利用されているらしい若者たちとか、どうでもいいことで、興味が持てなかった。あの中学生たちとは違う。今世紀初頭、ポンちゃんというリーダーを擁して、集団不登校を指導し、ビジネスをはじめ、北海道に半独立国まで作った中学生たちには、それまでにない胎動のようなものを感じ、シンパシーを持った。おれは彼らに敬意を払い、一時的だが、希望を感じた。だが、今度の事件はまったく別物だ。キニシスギオとかいうふざけた名称をちらつかせる連中に対しては、違和感と不快感しかない。連中がどんな変化を望んでいるのか、そもそも何かを変えようとしているのかわからないし、単に何かを終わらせようとしているような気がして、ただひたすら気味が悪い。とくに、あのミイラのような老人は想像を絶している。おれは確かにカツラギといっしょに住居まで行き、この目でその異形な姿を見た。だが記憶はひどく曖昧だ。黒いスーツの老女やナガタという男にしても、悪夢に登場した人物のような感じで、現実感が乏しい。

できればあんな連中と関わりたくなかった。この部屋にしても木賃宿のようなおれの安アパートとは比べものにならないほど広く清潔だが、落ちつかない。居心地が悪く、自分が自分ではなくなっているような不安さえ覚える。そもそも、おれには自由というものがない。指示通りに動くしかないし、どんな結果が待っているのかわからない。それではお前はあの安アパートでウイスキーを飲みながら細々と雑文を書く暮らしのほうがよかったのか、と自問してみたが、出るのはため息だけだった。あんな惨めな生活に戻りたいと思う人間はいない。

「セキグチさん、寝た？」

カツラギの声が聞こえて、わずかにドアが開いた。各個室は内側からロックできるが、別に必要ないから鍵はかけていない。

「いや、起きてるよ」

ベッドから体を起こしながら、そう答えると、カツラギが顔を出し、入っていいでしょうか、とつぶやきながら近づいてきて、ベッド脇に立った。寝間着なのだろうか、上はTシャツ、下は例のトレンカタイプレギンスだ。化粧を落としていて、髪を後ろにまとめている。肌が真っ白で、端整さがさらに際立っている感じがして、動悸がしてきた。胸はそれほど大きくない。だがTシャツには乳首の小さな突起が見える。

「何？　どうかしたの」

そう聞いたが、途中声が裏返ってしまった。

「面倒なことになりましたね」

カツラギは、そう言いながらベッドに腰を下ろした。何を言いたいのか。おれを慰めようとしているのだろうか。Tシャツを脱いでベッドに潜り込んできたらどうすればいいのだろうか。もう何年もセックスとは無縁だ。やり方を忘れることはないが、心身ともに妙に疲れているし、男として恥をかく結果に終わるかも知れない。

「あのね。アキヅキ先生は、悪い人ではないです。タキザワ君も、いつも救われていると言ってたし、わたしも気持ちは同じ。元気になる必要はないって、先生はよくわたしたちに言って、それで助けられたのかな。元気になる必要はないし、元気でいる必要もない、不安を感じない人間はこの世の中に誰もいない、だから不安を感じることに不安を感じる必要はない、そんな感じ。ときどき、政治とかね、いろいろなことに怒ることがあって、過激なことを言ったりしていたけど、新宿ミラノとか、あんなひどいことをする人ではないの。先生の仲間は、よくわからない。みんなむちゃくちゃなことを言う人たちばかりだけど、本当に人を殺したり、そんなことをするとは思えなかったけど、会ったのは二、三回だし、よくわからない。でも、アキヅキ先生は、誰かを利用したりする人ではないし、あんなひどいことはしないはずなの」

わかってるよ、とおれは言った。アキヅキが新宿ミラノで何か計画していたのは事実だろう。実際、おれに新宿ミラノに行ってみるようにと促した。だが、何かが狂ったのだ。あんなテロを実際に計画し、実行したのだったら自殺するはずがない。

「わかってるの？」

とまたカツラギが念を押して、わかってるよ、ともう一度言うと、よかった、とおれはおでこにキスをされた。

「明日、わたしもいっしょに『ロックウエスト』に行きますけど」

そう言って、カツラギは立ち上がり、ゆっくりと歩いて部屋を出て行った。歩き方が優雅だと思った。セックスしたかったわけではなかったんだなと少しがっかりしたが、反面安堵もあった。いずれにしろ、男というのは単純な生きもので、まだおれは男なのだと思うことができた。おでこへのキス一発で、かすかだが、モチベーションが湧いてきたからだ。


「ああ、あいつのことか」

銀行に寄って口座を開いたあと、マツノ君は専門店にPCや必要な周辺器機を買い出しに行き、カツラギと二人で「ロックウエスト」に出向いた。イラン人と日本人のハーフの格闘家のことを切り出すと、ガンさんの表情が曇った。元小説家志望のガンさんは、その男のことを書くのだと息巻いていたが、おそらく一行も書いていないのだろう。糖尿病で体がいつもだるいらしいし、酷な言い方だが、事業家だろうが物書きだろうが、本当に決意した人間は、酔って誰かにペラペラ話したりはしないものだ。

「それで、どんな用件なんだ」

ガンさんは、伏し目がちに、カツラギをちらちら見ながら聞いた。カツラギは、花柄の芥子《からし》色のワンピースに、太めの糸で編んだカーディガンを羽織り、長い髪を後ろでまとめて真珠とか宝石がちりばめられたブランドもののヘアアクセサリーで留めている。いつもとはちょっと違うコンセプトのファッションで、そのことを指摘したら、今後は普通な感じにしようと思うから、と答えた。だが、普通ではなかった。とびぬけて素敵だった。ガンさんは、お前の彼女なのかという驚きと嫉妬が混じった顔つきになっていて、カツラギとまともに目を合わせられない。

「彼にちょっとした仕事を頼みたいんですけどね」

ちょうど昼時で、おれはポークカレーを、カツラギはまたウインナーソーセージ入りの昔風のスパゲティナポリタンを頼んだ。例によって、ウインナーソーセージをフォークに突き刺して、少しずつかじっている。だが、カツラギは、前回この店に来たときとは態度が違った。あれは池上商店街の刈払機によるテロのあとだった。はじめてガンさんと対面したカツラギは、「素敵な店。動物園みたい」などと言ったり、「わたし、何か食べようとしてるんですけど」と言った直後に不機嫌そうな声で「だからわたしは、お腹なんか減ってるわけないですよ」と言ったり、脈絡のない会話を続けた。精神が不安定で、とくに初対面の相手に対して緊張し、まともな会話ができないのだとずっと思っていたが、それだけではないような気がしてきた。自覚してやっているのかどうかわからないが、相手を探るというか、どの程度本当の自分を見せてもいいか、試しているのかも知れない。おれとたまプラーザの「テラス」に行ったときもそうだった。演技ではない。自然とそういう態度と会話を選んでしまうのだ。ナガタという男に確かめたわけではないので事実なのかどうか不明だが、小学生のころにアナルセックスを強要されていたという人間には、おそらくおれたちの理解を超えた心理があるはずだ。だが、いずれにしろ、今日カツラギはガンさんに対し、「こんにちは、先日はどうも」ときちんと挨拶し、「お願いがあるんですが、それについてはセキグチさんから説明がありますので、よろしくお願いします」とごく普通の口調で言って会釈をしたのだった。

「どんな仕事か、聞いてもいいか」

詳細は話せないんです、とおれは答えた。ガンさんは、警察にちくったりすることは考えられないが、酔っ払ったときに知り合いに漏らすリスクは高い。

「あいつは、高いぞ」

ガンさんが、おれのくたびれたジャケットをじっと見て、言った。カツラギはもともとファッションが多彩だが、おれはいつもの着古したジャケットだった。

「お金は、ノープロブレム」

ウインナーをかじりながら、カツラギが答える。余計なことは言わずに、早くイラン人とのハーフに連絡しなさいよ、というようなニュアンスがこもった口調だった。ガンさんはプライドが傷ついた顔になったが、ぜひ、お願いしますね、とカツラギが口からウインナーを離してぺこりと頭を下げ、可愛らしい声を出したので、あっという間に表情がゆるんだ。そして、お前こんな女とどうやって知り合ったんだというように、おれとカツラギを交互に見た。カツラギは一重まぶたの切れ長の目で、鼻筋が通っていて口が小さく、黒髪で背が高い。現代的な顔つきではないが、たとえば昭和の映画女優に通じるような古風な魅力がある。ガンさんには眩《まぶ》しく光り輝いて見えているはずだ。

「あのな、セキグチ、本人の前でこんなことを言うのはなんだが、彼女と、こう、何て言うか、うまくやっていくために彼女の元彼をどうにかするとか、そういう話だったら、止めたほうがいいぞ」

ガンさんは、腕組みをして体をのけぞらせ精一杯の威厳を示そうとしながら、そんなことを言った。それを聞いて、カツラギはクスクスと笑い出し、フォークを置いて、おれの腕に腕を絡ませ、どうしてですか？　と聞いた。

「だからね、男というのは、だいたいみんな哀れな生きものなんだよ」

ガンさんは、ポケットからセブンスターを取り出し、吸ってもいいかとカツラギに確かめてから火をつけた。

「あんたほどの女だったら、何だかんだ言って男はみな尽くしていると思うんだよ。完璧な人間なんかいないから、不満な点とかね、至らないところもあるかも知れないさ。それに、セキグチは階層としてはプロレタリアで、年齢としてはジジイ予備軍で、よれよれでくたびれてはいるけど、確かに今どきめずらしく仁義を知っている男だよ。あんたが惚れるのもわからんでもない。でも、もともと哀れな生きものである元彼をだな、痛い目に遭わせるのはおれは賛成できないな。金があるんだよね。だったら、金で解決できないのかな。金で解決できることは金で解決することに越したことはないんだけどね」

ガンさんが、意識して渋い表情を作りながら諭すようにそんなことを言うと、この人、すごい、面白い、とカツラギはおれにぴったりと体を寄せながら、きれいな歯並びの笑顔を見せて、モトカレって何語ですか、と真剣な表情で聞いた。元の彼氏、つまり元彼は、今でも死語になっているわけではない。だがカツラギという女は、そんな通俗的な言葉は本当に知らないのだ。テレビのワイドショーを見たり、美容院で女性週刊誌を読んだり、グループで居酒屋で騒いだり、サウナやスポーツジムで汗を流したり、そんなカツラギはイメージできない。満洲国の亡霊であり半分死んでいるような状態でありながら絶大なパワーを持つ人物に可愛がられ、カラオケで歌われる演歌に合わせ老人が日本刀で人形を叩き切っているような場所で習字をするような女なのだ。ガンさんが当惑し、じっとこちらを見ているので、元彼を脅すとかそういうのとは違うんですよ、というようにおれは何度も首を振った。

「じゃあ何か、もっとやばいことか」

ガンさんが眉間に皺を寄せてそう聞いたとき、間髪を入れず、あなたは知らないほうがいいです、とカツラギがぞっとするような声を出し話をさえぎった。カツラギのそんな声をはじめて聞いた。大声ではない。かん高くもなく、もちろん威嚇するような口調でもなかった。真実を告げられているのだと誰もが納得するような、きっぱりとして、低く、冷たい声だった。まるで「あなたは癌です」と告げる医師とか、「君は死刑です」と告げる裁判長みたいだと思った。カツラギはそれ以上何も言わなかった。だが充分だった。ガンさんは、カツラギのたった一言に圧倒され、その存在感と声に屈服した。カツラギの一言には、何かが凝縮されていた。カツラギの生き様だと思った。それ以外考えられない。それは高度成長とともに育ちバブルで浮かれたおれたちの過去と現実をあざ笑うような、リアルで、かつ冷酷なものだった。天国で遊んできた人間より、地獄であがいてきた人間のほうが言葉に力がある。ガンさんは、凍りついたように体を固くしてカツラギから視線をそらし、しばらく黙ったあと、わかった、とほとんど聞き取れないような声で言った。

「今日、深夜一時、ここに来て欲しいそうだ」

イラン人とのハーフの男に電話し、短い会話を交わしたあと、ガンさんは、住所と、何かの番号を記したメモをくれた。住所は南青山のマンションで、八桁の番号は、その部屋に入るための暗号のようなもので、そこにイラン人のハーフの男がいるということ以外、ガンさんもわからないらしい。

「それで、条件があるんだ」

条件？　どんな？

「キャッシュが二百万要る、あとは女連れで来てくれと言ってた」

そう聞いて、おれとカツラギは顔を見合わせた。金は仕事の手付け金だろうが、どうして女連れなどという条件があるのだろう。

「おれもわからん、要するに女連れでないと入れない」

わかりましたとおれが答えると、できるだけ高級なスーツとネクタイを買っていけ、とガンさんが言った。金持ちだけが集まる場所らしい。それで、イラン人とのハーフの男は何という名前なのだろうか。

「ジョーだ」

ガンさんは、そう教えてくれた。

「本名は壌一なんだが、ジョーって呼ばれてる」

南青山の根津美術館の近く、アパレルショップが並ぶ通りがあり、その周辺の入り組んだ路地の一角に、その高層マンションはあった。路地を一本入っただけで、人や車の行き来が絶えない青山通りの喧噪とはまったく別の佇まいがあった。建物のエントランスには必ずユーカリとかミモザとかオリーブの木が植えられて、そのマンションの入り口もひっそりとして目立たなかった。入り口脇のインターホンで、ガンさんからもらったメモにある部屋番号を押し、教えられた暗号の番号を言い、ジョーさんの友人の者ですと告げると、磨りガラスのドアが開き、吹き抜けの玄関ホールが姿を現した。何階建てだろうか。ガラスと鉄骨を複雑に組み合わせた細長い空洞が延々と頭上に延びて、ホールの中央には、水を張り水草を浮かべた象牙色のバスタブが置いてあって、熱帯雨林をイメージするかのようにそこら中に観葉植物が並べられていた。最先端のインテリアデザインなのか、それとも単に悪趣味なのか、いずれにしろこんな建物ははじめてで、おれは気後れした。

バスタブの水面に、買ったばかりのスーツを着ている自分を映してみた。似合っているかどうか、わかるわけがない。ただ生地は滑らかで着心地はよかった。スーツは、唯一馴染みのある「紳士服のアオキ」で買いたかったが、カツラギは新宿伊勢丹のメンズ館におれを連れて行き、「コム・デ・ギャルソン」というブランドで、灰色のスーツ、ブルーのストライプのシャツ、紺の無地のネクタイをそろえ、別の、これも有名なブランド店に行き、靴下、ハンカチ、ベルト、靴、全部選んでくれた。スーツは二十二万円、ネクタイも一本で二万円近かった。スーツの胸のあたりが若干膨らんでいる。銀行で下ろした二百万円の札束だ。

カツラギは、玄関ホールのデザインと装飾にはまったく興味がないようだ。バスタブの水槽など無視して、さっさとエレベーターに乗り込み、「十二」というボタンを押した。

「さっきの人ね」

ドアチャイムを鳴らすと、ドアが開き中年の女が立っていた。年齢は五十代前半だろうか、深紅のワンピースを着て、ショートカットの髪にバラの飾りを付けている。

「ジョーのお友だちね。お話は伺っています。どうぞどうぞ」

女は、玄関から部屋に通じる短い廊下を先導して歩いたが、途中一度立ち止まってカツラギをじっと見つめ、あなた、どこかでお会いしたかしら？　と聞いた。いいえ、はじめてお会いします、とカツラギは首を振った。だが、そのあとも女は興味深そうに何度かカツラギのほうを振り返った。

「適当なところにお座りになって」

　部屋はかなり広く、コの字型にソファが置かれていて、十数人の男女が座っていた。全員がカップルというわけではなく、女のほうが数が多い。間接照明で、しかも明るさを押さえてあり、ソファにいる人々はシルエットになって見える。部屋はシンプルな作りで、ソファと、他には分厚い木のテーブルと壁に取りつけられた大きなテレビモニタ以外、ほとんど家具がない。おれたちは、ジョーと呼ばれる男を探したが、それらしき人物はいないようだった。

「あなた、若いわね」

　女が、ソファに座ったおれたちの前にシャンパングラスを置き、カツラギに向かってそう言った。薄暗いので、顔の輪郭や髪型や服装で判断するしかないが、女はみなかなりの年輩で、カツラギのような若い女はいない。男の年齢はまちまちで、少年のような若者もいたし、おれよりも年上だと思われる初老の男も混じっていた。

「じゃあ、入会金とお名刺をいただいてもよろしいかしら」

　女にそう言われ、おれは最初何のことかわからず一瞬躊躇したが、変なことを言ったり聞いたりして疑いを持たれるのはまずいと本能的に判断し、スーツの内ポケットから二百万が入った封筒を取り出して、渡した。名刺は、オガワに作ってもらったやつが財布に何枚か残っていた。

「あら、ジャーナリストさん。文化人は人気よ。これからもどうぞよろしくね」

カツラギとソファに座り、やけに高そうなシャンパンを少し飲んだが、どんな集まりなのか、よくわからない。しかも、用意しろといわれた二百万円はジョーの手付け金ではなく、入会金だった。ジョーの友だちということで、女はおれたちがすべて理解して参加していると思っているのだろう、何の説明もしない。雰囲気は秘密めいていて、二百万というそれなりに高額な入会金を取るわけだから、違法かどうかは別にしても、単なる趣味の集まりなどではない。だが、ルーレット台などはもちろん、カードも専用テーブルもないから賭博ではなさそうだし、性的な、たとえば乱交パーティなどの類いでもなさそうだった。乱交パーティに参加したことはないが、愛好家に取材したことはある。乱交パーティでは、男も女も、値踏みするように他の参加者を興味深く観察するのだそうだ。だがこの部屋では誰もカツラギに注意を払わない。相手を物色し選ぼうとしているのだったら、とびぬけて若いカツラギが注意を引かないわけがない。どうやらここでは男女とも、他の客には興味がないようだ。

「わたし、ここ、好きじゃない」

カツラギが、耳元でそうささやいた。顔色が曇っている。伊勢丹で一錠、そのあとサンドイッチを食べ時間をつぶしているときにもう一錠、安定剤を飲んでいたが、もともと見ず知らずの人がいる知らない場所に行くことが苦手なのだ。アキヅキの自殺を究明し、満洲国の亡霊である老人の意向に沿いたいという一心で、この怪しい雰囲気に耐えているのだろう。おれも同じだった。この建物、部屋、受付のような女、集まっている連中、全部が胡散臭い。賭博でも乱交パーティでもなさそうだが、部屋にいるのは、高そうな衣服とアクセサリーに身を包み、それでいてどこか上品な感じがする女たちと、その取り巻きのような男たちだ。女たちは、どこから見ても金持ちだが、たぶん成金ではない。銀座のクラブのママとか、風俗店経営者には見えない。男は多少バラエティがある。ごく普通の勝ち組のビジネスマンだと思われる男もいるし、画家とか音楽家とかそういった自由業のような男もいるし、引退した会社経営者という風情の男もいるし、和食の板前のような短髪の男もいる。ただ、男たちに共通しているのは連れている女へのリスペクトで、ていねいにシャンパンを注いでやったり、オードブルを口まで運んだり、微笑みを絶やさず話を聞き、穏やかに相づちを打ち、終始気をつかっていた。静かな雰囲気で、大きな笑い声などはいっさい聞こえない。突然、大型のテレビモニタ画面が明るくなり、「壱番」という文字が映って、そのあとかなり昔のものだと思われる荒れた映像で、サッカーのゲームがはじまった。どうやら昔のJリーグの試合らしいが、クローズアップの画像がなく、チーム名はわからない。やがて一人の選手がペナルティエリアの外からシュートを放ち、その顔がアップになり、「彼は紛れもないスーパースターでした」というテロップが出た。おれはあまりサッカーには詳しくないが、彼は、確か千葉のほうのチームにいたかなり有名なストライカーで、何度か日本代表でプレーしたはずだ。

「オーケー」

一人の女が、声を出して、持っていたシャンパングラスを掲げた。女は、おそらく五十代後半で、髪の一部をワイン色に染めていて、ソファで組んだ脚はすらりとして異様に長く、ブランドもののワンピースを一分の隙もなく着こなし、板前のような中年男をそばにはべらせている。どこか見覚えのある顔だった。有名人なのかも知れない。すると、おれたちを案内した受付らしい女が近寄っていって、画面を一時停止させ、ソファの前にひざまずいて、書類をはさんだバインダーのようなものを示した。ワイン色の髪の女は、板前風の男に、ほら、という感じで手を出し、うやうやしく差し出されたペンを取って、バインダーの書類にサインをした。受付の女が、サインを確認したあと、バインダーの端に留めてあった封筒を板前風の男に渡している。

「あ、そうだ、あの人は」

とカツラギが、口に出して、その隣りにいた初老の男が静かに振り返り、人差し指を唇に当てて、喋ったらだめだ、という仕草をした。カツラギは、あのワイン色の髪の女が誰なのか思い出したようだが、この部屋では他の参加者の名前とかを口にするのはタブーになっているらしい。

「成立です。ありがとうございます」

受付の女が深々と頭を下げると、ワイン色の髪の女は、ソファから立ち上がった。まるで召使いか執事のような動作で板前風の男も立ち上がり、二人は出口に向かって歩きだしたが、ワイン色の髪の女は、先導する短髪の男より頭一つ背が高かった。元モデルなのだろうか、そう思ったとき、おれは、フリーの記者時代に耳にした話を思い出した。話を聞いたのは、ヤクザや闇金融や風俗店主など裏社会の人物ではなく、おもにサッカーを撮るフリーのカメラマンだった。父親の仕事の関係でパラグアイで生まれ育ち、スペイン語が堪能で、そのときはサッカーではなく中南米のコカインカルテルと日本の密売組織の関係について取材させてもらったのだが、妙に気が合って、他にもいろいろな話をしてくれた。余談ですが、と前置きして彼が話したのは、引退後のサッカー選手についてだった。プロサッカーというのはあまりに過酷なスポーツで、しかも常に他の選手と競争し、闘い続けなければいけないので、引退後に、心身のバランスを崩してしまうことが少なくない、ということだった。

その典型は、イングランド元代表の何とかというミッドフィルダーで、もともと性格が粗暴で飲酒癖があったらしくて、選手としてグラウンドで闘うことでバランスをとっていたのだが、全盛期を過ぎて国内の一部リーグを解雇され、二部に移り、そのあとは中東のチームで三年ほどプレーし、三十代後半で今度は中国のチームに移り、心身ともにボロボロになってうつ病を発症し、最後は療養施設に収容されたのだそうだ。

多くはないですが日本人の選手にもいるんですよ、とそのカメラマンは言った。引退したあとまったく食欲が湧かずあっという間に体重が二十キロほど落ちる選手なんてざらだし、アルコールに溺れてしまうケースもあるし、精神的に参ってしまう選手もいますよ。そして、これ、噂に聞いた話ですが、そういった元プロ選手の肉体を買う人たちがいるらしいんです。

「セキグチさん、あそこ」

カツラギに言われて、おれは我に返り、示された方向を見た。薄暗い部屋の隅に、腕組みをしている男が目に入った。スキンヘッドで、子どもかと思うほど背が低い。間接照明にぼんやりと浮かび上がったその顔は精悍で、Tシャツは鍛え上げられた筋肉ではち切れそうだった。

ジョーという男に間違いなかった。だが、おれたちに気づいている様子はない。おそらく、主宰者に雇われている私的なセキュリティガードのような役回りなのだろう。異変がないか、周囲を見回している。おれたちが客ではなく、ガンさんの紹介で会いに来たのだと、どうやって伝えればいいのだろうか。薄暗い部屋では、またビデオ映像がはじまっている。みなソファでくつろいでシャンパンなどを飲んでいて、立ち上がったり、歩き回ったりする者は誰もいない。ジョーという男に近づいたりすればすぐ目について、怪しまれる。高い入会金が必要で、実に手の込んだ秘密の集まりで、主宰している連中の背後には間違いなく裏社会の人間がいる。会の進行を無視して勝手にジョーという男に話しかけたりしたら、退席だけではすまない気がする。身元や目的を調べられるかも知れない。満洲国の亡霊から依頼されたミッションにも支障が出る。カツラギが、不快そうに眉間に皺を寄せ、じっとおれを見ている。

「わたし、ここから出たい」

またそう言った。巨大なモニタに映っているのは、相撲取りだった。正確には元相撲取りで、おれもよく知っている顔だ。学生相撲出身で、機敏な動きと土俵際の粘りで短い間だが人気があって、確か小結か関脇まで上がったが、いつの間にか姿を消した。もともと相撲にはそれほど興味がないので、どのくらい前に引退したのかはわからない。

誰がこの悪趣味な会を主宰しているのか不明だが、たぶん大手のマスコミ関係者が一枚嚙んでいるはずだ。モニタの映像は、元力士の学生相撲での優勝からの経歴が、手際よく編集されている。画質は鮮明で、動画サイトのコピーなどではない。たとえば、テレビ局にコネがあってアーカイブにアクセスできるとか、スポーツ新聞などを通して相撲協会との親密なパイプがあるとか、そういう立場でなければ手に入らない映像ばかりだった。

「ねえ、出ませんか」

カツラギは、薄暗い中で見てもわかるくらい、顔色が真っ青だった。それに額にびっしりと汗をかいている。部屋は空調が効いているので暑いわけではない。精神的に不安定になっているのだ。元プロスポーツ選手の肉体を買うような連中がいるのだと、知り合いのカメラマンは言った。ここは、そんな連中が集まる「競り」の会場なのだろうか。肉体を買うというのだから、性的なことが絡んでいるに違いない。モニタに映し出される元プロスポーツ選手は男ばかりだ。男が、元プロスポーツ選手の女を買うというのは考えにくいし、しかも女子のプロスポーツは種目が限られている。思いつくのはテニスと卓球とゴルフ、それにサッカーくらいだ。だとしたら、同席している男たちは何なのだろう。きっと、単なる付き添いなのだろう。ビデオで紹介される元プロスポーツ選手の肉体を買う中高年の女たちを、エスコートする男がいるというのも奇妙な話だが、わかる気もする。付き添いの男がいることで、元プロスポーツ選手の体を買う女たちのさもしさや寂しさが薄れるのだ。

部屋全体に、何かが熟し、やがて腐っていくときのような、異様なムードが漂っているが、それは、ビデオで登場する元プロスポーツ選手が肉体だけではなく、恥を売っているからだとおれは思った。恥を売るという言い回しは、風俗を取材しているときによく聞いた。ダンスの技術のない場末のストリッパーは、性器を見せているのではなく、金のために性器を見せなければならないという恥を売っている、そんなことを言う風俗評論家がいて、なるほどなと思った。恥を売る、いやな表現だ。そう言えば、わたしは犬だったんですよ、とカツラギが告白したことがある。風俗で働いたことがあるらしい。おそらくSMクラブだろう。そのとき、風俗で働いたのは美容整形の金を払うためだと言った。だが、美容整形を施した顔には見えないし、豊胸手術をした胸にしては小さすぎる。しかもカツラギは一軒家に住んでいて、ものすごいパワーを持つ満洲国の亡霊の老人に可愛がられている。金に困っているとも思えない。だから、美容整形の金に困って風俗で働いたというのは、嘘かも知れない。しかし、風俗で働いたことがあるというのは、たぶん本当ではないかとおれは思った。長く風俗を取材してわかったことだが、金が目的ではない女が何人もいた。彼女たちは、異常な性的欲求を持っているわけでもなかった。一般的なコミュニケーションが苦手で、風俗で肉体を売ることで精神的なバランスを取っていたのだ。彼女たちは、程度の差はあるが一様に幼児期にトラウマがあり、たいていの場合、父親が関係していた。そして、彼女たちが売っていたのは、表向きは肉体だが、本質は恥だったのだ。カツラギは、小学生のときに、ナガタという叔父にアナルセックスを強要されていたそうだ。あの告白は嘘には聞こえなかった。多少誇張が混じっているとしてもトラウマとしては充分だ。

「わたし、出ます」

カツラギは、おれの手を強く握って、立ち上がろうとした。

「わかった、わかったから、ゆっくりとだよ。ゆっくりと出よう」

目立ちたくなかったが、受付の女がすぐにおれたちの動きに気づいた。立ち上がったおれたちを、どうされましたか、と部屋の隅に誘導した。

「あの、彼女ですが、ちょっと刺激が強すぎたみたいなんです。今夜のところは、これでそっと失礼しようかと思いまして」

おれは、周囲の連中の気を引かないよう小声で弁解した。受付の女は、額に汗をびっしりとかいて真っ青になっているカツラギをじっと見て、案外うぶでいらっしゃるのね、と苦笑し、どんな場合でも入会金の払い戻しはできない旨を説明した。二百万の入会金は半年間有効で、次の催しの案内を送るからメールアドレスを教えてくれと言われ、おれは出版社からもらったアドレスを伝えた。

「おい」

そっと退席し、部屋から出ようとすると、背後から声が聞こえた。ジョーという男が、腕組みをして立ち、こちらを見ている。白いTシャツに黒のレザーパンツという格好で、ゆっくりとこちらに近づいて来る。間近で見ると、さらに身長が低く感じられた。カツラギの胸のあたりにいかつい坊主頭がある。だが腕や肩の筋肉はシャープに引き締まって、顔には表情というものがまったくなかった。外国人とのハーフであることを示すのは薄いブルーの瞳だけで、鼻はそれほど高くなく、ボクシングのせいだろうか、片方が潰れている。近づきたくない人間の典型で、向こうから歩いてきたら昼間でも必ず避けるはずだ。カツラギが、細かく震えているのが伝わってくる。カツラギは、そんな人間を見たことがなかったのだ。おれも見たことがなかった。カツラギは顔面蒼白で、動悸が聞こえてきそうだった。だいじょうぶ、というように背中を軽く叩いたが、おれのほうも足が震え出していた。ジョーという男は、無表情でこちらを見つめるだけで何も言わない。ときおり首をかすかに横に傾けたりしていたが、しばらくして、両手を軽く左右に広げるような動作を見せた。いったいどうしたんだ？　なぜ帰るんだ？　という意味の動作だった。おそらく他は常連客ばかりで、新参者のおれたちがガンさん経由の依頼人だと最初から気づいていたのかも知れない。あの、実は、と弁解しようとしたが、喉がカラカラに渇いていてうまく声が出なかった。

「帰ります」

声を出したのは、カツラギだった。カツラギは、ジョーという男の目をまっすぐ見て、かすかに震えてはいたが、はっきりと聞こえる声でそう言った。ジョーという男は、それを聞いて、うなずき、引き返そうとしたが、何かを思いついたかのようにまたこちらを振り向き、もう一度、さっきと同じように両手を左右に広げて見せた。どうして帰るのか、と聞いているのだ。たしかに、わざわざ入会金を二百万も払って会いに来て話しもせずに帰るというのは普通ではない。おれだって、二百万が自分の金だったら、カツラギを押さえつけてでも残ろうとしただろう。

「あそこ、いやだったんです」

廊下の向こうの薄暗い部屋を視線で示して、カツラギは、またはっきりとした声を出した。ジョーという男は、じっとカツラギを見て、そうか、というようにうなずいた。そして、また近づいてきて、おれたちを追い越すように前方に回り、付いてこい、というように、顎を振ったあと、ゆっくりと歩きはじめ、玄関へと続く廊下の途中、壁の前で立ち止まった。よく見ると、壁とほとんど見分けがつかない小さな扉があった。扉というか、長方形の切れ込みが入っているだけで、同じ壁紙が貼られているから、注意して見ないとわからない。入ってくるときには気づかなかった。しかも扉には取っ手がない。ジョーという男は、ポケットから薄いカードのようなものを取り出し、長方形の切れ込みの端に向け親指で何度か押した。ピーッという電子音が聞こえ、そのあと錠がスライドして外れる金属音がして、扉が奥に向かって開いた。

八畳ほどの部屋で、やはり薄暗かった。天井と壁の境目に細長い窪みがあって、スポットライトのような弱々しい間接照明が灯っている。ジョーという男は、部屋の中央に置かれた籐《とう》のカウチを、顎で示した。座れ、ということだろう。正面の壁のほぼ全面を、ビデオプロジェクションのスクリーンが覆っている。手前に小型の冷蔵庫ほどの器機が置いてあり、マイクが接続されているところを見ると一体型の業務用カラオケのようだ。壁の四隅には黒光りする円柱形のスピーカーも設置されている。カウチは二人掛けで、ひょっとしたら、買い手の女が競り落とした元プロスポーツ選手を呼び寄せて楽しい秘密のひとときを過ごす場所なのかも知れない。おれとカツラギは、並んでカウチに座った。ジョーという男は、すぐ目の前に腕組みをしたまま立っている。イラン人というのはペルシャの末裔《まつえい》だから、総じて背丈はかなり高いはずだ。ガンさんは、父親が殺されるところを見たショックで身長の伸びが止まったのだと言ったが、本当にそんなことがあるのだろうか。

ジョーという男は、右手を出した。何かを寄こせということらしい。この部屋で交渉をすることになっていて、依頼する仕事の内容を寄こせということなのか、それともいきなり謝礼を要求しているのだろうか。わからずにとまどっていると、名刺、とかすれた声を出した。財布にはまだ四枚だけ出版社名を記した名刺が残っていて、よろしくお願いしますとバカな台詞を言いながら渡したが、ジョーという男は、全然興味なさそうに一瞥《いちべつ》しただけでレザーパンツのポケットに仕舞い、またカツラギをじっと見た。カツラギも、目をそらさなかった。不思議なことに、カツラギはあの競りの部屋を出たときより少し落ちついている。

「あ、わたしは名刺はないんです」

カツラギがそう言うのを聞いて、一瞬ジョーという男の顔が和んだような気がした。そして、そのあと、それで？　と聞いてきた。素っ気なく、「それで？」と言われて、どぎまぎした。何のことか、わからない。おれたちが何か話して、その続きや理由や真意などを聞き返されたような感じだったからだ。

「用件ですよ」

カツラギが、そう言った。カツラギは、ジョーという男から見つめられても目をそらさなくなった。ジョーという男は、これまで、「おい」と、「名刺」と、「それで?」と、三回しか声を出していない。話すことにしてもそうだが、精神も身体も、余分なものをすべて削ぎ落としたかのような印象がある。引き締まったすごい筋肉をしているが、ボディビルダーのように筋肉が肥大しているわけではない。ひょっとしたらカツラギは、ジョーという男に好感を持ちはじめたのかも知れない。どう猛な容貌や、暴力的な雰囲気が気に入ったというわけではなく、おそらく彼のコミュニケーションの仕方がカツラギにとって疲れないものだったのだ。

用件のことだとカツラギに教えられ、中野にある税理士事務所から、と説明をはじめたが、情けないことにまだ声が震えていた。余計なことはいっさい言うなと自身に言い聞かせながら、アキヅキ・メンタルクリニックの帳簿を手に入れて欲しいとだけ伝えた。ジョーという男は、腕組みをしたまま、何か珍しい動物を眺めるように、こちらを見ていたが、返事はもちろん、相づちもなく、うなずくわけでもなく、ちゃんと話を聞いているのかもはっきりしなかった。そしておれが話し終えたあとも、反応と呼べるようなものが何もなかった。依頼を受けるとも、受けないとも言わないし、おれが言ったことを理解したのかもわからない。謝礼の金額が問題なのだろうかと、おれは、いくら払えば、と言いそうになり、肩をぶつけるようにして、カツラギがそれを制した。

「ごめん」

小声でカツラギに謝った。いくら緊張しているといっても、まだ仕事を受けるかどうかわからないのに謝礼の金額を聞こうとするなんて、おれとしたことが考えられないミスを犯すところだった。ジョーという男は、何かを思い出したように顔を上げ、おれとカツラギを交互にじっと見つめながら、そうか、とつぶやいた。しかし、例によって何を意味するのかわからない。単に口数が少ないというだけではない。競りの参加者は常連客で、新参者のおれたちがガンさん経由の依頼人だということはわかっていたはずで、だから帰ろうとするおれたちを呼び止めて、このカラオケルームに案内したのだろう。だが、ほとんど喋ろうとしないというだけではなく、コミュニケーションしようという意思があるのかどうかさえわからない。はるか昔、ジャーナリストを志していたころ、ゼミで、囚人の交信という有名なコミュニケーション論の講義を受けたことがあった。会話を禁じられている独房の囚人が、鉄格子や壁をアルマイトの食器で叩く。具体的な情報が伝わることはないが、自分は誰かとコミュニケーションを望んでいるという意思を示すことはできる、だいたいそんな内容だった。だが、ジョーという男はそれさえもはっきりしない。依頼を引き受けてくれるかどうかはもちろん、話したり聞いたりする意思があるのかもわからない。

こんな相手と交渉できるのか。いったいどうすればいいのか。途方にくれるおれとは逆に、隣のカツラギは、さらに落ち着きを取り戻していた。額に汗をかいていないし、顔色もよくなっている。カツラギのことを少しずつではあるが理解できてきたような気になっていたが、甘かったと思い知った。おれのほうは、あの怪しい競りの会場の雰囲気がたまらなくいやだったが、少なくとも恐くはなかった。だが、このカラオケルームにジョーという男と一緒にいるのは、恐かった。ジョーという男が顔を上げるときに、そのブルーの瞳が一瞬見える。イラン人とのハーフだという面影は、その瞳の色しかない。だが目が細く切れ長なせいだろうか、ブルーの瞳はときおり透明なガラス玉のように光を失い、まぶたに隠れて見えなくなる。そのときジョーという男の顔は、まるで能面のように表情が完全に消えてしまう。全身から凶器のようなオーラが出ていて、顔にはまるで表情がなく何を考えているのかまったくわからない。そんな人間を前にして、恐くない人間がいるだろうか。しかし、競りの会場では脂汗をかいていたカツラギは、ジョーという男から目をそらすことなく、徐々に平常心を回復している。いったいどういう神経をしているのだろうと、じっとその横顔を見つめていると、ゆっくりとこちらを見て、焦らないで、と囁いた。

焦らない、どういう意味なのかと考えていると、ジョーという男が、カツラギに近づいて、首を傾け、珍しいものを見るような目つきになって、お前、と言った。やはり声はかすれていたが、今までとは微妙に違っていた。コミュニケーションの意図が感じられる口調だった。

「お前、笑わないな」

ジョーという男は、そう言った。確かにカツラギは日常的にほとんど笑うことがない。だからアキヅキのクリニックで、糸電話によるカウンセリングを受けているときに笑い声が聞こえたのでびっくりした。微笑んだりはするのだが、それも少ない。そう言えば、あの競りが行われている部屋では、始終低く抑えた笑い声が聞こえていた。ビデオに映る元プロスポーツ選手の身体を評して、付き添いの男が何かこそこそ話すと、女が、手に持ったシャンパングラスを揺らしながら、いやだあ、とか甘えた声を出して押し殺した笑いが起こる、そんな感じだった。欲情を覆い隠すための笑いで、絶えることがなかった。

「笑うようなことがない」

カツラギは、目をそらすことなくはっきりと告げた。すると、信じられないことが起きた。ジョーという男が、唇の端を上に引き上げるようにして、笑顔を作ったのだ。おそろしくぎこちなかったが、笑顔には違いなかった。だが、笑顔を作るのに慣れていないのだろう。唇の端が下方に戻るときに、頬の肉が震えた。

「そうか」

ジョーという男は、そう言ったあと、そうなんだ、と自分で相づちを打った。

「笑うことがないときは笑わないほうがいい。いやな場所は、出たほうがいい」

一人言のようにそうつぶやいて、カツラギを手招きし、曲名や歌手名などが示される小さなモニタをオンにした。わたし、カラオケとか苦手で、とカツラギが微笑みながら、ジョーという男に話している。おれもそうだ、という声が聞こえてきて、おれはその光景を唖然として眺めていて、そのうちアホのように口をぽかんと開けているのに気づき、どうしてこんな風に事態が進行するのかを把握するのに、かなり時間がかかった。父親が殺されるところを目撃してしまったイラン人とのハーフと、小学生のころに親類にアナルを犯された女は気持ちが通じるところがあるのだろうと、最初いい加減なことを考えたが、実際はもっとシンプルなのだと、曲を選んでいる二人を見ながら気づいた。いやな場所だったから帰ろうと思った、笑うことがないから笑わない、カツラギが言ったことはロジックとしては至極当然だが、別に日本だけに限ったことではなく、一般的に社会的行為として許容されにくい。たいていの人は、仕事だったり、用事があったり、義理があったりすると、いやだなと思う場所でも勝手にそこを出ることはできない。また、他人がいっせいに笑ったり、上司や目上の人がその場を和ませることを言ったり、初対面の人から親密さを求められ笑いかけられたりすると、別に笑いたいわけではないのに思わず笑ってしまう。もちろん悪いことではない。潤滑油のようなものだ。しかし、それが極端に苦手な人間は、空気が読めないとか社会性がないとか言われて孤立を受け入れなくてはならなくなる。

スクリーンが明るくなって、やがて曲がはじまった。ジョーという男が、片手にマイクを持ち、もう一方の手で通信カラオケの器機を操作している。ギターとテナーサックスの伴奏がイントロで聞こえている。かなり昔の歌謡曲だ。スクリーンにタイトルが出た。

「**雨に咲く花**」

すでに歌メロが流れ出したが、ジョーという男は、マイクを握っているだけで歌おうとしない。スクリーンには、**およばぬことと　諦めました**、という歌詞が映し出されている。旋律には聞き覚えがある。

およばぬことと　諦めました
だけど恋しい　あの人よ
ままになるなら　いま一度
ひと目だけでも　会いたいの

その歌に思い出でもあるのか、ジョーという男は、マイクを持った手をだらりと下げ、うつむいてじっとメロディを聞いていた。間奏があるだけでサビの部分がなく、曲はすぐに終わったが、ジョーという男はまたすぐに同じ曲を流した。誰の歌なのだろうか。ジョーという男は、そのあとも下を向いたまま、曲を何度もリピートした。大音量で昔の歌謡曲が繰り返し流れ、胸騒ぎがしてきた。何か異常なことがはじまりそうな、いやな予感がしたのだ。だいたいカラオケルームなどに案内されたりすると、仕事の依頼についてこっそり話し合うと思うのが普通だろう。それが、ほとんど会話が成立しない状態が続き、なぜかカツラギだけが受け入れられ、カラオケが鳴りはじめ、肝心のジョーという男は下を向いたまま固まったように動こうとしない。

「いい曲」

カツラギがそうつぶやいて、ジョーという男に近づいて、手を差し出した。それ、ちょうだい、カツラギがマイクを指してそう言ったのが、口の動きでわかった。

別れた人を　想えば悲し
呼んでみたとて　遠い空
雨に打たれて　咲いている
花がわたしの　恋かしら

はかない夢に　すぎないけれど
忘れられない　あの人よ
窓に涙の　セレナーデ
ひとり泣くのよ　むせぶのよ

カツラギは、「雨に咲く花」を、計四回歌った。カラオケは苦手と言うだけあって、うまいとは言えなかったが、とりあえず音程は正確で、声もきれいだった。熱唱せず、まるで童謡を歌う児童のように、淡々とメロディと歌詞を追い、好感が持てた。

「母の曲だった」

ジョーという男は、カラオケを止めて、ポツリとそう言った。

「父が死んだあと、いつも母はハミングしていた。そして、そのあと、思い出すのがいやで、ずっと聞かなかったんだが、コロラドの小さな町の映画館で、この歌を聞いた」

カツラギは、その映画を知っていた。監督はアラン・パーカーで、第二次大戦で日系移民全員が収容所に入れられた悲劇がモチーフの映画らしい。「雨に咲く花」は、そのテーマソングなのだそうだ。ジョーという男は、カツラギがその映画を知っていることに驚いていた。これまで、その映画を知っている日本人は周囲に一人もいなかったらしい。カツラギは、これは絶対に見ておかなければいけない映画だ、と祖父から、DVDをプレゼントされたのだそうだ。

「お前」

ジョーという男は、歌い終えてカウチに戻ったカツラギに近づき、声をかけた。親身になってカツラギと話したそうな顔つきになり、じっと睨むようにこちらを見たので、自然におれは立ち上がり、カウチの席を譲った。どうぞ、と空いた席を手で示したが、おれのそんな動作には関係なく、ジョーという男は、おずおずとという感じで、カツラギの横に浅く腰をかけた。おれのことなど、まったく目に入っていないかのような態度と動きで、面白くなかったし、こいつがカツラギにちょっかいを出すような事態になったらどうすればいいのだろうと不安になった。ガンさんによると、ファイトクラブのような場所で元相撲取りの顎を一発で砕くようなやつなのだ。こんな男と、カツラギを巡って争うなど、想像もしたくなかった。

「映画、どう思った」

ジョーという男は、そう聞いて、カツラギは、うーんと頬杖をつき、愛の映画、と答えた。

「愛している人、愛されている人は、負けないってこと、ですかね」

ジョーという男は、その回答に満足したようで、何度もうなずいた。まったくおれの出る幕はなかった。だいいち、おれはその映画を見ていないし、「雨に咲く花」がテーマソングだったことも知らないのだ。

「負けない？　何に？」

ジョーという男は、よほどその映画に思い入れがあるようだ。

「いろいろなもの。法律とか」

嫉妬心のせいかも知れないが、カツラギのほうも、ジョーという男との会話を楽しんでいるように見える。

「あ、そうだ」

カツラギが、何か大事なことを思い出したというように、真剣な表情を作った。

「わたしは、恥ずかしかったの。あの映画を見て」

「何が」

「あの映画は、日本人が作るべきでしょう。日本を出た日本人がひどい目にあったわけだから、日本人が作らないといけないでしょう。監督だけじゃなくて、俳優も日本人が出るべきなのに、出てなかったでしょう。俳優は、ほとんど二世か三世で、日本語が下手だった。でも、その下手な日本語が、とても素敵だった。たどたどしかったけど。よかった。可愛らしかったし、すごく練習したことが伝わってきたから」

カツラギがそういうことを言ったあと、ジョーという男は、下を向いて、しばらく黙った。そして、やがて苦しそうな表情になり、国っていうのはそういうもんだ、と吐き出すようにつぶやいた。

「どの国でも同じだ。国を出たやつには冷たいし、見捨てる。殺すこともある」

「五百万、用意してくれ」

別れ際に、ジョーという男は、おれにではなく、カツラギにそう言った。すっかり打ち解けた感じで、カツラギのことが気に入ったようなので、仕事は安く引き受けてくれるかも知れないというおれの期待は外れた。税理士事務所から帳簿を盗み出すだけで五百万も取るのだろうか、高すぎるのではないかと思ったが、カツラギは即了解した。銀行振り込みか、キャッシュで渡すのか、と聞くと、ジョーという男は、現金だと答え、明日の午前中に用意してもらえれば、その二時間後に帳簿を渡す、とまったく表情のない顔に戻って、そう言った。


「あいつ、ジョーってやつだけど、なんかカツラギさんが気に入ったみたいだな」

南青山から戻るタクシーの中で、ついそんなことを言ってしまった。すでに深夜の二時を過ぎていて、疲れていたし、腹も減っていて、ジョーという男が、半ばおれを無視するようにカツラギと会話を交わすのを目の当たりにして、気分が悪かった。明日、代金の五百万をどこで手渡すかについて、電車内とか、駅のホームとか構内とか、デパートとか公園とか、人混みに紛れたほうが目立たなくていいのではないかというおれの提案を無視するように、ジョーという男は、どこでもいい、と言った。結局、もっとも面倒がないという単純な理由で、中野の、税理士事務所が入っているビルの前で待ち合わせることになった。そうすれば帳簿をすぐに渡せるし、近くで待っていてくれればいい、ジョーという男は、まるで、宅配便を届けるかのような事務的な口調でそう付け加えた。ただ雑居ビルらしいので人の出入りがあるだろうし、五百万もの大金の受け渡しはリスクがあるのではないだろうかと言ってみたが、五億だったらスーツケースが必要だけど五百だから大きめの封筒で充分だと、軽くあしらわれた。

「気に入ったっていうんですか」

カツラギは、タクシーのシートに横向きにもたれかかり、バカなことを言う人だなというような目でおれを見た。

「ああいう人は、誰かを気に入ったりしないですよ」

でも、おれは明らかに無視され、カツラギとしか話そうとしなかった。

「わたしはあの人に興味がないし、あの人も、もちろんわたしに興味がない。ただし、だからあの人はわたしを信用しているの」

興味がない？　興味がないのなら、どうして謝礼の額や受け渡し場所をカツラギと話し合ったのだろうか。そんなことを、言葉を曖昧に濁して、気にしていない風を装いながら質問すると、カツラギは、セキグチさんってやっぱり幸福な人ですね、と言って、窓外に視線を移した。

「できたら今すぐに世界中の人間を殺したいって思っている人間がいるんですよ。そういう人って、興味を持つ対象がいた場合、まず思うのは、とにかくこいつを殺したいってことです。まあ、彼はバカじゃないし、自分の怒りとずっと付き合ってきた人って、逆にすごく用心深いから、彼がね、実際に殺したりするというわけじゃないです。彼は、どういうわけか、わたしには興味がなかったんですね。わたしのことを、殺したいやつだと思わなかったんです。だから信用されたんだと思う」

三軒茶屋に戻ってきて、軽くウイスキーを飲んでベッドに横になったが、なかなか寝つけなかった。新居に着いたのは深夜の三時で、マツノ君はすでに寝ていて顔を出さなかったし、今日は非常に疲れました、とカツラギはすぐに自分の部屋に引っ込んだ。確かに、長い一日だった。いろいろなことがあり過ぎた。ガンさんへの依頼にはじまり、中高年の女が元プロスポーツ選手を買うという異様な競りを見て、そのあとで、目の前にいるだけで恐くて震えが来るような、ジョーという男に会った。疲れないほうがおかしい。よく神経が保《も》ったものだ。どこで何錠安定剤を飲んだかも曖昧になっている。だが、眠れない原因は、ガンさんでも、競りに参加していた女たちでも、ジョーという男でもなかった。

カツラギだった。正確に言うと、カツラギがタクシーの中で言ったことだ。セキグチさんってやっぱり幸福な人ですね、と言われ、がっかりして身体から力が抜けた。小馬鹿にしたような微笑みを浮かべて、そんなことを言った。どこから見ても、誰が見ても、おれは幸福な人間ではない。五十を超えた冴えないオヤジでろくな仕事もなく、妻子には逃げられ、長年木賃宿のような安アパートに住み、しかもやっかいな事件と人物に巻き込まれて身動きが取れない。そんなことをすべて承知の上でカツラギは、幸福な人だと言ったのだ。馬鹿にされたような気がしたのだが、それよりもショックだったのは、そのあとカツラギが続けた言葉に、リアリティを感じたことだった。ジョーという男はわたしには興味がなかった、今すぐに世界中の人間を殺したいと思っている人間がいる、興味の対象に関して思うのはとにかくこいつを殺したいってことで、わたしには興味がなかったから信用された、カツラギは、そんなことを淡々と喋った。

おれはそんなことを想像したこともなかったし、そんなことをごく当たり前のことのように話す人間にも会ったことがない。わけのわからないことを言う女だなと、そう思えればよかったのだが、因果なことに、理解できてしまった。カツラギが言ったことは、おれの常識を越えていたが、論理的で、筋が通っていて、味も香りもきついが極めて上質の酒が喉を滑り落ちていくような感じで、腑に落ちた。この女は正しいことを言っているとわかった。おれがフリーの記者時代に、反社会的な人間を何十人と取材したせいかも知れない。取材した風俗店主やヤクザや総会屋や闇金融の連中は全員ワルで、正真正銘の犯罪者も大勢いた。連中から聞いた話が澱《おり》のようにおれの心に堆積していて、それがカツラギのロジックに反応し、正しいという判断を下したのだろう。あの女は底知れない、そう思うと、疲労している神経がさらに不安定になった。だが、奇妙なことに、その不安定な感じは、いやなものではなかった。自分が否定されるような、大切なものから拒否されているような、そんないつもの不安定さではなかった。

「じゃあ、あの喫茶店で待っててくれ。十五分で戻る」

ジョーという男は、そう言って、五百万の現金が入った煉瓦のような分厚い封筒を小脇に抱え、六階建ての古びた建物に入っていった。税理士事務所はその三階にある。JR中野駅の北口を出て、線路沿いの細い道を右にしばらく歩いたあたりで、小さな雑居ビルやマンションが建ち並び、人通りはかなり多い。どうやって十五分で帳簿を盗み出すのか見当もつかないが、おれとカツラギはすぐにその場を離れ、指定された喫茶店で待つことにした。数軒隣りにあるマンションの一階にある「白い家」というコーヒー専門店だ。

「明るいところだな」

ブレンドコーヒーを頼んで、おれは思わずそうつぶやいた。サイフォンが並んだカウンターと、テーブルが三つだけの狭い喫茶店で、通りに面した窓が大きく、初夏の日差しが店の奥まで届いている。午前中の中途半端な時間のせいか、他に客はいなかった。

「ねえねえ」

カツラギが、顔を寄せてきて、ここってゲイの店ね、とささやき、小さな笑い声を上げた。狭い店なのに、店長らしい男も含め三人もウエイターがいる。三人とも、紺色のズボンに白いシャツを着て、髪を短く刈り込み、小麦色の肌をしていた。店長は四十代の後半といったところだが、他の店員は若くて、一昔前の韓流《ハンりゅう》アイドルみたいな顔をしている。おれとカツラギが店に入っていくと、いらっしゃいませ、と不自然なほど明るい笑顔で迎えられた。白いシャツからは太い金のネックレスと、高そうなブランドものの腕時計が見えた。

「ね？　でしょ？」

カツラギは、またそうささやいて、いたずらっぽく笑った。確かに、ゲイには違いないようだが、そんなことを面白がっている場合じゃないだろうと思った。今、ジョーという男が、数軒先のビルで、帳簿を、盗むというか、強奪するというか、とにかく法律に触れることを実行しているのだ。パトカーのサイレンが聞こえてきたらどうすればいいのだろうか、おれは、そんなことばかりを考えているのに、このカツラギの余裕はいったい何だろうか。そんなことを、自分の不安をごまかしながら、曖昧な表現で聞くと、だって、信じて待つしかできることはないですよ、と柔らかな表情のまま、素っ気なくつぶやいた。またしても正論だ。ガンさんによると、ジョーという男は依頼された仕事で失敗したことがないらしい。確かに、待つ以外、おれたちにできることはない。カツラギの態度は、いわゆる度胸があるということだろうか、それとも危機意識が薄いのか。それにしても、まったく印象が違う。あの駒込の文化教室ではじめて会ったときはほとんど口をきかなかったし、たまプラーザの「テラス」では落ち着きがなく、安定剤を嚙み砕いて飲んでいた。今はまるで別人のようだ。そのことをまた何気ない感じを装って聞いてみたが、今でも安定剤は飲んでるし、目的がはっきりしている分、今は楽、という答が返ってきた。

そう言えば、初台にある銀行で五百万円を下ろすときも堂々としていた。ミイラのような老人が影響力を持っているらしい旧財閥系の銀行で、おれたちは応接室に通され、支店長から五百万が入った封筒を渡された。女の行員がうやうやしく和菓子とお茶を運んできて、そんな待遇はもちろん経験がなく、おれは驚いたが、カツラギは涼しい顔で分厚い封筒を受けとり、おいしいですねと、微笑みながら和菓子を食べた。底が知れない女だという思いは深まるばかりだった。だが、嫌悪はない。カツラギと今さら離れたりすることは許されないわけだが、離れたいとは思わない。いっしょにいても苦痛ではなく、逆に、気分はどこか浮き立っていた。

「もうすぐ十五分だけどな」

おれが時計を見て、そうつぶやいたとき、窓外にジョーという男が現れ、静かにドアを開けて、ゆっくりと店に入ってきた。急いでいる様子も、焦っている印象もない。真っ昼間に税理士事務所に押し入り帳簿を強奪してきたようには見えない。極端に小柄だが、ズボンの腰回りやTシャツの袖を押し広げるように筋肉が盛り上がっているせいか、ゲイの店長と店員たちが啞然とした表情になった。恐々と、また興味深そうに、何になさいますか、と若い店員が近づいてきて注文を聞いた。炭酸水にライム、ジョーという男がそう言うと、はい、承知いたしましたと、少し声が震えた。

「これ」

ジョーという男が、メモリスティックをカツラギに渡した。帳簿は原本しかなく、コピーするのに時間がかかるから、パソコンからデータを記憶メディアに移させたらしい。おれは、早く店を出たほうがいいと焦った。どういう方法で実行したのかはわからないが、とにかく強奪してきたのだ。すでに警察に通報されているかも知れない。しかし、ジョーという男は、運ばれてきたペリエを自分でグラスに注ぎ、親指と人差し指でライムを器用に搾《しぼ》って、ゆっくりと飲んだ。

「逃げなくていいんですか」

さすがに気になったのか、カツラギがそう聞いたが、ジョーという男は、必要ないというように首を振った。

「これも書かせた」

そう言って、細長い紙切れをズボンのポケットから取り出し、カツラギに見せた。それは何と五百万円の領収書だった。ちゃんと「大澤税理士事務所　大澤紀之」という署名が入り、実印が押してあって、収入印紙も貼ってある。だが、額面五百万円ということは、ジョーという男は、おれたちが渡した全額を税理士事務所に払い、自分の報酬は受けとっていないことになる。そのことをカツラギが質すと、ジョーという男は、ガンさんには世話になったから、と答えたあと、照れたように笑った。ぎこちない笑顔だったが、見ようによっては、幼児のような純朴な印象もあった。

「その代わり」

ジョーという男は、下を向いて、さらに照れ臭そうな表情になって顔を上げ、カツラギを見て、いつでもいいんだけど、と小さな声で言った。

「また、あの歌だけど、歌ってくれないかな。いや、本当にいつでもいいんだ。あのマンションは嫌いだろうから、どこでも、その辺の普通のカラオケでもいいんだ」

そんなことを言ったあと、カツラギをしばらく見つめ、唇をかみしめて、また視線を外し、窓外を眺めた。

「『雨に咲く花』？　いいですよ。わたし、いつでも歌いますよ」

微笑みとともにカツラギがそう言うと、モケとかシャケとか、よくわからない言葉を漏らした。え？　何ですか、とカツラギが聞き直すと、ありがとう、と日本語でまた小さくつぶやいた。さっきのモケとかシャケとかいうよくわからない言葉は、ペルシャ語で、ありがとうございます、という意味らしい。それにしても、どうやって帳簿のデータを入手したのだろうか。五百万円で買ったのだろうか。確かに五百万は大金だが、税理士事務所には顧客のプライバシーを守る義務があるはずだ。

「これは、おれがもらっておく」

領収書をまたズボンのポケットにしまい、ジョーという男は、店を出ようと言った。

「あの、それで、このデータ、買ったんですか」

中野駅に向かう道すがら、カツラギがそう質問すると、ジョーという男は、いや、と首を振り、選ばせた、と答えた。

「おれは、昔からジャブが得意で」

そう言って、ふいに立ち止まり、ファイティングポーズをとって、右手をおれの顔に向け、はね上げるような動作をした。それは、まさに目にも止まらないほど速い動きで、何が起こったのかわからず、おれは頬骨のあたりに軽い刺激を感じた。ジョーという男の拳が、触れるか触れないか、微妙な具合に頬に当たったのだろうが、まるでナイフの先端が恐ろしいスピードで顔をよぎったような感じで、一瞬目まいがして、そのあと脇の下から冷たい汗が噴き出て、鳥肌が立つのがわかった。

「ジャブで一人の頬を切る。そして、顎を砕かれるか、歯と鼻の骨を折るか、それとも五百万を受けとるか、相手に選ばせる、そういうやり方なんだ」

怪我させたんですか、とカツラギが聞くと、頬を少し切っただけ、らしい。

「バンドエイドでＯＫ」

何かあったら連絡してくれ、こちらからも、たまに連絡する、たまにだ、そう言い残して、ジョーという男は、駅前からタクシーに乗り込んだ。

「これはナイスでした」

スピーカーから、どこかヌメヌメしているような声が聞こえる。ナガタという男だ。メモリスティックのデータをマツノ君がメールに添付して送った。データが手に入ったと連絡すると、ナガタという男はこちらに来ると言った。しかし、カツラギがいやがったし、おれも会いたくなかった。

「どうやって手に入れたのか、聞いてもいいですか」

ダメ、とカツラギが素っ気ない口調で拒むと、ナガタという男は、ふーん、と不愉快そうな声を出し、黙った。気分を害したようだ。カツラギが、まだ赤くなってる、とおれの頬に軽く触れながら、そう言う。ジョーという男の拳がかすったあたりが、しばらくしてから赤くなった。腫れているわけではない。内出血ではなく、鋭利な刺激により皮膚が過敏に反応したのだと思う。あのジャブがあと一ミリ深かったら、皮膚が裂けていただろう。あと一センチ深く入っていたら、頬骨が折れたかも知れない。ジョーという男は、税理士事務所の一人の頬を切ってみせたと言った。それを事務所の全員が目撃していたらしい。プロボクサーのパンチを実際に浴びたことのある一般人はまずいない。皮膚に触れるか触れないかという、ごく浅いジャブを受けて、おれは冷や汗をかき、鳥肌が立った。ジャブで頬の皮膚が切れるのだから、ストレートやアッパーだと顎が砕かれると、誰もが実感するはずだ。しかも、金を出せと脅されているわけではなく、逆に、五百万円を払うと言われている。それに、要求されているのは、医師が自殺して閉業したクリニックの帳簿で、閲覧されても誰に迷惑がかかるわけでもないし、原本は残してあるので、万が一警察などに調べられても発覚しない。おれが税理士でも、躊躇なくデータを渡すだろう。領収書を書かされているので、警察に届け出るわけがない。

カツラギは、ナガタという男が喋るのをせかすわけでもなく、どちらかと言えば無視するような態度で、携帯を耳から離したり、また近づけたりしながら、ソファにゆったりと腰掛けている。五月にしてはやや蒸し暑い夜で、大きめの白いTシャツとショートパンツという格好だった。長くて形のいい脚がおれの目の前にあり、マツノ君も、不思議なカーブを描いたふくらはぎをじっと見つめたりしていた。

「領収書、見ましたか」

咳払いをしてから、ナガタという男がまた話しだした。見たよ、とカツラギが興味なさそうな口調で応じる。帳簿は表計算ソフトで作られていたが、スキャンした領収書がＰＤＦで添付されていた。だが、学会などの出張経費、医師同士の食事会の明細、患者や同業医師への連絡用だと思われるバイク便、それに宅配便などで、テロに結びつくようなものは見当たらなかった。

「バイク便です」

ナガタという男が、思わせぶりな重々しい口調でそう言った。だがカツラギは、あ、そう、と相変わらず素っ気なかった。冷淡な感じさえした。真偽のほどはわからないが小学生のころにアナルを犯されたという相手なので、いまだに怒りや恨みがあってもおかしくないが、カツラギはそれほど単純ではない。ひょっとしたら、ナガタという男から話を引き出すには、素っ気なくて冷淡なほうが効果的だとわかっているのかも知れない。

「だって、アキヅキ先生は、クライアントへの連絡用に、バイク便使ってたんだから。わたしも、本とか、ＤＶＤとか、よく送ってもらったんだから」

カツラギは、あんたはいったい何が言いたいんだ、というように、あえて投げやりな口調で話している。挑発しているのだろう。ナガタという男には性的異常者の雰囲気が漂っているが、自分の専門分野にはかなりの自信があるらしく、プライドが高そうだった。先日会ったときにも、フルーツジュースに青汁を混ぜるとウンコ色になるとか、どうでもいい話を長々と続け、もったいをつけて、肝心なことに話が及びそうになるとなかなか喋ろうとしなかった。興味を示されると情報を出し惜しみして黙り、無視されるとやたら饒舌になるというタイプの人間がいる。たいてい、暗い過去があり、性格は歪んでいる。

「バイク便の領収書ですが、送り状といっしょになったものと、別に発行されたものがあります。去年の十月頃から、バイク便を利用する頻度が急に増えているんですが、気がつきましたか」

いや、気づいてないけど、それが何か？　カツラギは無関心を装う態度を変えない。

「ざっと数えてですね、アキヅキという先生はこの一年間で百三十七回バイク便を利用してますが、去年九月以前は、たったの二十四回です。残りの、百十三回は、この半年間に集中していて、とくに直近の三ヶ月で七十九回も使ってます」

忙しかったんじゃないの？　先生、春にはクライアントが増えるって、言ってたし、カツラギがそう冷たく応じながら、マツノ君に、指を回すような動作をして見せた。ちゃんと録音できているか、という意味だ。マツノ君は、カツラギの携帯をＰＣに接続しモニタリングしている。ヘッドフォンで録音状態をチェックし、両手を丸く頭上で触れ合わせて昔ながらのＯＫサインをした。

「違うんです。あのね、違うんですよ」

そう言って、ナガタという男は、あららららららら、とうがいのような変な声で笑った。スピーカーから響くその笑い声は耳ざわりで、おれは癇に障ったが、カツラギは慣れているのだろう、冷静さを失わず、話が核心に迫るのを辛抱強く待った。

「確かに、クライアントや同業の医師宛にもバイク便出してますよ。ただ、それらは個人宛、病院、クリニック、医院、それに大学の研究室などで、まったく問題ないんです。問題は、その他に、いくつかの、企業というか、法人宛のやつです。ざっと見ると、キャリアガレージとか、アクアスカイとか、よくわからない会社名があります。キャリアガレージは、人材派遣です。昨年度の売上を調べるとだいたい三十億で、派遣業としては中堅どころで、口コミのランキングでもかなり上位に入ってます。アクアスカイというのは、海外から、ペット用の爬虫類や両生類を輸入している会社でして、業務が業務だけに売上は大したことがないです。ほかにサイトープレジャーグループというのがあり、これは麺専門のレストランチェーンですね。スパゲティ、うどん、そば、ラーメン、フォー、ビーフンなどですね、今は、出店数が止まってますが、ありとあらゆる麺が食べられるという触れ込みで、二年ほど前までは急成長していました。こちらは、約百億ほどの年商があります。会社は、他にもいくつかありますが、新光興産という古い輸入業の会社があってですね、これが今は、持ち株会社となり、さっき挙げた人材派遣とか、カメやヘビを輸入する会社とか、とにかく全部、系列下にあるんです」

　なるほど、さすがね、とはじめてカツラギがほめた。話が核心に近づいてきたと感じたのだろう。実は、おれたちも帳簿と領収書をざっと眺めて、バイク便の数が多いことには気づいていた。送り先に、個人のクライアントや、同業の医師以外、いくつかの会社があることも目についたので、できる範囲で調べてみた。アクアスカイとかキャリアガレージにはウェブサイトがあったので、マツノ君がチェックした。だが、武器や弾薬や爆薬や化学兵器を扱ってますとホームページで紹介する会社などあり得ないので、考えてみれば当然なのだが、テロに関連するようなものは何も見つけられなかった。心療内科医のアキヅキがどうしてカメやヘビやトカゲを輸入する会社にバイク便を出す必要があったのか、確かに謎だったが、きっとそこの経営者がクライアントだったのだろうというように、軽く考えていた。もちろんそれらの会社の売上などに関心を持つこともなく、まして、それらの会社が同系列だなんて、想像もできなかった。

「それらの会社宛のバイク便送付は、去年の八月頃から、少しずつはじまって、さっきも言いましたが、去年十月から、急に増えはじめます。そして、送り状の品名、領収書の、信書扱いの内容物ですが、その不思議な名称を見ましたか」

いいや、そこまでは見ない、カツラギは、ソファに座り直した。ナガタという男の情報が少しずつ具体性を帯びてきたせいか、目が輝いている。おれも興奮してきたが、ショートパンツから伸びるカツラギの長い脚も充分刺激的だった。電話を録音しているマツノ君と違い、おれは何もしていないので、つい目が脚に向いてしまう。それにしても、カツラギがこんな脚をしているとはこれまで気づかなかった。時間をかけて体の手入れをするようなタイプではないと思うのだが、肌が真っ白で、染みも吹き出物も黒ずんでいる部分もまったくなくて、むだ毛も毛穴も全然目立たない。まるでマネキンのようで、触れてみたらどんな感触なのだろう、手に吸いつくような肌なのではないか、などと思ってしまい、ナガタという男の話の続きを少し聞き逃してしまった。

「去年十月あたりからの、会社宛の品名、もちろん基本的には、書類、ということになってます。まあ、これ、当然ですね。ただ、備考とか、取扱注意事項、それに書類タイトルなどの欄に、奇妙な、暗号のようなことがですね、何気なく記してあるんです。気づきましたか」

気づいてない、あまりよく見えなかったし、カツラギは、敗北を認めたかのような、ため息をついてみせた。

「そう、走り書きみたいなね、カタカナとかひらがなとかで、注意しないとわからないんだけどね、重要な情報というのは、これはいかにも重要な情報ですっていう風に、記してあるわけではないんです。重要な情報ほど、さりげなく、目立たないようになっているものです。草ぼうぼうでよく見えない道しるべのようにね」

そうなんだ、とカツラギは感心するような声を出したが、通話口を手で押さえてから、草ぼうぼうの道しるべだってさ、とあきれたように小さく笑った。

「まず、去年十月から十一月にかけて、コウホネ、という暗号みたいなカタカナが品名のあとに付けてあるんですね。十二月になると、ハルノオガワ、って有名な童謡のタイトルも、備考欄のいくつかに書いてあります。童謡だと思ったでしょう。え？　童謡だと思いませんでしたか」

うん、確かに童謡だと思ったんだけど違うの？　カツラギは、正直にそう言って、ナガタという男の次の言葉を待った。おれたちは、いくつかの備考欄に「ハルノオガワ」と記されていることに気づいたが、本当に童謡のCDか、もしくは楽譜のようなものだと思って、気に留めなかった。

「ウダガワやジンナンだったらどうですか」

ナガタという男が、そう言って、おれは思わず視線をカツラギの脚からスピーカーに移した。ウダガワやジンナンという名称は、陰惨な記憶に直結していた。宇田川、神南という固有名詞は、NHKと、その西玄関を想起させた。

「そう、今は宇田川という川はありませんが、昔はありました。そして、河骨川《こうほね》という支流があって、童謡の『春の小川』の題材になったらしいです。それで、十二月の後半あたり、ミネマチ、ウノキという名称が出るようになりますね。わかりますか。池上柳橋商店街近辺の地名です。そしてですね、いよいよ今年の一月に入ると、ツノハズという名称が出るようになります。ツノハズは、戦後もしばらく使われていましたし、今でもたまに見かけます。歌舞伎町一帯は、かつてツノハズでした。わかりますか」

カツラギの顔が青ざめた。マツノ君は、池上柳橋商店街と聞いて、刈払機のテロを思い出したのだろう、口をぽかんと開け、怯えた表情になった。渋谷NHK、池上柳橋商店街、そして歌舞伎町、それだけで充分だった。カツラギは、眉間に皺を寄せ、落ち着きがなくなり、テーブルに手を伸ばして財布から安定剤を出して噛み砕いた。だが、ナガタの情報分析は終わったわけではなく、そのあと信じられないことを話しだした。

「でもね。ツノハズという名称は、二月初旬には、すでに出てこなくなるんですね。二ヶ月から半年前には、準備のための連絡を終えることになっているようです。そのあとですが、まあこれについてはですね、悪いジョークだと思うんですけどね。やはり地名がカタカナで出てくるんです。それで、ごく最近まで、バイク便にはこれらの地名が記されていました。いいですか。ウワ、ノト、アリウラ、オマエザキなどです。他にもいくつかあります。これ、わかりますか」

わからない、カツラギの声が震えている。何となく聞き覚えのある地名だった。おれは本能的に、それらの地名に共通することを、わかりたくないと思ったが、オマエザキという地名を聞いて動悸がしてきた。そして、ナガタという男は、大きく息を吐いたあとで、言った。

「全部、原発のあるところです」

原発？　おれは、何か硬くて重いものを飲み込んでしまったような、いやな感覚にとらわれた。不安とか恐怖ではなく、身体的な違和感だった。カツラギが、耳にかざしていた携帯をテーブルに置き、暗い顔をして、マツノ君とおれを交互に見た。

「いや、悪いジョークだと思うんですけどね」

スピーカーから、ナガタという男がさっきと同じことを言うのが聞こえて、苛立ちが増した。へらへらと軽い感じだが、気持ちをごまかしているのが伝わってくる。NHK西玄関も、池上柳橋商店街も、そして歌舞伎町の新宿ミラノもジョークではなかった。原発に限って悪いジョークに違いないという根拠など、どこにもない。そうですよ、これはさすがにジョークでしょう、とマツノ君は、上ずった声でそんなことを口走っているが、目が虚ろで、顔が引きつっている。カツラギは、茫然とした複雑な表情になり、自分の足先を見つめたままだ。クリニックを訪れたときに、アキヅキが言ったことを思い出しているのだろう。アキヅキは、日本を焼け野原にするのに戦争や空襲など必要ないのだと言って、唐突に原発について話しはじめた。リアリティがあって、恐かった。おれも鮮明に覚えている。

配管がいかれそうになっている原発がいくつあるか知ってるか。大震災後の福島第一の事故は津波が原因ではなく古くなっていかれかけていた冷却系の配管が大地震で壊れたという指摘もある。配管が古くなっているのは冷却系だけではない。原子炉と直接つながるものも大半は古くなっている。それらが割れたり、ひびが入るだけでどうなるか。タービンも古い。復水器がつまっても、循環ポンプが故障してもアウトで、冷却系の配管が破断したらカタストロフまで一直線だ。他に、使用済み核燃料棒を貯蔵したプールが日本各地にあって、だいたい数千体単位で貯蔵されていて、冷却し続けなくてはならない。数千体の核燃料棒というのはだいたい原子炉十基分の燃料体で、しかもそれらは原子炉と違って格納容器もなければ頑丈な防御壁もない。薄いコンクリートの壁があるだけで、数百度の熱で崩壊する。危ないやつがダイナマイトを数本放り投げる、それだけで核燃料棒が周囲にばらまかれる。そういった状態が焼け野原でないなら、いったい何なんだ、アキヅキはそんなことを淡々と話したのだった。

ただし、キニシスギオたちのネットワーク内で何が起こったのか、よくわからない。

アキヅキは自殺してしまった。そして、おれたちにミッションを与えたミイラのような老人は、ネットワークの中に暴走する一群が現れたのだと言った。アキヅキの自殺は、新宿ミラノの大規模テロのあとだった。アキヅキは、新宿ミラノであれほどのテロが引き起こされるとは想像していなかったのだろうか。おそらくアキヅキや、ミイラのような老人が率いるグループと、暴走する一群との間に、どこかの時点でギャップが生まれたのかも知れない。


「原発って、あの原発だよね」

カツラギが一人言のようにつぶやくが、ナガタという男は、何も返事をしない。スピーカーモードにした携帯からは、ため息とも咳払いともつかないかすかな音がときおり洩れてくるだけだ。ナガタという男が反応しないのは当然だ。あの原発だよねと言われても、反応のしようがない。あの原発も、この原発もない、ゲンパツと発音される言葉が意味するのは、原子力発電所だけだ。マツノ君は落ち着きを失ったまま、大きな目をキョロキョロさせ、おれとカツラギを交互に見ている。重苦しい沈黙に耐えかねて何か言いたいのだろうが、言葉が出てこないのだ。

「ふーん、やっぱり原発なんだ」

カツラギが、投げやりな感じでそう言ったが、きっと七年前を思い出しているのだろうと思った。原発は、シャレにならない。あの大震災のあと、福島第一原発が危機的状況に陥り、東北だけではなく関東も危ないという噂が飛び交い、街角から外国人の姿がほとんど消えた。アメリカやヨーロッパの駐在員やビジネスマンだけではなく、アジアから出稼ぎに来ているような人々まで自国に逃げ帰った。おれは、仕事を失い、妻と娘に去られたあとで自暴自棄になっていて、しかも歳も歳だし、放射性物質が飛んできたら飛んできたでしょうがないとタカをくっていたつもりだった。だが、それでもあの重苦しい気分は忘れようがない。何か取り返しのつかないことが起こって、盤石だと信じて疑わなかったものがあっさりと崩れ落ち、風景全体が歪んでしまったような異様な雰囲気だった。程度の差はあっても誰もが似たような気分だったと思う。関東、東京はだいじょうぶという専門家もいたし、地球の裏側まで逃げなければダメだと街頭で訴える宗教家もいた。ほとんどの人が不安を押し殺しながら生活していて、浄水場から微量の放射性ヨウ素が検出されただけでスーパーやコンビニから水のペットボトルが消えた。

全部、原発のあるところです、ナガタという男がそう言って、ああいったことがまた繰り返されるのかと思うと、気力が萎えた。何か大きくて重いものに頭を押さえつけられるような、圧迫感にとらわれた。

「でもさ、どうしてバイク便? 他に連絡方法はいろいろあるでしょう。バイク便って、誰かに見られるかも知れないし、紛失だってまったくないとは言えないでしょう。重要なことをバイク便でやりとりって、わたし、変だと思うけど」

カツラギがそんなことを言って、スピーカーから、ナガタという男のため息が聞こえてきた。カツラギが、ね、そうでしょ、というように、おれのほうをじっと見つめている。同意を求めているようだ。原発という言葉が生んだ重苦しさから無意識に逃れようとしているのだと思った。おれも同じように、ちょっと待てよ、という違和感がさっきから頭をもたげていた。たかがバイク便の、それも備考欄とか注意書きとか書類タイトルの話じゃないのか、そこまでシリアスじゃないのではないか、そんな風に思おうとしたのだ。

「バイク便は確かにアナログの極致ですけどね。実際の話、もっとも安全なんですよ」

そう反論したのは、意外にも、ナガタという男ではなくマツノ君だった。悲しそうな目をして、逆にクラウドなんかだとどこで情報が引き出されるのかわからないですから、そう言った。

「国際的なビジネスとか、政府間のやりとりとか、あと犯罪やテロの組織とかですね、本当に重要な情報だとインターネット経由ではなくて、直接人が運ぶのが常識となっているらしいんです。とくに爆弾に使う電気雷管などは、必ず現地まで人が運ぶそうです」

へえ、そうなんだ、カツラギは、どうでもいいことのようにそうつぶやいたが、おそらく自分でもわかっていたのだろう。単に、原発という言葉を受け入れるのがいやだったのだ。この電子の時代になぜバイク便なんだ、と最初はおれもそう思った。だが、すぐに、この連中は本物に違いないと直感でそう感じた。バイク便で、どんな情報が運ばれたのかはわからない。だが、あの駒込の文化教室で、おれのジャケットにメッセージが突っ込まれていて、その紙切れには極小のマイクロフィルムが貼りつけてあった。マツノ君が解読して、池上柳橋商店街という言葉が浮かび上がった。キニシスギオのグループは情報技術に長けている。別にインターネットが使えないからバイク便を使ったわけではない。おそらくバイク便で運ばれた情報は、たとえ紛失したり、誰かに見られたりしても、それが何かわからないようにさまざまな加工が施されていたに違いない。そのくらいのことは、カツラギもわかっているはずだ。

「それで、実は、他にもあって」

またスピーカーからナガタという男の声が聞こえて、え？　何、とカツラギは素っ気ない返事をした。明らかに苛立っている。

「数字なんですけど」

ゲンパツという単語ではなかったので、少し気持ちが軽くなった。数字？　カツラギも、安堵したらしく、息を大きく吐きながら、長い脚をソファで組み直した。抜けるように白いふくらはぎの皮膚に青い血管が細く浮き上がっている。女のきれいな脚には力があるのだと、バカみたいなことを考えた。原発という言葉を聞いて以来ずっと体にまとわりつく重苦しさが、一瞬だけだが消えた。信じられないことに、おれは欲情しそうになった。心身の危機は、興奮伝達物質を介して性欲を刺激すると誰かの本にあった。正しいのかも知れない。真偽のほどは不明だが、母方の祖父は空襲のとき防空壕で子どもを作ったと言っていた。

「気づきませんでしたか」

何に？　数字？

「そうです。備考欄にですね、８８と記したものが九つありました」

それは、見たよ、とカツラギがおれとマツノ君を見て、うなずく。確かに、８８とか八八と書かれた数字がいくつかあった。だが、やはり走り書きのような乱暴な筆致で、おれたちは単なる日付とか重量とか長さとか、そんなものだろうと思った。

「これ、日付じゃないですし、重さとか、分類の数字でもないんですね」

じゃあ、何なの？

「いや、わたし、わかりません。暗号だと思います。財産管理目録とか貸借対照表ならわかりますが、暗号の専門家ではないんで、そちらで調べてもらえないですか」

マツノ君が、ぼくがやりますよ、と自分の胸を指差した。膝に載せたＰＣを示し、検索かければわかると思います、そう言った。

「バイク便で送られた会社とかは、調べなくていいのかな」

おれは、スピーカーに向かって、ナガタという男に聞いた。キャリアガレージ、アクアスカイ、サイトープレジャーグループ、それにそれらを統轄する持ち株会社だという新光興産という会社だが、たとえば変な動きがないか、監視する必要はないのだろうか。しかし監視するとなると面倒だ。人手がいるし、相手に気づかれるかも知れない。

「調べたとしてもですね、たぶん何も出てこないですよ。会社の業務としてテロをやってるわけじゃないですからね。たとえ帳簿を盗んだり、二十四時間見張ったりしても、なにもわからないんじゃないでしょうか」

確かにその通りかも知れない。新光興産とその系列会社はすべて品川に本社があり、創業以来家族経営が続いていて、株式は未上場だが、連結でも単体でも一度も赤字になったことがない。絵に描いたような優良企業らしい。そもそも、会社ぐるみでテロを画策したりすると、必ずどこからか情報が漏れる。秘密を知る人間が少なければ少ないほどリスクは小さくなる。

そう言えば、いつか、マツノ君がアル・カイーダ型の組織論を話してくれたが、キニシスギオのグループとそのネットワークは、垂直方向の命令系統を持つピラミッド型の組織ではなく、いくつもの独立した細胞が有機的につながり合い、各構成員も全貌がわからないようになっているらしい。新光興産が、暴走をはじめた細胞の中心であるのはほぼ間違いない。だが、たとえば、従業員をテロの実行犯に仕立て上げているとか、そんな単純な話ではないだろう。たぶん、テロの実行犯はアキヅキが個人的に一本釣りのような形で確保し、可燃剤やイペリットを用意したのも、おそらく別のグループなのだ。

新光興産の経営者は、創業者の息子で、名前は光石幸司といい、他の経済人との付き合いや交友がほとんどなく、メディアに登場することもまったくないらしい。ホームページの会社概要にも、社長の写真はない。「わたくしどもの役目は世の中をよくし、人々の幸福に寄与することです」という短い社是が紹介されているだけだった。ナガタという男によると、光石幸司は年齢が七十代半ばで、古いタイプのワンマン経営者で、人柄が温厚な紳士らしい。社会貢献に熱心で、とくに障がい者雇用には長年の実績があり、東京都と厚労省から何度も表彰されているそうだ。だが、暴走する細胞の中核にいて、大規模テロに関連しているのは、新光興産を経営する光石だ。他の経営陣や部下たちが光石を差し置いてテロを企てることは考えられない。事業計画や資金の流れなど、情報はトップに集約される。他の誰かが、光石に隠れて何か画策するのは不可能だ。

「とにかく、情報が少ないです。ただ、このミツイシといういじいさんはいろいろな社会貢献をやっていて、表に出ている情報は、それらに関することだけです。障がい者雇用、それからカンボジアやラオス、中米などでの地雷除去活動への献金、それにアフリカ象保護のための象牙使用禁止のための活動、フカヒレ用サメ捕獲禁止のための活動、他にもいろいろなボランティアに加わっているんですね。それで、経営スタイルは保守的で、たとえば系列の麺類チェーン店の出店ペースにしてもおそろしく緩やかです。もちろん無借金経営ですし、社債の格付は常に最高ランクを維持してます。ただですね、あまりにも非の打ちどころがなくて、逆にちょっと異様な気がします」

ナガタという男は、あのミイラのような老人なら、何か知っているかも知れないと言った。

「あの方なら、ご存じだと思いますよ。企業沿革にですね、ちょっとだけ書いてあったんですけど、このじいさんの父親、創業者ですけどね、光石洋二郎という人物ですが、満洲からの引き上げです」

「どう？」

カツラギが、モニタを覗きこんでいる。マツノ君が「８８」という数字で検索をかけているのだ。単に「８８」で検索すると膨大なサイトや記事やブログが出てくる。原子番号８８がラジウム、８８歳は米寿、全天の星座の数が８８、グランドピアノの鍵盤が黒鍵が３６白鍵が５２で合計数が８８、アマチュア無線での女性に対する別れの挨拶が８８、昔のパソコンＰＣ８８００シリーズが８８、通称ハチハチ、８８代天皇は後嵯峨天皇、８８代目の内閣総理大臣は小泉純一郎、そんな感じだ。マツノ君は、さらに絞り込んで検索をかけた。だが、「８８　武器」でもだめで、「８８　爆薬」や「８８　化学兵器」も成果がなく、「８８　兵器」で検索したときに、韓国初の国産戦車Ｋ１というのが出てきたくらいだった。Ｋ１は、８８、パルパルと呼ばれていたらしい。中国軍にも８８式戦車というのがあった。だが、韓国や中国の戦車で原発を攻撃するというのは現実的ではない。いくら何でも兵器を輸入するのは不可能だ。

　次にマツノ君は、やっと「８８　原発」で検索をかけた。これまで何となく躊躇していたようだ。おれもカツラギも、何か決定的なことがあきらかになるのではないかと、いやな気分になった。しかし、検索結果は、事故の一年後、福島第一原発の二号機で圧力容器下部の温度が８８度から約１６０度に上昇したとか、１９８８年に伊方《いかた》原発のほぼ真上で普天間基地所属の米軍ヘリが激突したとか、毎日セシウムの外部被曝を検査しているＮＰＯの機関誌第８８号とか、そんなものばかりで、テロと関係するようなものは見当たらなくて、おれはがっかりするというより、ほっとした。「８８　原発　テロ」という絞り込みでも、何も出なかった。

もし原発を狙うのなら、実行犯を作業員として潜り込ませるのではないか、おれは直感的にそう思った。ダイナマイトなどを持ち込むのはさすがに無理だろうが、アキヅキは、古くなった配管が割れたりひびが入るだけでカタストロフにつながると言った。たとえば大きなハンマーで冷却系のパイプを叩き割ったらどうなるのだろうか。原発作業員の斡旋に暴力団が関係しているという噂も絶えない。トツキリのような若者を、作業員として原発に送り込むのはそれほどむずかしいことではない。だが、トツキリの若者が、ハンマーを振るって原発の配管を破壊するところをイメージするのはどこか無理があった。単独でできることは限られている。ハンマーを振りかざすだけで周囲から取り押さえられるはずだ。また複数を送り込んだら怪しまれるだろうし、全員が同じ現場に配属されるとは限らない。だいいち、原子炉と直接つながる配管の詳細は、ごく少数の技術者にしかわからないのではないか。テレビなどで紹介される映像では、原子炉周辺の配管は非常に複雑で、頑丈そうだった。接合部分は太いボルトでしっかりと固定されていた。ハンマーで叩いたくらいで破断するとは思えない。

「やっぱり、８８って、何も関係ないんじゃないですかね」

マツノ君は、一晩かけて検索エンジンと格闘した。結局おれとカツラギも最後まで付き合った。ただし、「８８」という数字に何かあるはずだと必死になって取り組んだ、というわけではなかった。おれたちは、無力感にとらわれ、途方に暮れていて、他にすることがなかったのだ。

「機械を入れた」

パソコンにつないだスピーカーシステムから、機械的な音声が聞こえてくる。パソコンとパソコンをつなぐビデオ通話だ。ミイラのような老人がストレッチャー型のベッドに横たわり、その傍らには、頭蓋骨に皮膚を貼りつけただけというような風貌の、黒いスーツの女が寄り添い、煙草の箱くらいの大きさの器機のアーム部分を支えている。器機は、唇の動きをとらえて音声に変える装置らしい。おれとカツラギが家を訪ねたときは、そんなものはなかった。あのときは、ミイラのような老人の口元にカツラギが耳を寄せて翻訳した。

「連絡用だ、きみたちへの」

ミイラのような老人からの人工音のメッセージが聞こえて、お声はこんな調子でよろしいかしら、と黒いスーツの女が聞く。女は、年齢がわからないくらいの年寄りだが、人工音に比べると、人間の自然な声がなまめかしく聞こえた。音声変換装置は高価な最新モデルで、音量はもちろん、声質やトーン、それに話す速度など、いろいろと変換できるらしい。おれがまだ高校のころ、咽頭癌の手術をやって人工声帯で話す叔父がいたが、ポンプから押し出されるような人工音でとても聞きづらかった。ミイラのような老人の人工音の声質は非常にクリアで、音のつながりも滑らかだ。ドイツ製だ、とミイラのような老人は、そんな言葉を発したあとで、かすかに頰を緩ませたように見えた。きっとドイツが好きなんだろうなと、根拠はないが、何となくおれはそう思った。二人の年齢は合計するとおそらく二百歳を超える。パソコンのセッティングやビデオ通話機器の設置は誰がやったのだろうとふと思ったりしたが、あのミイラのような老人に対しては疑問を持ってはいけないという鉄則を思い出して、余計なことは考えないことにした。

「ミツイシか」

人工音のあとに、深いため息が洩れた。

「やはり、ミツイシか」

ミイラのような老人は、ミツイシか、と二度言ったあと、しばらく黙った。通話用のビデオカメラは、パソコンに内蔵されたものではなく、ストレッチャー型ベッドの脇のどこかに固定されているようだ。俯瞰《ふかん》気味に、ミイラのような老人の上半身と、黒いスーツの女の後ろ姿が映っている。おれたちのほうは、パソコン内蔵のビデオカメラから映像を送っている。だから三人で顔をぴったり寄せ合うようにしてモニタを覗きこまなければならない。そんな場合ではないのはわかっているのだが、おれは、カツラギの柔らかくて白い頬に自分の頬が触れるたびに胸が震え、久しく味わったことのない類いの幸福感を覚えた。

「親友、だった」

「同志、だった」

「優秀だったし」

「清廉潔白だった」

セイレンケッパク、という人工音がやや聞き取りづらかった。ミイラのような老人が、ケッパクという言葉の破裂音を実際に発声してしまったようだ。唇の動きは、声をまったく出さないときと、実際に発声するときとでは微妙に違うらしくて、何度か繰り返されるとコンピュータが学習するが、はじめてだと、とまどいのような事態が起こるのだと、マツノ君が耳元でささやくように教えてくれた。親友で同志だったという光石は、今の新光興産の経営者の父親だ。ミイラのような老人は、息子のほうも知っているのだろうか。そして最大の問題は、原発と、それに８８という数字の謎だ。ナガタという男は、あの方ならご存じだと思いますよ、と言った。だが、ナガタという男によると、父親のほうの光石は、だいぶ前に亡くなっている。ミツイシさんの、息子さんのほうはどうですか、カツラギが、ビデオカメラに顔を近づけて、ゆっくりとそう聞いた。

「もち、ろん、もちろん」

ミイラのような老人は、もちろん、と二回言ったが、最初のとき、人工音が聞こえるのが若干遅れた。もつろん、と唇が動いたように見えて、読み取り装置が、そのような登録単語はないと気づくまでに時間がかかったのだろうと、またマツノ君が解説してくれた。

「知って、いる」

読み取り装置がより正確に判別できるように、ミイラのような老人は、音節を区切って話すようにしたようだ。寝たきりだし、体中にチューブを差し入れ、自力では声も出せないのに、よくそんなところに気がつくなとおれは驚いた。体はミイラに近いが、いまだ脳は活動している。

「りっぱな、男だ」

またしばらく唇の動きが止まった。先生、だいじょうぶですか、とカツラギが聞いて、黒いスーツの女がビデオカメラの前に顔を出し、だいじょうぶ、と何度かうなずき、お休みしなければいけない状態ではありませんのよ、という声が聞こえた。体力がなくなってきたわけではないようだ。横になっているのでそもそもよく見えないし、皮膚なのか皺なのか骨なのかわからないような、表情などよく判別できない顔なのだが、どことなく話すのが辛そうな印象があった。光石のことを話すのが辛いのかも知れない。

先生、８８という数字ですが、何かご存じじゃないでしょうか、カツラギが聞いて、ミイラのような老人の呼吸がやや乱れたような感じがした。

「心して、聞いて、欲しい」

「多くの、軍人、軍属、民間人が」

「満洲から、さまざまなものを」

「持ち帰った」

「金塊」

「宝石」

「鉱物、資源」

「ウラン、など」

「わたしは、反対した」

「わたしは、何も」

「ない」

「光石、対ロシア」

「戦争のため」

「特別、配備、されていた」

「ドイツの」

「88ミリ、高射砲」

「三門を、分解」

「運んだ」

「と、聞いている」

「せいけい、さくやく弾」

「一〇〇発」

「真相、わたしも」

「わからない」

「だが、威力は」

「あなどれない」

「対、戦車、陣地戦」

「転用、される」

「戦車の、装甲」

「トーチカ」

「破壊、しうる」

ミイラのような老人は、さらに呼吸が荒くなり、いったん言葉を切った。心なしか、顔が歪み、気力をふりしぼっているようにも見える。マツノ君が、タブレット型端末で「ドイツ軍　８８ミリ　高射砲」で検索し、そのメカニカルで長大な兵器の画像をおれたちに示した。頑丈そうなトラックのような車両に搭載されていて、砲身が恐ろしく長い。新光興産の創業者は、これを分解して日本に持ち帰った可能性があるらしい。マツノ君は「せいけいさくやく弾」を「成型炸薬弾」と漢字に変換し、検索をかけ、メタルジェット噴射により戦車装甲やコンクリートのトーチカを貫通するために作られた砲弾、弾頭ですと報告した。８８ミリ高射砲を対戦車砲に転用した場合の対地目標有効射程は約一万四千メートルらしい。メタルジェットとか、よくわからなかったが、戦車の装甲やコンクリートのトーチカを貫通するために作られたというのを聞いて、おれはすぐに、原子炉建屋を貫通できるのだろうかと考え、背中や首を小さな虫が這い回っているような、最悪の感覚にとらわれた。

「光石、理想、主義者」

「おのれの、欲、ない」

「社会、正義、だけ」

「止める、無理」

「警察、だめだ」

「誰か、政治家、官僚」

「わたし、知り合い、だめだ」

「信頼、しうる、誰か」

「その人、相談」

ミイラのような老人の口の動きから、助詞が省かれるようになった。光石と88ミリ高射砲の話で精神が消耗し、力を失ったのかも知れない。警察に頼るのはだめで、ミイラのような老人が持つネットワーク以外の、信頼できる政治家か官僚に相談せよ、そう言っているようだ。光石という男が、本当に88ミリ対戦車砲を持っているのかどうか、はっきりしないらしい。だが、おれは、光石は間違いなく持っているに違いないと、直感的にそう思った。最悪の予感ほど、必ず現実になるからだ。

もうそろそろでございます、黒いスーツの女がビデオカメラを覗きこむようにして、そう言った。ミイラのような老人は、呼吸も乱れてきて、口と唇を動かすことがむずかしくなったようだ。それにしても、カメラに近づいてアップになった黒いスーツの女の顔は、凄まじかった。さっきはミイラのような老人とその言葉に集中していたし、女がカメラの前に現れたのがほんの一瞬だったのでよくわからなかったのだが、今回は、こちらのモニタ画面いっぱいに大写しになった。昔、国民的アイドルとなった超高齢の双子のおばあさんがいた。その二人は、全体が縮んでいる感じで、顔には無数の皺が刻まれていたが、黒いスーツの女は皺が少ない。おもに男だが、赤みを帯びた皮膚が突っ張って妙に顔がツルツルした感じの超高齢者もいる。だが、そういった顔つきとも違う。

高級な家具材で、たとえ焼け焦げたあとでもその形をとどめるというような硬質な木材がある。その木で造形された頭蓋骨に、半透明のサランラップを貼りつけたような、そんな顔だった。だが、造形は整っている。今は枯れ木だが、数十年前はきれいな瓜実顔の持ち主だったはずだ。

「また日にちを改めまして、連絡申し上げますね」

黒いスーツの女がそう言って、わかりました、とカツラギが返事をする。すみません、一つだけ、確認させていただけませんでしょうか、おれは警察について確かめなければいけないと思った。なぜ、警察ではダメなのか。原発テロとか88ミリ対戦車砲とか、それらにリアリティがあるのなら、おれたちでは対抗できない。一発で相手の顎を砕くパンチを持つ協力者が一人いるが、対戦車砲とは次元が違う。

「たい」

「お」

「で」

「き」

「な」

「い」

人工音声はとぎれとぎれになり、これで本当にもう終わりとさせていただきますね、と黒いスーツの女が言って、モニタから画像が消え、音も出なくなった。ミイラのような老人の最後の言葉は、対応できない、だった。警察が対応できないというのはどういうことだろうか。

「自衛隊じゃないとダメだってことじゃないですか」

ＰＣから通信装置を取り外しながら、マツノ君がそんなことを言った。ナガタという男から原発のことを聞いたときよりも顔色がよくなり、表情に明るさが戻っている。カツラギも、さっきからしきりにため息をついてはいるが、重苦しい感じが消えている。だが、ミイラのような老人からいろいろな情報を得たことが、安心材料となり、気分が改善したというわけではない。８８という数字が、８８ミリ対戦車砲という、具体的な兵器を意味することがわかった。マツノ君が、画像を見せてくれたが、長大な砲身の兵器で、まったく馴染みがなく、おれも、こんなものを所有する日本人がいることがイメージできなかった。事態が想像を超えてしまって、現実味が薄れたのだ。一見しただけでは生きているのかどうかさえ判然としないミイラのような老人との奇妙な器機を使った通話、もし子どもが見たらきっと人間ではなくホラー映画のキャラだと思うような異様な風貌の超高齢の女性、それだけでも現実感を失いそうになる。さらに、旧ドイツ軍の８８ミリ対戦車砲とか、それを三門、成型炸薬弾という特別な砲弾とともに旧満洲から分解して日本に運んだとか、奇想天外な話が続いた。突飛すぎて、原発テロの切実さが逆に薄れた。明日原発が爆発すると聞いたら不安と恐怖で混乱するが、明日火星人が攻めてくると言われたら、ジョークとして安堵するだろう。旧満洲とか、８８ミリ対戦車砲とか、おれたちにとっては火星人の襲来とあまり変わりないものだった。

「だって、警察は、対テロの場合、爆薬とか小火器に対抗するわけですよね。それで、基本的に、テロリストというのはこっそりと破壊工作をするわけですよね。9・11でも、一般旅行者を装ったわけでしょう。だから、たとえば9・11の場合ですが、どこかから、戦闘機や爆撃機数十機で貿易センタービルを攻撃してきたら、テロじゃなくて戦争じゃないですか。警察は、原発に、たとえばですね、作業員を装うとか、小火器を持って小型船で海から近づくとか、そういうんだったら対応できるはずですが、88ミリ対戦車砲って、さっき見たでしょう。ちょっとこれ見てください。テロの道具じゃないですよ、軍の兵器ですよ。だから警察はダメってことなんじゃないですか」

マツノ君は、そんなことを言って、動画サイトで、独ソの有名な戦車戦を探し出し、88ミリ対戦車砲が実際に発射されて旧ソ連軍のT34という戦車が燃え上がる映像をおれたちに見せた。スターリングラード攻防戦のドキュメンタリー映像で、88ミリ対戦車砲以外にも、激烈な市街戦が展開され、カツラギは、機関砲や機銃掃射でバタバタと兵士が倒れるシーンに、何だかね、ゲームみたい、とつぶやきながら、見入っていた。

大学で応用生命システム工学を専攻し、さらにアル・カイーダをケーススタディに社会学的な組織論を勉強しただけあって、マツノ君はテロや軍事に関する多少の知識がある。しかし、おれは本能的に、違うと思った。警察は対応できない、という意味は、案外もっと単純なのではないか。

「それで、原発ですが、大震災以来ですね、テロ対策にも力を入れているみたいです」

マツノ君は、警察庁と原子力委員会のサイトを見ながら、旅客機が墜落してもだいじょうぶらしいですよ、と話しだした。

「ええと、これはですね、柏崎刈羽《かりわ》原発の場合ですね。まずウラン燃料を焼き固めたペレットが被覆管の中に密閉され、それは厚さが十六センチの合金鋼製の圧力容器の中にあって、それがさらに厚さが約三センチの鋼鉄製格納容器の中にあって、その周囲には厚さ六十六センチの生体遮蔽壁があって、それが、さらにさらに、厚さ一・九メートルの鉄筋コンクリート製の原子炉建屋の遮蔽壁に覆われているわけですね。なのでたとえ9・11のように旅客機が突っ込んできても原子炉の中心までは被害が及ばないだろうというのが定説になっているみたいですね。これはだいじょうぶっぽいですね」

そんなことを聞いているうちに、おれはしだいに苛立ってきた。そして、戦車の前面装甲は何センチかわかるか、と大きな声を出してしまった。カツラギが、複雑な表情で、こちらを見ている。

「え？　何ですか」

マツノ君が、上ずった声で聞き返して、戦車の装甲だってさ、とカツラギが投げやりな口調で言った。

「ソーコーって、スピードですかね」

いや、戦車のね、砲塔があるあたりの、防御のための鉄板というか、それの厚さなんだけどね。おれは、苛立ちを抑え、おだやかに応じた。

「ああ、その装甲ですね。歴史に残ると言われている旧ソ連のスターリン戦車3型の場合ですが、これは、砲塔正面の、もっとも厚い部分で約二十二センチです。車体正面装甲だと十一センチで、ナチスドイツのティーガー2が、砲塔正面装甲が十八センチ、車体正面装甲が十五センチということです。でも、戦車の場合、傾斜装甲あるいは曲面形状の装甲なので、実際の厚さの二倍の強度があると考えていい、みたいです。ということは、最大で、有名なティーガーの場合、砲塔正面で三十六センチの厚さがあると考えていいってことですかね」

だからね、おれもよくわからないんだけど、８８ミリ対戦車砲って、そのくらいの厚さの装甲をぶち抜いたんじゃないのかな。おれは、できるだけ落ちついた口調を意識しながら話した。三十六センチって、まあ、こんなことは単純に比べてもしょうがないけど、格納容器の金属部分はたったの三センチなわけだろう？　その外側にコンクリートの壁があるにしてもね、だいじょうぶかどうかなんてわからないよ。二メートルの鉄筋コンクリート製の原子炉建屋だって、福島第一では水素爆発で簡単に壁が崩れ落ちたじゃないか、だから、わからないよ。

「そうね。わからない。誰にもわからない。わたしにも、あなたにも、わからない」

カツラギが、まだ午後四時過ぎだが、ビールを飲みはじめ、髪の毛を掻き上げながら、そんなことをつぶやく。ソファに深く座り、クロールのキックのように足をぶらぶら動かしている。

「ただ原発警備は、近年、強化されていてですね、機関銃を装備した警察庁の銃器対策部隊が、二十四時間体制で原発に常駐しているそうですよ」

マツノ君がまたそんなことを言ったが、でも射程距離が十キロ以上ある対戦車砲で何発か連射されたらどうなるのか、これもわからないよ、とおれがまた水を差すと、それっきり黙った。そしてそのあと、さらに何かを検索しようとして、止めた。キーボードから手を離し、確かにわからないですね、と顔を上げ、引きつったような笑顔を作った。会社で出会い、机の下の小型冷蔵庫からビールを取り出していっしょに飲み、文字化けした暗号を解読してくれたときには感動したが、状況はあのころよりはるかに深刻に、また複雑になった。マツノ君は冷静さを失ったままで、ひどく頼りなく見える。

カツラギは、どうでもいいけどピザでも食べますか、とふいに一人言のようにささやいた。ミッションそのものに興味を失ったかのような態度に映った。だが、カツラギは正直なだけなのだ。ミイラのような老人の話があまりに現実とかけ離れていて、こんな事態に対応するのは無理だと、半ばあきらめたのだと思う。88ミリ対戦車砲一つにしても、いったいどうやって立ち向かえばいいというのか。ナチスドイツの伝説の兵器に対しモチベーションをかき立てられ、対応しようと意気込むほうが不自然だ。さっきスターリングラードの市街戦の映像を見て、ゲームみたい、とカツラギは言った。正直な反応だと思う。崩れかけた石造りの建物から、ナチスドイツの兵士が必死の形相で重機関銃を撃ち続けていて、あたりには戦死者が重なり合って倒れていた。モノクロの荒い映像で、過去に実際に起こったことだという感覚を持つのがむずかしい。ゲームみたいだと言ったカツラギの気持ちはよくわかった。人間が、他の人間を殺すために必死になることが、実感として理解できないのだ。あの歌舞伎町の新宿ミラノで可燃剤とイペリットを撒いた連中のことを、おれたちは、正常な精神を失った頭がおかしい人間だと思っている。そう思わないと、こちらの頭がおかしくなる。必死の形相で重機関銃を撃ち続ける兵士はできるだけ多くの敵を殺そうと全力を挙げているわけだが、戦争だから当然だとは思えない。戦争なのだから重機関銃を撃ち続ける兵士の頭は正常だという風に思えないから、ゲームみたいだと、カツラギはつぶやいたのだ。

だが、おれたちだけでいったい何ができるというのだろう。三人だけでは結局何もできないとなった場合、選択肢としてはやはり警察しかないのだろうか。それで、もし、警察に訴え出るとしたら、マツノ君とカツラギを同行させるべきだろうか。カツラギが警察署の取調室にいるところはイメージできない。事情聴取に耐えられないだろう。おれも自信がない。目の前で精神安定剤を噛み砕きながら相対する人間を、警察は信じるだろうか。ナガタという男は、二人に比べるとまだ大人だ。だが警察には同行しそうにない。しかも片腕がなく風体も態度も異様なので、同行したらおれたちの信用度は逆に落ちるかも知れない。そして、何よりあのミイラのような老人のことは、警察はダメだ、とはっきりと言われた。半分死んでいるような状態だが、簡単に十億という大金を用意し、誰かの腕を切り落とせという指示を出せる人物だ。その存在について喋ったらどうなるか、考えたくない。だいいち名前もわからない。ヨシムラとかサノとかコンドウと呼ばれていたそうですがコンドウがいちばん気に入っているそうです、警察にそんなことを言ったら、頭がおかしいと思われるに決まっている。

そもそも、証拠もないに等しい。ＮＨＫ西玄関のテロの実行犯と名乗って自殺した三人の若者と、キニシスギオのグループの関係性など、どうやっても示せない。池上柳橋商店街の刈払機によるテロの犯人である滝沢幸夫は、アキヅキの患者だったが、うつ病を示していたわけだからクリニックに通うのは不自然ではない。手に入れたアキヅキ・メンタルクリニックの帳簿データを見せ、バイク便の備考欄や取扱注意事項などに書かれたメモのようなものを示して、それらがテロがあった場所と関連があるんですなどと言ったらどうだろうか。警察がそれらを信じるかどうかは別にして、まずその帳簿データをどうやって手に入れたのかを聞かれる。出所を明かして、警察が中野の税理士事務所から裏を取ろうとすれば、たぶんジョーという男のことがばれる。ジョーという男は、逃げるかも知れないし捕まるかも知れないが、いつかきっとおれは顎を砕かれるだろう。ミイラのような老人のことは伏せて、実は旧満洲で対ロシア戦のために配備されていたナチスドイツの88ミリ対戦車砲を終戦前後のどさくさに紛れ分解して運んだ人がいまして、その人の息子が原発のテロを計画しているようなんですよ、おれが警察だったら、そんな話は信じない。ミイラのような老人が、警察はダメだと言ったのは、ひょっとしたらそういった意味で、念のためにおれたちを諭したのかも知れない。

おれは、どういうわけかさっきからずっと中学生たちの反乱を、反芻するように何度も思い出していた。

あの中学生たちの活動は、オープンだった。どこかに潜んでいて姿を見せようとしないキニシスギオとかいう連中とは正反対だった。リーダーは、堂々と国会の参考人招致に応じ、その一部始終を、政治家やメディアの裏をかく形で世界中に発信したりした。

そして何より、彼らとは会話ができた。鬱屈感や閉塞感がなかった。キニシスギオとかいう連中は決して姿を見せようとせず、平気で大勢の人を殺し、自分たちの手は汚さない。心を病んだ若者を利用してテロの実行犯に仕立て上げ、さらに彼らを自殺させる。狡猾で、卑怯だ。そんな連中と対峙する事態に引き込まれ、おまけに原発テロとか、旧満洲の残党とか、旧ナチスの兵器とか、状況はどんどん現実離れしていって、さらに、そばにいるのは、魅力的で謎に充ちているが精神的に不安定な女と、ＰＣで検索するしか能のない男だけだ。

昔は、妻がいて、上司がいて、大勢の記者仲間がいて、後藤という南米育ちの後輩もいた。他にも相談できる人物が何人もいた、とため息をついたとき、おれの中で何かがうごめくのがわかった。官僚がいたと思い出した。旧文部省の官僚だ。中学生のリーダーを国会に呼ぶときに、その文部官僚と話をした。そうだ、確か、山方という名前だった。ミイラのような老人は、誰か信頼できる政治家か官僚に相談せよと言った。

「マツノ君」

おれは、残っていた缶ビールを一気に飲み干して、言った。

「元文部官僚、山方、で検索してくれないかな、下の名前はわからないんだ」

外はまだ明るかったが、バーは混んでいる。エグゼクティブ向けの雑誌などによく載っている有名なバーで、西新宿の超高層ホテル内にある。革張りのソファと椅子、それに大理石とガラスを使ったテーブルが、ゆったりとしたスペースに余裕のある間隔で置かれている。ほとんど満席に近いが、静かな雰囲気だった。まるで密やかに特権的な快楽を楽しむかのように、客たちは高価な酒と、おだやかでかつ刺激的な会話を楽しんでいる。家具など若干改装されているが、内装や雰囲気はそのままだった。

「前に会ったときも、ここだったの？」

カツラギがそう聞いて、おれはうなずいた。カツラギを連れてくるべきかどうか迷ったが、結局同行させることにした。あまりに異様な話なので、異様で不思議な雰囲気のカツラギが同席したほうが逆にリアリティがあるかも知れないと思ったのだ。

「その人、顔、覚えてるんですか」

カツラギからそう聞かれて、おれは曖昧にうなずいた。中肉中背で体は引き締まっていて、スーツがよく似合っていた。顔は、はっきりと思い浮かべることはできないが、眼鏡もかけていなかったし、典型的な官僚の顔ではなかった。確か、眉が濃くて、精悍な印象があった気がする。マツノ君が検索した今の勤め先のサイトには顔写真は載っていなかった。

インテリアや照明、それにバーテンダーの態度など、おれには敷居が高いと感じられるバーだが、入るときも、飲み物をオーダーするときも、カツラギはまったく臆するところがなかった。上品なデザインの花柄のワンピースを着て、紺色のカーディガンを羽織り、長い髪を後ろでまとめ、キールロワイヤルという飲み物を飲んでいる。シャンパンに何かリキュールを入れたもので、おれはそのカクテルを知らなかった。ワンピースは膝がわずかに露わになるくらいの長さで、背が高く、顔立ちが上品なので、基本的に何でもよく似合う。

「遅くなりました。セキグチさん、ご無沙汰しています」

山方が現れて、おれは最初、別人ではないかと思った。顔も体つきも変わってしまっていたからだ。やせ細り、一回り小さくなっていた。髪は申しわけ程度に頭頂部に残っているだけで、目も弱っているのか、薄い色のサングラスをかけていた。スーツはさすがに高級そうな生地とデザインだったが、痩せているためか、貧相に映った。

「驚かれたでしょう。大きな手術をしたもので」

十年ほど前、思うところがあって退官し、天下りは拒み、あるホテル・レストランチェーンの顧問になったらしい。おもに温泉地にある和風オーベルジュで、宿泊費は目が飛び出るほど高い。実務的な経営は経験豊かなホテルマンが担当しているが、オーナーは資産家の中国系アメリカ人女性で、以前彼女は東京下町で高級売春宿をやっていた。山方もその顧客の一人で、売春宿が摘発されたときには当然スキャンダルに巻き込まれたが、ドイツ留学で身につけた社会教育と職業訓練の知識が必要とされ、何とか官僚として生き延びた。山方は、警察にもメディアにも、中国系アメリカ人女性のことを、暴力団系の風俗業者にだまされて資金を提供しただけだと、擁護するような態度を取り続けたのだという。おれはもちろんその中国系アメリカ人に会ったことはない。だが、マツノ君が検索して得た情報によると、蔣介石に遠くつながる家系の、資産家で、日本に非常な愛着を持ち、売春事件では執行猶予付きの有罪判決を受けたが、国外退去とはならず、ビジネスを続けていた。和風オーベルジュだけではなく、調理やホテル、ブライダル関係の専門学校も持っていて、山方はその学校の顧問も兼ねていた。

「このバーは、もう四十年近く通っていて落ちつくので、今でもときどき来るんです」

そう言いながら、山方は、酒ではなくペリエを頼んだ。以前会ったときはコニャックの銘酒をオン・ザ・ロックでがんがん飲んでいたのだが、癌で胃をほとんど摘出したこともあって、酒は止めたのだそうだ。だが、ポケットからセブンスターを出し、いいですか、とおれとカツラギに断って、これだけは止められないんです、と苦笑しながら火をつけた。

「それにしても、電話をいただいて懐かしかったですよ。よくわたしのことがわかりましたね」

「元文部官僚　山方」で検索すると、中国系アメリカ人女性経営の専門学校を卒業したある料理人のブログがあった。尊敬する人物として、料理人が、山方の名前を挙げていたのだ。専門学校のサイトに飛び、経営陣のページに「顧問・山方吾郎」という名前があるのを確かめ、おれが電話をした。

「ところで、お話というのは？　電話では、何かとんでもないことが起こっているということでしたが、今のわたしに、お役に立てることがあるかどうか」

これまでの経緯を説明するのに一時間近くかかった。ミイラのような老人やナガタという男、それにジョーという男に関する詳細は伏せたが、他はだいたいのことを伝えた。

山方は、途中質問をしたり、話をさえぎったりせず、キニシスギオとか、NHK西玄関や新宿ミラノの大規模テロ、原発、旧満洲、88ミリ対戦車砲といった奇想天外な話に対しても驚く素振りを見せず、腕を組み、ときおり目を閉じ、静かにペリエを飲み、煙草を吸い続けながら、耳を傾けていた。

「なるほど」

おれの話が終わると、八本目のセブンスターに火をつけて、山方は、うんうん、というように何度かうなずいた。

「しかし、どうしてわたしなんですか」

そう聞かれて、あまりに突飛な話で警察は信じないだろうし、ぼくたちだけではどうしようもなく、山方さんなら、何か対応策を考えられるかと思いました、と答えた。知り合いに信用できる政治家か官僚がいたら相談せよ、というミイラのような老人の指示については触れなかった。

「面白い話だな」

山方はそうつぶやいて、サングラスを取り、かすかに微笑んだ。そして、意外なことを言った。

「セキグチさん、いや、実に面白いですね。わたしは、そのキニシスギオとやらのグループに参加したいくらいです」

面白い？　おれが話したことの、どこが面白いというのか。可燃剤や刈払機やイペリットで大勢の人が殺され、どうやら原発テロまで計画されているらしい、そんな話のどこが面白いのか。山方は、キニシスギオとやらのグループに参加したいくらいだと、そんなことまで言った。

「面白い、ですか?」

カツラギも似たような違和感を持ったのだろう、形のいい長い脚を組み直して、山方に正対し、そう聞いた。山方は、ちらっとカツラギの脚を見て、またすぐに視線をおれのほうに戻し、うん、とても面白いと思う、と言ったあと、これは抵抗できないという感じでため息をつき、再度カツラギの脚に目をやった。山方は、確かおれよりも十歳ほど年上だから、六十代半ばだ。おれたちの年代になると、女を見るときに、顔と同じくらい脚に目が行く。若いうちは、女の顔と、あとは当然胸や尻ばかりに気を取られるもんだが、そのうち歳を取ると脚が気になるようになる、それがつまりオヤジの仲間入りなんだ、と教えてくれた風俗店主がいた。その通りかも知れないと思う。そして、その女の年齢、それに不幸や苦労の度合いは、目尻の皺などではなく脚に、それも膝のあたりに現れるものだと、その風俗店主は付け加えた。確かに、膝のあたりの皮膚のたるみと色素の沈着は、ごまかすのがむずかしい。おれたちオヤジは、意識的に、また無自覚に、何十年と女の脚を見てきているから、そういったことに敏感だ。カツラギは二十代半ばだが、何というか、ほぼ完璧な脚をしていた。数奇な生い立ちで、安定剤を常用したりしているが、おそらくそういったことは加齢や不幸や苦労とは次元が違うのだろう。膝も、その周辺も、皮膚がピンと張り詰め、降り積もった初雪を思わせるほど真っ白で、まるで血が通っているマネキンのようだった。

カツラギを同席させたのは正解だった。山方に対し優位に立てるとかそんなことではなく、カツラギの長くきれいな脚は、単純に場を和ませてくれたからだ。山方はやせ細っていたが、言葉の選び方や表情にはかつての鋭さが残っていた。だが、佇まいというか、全体像は、昔とはまったく違った。その違いはどうしようもないものだ。おれも同様だが、要するに、ミもフタもなく老けてしまった。だから悲しいことに、カツラギのきれいな脚はとても有効だった。会話を続けるための、磁力のような役目を果たしていたのだ。

「面白いというのはですね」

山方は、そう言って、また煙草に火をつけた。すでに灰皿は吸い殻であふれている。ウエイターがやってきて新しいものに替えた。胃癌で摘出手術を受けたわけだから、おそらく医師は煙草を禁じたはずだ。山方は、意志が弱い男ではない。おそらく、精神的に安定していないのだろう。おれも、今はたまにしか吸わないが、妻子がシアトルに去ったあとはものすごいヘビースモーカーだった。

「だから、面白いというのは、その、キニシスギオとかいう老人たちが、怒りをね、キープしているということなんです。癌を患った人の大半がうつの症状を示すというデータがあるそうですが、わたしもそうでした。わたしは、いろいろな本を読みました。また、文章を書くようになったんですね。どういうわけか、ドイツにいたころのことが、ちょっと異常なくらい懐かしくなりまして、回想のメモ書きみたいなものを綴っては、知人にメールで送ったものです。メールの最後に、いつも記したことを今でもよく覚えているんですが、それは、生きとし生けるものに、生きとし生けることに感謝しております、という一文で、そのときは、本当にそう思っていたんです。わたしは、無神論者なので、神というか、創造主に感謝ということではありませんでした。ただ、何かに感謝しようと思うと、心が安らかになったんです。自分らしくないとは思いつつ、うつ症状が和らぐので、感謝、感謝と、まるで呪文のように毎日、朝晩、つぶやいていたものでした。今から、考えると、それはそれで間違っていなかった。でも、手術日が近づいてきて、また不安が増し、そして手術のあと、飢えと痛みと不安で眠れないときに、感謝という言葉というか、概念が、非常に不自然なものに思えてきたんです。というより、これでは保たないなということです。感謝の念では、痛みと飢えと不安に耐えられなかったんです。選んだのは、怒りでした。あのやろう、ぶっ殺してやるというような感情的で単発的なものではなく、決して許さない、というような静かな怒りですね。その怒りは、しばらく持続しました。回復に役立ったように思います。ただ、それは感謝とは相容れないもので、術後日にちが経過すると、静かな怒りはやがて衰え、ついには消えてしまい、心の奥底を探索してももう見つけることができなくなっていました」

山方は、ゆっくりと、そして穏やかに話し続ける。口調は滑らかだが、興奮して声が上ずったり、早口になったり、身振り手振りを交えたりしない。見る影もなくやせ細り、一回り小さくなった感じだが、低い声には力があった。驚いたことに、いつの間にかカツラギは脚を組むのを止め、膝をそろえ、姿勢を正して山方の話に聞き入っていた。そんなカツラギを見るのははじめてだった。

「お代わり、いかがですか」

山方は、いったん話を止め、カツラギにそう聞いて、すでに空になっている彼女のグラスを示した。そうですね、いただきます、とウエイターを探すカツラギを制し、山方は、手を高く掲げて、指を鳴らした。すると、どこからともなくウエイターが近づいてきて、すぐに新しいキールロワイヤルが運ばれてきた。ウエイターの態度から、山方がこの格式あるバーで、依然として敬意を持たれていることが伝わってきた。

「カツラギさんは、キニシスギオのグループと関わりがあったわけですが、テロを実行してみないかと言われたことはなかったんですか」

おれはドキッとした。これまでずっと気になっていたのに、はっきりとは聞けなかったことだった。アキヅキに関する話の中で、どんな付き合いだったのかという曖昧なやりとりはあった。そのとき、アキヅキもその仲間の老人たちも、誰かに何かを命じたりはしないと、カツラギは言った。だが、キニシスギオのグループは、テロを命じるのではなく、自らテロに赴くように仕向けるのかも知れない。そういったことはなかったのかと、山方は聞いたのだ。確かにカツラギは、単なるクライアントではなかった。あのミイラのような老人と親しい特別な存在だ。だが、ミイラのような老人を無視する形で途中から暴走をはじめた連中がいるわけで、彼らからテロの誘いを受けなかったのか、それについてはまだ何も話していない。

「テロとか、ないです。そういう話をしたことはないです」

カツラギは、息を呑みながら、答えた。ワンピースの胸のあたりが大きく波を打っている。精神的に耐えられるだろうかと心配になったが、カツラギはまっすぐ山方の目を見つめていて、おれに助けを求めるような気配はない。

「そうですか。いや、そうだろうなと思っていました」

山方がうなずきながら、また新しい煙草に火をつけた。おれは、喉がカラカラになっているのに気づいて、グラスに残っていたビールを一息に飲み干した。山方は、煙草をゆっくりとふかし、ペリエで喉を潤して、しばらく黙った。カツラギも、何も言わなかった。すごい女だとおれは思った。普通なら気になって、どうしてそう思ったんですか、と聞きたくなるはずだ。しかし、そういう風に聞いてしまうと、山方に会話の主導権を握られたままになる。どうしてそう思ったんですかという問いは、どうして黙ってるんですか、どうして何も言ってくれないんですか、という一種の依存だ。カツラギは、視線を外すこともなく、山方の次の言葉を待った。

「カツラギさんは、誰にも甘えないからです」

山方は、そう言って、また微笑んだ。優しさと敬意を示す自然な微笑みで、取り繕うような嘘っぽさがまったくない。誰にも甘えないからだと言われて、カツラギは一瞬驚いたような表情になったが、その言葉に納得したのだろう、やがて満足そうに、かすかな微笑みを返した。安定剤を常用しているというのに、どうしてこんな緊張したやりとりができるのだろうと不思議に思ったが、おそらくカツラギが苦手なのは、本質的で切実なことを隠しながら交わす、その場の雰囲気に合わせるだけの表面的なコミュニケーションなのだろう。

「テロの実行犯は、静かな怒りとは無縁です。衝動的に通行人をナイフで刺すような人にあるのは、甘えなんですね。もちろん、彼らにも怒りという感情はあります。ただ、静かな怒りではなく、現実が思うようにならないという幼児的な怒りです。そういう人は、甘えられる対象を常に探しています。自分をコントロールできない、また問題が何かもわかっていないし、見ようとしないし、認めようとしない。だから現実が思い通りにならないのは自分自身のせいではなく社会や他人のせいだと決めつけていて、誰かに、頼りたい、服従したい、命令されたい、そう思っているんです。今、そういう人間は社会にあふれかえっているので、探し出して、洗脳というか、誘導するのは、そうむずかしいことではないでしょう。何がすばらしいのか、何に価値を置くのか、わかっている人間のほうがはるかに少ない世の中です。そういう場合、まず徹底的に批判し、罵倒します。人格が崩壊するくらい、論理的に否定するわけです。お前は誰からも好かれないし、これまで無視されてきたはずだ、それは当たり前で、それはお前には何の能力も魅力もないからだ、お前には、生きている価値がない、お前が死んでも誰も悲しまない、そのことはお前自身が誰よりももっともわかっているはずだ、これまで何もいいことは起きなかったし、これからも起きない。だが、みんな同じなんだよ、特別な人間などどこにもいない、それで方法はあるんだ、みんなに注目され、称賛を受けるチャンスはある、特攻隊がなぜ美しいか、わかるか。彼らは、二十歳そこそこの若さで、国や、故郷、そして愛する人々を守るために、喜んで犠牲となった、彼らは、七十年後の今でも、尊敬され、英雄として崇められている、崇高で、偉大なものの犠牲になる、それがいかに美しく、素晴らしいかわかるか。

そういう洗脳をされるのは、気持ちがいいものです。ある種の人たちにとっては、信じられないくらい圧倒的に気持ちがいい。自分で考える必要もないし、自分をコントロールできないと苦しんだり不安になったりする必要もない。心身を委ねる、依存する、支配される、犠牲になる、殺人も死も恐くない、逆だ、殺人は極端な行為だが、崇高な使命を帯びるとき、それは許されるだけではなく、世界を救うこともある、世界は矛盾と不正に充ちている、そんな世界を盲目的に受け入れている連中を殺すのは、矛盾や不正を破壊することだ、そして、死を決意すれば、あらゆる悩みや不安や恐怖が消える、どれほど安らかになれるか、ほら、もう君はわかっているはずだと思うけどね。その種の洗脳は、甘えることを当然と考える人間が多い社会において、宗教的で、恐ろしい効果を生むんです」

山方は、洗脳者の言葉を語り、演じて見せた。途中からおれは、妻子がシアトルに去って行ったあとの自分を振り返って、軽い目まいを覚え、怖くなった。あのころ、おれは木賃宿のようなボロアパートで飲んだくれて、ホームレスに近い生活を送っていた。誰かに復讐したかったが、できなかったので、自分に復讐していたのだ。社会に対し復讐するのは正しく、価値があることだ、崇高なものの犠牲になることがどれだけ素晴らしいかわかるか。さっきの山方のような、そういったロジックで説かれたら、案外簡単に洗脳されたかも知れない。カツラギは、胸のあたりをガードするように両手を組み、何度も深呼吸をしている。このやせ細った元官僚はどうしてこれほど洗脳者のことがわかるのだろうと考えて、一瞬おれはとんでもないことを想像した。山方が、キニシスギオのグループの一員ではないのかと、疑ったのだ。だが、山方の次の言葉で、勘違いだとわかった。

「わたしは、この一連の話を、面白いと言いました。面白いポイントは複数あって、もちろんそれぞれ関連しています。まず、主導しているのが高齢者だということですね。今の日本に、静かな怒りを維持して、社会に関与したいという欲求を持った人々が存在していたというだけでも新鮮な驚きで、しかも、あろうことか、高齢者でした。そして、その高齢者の組織といいますか、ネットワークの中枢には、戦争体験者がいるらしい。88ミリ対戦車砲などという、ジョークのような兵器を持っていると思われるミツイシという人物の父親も、旧満洲にいたわけですね。もちろん、わたしにしても、すでに老人ですが、わたしより、そうですね、二十歳以上年上の世代には、戦場での戦闘を体験した人たちがいます。彼らは、戦場での体験が人生のベースになっているようなところがあります。当然のことですが、そういった人は日本だけにいるわけではありません。ドイツに留学していたとき、教授の一人が第二次大戦中に有名な装甲軍団にいて、戦車兵だったらしく、宴席などで、そういった話題になって誰かが昔話を聞きたがっているのがわかると、別に嫌がるわけでもなく、もちろん自慢をするわけでもなく、ほとんど無表情でね、事実を淡々と語るんです。曰く、あれはクルスクでのことだった、わたしが乗ったパンターは、ある小さな村を通り過ぎようとして地雷を踏んでしまい、片方のキャタピラーがやられ、その場をぐるぐる回っていたが、そのままではいかんともしがたく、隊長の判断で脱出した、戦車の外に飛び出して、味方の戦車に乗り移るつもりだったが、狙撃された、二人があっという間に倒され、わたしも撃たれた。一発目は肩をかすめ、二発目がヘルメットに当たった、狙撃ライフルの威力はすごくて、頭がくらくらして参ったよ。

わたしは、その話を聞いたときに、失礼な話ですが、思わず笑い出してしまったんですね。ヘルメットがなければ即死なのに、教授は、頭がくらくらして参ったよ、と淡々と言うんですよ。日本にもいますよ。社会教育課で、売春スキャンダルからわたしをガードしてくれた上司がいたんですが、彼は旧帝国海軍で駆逐艦に乗っていて、ガダルカナル沖で敵潜水艦にやられ、仲間といっしょに二昼夜にわたり漂流したそうです。サメを避けるために、ふんどしを解いて足首に結びつけ、吹き流しのように後方海面に浮かべ、木切れにしがみついて、味方の艦船の救助を待つうち、百名ほどいた戦友たちは、力尽きたり、サメに食われたりして、目の前で次々に沈んでいった。その上司は、二日目の夜に左足をサメに食いちぎられたんですが、その直後に味方の輸送船が通って奇跡的に助かった。それがだな、まるでレーザーでスッパリと切ったかのようにサメがきれいな切り口で足首を切り取ってくれたおかげでダメージが少なかったんだよ、みたいなことをこれまた淡々と話してましたね。戦争体験者の中には、そういう人たちがいる。キニシスギオとかいう老人たちのネットワークと、その中の、暴走するサブグループ。

そのサブグループが、新宿の映画館で大規模なテロを行い、原発を狙っているということですよね。これ、いくつかポイントがあります。まず、ヒューマニズムを拒否している。人を殺すし、しかも自分の手は汚さず、洗脳した若者を実行部隊として使い捨てのコマにする。でも彼らは、今後、いずれ自分たちでことを運ぶつもりでしょう。そういった戦略も実に面白い」

自分たちでことを運ぶ？　おれは思わず聞いた。山方の話は興味深かったが、話題があちこちに飛んだ。だが、狙撃の銃弾がヘルメットに当たった教授の話を含め、採り上げる実例は的確で、どういうわけかおれは、自分の無知が暴かれているかのような不快感を覚えた。だから話をさえぎる形で質問したのだが、若干苛立った口調になってしまった。しかし、カツラギは、どうやら山方の話や話し方が気に入ったようだ。おれが質問したことで話が途切れると、ふと何かを思いついたようないたずらっぽい表情になり、山方を真似て、右手を上げ、指を鳴らしてウエイターを呼び、キールロワイヤルのお代わりを頼もうとした。カツラギが長い指を弾き、パチンという乾いた音が響くと、すぐにウエイターがやって来て、ペリエでございますか、と山方に聞いた。いや、このお嬢さんだ、お代わりらしい、と山方はうれしそうにカツラギを見つめ、お嬢さん、あなたにふさわしいシャンパンをご馳走させてください、と笑顔で申し出て、グラス売りのシャンパンではなく、クリュグという銘柄を一本開けるようにウエイターに指示した。

「もう誰も覚えていないかも知れませんが、かつて英国にダイアナという妃がいて、彼女が皇太子との初夜で飲んだという伝説のシャンパンなんです」

「山方さん、彼らが、自分たちでことを運ぶって言いましたよね。それ、どういう意味なんでしょうか」

返事がないのと、カツラギと山方がいい感じに微笑みながら見つめ合っていることで、おれはさらに苛立っていた。山方は、ちょっと待ってくださいね、と視線をカツラギに向けたまま素っ気ない断りを入れ、ボトルを手にして充分に冷えているかどうか確かめたあと、サーブしようと待機していたウエイターを手で払うようにして立ち退かせ、自らシャンパンをカツラギのグラスに注いだ。おれの質問なんかどうでもいいというような雰囲気で、適当にあしらわれているような気がしたし、とにかくカツラギが山方の話や態度に好感を持っているのが気にくわなかった。だが、山方は、おれを無視することで、知識と知性の違いをカツラギに見せつけようなどと思ったわけではなかった。おれは、事件の渦中にいたというせいもあるが、事態を俯瞰的に見ることができていなかった。そして今後の予測を冷静に考えることもできていなかった。山方は、こんなこともわからないのか、という露骨な表情で、それを指摘した。

「これは、個人的であり、また単なる常識的な見解ですけど」

山方は、ダイアナ妃が初夜に飲んだというシャンパンをおれにも勧めながら、そう切り出した。おれは、シャンパンを拒み、またビールを頼んだ。

「これまで、キニシスギオとやらのグループが計画したと思われるテロと、予想される対戦車砲による原発への攻撃は、性格的にかなり違うものです。わたしは、軍事の専門家ではなく、兵器にも詳しくありません。なので、例の、８８ミリ対戦車砲がどんなものなのか、わかりません。ただ、８８ミリという大きな口径ではなくても、ある程度のトレーニングがなければ大砲を撃つことはできないのではないでしょうか。日頃のメンテナンス、運搬、照準、装塡、発射など、そういったことが、洗脳された若者にできるかどうか、疑問なんですね。ＮＨＫ西玄関では可燃剤を撒いて火をつけただけでしたね。大田区の商店街では、回転する刃がついた機械で人を殺傷しただけですし、新宿の映画館では毒ガスが使われましたが、基本はＮＨＫ西玄関と同じです。火をつけたり、容器から垂れ流したりすればそれで済んだわけですね。どうでしょうか。８８ミリ対戦車砲という奇っ怪な兵器を、軍隊経験のない若者が扱えますかね。もちろん、方法がまったく考えられないというわけではありません。元自衛隊員とかですね、最近では海外で傭《よう》兵《へい》になる若者もかなりいるらしいので、その気になって探せば、いないことはないでしょう。ですが、元自衛隊とか、海外での傭兵体験があるという若者を洗脳し、誘導するのは、不可能ではないですけどリスクがありはしませんか。だからわたしは、対戦車砲を動かすときは、彼らは自分たちでやるのではないかと思ったのです」

　確かにその通りだった。聞きながら、おれは自分を恥じた。山方は、カツラギに優位性を見せつけようなどと思ったわけではなく、ごく当然のことに気づいただけだった。長大な砲身を持つ伝説の兵器が、トッキリの若者なんかに扱えるわけがない。自分は何一つわかっていない、そう認めると、改めていくつかの疑問が湧いてきた。

　ナチスドイツの兵器だったらしいのですが、これだけ時間が経っていて、使用可能なのでしょうか。

「何しろ、ドイツ製ですからね。ていねいに作られているはずなので、保存状態がよければ充分使えるでしょう。グリス、機械油ですね、それを上手に利用すれば、第一次大戦中の銃器でもちゃんと使えるということをどこかで読んだ気がします。現代の兵器には一部のパーツに樹脂が使われているようなので、グリスで逆に劣化する恐れもあるそうですが、あの時代は鉄オンリーなので、手入れさえちゃんとしておけば、使えるとみるべきです。ただし、砲弾に関しては、わたしはよくわかりません。ただ、近代の火薬は多様化と進歩がすさまじいのだと、これも以前何かに書いてあった。ニトログリセリンのようにちょっとした衝撃で爆発したら、扱いにくいですからね。衝撃や熱に対しては、反応しにくいというか、鈍感で、かつ毒性が弱く、化学的な分解を起こしにくいというような、高性能爆薬が多くあるようです。彼らの中には、おそらく専門家がいると思われるので、保管は万全と考えたほうがよさそうです。信管が問題ですが、専門家がいれば、充分に使用可能とみるべきでしょう」

ただ、原子炉に命中させるなんて、射程距離から考えても、奇想天外な感じがするんですが、そんなことが可能で、本当に破壊できるのでしょうか。

「これはやっかいな問題です。何がやっかいかというと、別に原子炉ではなくてもいいからです。青森県の六ヶ所村には、使用済み核燃料の貯蔵施設がありますね。今、貯蔵プールの他に、キャスクによる保管も行われているようです。わたしには、テレビの報道番組程度の知識しかありませんが、ある特別番組で紹介されていた貯蔵施設は、それはもう想像を絶するほど巨大でした。金属製の円筒容器に入った使用済み核燃料が、積み上げられて、それを、確か厚さ五十センチ程度のコンクリートで覆っているんです。とにかくものすごく巨大です。崩れ落ちるとまずいからでしょうか、高さはさほどないのですが、見渡す限りえんえんとコンクリートの貯蔵施設が広がっていました。あれは、どのくらいの大きさなのかな。東京ドームとか、そんなレベルではないです。あれほど巨大というか、広大な建造物をわたしは見たことがありません。その施設ですが、地震や津波に対しては、相当の配慮がなされているはずです。ですが、対戦車用の徹甲弾《てっこうだん》が撃ち込まれることを想定しているかどうか、どうですかね、疑問ですね。それで、命中させるのは、まったくむずかしくないですよ。だって、ものすごく大きいんですから。対戦車用の徹甲弾は、五十センチのコンクリートだったら、どうでしょうかね、貫通しますかね。貫通したら、かなりやばいです。貫通後に内部で爆発しますからね。信じられない速さで破片が飛び散りますからね。どんな事態になるのか、わたしは考えたくないですね」

山方は、そんなことを言ってから、下を向き、右手の指で、目のあたりを押さえ、揉むような動作をした。疲れたのだろうか。すみません、と顔を上げ、ちょっと喋りすぎたようです、と力なくつぶやいた。

「いずれにしろ、静かな怒りには、特徴的なことがあって、それはプランを必要とすることです。強いモチベーションを維持できるような綿密なプランを立てることで、静かな怒りはキープされます。逆に言うと、効果的で実効性の高いプランには、最初から、考え方とシステムの変革が秘められているということになりますね。言い方を変えれば、何かを変えるためのプランには、静かな怒りが必要なんです。感謝の念は、とても大切です。ですが、往々にして現状維持を助長し、変革のためのプランには結びつかないことが多いんですね」

そういったことを話したあと、山方は、少しよろけながら立ち上がった。

「突然ですが、失礼します、さすがに疲れました。お嬢さん、もしよろしければ、セキグチさんと、シャンパンをお飲みになってからお帰りください」

おれは、毎晩かなりの量のウイスキーを飲むようになった。そして、顔も正体もわからないミツイシという男を心に思い描いて悪態をついた。他にすることがなかった。動きようがなかったのだ。８８ミリ対戦車砲を持ち、原発をターゲットにしているような連中に、どう対処しろというのか。わかるわけがない。ふざけるなよ、と酒臭い息を吐きながらつぶやくのだが、そんな行為に効果があるわけもなく、朝になると最悪の気分で目覚め、カツラギが焼いてくれるトーストを半分ほど嚙みちぎり、そのすぐあとに安定剤を嚙み砕いて、牛乳やコーヒーで喉に流し込んだ。日中は、何もやる気が起こらず、何をすればいいのかもわからなかった。相談できる人間もいない。しかし、キニシスギオたちはなぜおれみたいな何の力もない人間を選んだのかな、みたいなことを、食事中とか、リビングで顔を合わせたときに、平静を装いながら、何度かカツラギに質問した。

カツラギは、最初のうちは、ほんとね、考えれば考えるほどわからないことですね、などと適当に相づちを打ってくれていたが、そのうち、さあ、しか言わなくなった。

倍量の安定剤でフラフラしながら外出し、ガンさんの店にでも行って、何もかもぶちまけてしまおうかと考えたこともあったが、これまでのことを話したところで話が突飛すぎて信用してもらえるかどうかもわからないし、有効なアドバイスなど期待できるわけもないと悟って、そのまま引き返したりした。

食事も、しだいにひどいものになっていった。もともと三人とも料理など作らない。カツラギは、生まれてから一度も包丁を握ったことがないと言ったことがある。おそらく本当だろう。包丁など扱わないほうがいいと思う。おれは、カレーライスやピラフくらいなら作ったことがあるが、妻子に逃げられたあとはカップ麺専門になった。自分で自分自身のために料理を作るというのは、それだけでかなりまともな証拠なのだ。マツノ君は、青森から出てきてから一人暮らしだったはずだが、大学時代徹夜でコンピュータを操作するようになってから、やはり出前かカップ麺中心になったらしい。だから、おれたち三人は、いっしょに住むようになって、外に食べに行くか、ピザやカレーやサンドイッチなどの宅配を利用していた。だが、おれは半分死んでいるような老人の話を聞いて以来食欲を失い、いつの間にか外出する気力もなくなった。カツラギが、気が向いたときに、出前を頼んだり、近くの手づくりパン屋でものすごい量の菓子パンを買い込んだりして、みんなでそれを食べた。カツラギは、出前は必ず三人分頼んだが、おれやマツノ君に対し、何を食べるかと聞くこともなかった。マツノ君は、やがておれたちといっしょに食事をしなくなった。コンビニで買ってきた弁当や惣菜やカップ麺を自分の部屋で一人で食べていたが、ここにきて後片付けをしなくなり、食べ残しが散乱しているのだろう、異臭が漂うようになった。ゴミを捨てるようにとか、掃除するようにとか、カツラギが、口出しするはずもなく、おれは、不愉快な臭いでさらに精神的に参ったが、マツノ君に注意したり、部屋を覗いてみる気力もすでになくなっていた。

おれは、何とかぎりぎりのところで耐えていたわけだが、しばらくして、マツノ君に限界がやって来た。ほとんど喋らなくなり、ふらふらとコンビニに買い物に行くだけで部屋に閉じこもり気味だった。そもそもマツノ君は、おれに出会わなければ池上や歌舞伎町でテロに遭うこともなく、メジャーな出版社の正社員として平穏な日々を送っていたはずなのだ。引きずり込んだおれが意気消沈し、安定剤でぼーっとして、ただじっと壁を見つめているような姿を見ているうちに急激に心身の力を奪われ、ついに心のどこかがポキリと折れたのだろう。

カツラギは、もともと他人には興味がない。マツノ君に対しても名前を呼ばずに、この人とか、あの人とか言っていた。だから気づかいなどするわけもなく、結果的にマツノ君はほったらかしになった。

「ねえマツノ君、どうかしたの？」

ずっと雨が続いていて、西日本はすでに梅雨入りしていた。何もかもがうっとうしかった。外出していたマツノ君が、コンビニのビニール袋を下げて戻ってきたのだが、自分の部屋に入ろうとして、どういうわけかドアの前で立ち止まり、そのままうつむいて動かなくなった。様子が変で、胸騒ぎを覚え、思わず声をかけたのだった。だが返事はなかった。彼、どうしたのかな、とソファに腰掛けたカツラギに聞くと、さあ、とつぶやいて、首を振った。おれはマツノ君に対し気をつかう余裕がなかったわけだが、カツラギは違った。無視した。マツノ君はいったいどうしたんだろうなと、それとなく相談したことが何度かあったのだが、やはり、さあ、しか言わなかった。カツラギだけは、目立った変化がない。別に自分の部屋に閉じこもるわけでもなく、リラックスした格好でリビングでソファに座り、雑誌を眺めたり、ハーブティを入れて飲んだり、手足の爪を繕ったり、「スカンジナビアの庭園」とか「南インド動物紀行」とか「オオカミの楽園ロッキー」とか、ケーブルテレビでそんな番組をぼんやりと観たりして、以前と同じように淡々と過ごしていた。カツラギが不安を感じていなかったわけではないと思う。だがおそらくカツラギにとって不安は恒常的なもので、慣れているのだ。

「ぼくはコンビニに行って来ました」

しばらくして、マツノ君はこちらをゆっくりと振り向き、奇妙な顔つきになり、幼稚園児が絵本を音読するような口調でそう言った。まるでトツキリの若者だ、おれはぞっとした。直感的にもうダメだと思った。顔が、変だった。微笑もうとしてうまくいかず、その途中で表情が固まったような、気味の悪い顔になった。しかも、猫背のように背中が丸くなり、首が両肩の間にめり込むような格好で不自然に縮こまり、指先に引っかかったコンビニの白いビニール袋がかすかに揺れていた。

「そうかあ。コンビニに行って来たんだね。何を買ってきたのかな」

おれは、どう対応すればいいのかわからず焦ってしまって、思わずまたそんなことを聞いたが、幼稚園児への声がけのような不自然な口調になってしまった。

「ぼくはコンビニに行って来ました」

マツノ君は、同じ台詞を繰り返して、また微笑みを作ろうとして途中で失敗した。永遠に同じことを繰り返し言うのではないかと怖くなったが、ソファで雑誌をめくっていたカツラギが、おれとマツノ君を交互に見て、話しかけるのは止めたほうがいいというように首を振った。

「ぼくはみんなで肉まんとビーフシチューを食べようと思って買ってきたんです」

そんなことを言いながら、マツノ君は、昔ホンダが作った有名な人型ロボットのようなぎこちない足どりでこちらに近づいてくる。カツラギが、雑誌を読むのを止め、警戒するかのように、近づいてくるマツノ君に正対して座り直した。マツノ君は心身が弱っているだけで、暴力を振るうとか、そんなことは想像できなかったが、カツラギは本能的に身構えた。おれたちの前に立ったマツノ君は、コンビニの袋を掲げ、やがて中身を一つずつ取り出してはテーブルに並べはじめた。

「ほら、肉まんです」

みんなで食べようと買ってきたと言っていたが、肉まんは一つだけだった。まるで儀式を執り行うように、マツノ君は包み紙をゆっくりと剝がし、ほうら、とつぶやいて、すっかり冷えて平べったくなり、表面に皺ができた肉まんをおれたちに見せ、肉まんです、ともう一度言った。

「セキグチさん、肉まん、いかがですか」

　手のひらに、色白の老女の乳房のような肉まんを載せ、おれに示す。どうすればいいのかわからなかった。食べるべきなのだろうか。だが、コンビニの袋は空っぽになり、中身は全部テーブルの上にあるが、いくら見ても他に肉まんはない。どうぞというように目の前にかざしているのにおれが反応しなかったからか、マツノ君は悲しげな顔になった。どういうわけか急に胸が痛くなるような切なさを覚え、ありがとうな、マツノ君、と肉まんを受けとった。やはり、冷えて固くなっていた。コンビニは、道路をはさんでこの建物のほぼ真向かいだ。買いたての肉まんが冷えるような距離ではない。きっとマツノ君は、コンビニで買い物を済ませたあと、すぐには戻らないで、肉まんが冷えて固くなるくらいの間、どこかを歩き回っていたのだろう。マツノ君、ありがとうな、もう一度そう言って、おれは肉まんの端っこを嚙みちぎった。ボール紙を食べているようだった。食欲がない上に、明らかに変調を来したマツノ君を目の当たりにして、混乱が増したのだ。

「カツラギさんはどうですか」

　そう聞かれて、カツラギは、何が？　と穏やかな声で応じた。

「いや、肉まんです。カツラギさんは、食べないですか」

　カツラギは、肉まんは一つしかなくて、しかもおれが口に入れていることを指摘することもなく、ごめん、わたし、肉まんとか好きじゃないから、と柔らかな口調で答えた。直感的に、なるべく刺激しないほうがいいと思ったのだろう。そうでしたか、マツノ君は、カツラギをじっと見て、何度もうなずき、そうだよなあ、カツラギさんは肉まんは好きじゃなかったですよね、とつぶやいて、テーブルに置かれたビーフシチューのルーの箱を手に取った。カツラギは、別に肉まんが嫌いではない。好物でもないが、以前自分で二十個も買ってきて、三人でいっしょに食べたこともある。マツノ君は、記憶や情報が錯綜しているのだ。

「じゃあビーフシチューにしましょう」

「とろけるビーフシチュー・8皿分」と描かれた箱を手に取り、軽く振って見せた。箱は、ざっと数えて十個以上あった。ただし、ルーだけがあって、牛肉とか野菜はない。

「ビーフシチュー、作りますね」

マツノ君がそう言って、ルーの箱を数個重ねて持ち、キッチンのほうに行こうとしたので、ねえ、ちょっと待って、とカツラギが止めた。

「あの、冷蔵庫にはビーフなんかありませんけど」

カツラギがそう言うと、マツノ君は振り向いて、はい？　とかん高い声を上げた。

「冷蔵庫には、ビーフもニンジンも、何もないから、ビーフシチューは無理」

「何がですか」

「ビーフシチューを作るためには、そのルーだけじゃなくて、ビーフが必要でしょう。買い物とかしていないから、今ね、冷蔵庫には、飲むヨーグルトが三本と、あとはポカリスエットとビールしかないの。ビーフシチューを作りたいわけでしょう？」

「ねえ、だから、ビーフがないのに、ビーフシチューは作れないと思わない？」

「ビーフシチューです」

カツラギは、とても優しい口調で、そういうことを言って、マツノ君は、顔を上に向けて何か考えている風だったが、やがて、そうかあ、と微笑んで、いやあ、そうですよね、と照れたような表情になり、頭をかいた。

「じゃあ、これはどうでしょうか。これも要らなかったのかな」

マツノ君は、そう言いながら、ビーフシチューのルーの箱をテーブルに戻し、その横にあったピンク色のゴム手袋を右手の指でつまんで持ち上げた。コンビニの袋に入っていたのはそれですべてだった。つまり、肉まん一個と、箱入りのビーフシチューのルーが十二個、そしてゴム手袋一つだ。

「あなた、ねえ、マツノさん」

カツラギが、マツノさん、と名前を呼んだ。おれが覚えている限り、はじめてだった。これまでは、この人、あの人と言うだけで、対面して呼びかけるときは、あなた、と呼んだ。カツラギが、名前を呼ばなかったのは、それなりの理由があるのだろう。マツノ君のことが嫌いとか、チームの一員として認めていなかったということではない。名前を呼ぶことでその相手との距離感が違ってくる。去って行った妻は、おれのことを「テツ」と呼んでいた。カツラギは、「セキグチさん」だ。距離感がそれぞれ違う。この人、あの人、という呼び方は、あなたを心の中に招き入れないというカツラギの意思表示だった。そして、今、カツラギは、どういうわけか、マツノさん、と名前を呼んだ。マツノ君もそのことに気づいて、不思議そうな表情をした。

「はい、カツラギさん、何でしょうか」

気のせいか、マツノ君に少し顔色が戻った。

「そのゴム手袋ですが、きっと、あれでしょう。ビーフシチューを作って、わたしたちと食べたあとで、お皿を洗おうと思ったんでしょう」

カツラギは口調を変えた。素っ気ないのは同じだが、あなたにはまったく興味がないということをわざわざ伝えるかのような、台詞の棒読みのような口調ではなくなった。

「そうです。みなさんとビーフシチューをいっしょに食べたあと、ぼくがお皿を洗おうと思っていました。これはそのためのゴム手袋なんです」

「ね。ここ。座って」

カツラギは、ソファをぽんぽんと叩くようにして、マツノ君を、自分の横に座らせた。そんなこともはじめてだった。おれは、ここに座って、などと言われたことがない。普通なら嫉妬したかも知れないが、衰弱していて嫉妬する余裕はなかったし、嫉妬が生まれるような状況でもなかった。カツラギとマツノ君は対等ではなかった。ベテランの保育士が泣きじゃくる幼児を落ちつかせようとしているような感じだった。

「ビーフシチューは、ビーフがないと作れないの」

「そうですよね。ビーフシチューですからね。ビーフがなかったら絶対にビーフシチューにならないわけですよね」

「そうなの。でも、誰にでもあること。よくそういう勘違いっていうか、見落としって、あるものだと思う」

「そうですか。みんなそうですかね」

「誰でも、何か、大きくて重いものがね、頭にあるというか、頭を占領しているときってあるでしょう。わたしもそうだったからわかる。そういうときって、いろいろなことに気づきにくいし、必要なものでも、必要だと思えないから」

　カツラギが、軽い感じで、そう言ったとき、マツノ君が苦しそうな顔つきになった。聞いていたおれも、どきっとした。カツラギは、まるでカウンセラーのようだった。ビーフシチューの話題をしばらく続け、いきなり核心に入った。

「大きくて、重いものは誰にだってあるわけでしょう。わたしは昔から、どういうわけか大きくて重いものがすごく嫌いで、小さくて軽いものが好きだったみたい。大きな岩とかね、大きな鉄の塊とか、コンクリートの塊とか、もう見ているだけでどうしようもなく息苦しくなって、不安になったり、恐怖を感じたりね、してた。逆に好きだったのが、小さくて軽いもの。ピーターパンって知ってるでしょう。ピーターパンといつもいっしょにいる妖精も知ってる？　ティンカー・ベルって名前。世界中でいちばん好きなものって、あの妖精かも知れない。鳥や蝶々も好き。風にふわふわ舞っている花びらとか。好き。タンポポとか」

　カツラギの話は説得力があった。それまで聞いたことのない話題だったが、大きくて重いものが嫌いで、小さくて軽いものが好きだというのはきっと本当なのだ。

「そうなんですか」

「大きくて、重いものは、いやでしょう？」

「そうです。いやですね」

「それは、何？」

「え？」

「だから、マツノさんの頭にあるもの。大きくて重いもの。それって何？」

カツラギがそう聞いて、マツノ君はうつむき、眉間に皺を寄せて、顔を歪ませた。呼吸が荒くなって、カツラギは、おれに、何か冷たい飲み物を持ってきてと言った。ポカリスエットでもいいかなと聞くと、きつい目をして、何でもいいから早く持ってきてというように、顎を振ってキッチンを示した。

「だいじょうぶ。わたし、聞くから」

カツラギの声が聞こえる。ポカリスエットが入ったグラスを持って戻ると、マツノ君がすすり泣いていた。ポカリスエットのグラスを手渡すと、マツノ君は、あ、どうも、と鼻声で言って、何口か飲んだ。カツラギは、マツノ君が泣き止むまで、黙っていた。

「あの」

マツノ君は、目を手でこすりながら何か言いそうになったが、言い出せず、また泣き出した。

「皮肉だなと思うんですが」

数分間さらに泣き続けたあと、マツノ君はやっと話しだした。

「皮肉なことですけど、ぼく、セキグチさんと、カツラギさんとチームを組んでから、わかったんです。必要じゃないんだなってわかりました。チームを組むってことで、ぼくのＩＴの技術が必要とされるって勝手に思ってましたけど、検索くらいだったら、誰だってできますからね。それで、いろいろな人が登場して、そのたびに、ぼくが必要なっていってことがはっきりしました。あのナガタという人とか、ぼくのほうを一度も見なかったんですね。それに、ボクサーの人、ぼくは会ってないですし、あの池上の商店街とか、新宿の映画館とか、今でも夢に見るし、基本的に、怖いんですね。いつもいつも、ずっと怖いんです。自分でもどうしていいかわからなくて、悩むとか、そういうのじゃなくて、ものすごく怖いのに自分が必要とされてないというのが、もうどうしようもなくて」

カツラギは、ずっとうなずきながら聞いていたが、最後に、決定的なことを言った。

「マツノさん、一度、自分が、確実にね、必要とされるところに、行くか、戻るかしたほうがいい。ここにいるんじゃなくて」

カツラギが、とてもシックな喪服に身を包み、ハイヤーの後部座席にゆったりと座っている。かすかに光沢のある黒のワンピースとジャケット、メッシュ状の黒い手袋、それにチュールというベールが付いた帽子、まるで一九五〇年代のハリウッド映画のようなファッションだと思った。いろんな服を持ってるんだなと感心すると、ママの服なの、と無表情でつぶやいた。

マツノ君が住居を出て行ってから三日後、あのミイラのような老人が死去した。トウゴウという名前の黒いスーツの女からカツラギに連絡があり、遺言にしたがって通夜も告別式も納骨式も行わず、ただ送り出すだけなので、最後の別れに来てほしいとのことだった。ユリコちゃんたちの活動だけど、責任を持って引き継ぐよう言われているので心配しないでね、と黒いスーツの女は言ったらしい。カツラギは、老人の死を告げる電話があったときも、ショックを受けたようには見えなかった。わかりました、と淡々と応じていた。単に寝たきりというだけではなく、体中にチューブが入り、声を出すのも不自由で、かろうじて意識だけが残っているというような状態だったわけで、死を受け入れることにそれほど抵抗がなかったのかも知れない。だが、本当のところはわからない。カツラギは、感情を表に出すことがほとんどないし、その素顔もよくわからない。駒込の文化教室で出会い、たまプラーザの「テラス」に行ったときには、雰囲気が明らかに異様だった。だが、おそらく出会ってすぐのころは、おれとの距離感を測っていたのだと思う。いっしょにアキヅキのクリニックに行ったあたりから比較的まともな会話ができるようになり、カウンセリングで混乱していたおれを、台湾料理屋で逆に慰めてくれたりした。ジョーという凶暴な男からも信頼を得たし、弱り切っていたマツノ君に対したときはまるで本物のカウンセラーのようだった。真の姿が見えないし、底が知れない。だから、ミイラのような老人の死を知っても表面上は冷静さを保っていたのだが、心の内はわからない。おれのほうは、老人の死を聞いたとき、後ろ盾を失ったような気がして戸惑った。黒いスーツの女が支援を引き継ぐらしいが、彼女だって超高齢だ。

「あの人、イタコに会ったりしてるんでしょうかね」

マツノ君のことだ。マツノ君は、カツラギと話したあと、二日間ほど部屋にこもり、やがて荷物をまとめてリビングに現れ、中途半端で申しわけありませんがぼくはチームを抜けます、と落ちついた顔で言って、そのまま出て行った。おれは何も知らされていなかったが、カツラギには、とりあえず青森に戻るつもりだと打ち明けたらしい。じゃあ、カツラギさん、セキグチさん、さようなら、そう言って、建物を出て、キャスター付きの小さなトランクを引っ張りながら遠ざかっていく姿を見て、寂しさと罪悪感にとらわれたが、カツラギの素っ気ない言葉に救われた。人が突然去って行くのは、よくあることで、他の誰のせいでもない、カツラギはそう言ったのだった。

「イタコって、まだいるのかな」

おれは、そんな気のない返事をしたが、カツラギはもうマツノ君のことを話す気はないようだった。

早稲田の、氷川神社の手前、小さな一戸建てやアパートがびっしりと並ぶ狭い路地に入り、ここで降りていただくしかないようです、運転手がそう言って、車を停めた。乗用車がぎりぎりですれ違えるくらいの狭い道に、黒塗りのハイヤーが七、八台、ずらりと並んでいる。公式には通夜も告別式もないということだが、政財界にも多大な影響力を持つ人物が亡くなったわけで、弔問客があるのは当然だ。ミイラのような老人が亡くなったと聞いたとき、おれは、きっと日本武道館のようなところで告別式が行われるのだろうと思った。

ハイヤーを降り、見覚えのある二階屋に歩いて行くと、他の車の陰から長身の男が現れて、おれに向かって手を振り、笑いかけて会釈した。おれは、背後を振り返った。知らない人物だったし、おれの後ろにいる誰かに挨拶したと思ったのだ。だが、男はこちらを見つめたままで、近づくと握手を求めてきた。堂々とした体格で、歳は六十代そこそこだろうか。差し出した手を力強く握りしめられた。だが、自己紹介を聞いて、心臓が凍りつきそうになった。

「はじめまして。ミツイシと申します」

目まいがした。血が逆流するような感じで、一瞬、自分と周囲のことがわからなくなった。車中でマツノ君の話題が出て、どうしておれには郷里に帰ることを言ってくれなかったのだろうと気になり、連絡をしたほうがいいだろうかなどと考えていたのだが、そういったことが全部頭から吹き飛んだ。あ、はい、どうも、と呆《ほう》けたような返事をしたが、どうしておれは気を失って倒れないのだろうと、自分でも不思議だった。確か、ミツイシは七十代半ばのはずだ。しかし、目の前の初老の男は、髪も豊かで、血色がよく肌がつやつやしていて、大柄だがどこにもぜい肉がなく、喪服の上からでも引き締まった体つきだとわかった。七十代半ばだなんて、誰も思わないだろう。下手をすると、やつれきっているおれのほうが老けて見えるかも知れない。ミツイシは、握手をしたあと、にこやかに微笑みながら、いやいや、いずれお会いできると思っていたんですが、やっと会えました、などと快活に話しかける。なぜ、おれがここに来ることがわかったのだろうかと不審に思い、それで混乱がより大きくなった。ずっと見張られていたのかと恐くなったのだ。しかし、ミツイシが、ミイラのような老人が亡くなったことを知るのは、簡単だったのかも知れないと思い直した。老人の死はごく親しい複数の人物に伝えられたらしい。黒いスーツの女がミツイシに知らせたかどうかはわからない。生前の老人の言動を考えると、ミツイシには伝えていない公算が大きい。だが、ミツイシのネットワークは計り知れない。

「セキグチさんのことは、よく存じ上げてます。あの、NHKの西玄関ですか、恐ろしいテロがありましたね。ウェブマガジンの記事を拝読させていただきまして、大したものだなあと思いました。現場にいらしたんですよね。現場で、あんな凄惨な事件に立ち会われて、普通、あんな冷静な記事など書けないです。それから、セキグチさんのことは、サノ先生からも、お聞きしました。サノ先生は、あなたのことを非常に高く評価されていました」

サノ先生とは、あのミイラのような老人のことだろうか。そう言えば、老人は、コンドウ、サノ、ヨシムラなど、いろいろな名前で呼ばれていたらしい。確か、コンドウがもっとも気に入っていると言った記憶があるが、サノが本名なのだろうか。老人が、ミツイシにおれのことを話したのだろうか。そんなことはわからないし、今となってはどうでもよくなってしまった。重要なのは、ミツイシがおれのことを知っていたということだ。

「ユリコさん、でしたよね。先生から、いつも、お話はうかがっております。さぞ、お辛いことでしょう。でも、先生は、とても穏やかなお顔でした。ご挨拶をさし上げてきてください。トウゴウさんも、お待ちですよ」

ミツイシは、実に自然な口調と動作で、ミイラのような老人の住居のほうを示した。おれよりも頭ひとつ背が高く、体にぴったりと貼りつくような黒のスーツがよく似合っていて、やや寸詰まりのおれの喪服姿とは対照的だった。急だったために黒のスーツを買いに行く時間がなく、配送サービスがあるレンタルショップから借りたのだが、サイズが微妙に小さかった。

「どうぞ、セキグチさんも、ご挨拶に行かれてください。それで、わたし、少し話がありますために、ここでお待ち申し上げてよろしいでしょうか」

いや待たれるのはごめんだ、さっさとここから離れて、もう二度と接触しないでほしいと叫び出したかったが、口から出たのは、はい、わかりました、という情けない言葉で、しかも聞こえるか聞こえないかはっきりしない蚊が鳴くような声だった。

玄関には、いかにも高価そうな男物の黒の革靴が並んでいた。表には、ミツイシのハイヤーを含めて七、八台が停まっていたから、十人近い弔問客がいることになる。そのうちの数人と、狭い廊下ですれ違った。薄暗いので顔がよく見えなかったが、全員、かなりの高齢で、しかも別世界の人々だった。おれは、これまでそんな老人たちに会ったことはなかったし、雑誌やテレビでも見かけることはなかった。財界人だと思われるが、経団連の正月の例会などに出席するような連中ではない。単なる金持ちではなく、単なる企業経営者でもない。政治家とも違うし、旧華族でもないし、もちろん裏社会の住人でもない。決して表舞台には出てこない独特のオーラが漂う男たちで、どことなく物憂げな雰囲気があった。そのうちの一人が、カツラギに気づいて、やあ、とかすれた声で挨拶した。カツラギも会釈を返し、誰なの？　とそっと聞くと、会社をいくつか持っている人、と答えた。廊下の突き当たり付近に、弔問客の付き添いだと思われる中年の男が三人いて、カツラギは彼らからていねいな会釈で迎えられたが、おれは、無視された。

「ユリコちゃん、来てくれたのね」

遺体が安置してあると思われる部屋の入り口に、トウゴウという名前の、黒いスーツの女がいた。いつもの黒のスーツなのか、喪服なのかわからない。きっと悲しみに暮れているのだろうが、頭蓋骨に皮膚が貼りついただけというような顔なので、表情もよくわからない。あの、表にね、ミツイシという人がいました、とカツラギが小声で告げると、仕方がなかったのよ、と黒いスーツの女は、どうしようもなかったというように、何度も首を振った。老人の死をどうしても知らせなくてはいけない財界人がいて、その人物が会議を急に欠席したことで、ミツイシが気づいたのかも知れないということだった。滅多なことでは欠席できないような政府主催の会議で、ミツイシがその知らせを聞き、黒いスーツの女に確認の電話があって、嘘をつくわけにはいかなかったのだそうだ。

部屋には、さらに数人の男たちがいた。全員が老人で、そのうちの二人は杖をつき、一人は車椅子だった。中央に、分厚い白木で作られた台座があり、その上に簡素な棺が乗せられ、他には、祭壇も焼香台も花輪も何もなかった。男たちは、数珠を手にしてひたすら祈り、中には嗚咽している者もいた。先生、という小さな声が繰り返し聞こえてきた。カツラギが、棺に近づくと、二人の老人が体をずらしてスペースを空けた。そのうちの一人は、気を落とさないようにというように、カツラギの肩にそっと触れた。

「先生、ユリコです」

カツラギが、棺を覗きこみながらそう挨拶すると、周囲の嗚咽が大きくなった。カツラギは、ミイラのような老人のことを、おじいちゃんの知り合いだと言っていたが、本当は血のつながりがあるのではないかと、おれはふと思った。カツラギは謎だらけで、何があってもおかしくないし、彼女に漂う隠しようのない上品な雰囲気や、ファッションのセンスなど、おれなんかが想像もできないパワーを持つという老人に通じるものがある気がしたのだ。そもそも、単なる友人の孫娘に十億という大金を預けたりするものだろうか。ただ今となってはそういったこともどうでもよくなってしまった、カツラギに続いて棺に向かい手を合わせながら、そう思った。表にミツイシという男がおれを待っている。８８ミリ対戦車砲を三門持っているという男だ。話があると言った。どんな話なのかわからないが、そんなことわかりたくないし、話を聞くこと自体、できれば辞退したい。ミツイシと申します、そう名乗られたときに起こった動悸が今も続いている。喉がからからだが、何か飲もうという余裕さえない。だいいち、逃げるわけにもいかない、おそらくあのアジトはすでに突きとめられている、そう声に出さずにつぶやいたとき、いやそうでもないかも知れないぞ、というもう一人のおれの声が聞こえた。

ミツイシから話を聞くだけ聞いて、そのあと逃げるという選択を考えないのはおかしいのではないか、そう思うと、そうだ、逃げよう、逃げなければという焦りと、そうすればいろいろなことが解決するかも知れないという安堵と、同時に湧き出てきて、動悸がさらに強くなったり、逆に一瞬和らいだりした。いずれにしろおれはパニック寸前で、そのことを強く自覚した。軽い目まいがして、胃のあたりが重くなり、吐き気がするようにな自覚だった。落ち着け、焦ってしまうと、これから起こることに対応できない、そう自らに言い聞かせると、その台詞を引き取るかのように、またもう一人のおれの囁きが聞こえてくる。逃げるべきだ。よく考えてみろ、これまで逃げることを考えなかったのは、今目の前で動かなくなってしまったミイラのような老人から何をされるかわからなくて、それが恐ろしかったからだ。ナガタという男は、ミイラのような老人の指示で左腕を切られた。ユリコを頼むとか、暴走している連中を阻止してくれとか、直に頼まれたのに無視する形で逃亡したら、左腕一本では済まないかも知れないと考えたのだ。その考えが間違いだったわけではない。しかし、状況は大きく変わっている。ミイラのような老人は、実際にミイラ状態になった。老人自身が誰かに指示を出すことはない。確かにまだ黒いスーツの女が残っていて、老人の意向を引き継ぐとか言っているようだが、影響力は格段に落ちるはずだ。ミツイシという男が見張っているとしても、まさか衆目環視時で、たとえば拉致することなどできないだろう。

ちょっと待て、ともう一人のおれはささやき続けている。人気のないところを避けるだけでは足りないかも知れないぞ。ミツイシという男は、若者たちを洗脳、扇動し、可燃剤やイペリットをまき、刈払機で人の首を切るようにと平気で命じるようなやつだ。人混みの中だからと躊躇するとは思えない。しかし、だからこそ、なのだ。だからこそ、ちょっと待て、なのだ。ちょっと待て、ちょっと待って冷静に考えてみろ、十億という金のことを忘れてはいけない。用意された十億はまだほとんど使っていない。海外に逃げたら、国や場所にもよるだろうが、いくらミツイシでもさすがに追ってくるのは無理なのではないか。海外なら、どこでもいい。いや、遠ければ遠いほどいい。十億あれば、地球の裏側だろうが、極地だろうが、楽勝で行けるだろう、ひょっとしたらロシアの宇宙船に乗って、宇宙にだって逃げられるかも知れない。外国語はまるでダメだが、何しろ予算は十億円なのだ。通訳など、簡単に何人でも雇えてしまう。いや、念には念を入れて考えてみよう。空港に行く途中で、ミツイシに捕捉され、拉致されることはないだろうか。いや、だいじょうぶだ。常に十億という金が持つ無限の可能性を考えるべきなのだ。誰だって雇えるではないか。探偵とかガードマンどころか、海外から武装した傭兵だって呼べるかも知れない。そうだ、あのジョーという男に頼むという選択肢もある。ジョーという男は、有望だ。こういったときこそ頼りになるに違いない。パンチがかすっただけで切り傷ができるような腕力の持ち主だ。これ以上はないというくらい頼りになるはずだ。ジョーという男は、他に仲間がいるかも知れない。彼らを全部雇っても、十億あれば楽にまかなえる。

ジョーという男に連絡してみようと思ったとき、決定的なことに気づき、ダメだ、という別のおれの声がこだまし、楽観的な計画があっという間に瓦解した。積み上げたイメージが音を立てて崩れた。まずだいいちに、ジョーという男は、おれの依頼を受けない。あいつが、税理士事務所に出向いてくれたのは、おれではなく、カツラギのことを気に入ったからだ。問題は、カツラギだ。カツラギに、海外に逃げたいから、ジョーという男にガードを頼んでくれないかと言ったら、どうなるだろうか。いやいや、もっと本質的に、いっしょに海外に逃げてくれと言ったりしたら、カツラギはどんな態度を取るだろうか。いや、そもそもおれは、カツラギに対し、海外に逃げようと思っているなどと本当に言えるのか。案外、あ、そう、じゃあね、とあっさりそう言われるかも知れない。十億の半分、いや五分の一とか、十分の一でもいいから、これまでの報酬というか、新宿ミラノでは避難を助けたわけだし、もらえないだろうかと懇願したらどうだろうか。カツラギがどんな反応をするかはわからない。だが、問題はそんなことではなかった。悪いけど、ミツイシという男が現れてものすごく恐いからおれはもう降りる、ついては少しお金をもらえないだろうか、もしおれがそんなことを言い出した場合、カツラギが、怒り出すのか、優しく許してくれるのか不明だが、カツラギは、間違いなく、がっかりするだろう。いいや、待て、何人目かのおれが、また声を出す。がっかりするかどうかわからないじゃないか、案外カツラギもこの事件に関わることにうんざりしていて、喜んで手を引きたがるかも知れないぞ。

「帰りましょうか」

合わせていた両手を解いて、カツラギがそうささやき、おれは、我に返った。ミイラのような老人が本当は親族なのかどうか、わからないし、どうでもいい、そう思った。表で待つミツイシは恐ろしい。話があると言ったが、その話も恐ろしい。逃げたい。逃げたいと言っても、カツラギは許してくれるかも知れないし、がっかりもしないかも知れない。問題は、別にある、おれはあることに気づいてしまって、観念した。逃げ出してしまいたいというのは本当だった。今も動悸がして、足が細かく震えているのだ。殺されるようなことはない気がする。ミツイシがおれを殺すつもりだったら、とっくにやられていただろう。おそらく、考えようによっては殺されるほうがましというような、面倒なことがこれから起こるのだろう。だから、逃げ出してしまいたいというのは本音の中の本音、本音以上の本音だ。だが、本質的な問題は違うところにあるのだ。おれは、カツラギに対し、実は逃げだしたいんだと言いたくない。逃げ出したい、もうこの事件には関わりたくないと申し出て、カツラギから軽蔑され、がっかりされるのは、まだいい。それにはたぶん耐えられる。もっとも怖いのは、あ、そう、じゃあね、とカツラギに突き放されることだった。はい、と言って、十億のうちのかなりの額のキャッシュを手渡され、セキグチさん、さよなら、ごきげんよう、と離れてしまうこと、つまりカツラギにとって不要の存在になってしまうことだった。動悸と震えが止まらないパニック寸前の神経で堂々巡りを繰り返し、その果てに、真実に気づいた。おれは、ミツイシという男よりも、カツラギと離ればなれになるほうが、より怖かったのだ。

「やあ、お待ちしていました」

ミツイシは、自分の腕時計を見ながらそう言って、老人の家から出てきたおれとカツラギを出迎えた。

「セキグチさん、ユリコさん、こんな大変なときに、ぶしつけな申し出だとはよく存じてますが、実は、わたしのほうで、お二人に、ぜひごいっしょしていただきたい場所があるのです」

はい、それはどこですか、カツラギが、じっとミツイシから目をそらさずに聞いた。

「静岡なのですが、お二人とも、近々のうちでけっこうですので、数時間、お付き合い願えませんでしょうか」

でも、わたしも、セキグチさんも、あなたとさっきはじめてお会いしたばかりですし、こういうのって、どうなんでしょうか、カツラギは本当に落ちついている。ミツイシという男がどういう人物か把握しているはずだが、まったく物怖《ものお》じしない。

「確かにその通りです。失礼な話だと、わたしも重々承知しております。なので、もちろん今すぐというわけではありませんし、お時間を作っていただくまで、待ちます。ただ、できれば、この一週間くらいの間で、お願いできればとてもありがたいです。あ、それでですね、お引き受けしていただける場合ですが、可能なら、週末、土日は避けていただけると助かるんです。ご検討いただけますでしょうか」

どうして土日ではダメなんでしょうか、おれは勇気を振り絞って、そう聞いた。

「はい。お二人をお連れしたいのは、静岡の、ある有名な漁港のそばなのです。それで、その漁港に、小さくて、高級でも何でもないんですが、食堂があるわけです。漁協の市場の中にある食堂でして、生のシラスがとてもおいしいのです。他にも、今の時期なら、カツオです。それと穴子もとてもおいしいのです。もちろん、その食堂でいっしょに食事をしていただくということが主たる目的ではありません。食事を含めて、お時間を拝借したいわけですが、まずお近づきの印として、その食堂で新鮮な魚をご馳走させていただきたいわけです。それで、その食堂ですが、土日はとても混むのです。予約ができるような格式のある店ではありませんし、それで無理を承知で、できれば平日にと、そう思っております。そう言えば、サノ先生も、まだお元気なころに、何度かお連れしたことがございます。当初は、わたしの父がお連れし、父が死去したあとは、わたしがお連れしました。先生は、高級な料亭などがお嫌いで、その食堂をとても気に入られておりました。とにかくあの生のシラスは、他では絶対に食べられません」

シラス？　カツラギが首を傾げ、帽子に付いているチュールが揺れた。古き良き時代のファッションを見事に着こなしているのが伝わってくる優雅な仕草だった。

「そうです。生のシラスです」

ミツイシは、うれしそうにそう答えたが、静かに微笑むだけで、決して声を上げて笑ったりしない。そもそも弔問における出会いであり、カツラギが、亡くなったミイラのような老人と非常に親しい関係であることに、充分に配慮した口調と態度だった。もちろん、臆したり、妙な遠慮があったり、不自然な気づかいをしているわけではない。

堂々としていながら、あくまでも謙虚で、しっかりした口ぶりで話すのだが悲しみを共有していることが伝わってくる。一八〇センチを優に超える長身で、陸上の短距離選手のような逞しい筋肉の持ち主だが、威圧感や圧迫感がなく、逆に、暖かみのある包容力を漂わせている。

「クジラですよね。生のクジラを食べるんですか」

何を勘違いしたのか、カツラギがそう聞いて、ミツイシは、いや、クジラではないんです、と静かに首を振った。

「違うんですか。シラスなんとかクジラって、有名なクジラがいるからクジラだと思いました」

「それは、カツラギさんがイメージされているのは、シロナガスクジラだと思います。いちばん大きなクジラですね。シラスは、逆で、海産物では、おそらくいちばん小さいのではないでしょうか。体が小さいので、痛みやすいんです。だから採れたところで食べるのがいちばんおいしいんです」

わかりました、カツラギが、かすかな照れ笑いを見せ、明後日ではいかがでしょう、と聞いた。明後日は、金曜だ。

「そうですね。できれば、少し間を置いていただけるとありがたいのです。多少、準備がありまして。来週の火曜、あるいは、水曜ではいかがでしょうか」

どちらでもいいですよ、とカツラギが応じ、静岡行きは来週火曜に決まった。だがミツイシの申し出を、こんなに簡単に受けてしまっていいのだろうか。確かに、外見や風貌や口調や態度は申し分のない紳士だ。しかし、これまで集めた情報によると、ミツイシは、キニシスギオのネットワーク内で暴走をはじめた連中のリーダーなのだ。ただ、申し出を断るとどうなるのだろうか。はい、わかりました、残念ですが、了解いたしました、と納得し、去って行って、それっきりになるとは思えない。おれは、ぼーっとしてそんなことを考えていたのだが、カツラギは最後に、周囲の空気が一変してしまうような質問をした。

「あの。アキヅキ先生ですが、どうして自殺したのでしょうか」

おれは、びっくりして気を失いそうになったが、ミツイシは顔色一つ変えなかった。柔和な微笑みもそのままで、穏やかな口調もまったく変わらなかった。

「そうですね。わたしは、アキヅキ先生のことは、もちろん存じあげておりますが、それほど親しい関係ではありませんでした。ですから、はっきりしたことはわかりません。ただ、こういったことは言えるのではないかと思われます。つまり推測ですが、わたしなりの推測でしたらお話しできます。アキヅキ先生は、ある目的のために、ある種の、何と言いますか、人材ですね。人材、それも複数の人材を、お探しでした。何人か、理想的な人材を集めることができている、そんなことをおっしゃっていたと、人づてに、聞いたことがあります。それで、その人材が、思いもかけない重大な間違いを犯したと、そういうことではないのだろうかと、これもある人から聞きました。そういったことの責任をとられたのではないかと、わたしの、推測です」

そうなんですか、カツラギはつぶやき、ミツイシから目をそらすことなく、おれがまた立ちくらみを覚えるような決定的なことを聞いた。

「それは、あれですか。歌舞伎町の、新宿ミラノで起きたことですか」

ミツイシは、さすがに即答しなかった。だが、表情は変わらない。じっとカツラギを見て、次におれの表情もうかがったあと、その通りです、と穏やかな口調を崩すことなく、答えた。

「だいたいのことはサノ先生からお聞きなんですね。そうです。アキヅキ先生が、探し出して、何と言いますか、育てるという言い方が適当かどうかわかりませんが、とにかく指導した人材が、指示を守らずに、言わば、暴走したのです」


「あの人、悪い人だと思う?」

ミツイシと別れ、弔問から戻って、いつものように宅配のピザを取った。カツラギは、ゆったりした白のTシャツと、灰色の短いスカート、それにレギンスという黒いタイツのようなものに着替えている。まだ外は明るいが、おれたちは缶ビールを飲み、ピザを一枚だけ何とか食べた。おれは食欲などなかったし、カツラギも顔に疲労が出ている。おれたちは、しばらく何も言わずにビールを飲んでいたが、思い出したようにカツラギが、ミツイシのことを聞いてきた。わからないよ、と曖昧に返事をした。本当にわからなかった。88ミリ対戦車砲を所有し、キニシスギオのネットワーク内で暴走をはじめたグループのリーダーのはずだが、暴力の香りもしないし、危険な印象もなかった。ジョーという男のほうがはるかに危険で暴力的だ。

「なんか、いい感じじゃなかった？」

　カツラギが、すでに冷えたピザを噛みちぎりながら、複雑な表情で、そう言う。確かにね、おれは、力なく答えた。ミツイシは、最初から最後まで、悪い感じがしなかった。紳士的だったし、威圧感もなかった。状況さえ違えば間違いなく好感を持っていただろう。いや、おれは現に恐怖心をなくし、好感を持ちそうになって、そのことに驚いた。これは一種のストックホルム症候群だ、人質が助かりたい一心で犯人に好感を持ってしまうのと同じだ、恐怖心を持ち続けるのは苦しいから、つい好感を持ってしまいそうになっているだけだ、だから危機感を失わないようにしなければ。そんなことを自分に言い聞かさなければならなかった。

「それ、問題かも」

　カツラギは、ピザの切れ端を箱に戻し、ビールを喉に流し込む。何て鋭い女なんだろうと今さらながらびっくりした。ミツイシが、どこから見ても悪人には見えないこと、会う人はみな好感を持つだろうということ、それが問題だとカツラギは指摘したのだ。見るからに悪そうなやつは、大したことがない。威圧感があり、威張っている人間は、そうしなければ権威を保てない偽物だ。ミツイシと会って、おれは、アメリカ軍に殺されたことになっているアル・カイーダの元リーダー、オサマ・ビン・ラディンを思い出した。サウジの大富豪の一族で、温厚な風貌で、話し方も穏やかだった。信望があり、原理主義者だけではなく、イスラムの、たとえばパキスタンなどの一般大衆にも絶大な人気があったらしい。とんでもないことをやらかす組織のリーダーというのは、たぶんそういうものだ。

「セキグチさんは、どうなの。あの人といっしょに静岡に行くの、怖くないですか」

怖いし、逃げ出したいけど、君と離ればなれになるほうが怖い、などとは言えない。少し怖いけど、まあ、先生に頼まれたし、本当のことがわかるわけだからね、と最大限の虚勢を張って、そう言った。先生という言葉を聞いて、カツラギの顔が曇った。親族かどうかはわからないが、きっと老人の死を悲しんでいるんだろうと、弔問からの帰りの車内で、それとなく聞いてみた。それはショックは大きいです、カツラギは、うつむいたが、それよりも、ほっとしたという部分のほうが大きいと言った。先生は、怖い人にはとても怖かったみたいだけど、優しい人には、こちらが困ってしまうくらい優しかったから、わたしには、どうすればいいのかこちらがわからなくなるくらい優しくて、優しくしてあげたい人を喜ばせたり幸せにするのが好きで、逆に、優しくしてあげたい人を、がっかりさせるのが何より嫌いというか、それだけは我慢ならないって、そんなことをトウゴウさんに聞いたことがあるんだけど、だからああいう状態になってから、もうとても長く生きていたわけだからしょうがないのに、力をフルに使うことができないようになって、悔しくてしょうがない、こんな身体になっても生きていることに感謝はしているが、悲しくてやりきれないと、いつもそう言っていたみたい。先生が死んだら、いっしょに死んでもいいと思うような人も大勢いて、でも死ぬのを望んでいる人も同じくらいいるんだって、わたし、いつか聞きました。

わたしも先生が本当は何歳なのか知らなかったし、同じ世代の人間はもちろん、その下の世代の人間もほとんど残ってないというような、異常な長生きなどするものではないっていうようなこともいつか聞きました。だから、先生は永遠に生きていくのかも知れないと思うようなときもあり、その思いはわたしにとって、希望だったし、またとても辛い思いでもあったの。だから、ものすごく不思議なんだけど、先生が亡くなったとトウゴウさんに聞いて、わたしは悲しみが出てこなくて、逆に、どこかほっとした気分が出ました。尊敬していたはずなのに、いつもいつも大好きだったのにって、少し驚いてしまって、涙も出てこなかった。

わたしは、冷たい人間。でも、冷たくしたくない人には冷たくないから、精神的にどうにかなってしまったのかなとも思ったりもしたけど、ああ、これはほっとしたんだな、これがほっとしたということなんだなと、やがてわかりました。もう先生は悲しくてやりきれない思いをしなくてもいいんだなと、そのことがわかったんです。

「すごく不思議な気分なの」

夜、お互いの部屋に引っ込んでから、しばらくしてノックが聞こえ、寝間着代わりのTシャツを着たカツラギが入ってきた。

「誰にも会いたくないし、誰とも話したくないし、世界中にわたしたった一人だったらどんなにいいだろうってずっと思っているのに、その気持ちのすぐ横にね、本当にその気持ちと重なり合う感じで、誰かがそばにいてくれないとおかしくなりそうな自分もいるんですけど、それで、だめですよね。今夜だけね、横でいっしょに寝るとかって、だめですよね」

おれは、ベッドの端に腰を下ろし、睡眠導入剤を嚙み砕きながらウイスキーを飲んでいたが、不意を突かれて、どう応じればいいのか、わからなかった。カツラギが、添い寝してもいいかと尋ねている。いや、リクエストは添い寝以上かも知れない。イスラム過激主義のテロ実行者は、自爆テロのあと殉教者として天国に召され七十二人の処女を与えられると聞かされるらしい。おれ自身は無神論者だが、きっと神様が、最悪の凶事の前ということで、普通だったら絶対に手に入れられないものを授けてやろうとしているのではないかと、そんなことを考えた。いや、いいよ、とできるだけ軽い感じで答えたが、たった五文字の短い言葉にもかかわらず、途中声が裏返った。

「カツラギさんはここに寝ればいいよ。おれは下の、床で寝るから」

そう言ってベッドの上を示すと、それじゃだめなの、とカツラギは、おれの横に潜り込んできた。

おれは、思わずベッドから立ち上がり、スペースを譲るようにして、カツラギが掛け布団を引き寄せるのを眺めた。どうすればいいのかわからなくて、また動悸がしてきた。心臓はだいじょうぶだろうかと心配になった。今日はほぼ一日中動悸がしていた。やっと一日が終わるんだと、ほっとして、ウイスキーを飲みながら睡眠導入剤を嚙み砕いたところだったのに、また思いがけない事態が起こった。カツラギは、おれのほうに背を向け、横向きに寝ている。やや蒸し暑さを感じる夜だったが、ミツイシのことがあり、こんなときに風邪など引いてはいられないとエアコンは切っていた。この部屋をあてがわれたときから、ベッドには薄手の羽毛布団が用意されていたが、暑いのか、カツラギは膝から下を剝きだしにしている。

どうすればいいのだろう、おれは部屋の明かりをスモールにして、こそこそとジーンズを脱ぎ、パジャマに着替えた。だがパジャマは汗臭かった。洗濯したのはいつだったか、思い出そうとしたが、そんなことは大した問題ではないと気づいた。このパジャマを着たまま眠るのか、それとも脱ぐことになるのか、それが問題なのだ。ベッドは、シングルとセミダブルの中間ほどの大きさで、並んで寝ると、どうしても体が触れ合う。ベッドに潜り込んでくるということは、当然何かを期待するというか、予測した上での行為なのだろうか。親戚のナガタという男から小学生のころにアナルを犯され、真偽のほどは不明だが風俗でも働いたことがあり裸で犬のような格好をしたのだという告白も聞いた。純真無垢というわけではない。だが不思議なことに、カツラギからは性的な匂いがしない。ただし触れてはいけない天使のような女とか、そういうのとは違う。飢えを感じないのだ。風俗の女は、もちろん金銭は欲しがるが、それ以上に愛情に飢えているのだと何人かの風俗店主から聞いたことがある。だから、男から体を求められ、自分の体で男が興奮し満足することに喜びを感じるのだそうだ。カツラギにはまったくそういったところがない。金銭を欲しがる気配など微塵もないし、愛情に関しても、満ちたりているとは思えないが、飢えている素振りもない。ひょっとしたら精神の深いところで飢えているのかも知れないが、その生い立ちや言動やバックグラウンドが謎に満ちているので、愛情への飢えなど、たぶんそんなことはどうでもよく感じられてしまうのだ。

「寝ないんですか」

背中を向けたままシルエットになっているカツラギの声が聞こえて、ドキッとした。いや、そろそろ寝ます、とおれは突然敬語を使ってしまい、どうしてこれほど焦らなくてはいけないのかと恥ずかしくなり、頰が熱くなるのがわかった。そしてふいに、ある日常的な行為を忘れていたことに気づいた。まだ、歯を磨いていなかったのだ。おれの歯はボロボロで、被せものとか、ブリッジとか、複雑で安価な補修を施しているが、自分の歯は全体の半分もなかった。四十代後半から、根腐《ねぐさ》れを起こした樹木のようにぼろぽろと抜けていった。ちゃんとした歯磨きをしないことによる典型的な歯周病だ。フリーの記者時代は、編集部に泊まり込んで徹夜で原稿を書き、一段落するとカップ麵を食べて酒を飲んで仮眠を取るみたいな生活で、歯磨きなどほとんどしなかった。歯科医からはインプラントを勧められたが、すでに仕事は失っていたのでそんな金があるわけもなかった。

「歯を磨いてくる」

今すぐカツラギの隣りに忍び込めば体を触れ合わせることができるのにという落胆と、やっとこれで緊張と動悸の源泉から離れることができるという安堵を同時に覚えながら、そう言った。カツラギは、眠そうな声で、わかった、と応じた。カツラギの真っ白な肌をイメージすると、歯磨きなど取るに足らないつまらない行為に思えたが、口臭も気になった。口臭は自分ではわからない。しかしフリーの記者としてでたらめな生活をしているころ、ちゃんと歯とか磨いてるの？　と妻に言われたことがあった。おそらく口臭があったのだ。ということは今でもあるのだろう。おれがその気になり、カツラギもその気になっていることがはっきりしたら、裸になる前か、なったあとかは別にして、たぶんキスをすることになる。そのとき、口臭があったら、すべてがぶち壊しになるかも知れない。

「寝てていいよ」

部屋を出るときに、おれは、思わずそんな台詞を口にしてしまった。お前はバカか、と後悔したが、うん、わかった、とカツラギの眠そうな声が聞こえた。落ち着け、と自分に言い聞かせながら、シャワールームに行き、鏡に向かって歯を磨いた。いつもの倍近い時間をかけ、歯間ブラシも使い、薬用マウスウォッシュでうがいをしているうちに、頼むから寝ないで待っていてくれという願いが、分不相応なものに思えてきた。鏡に映った自分の顔と、それにボロボロになった歯が、お前は老いた、という信号を発している。目の下がたるみ、黒ずんで、首の皮膚は張りを失って無数の皺がある。人は、ゆっくりと老いていくが、あるとき突然に、自分の老いに気づく。老いの自覚は、過去は絶対に取り戻せないという事実を突きつける。抵抗のしようがない。受け入れるしかない。どういうわけか、おれはこれまでいったい何をやってきたのだろうという切ない気持ちがわき起こり、呆然となり、不覚にも目尻に涙がにじんできた。妻と娘が去ってからのこの数年間は何だったのか。生きているのか死んでいるのか判然としない、哀れそのものといった人生だった。添い寝しようとベッドに潜りこんできたカツラギが、それを暴露したのだ。

これからはどうなのだろう、目尻の涙を拭いながら、そう思ったとき、あの駒込の文化教室で剣舞やカラオケに興じていた老人たちが頭に浮かんできた。おれはあのとき、高校生の制服を着て大昔の歌謡曲を歌う老人たちを哀れに思い、どこかでバカにした。だが、あの中には、おそらくキニシスギオというグループの一員がいたはずだ。アキヅキという医師、それにミツイシの顔も浮かんできた。そして、彼らがやったこと、やろうとしていることの意味が、論理ではなく、皮膚感覚のようなものとして、針でどこかを突かれるような感じで伝わってきた。老いには抵抗できない。まだまだ元気、まだまだ若い者には負けないみたいな感じで、七十を過ぎて半裸で山を駆け上がったり、八十になって過酷な登山に挑んだりする年寄りがいるが、無意味な抵抗を試みているだけのアホだ。老いは絶対的な事実で、あきらめと自己嫌悪と怒りを生む。あきらめは老人をたとえば趣味に向かわせ、自己嫌悪は疾病や隠遁に向かうのだろう。年老いて、あきらめと自己嫌悪から逃れるためには、怒りを活用するしかないのかも知れない。ミツイシとキニシスギオのグループは、意識しているのか、無自覚なのかは不明で、社会的には完全に悪だが、怒りに方向性と目的を持たせようとしているのではないか。あのミツイシの堂々とした体軀と態度は、単に生来のものというだけではないのかも知れない。

力のない足どりで部屋に戻り、カツラギの横にそっと潜りこんだ。お帰りなさい、小さな声が聞こえ、カツラギはまだ寝ていなくて、おれのほうに体を向け、手を探ってきた。握手するようにその手をつかむと、こうやって寝ていい？　と聞いて、もちろん、と答えたが、台詞の棒読みのような口調になった。カツラギの手は、ひんやりとして柔らかく、しばらくすると寝息が聞こえてきて、ずっと続いていた動悸が収まっていくのがわかった。ウイスキーで流し込んだ睡眠導入剤も効いていて、スモールライトに浮かび上がったカツラギの顔を、何てきれいなんだと思ううちに、わけのわからない安らぎを覚え、眠りに引き込まれた。

翌朝、おれが先に起きた。まだ眠っているカツラギを起こさないようにそっとベッドを抜け出し、いつものようにパーコレーターでコーヒーを入れた。結局、何も起こらなかったなと思いながら、リビングでコーヒーを飲んでいると、おはようございます、とカツラギも姿を見せた。飲む？　とマグカップを示すと、首を振り、シャワーのほうに向かった。おれは夜中に何度か起きて、トイレに行ったり水を飲んだりしたが、その都度、カツラギといっしょにベッドに入っていることを再認識しなければならなかった。キスするとか、乳房や足に触るとか、Tシャツやショーツを脱がせるとか、そんなイメージがよぎったが、そんなエネルギーも勇気もなく、こそこそとまたベッドに入り、カツラギの手を握り、寝息を聞いた。

「食べに行きますか」

ノースリーブの花柄のワンピースに着替えたカツラギがそう言って、いったいどうしたんだろうと怪訝に思った。二人とも、いつも朝は何も食べない。起きてから二、三時間はたいてい気分が悪く、食欲もない。コーヒーといっしょに安定剤を飲み、昼過ぎまでだらだらと過ごしてチキンやピザの出前を取るというのがこれまでの習慣だった。

「向かいのカフェに行って、モーニングというのを食べませんか」

時計を見ると午前十時近くで、まだモーニングをやっているかどうか微妙だったが、とりあえず外に出ることにした。

「セキグチさんは、モーニングって食べたことある？」

通りを渡るときにそう聞かれて、そう言えば、ずいぶん長い間、喫茶店のモーニングだけではなく、朝食そのものを食べていないと思った。昔はよく食べたよ、と言うと、わたし、生まれてから一度も食べたことがない、とカツラギは微笑んだ。

「朝ご飯ってブレックファストでしょう。モーニングって、朝って意味なのに、実は朝ご飯のことで、一度は食べてみたいとずっと思ってたんだけど、そういう機会がなくて」

残念ながら、カフェにはモーニングがなかった。手づくりのケーキやお菓子が売りものの、道端にパラソルとテーブルと椅子を並べた欧風の店で、クロックマダムという、チーズを乗せて焼いたトーストだったらあるということだった。

「朝、ちゃんと食べるのって、体にいいんでしょう？」

クロックマダムは、トーストに、チーズと、さらに目玉焼きが乗っていた。フランスのカフェならどこにでもあるファストフードらしかった。目玉焼きが乗っていないものはクロックムッシューというらしい。

「わたし、パリと、あと、どこか有名なお城がある郊外の街で食べたことがある」

カツラギは、いつものように、おいしいのかおいしくないのかわからない感じで、ゆっくりと細かくトーストを千切って口に運びながら、そんなことを言ったあと、フランスに行ったことがあるかとおれに聞いた。ない、と答えながら、一般的な私生活の話をするのははじめてかも知れないと思った。初対面のとき、たまプラーザの「テラス」で、風俗で働いていて裸で犬のような格好をしたことがあるという話を聞いた。新宿ミラノの大規模テロのあと、散歩に出た寺ではナガタという男に小学生のときアナルを犯されたことを打ち明けられた。異常なエピソードばかりだった。心の内をふと漏らすとか、打ち解けて交わすたわいもない話とか、そういった類いではなかった。午前中の柔らかな日差しのせいもあるのかも知れないが、カツラギの顔がこれまでと少し違うような気がした。出会ってからずっと、よく言えば神秘的で、悪く言うと心ここにあらずというような、まるで常に仮面をつけているような感じがしていた。自分がどんな人間で、どんな暮らしをしてきて、今何を考えているのか、絶対に明かしたくないというオーラが漂っていた。

「じゃあ、セキグチさんは、海外はどこが好きなの？」

そう聞かれて、どこが好きというほど海外には行ってないよ、と答えると、行ったことがある国の中ではどこが好き？　と木製の椅子に座り、長い脚を組んで揺らしながら、微笑みかけてくる。カツラギは、花柄のワンピースを着て紺色のカーディガンを羽織り、髪を後ろで束ね、素足にキャンバス地のサンダルを履いていて、パラソルの影がちょうど顔半分を覆っている。人気のあるカフェらしく、また穏やかな快晴ということもあり、並べられたテーブルはほぼ満席だが、他の客はたいてい近所に住むおばさんたちだった。おばさんといっても、このあたりは住宅地としては一等地なので、それなりにおしゃれをして、佇まいも垢抜けている。だが、カツラギは、飛び抜けていた。道行く男たちは、カツラギだけを見て通り過ぎ、何人かはわざわざ立ち止まって振り返った。おれは、彼らから、なぜこんな女がこんな男と、という目で見られた。安売り店で買ったジーパンとポロシャツ、それにゴム草履という格好で、今朝はヒゲを剃るのも忘れた。年の差は関係なく、ファッションと容姿と雰囲気があまりに不釣り合いなのだ。

「パキスタンかな。いや実は、パキスタンに行くつもりで出かけたんだけど、バンコクまでしか行ってないんだ。でも、パキスタンの、北西辺境州というあたりなんだけど、繰り返し映像で見て、すごく印象に残っているんだよね」

おれがそう答えると、パキスタン、とカツラギは興味深そうな表情になった。もともと出不精だったたし、フリーの記者時代はほとんど休暇らしい休暇もなく、海外は数えるほどしか経験がない。しかも、新婚旅行がオーストラリアで、あとは台湾や韓国やグァムなど近場ばかりだった。パキスタンは、もう十年以上前、中学生の集団不登校がはじまるころ、取材で向かったのだが、事情があってバンコクで足止めされ、引き返した。そのころパキスタンの北西辺境州で、後にナマムギという愛称で有名になる日本人の若者がパシュトゥーン人の集落に住んで地雷除去をしていたのだ。そのナマムギが大々的にテレビで取り上げられ、日本には何もないと、衝撃的で、リアリティのある発言をしたことが、中学生の集団不登校の直接のきっかけとなった。

「どんなところ？　パキスタンって」

そう聞かれて、見えるのは岩山と砂地だけでとにかくやたら暑くて、その辺の雑貨屋みたいなところに大量の武器が売ってある、と答えた。何度もニュース映像で見て、実際に行ったことがあるような気になっていた。

「そうかあ。パキスタンですか」

いや、実際には行ってないんだけどね。

「わたしは、平凡なところばっかり。パリとか、ローマとか、ニューヨークとか、マイアミとか、そんなところばっかり」

でも、どれも有名だね。

「本当はね、あまり誰も行かないところに、行きたかった。カンボジアとか、インドとかサウジアラビアとか、ネパールとか、セルビアとか、ボリビア、キューバとか」

まだ若いんだし、これから、いくらでも行けるじゃないか、おれはそう言って、カンボジアのアンコールワットやインドのタジマハール寺院を、カツラギと腕を組み、いっしょに歩くところを想像したが、すぐに暗鬱な気分になり、現実に引き戻された。ミツイシのことを思い出したのだ。五日後に、静岡に行く。何が狙いなのか、何が起こるのかわからないが、いいことが待っているわけがない。殺されることはないと思う。殺すつもりだったら、とっくにやられていただろう。だが、ミツイシとの静岡行きは、憂鬱とか面倒とかそんなレベルではなかった。今すぐにでもどこかに逃げ出したい。そのあとのことなど考える余裕はない。だが、カツラギが珍しく普通の会話をするので、つい調子に乗って、タジマハール寺院を二人で散策するところをイメージしてしまったのだった。

「セキグチさん」

おれが黙ったのを見て、カツラギが、弾んだ声を出した。

「昨日は、ありがとう」

いっしょに寝てくれてありがとう、ということらしい。やはり性的なことは止めて正解だったのか、それとも、もっと大胆なことがあってもよかったという意味なのか、依然としてはっきりしなかったが、ミツイシのことを思い出して気分がどん底だったおれは、身震いするほどうれしくなって、驚いたことに、また涙がにじみそうになった。

同じような日々が続いた。以前と変わったのは、おれたちがよく外出するようになったことだ。それに、少しだけだが、早く寝て、その分早起きするようになった。モーニングで有名なレトロな喫茶店が笹塚にあって、電車に乗って出かけたりした。一度だけだが、映画にも行った。新宿ミラノのことがあって、映画館がトラウマになっているかも知れないと二人とも不安があったし、CGを多用したハリウッドのつまらないSF映画で、見終わるとすぐにストーリーを忘れるような代物だったが、とにかく最後まで観た。あと、二回ほど買い物にも行って、おれは夏物のジャケットとズボン、それにペンギンがプリントされたパジャマを、カツラギに選んでもらって買った。

そして夜になると、まるでずっと前からそうしていたかのように、手をつないで寝た。カツラギはいつもTシャツ一枚で、おれはペンギンのパジャマだった。ウイスキーの量が多かったり少なかったり、睡眠導入剤を寝る前に飲んだり、中途覚醒時に飲んだりという取るに足らない変化はあったが、気分はいつも同じだった。安らぎと失望だ。いっしょに寝るようになって四日目に、据え膳食わぬは、というつまらない警句を思い出して、Tシャツとショーツだけという姿態ですぐ隣りに寝ている二十代の魅力的な女でも、タイミングを逃してしまうと、もう二度と、その瞬間は訪れないのだという後悔の念が起こり、何か取り返しのつかない大変な間違いを犯したような寂しさにとらわれた。だが、そのときもカツラギは手をつないですぐ隣りにいて、寂寥《せきりよう》感はあったが、不思議なくらい精神は落ちついていた。それにしても、セックスというのは不可解だ。裸に近い状態で、しかも拒否のシグナルが出ていない場合、決行しなかったら、そのあとハードルが異様に高くなってしまう。種の保存にかかわるという、人間として当然でかつ重大で神聖な行為が、とても不自然で珍妙なことに変質してしまう。基本的に裸になりお互いの性器を露出し、脚を拡げたり、体を折り曲げたり、上にのしかかったりして、ある種の病気で医師に診断されるときとかを除いて普段は異性の目にさらすことがない部位というか器官を、単に触れ合わせるだけではなく挿入したり、妙なものが分泌されたり、小便と違って日常的に排出するわけではない体液を射出したりする。世の中にこれほど不自然なものはないというようなニュアンスとムードが生まれてしまう。とくにおれは、五十代で、初老とも言える存在であり、動物だったら群れのリーダー権と牝たちを若い牡にとっくに奪われ、死に場所を求めて荒涼たる草原をさまようような、そんな年齢だ。すぐ隣りに無防備な女が寝ていたら、ブスでもデブでもおばさんでもとにかくマウントして精液を吐き出さずにはいられないという若年期は、とうの昔に過ぎ去っている。

最後に女と体を触れ合わせて寝てセックスに及んだのはもう十年近く前で、相手は風俗嬢だった。妻とはすでにセックスレスになっていた。そして、魅力的だとずっと思っていた女と体を触れ合わせて寝たにもかかわらず性的行為はなく、キスもせず、ただ手をつないで寝たというのは、生まれてはじめてだった。慰めは、心が安らかになったことと、カツラギの態度がまったく変わらなかったことだ。セックスがしたい、あるいはセックスをしてもいいという思いでベッドに潜りこんできたのだったら、自分にはその種の魅力がないのかと傷つけてしまったかも知れないなどと気を揉んだりしたが、カツラギはそんな態度をいっさい見せなかった。それに、傷ついたとしたら、そのあと二度といっしょにベッドに入ったりしないのではないか、そう思うこともできた。さらに何よりも、ミツイシとの約束の日までの間、静岡に連れて行かれ何が起こるのかという怖れと不安に耐えられたのは、夜、カツラギと手をつないでいっしょに眠ったからだった。


「どうぞ。乗ってください。ちょっと狭いかも知れませんが」

ミツイシは、約束の午前九時ちょうどに、表の通りに車を停めて待っていた。快晴で、白い車体が日差しを反射して眩しかった。それで、おれは目を疑ったのだが、ミツイシの車は、白のカローラだった。おれたちを乗せるということで気をつかったのか、新しく洗車やワックス掛けをした跡があり、よく手入れされていて、年式も新しいが、カローラには違いなかった。ミイラのような老人の弔問のときは運転手付きのハイヤーだったし、おれは当然黒塗りの大型車を予想していた。BMWとかベンツとかレクサスとか、そんな車種だ。ロールスロイスでももちろん不自然ではないし、自分で運転してくるのなら、フェラーリとかポルシェとか、そんなスポーツカーをイメージしていた。いや、車ではなく、自家用ヘリや自家用ジェット機がどこかに用意されていても違和感はなかっただろう。

「すみませんね。お二人とも、いつももっと大きくて乗り心地がよくて速い車に乗っていらっしゃるのでしょうが」

おれが驚いた表情でカローラを眺めているのに気づいたミツイシは、困ったなというような顔で、そんなことを言った。偉い人だから、いつもハイヤーに乗ってるのかと思いました、とカツラギが微笑んだ。

「先週、弔問で、先生のお宅におじゃましたときは、仕事の途中で寄らせていただいたので、会社の車を使ったんですが、もしハイヤーのほうがよかったら、今から呼びますが、どうですか、呼びましょうか」

ミツイシは、携帯を取り出し電話をしようとしたが、カツラギはハイヤーを断り、わたし、この車、可愛くて好き、と笑顔で言って、さっさと助手席に乗り込んだ。後部座席のドアが開けられ、どうぞ、とミツイシに促されて、おれもカローラに乗った。

「すみません、ちょっと寝坊して、おまけに道も混んでいて、寝起きのまま来てしまいました」

　ミツイシは、先週会ったときとは印象が違った。七十代にしては異様に豊かな髪は、櫛《くし》が入っていなくてバサバサだったし、ポロシャツとズボン、カーディガン、ハーフブーツという、カジュアルというか、洗練とはほど遠い格好だった。白のポロシャツは袖口と胸に灰色のボーダーが入り、ズボンは、オレンジと赤と淡いブルーのラインが交差するタータンチェックで、カーディガンは蛍光色かと思うほどの鮮やかな黄色で、ハーフブーツはずいぶん昔に流行ったスタイルで爪先が妙に尖っていた。先週は弔問ということもあり黒のスーツを見事に着こなしていたのだが、まるで別人のようだった。ゴルフとキャバレーが大好きな田舎の中小企業の社長という感じで、車がカローラだったということもあり、何が起こるのだろうと身構えていたおれは拍子抜けして、思わず笑みが洩れた。警戒心が薄れたのだ。それがミツイシの狙いだと気づくことができなかった。

「音楽、聞きますか」

　カローラは、用賀から高速に乗った。横浜町田インターを過ぎたあたりで景色が開け、おれも開放的な気分になった。どんな音楽が好きなんですか、とカツラギが聞いて、何でも聞きますよ、とミツイシは、モニタの「ジャンル」というアイコンをタップした。ジャズ、リズム&ブルース、ロック、クラシック、イージーリスニング、サウンドトラックなど、きちんと分けられて、さまざまなアルバムと楽曲が表示されている。セキグチさん、どんな音楽がいい？　とカツラギから尋ねられ、いや、何でもいいけど、と曖昧に返事をした。音楽は、苦手というか、あまり馴染みがなかった。物心ついてから今まで、そのときに流行っていた曲を何となく聞くだけで、好きなアーティストのCDを集めるとか、オーディオに凝るとか、コンサートに行くとか、縁がなかった。クラシックに至っては、ベートーベンとシューベルトの区別もよくわからない。去って行った妻はクラシックが好きで、演奏会によく誘われたが、興味を持てなくて何度か断るうちに、いつしか誘いはなくなった。妻と娘がシアトルに去って行き、生活がすさんでいたころは、べろべろに酔っ払って、ザ・ピーナッツの「恋のバカンス」など昔のヒット曲を繰り返し聞いたが、ただ感傷に浸っていただけで、それらの音楽に思い入れがあったわけでもない。そう言えば、カツラギと音楽の話をしたことはなかった。どんな音楽が好きなのだろうか。

「晴れているので、モーツァルトでもいいでしょうか」

ミツイシがそう提案して、ひょっとしてクラリネットとか、バスーンのコンチェルトかなあ、とカツラギがモニタを見ながらつぶやき、わたしも晴れた日にはよく聞きますね、とうれしそうな表情になった。

「まあ、晴れた日に、モーツァルトのクラリネットとかホルンとかの協奏曲を聞くというのは、定番と言えば、定番ですけどね」

ミツイシがそう言って、軽やかな感じのクラシック音楽が適度な音量で流れてきた。

心地いい音楽だと思った。

「遅い車で、すみませんね」

カローラは、東名高速の左端の走行車線を時速百キロ前後で走っていて、他の車からどんどん追い越される。全然だいじょうぶですよ、とカツラギは、バックミラーにぶら下げられている、半透明で、涙の形をした飾り物を指で揺らしている。機嫌がよさそうだ。これ、あれですよね、幸運を呼ぶという水晶ですよね、と飾り物を示して、ミツイシに聞いた。そうです、とミツイシが、照れたような顔になった。

「わたしはそういった縁起を担ぐようなことはあまりないんですが、うちの者が好きで、勝手に、そうやって下げてくれたんです」

うちの者というのは妻のことだろうか、ミツイシは結婚しているのだろうか、子どもはいるのだろうかと、興味が湧いたが、すぐに消えた。そんなことはどうでもいいのだと、警戒心がゼロになっている自分に言い聞かせた。天気がよくて、周囲の景色には緑が多くて心が和み、しかも意外なことにミツイシは庶民的な車に乗っていて、つい好感を抱いてしまうようなださいファッションで現れた。そして、車内には心地よい音楽が流れ続けている。だが、友好を深めるために静岡に同行しているわけではない。

「高速を降ります」

カローラは、相良《さがら》牧之原インターで高速を降り、一般道を走った。すれ違う車がほとんどない、のどかな風景が続く。やがて、「御前崎」という標識が見えて、心臓がビクンと震え、ふいに、何かが乗り移ってきたかのように強い不安に包まれた。最初、何が起こったのかまったくわからなかった。「御前崎」という地名表示が頭の中で何十回と点滅し、おれは、やっとその意味に気づいて愕然となった。御前崎のすぐ近くには原発があると、胸騒ぎとともに思い出した。浜岡原発だった。

ミツイシのカローラは、御前崎に向かって走っている。御前崎、浜岡原発、ミツイシという三つの単語が頭の中で重なった。すると、奇妙なことが起こった。ふいに周囲の情景に半透明の薄い膜がかかり、前の座席のミツイシとカツラギの会話にノイズが混じって遠のいていき、頭のどこかにしこりができて固まってしまったような感じで、そのあと、ぷつん、と何かが切れるような音が、耳の奥で聞こえた気がした。アキヅキの糸電話を思い出した。あの糸電話の糸が切れてしまったような、そんな感覚で、そのあと、どうでもいいか、という自分の声が頭の中で響いて、神経が弛緩したかのように、本当にあらゆることがどうでもよくなり、解放感に包まれた。確かに今向かっているのは御前崎方面で、近くには浜岡原発があり、ミツイシといっしょにいる、だがそんなことは、どうでもいいことだ、どうでもいいことに決まっている、どういうわけか、そういった意識が芽生えて、気持ちがとても軽くなった。

「あれ？　セキグチさん、ボサノバが好き？」

カツラギが振り向いて、そう聞いた。いつの間にか、おれはカーオーディオから流れている軽やかなラテン風の音楽に合わせてハミングしていたのだった。ボサノバというリズムで、何とかジョビンという人の曲らしかった。もちろんおれはそんなアーティストは知らないし、ボサノバが好きなわけでもない。突然ハミングをはじめたので、カツラギは意外に思ったのだろう。ああ、好きだよ、とおれは答えた。そうだ、おれはこういう軽やかでしゃれた音楽が大好きなんだ、本当にそう思って、そのことに自分でも驚いたが、その驚きもすぐに消えた。何が起こったのだろう、と考えると、急に息苦しくなり、どうでもいいじゃないか、と気持ちを切り替えると、呼吸が楽になった。そうだ、景色でも眺めよう、いい風情だし、どことなく懐かしさを覚える景色じゃないか、そう思いながらおれは周囲を見回し、いいところだなあ、とつぶやいた。ごく自然に、そんな台詞が口をついて出た。

「そうでしょう。このあたりは、まだ手つかずの自然が残ってましてね。ときどき、イノシシとか、出るらしいですよ」

　ミツイシが、笑いながらそんなことを言った。イノシシか、とおれはミツイシの言葉を反芻し、イノシシが出るくらいだから、懐かしさを覚えるのは当たり前だなと、さらに気分が軽く、安らかになるのがわかった。カローラは、右手に林が続き、左手になだらかな傾斜地が広がるワインディングロードを走っている。初夏の陽光が降り注ぎ、緑が目に眩しく、景色が後方に流れ去るのが心地よかった。昔、小さいころ、よくこんな感じでドライブしたなと思い出した。オヤジは平凡な勤め人だったが、車好きで、日曜になると別に目的地を決めるわけでもなく近郊を走ったものだった。午前中に出発し、沿道のドライブインやラーメン屋などで適当に昼食をとり、また家に戻るだけの、何ということもない行楽で、オフクロはそのうち同行するのを止めたし、おれも楽しいと思ったことなどなかったが、思い返すと、あれはあれなりにいい思い出なのかも知れないなと、微笑みが浮かんだ。

「セキグチさん、景色を気に入っていただいたようですね」

ルームミラーでこちらを見ているミツイシにそう言われた。おれが、周囲を眺めながら微笑んでいるのに気づいたのだ。何となく懐かしさを感じるんですよね、とおれは微笑んだまま、そう答えた。ミツイシは、満足そうな表情で、おれに向かって何度かうなずいて見せたあと、いや、カツラギさん、わたしは別に軽い音楽が好きだとか、そういったことではないんですね、とさっきから続けていたカツラギとの会話に戻った。カツラギが、クラシックとボサノバという違いはあるけど、テイストが似てます、とそんなことを言って、そのあと二人は、音楽について話していた。

「そう言えば、モーツァルトって、どんな人だったんでしょうね」

カツラギが、ミツイシにそんなことを聞いている。きっと、ミツイシとの会話が楽しいのだろう。

「昔、『アマデウス』という映画があったけど、本当のところはわからないんではないですかね。ただ、革命に参加するというか、実際に参加した音楽家はいるんですね」

革命？　ですか、とカツラギは怪訝そうな表情になった。確かに、音楽の話題から革命という言葉が出るのは、唐突な感じもしたが、おれは、気にならなかった。景色がきれいで、懐かしい感じがして、久しぶりに気持ちが安らいでいる。それで充分だった。

安定剤を、いつ何錠飲んだかも忘れている。

「そうです。革命です。有名なのは、ショパンです。ポーランドの革命運動に参加していて、実際に『革命』という曲名が後に付いたエチュードも作ってます。ワグナーもドイツ革命に実際に関わって、亡命してます。わたしは、革命に参加する音楽家は、何というか、理解できますし、支持したいんですね。音楽というのは、確かに芸術ではありますが、どちらかというと、本質的には数学に近いと思うことが多々あるんです。完璧な組み合わせと配列があって、むしろ情緒的な趣というようなものは、結果でしょう。完璧な配列を目指す感覚というか、意思というのは、たとえば政治的なアンバランスに対して、怒りが生じるはずだというのが、わたしの考え方です」

そういうことを聞くの、はじめて、とカツラギは、まじまじとミツイシを見た。相変わらず怪訝そうな表情だったが、それはミツイシが言っていることが理解できないということではなく、話題が唐突な感じで変わったことに対する違和感のように見えた。どうして音楽の話から数学とか革命という言葉が出てくるのか、おれも意外な気がしたが、気持ちが安らいでいるせいか、そんなことはどうでもいいと思えた。ただし、さっきから、おれは、妙に何かが気にかかっていた。安らかに凪《な》いだ海に何か小さなものが浮かんでいるのだが、それが何なのかわからない、そんな感じだ。まあ、景色も素晴らしいし、とにかくこんなに気分が安らかになったのは何年ぶりかわからない、気にしないようにしよう、とそう決めた。だが、そう決めたとたん、凪いだ海に浮かんでいる何かが少し大きくなったような、居心地の悪さを感じた。

「だから、音楽家、あるいはですね、文学者や芸術家が革命に向かうのは、ごく自然なことなんですね」

ミツイシの口調が微妙に変化している。やや熱を帯びているような気がする。カツラギも、気づいたのか、相づちを打つのを止めた。

「それは、文学も、他の芸術も、突き詰めて言えば、やはり数学的だからです。よく、たとえば、独裁政権に対し、政治犯として逮捕されるのを覚悟で批判的な作品を作る小説家や画家に贈られる賛辞として、勇気がある、みたいなものがありますが、必要なのは勇気ではないんですね。文学者、芸術家に必要なのは、勇気などではなく、情報、知識、そして何より技術なんです。勇気なんかあっても、技術がなければ、価値ある作品など生み出せやしません。どんなにヒューマニスティックな戦後文学より、『浮雲』という映画のほうが、優れてます。戦争とは何だったのか、戦後それはどう変質したのか、成瀬巳喜男という監督が演出した『浮雲』という映画を見れば、すべて明らかになる。それが才能であり、その九十九パーセントは技術なんです」

浮雲ですね、とカツラギはつぶやいて、空を見上げた。『浮雲』という映画を知らないようだ。有名な映画で、おれはタイトルは知っていたが、実際に見たことはなかった。

しかし、ミツイシは、どうして急に話題を変えたのだろう。どうでもいい話をずっと続けていたのだが、急に変わった。ミツイシの話が熱を帯びていくにつれて、おれが気になっている何かも、しだいに大きく重くなっていく感じがした。

「我慢ならないのはですね、文学者や芸術家という類いの連中が、社会の幸福とか、平等とか、あるいはそういったことに貢献するとか、そんなことを言いだすことです。そもそも彼らは虚業の世界に生きているわけで、いかなる意味でも、どんな状況でも、社会的貢献などと口にすべきではない。社会的幸福からも、不幸からも、自由であるからこそ、数学的に厳密な虚構といいますか、地球や宇宙にも匹敵するような小世界を構築できるわけで、それを勘違いするような輩は、抹殺すべきだとわたしは本当にそう思っているんですね」

ミツイシが抹殺という言葉を使って、カツラギが座席で身を固くした。ミツイシが話していることは、決して支離滅裂でも空論でもなかったが、これまでと比べると明らかに異様で、静かな海のようだった気持ちにさざ波を起こした。そのあと、気になっていたことが、ふいに姿を現して、おれは冷水を浴びせられたようなショックを受け、茫然自失に陥った。イノシシ、だった。さっき、ミツイシがまだ普通に会話をしているときに、イノシシが話題に出た。このあたりはまだ手つかずの自然が残っていてときどきイノシシとかが出る、そう言われて、おれは、イノシシが出るくらいだったら景色に懐かしさを覚えるのは当然だと納得した。だが、おれは、わかっていなかった。い、の、し、し、という音の連なりが、おれの中で意味を失っている。イノシシって、何だ？　そう声に出さずにつぶやいて、一気に頭の中がぐしゃぐしゃになった。イノシシって、何だった？　イノシシという言葉は理解できるのだが、イメージができない。たぶん動物だと、それくらいはわかるのだが、その姿形を思い浮かべることができない。動物に疎《うと》いわけではない。イノシシなど子どもでもわかるし、おれも当然知っているはずだが、どんな動物だったか思い出せない。そして、姿形をイメージできないのに、イノシシが出るくらいだから懐かしさを覚えるのは当然だと思った。凪いでいた海に強風が吹き、まるで台風のように海面が波立ち、イノシシ、という言葉が、頭の中で急激に膨らんでいって、わけのわからない恐怖を覚え、おれはミツイシに気づかれないように注意しながら、ジャケットのポケットから財布を探って、安定剤を取り出そうとした。

「文学者や芸術家の役割は、そんなものではない。革命を抜きにすれば、社会などに関わるべきではない。ましてや、人々の幸福に寄与する？　社会を幸福なものにする？　社会に貢献する？　ふざけてはいけない。連中の仕事は、精神の自由度を拡大させ、社会に蔓延する嘘を暴くこと、それに尽きる」

ミツイシの口調がしだいに変わっていく。声に熱がこもっている。大声を上げたり、声を荒げたりしているわけではないし、表情もほとんど変わらない。だから、逆に、違和感が大きかった。おれは、財布から安定剤を取り出そうとして、ルームミラーのミツイシと目が合ってしまい、錠剤を落としそうになった。別に車の中で薬を飲むのは異常な行為ではないが、胃腸薬や酔い止めなどではなく精神安定剤だと、ミツイシは見破るのではないかと怖くなった。おれは、財布をわざと床に落とし、拾うふりをして、安定剤を口に入れ、噛み砕いた。何なんだ、いったいどうしたんだ、さっきまで気分が安らかで自分でも驚いていたのに、イノシシという四文字でどうしてこれほど急に不安定にならなければならないのか。自分を失いそうになった。動悸が起こり、速く激しくなった鼓動がミツイシに伝わるのではないかと、そんなバカなことを思い、さらに胸が苦しくなった。

「話を戻すと、音楽家でも、どんな活動をしたのかなど無関係ということかな。モーツァルトは、社会の幸福を考えて作品を作ったわけじゃない。金のため、あるいはスポンサーの貴族のため、そして手を付けてしまった女とか、手を付けたいと思う女のために作曲したが、あまりに美しい旋律とハーモニーなので、結果的に、わたしは幸福になるし、気持ちが癒やされるし、こんな音楽が存在するのなら生きていてもいいと思う。関係ない。関係ないし、わたしたちは、誰かを幸福にしたいとか、誰かに幸福にされたいとか、そんなこと思うようになったら、それこそおしまいだ。もっと言えば、幸福になる必要はないんだ。幸福より大切なものは数え切れないほどある。ありとあらゆるものが、幸福よりも重要かも知れない」

そんなことを言ったあと、ミツイシは、一瞬、我に返ったような表情になり、咳払いをして、黙った。たとえば？　とカツラギが聞いた。たとえばですけど、どんなものが、幸福より大切なのですか。

「あ、そうですね。まず、今と、明日を生き延びるってことですかね。食べて、寝て、生きるんです。死なないように、殺されないようにして、生き延びるってことです。幸福を最優先に考えると、人は殺されることに気づかない場合だってある」

確かに、とカツラギは、ミツイシをじっと見て、静かに同意した。ミツイシが話していることは、間違っていなかった。ただ、突然に話題が変わり、声が熱を帯びたので、違和感が肥大しただけだ。だが、この男はわけがわからない、そう思った。そして、そう思ったとたん、背筋を無数の虫が這い回っているような強烈な悪寒を覚え、さらにもう一錠安定剤を嚙み砕いた。イノシシが何を意味するのか、やっとわかった。おれは、自覚しないまま、思考回路を切断したのだ。イノシシが出るほど自然が残っていると言われて、イノシシがいるくらいなら懐かしさを覚えるのも当然だと、操り人形のように反応した。イノシシという動物をイメージしないまま、応答した。糸電話の糸が切れたような感じがしたのは、実際に回路を自分で切断したからで、理由は、恐怖だった。御前崎、浜岡原発、ミツイシという組み合わせから生まれる恐怖が大きすぎて、思考を停止した。今まで、そんなことは一度もなかったので、何が起こったのかわからなかった。

「見えてきました」

ミツイシが、左前方を示した。道は緩やかな下りになり、視界が開けて、海岸線と港が見える。原発らしきものを探したが、わからなかった。ずっと思考回路が切れた状態でいたほうがよかったのだろうか。回路の補修のきっかけはイノシシだった。イノシシに感謝すべきなのか、それとも恨むべきなのか。今はイノシシという動物の姿形をはっきりと思い描くことができる。どうやら回路はほぼ完全に補修されたらしい。その代わり、恐怖が襲ってきた。いても立ってもいられない恐怖に包まれて、意識を保つために、おれは、歯を食いしばらなければならなかった。

「やっぱり平日は空いてるな、よかった」

カローラを御前崎港の駐車場に乗り入れて、周囲を見回し、ミツイシは満足そうだ。

眼前に海が広がり、漁業センターと記された建物や、倉庫が並んでいる。港湾の向こう側にはマリンパークという公園があるようだ。

「どうですか。東京から三時間弱で、こんなところがあると、案外知られていないんですね。素朴じゃないですか。ね、セキグチさん」

はい、ほんとですね、懐かしい感じがします、おれは、笑顔を作ってそう応じた。動悸が激しくて、足元がふらつき、原発、原発、原発、と耳鳴りのように頭の中で同じ言葉を繰り返し、周りの景色もほとんど目に入らないのに、よく応答ができるものだと、自分でも不思議だった。人間というのは本当に混乱して我を失うと、まともなコミュニケーションができないだけではなく、場合によってはその場で昏倒するのだと、昔取材した精神科医に聞いたことがあった。おれは、叫びだし、走ってこの場を離れたいのだが、とりあえずはコミュニケーションしている。まだ余力があるというのだろうか。浜岡原発は、ここからは見えない。おそらく岬の向こう側なのだろうが、どこにあるのかとミツイシに聞くわけにもいかない。

「生シラスがあるといいですね。海が時化《しけ》たときは漁に出ないので、生シラスはないんです」

はい、そうですね、と答えたが、混乱しているので、生シラスというのが何なのかよくわからないし、自分が何を言っているのかもはっきりしない。自動応答のロボットのような感じで、すべてが上の空なのだ。浜岡原発のすぐ近くでこいつはいったい何をするつもりなのか、おれをどうしようというのか、苦痛とともに思考回路が補修されると、そのことだけが肥大して、頭がパンクしそうだった。気づいたカツラギが、だいじょうぶ？　とそっと声をかけてくれたが、ああ、と調子外れのカラスのような声が出ただけだった。目がうつろで、足元がふらつき、落ち着きなくキョロキョロとあたりをうかがい、声に力がない。誰が見ても、おれの様子は変だった。ミツイシもとっくに気づいているのだろう。だが、ミツイシは、おれの動揺など、もう気にかける必要がない。ここまで連れてくることができたわけだし、カツラギを連れて逃げ出すことなど不可能だ。だいじょうぶだ、殺されることはないし、それにもうすぐ倍量飲んだ安定剤が効いてくる、そう自分に言い聞かせる以外、何もできなかった。

ながら空きの駐車場を横切り、「なぶら市場」という看板がかかった平屋の建物に近づいていく。まるでプレハブのような、近在の人々が共同で造りましたという感じの、シンプルな建物だった。向かって左側が「海遊館」という土産物街で、目的の食堂は右側の「食遊館」の中にあるらしい。「海遊館」も「食遊館」も、たとえば六本木ヒルズや東京ミッドタウンなどとは対極の、素朴な手作り感があった。まともな精神状態だったら好感を持っただろう。「食遊館」の入り口付近にその食堂はあり、「和風レストラン」という看板が出ている。その向かいには寿司処とそば処があり、奥には団体専用らしい比較的大きなレストランがあるが、客が少ないせいか、あるいは正午前だからか、閉まっていた。

おれたちは、ミツイシを先頭に、「本日、生シラスあります」という紙の札が下がった食堂に入った。中は、がらんとしていて、厨房では、板前らしい男と、近在から手伝いに来ているると思われる普段着の中年女性が三人、働いている。店はガラガラで、客は中央のテーブルに座った一人の老人だけだった。おお、案外早かったんだなと、その老人がこちらに手を振ったが、おれはその顔を見て、息が詰まりそうになった。

「こちら、太田さんです。わたしの会社の顧問をやっていただいてます」

見覚えがある顔だった。絶対に会いたくない人物に、もっとも会いたくない場所と状況で会ってしまった、そう思った。もうすぐ効いてくるはずの安定剤への期待や、殺されることはないなどと自分に言い聞かせてきたことが一瞬にして吹き飛んだ。太田さんと紹介されたのは、大久保の将棋道場で「第九代名人・太田浩之」と記された額入り写真の中の人物だった。そして、太田浩之は、NHK西玄関のテロ現場で、見物人が映った写真の中にもいた。マツノ君が復元してくれた野次馬の写真だ。その写真で、太田という老人は、結果的に十二人が焼け死んだテロの現場を眺め、笑っているように見えた。おれは、その笑っている顔に見覚えがあり、大久保の将棋道場を訪ね、額入りの顔写真を見つけたのだった。なぜあの老人がここにいるのかという驚きと、ここにいるのは当然だという納得とあきらめを同時に感じた。

「セキグチ君、将棋は上達したかね。居飛車《いびしゃ》よりもだな、本当は、飛車を振るほうがディフェンシブなのだと、ホリキリに何度も注意されていたようだが、どうだ、最近は」

そう聞かれたが、喉がカラカラに渇き、声が出ない。足が震えているのを知られてはまずいと思い、パイプ椅子の背をつかんで、ゆっくりと腰を下ろした。太田は、まだ正午前だというのに、日本酒をコップで飲んでいて、すでに顔が赤い。知ってる人？　とカツラギが聞いて、お嬢さん、将棋ですよ、と太田が高笑いをした。

「セキグチ君と同じ将棋道場で、わたしも遊んでいたんです。なので名前は存じていました。ただし、時期がちょっとずれていましてね。だから直接対局したことはないんです。そうだよな。ないよな」

はい、とうなずいたが、声が震えていて、もうダメだと観念した。太田に会う前は、いちるの望みがあった。浜岡原発のすぐそばの御前崎に来てしまったわけだが、ひょっとしたら、ミツイシは、あのミイラのような老人の死で傷ついているはずのカツラギを慰めるために、単に、絶妙の味だという生シラスをおれたちにご馳走したいだけかも知れない、どこかにそんな思いもあった。だが、太田という老人がいたことで、そんな可能性はゼロになった。

「セキグチ君、一杯、どうだ」

太田が、おれにコップを差し出す。ミツイシは立ち上がって、厨房のほうに近づき、カウンター越しに、生シラスと藁焼きのカツオ、穴子の天ぷらや棒寿司などをオーダーしている。はい、いただきます、おれは、太田から差し出されたコップを受けとった。もう、飲むしかない。これから起こることを想像すると、できれば素面でいたほうがいいのだろうが、そんな余裕はない。トイレに行ってさらに安定剤を飲むことも考えたが、酒のほうが即効性がある。たとえ酔っ払って判断力が鈍るとしても、恐怖で卒倒するよりマシだ。

「おお、そうか。おれは、セキグチ君と、ぜひ一献傾けたいとずっと思っていたんだ。

ねえ、ミツイシさん」

そうですね、ずっとおっしゃっていましたね、ミツイシは、微笑みながらうなずく。太田は、ミツイシにも日本酒を勧めようとして、車でしたね、と途中で徳利を引っ込め、あなたはどう？　という表情で、カツラギのほうを見た。カツラギは、なみなみと注がれたコップ酒を半分ほど一気に飲んだおれを見て、何かを察したのだろう、ビールいただいてもいいですか、と可愛らしい声で言った。

「なかなかいい飲みっぷりだ。将棋は下手くそだったようだが」

太田は、七十代後半のはずだが、ミツイシと同様、血色もよく、鍛えているのだろうか、シャツを透かして胸や肩の筋肉が盛り上がっているのがわかる。素人相手の将棋道場ではあるが、名人位を取っただけあって頭もシャープなのだろう、顔つきも引き締まっている。眉が濃く、目つきは鋭く、鼻筋が通っている。それにしても、昼間の熱燗は、効いた。恐怖が去ったわけではないが、もうどうにでもなれと、もちろん捨て鉢だが、多少は気分が落ちついた。生シラスやカツオのタタキなど、口にしたカツラギは、おいしいとほめたが、おれは、味がわからなかった。

「昔からのお知り合いなんですか」

二十センチ近くある穴子の天ぷらを箸で持ち上げながら、カツラギが、太田とミツイシを交互に見て、そう聞いた。カツラギは、太田の正体を知らない。キニシスギオのグループの一員だろうと、その程度の想像しかできないだろう。おれも、太田が、街の将棋道場の元名人で、テロの現場で死傷者を眺めて笑っていたこと以外は知らない。だが、それで充分だった。焼け焦げて倒れた死傷者を見て笑うような老人と、ミツイシがいっしょにいて、すぐ近くに原発がある、それ以上何も知りたくなかった。

「わたしは、ミツィイシさんに、救ってもらったんだ。もうずいぶん前のことだけどね。小さな町工場をやっていたが、バブルのあと、なんやかやで、煽りくっちまって、傾いてしまってね。信じられないようないい条件で、助けてもらった。今も、顧問なんて、偉そうな役をもらって、まあ、面倒を見てもらってます。はい」

太田という老人は、両手を合わせ、拝むような動作をミツイシに向けて、そんなことを言った。異様に酒が強い。バカ飲みするわけではなく、淡々と同じペースで、コップ酒を口に運ぶ。テーブルにはすでに二合徳利が三本空になって並んでいる。顔は赤いが、口ぶりはしっかりしているし、常に背筋が伸びて、ふらついてもいない。本当に七十代後半なのだろうか。ミツイシは、こんな怪物のような老人を周囲に集めているのだろうか。いやいや、そんなことありませんよ、ミツイシは、首を振った。

「セキグチさん、太田さんの会社には、優れた技術があったんです」

そう言われて、そうですか、と返事をしたが、ぐらっと頭が揺れるのを感じた。限界かも知れない、そう思った。ひどい混乱のあと安定剤を倍量飲み、熱燗のコップ酒を一杯半飲んだ。ここで倒れたらどうなるのだろうか。そもそも、おれとカツラギを御前崎に連れてきたのはなぜなのか。

「太田さんは、ご出身が四国で、お祖父様の代から、製麺機を作っていらしたんですね」

洗面器？　とカツラギが聞いて、いや、製麺機、麺を作るやつ、まあ、洗面器と、あまり違わないけどね、と太田が笑いながら言う。

「とんでもありません」

すごい機械だったんです、棒寿司を食べながら、ミツイシがまた大きく首を振った。

「もともと、讃岐うどん専門だったのですが、太田さんの時代に、改良を重ねて、ラーメンから、そば、スパゲティ、フェトチーネなど、ありとあらゆる種類の麺を製造できるようになったんですね。極細麺から、径の大きな麺まで、それに小麦粉だけではなく、そば粉でも作れるという、奇跡的な製麺技術で、わたしは、麺専門の店を持っていまして、太田さんの会社を知って、すぐに支援させていただいたんです。助けられたのは、わたしのほうです」

いやいやいや、ミツイシさん、こんな若くてきれいなお嬢さんの前でだね、褒め合ってもしょうがないやね、太田は、そんなことを言って、カツラギにビールを注いでやり、わたしたちの本当の出会いは、もっと下品で、面白かったんだよ、と実にうれしそうな表情になった。どんな？　とビールでほんのり頬を染めたカツラギが、興味深そうに聞いた。カツラギが、太田という老人に好感を持ったのがわかった。気さくで、明るくて、開放的で、豪快で、しかも酔いつぶれたりしないし、どこか慎み深い趣もある。太田は、たぶん誰からも好かれるだろう。だが、好人物かどうかは問題ではない。好感を持てるとか持てないとか、そんな範疇とは太田は無関係だ。テロの惨状を眺め、笑っていた人間なのだ。

「それがね。若いお嬢さんを前にして話しづらいんだが、小便なんだ」

小便？　だいじょうぶですよ、わたしは、下ネタ、だいじょうぶですよ、カツラギは楽しそうだった。

「そうかね。じゃあ、これはとっておきの話なんだが、話しちゃうかな」

太田が、いたずらっぽい笑みを浮かべてそう言い、参ったな、とミツイシも頭をかきながら微笑んだ。そのとき、入り口から、老人が顔を覗かせ、なんだ、太田も来てたのか、とこちらに声をかけた。最初、顔が陰になってよく見えなかったが、近づいてきて、久しぶり、と挨拶され、おれは手にしたコップ酒を落としそうになった。あの、駒込の文化教室で、真剣を振るい、中国服を着せた人形の首を斬り落とした老人だった。名前は、確か、カリヤだった。

おれは、あの駒込の文化教室で見た剣舞と人形の首が斬り落とされるところを思い出し、口に含んでいた日本酒といっしょに胃の中の生シラスを吐きそうになった。

「あら、カリヤさん、こんにちは」

カツラギは、文化教室でたまに顔を合わせていたらしくて、そう挨拶し、カリヤは、静かに目礼した。

「カリヤさん、今日は生シラスがあります。いかがですか」

頬を赤くした太田がそう聞いたが、カリヤという老人は、いや、けっこうだ、と首を振り、寿司を少しだけいただこう、と背筋をピンと伸ばしたまま、棒寿司が盛られた皿に手を伸ばした。ミツイシの仲間というか、グループのメンバーはきっと大勢いるはずで、その中の、太田とカリヤをこの場に呼んだということは、おれに何かを伝えようとしているのだろうと、そんなことが一瞬頭をよぎった。すると、脳が破裂しそうな感覚に襲われ、ふいにピントが合ったカメラのファインダーのように、カリヤが睨むようにこちらを見ているのが目に入って、おれは、失礼しますと、自分でも聞き取れないような小さな声でつぶやいて、コップに半分ほど残っていた日本酒を飲み干した。酔うしかなかった。

「そうだ、まだ小便の話をしてなかったな」

太田が、口の端に穴子の天ぷらをくわえたまま、そんなことを言っている。

「おれは、小便がきっかけで、ミツイシさんと組んだんだ」

太田が、小便という言葉を強調して、ミツイシが、顎でカツラギのほうを示した。女性の前であまり下品なことは言わないほうが、というような表情だった。わたしだったら別に平気ですけど、とカツラギが言って、ほら、いいと言ってる、というように太田が両手を大げさに広げてみせ、まったく、しょうがないなあ、とミツイシが笑いながら棒寿司を口に入れた。太田がおれのコップに日本酒を注ぎ足す。カリヤは、おれを睨んだままだ。さすがに日本刀は持っていないが、異様に目が恐い。こんなに鋭い目の人間ははじめてかも知れない。確か九十過ぎだと言っていた。しかし、ミツイシはどうして太田とカリヤを同席させたのか。手足が痺れた感じになり、体をコントロールするのがむずかしくなっているが、それでも押し寄せてくる恐怖から逃れるには酔うしかなかった。日本酒を一気にコップ半分ほど飲み、気管に入ったのかむせて咳き込んだが、さらにそのあと全部喉に流し込んだ。すぐに目が回ってきた。太田は、小便の話をしている。都内の高級スポーツジムのインドアプールで生意気なガキがいると必ず小便をするようになり、小便してはいけないところで小便するのが癖になって、そのあと港区の外資系の高級ホテルの製氷機で氷をアイスペールに入れたあと受け口に小便をするようになって、これではいつか衆目の集まるところで小便をするようになって確実に捕まると不安になっていたころにミツイシと出会って、酒を飲み交わしながら小便のことを告白すると、そんなつまらない遊びをするよりもっと刺激的なことがありますよとグループに誘われた、そんな話だったが、すでに途切れ途切れにしか届いてこない。恐怖は減ったが、意識が保ちそうにない。天井がぐるぐる回り出し、そうか、ブラックアウトというのは本当に目の前が真っ暗になるんだなとバカなことを考え、セキグチさん、セキグチさん、というカツラギの声もいつしか遠くなり、胸苦しくなって嘔吐したような感覚があったが、本当に吐いたのかどうかわからず、やがて体を支えることができなくなってテーブルにもたれかかり、コップが倒れて転がり床で割れる音がして、おれは、そのまま気を失った。

気がつくと、口に誰かの指が突っ込まれていた。両脇を誰かに支えられ、おれはかろうじて立っていて、トイレの中なのだろうか、腰を折って洗面台に向かい、いいからここで吐け、と誰かの声が聞こえ、顔を上げると、ごつごつした男の指を二本くわえ込んだ姿が鏡に映っていた。意識はまだもうろうとしている。周囲の状況がよくわからない。

胃から酸っぱいものがせり上がってきたが、すぐ左側にカリヤがいることに気づき、また動悸がしてきて、嘔吐が止まった。右側にいて、おれの口に指を入れ、吐かせようとしているのはどうやら太田のようだ。セキグチ、気がついたか、吐くと楽になるぞ、太田がそう言っている。息が顔にかかる。酒臭いが、不快感が起こらない。どこかが麻痺している。安定剤と日本酒の酔いがまだ残っている。だが麻痺は酔いだけが原因ではない。カリヤの顔をまともに見ることができない。日本刀のイメージが甦って、金縛りに遭うように体が硬直し、氷を当てられているかのようにあちこちが冷たくなって、背中から首筋、そしてこめかみから頭に麻痺が起こる。たぶんおれは正気を保ちたくないのだろう。指を突っ込まれ喉が苦しくて、胃がけいれんしているような感覚が続いているが、血の気が引くと同時に、嘔吐が胃のほうに戻っていって、また体がぐらりと傾く。

「しょうがねえやつだな、こいつは」

太田の声がして、口から指が抜かれ、その代わり上体を蛇口に近づけられ、何度も顔に水をかけられた。また意識が少し戻る。前面の鏡には泣きたくなるほど情けないおれの顔がある。髪からぽたぽた水がしたたり、濡れた顔は、まるでこのまま死んだほうがマシだと訴えているかのようだと思った。おれはブルブルと顔を振って、髪と額から垂れる水気を拭おうとしながら、お前、死んだほうがマシだというのは違うぞ、と必死の思いで自分に言い聞かせた。死にたくないからこうやって恐怖が押し寄せているんだ、正確には、恐怖から逃れたい、そのためには意識が遠くなるほうが楽だ、そう思っているだけだ、そんなことを自らに言って聞かせるのだが、鏡に、表情というものがまったく読み取れない冷たく鋭い目でこちらをじっと見ているカリヤが映っているのに気づくと、銀色でも白でも灰色でもない独特の輝きがある真剣の刃のイメージがまたすぐに浮かび上がってきて、あらゆる気が萎えてしまう。

「もういいから、そのまま連れて行きましょう」

背後からミツイシの声が聞こえる。

「しかし、こいつは、どうしようもないヤワだ」

太田が、おれの脇に腕を差し入れながらそう言って、カリヤが、ミツイシ、本当にこいつにやらせるのか、とおれの顔を覗き込んだ。

「そのつもりです」

ミツイシもこちらに近づいてきて、襟首をつかんで上体を起こし、ヤワな人間だから逆にいいと思いました、そう言った。おれは意識が薄れていて、会話の意味がよくわからなかったが、事態が最悪に近づいていることだけは間違いなかった。

「あらあら、セキグチさん、だいじょうぶです？」

放り込まれるように車に乗せられたおれを見て、カツラギが声をかけた。だいじょうぶだよと返事をしようとしたが、舌がぐにゃぐにゃしている感じでろれつが回らず、あ、とか、う、とか、そんな音が出ただけだった。車は、ミツイシのカローラではない。シートがやけに硬くてスペースが広い。何とか上体を起こしてステアリングを見たら、メルセデスだった。両脇を太田とミツイシに支えられ、建物から出て、引きずられるように、そのまま車に乗せられた。色は確か緑で、でかい車だな、これはカローラではないな、だいいちミツイシのカローラは色が白だった、そんなことを弛緩した頭で思った。カリヤが、どこからか新聞紙を持ってきて、シートにもたれかかったおれの胸のあたりに放り投げ、これに吐け、と腹に響くような低音で言った。わしのベンツを汚したらしょうちせんぞ、とつぶやきながら運転席に座る。助手席にカツラギがいる。太田は、どうやらミツイシのカローラに同乗したらしい。カリヤがエンジンをかける。まるでレースカーのようなものすごいエンジン音で、どれだけ排気量がでかいのか見当がつかない。おそらく年代物で、昔のロックのスターが乗るような車なのだろう。カリヤは、いったいどんな仕事をしているのだろうか。金持ちなのか。だったら、なぜ駒込のあんな文化教室に通っていたのだろうか。あそこに集まっていた老人たちは富裕層には見えなかった。だがカリヤが金持ちかどうかなど、どうでもいい。真偽のほどは不明だが、九十を超えているらしい。考えてみれば、クラシックなメルセデスに乗っていることより、九十歳で運転していることのほうが異例だ。爆発的なエンジンをとどろかせながらメルセデスは急発進し、おれは後部座席の背もたれに思いきり頭をぶつけた。酔いが残っていて痛みは感じない。また酸っぱいものがこみ上げてきたが、吐かなかった。嘔吐する力も残っていないのかも知れない。

「カリヤさん、どこ、行くんですか」

カツラギが、聞く。

「太田の工場だ。製麵機の修理工場」

修理工場?

「そう。みんな集まってきてる」

みんなって誰ですか。

「仲間だ」

キニシスギオさんのグループですか、とカツラギが聞いて、キニシスギオか、とカリヤが相好を崩した。カリヤは、髪も豊かで、顔の皮膚にはたるみがなく、眉は濃くて一本一本が長く、鼻筋が通って、口元も引き締まっていて、入れ歯だらけの老人にありがちな空気が漏れ出るような話し方ではない。何よりも、眼光が異様に鋭い。おれが愛車のシートを汚していないか気になるのだろうか、ときどきルームミラーでこちらを見る。目が合うと、動悸がしてくる。別に睨みつけられているわけでもないのに、股間が縮みそうになる。カツラギは、文化教室で顔見知りということもあるのだろうか、萎縮したりせず、ごく普通に話している。

「懐かしい。そんなのもあった」

もうないんですか、カツラギは、しだいに傾きはじめた太陽を仰ぎ見るようにして、またそう聞いた。カツラギは、ミツイシたちの動向や、仲間を集めている目的を聞き出そうとしているのだろうか。聞き出したところで事態が好転するわけでもないが、おれは、唇の端から垂れてきた涎《よだれ》を手の甲で拭いながら二人のやりとりを聞いていて、呆けた頭で、カツラギはミツイシのグループの回し者ではないようだと、そう思った。あのミイラのような老人から、カツラギとおれはアキヅキの死について調べてくれと頼まれた。そのときに、カツラギがキニシスギオの一味ではないと一応納得したし、ともに新宿ミラノでイペリットを浴び焼け死にそうになったわけで、どんなに非道な連中でもグループの成員をそんな目に遭わすわけがないとも思った。しかし、カツラギは、底が知れないというか、何を考えているのかよくわからないタイプで、ひょっとしたら、おれを巻き込み利用するために近づいてきたのではないかという疑いがどこかにずっと残っていた。だが、おれはすでに拉致されている。どんな風に利用されるのか見当もつかないし、恐くて推測する気も起きないが、もしカツラギが連中の回し者だとしたら、もうおれの前で演技をする必要はない。これからどこに行くのか知っているはずだから、どこ行くんですかとカリヤに聞く必要もないのだ。

「そんなのはもうない。キニシスギオという名は、あの医者が名付けた。おれたちは、そんな名前はどうでもよかった」

あの、みなさんが集まってるってことですが、これから、何かはじまるんですよね、カツラギは、バーベキューパーティか何かやるんですかというような軽い口調で、またそんなことを聞いた。そうだ、とカリヤは、うなずいただけで、具体的に何をやるのかは言わなかった。何をやるつもりか、カリヤが言わなくてよかったと思った。聞いたら、また自分を失っていたかも知れない。

「降りろ。着いた」

カリヤの声が耳元で響き、目が覚めた。はい、と思わず情けない怯えた声が出てしまった。食堂かトイレでやはり少し嘔吐したのだろうか、シャツの胸のあたりが黄色く汚れ、涎の跡が首まで延びている。まだ酔いが残り、安定剤も効いていて、車から降りるときにふらつき、カリヤに支えられた。こんもりした林に囲まれた広い敷地に、トラックだったら二十台以上が入るような駐車場と、出入荷用の長いプラットフォームがある大きな倉庫が二棟あり、自動車修理工場のようなスレート屋根の建物が隣接している。工場には、「太田製麺」と記された木製の看板が掛けられている。佇まいとしては、地方の道路沿いでよく見かけるごく普通の工場と倉庫だった。メルセデスの中で寝てしまったので、御前崎の漁港からどのくらい離れているのか、わからない。工場は高台にあるが、周囲を樹木で囲まれ、視界が限られていて海は見えない。太陽の位置から時間経過を測ると、御前崎から十数キロといったところではないかと思った。駐車場にはセダンやワゴンやトラックが十台ほど並んでいるが、目を惹くのは巨大なトレーラートラックだ。小さな家なら中にすっぽり入るのではないかというくらい大きくて、それが二台あり、「SHINKO KOSAN」と、黄色の車体に太い黒の文字で描かれている。

「カリヤさん、飛ばしすぎですよ」

後続のカローラが駐車場に入ってきて、ミツイシと太田が笑いながらこちらに近づいてくる。

「あのワインディングロードを、チューンアップしたメルセデスに追いつこうたって、それは無理というものだ」

緑色のメルセデスのボディを軽く叩き、太田がそんなことを言うが、カリヤは怒っているような厳しい顔つきを崩さず、連中はもう作業はじめてるぞ、とぼそっとつぶやいて、倉庫のほうに歩いていった。倉庫のプラットフォームの扉が一部開いていて、中に何人か人影が見える。

「ミツイシ、まだ全員はそろってないが、どうする。はじめるか」

カリヤが、こちらを振り返ってそう聞いたが、まだいいでしょう、いちおう日没を待とうと思うんです、とミツイシは答え、ちょっと休みましょう、とカツラギとおれを工場のほうに案内した。セキグチさん、だいじょうぶ？　カツラギが、フラフラしながら進むおれに声をかけ、手を取ってくれた。ふらついてはいるが倒れるほどではない。酔いが覚めていくにつれて、こんなところにいたくないという恐怖心がよみがえり、だいじょうぶ、と返事をしようとするが、喉に何かボロ布のようなものが詰まっているような感じで、声が出ない。おれは、車を降りてからずっと追加の安定剤を飲むことだけを考えている。財布にはまだ十錠以上が入っているはずだった。酒でもよかった。意識を失ってもいいからウイスキーをがぶ飲みしたかった。素面になるのが恐ろしい。ずっと酩酊状態だったが、どういうわけか、ミツイシたちの会話だけは耳に残っている。連れて行かれたトイレで、本当にこいつにやらせるのか、とカリヤが聞いて、そのつもりです、とミツイシは答えた。要するに、おれは何かをやらされることになっているのだ。それが何なのか考えたくないが、さっきからそのことが頭の中をぐるぐる回っている。

「あまりきれいじゃないですが、とりあえず事務所で休みますか」

ミツイシが、工場入り口にあるプレハブの建物を示し、失礼なやつだな、今日のためにちゃんとお掃除したし、お花とかも飾っちゃったんだぞ、と太田がポケットから鍵の束を取り出しながら笑った。何なんだ、とおれはカツラギに手を引かれ、よろよろと歩きながら、ムカムカしてきた。こいつらはいったい何なんだ。間違いなく、原発のすぐそばで何かシャレにならないことをやろうとしている。NHK西玄関、池上柳橋商店街、それに新宿ミラノで無差別に人を殺した首謀者はこいつらだ。ひょっとしたら、あの一連のテロよりさらにやばいことを準備しているのかも知れない。それなのに緊張とか悲壮感とか、思い詰めたような素振りがまったくない。太田は常にへらへら笑っているし、ミツイシは淡々として表情が変わらない。これから仲間内で親睦の飲み会でもやるような、そんな雰囲気だった。そして、そのことがおれの恐怖感を増大させた。何をやろうとしているのかわからない。だが、思い詰めて決行するわけではない。当初から予定し、決めていたことを平常心で実行しようとしているのだ。

「紅茶があるけど飲むか。トワイニングのアールグレーだ」

太田がまたへらへら笑ってカツラギとおれにそう言い、二十畳ほどのだだっ広い事務所のガス台で湯を沸かしはじめた。いただきますとカツラギは会釈を返し、おれは、ビールとかないですよね、と弱々しい声でリクエストした。

「お、ビールか、もちろんあるぞ」

太田が冷蔵庫を開けようとしたが、いや、太田さん、ビールはまずいでしょう、とミツイシが首を振った。太田は、しばらくミツイシの顔を見つめていたが、そうだったな、とつぶやいて、すでに手にしていた缶ビールを冷蔵庫に戻した。そろそろ夕方だというのにどうしてビールがダメなんだと思ったが、言える雰囲気ではなかったし、おれにビールを飲ませられないのはなぜなのか、その理由を、聞きたくなかった。だがミツイシが、平然と言った。

「すみませんね。普段なら、大いに飲んでもらいたいところですが、セキグチさんには明晰でいていただかないと、ちょっと困るんです」

明晰？　何度もその言葉を反芻した。一筋の光明が差した気がしたのだ。おれはどこかで、あの、テロの実行犯として死んだ若者たちに自分を重ねていたからだ。そう言えば、おれとあの若者たちとは、歳だけではなく、立場も違う。おれがやらされることというのは、単なるテロの実行犯とか、犯人役ではないのかも知れない、そう思うと、ほんの一瞬だが、安堵が戻った。だが、本当に一瞬だけだった。またすぐに、じゃあ何をやらせようというのかという疑問が膨れ上がり、この世の中にはテロの実行犯にされるより恐ろしいことが無数にあると恐くなり、断りを入れて事務所のトイレを借りて、安定剤を二錠、嚙み砕いて飲んだ。

工場の事務室は殺風景だった。古色蒼然としたスチール机と椅子が並び、隅に簡単な給湯設備、それに背もたれと肘掛けに白いカバーを掛けた応接セットがあるだけで、窓も小さく、カーテンもない。ただし、掃除と整頓は行き届いていて、太田が言った通り、応接セットのテーブルには、そのあたりの空き地で摘んできたと思われる百日草が安っぽいガラスの花瓶に挿してあった。だが、奇妙なことに、平日なのに従業員が誰もいない。よく見ると、スチール机も使われている形跡がない。壁際に、他と違って現代的なデザインの白木の机があり、最新式のノートPCとモニタが置かれている。ひょっとしたら工場は稼働していないのかも知れない。

「あの、いくつか質問をさせていただいてもいいでしょうか」

安定剤が効いてきて、無表情で恐いカリヤの姿が見えないこともあって、おれはやや落ち着きを取り戻した。ミツイシと太田とカリヤが原発の近くで顔をそろえているという、信じがたいほど面倒で、やばい状況に、少し慣れたのかも知れなかった。もちろん、慣れたからといって事態が好転する可能性などゼロだ。ミツイシは、壁際の机でPCを操作している。キーボードやマウスの扱いは、おれなどよりはるかに巧みで、モニタには複雑な図面のようなものが映し出され、休みなくキーボードを打ち続けている。おれとカツラギは、太田といっしょに応接セットに座っているが、ソファは革製ではなくビニールで、あちこち裂けていて白いスポンジがはみ出ていた。

「質問？」

太田が、ディズニーのキャラクターが描かれたマグカップで紅茶を飲みながら、明るい声を出し、何でも聞いてくれ、隠すことはないからな、とまた笑い声を上げた。

「あの、NHKの西玄関の事件ですが、わたしが昔働いていた職場にですね、予告電話があったんですね。ひょっとして、電話したのは、太田さんですか」

安定剤の力を借りて、おれは、聞いた。太田が、ソファで姿勢を正し、ミツイシも、こちらを見た。他にも聞きたいことはいろいろあった。もっとも知りたいのは、わたしをどうするおつもりですか、ということだったが、答を聞くのが恐いし、直接的すぎて、とても聞けなかった。だが、無難で、自然な質問を選べば、なにがしかのヒントを探ることはできるかも知れないと思ったし、囚われの身であり、妙なことを聞いたからとすぐに処分されたりはしないという思いもあった。それに、何か会話で気を紛らわせないと、最悪のことを想像し、またすぐに自分を失ってしまう気がした。だから、あまり差し障りがなく、この連中とおれを最初に結びつけることになった編集部への電話について聞いてみたのだ。太田は、にやにや笑うだけで、最初黙っていたが、ミツイシがこちらを見て、いいですよ、という風にうなずいたので、そうだよ、とあっさりと答えた。

「おれが電話した。それがどうかしたか」

いや、別に、とおれは一度言葉を濁して、あれ、どういう意味なんですかね、とまた聞いた。あれって、何だ、太田が、ソファから身を乗り出した。

「確か、わたしの記憶に間違いがなければ、自分たちは満洲国の人間だと、そう言ったらしいんですが、どんな意味だったのかなと思って」

質問をすると、少し気分が落ちつくのがわかった。言葉を選んで質問し、回答を待っていると、最悪のことを想像しなくて済む。

「あ、それはわたしが答えますよ」

ミツイシが、キーボードを打つ手を休めて、口を開いた。

「案外、単純でしてね。わたしたちのコアなメンバーですが、そうですね、三十人くらいですかね、太田さん」

そうだな、そのくらいだなと太田が相づちを打つ。

「それが全員、父親のルーツが満洲国なんです。それで、あのサノ先生をはじめとして、わたしどもの父親は、軍人も、政府の人間も、それに満鉄や昭和製鋼、それに満洲電電などの民間人も含めて、どう言えばいいんですかね、まあ大ざっぱに言えば、満洲の自立を目指すというか、関東軍の傀儡を嫌っていた人たちだったんですね。だから、中にはかなり危険な状況にある人もいました。当時の満洲の状況がわからないと、意味不明でしょうが、かいつまんで言えば、そんなことです」

ミツイシはそんなことを話してくれたが、よく理解できなかった。カリヤさんは現役だよ、太田が、珍しく真剣な表情をして、そう言う。

「そうです。カリヤさんは、十六歳で軍官学校に入学しました。すぐ上にペク・ソニョプがいたそうです」

ペク・ソニョプ？

「後の、韓国陸軍の参謀総長です。ゲリラ討伐のスペシャリストですね」

説明を聞いて、さらにわけがわからなくなった。当時の満洲国の反主流派だったということだろうか。そう言えば、あのミイラのような老人も、満洲国の国籍法がどうのこうのと言っていたような記憶がある。いずれにしろろくに知識のないおれには理解不能だ。

「ミツイシ、来てくれ。だいぶ陽が落ちたので、準備する」

事務所の引き戸が開き、カリヤが顔を覗かせて、そう言った。わかりました、ミツイシが立ち上がり、太田とともに、外に出た。

「セキグチも来いよ。お嬢さんもどうぞ」

太田がこちらを振り向いて、おれとカツラギを呼ぶ。表の駐車場はすでに薄暗く、車の数が増えている。短い階段を上がり、プラットフォームから倉庫に入っていく。製麺機なのだろうか、軽トラックほどの大きさの機械が並んでいるが、中央に、通路のようなかなり広いスペースがあった。どのくらいの人がいるのだろうか。目につくのは老人ばかりで、ミツイシが姿を見せると、全員がにこやかに挨拶した。

「じゃあ、出しますか」

ミツイシがそう言うと、誰かがスイッチを入れて天井の蛍光灯が点き、倉庫内は真昼のような明るさになった。奥から機械音が響いて、何かがせり上がってくるのが見える。油圧式の昇降装置らしい。視界の奥に、黒々とした煙突のようなものが見えた。あれ、何？　とカツラギが、不安と興味が入り交じった声を出し、寄り添うようにおれに身を寄せてくる。煙突のようなものの全貌が露わになり、次に、それを取り囲む鉄の塊や計器が見えてきた。ねえ、あれ何？　もう一度カツラギが聞く。おれは、あきらめと恐怖に耐えつつ、答えた。

「８８ミリ対戦車砲だ」

外は薄暮だが、おれには時間の感覚がない。六月で陽が長い。この明るさだと、だいたい七時前後というところだろう。頭が重く、まだ足元がふらついていて、信じがたいことだが、左腕を上げ腕時計を確認する気力がない。うつ病の人は、朝起きて、顔を洗おうとして、水道をひねる力がないことに気づいたりすると聞いたことがある。気分が落ち込むとか、そんなレベルの話ではない。気力と体力を根こそぎ奪われる、そういうことだ。工場の事務室にどのくらいいたのかもよくわからない。あの生シラスを出す食堂に着いたのは昼ごろだった。そのあと太田とカリヤが現れ、精神が不安定になり、気分が悪くなってトイレに運ばれたが、そのあたりから頭の中がぐしゃぐしゃになった。どのくらい生シラスの食堂にいたのかも曖昧だ。三十分ほどだった気もするし、三時間だったのかも知れない。カリヤのベンツに乗り込んだのがつい三十分前のようでもあるし、三日前のようでもある。精神が混乱すると、時間の感覚がでたらめになるのだと気づいたが、そんなことに今気づいたところで何の意味もない。

「すごい」

カツラギが、88ミリ対戦車砲をじっと眺めながら、そうつぶやく。確かにすごい代物だった。眺めていると、悪夢がそっくり現実になったような気分になる。どこか精密器機を思わせる複雑怪奇で巨大な兵器が、白っぽく無機的な蛍光灯の明かりに照らされて浮かび上がる。血の気が引いた。異形の鉄の塊が重くのしかかってきて、慣れ親しんだ世界がボロボロと崩れ落ちていくような感覚にとらわれる。本当の現実とはこういうものだ、わかったか、誰かにそう言われているようだった。ミツイシ、太田、カリヤ、他の老人たち、88ミリ対戦車砲、そしてすぐ近くに原発、これで、役者も舞台も、全部がそろったことになる。こんなことはあり得ないと、どこかでおれはずっと思っていたようだ。こんなことは起こって欲しくない、ではない、起こりようがない、起こるわけがないという希望的観測を、どこかで抱いていた。禍々《まがまが》しく、グロテスクでもあり、また、黒光りする鉄を使った現代アートのようでもある兵器には、底部に車輪が取りつけられていて、老人たちが総出で前に押し出している。ミツイシも前のめりの格好になり、側面にある手すりのような部分を握って、プラットフォームのほうに押してくる。対戦車砲は、おれとカツラギのほうに近づいてくる。車輪は、二輪ずつ四方に付いていてゆっくりと回転するが、ゴム製なので音がしない。

「すごい」

カツラギがため息とともに、またそう漏らした。おれは、圧倒され、これって何かに似ているけど何に似ているのかなと、そんなバカみたいなことを考えている。全体の印象は子どものころに見た蒸気機関車に似ているが、砲身が長く伸びているので、やっぱり何にも似ていないと思い直したりしている。痴呆状態だ。それにしても、恐いのは、老人たちに、高揚感とか興奮が見られないことだった。こいつらは、この対戦車砲を実際に撃つつもりだろうか。それとも、しょっちゅうこんな一種のデモンストレーションをやっているのだろうか。ひょっとしたら、この奇怪な兵器を表に出し、満洲国時代の服装に着替えたりして、記念写真でも撮るだけかも知れない、ふと、そんなばかげた推測が生まれたが、あっという間に砕けた。

「ミツイシ、たま、持ってくるか」

太田が、ミツイシにそう言ったのだ。ミツイシは、サヌキさんたちがもう運んでいるはずです、と答えて、首に掛けていたインカムのヘッドセットを口に当て、煙草の箱ほどの大きさの器機を操作したあと、そっちはどんな感じ？　と聞いて、わかった、とうなずいた。

「もう、来てますよ」

ミツイシが、さっき対戦車砲が姿を現した昇降装置のほうを顎で示す。三人の老人が、まるで舞台に登場する役者か歌手のようにせり上がってきて、その傍らに、小型の冷蔵庫ほどの大きさの、スチール製の箱を乗せた台車があった。たま、というのはもちろん砲弾のことだろう。だが、８８ミリ対戦車砲は、終戦前後のどさくさに紛れて旧満洲から密かに運び入れたのだと聞いた。当然、砲弾もそのときいっしょに運んできたのだろう。もう七十年以上も昔だ。使用可能なのだろうか。腐食したり、火薬が湿ってダメになったりしないのだろうか。

「サヌキさん、ご苦労さまです」

ミツイシが言って、サヌキと呼ばれた老人が、いやあ、腰が危なかったよ、と笑顔を見せた。三人で台車に乗せたんだがね、さすがに榴弾二十五発は重くてね。

「そうですよね。いや、本当にご苦労さまでした」

ミツイシが、箱に近づいていって、蓋を開け、よいしょ、と声を出しながら、砲弾を一つ取り出し、小脇に抱えて、こちらに戻ってきた。

「セキグチさん、どうです、持ってみますか」

軽い口調で、そう言われ、おれは、はい、と間の抜けた声を出してしまった。

「はい、どうぞ」

まるで赤ん坊を抱かせるように、ミツイシが砲弾をおれに持たせようとする。砲弾は、尖った先端部分が銀色に輝いていて、胴体はくすんだ黄金色で、長さはだいたいテニスのラケットほどで、胴回りの太さはビールの大瓶くらいだった。おれは、両手を差し出したが、肩から先が、見た目にはっきりわかるほど震えていた。だいじょうぶ、とミツイシが慰めるように言った。

「落としても、爆発しませんから」

太田や、他の老人たちから失笑が洩れ、おれは自分でも意外なことに、むかついて、落としませんよ、と口を尖らせた。そして弾丸を受けとったのだが、思ったよりもはるかに重く、ぶざまによろけてしまって、ミツイシが、とっさに脇をつかんで支えてくれた。

「セキグチ、お前、だいじょうぶか、弱いのは将棋だけじゃないんだな」

太田が鼻で笑って、またおれは頭に血が上り、こんな古いもの、ちゃんと撃てるんですかね、とよろけながら言ったが、ミツイシをはじめ、太田やカリヤ、それに周囲の老人たちが真顔になるのを見て、なんでそんなことを口走ったのかと後悔した。お前、本当にバカなのか、砲弾とか火薬とか、ちゃんと手入れさえしていればだな、と太田が喋り出したが、ミツイシが右手を出してそれを制し、静かな口調で言った。

「セキグチさん、見ていれば、わかります」

倉庫内の、大半の蛍光灯が消されている。老人たちは、対戦車砲をプラットフォームまで運んできて、本体に装着されているアウトリガーの台座を引き下ろし、固定した。さっき、二台の大型トレーラートラックが、プラットフォームのすぐ前に移動してきた。目の前の道路から見えないように、対戦車砲を隠すためだろう。だが、そもそも山道を走る車は極端に少ないし、倉庫全体が暗いので、巨大な兵器にはたぶん誰も気づかない。倉庫と工場があるわけだから、わけのわからない機械が見えたとしても不自然ではない。それに88ミリ対戦車砲などという特別な兵器を、実際に見たことがある日本人はおそらく誰もいない。知っている人もほとんどいない。そんな兵器が、製麵機修理工場に置かれているなどと想像さえできないはずだ。だが、それでもこいつらは外からの視界をトレーラートラックで遮った。本気なのだ、おれはそう思った。こいつらは、まるで日常的な業務のように淡々と働いているが、本気で撃つつもりなのだ。

老人たちの作業はスムーズだった。全体の指示を出しているのは、どうやらカリヤのようだ。ミツイシによると、カリヤは旧満洲国の軍官学校出身らしい。他の老人たちも、計器を確かめたり、砲弾を磨いたり、てきぱきと動く。おそらく予行演習を重ねてきたのだろう。しかし、実際に撃ったことはあるのだろうか。

「ねえねえ、あれ、本当に、撃つつもり？」

カツラギが、おれに寄り添うようにして聞いた。おれたちは、プラットフォームの端っこで、老人たちの作業を眺めている。ほれ、座って見てろ、太田が、パイプ椅子を持ってきてくれた。老人たちは、誰も座っている者がいない。カリヤが、砲塔脇に取りつけられている着脱式の砲手席に座り、二つの、ハンドルのようなものを操作している。潜水艦などにハッチのバルブを開閉するための円形の鉄のハンドルがあるが、それに似ていて、垂直方向のものと水平方向のものがある。

「ドイツって、大したものだと思うんだ」

太田が、おれの横に立ち、煙草を吹かしながらそんなことを言った。こいつは煙草も吸うのか、酒も浴びるほど飲むし、でもこういうやつに限って病気とは無縁なんだろうな、そう思った。ドイツって、何が大したものなんですか、カツラギが、太田を見上げて、聞いた。

「そうだな。いろいろある。たとえばあのアハトアハトだが、計器類とか、照準器とか、付属物だが、いちいちボルトで留めてある。たとえばアメリカとかだったら、溶接しちまう。おれは、機械屋だからわかるんだが、おれだって溶接する」

アハトアハト？　カツラギが奇妙な言葉を反芻する。

「八、八のドイツ語。あの対戦車砲は、そう呼ばれることもあるんだ。だから、溶接しないでボルト締めすると、どうしても造りが複雑になるんだが、そんなことをするのはドイツだけだ。アメリカはもっと合理的だし、ロシアとかはさらに考え方というか民族性というか、違う。前の大戦の最高の戦車は、性能で言えば、ドイツのティーゲルだろうが、造りが精密すぎて、大量生産に向かない。ロシアは、シンプルで、大量生産に適したものを造る。カラシニコフとかもそうで、戦車だと、Ｔ３４だ。性能はまあまあだが、造りがシンプルなので大量生産できる。独ソの戦車戦で、ドイツは質を重視したが、ソ連は、量で勝負して勝った。だが、どちらの技術がすごいかは、たとえばだな、自動車を見てもわかるさ。ドイツを見ろ。カリヤさんが乗るメルセデスは七一年モデルで十二万キロ走ってるらしいが、メンテすれば新車も同じだ。乗ってみてわかっただろう。速いし、走りが、何というか、芸術的だ。ポルシェはさらに別格だが、BMWもアウディも名車だよ。それに小型車だったらワーゲンにかなう車は世界中探してもない。ロシアはどうだ。ラダだよ。ラダって知ってるか。ラクダじゃないぞ。旧ソ連の国産車だ。雨が降ると止まるらしい。笑えるよ。ラダは、T34にはなれなかった。自動車は、大量生産に向いているだけじゃどうしようもないからな。アハトアハトは、適当に溶接されたりしていないから、今でも分解して点検や整備ができる。おれは、あの姿を見るたびに、すごいものを造ったもんだなと感心するんだよ」

へえ、それほどですか、とカツラギが感心した表情になって、前方の対戦車砲を見つめている。おれは、勇気を振り絞って、もっとも気になっていることを、太田に聞いた。あれですが、本当に撃つんですか。

「ああ、これから、撃つよ」

ああ、これから、雨だよ、というような口調で太田は言った。緊張や高揚、それに気負いみたいなものがまったく感じられなくて、やけにリアリティがあった。こけおどしではないんだなと思った。やはり原発を撃つんだろうか、と考えたが、恐くて聞けない。それに、おれはいまだに希望的観測を捨て切れていないらしい。原発を撃つなんて想像を絶している、そんなことはあり得ないと、どこかでそう思いたがっている。つまり、この地に太田の製麺機修理工場があって、88ミリ対戦車砲を隠し持つのに適している、それだけかも知れない、近くに浜岡原発があるのは偶然なのだ、どこかでまだそんなことを思っているのだ。だが、カツラギが、やっぱり原発を撃つんですか、とあっさりとそう聞いて、太田が、ああ、そうだよ、とこちらもあっさりと答えた。

「おれらの計画は、かなり前からのものなんだ」

太田は、淡々と、普通に話す。今からすごい秘密を打ち明けるぞ、というような緊迫したムードもないし、やっと計画を実行するんだというような興奮もない。

「原発は最初から狙いだったからな。浜岡原発が着工されてから、そうだな、七年後か、八年後だったかな、ここに工場と倉庫を建てたんだよ。当時は、まだミツイシのオヤジさんが生きていたから、すぐ決まった。いや、ミツイシも決断は早いけどな」

わたしたち、放射能とかで死ぬんですかね、カツラギが、平然とそう聞いた。なぜそんなやばいことを聞けるのだろうと、愕然とした。どういう神経をしているのだろう。死ぬのが恐くないとか、そういうことではないはずだ。現に新宿ミラノのテロではパニックになりながらも、いっしょに必死に逃げた。

「いや、それはだいじょうぶ。だいじょうぶ」

太田が、微笑みながらそう言って、おれとカツラギの肩を軽く叩く。

「だって、お前らが死ぬんなら、おれたちだって死ぬってことじゃないか。おれたちはいつ死んでもいいと腹を決めているが、それは、今じゃない」

でも、原発を撃っちゃったら、放射能とか出ないんですか、カツラギは、またそう聞いた。蜂の巣を撃ったら蜂から襲われないですかと聞く小学生のようだと思った。だが、話がやばくて動悸がしているせいもあって気づかなかったのだが、いつの間にか、カツラギがおれの手を強く握っていた。しかも手のひらは汗で濡れていた。表情は普通だがカツラギも緊張しているのだと、はじめてわかった。

「今日は、原子炉とか冷却水タンクは撃たないんだよ。今集まってる仲間の一人にサカキムラという男がいて、ほら、今、カリヤさんに端末を見せているやつだよ」

蛍光灯の明かりが落とされているので、顔はよく見えなかったが、確かに、タブレット型端末を示しながら、砲手席のカリヤと何か話している男がいた。背が高く、眼鏡をかけて、革のジャケットを着ている。カリヤは、タブレットのモニタを確認しながら、水平方向と垂直方向の二つのハンドルを回転させ、砲身を上下左右にゆっくりと動かす。照準を定めているのだろう。長大な砲身を支えるように、その上部に一つ、下部に横に並んで二つ、砲身の半分ほどの長さの鉄製の筒がある。何なのかはわからない。

「あいつは、その昔、有名なプログラムを書いたやつで、おれはそっちには詳しくないから、どんなものかはわからないんだが、なんか、今でも衛星とか、ロケットとかに使われているらしい。もともと学者だから、企業に売ったりしないで、ネットでオープンソースにしたものだから、まったく金にはならなかったらしいが、ビジネスにしていたら、今ごろ数千億の金持ちになってたと、ミツイシがいつも言ってる。で、サカキムラが、アハトアハトのシミュレーションを担当しているからな。あらあら、間違って原子炉に当たってしまったぜ、みたいなことも起こらないんだよ。ここから浜岡原発まで、だいたい八キロから九キロくらいだが、サカキムラの計算によると、だいたい目標三十メートル四方だったら余裕だそうだ」

それじゃあ、何を撃つんですかね、カツラギが、握っていた手をやや緩め、そう聞く。

「それは、ひ、み、つ、だ、よ」

太田が、身振りを交えて、ふざけた口調でそう言い、声を上げて笑って、砲塔付近に集まっていたミツイシたちが、こちらを見た。いやいや、こいつらにいろいろと教えているところなんで、と太田が、すまん、というように右手を顔の前に上げ、謝る仕草をした。太田、調子に乗るな、必要なこと以外言うなよ、カリヤが、ドスのきいた声でそう言い、はいはい、わかっておりますとも、とまた太田がぺこりと頭を下げた。カツラギは、原子炉や冷却水タンクなどは撃たないと聞いて少し安心したのか、握っていたおれの手を離し、ふうっと息を吐いて、いつごろ撃つんですかね、と長い脚をぶらぶらさせながら聞いた。

「うん。もうすぐだよ」

太田は、笑顔を消し、そう言ったあと、メシでも食うか、とおれたちに聞いた。

「あと、ちょっとした準備が必要なんで、それまで、メシでも食うか。おれんとこの機械で作ったレトルトのそばを食わせたいが、どんぶりとか用意するのが面倒なんで、握り飯だけどな」

「マルタはまだなのか」

おにぎりを頬張ったカリヤが、ミツイシにそう聞いている。

「もうすぐだと思いますが、カリヤさん、マルタという言い方は止めたほうがいいのではないでしょうか」

おにぎりを五つも食べたミツイシがそう言って、そうだった、すまない、つい癖になっているんだ、とカリヤが謝っている。マルタ？　とカツラギがつぶやいた。おれたちは、老人たちから少し離れたところで、太田が、持ってきてくれたおにぎりを食べている。うまいおにぎりだった。コンビニのおにぎりではなく、ていねいに作られていて、いっしょに出されたほうじ茶もペットボトルではなく、ステンレスの携帯用保温ボトルに入れられていた。おれは、まだ気分は最悪なままだったが、不思議なことに食欲が戻っていて、おにぎりを二つ食べた。人間はどんな状況にも少しずつ慣れるものらしい。あと、原子炉や冷却水タンクを撃つわけではないと聞いた影響もあるのかも知れない。

「マルタ」

おにぎりを食べるのを止めたカツラギがもう一度そうつぶやき、不快な表情を見せた。聞いたことある、とカツラギが、老人たちに聞こえないように、小さな声を出した。アキヅキのクリニックで聞いたらしい。アキヅキが、誰かと電話で話していて、マルタという言い方は止めたほうがいいと、ミツイシと同じことを言ったのだそうだ。マルタと呼ばれていたのは確かタキザワ君だったと思う、カツラギはそんなことも言った。アキヅキが、マルタというのは、昔中国で、人体実験に使われたと言われている人のことだが、本当かどうかはっきりわかっていないし、困ったことにそういった呼び方をする人がまだいる、と悲しそうな表情で言ったのだと、カツラギが耳元でささやいた。丸太のことだったのかとおれはやっと理解した。戦争中、７３１部隊とか石井部隊と呼ばれる旧陸軍の研究機関のようなところがあって、捕虜を使って人体実験をしていたという説があり、被験者のことを丸太という隠語で呼んでいたと、フリーの記者時代に読んだ小説に書いてあった。タキザワというのは、滝沢幸夫のことで、池上柳橋商店街で刈払機を使い、自転車に乗った人の首を切ったあの若者だった。

「あ、来たみたいだぞ」

太田が、道路のほうを指差し、紺色のワゴン車が駐車場に入ってくるのが見えた。ミツイシを先頭にして、数人の老人たちが、ワゴン車に近づく。灰色のジャケットを着た痩身の老人が、車から降り、四十代前半と思われる中年男がいっしょに出てきた。

「どうです？」

「二人、中で眠っています」

「この人は？」

「はい、眠るのはいやだと言うもので」

「だいじょうぶですね」

「この人、だいじょうぶです。鎮静剤は打ってますんで」

そんな話し声が聞こえる。何のことかわからない。

「おお、来たか。何だ、あいつ老けてるな」

太田が、おれたちの横に来て、そんなことを言った。ミツイシが、中年の男の肩を叩きながら何か話しかけている。男は、うなだれたまま、まるで謝っているかのように、何度も深くうなずく。コーヒーでも飲みますか、とミツイシが聞いて、はい、と男は返事をしたが、舌がもつれているような、奇妙な声だった。そして、ミツイシは、男を連れて、こちらに近づいてきた。

「ええと、君は」

パイプ椅子に座るおれたちの前で、コーヒーを入れた紙コップを渡しながら、ミツイシは男にそう聞く。だが、男はぼんやりした目をミツイシに向け、おどおどした表情で周囲を見回すだけで、何も言わないし、紙コップを持ったまま口をつけない。ヨネハラ君ですよ、ヨネハラ君、ワゴン車を運転してきた痩身の老人が、そう言いながら近づいてきた。白髪をきれいに後ろに撫でつけ、濃紺のズボン、ブルーの細いストライプのシャツ、ネクタイはしていないが、センスのいい組み合わせで、顔は彫りが深く、学者のような雰囲気だった。

「ヨネハラ君だったね、よく来てくれた、紹介しよう、この人が、セキグチさんだ。君たちのことを書いてくれる」

ミツイシが、そんなことを言って、おれのことを紹介した。書いてくれる？　いったいどういうことなのだろう。

「モチダ先生、彼が、その人物です」

痩身でおしゃれな老人は、なるほど、どうぞよろしく、と握手を求めてきた。モチダという者です、埼玉の町医者です。モチダからは、上品なコロンの香りが漂ってきた。

「町医者とは、いつもながら、謙遜なさいますね。セキグチさん、先生は、長年ドイツで研究され、それに臨床経験も積まれていて、我が国では、ベスト・オブ・ベストの精神科医です。あ、そうだ、カツラギさん、先生は、実は、あのアキヅキ先生のですね、恩師というか、大先輩なんです。先生、ドイツは、どこでした？」

ミツイシが、仰々しく説明する。

「ライプチヒですが、まあ、そんなことはどうでもよい。とにかく今は大宮のほうで、クリニックをやっておりますので、ほんとに町医者なのですよ。こちら、カツラギさん、ですよね？　アキヅキ先生の恩師というのは少々大げさです。数年間ドイツでともに働いておっただけです。どうぞ、よろしくお願いします」

モチダは、微笑みながら、カツラギにも握手を求める。カツラギは、アキヅキという名前を聞いて、複雑な表情になり、やがてヨネハラという中年男に視線を移し、じっと見つめた。男は、風体も、顔も、態度も異様だった。小太りで、背が低い上に、背中を丸めて姿勢が悪いので、体全体が縮こまっているように見える。倉庫の蛍光灯は一部を除いて消されたが、おれたちがいるあたりは駐車場の街灯の明かりが届くので、男の顔ははっきりと見えた。間延びしていて、牛を思わせる顔つきで、目にまったく力がなく、どこを見ているのかわからない。口が半開きのままで、ときおり鼻からいびきのような変な音を漏らす。茫然自失で、今にも倒れそうだ。頭頂部が禿げ上がっていて、この蒸し暑い季節に厚手のセーターを着て、膝が抜けたコーデュロイのズボンをはき、ゴムのサンダルを履いていて、汗臭い異臭を発している。

「ヨネハラ君、君も、セキグチさんが書いた記事を読んだはずだ。とくに、わたしたちの英雄となったタキザワ君の記事は感動的だった。一方的に非難した他のマスコミの記事とは違った。セキグチさんが、君たちのことを書いてくれるんだよ。それに、もちろんわたしたちのことも書いていただく。わかったね」

ミツイシが、激励するように、ヨネハラの肩を叩きながら、そんなことを言う。ヨネハラという男は、はい、はい、と奇妙な声で返事をした。舌が唇からはみ出しているような感じで、よく見ると、涎も垂れていた。

「じゃあ、車で待機しよう。挨拶も済んだから。モチダ先生、お願いします」

ミツイシが、ヨネハラをモチダという医師のほうにそっと押すようにした。わかりました、ヨネハラ君、行こうか、モチダが引き取って、ワゴン車のほうに戻っていく。結局、ヨネハラという男はコーヒーを一口も飲まなかった。

「あれ、何ですか」

カツラギが、険しい顔つきになって、ミツイシを見た。

「あれって？」

ミツイシは、まったく表情が変わっていない。冷静で、声も口調も変わらない。

「あの人ですよ。ヨネハラって人、何ですか」

カツラギは、怒っているようだった。駐車場で、モチダという医師に促されるようにして、ヨネハラという男がワゴン車に乗り込んでいる。後部座席に、ぐったりとなってい る人影が見えた。おそらく、彼らが、今回のテロの実行者なのだ。対戦車砲を撃って、どういう筋書きなのか不明だが、あのヨネハラたちが犯人ということで、死ぬことになっているのだろう。

「ああ、彼ね。英雄だよ。わたしたちの大義を支えてくれる」

ミツイシがそう言って、カツラギは、唇を嚙み、あなたたちは何を考えてるの？　と静かに聞いた。

「大事なのは何か、わたしたちは、彼らに教えるし、わたしたち自身もそのことを嚙みしめる。アキヅキ先生も立派な人だったし、モチダ先生もそうだ。洗脳などというような、卑怯なことはしないし、無理強いもしない。そんなことは、カツラギさん、アキヅキ先生をよく知っているあなたたちなら、わかっているはずですけどね」

でも、あの人たちを殺すんですよね。

「それもちょっと違う。みんな、死にたがっているんだ。いや、わたしたちのことじゃないよ。彼らのことだけどね。みな、死にたがっている。それに、死なないために何をすればいいか、知らない。だから、わたしたちは、彼らに生きる上でもっとも大事なことを教える。それは、自分であり続けるということ。自分という存在を維持していくのは、とてもむずかしいし、誰もそのことを教えてくれない。今の世の中、自分が自分であることがいかに大事かという、真実を忘れさせてくれるものだけが横行しているわけです。宗教しかり、マスコミ、テレビしかり、ドラマから娯楽番組、歌とか芝居、就職や企業での仕事や作業、全部といっていい。自分が自分であり、本当の自分を生きていくしかないという事実は、とても辛い。そのことをごまかすこと、ごまかしてくれる何か、それだけが人気があるし、商売にもなる。わたしたちは、そんなごまかしが許せない。許せない場合は、破壊するしかない」

何を？　何を破壊するんですか。

「それはいずれわかる。あと二時間もすれば、その一部がわかるでしょう。あなたたちは歴史を目撃するわけですよ。歴史といえば、ほとんどの日本人は、教科書の中でしか知らない。だが歴史とは、年号でも、過去の出来事でもない。世の中の軸が変わることだ。そのことが今夜、少しだけわかると思うよ。そして、セキグチさん」

は？　また間が抜けた返事をしてしまって、ずっと唇を噛んだままのカツラギに、恥ずかしさを覚えた。

「あなたには、歴史を記録して、発表してもらいます」

え？　またアホみたいな声が出てしまった。

「ジャーナリストとして、これほどの名誉はないでしょう。歴史の証人になるんです。嘘を書けと言っているわけではない。本当のことを書いて欲しいんです。英雄たちのこと、そして、わたしたちのことです。世の中に、知らしめてほしい。わたしたちの正体も、本名もすべて明かしてもらってけっこうです。全部、書いてください。それが、あなたの役割なんです」

ミツイシが何を言っているのか、最初まったくわからなかった。まず、ジャーナリストという言葉でひどく混乱した。最近あまり聞かなくなったが、おれにとってその職業名は特別なものだったからだ。高校のころから憧れていたし、フリーではあったが、名の通った出版社の、名の通った週刊誌の記者として働くようになって、誇らしかった。そして、いつの日か、ウォーターゲート事件をすっぱ抜いたワシントンポストのボブ・ウッドワードとカール・バーンスタインのような正真正銘のジャーナリストになってやると心に誓っていたものだ。欧州では、テレビのクルーなどより新聞や雑誌のジャーナリストへの尊敬が大きいのだと、先輩たちから何度も聞かされた。独裁政権から狙われても命を張って記事を書き、ときに政府さえも倒すこともあると聞いて、二十代のおれは身震いするほど興奮した。ジャーナリスト、特別な言葉だった。妻と娘に去られ、ホームレスに近い生活をしているとき、その言葉を聞いたり目にしたりすると、無力感に襲われ死にたくなった。憧れながら、結局は挫折し、自分は人生の敗北者なのだと思い知らされる言葉だった。

「あなたは、選ばれました」

ミツイシは相変わらず淡々と話す。こいつはいったい何を言っているのだろうか。おれが選ばれた？　まるで新興宗教の勧誘だ。これは嘘だ。ジャーナリスト、選ばれる、このおれに限ってそんなことはあり得ない。

「あなたしか知らないんです」

ミツイシは、愁いを帯びた顔つきになった。

「信じてもらわなくてもいい、わたしたちのことを嘘つきだと思ってもいいのです。だけど、あなたにはドキュメントを残す使命がある」

おれを説得しようとしているのだろうか。しかし、どうやら殺されるわけではなさそうだ。

「わたしは、この国のあらゆるものを信じていない。政治しかり、経済しかり、社会システムしかり。ですが、もっとも大きな不信感を抱いているのは、マスコミだ。どう思いますか。彼らは、正義を言う。権力を批判し、弱者の側に立つと言う。だが、日本で、平均してもっとも高額な給与を得ているのはマスコミの人間ですよ。フジテレビの社員の給与は世界一だとも言われている。ワーキングプアや孤独死など、貧困と孤独をテーマに特別番組を作るのが大好きな日本放送協会、つまりＮＨＫですが、平均年収は一千万を優に超えて、サラリーマンの平均の三倍近い。朝日新聞、日本経済新聞なども同様。講談社や小学館など、出版社も同様。すべてのマスコミは、弱者を擁護し、権力を批判する資格などない。いやいや、セキグチさん、勘違いしないでいただきたい。金を稼いではいけないということではない。金ならわたしたちも稼いでいる。彼らマスコミが偽善者だと言うつもりもないし、嘘を報じると言うつもりもないし、権力の側について事実を隠蔽していると言うつもりもない。単に、能力がないのです。事実を報じる能力がない。世界的にパラダイムが変わってしまっているのに、気づくことができない。その理由がわかりますか。あなたならわかるでしょう」

いや、そんなこと、わたしにわかるわけがないですよ、おれはそう言ったが、自分の声ではないような、妙な気分になった。

「わかっているはずです」

ミツイシは、慰めるように、また励ますようにおれの肩を軽く叩き、わかっているはずだ、と繰り返した。カツラギが、じっとおれを見ている。いつの間にか、わけのわからない感情が噴き出してきた。週刊誌が廃刊になり、記者をクビになって妻と娘に逃げられ、ホームレスのような暮らしを続け、その間ずっと腹に溜めていたことが、嘔吐物のように喉元にこみ上げてくる。言うべきかどうか、吐き出すとどういう結果を生むのか、そんなことが頭をよぎったが、気がつくと、おれは感情を吐露していた。

「そうです。あの連中は、自分を否定したことがないし、疑うこともない。わからないことは何もないとタカをくっている。わかるという前提で報道し、記事を書く。だけど、たいていのことはわからないんだ。わからないことはないというおごりがあるので、絶対に弱者に寄り添うことができないんだ。くそったれ」

ずっと腹に溜めていたことだった。負け犬の遠吠えだと思われるし、実際にそういった部分もあるので、誰にも言わなかった。だが、どん底の暮らしをしてわかった。まったく希望というものがない人間にとって、テレビや新聞や雑誌は憎悪の対象でしかない。とくに、貧乏人や弱者の側に立っているんですよというような論調と内容だと、さらに憎悪の度合いが増す。番組や記事を作ったからといって、何かが変わるわけではない。政府なんかに頼れるわけがないと本当の弱者はよく知っている。ほとんどの報道は、結果的に、自分よりもはるかに不幸な人がいるという安心感を一般人に与えるためになされている。そして、もっとも頭に来るのは、マスコミの連中が、自分たちは本当に貧乏人や弱者を救うために記事を書き番組を作っているとタカをくっていることだ。だが、当たり前のことだが、危機感がない人間に、危機感しかない人間のことはわからない。最大の問題は、連中が、わかる、理解していると思っていることだった。高い年収のせいではない。プライドとか、傲慢《ごうまん》だからとか、そんな問題でもない。ひょっとしたら自分は何もわかっていないのかも知れないという疑いは、不安と、ときに恐怖を生むので、基本的に不安や恐怖と縁のない生活をしている連中には耐性がない。

「まったく正しい。そういうことです」

ミツイシは、おれの同意を引き出したにもかかわらず、我が意を得たりというように興奮することもなく、口調や表情を変えることもなく、低く、静かな声で、繰り返しうなずく。取り返しのつかないことを喋ってしまった、という思いと、こいつは理解してくれているという共感のようなものが、おれの中で交錯している。こんな人間たちに共感を覚えてどうするんだ、お前は利用されようとしているんだぞ、と何とか自分に言い聞かせようとするが、溜まりに溜まった劣等感と怒りが癒やされていくのがわかって、抵抗しようのない心地よさが生まれている。おれは、混乱していたが、どこか、心をくすぐられるような気分が生まれているのも確かだった。おれは利用されようとしている、騙されてはだめだ、そう言い聞かせ、ジャーナリストとして選ばれることなどあるわけがないと、そう思うのだが、これまでの積年の鬱憤と惨めさが、癒やされていくのを止めることはできなかった。

「繰り返しになりますが、わたしは、セキグチさんに、プロパガンダをお願いしたり、捏造《ねつぞう》を強要したり、そんなことはいっさいしていません。セキグチさんが遭遇したこと、体験したこと、そして、ここで見て、聞いたこと、それにもちろん、あの伝説の人物サノ氏のことなど、またアキヅキ先生の死について、すべて本当のことを書いてください。わたしたちは、懇願しているのです」

おそらくすべてが計算ずくなのだろう。だが、ミツイシは、誘惑や挑発や鼓舞や扇動なんかとはまったく無縁の、柔らかな口調を変えることがない。おれは傾きはじめている。ミツイシは、本当のことを書いてくれと言っている。どこに断る理由があるというのか。おれは、ノートかメモ帳、あるいはただの紙でもいいので、筆記用具といっしょに借りることができるかと頼み、記事を書くかどうかは別だが、その前に、取材させてもらいたいことがある、と言った。どうやら殺されることはなく、犠牲となって自殺させられることもないとわかったせいもあるのだろう。気持ちが傾きかけているのも確かだが、はっきりさせたいことがあった。最大の疑問は、なぜおれなのか、ということだ。出版社や雑誌社から切られ、困窮している記者くずれは掃いて捨てるほどいる。なぜ、おれなのか。それに、おれを選んだのだとしたら、なぜNHK西玄関と新宿ミラノで間違えば死んでしまうような事態に遭遇させるような真似をしたのか。そもそも、原発が狙いなのだったら、最初から原発を攻撃すればいい。なのに、どうして散発的なテロを三回も実行したのか。

「おお、取材か。じゃあ書いてくれるんだな」

太田が、事務所からハガキ大のメモ帳とボールペンを持ってきて、おれに渡す。

「ただし、十五分くらいで終わってくれ。こちらはもう準備が整っていて、あとは撃つだけだから」

太田は、微笑みを浮かべておれを見ている。いくつか聞きたいことがあるんですが、とメモ帳を開き、ボールペンの滑りを確かめるために軽く試し書きをした。久しぶりだという高揚感と、こんな取材はしたくないという気持ちが、また交錯する。

「はい。何でも聞いてください。あ、そうだ、どうせ聞かれることだし、実際にセキグチさんにお見せしたいので、手榴弾と、あと重いですが、デグを持ってきて見せましょう」

ミツイシはパイプ椅子に座り、その背後に、太田とカリヤ、それに数人の老人たちが興味深そうに見物している。そのうちの二人が、倉庫の奥のほうに立ち去った。

「まず、最初の疑問なんですが、わたしが、記事を書くと、必然的にあなたたちは、逮捕されます。そのことがよくわからないんです」

ミツイシが、少しうつむき加減になって、くすっと笑った。そして、逮捕されるつもりはないんです、と言って、倉庫の奥の暗いところから、こちらに向かって歩いてくる二人の老人を示した。さっき、ミツイシに言われて、どこかへ立ち去った二人だ。二人は、非常に銃身の長い武器らしきものを右手で抱え、左手に、柄付きのマイクロフォンのようなものを下げている。

「実際にお見せしないと、信じてもらえないですからね。武器庫から、持ってきてもらいました。旧ソ連製の手榴弾と、デグチャレフという対戦車ライフルです。満洲で鹵獲《ろかく》したものを、わたしの父親たちが、終戦前後に運び入れました。迫撃砲などを含め、軽機関銃や小銃、ピストルなど、武器は大量にあります。デグを持ってきたのは、試射をした関係でいちばん出しやすい場所にあったからという単純な理由で、他にも、小火器、砲弾、銃弾、腐るほど持っていますし、ちゃんと手入れもしていますし、カリヤさんにトレーニングもしてもらっています。スケジュールとして、まずセキグチさんに記事を書いていただきます。そして、世に広く知らしめたあとで、原発に致命的な砲撃を加えることになっています。そのあとにですね、警察もしくは自衛隊が攻撃してきたら、わたしたちは、こそこそと逃げたりしません。戦争するつもりです。ただ、他の原子炉や使用済み燃料タンクをさらに砲撃すると脅せば、おそらく攻撃はないはずですけどね。いずれにしろ、もう、戦争ははじまっているんです。わたしたちは、のうのうと生きるつもりはないです。打撃を与えて、攻撃されたら反撃しますし、反撃がなくても、こちらから攻撃し続けます」

ミツイシが、話し終えると、対戦車ライフルを抱えた老人が近寄ってきて、その異様に長い銃身と、手榴弾をおれに触らせ、ほら、わかったか、と言って、また倉庫の奥に運び去った。本物の武器に触れたのは生まれてはじめてで緊張し、わかったかと言われて、何がわかったのかわからないまま、思わず、またバカみたいに、はい、という間が抜けた返事をしてしまった。武器を見せられ、触れさせられるまでもなく、きっと本物で、よく手入れされていて、充分に使用可能なのだろう、それに本当に射撃などの訓練もしているのだろう、そう思った。攻撃とか戦争とか、浮き世離れした言葉でちょっと興ざめしたが、こいつらが、偽物や、使いものにならないものを、こけおどしで見せるわけがない、それだけは確かだった。疑問はたくさんあるが、時間が限られている。知りたいことを順序立てて聞くことにした。

「アキヅキ先生から聞いたりしたので、何となくわかるんですが、もともと目標は原発ですよね。だったら、どうして、NHKの西玄関や、他の二ヶ所、つまり池上と、歌舞伎町ですが、テロが必要だったんですか。最初からあの対戦車砲で原発を撃てば、それで済むのではないですか」

ミツイシは、すぐ後ろにいる太田たちのほうを振り向き、両手を左右に広げて、こんなわかりきったことを聞かれちゃいましたよ、というように首をすくめた。太田が、一歩前に出て、それはだな、いくつか、ちゃんとした訳があったわけだよ、と珍しく真剣な表情で言った。

「まず、おれたちが本気なんだと、しゃれとか、かっこつけでやってるわけじゃないってことを、おれたち自身が確かめる必要があったわけさ。酒の席で勢いだけで勝手なこと言う年寄りって、多いじゃないか。飲み会とかで、酔ってな、南極を横断するだとか、気球に乗ってアラスカまで行くだとか、いい歳こいてパリ・ダカールのレースに出るだとか、今の年寄りはそんなのばかりだ。そんなのじゃなくて、自分たちは本気だってことを確かめたかったんだ」

それだけの理由だったんですか、おれはそう聞いた。たったそれだけの理由で、あんなに多くの人を殺したんですかという下の句は、臆してしまって聞けなかった。

「いや、おれの知り合いの知り合い、みたいなジジイがいて、そいつは、走るのと山が好きでね。あの、ＮＨＫが特番で紹介した上半身裸で高い山を走るジジイを真似して、心不全で死んだんだ。あれには、ほんと、頭に来た。年寄りの冷や水とはよく言ったものだ。年寄りは、寒中水泳などすべきじゃない。別に元気じゃなくてもいいし、がんばることもない。ましてや上半身裸で高山を駆け上がる特別なジジイを国営放送が紹介するなんて、あってはならないと決まってるじゃないか。年寄りは、静かに暮らし、あとはテロをやって歴史を変えればそれでいいんだ」

おお、うまいことを言う、と老人たちの一人がつぶやき、笑い声が洩れた。こいつらはいったい何なんだ、と思う反面、取材メモを取るのは何年ぶりだろうと、懐かしさがこみ上げてきた。当事者以外、他の誰も知らない事実を聞き出している、何かが腹の奥からどんどんこみ上げてきた。それが何か気づいたとき、おれは愕然とした。それは、記者としての、喜びだったのだ。

「それで、わたしはあのＮＨＫ西玄関の現場にいたわけです」

そりゃそうだろう、おれが指名したんだから、太田がぶっきらぼうにそう言う。

「わたしが焼け死んだ場合、どうするつもりだったんですか。ひょっとしてわたしと同じような候補が大勢いたのでしょうか」

なるほど、いい質問だな、と老人たちが話している。老人たちの表情は真剣で、茶化されているとは感じなかった。やばいから気を許すなと、警戒心だけは維持していたが、いい質問だとほめられて、悪い気はしなかった。きっとおれは、間違いなくミツイシたちに操られている。だが、まだ誰も知らない真実を聞き出しているという記者としての喜びとともに、ミツイシや太田たちに対する嫌悪感がしだいに薄くなっていって、それを止めることができない。

「おれが推薦したんだよ。候補は何人かいて、全員に情報を投げたんだが、実際に現場に行ったのは、セキグチ、お前だけだったんだ。状況次第では、お前は死ぬかも知れないとわかっていたが、そのときはそのときだということになった。だが、お前はしぶとい。死ななかった。だから、カリヤさんたちに頼んで、池上の現場にも居合わせるように仕組んだ」

あの事件も、やはり同じようなことがあったんですか、つまり、誰かが、歩道を走る自転車の事故に遭ったということなんですか、そう聞くと、誰かの咳払いが聞こえて、一人の老人が肩を落としてうなだれ、すぐ隣りの老人が慰めるように肩をそっと揺すった。

「そのことは聞くな」

太田が、うなだれたままの老人に視線を移す。うなだれた老人は、いや、いいんだ、と顔を上げ、わたしは、アラキという者だが、母があそこの商店街で自転車に衝突され、以来植物人間になった、そんなことを言った。そうですか、復讐だったんですね、とメモを記すと、バカ、信じたのか、と太田が笑い声を上げ、他の老人たちも楽しそうに笑い出した。

「そんな、私利私欲というか、個人的な恨み辛みでことを起こすほどおれたちは幼稚じゃないぞ」

だったらNHKの西玄関はどうなんだ、番組に登場したじいさんを知り合いの知り合いが真似て死んだからだと言ったじゃないか、そう思ったが、言えなかった。だが、おれの顔を見て察したのだろう、ミツイシが、NHKは権力の手先だ、とつぶやいた。

「NHKは、徹底的に懲らしめる必要があった。それと、実際に、太田さんの知り合いの知り合いが死んだのも事実だ。池上の自転車ですが、実際に犠牲者が出ていることもあるが、まあ、象徴ですね。自分のこと以外何も考えずに生きている連中の象徴なので、首を切ってしまおうということにしました。それで、セキグチさん、もうあまり時間がないので、あなたの最大の疑問にお答えしましょう。先走りして恐縮ですが、例の新宿ミラノです。あれは、ちょっとした連絡ミスで、毒ガスとか可燃剤とかの量が多すぎたんです。それで、サノ先生にも、わたしたちが暴走しはじめたとか、誤解されてしまった。だいいちですね、サノ先生から可愛がられていたカツラギさんを、わたしたちがあえてあんな危ない目に遭わせるわけがありません」

ミツイシがそんなことを言うのを聞いて、カツラギが、じゃあアキヅキ先生はどうして自殺したんですか、とおれの代わりに質問した。確かにその通りだった。ネットワークの一部が暴走をはじめたということで、アキヅキは死を選んだ、ミイラのような老人はそう言ったのだ。

「ミツイシ、時間もないし、面倒くさいから、本当のことを言おうぜ」

太田が、腕時計を見る。

「あのな。すまん。連絡ミスというのは嘘だ。とにかくおれたちは、AMAOUとか、ああいうバカたちと、そのバカを使って社会を騙し、善良な人々を騙す連中が、許せない。あの映画館ごと爆破したかったくらいだ。確かに、お前と、このお嬢さんを危険にさらすのは忍びなかったというか、いや、本当は、死んだらそのときはそのときだって、途中からどうでもよくなった。何よりも破壊が先だと、まあ、そういうことだ。あとは野となれ山となれで、どうでもよかったんだが、その時点では、すまん、お前たちのことは考慮してなかった。暴走と言われればそれは暴走だよ。サノ先生については、おれたち全員、尊敬しているし、悲しませるのは心外だが、先生の精神は、逆に、アキヅキみたいな軟弱者よりも、おれたちのほうが徹底して継承しているんだよ。清貧に耐え、信義を守り、そして権力に対峙して、徹底的に闘え、というのが先生のポリシーだった。ミツイシは、日本を代表する企業家だが、車はカローラだし、飛行機はエコノミーだし、新幹線だってグリーン車には乗らない。原発だって、超高齢のサノ先生が、日和るというか、ヒューマニズムに負けて邪魔されるのがいやで、あえて黙っていたが、心の底では賛成していただけると思っていたんだ。しかも先生は、おれたちの計画を知らない」

太田が言っていることには矛盾があり、整合性がない。清貧だとか言うが、カリヤはクラシカルなメルセデスに乗っている。だが、そんなことがどうでもよくなるくらい、異様な迫力があった。原発を攻撃するというような、とんでもないことを計画し、実行する連中というのは、こんな感じなのではないかと納得してしまいそうになる。

「時間がない。もうこれでいいだろう」

太田が時計を見ながら、急かす。あといくつか、重要な疑問があった。８８ミリ対戦車砲だが、三基を満洲から運び込んだと聞いた。あと二基は、どこにあるのか。やはり原発のそばに隠してあるのか。どの原発なのか。

「セキグチさん。それだけは言えない。勘弁してください。ここと同様に、どこかの原発近くとしか言えない」

　８８ミリ対戦車砲があと二基あって、いずれも原発のそばに隠されているとすると、また別のグループがいるということだろうか。

「悪いが、そのことも言えない。それが、わたしたちの最後の砦というか、保険になっているわけです。だから、言えないんです」

　ミツイシがそんなことを言って、直感的に、他にはグループなど存在しない、こいつらだけなのだと、そう思った。８８ミリ対戦車砲が満洲から三基運ばれたというのは、あのミイラのような老人から聞いた。だが、真偽のほどははっきりしないし、こんなバカでかくて複雑な兵器を、三基も、メンテナンスしながら隠しておくのは大変な資金と労力が要る。組織にしても、これだけのメンバーを、他でもそろえるのは現実的ではない。ミツイシのような男が複数存在するということも考えにくい。

「そろそろ終わりにしましょう。だいたいのことはわかったでしょう。不明な点は、執筆中にも聞いてもらえれば、ちゃんと答えますよ」

　ミツイシも時計を見た。別の老人のグループが、そろそろこいつらを出すぞ、と言《い》いながら、大昔の真空管ラジオに似た奇妙な形のものを、あのヨネハラという名前の生け贄が乗ったワゴンのトランクに積み込もうとしている。遠目に見ただけなので、はっきりとはわからない。あれ、何？　とカツラギがミツイシに聞いた。

「爆弾」

ミツイシは、面倒くさそうに答える。

「携帯電話で、遠隔操作で爆破できる。彼らは英雄で、すでに遺書を書いている。曰く、昼間のうちに忍び込んで、簡単に爆弾を仕掛けることができました、曰く、原発内は警備が厳しいですが、ここは楽勝で、この建物を爆破することにしました、そんな内容の遺書です。あとは、わたしたちが、その遺書をネットに投稿するだけです。いいですか、セキグチさん、彼らのことも書いてください。彼らはダミーで、その背後には、わたしたちがいると、本当のことを書いていただきたいんです」

しかし、なぜそんなに手の込んだことが必要なのだろうか。死を覚悟しているんだったら、ダミーなど用意する必要はない。犯行声明を出せばそれで済む。

「バカ。リアリティだよ。原発を攻撃するんだから、ダミーを用意したり、手が込んでいればいるほど、計画力と、資金力、それに実行力がある組織が存在するということになるんだ」

もう少し、あと二分、いや一分でいいです、とおれは、メモを見ながら言った。メモには、「どうしておれなのだ」と、さっき記した。太田が将棋道場でおれのことを知っていたからだと言ったが、これほどのネットワークを持つ連中だったら、もっと影響力のある本物のジャーナリストを使える。いや、実際にこの老人たちの中には、広告代理店や出版社やテレビ局に顔が利く人物がいるはずだ。たとえば電通とかは、そのルーツが旧満洲にあると聞いたことがある。なぜ、わたしが選ばれたのか、最後にその理由を教えていただきたいんです。

「セキグチさん、まだ理解していただいていない。繰り返し何度も、言ったではないですか。この国のマスメディアは、能力がなく、堕落している。あなたは、負け犬でも、脱落者でもなく、正統だったんです。だから、あの大手出版社から切られたんです」

嘘だ。さすがに、それは違う。フリーの記者をクビになったのは、おれが正統的だったからではない。単に、週刊誌の部数が落ち、赤字を抱えて、廃刊になったからだ。

「ミツイシ、もういいじゃないか。ぐだぐだ言っていないで、大手の連中は、秘密保護法があって、書けないし、報道できないって、言っちゃえ。セキグチ、いいか、お前が、選ばれたというのは本当だ。誰でもよかったというわけじゃない。とにかくお前は、ぴったりだったんだ。88ミリ対戦車砲で原発を狙っている組織があるって、朝日新聞が書けるわけないだろう。連中は、結局、秘密保護法に負けたじゃないか。あいつらは、記事にしないで、内閣府に報告する。内閣府もバカじゃないから、箝口令《かんこうれい》が敷かれる。おれたちのことを記事にしたら、今、日本国の唯一の希望である東京オリンピックが、間違いなく中止になる。福島の汚染水だって、世界中に有名になってるし、使用済み核燃料だって、もう保管場所がぱんぱんでどこにも置けないと世界中が知ってる。88ミリ対戦車砲で原発を撃つ、なーんて、お前以外、書いてくれる人間がいないんだよ。だいいち、お前は、すべてのディテールを知ってるし、そして、これがもっとも大事なことだから忘れるなよ。お前の、文章はなかなかいいんだ」

そういうことだったのか、おれは、脱力感とともに納得した。秘密保護法は、すったもんだの末、施行された。東京オリンピックをターゲットに原発への潜入も辞さないと宣言するテロリストらしきグループへの、フリーのビデオジャーナリストの取材を、民放各局が一斉に報道したことが、法解釈の拡大と、メディアの自主規制のきっかけになった。取材はいい加減で、イラン人だと思われるお粗末な犯罪グループが、目線入りで紹介されただけだったが、取材映像と、もっともらしいインタビューがネット動画配信で流れ、原発がらみだったので、国際的な問題になり、ＩＯＣが、東京でのオリンピック開催中止も考慮すると発表したり、たとえ開催されても参加しないと表明する国が続々と現れたりした。もともと国家的なテロに関わる情報を公務員が漏洩してはならないというような法だったのだが、オリンピック開催中止という最悪の可能性が出たことで、国民の怒りが爆発して、メディアは完全に萎縮し、結果的に敗北した。権力に屈したのではなく、民意にしたがったまで、と連中は弁解したが、いつの時代でも、またどの国でも、メディアは必ずポピュリズムによって屈服し、それを権力が利用する。

「もう、いいか」

太田がそう聞いて、おれは、うなずいた。混乱が続いていて、何がもういいのか、よくわからなかったが、うなずくしかなかった。隣りで、カツラギが、それで、セキグチさん、書くの？　と聞いてくるが、肯定も否定もできなかった。間違いなくおれは利用されようとしている。ジャーナリストの誇りもへったくれもない。単に、都合のいい書き手がたまたまおれだったということだ。だが、鬱積した過去のコンプレックスや徒労感、それに絶望感が揺さぶられ、スクープという懐かしく輝かしい言葉が頭の中で鳴り響き、高揚した気分が湧き上がるのを押さえることができない。おれは、引き裂かれようとしている。こんな連中に利用されていいのかという自分の声が、書いてはいけない理由などどこにあるんだ、いいから書いてしまえという自分の声にかき消されるのがわかる。いや、わからないよ、とカツラギにそう答えると、書けば？　というぶっきらぼうな言葉が返ってきた。あの人たちのことを書けば？　とヨネハラという男たちが乗ったワゴンが出発するのを、カツラギが、顎で示す。ワゴンをもう一台別のセダンが追いかけ、二台ともすぐに見えなくなった。

「装塡」

カリヤの声が聞こえた。これ、とミツイシが小さな円筒形のスポンジのようなものを渡す。カツラギが、何ですか、と聞き、太田が、自分の耳を指差す。耳栓らしい。カツラギは、言われたとおり、スポンジを耳に詰めている。おれは、乱雑な文字が並んだメモ帳をぼんやりと見つめ、現況をうまく把握できていない。スポンジは、指でつまんで持ったままだった。しばらくして、ミツイシが、端末を取り出し、何か確かめて、カリヤに、モチダ先生たちが現場を離れたみたいです、と告げた。

「発射」

カリヤが合図を出し、暗がりから突き出た88ミリ対戦車砲の長大な砲身が、まるで恐竜が怒り狂って首を振るようにスライドした。砲口から閃光がきらめき、砲声が響いて、プラットフォーム全体が揺れ、おれは衝撃でパイプ椅子から転げ落ちた。爆発音というより、ロケットの発射音に近い。異様に速い間隔で砲身がスライドし続ける。どうしてこんな速射ができるのか。耳の奥が痛い。脳が押しつぶされるような痛みだ。慌てて耳栓を探すが、倒れた拍子に落としたらしくて見つからない。砲声が周囲の山々にこだまして、渦を巻いているように感じる。おれは、耳を押さえて、その場にうずくまった。

砲撃は、腹に響き、プラットフォーム全体が震動していて立ち上がることができない。手を押し当てて耳をふさごうとしているが、その指をこじ開けるように発射音が入ってきてこめかみのあたりを圧迫し、床の震動が内臓を伝わって喉にせり上がる。音と震動で揺さぶられ、下腹をかき回されるような痛みを感じて、全身の穴から何かドロドロとしたものが漏れ出ていくような感覚がある。いつしかおれは嘔吐し、小便を漏らしていた。そのうち何がどうなっているのか、自分がどこにいるのかも、よくわからなくなった。目を開けて周囲を見なければと思うのだが、焦点が合わない。すべてがぼやけて見える。涙とか鼻水とか涎とか汗とか、判然としないものが混じり合って、顔がぐしょぐしょになっている。おれは、のたうち回っているのだろうか、うずくまって震えているのだろうか、それとも横になったまま縛り付けられたように身を固くしているのだろうか。手足がどういう状態になっているのかもわからない。こんな状態が続いたら、正気を失う。無自覚のうちに、おれは叫びだしたようだ。そして、我に返ると、いつの間にか音と震動が止んでいて、おれのうめき声だけが聞こえた。

「帰るぞ」

誰かが、耳元で大声でそう言って、おれの襟首をつかんで立たせようとしている。耳がおかしい。キーンという耳鳴りがして、よく聞こえない。おれはまず床に膝をつかされ、そのあと両側から脇に腕を差し込まれ、体を持ち上げられた。いまだ焦点が合わない。こいつの小便とかゲロとかいちおう流しとくからな。太田の声のようだ。怒鳴っている。どうやら、砲撃は終わったらしい。砲撃がどのくらい続いたのか見当もつかない。数時間続いた気もするし、一瞬で終わったようでもある。時間の感覚など、すでにどこかはるか彼方に吹き飛んでしまった。自分がまだ正気を保っているのが不思議だと思ったが、そもそも正気とはどんな状態なのか、それすらもはっきりしない。水が流れる音がする。太田がおれの嘔吐物と小便を流しているようだ。耳鳴りが少しずつ低くなっていった。小便ちびりやがってとか、何て弱いやつだとか、罵られると覚悟したが、太田は何も言わない。全身がまだ震えている。砲撃で床が揺れたが、その震動がまだ体に残っているのだ。

「セキグチさん、着替えますか」

ミツイシの声だ。ジャケットは嘔吐物で、ズボンは小便でひどく汚れている。だが、着替えという言葉に反応できない。ズボンが濡れて気持ちが悪いという感覚がない。着替えとはどんな意味で、どんな行為だったのか。セキグチさん、帰ろう、目の前にカツラギの顔がぼんやりと見えた。髪が乱れ、涙の痕があるが、服は汚れていない。嘔吐して小便を漏らしたのはおれだけだ。みんな帰り支度してるし、わたしたちも帰ろう、カツラギにそう言われて、周囲を見回す。まだピントが合わない。老人たちが、輪郭がはっきりしないシルエットになって、うごめいているが、慌てたり焦ったりしている風には見えない。誰も走ったりしていないし、急ぎ足でもない。戦争に近いことをしでかしたくせに、どうしてこいつらは慌てて撤収しようとしないのだろう。理由は、おそらくただ一つだ。何度もやって、慣れているからだ。どこかを実際に砲撃したのか、あるいは訓練を重ねたのか、いずれにしろ、こいつらにとって砲撃は特別な事態ではないのだ。ふと、おれは、工場敷地を囲む山々に目をやった。あれだけの砲撃があったのだから、どこかが赤々と燃え、煙が上がっているはずだ。あの、どこなんですか、おれは、誰に向かってというわけではなく、茫然としたまま、我慢できなくて嘔吐や小便を垂れ流すように、弱々しい震え声を漏らした。

「何が。どこって、何だ」

太田が、バスタオルか毛布のようなものを両手で抱えて、そう聞く。どこを、撃ったんですか、おれは山々の向こう側をキョロキョロ見回している。

「バカか、お前は」

太田が、おれに、赤と白のチェック柄の毛布を渡しながら言った。

「十キロ以上先なんだ。見えるわけないだろう」

視界がねじ曲がっているような、異様な感じが増幅されていく、何なんだこれは、汚れた衣服と体に毛布を巻きつけながら、そう思った。ミツイシや太田たちが異様というわけではない。おれは正気を保つのに必死で、涙と鼻水とゲロと小便で顔も体も服もドロドロになっているのに、彼らは、態度や話し方や表情に変化が見られないのだ。砲撃の前と変わりがない。８８ミリ対戦車砲の長大な砲身が再び動き出すのが見えた。同時に、巨大なトレーラートラックが二台、ゆっくりとプラットフォームから離れていく。すでにカリヤは砲手席から降り、他の老人たちといっしょにゴロゴロと対戦車砲を後ろ向きに押し、倉庫の奥に後退させる。興奮など、どこにもない。高揚も悲壮感も、疲労の痕もない。ちょっと町内会の集まりで公園を掃除した、そんな感じだ。どこを砲撃したのだろうか。大砲を撃ったのだから、破壊された建物や炎や煙が見えるはずだと勝手にそう想像していたが、十キロと言えばだいたい品川から上野くらいの距離だ。上野で起こった火事が品川から見えるわけがない。しかもこの周辺は森で囲まれている。

いつの間にか、対戦車砲が見えなくなった。またエレベーターに乗せて武器庫のようなところに隠したのだろうか。老人たちがぞろぞろと戻ってきて、それぞれの車に乗り込みはじめた。

「おい、ミツイシ、おれたちは戻るぞ」

カリヤがそう言って、ペットボトルの日本茶を飲みながら、流線型のメルセデスに乗り込もうとしている。誰一人、急ぐ素振りがない。三々五々、なにやら静かに談笑しながら工場から去って行こうとする。しだいに、本当に砲撃があったのかどうかさえ、おれの中で曖昧になってきた。嘔吐物と小便が証といえば証だが、老人たちがあまりに平静で普通なので、小便で靴の中が濡れているおれのほうが異様な存在に思えてくる。体の細かい震動もまだ止まっていない。

「お二人を送っていきます」

ミツイシが、カローラのドアを開けてくれる。来たときと同じようにカツラギが助手席に乗り込み、おれは後部座席だった。排泄物でシートが汚れないようにと、毛布をずらしていて、エンジンがかかったカローラのフロントパネルの時計が目に入った。八時三二分だ。どのくらいの間、撃ち続けたのか、だいたいわかった。あの、丸太と呼ばれた三人を乗せた車が発車するとき何気に腕時計を見た。確か、八時二〇分過ぎだった。あれからしばらくして砲撃がはじまり、さっきまで行われていた後片付けの時間を加えてみる。信じられないことに、砲撃はあっという間に終わったことになる。二分とか三分、せいぜい数分、そんなものだ。

「じゃあ、帰りましょう」

カローラが駐車場を出ようとするとき、倉庫のシャッターを下ろしていた太田が、こちらに向けて手を振っているのが見えた。倉庫番の人のいいおじいさんが、また遊びに来てね、と伝えようとしているかのような佇まいだった。だが、あれだけの砲撃をして、警察が製麺機修理工場に駆けつけたりしないのだろうか。疑問が次から次へと湧いてきたが、言葉を発する気力が戻るのには時間がかかった。

「すみません」

おれは、まず謝った。

「何がですか」

ミツイシは、来るときとまったく同じ表情でカローラを走らせ、音楽を聞いている。クラシックで、なじみ深いメロディだった。ショパンのノクターンらしい。

「やはりシートを汚してしまったみたいです、すみません」

ノクターンの旋律と、嘔吐物と小便の臭いが不似合いだった。

「しょうがないですよ。あれをはじめて経験したんですから。それで、セキグチさんは、耳栓をしてなかった。びっくりしたのだと思いますよ」

しかし、こいつは、どうしてこんなに淡々として、ノクターンに合わせて旋律をハミングなんかしているのだろう。どこを砲撃したのかわからないが、少なくとも丸太と呼ばれていた三人は死んだだろう。どのくらいの砲弾を、どこに発射したのだろうか。そのことを聞いてもいいものだろうか。だが、おれは、いまだ決めかねているが、ルポを書けと言われている。多少の質問は許されるのではないだろうか。

「あの、何発くらい撃ったんですか」

しばらくミツイシが黙って、聞いてはいけなかったのかと緊張した。二十五発、ミツイシの代わりにカツラギが答えた。あの状況で、数えていたのだろうか。だって、数でも数えていないと、おかしくなりそうだったから、カツラギがそう付け加えた。砲撃に要した時間は一分未満、約四十秒ほどだったそうだ。しかしあれだけの砲撃をして、どこかを破壊したのだから、警察の検問とかないのだろうか、道路は封鎖されたりしていないのだろうか。そんなことを聞こうとして、止めた。こうやって砲撃直後にミツイシと会話することで、彼らのことを認め、取り込まれるような気がしたからだ。すると、同じことを考えていたのだろう、カツラギが、警察とか、だいじょうぶなんですかね、とハンカチで顔を拭いながら、あっさりとした口調で、そう聞いた。

「うーん、どうかな」

ミツイシは、わざとらしく首をひねりながら、カーオーディオのパネルに触れて、ショパンの音楽を止め、ラジオをつけた。

「さきほどから繰り返しお伝えしていますが、浜岡原子力発電所から約一キロメートル離れた見学施設の、浜岡原子力館付近で爆発のようなものが起こった模様です。くわしいことはまだわかっていません。警察と消防が、現場に向かっています。ただ、中部電力によると、停止中の原子炉には影響がないということです。繰り返します。静岡県の浜岡原子力発電所から一キロメートルほど離れている見学施設付近で爆発が起こった模様です。付近の住民から通報があり、警察と消防が向かっています。原子炉には影響がないと中部電力は発表しました」

あれはやはり現実だったのだ、ラジオのアナウンサーのやや興奮気味の声を聞いて、おれはまた血の気が引いたが、カツラギは表情を変えずに、そうなんだ、とつぶやいた。カツラギは、どんなときでもほとんど表情を変えないので、どの程度ショックを受けているのかわからない。だが、あんな砲撃を間近で目撃したのだから、ショックがないわけがない。それにしても、「そうなんだ」というのはどういうことなのだろうか。

「爆発、ということなんですね」

ミツイシに向かってそう言ったあと、カツラギが、わかった？　というようにこちらを振り返った。おれは、何のことか、まだよくわかっていない。

「そうなんですよ」

ミツイシが、うなずく。

「大砲を撃ったなんて、想像しにくいでしょうね」

やっと呑みこめた。たぶんNHKだろうが、ラジオのニュースでも、爆発だと報じていた。どこが被害に遭ったのか、いまだはっきりとはわからない。ニュースでは原発から一キロほど離れたところだと言っていた。建物なのか、駐車場のようなところなのか、二十五発の88ミリ砲弾が撃ち込まれたわけだから、建物だったら瓦礫と化し、地面だったら無数の深い穴ができているだろう。だが、警察や消防は、十キロ以上離れた地点から88ミリ対戦車砲で砲撃したとは想像できないのではないか。この日本で、そんな兵器を持っているのは自衛隊だけだ。暴力団でさえ、持っているのはせいぜい日本刀かピストルくらいのものだし、左右の過激派やカルト教団がテロに使うのは、手製の爆弾か可燃剤、もしくはサリンのような比較的製造が容易だといわれている化学兵器だけだ。だから、警察は、犯人のグループが悠々と車で逃走しているとは考えない。だいいち、このカローラでも、カリヤのメルセデスでも、たとえ検問されても何も見つからない。あの88ミリ対戦車砲は、ずっとあの工場の倉庫に隠し置かれたままなのだろうか。それとも機会を選んであの巨大なトレーラーで移動させるのだろうか。

「新しい情報が入ってきました。爆発が起こったのは、浜岡原発から約一キロメートル離れた浜岡原子力館という見学施設のようです。警察は、周囲三キロメートルを立ち入り禁止にしている模様です。爆発の原因はわかっておらず、まだ消防も現場に近づけない状態だということです。繰り返しますが、運転停止中の原子炉、それに使用済み燃料タンクや冷却装置などにも異常は見られないと、中部電力は発表しています。原発敷地内の放射線の濃度にも変化が見られないということです。オペレーションセンターの計器、モニターなどはすべて正常に作動しています。警察や消防、それに周辺地域の自治体からも避難指示は出ていません。繰り返します。今回の爆発で、浜岡原発から放射能や放射性物質を含んだ冷却水などが漏出した可能性はありません。付近の住民のみなさんは、落ちついて行動してください」

ミツイシは、軽く首を傾げて、ラジオを切り、ショパンに戻した。例によって、表情はまったく変わっていない。おれは、これからどうなるのだろうか。ミツイシは、送っていくと言った。おれはカツラギとともに、あの三軒茶屋の住まいに戻ることができるのだろうか。ルポを書けと言われたとき、どこかに監禁されるのだと思った。パソコンを与えられ、監視され、書いたものをチェックされ、完成したら、たとえば「ウィークリー・ウェブマガジン」などに投稿して、掲載されるまで、自由にはしてもらえないと思っていた。カローラに乗せられ、送っていくと聞いたときも、監禁場所まで連れて行かれるのだろうと、どこかでそう観念した。だが、カローラはバイパスから東名高速に入り、東京方面に向かっている。

「あの」

カツラギが、また、おれの疑問を代弁するかのように、聞いた。

「わたしたち、どこに行くんですか」

あんなものを見せられたあとで、解放されると思うほうがおかしい。おれたちは、8 8ミリ対戦車砲という珍しい兵器を見学したわけではない。実際に砲弾が発射されるのを見た。生け贄というか、犠牲者とも顔を合わせた。丸太と呼ばれていたあの三人が砲撃に晒《さら》されたのかどうか不明だが、いずれにしろトランクに仕掛けられた爆弾で、吹き飛ばされたはずだ。爆弾の威力は半端ではなかっただろう。爆発物をセットして爆発させた犯人に仕立て上げられるわけだから、車内の爆弾の威力もそれに見合ったものでなければならない。こいつらがそんなことでミスを犯すわけがない。三人は、身元もわからないほど粉々になっているに違いない。そういったことを、おれとカツラギは、全部知ってしまっている。

「どこって？」

ミツイシは、ショパンのノクターンのハミングを止め、怪訝そうにカツラギを見た。どこに行くんですか、カツラギがもう一度聞く。

「いや。三軒茶屋ですけど」

ミツイシが、不思議そうな顔でそう言ったあと、あ、そうか、とカーオーディオの音量を下げた。

「何か、食べていきますか。気がつかなくて、申しわけない。おにぎりしか食べていませんからね」

何か食べるかだってさ、とカツラギが眉をひそめてこちらを見た。カローラは東名の横浜青葉インターを過ぎ、そろそろ首都高に入ろうとしている。おれは、体の細かい震えがやっと止まったのを確かめて、かすかに湧いてきた怒りにまかせ、家に戻ってもいいんですか、とミツイシに聞いた。ただ口から出たのは情けないくらい小さな声で、震えが露骨に残っていて、鼻水をすすっているために、まるで泣きながら喋っているようだった。

「はい。三軒茶屋に送り届けるつもりですが、ええと、家ではなく、別のところがいいんですか」

それで、おれたちは自由なのだろうか。監視とかつかないのだろうか。

「監視？　何ですか、それは」

ミツイシは、ルームミラーから微笑んで見せた。

「わたしたちは、同志ではないですか」

「原稿ができたら連絡してください。文章については信頼していますし、記述の、順序など、おまかせしますが、事実、を書いてくださいね。ジャーナリストは、事実に反したことを書いてはいけません」

そんなことを言いながら、ミツイシは三軒茶屋の住居の前でおれたちを降ろし、そのまま走り去った。おれはそれを目で追って、しばらく茫然と立ちすくんでいたが、セキグチさん、部屋に入らないと、というカツラギの声で自分の異様な姿に気づいた。五十男が、汚れた顔で、赤と白のチェック柄の毛布を体に巻きつけている。ホームレスより異様だ。通行人がほとんどいないので助かったが、たぶん全身からひどい臭いが漂っているのだろう。

「疲れたね。とりあえず、セキグチさんはシャワーしたらどうですか」

部屋に入ると、カツラギはそう言って、わたしも着替える、と自分の部屋に入った。カツラギがいなくなったとたん、おれは急に頭から首にかけて鉛を埋め込まれたかのような重苦しさを感じ、バランスを失い、よろけて倒れそうになり、玄関先に置かれた棚に手をついて、かろうじて体を支え、目まいが治まるのを待った。砲撃直後と同じようにまた体が細かく震えだし、心臓とか血管が破裂するかと思うほど動悸がして、どういうわけか泣き出しそうになり、酸っぱいものがこみ上げてきて、嘔吐したが、カツラギに気づかれないように口を毛布で押さえた。やがて目まいは軽くなったが、何かにつかまらないと歩けそうになかった。棚伝いに傘立てまで移動し、カツラギの日傘を二本取り出して、杖代わりにした。シャワールームまでは数メートルの距離だが、途中また目まいがして、しばらく立ち止まり、深呼吸をして、財布に安定剤が残っていたのを思い出し、倍量を嚙み砕いて飲んだ。ズボンの前ポケットに入れておいた革の財布の一部がまだ濡れたままで、いったいどのくらいの量の小便を漏らしたのかと、自分を哀れんだ。するど、涙が出てきて、止まらなくなった。どうやら、自己嫌悪ではないようだ。大げさに言えば、生還できたというような安堵感だった。また、よく正気を保ったという自己憐憫《れんびん》の情が湧いているようだった。

呼吸を何とか整え、左右の手で日傘を一本ずつ握りしめ、杖代わりにしてバランスをとりながらシャワールームに入り、何度もよろけながら衣服を脱いだ。衣服は、洗濯籠には入れず、太田にもらった赤白チェック柄の毛布で包み、あとで捨てることにした。裸でシャワーブースに入ったが、すぐに床に座り込んだ。何てことだ、シャワーブースのガラスを指でなぞりながら、声が出た。これまで生きてきた中で、心身ともおそらく最悪の状態なのに、なぜかもっとも思い出したくないことがよみがえってくるのだ。人間とはそんなものなのだ、いちばんいやなこと、できるなら今すぐにでも忘れてしまいたいこと、関わりたくないことが、疲労と不安と恐怖で苛まれた心身の裂け目から、亡霊のように立ち現れる。ミツイシの最後の言葉がリフレインする。原稿ができたら連絡してください。ずっといっしょに仕事をしてきた雑誌のデスクのような口ぶりだった。おれが書くものと確信している表情だった。それで、おれは、どうするつもりなのか。こんな、体がぼろぼろで、精神的に壊滅状態のときに、判断できるわけがない。手を伸ばして、シャワーからお湯を出した。いきなり熱湯に近い飛沫が降り注いで、犯されようとしているオカマみたいな悲鳴を上げ、中腰になって、湯を止めた。皮膚が赤くなり、本当に心臓がおかしくなるのではと恐くなったが、少し時間が経つと、しだいに動悸もおさまり、目まいというか、立っていられないような、頭と首を締めつけられるような感覚がわずかに軽くなっていた。もう一度熱湯のようなシャワーを浴びたらさらに改善するのだろうかとバカなことを考えたりしたが、シャワーブースの床に尻をついてうずくまったまま、意識が遠のいていった。

「セキグチさん、セキグチさん、だいじょうぶ？」

カツラギの声で目が覚め、だいじょうぶ、と返事をしようとするが、声が出ない。

「開けてもいい？」

こんな姿を見られるよりは死んだ方がマシだと、だいじょうぶだよ、とコオロギのような細く情けない声を出した。

「着替え、適当に選んできたから、ドアのところに置いときます」

ああ、ありがとう、と言いながら、頭がもうろうとしているのに、いやもうろうとしているせいなのか、自分がミツイシのことだけを考えていることに気づく。砲撃が実際にはじまる前、ミツイシにルポを依頼されたとき、ジャーナリストという言葉に自尊心をくすぐられた。書きたいとか、書くべきだとか、はっきりとそんな気になったわけではない。しかし、心が揺れた。誰も知らない事実、しかも伝える価値のある事実を自分だけが知っていて、伝える手段も持っている、そんなときは躊躇せずに伝えてもいいのではないかという思いが湧いて、振り切ることができなかった。だが、砲撃がはじまったとたん、思いとか、気持ちとか、そんなものは吹き飛んでしまった。あの、８８ミリ対戦車砲の砲撃音と、地面の震動は、ジャーナリストとしての使命とか自尊心とか、そういった穏やかな概念を吹き飛ばした。単に、これがリアルな現実だ、お前はやる気があるのか、という問いだけが鉛のように重く頭にこびりつき、離れない。

「セキグチさん、ねえ、どんな感じ？　わたしもシャワー浴びたいから」

わかった、もう出るよ、カツラギにそう答え、四隅のパイプにつかまって立ち上がり、温度の目盛りを確かめ、簡単にシャワーを浴びた。嘔吐物と小便で汚れたと思われるところだけ、念入りに洗った。そのあと体を拭き、ドアをそっと開けて、着替えを引き寄せ、汚れ物がつまった毛布を抱えて、シャワールームを出る。白のTシャツ姿のカツラギが立っていて、ねえ、明日にしない？　とごく普通の表情で言った。

「考えるのは、明日にしない？　だって、わたしたち、相当、疲れてるから」

考えるのは明日にする、とてもいい考えだと納得して、また安定剤を嚙み砕き、ウイスキーの瓶に手を伸ばしたが、まだ嘔吐感が消えていなくて、酒は止めた。ベッドに横になり、カツラギが来る前に寝よう、こんな状態で肌を触れ合わせたら感情を制御できなくて何をしでかすかわからない、目を閉じてそんなことを思っていると、ふいに、フリーの記者時代、情報提供者に対し、おれ自身が言ったことが頭に浮かんだ。お前な、そうやってネタを一人で抱え込んでいるから、そんなに怯えないといけなくなるんだよ。旧大蔵省の役人に商売女を斡旋していたという、ちんけな街金の下っ端だったが、そんなありきたりの説得が意外に効いた。シェアするんだよ、シェアってわかるか、分け合うというか、共有するというか、そんなことだが、楽になるんだ。一人で抱え込んでいるから、そんなにバカみたいにびびってるんだよ。結局、街金の男はスクープとなる情報をおれにすべて漏らしたのだが、おれに当てはめてみると、どうなるのだろうか。おれは、とんでもない情報を一人で抱え込んでいる。おれの場合、誰か、シェアする人間はいるだろうか。シェアするということは、その誰かに、おれがミツイシたちのことを話すということだ。警察はどうなのだろうか。警察に行くべきだろうか。警察から逮捕されることになったら戦争するのだとミツイシたちは言っていた。真偽はわからない。だが、そもそも警察はおれの話を信用するだろうか。だいいち、どこから話せばいいのだろうか。そんなことを考えているうちに、また意識が薄くなっていく。カツラギが、横にそっと身体を滑らせてくるのを感じたが、腕を持ち上げる力も残っていなかった。

「これ、何か、変じゃない？」

カツラギがベッドに横になったまま、タブレット端末を指差して、そう言った。おれは何度も目が覚めたが、そのつど睡眠導入剤を嚙み砕き、何とか数時間寝た。カツラギが示したのは、ウェブで再生できるニュース動画だった。NHKの朝のニュースらしい。アナウンサーと、元警視庁対テロ班という肩書きの識者が話している。

「しかし、恐ろしい事件が多発しますね。前は新宿の映画館でした」

「本当にそうです。ただ、わたしたちは、まあ、いろいろな意味で、冷静に対処する必要があると思いますね」

「というと？　どんなことでしょうか」

「見方を変えるとですね、我が国の、原子力発電所の警備が、格段に改善され、進歩していることの証、ということが言えるのではないでしょうかね」

「と言いますと？」

「はい。今回使用された爆発物は、これまでのテロとは違います。これまでは可燃剤や旧式のガスでしたが、昨夜、浜岡原子力館を破壊したのは、爆弾です。それも、ほとんど跡形もなく破壊されたわけですから、爆薬の量、その威力において、相当なものであったと想像できます。どうやって入手できたのか、それは今後の警察の捜査にかかっているわけですが、国際的なテロ組織との連携、あるいは、北朝鮮など、我が国に敵意を示している国家の支援なども、まったくないとは言えないと思いますね」

「なるほど。それで、さっきおっしゃった、原子力発電所の警備の改善ということと、どう結びつくのでしょうか」

「いいですか。かなりの組織力と、実行力があるグループだということが言えるわけですね。犯人たち、彼らは組織の一部でしょうが、自爆したという事実も、それをある意味証明しているとも言えますね。大規模な組織であり、しかも、犯行後、あるいは犯行時に自爆するような構成員を抱えているわけです。ただし、そんな組織でさえ、原子炉や冷却装置はもちろんのこと、原子力発電所の、敷地内にさえ、侵入できなかった。そのことは自爆した犯人グループが認めているわけでして、わたしは、今回、逆に、原発の警備能力の高さが浮き彫りになったのではないかと思っているのです。いいですか。誤解なきようにお願いしますよ。安心してもいいということではありません。危機感は持つべきです。ただ、あのような強力な爆弾を準備できるグループでさえ、原発には近づけなかったということで、我が国の中枢の、治安、警備体制がいかに強固であるか、内外にアピールできたのではないでしょうかね」

おれは、耳を疑った。識者と言われる人物のこういった反応は、ミツイシたちの狙いなのだろうか。

「この人、アホでしょう」

カツラギが、画面の識者を指差す。本当に危機感がないのか、あるいは危機を自覚しながらも、原発内にはテロリストが侵入できなかったことをあえて強調したいだけなのか、わからない。おれは、おい、違うぞ、という声にならない自分の叫びを聞いた。そして、ミツイシの言葉が聞こえたような気がした。

「セキグチさん、あなたが、書くしか、他に方法がないんです」

砲撃を目撃してから、五日が経った。おれは、昼は安定剤、夜はウイスキーと睡眠導入剤に頼る無残な状態が続いた。神経があちこち寸断されているような感じで、ものごとを一貫して考えることができず、そのくせ、追い詰められているような、今すぐ何かしなければいけないような焦燥感に苛まれていた。ただ、焦る気持ちだけがあって、何をすればいいのかわからなかったし、ニュースはまったく見なくなった。最初は、何も考えずにぼんやりとニュースを見ていたが、まずカツラギが、ダメ、頭が痛くなると言って見なくなり、やがておれも、こんなものを見ていると混乱が倍加すると気づいて見るのを止めた。そしてテレビはもちろん、ウェブも見なくなった。砲撃の記憶が生々しくて、最初のうちは、どこが、どのくらい破壊されたのだろうという興味があったのだ。それにしても、88ミリ対戦車砲の破壊力は凄まじかった。浜岡原子力館は、完全に消え去り、すべて吹き飛ばされて跡形もなく、瓦礫さえ残っていなかった。ところどころに蟻地獄のような形の穴が空いているだけで、更地になっていたのだ。原子力館から数十メートル離れた駐車場も似たような状況で、あの丸太の三人が乗った車は影も形も残っていなかった。建物は、最初の数発で瓦礫の山と化し、残りの砲弾がそれらを吹き飛ばした。建物の残骸は四方八方に飛び散っていて、五キロ離れた地点でもコンクリートや鉄の破片が見つかっているということだった。だが、大手メディアは、これだけの爆発でも原子炉はびくともしなかったと繰り返し強調した。警察だけではなく、自衛隊も、それに在日米軍も捜査に協力し、爆発の規模は大型爆撃機による空爆に匹敵するとか、高性能爆薬を使った強力な爆発物が少なくとも十個以上仕掛けられたはずだとか、こんなテロが女性を含む民間人三人で実行できるわけがなく北朝鮮や中国という敵対国が背後にいるに違いないという識者のコメントもあった。

ニュースを見なくなり、カツラギもほとんど部屋に閉じこもりきりになったころ、一度だけ、ミツイシから電話があった。記事を書きはじめたか、進行具合はどうだと問い詰められるかとびびったが、ミツイシは、どうですか、お二人とも少しは落ちつきましたか、とおれとカツラギを心配し、いたわりの言葉をかけるだけで、記事を書くことについては一言も触れずに、電話を切った。逆に、すごいプレッシャーを感じた。記事を書きはじめているのか、そもそも記事を書く意思があるのかなどと、いっさい聞かないということは、おれが記事を書くものと信じているということだ。いや、実際には疑っているのかも知れないが、そんなことをおくびにも出さず、書くと信じているというメッセージを伝えようとした。

おれは、決心がつかなかった。気持ちが揺れ動くというより、何事かを決めるための心身のパワーがゼロで、食欲もなく、たまに空腹を感じても、ものを食べる気力が湧いてこなくて、これではどんどん衰弱するだけだと怖くなり、食べる辣油《ラーユ》をかけたレトルトの白飯や、伸びきったカップ麺を、一つまみずつ口に入れ、ゆっくりと噛んで、気持ちをふりしぼって飲み込んだ。飯一膳、カップ麺一個を食べるのに長い時間がかかった。

カツラギは違った。砲撃のあと、口数は少なくなり、いっしょに寝るとき以外には顔を合わせることが減ったが、食事もちゃんととり、掃除をしたり、買い物に行ったり、以前とほとんど変わらない日常を過ごしているように見えた。だが、カツラギは、単に、砲撃のショックから立ち直り、日常に戻ろうとしているわけではなかった。おれは、記事を書くかどうかという問いから逃げ、不安に怯えながら、呆けたようにただ時間をやり過ごしていたのだが、カツラギはそういった様子を観察していたのだった。

「ね、どうするの」

遅い午前中に起きて、ウイスキーが残ってまるで鉄のヘルメットを被ったような感覚のまま歯を磨いていると、背後からカツラギが話しかけてきた。どうするのって、何が、おれは口に歯ブラシを突っ込んだまま、そう応じたのだが、カツラギが何について聞いたのか、実はよくわかっていた。おれがとぼけた返事をしたので、これはだめだとあきらめたのか、カツラギは首を振って、自分の部屋に戻ろうとした。待って、とおれは慌てて、呼び止めた。口にはまだ歯磨きの水が入っていて、それがこぼれ、パジャマが濡れてしまった。カツラギが、パジャマにできた染みをじっと見つめている。ひどいな、とおれはつぶやいたが、あまりに自分が情けなかった。カツラギは、だいじょうぶ、と優しい声で言って、タオルで顎と首のあたりを拭いてくれて、着替えのTシャツを持ってきた。悪いな、そう言いながら、本当に涙があふれそうになった。情けないよ、自分でも、本当に情けない、そんな言葉が出てきそうだったが、必死の思いで自制した。弱みを見られるのはまだ許せるが、甘えるのだけは避けなければいけないと思ったのだ。情けないよ、と自嘲するのは甘えだ。

「どうするか、まだ決められないんだ」

前が濡れたパジャマを脱ぎ、Tシャツに着替えて、おれは率直にそう言った。記事を書くかどうか決めることができないという気持ちを明かしたのは、砲撃を目撃したあと、はじめてだった。そうなんですか、カツラギは、ゆったりした白いシャツに細身のスラックスという格好で、ソファに腰を下ろしながら、うなずいた。

「とりあえず、セキグチさん、座ったら？」

そう言いながら、ソファをぽんぽんと軽く叩く。おれは依然として夢遊病者のような足どりだったが、言われるまま、カツラギの隣りに座った。何か飲む？　と聞かれて、いったん断ったが、急に喉が渇いた気がして、お茶、飲みたいな、とつぶやき、カツラギが、ウイスキーじゃなくていいの？　といたずらっぽく微笑んだ。

「昼間は、酒、飲んでないよ」

そう言うと、知ってる、と素っ気なく返事をしたあと、ハーブティを運んできた。

「それで、ミツイシさんたちのことを記事に書くかどうかだけど、今すぐ決めなくてもいいんじゃないのかな。わたしは、そう思うけどな。だって、セキグチさんにとってもね、あるいはわたしにとっても、日本全体にとっても、とても大事なことでしょう。焦って決めることじゃないですよ」

カツラギは慰めてくれているが、おれのほうは、いい加減に決めないと逆に神経が保たないかも知れないと思ったりもする。カツラギがどんな思いで、慰めの言葉をかけてくれたのかわからない。今すぐ決めなくてもいいとおれの気分を和らげることで、決断を鼓舞しようと考えたのかも知れない。状況と事実は歴然としている。おれは、いずれ記事を書くかどうか、決めなければいけないし、宙ぶらりんのまま、返事を永遠に延ばすことはできない。ただ、今まで、記事を書くかどうかを考える力がなかった。そんな力があるのかどうか、今もわからない。だが、選択肢がない。記事を書かなかったからといって、ミツイシたちから殺されることはないような気がする。おれが記事を書く、書かないにかかわらず、ミツイシたちは原発を攻撃するだろう。大惨事が起こるが、秘密保護法で縛られているマスメディアは沈黙するかも知れないし、いずれにしろミツイシたちの考えや行動が広く知られることはない。ミツイシ自身が犯行声明を出し、事実を明かしたところで、旧満洲から終戦前後に運び込んだ８８ミリ対戦車砲で反社会的な老人たちのグループが原発を攻撃したなどという奇想天外な話を、誰が信じるだろうか。他人が語らなければ、自作自演の狂言だと怪しまれる。

「おれの役割は、何だろうって考えるんだけどね」

ハーブティは、オレンジの香りがして喉に優しかった。

「青臭いことを言うようだけど、事実を伝えることだと思うんだ。ジャーナリストというと恥ずかしいけど、物書きの端くれとして、だけどね」

青臭いって？　どういうこと？　野菜みたいでインパクトがないってこと？　カツラギが、おれの膝にそっと手を乗せた。青臭いという言葉を知らないようだ。

「いや、何て言うか、ガキっぽいというか、生真面目すぎるというか、そんな感じなんだけどね」

よく、わからない、とカツラギは素っ気なかった。

「わたしは、ミツイシさんたち、そんなに嫌いじゃない。セキグチさんは、あの人たちのこと、嫌いですか」

単純だが、直接的で、核心を突く質問だった。ミツイシたちは、紛れもなく犯罪者だ。大勢の人を殺している。おれたちも、新宿ミラノで巻き添えを食って危うく殺されそうになったし、砲撃に立ち会うことを強要され、小便と嘔吐物に塗《まみ》れることになった。そんな連中に対しては普通憎悪が湧くのだろうが、不思議に嫌いという感情は起こらない。できることなら絶対に関わり合いたくなかったが、嫌いとか、憎いとか、あるいは軽蔑するとか、そういうのとは違った。

「そうでしょう。嫌いとか、軽蔑するとか、そういうのとは違うでしょう。でも、わたしは、あの人たちが許せないと思う部分があるんです。あの人たち、弱い人間を平気で利用するじゃないですか」

カツラギは、あの、丸太と呼ばれていたヨネハラとか、それに池上柳橋商店街の刈払機によるテロの犯人タキザワのことを言っている。太田の製麺機修理工場にヨネハラが連れてこられたとき、珍しく怒りの表情を見せた。だが、おれは恐ろしいことに、ミツイシの弁明にはリアリティがあると思ってしまった。洗脳もしていないし、彼らは殺されるというより死にたがっている、ミツイシはそんなことを言って、論理的にも、倫理的にもむちゃくちゃだったが、どこか説得力があった。正しいとか、間違っているとかではなく、リアリティを感じたのだ。アキヅキが終電に乗り込む若者の話をしたときも似たようなリアリティがあった。経済的に恵まれない若者たちがみな死にたがっているとは思わない。だが、サバイバルしようという意思も姿勢も感じない若者は、今掃いて捨てるほどいる。生き延びようという意思や姿勢がないということは、死にたがっているのと同じことではないか、おれはきっとそういう風に思ったのだ。自殺する前のアキヅキを含め、ミツイシたちは、暴力ではなく、言葉で若者をスカウトし犠牲者に仕立てた。おれは、アキヅキのカウンセリングのあとで泣いた。妻と娘に去られた直後に、アキヅキやミツイシと出会っていたら、どうなっていたかわからない。若者に限らず、今はどんな人間でも状況次第では丸太になる可能性がある。絶望して、サバイバルする意思のかけらもなく、どん底から抜け出そうとする力が一滴も残っていないとき、人はどうやって丸太になることを拒めばいいのだろうか。

「わからないけど、わたしは、思い出だと思う」

カツラギは、おれの膝に乗せた手を微妙に動かしながら、そんなことを言った。カツラギの指の動きは少々やばかった。爪にマニキュアもネイルアートもない細くて長い真っ白な指が、おれの膝頭をなぞるように動く。本人は無意識のうちに何となく指を動かしているだけで、変な気持ちなどまったくないのだろうが、おれは、シリアスで重い気分になっていて、できればそんな気分を忘れたい、どこか違う状況に逃げたいという本能のようなものがうごめき、もしカツラギの指が膝からもっと上に上がってきたら、おそらく勃起するだろうと思った。勃起などしている場合ではないが、そんなときに限って、なぜか本能が喚起されてしまう。思い出か、とつぶやきながら、おれは、カツラギの指から離れるために、ハーブティのお代わりをリクエストした。

「だから、楽しいこととか、うれしいことが過去にあったら、それをもう一度味わいたいとどこかで思うから、誰かの犠牲になって死んでもいいなんて、わたしだったら、思わないなと思って」

ハーブティはオレンジからミントに変わっていた。おれは、やや離れて座り直し、カツラギの指から意識を逸らした。それにしてもカツラギは、なかなか気づきにくいことを、どうしてこれほどストレートに言うことができるのだろうか。まったくその通りだった。だったら、タキザワを含め、あの丸太たちには、楽しいことやうれしいことが過去にまったくなかったのだろうか。

「そんなことはないと思うけど、いやなことのほうが多くて、あと、自分が潰されてしまいそうなくらい、いやなことが重かったら、いいことはどこかに消えてしまうかも」

どこか遠くを見つめるような表情でカツラギはまた正論を言った。カツラギは、小さいころに性的虐待を受けたのだと、新宿ミラノのテロのあと、おれとマツノ君に告白したことがあった。あの話が本当かどうかはわからない。おれと出会ったころのカツラギを思い出すと事実かも知れないという気がするし、たとえばミツイシたちとの冷静なやりとりを考えると、とてもそんなトラウマがあるとは信じがたい。だが、今は、カツラギの告白が事実かどうか考えている場合ではない。問題は、おれだ。楽しいことやうれしいことが過去にあったら丸太になるのを拒むことができるのだとカツラギは言った。あのころ、妻と娘が去っていってホームレスに近い最低の生活をしているころ、どうして自殺しなかったのだろうか。実際、ほとんど毎日、死ぬことを考えた。とくに目覚めたときが悲惨で、死にたいという思いが何時間も続くときがあった。妻や娘が戻ってくる可能性はゼロだったし、仕事に復帰できる可能性も、将来楽しいことやうれしいことが待っている可能性もゼロだった。なぜ死ななかったのか。そのことを考えているうちに、不覚にも、また涙がにじんできた。

「どうしたの？」

カツラギが気づいて、ティッシュを渡してくれた。最近、よく泣くようになったなと、おれはため息をついたが、いろいろなことがあったんだからしょうがないですよ、とカツラギからまた慰められた。自殺しなかった理由を再確認した。だから涙が出てきたのだ。あのころおれは、そんなことは不可能だといやというほどわかっていながら、心のどこかで、またいつか、週刊誌をやっていたころのような充実があるかも知れないと思っていた。またいつか、ネタを考え、取材し、記事を書いて、仲間たちとバカ話をしながら飲み食いするときが来るかも知れない、だが死んでしまったら、もうそんなときは絶対に来ない、言葉にして自分に言い聞かせたわけではないが、頭の片隅で、そのことが、闇の中の、恐ろしく小さな唯一の明かりのように弱々しく輝いていた。もう一度あのころのような仕事ができる、記事が書ける、そんな確信などひとかけらもなかったし、そういった希望を自覚するのは辛いから、期待なんかしてはいけないし、するもんか、と意識では全否定していたが、どこかで、その弱々しい輝きを頼りにしていた。だから、絶望と自暴自棄に耐えることができたし、自殺しなかった。おれは、そういったことを、ぽつりぽつりとカツラギに話した。話の途中で、何度もティッシュが必要になった。ただ、恥ずかしいことだが、泣くのは心地よかった。絶対に甘えたりはしないぞ、と強がっていたが、素直に甘えることがこれほど心地いいとは知らなかった。

「そうですか」

カツラギは、何度もうなずきながら、中年男の情けない打ち明け話を聞いてくれた。情けない話だよね、と照れ笑いとともに、そう言うと、そんなことない、とおれのほうに向き直った。

「情けない話じゃないですよ。今までわたし、セキグチさんのこと、何もわかってなかったんだなって思った。うん、何もわかってなかった」

　唯一のかすかな希望だったことと、おれは今、異様な形で向き合っている。ぐだぐだ考えずに、ミツイシたちのことを書いてしまえばいいのかも知れないと、ふと思った。ただし書くのは簡単ではない。事実は小説よりも奇なりと言うが、そんなレベルではない。だいたいあのミイラのような老人のことだけでも、リアリティを持たせるのは至難の業だ。下手に面白おかしく書いても誰も信じないだろう。それに順を追って書けば、大変な分量になる。それに、どこに掲載するというのか。オガワの会社のウェブマガジンだったら、書き込みのためのパスワードを持っているので、おれ自身で記事をアップできる。すぐに消去されるかも知れないが、一度アップされたら、野次馬的な連中が無数にコピペするだろう。なぜためらうのか。おれは、唯一の希望だったことを実現することになるし、書いてくれと言っているのは当のミツイシたちなのだ。警察は動くだろうか。少なくともおれは秘密裏に拘束されて、事実確認を迫られるだろうが、今後のミツイシたちの原子炉への攻撃を阻止するきっかけになるかも知れない。犯罪を助長するのではなく、犯罪を阻止できるかも知れないのだ。どうしてこれほど逡巡《しゅんじゅん》するのだろう。

「さっさと書いてしまえばいいのかな」

　目尻に残った涙を拭いながら、おれはカツラギに聞いた。

「わたしは、書いてもいいと思う」

　カツラギは、はっきりとした口調で、おれをじっと見て、そう言った。

「だいいち、誰も迷惑しないし、セキグチさんが、事実を全部書いたとして、それは犯罪でも何でもないでしょう」

そうか、と気持ちが傾いたが、でもね、とカツラギが複雑な表情をして首を傾げた。

何が、でもね、なのだろう。

「でもね。何かが変」

何が変だというのか。

「わからない。何が変なのか、どこがおかしいのかわからないけど、変」

変だと言われて、おれは、妙に納得した。確かに何かがおかしい。ミツイシたちの計画は常軌を逸しているが、記事を書いて欲しいという依頼に関しては、とりあえず筋は通っている。88ミリ対戦車砲で原子炉を攻撃して大混乱を起こすことはできるが、ミツイシたちの主張というか、動機は、おそらく日の目を見ない。ネットで犯行声明を出し、88ミリ対戦車砲の画像を載せたりしても、たぶん誰も信じない。どんな画像でも、いくらでも加工できて、偽造できると誰もが知っている。北朝鮮や中国のせいにされるかも知れない。国家的なテロだということになり、両国との緊張は高まるだろうが、政府は北朝鮮や中国のテロではないと実際には把握することになるので、戦争のような決定的な衝突は避け、きっとアメリカに仲裁を頼んで、曖昧に済まそうとするだろう。浜岡原発の原子炉がひょっとして破壊されたら東海地方は大きな打撃を受けるだろうし、風向きによっては東京もやばいかもしれない。だが、浜岡原発はいまだ再稼働できていない。運転停止中で、しかも各地の原発は福島第一の事故以来、莫大な費用をかけて非常用電源や冷却装置を何重にも整備し、原子炉建屋の外壁も分厚いコンクリートで覆われている。東京オリンピックが中止となるくらいのインパクトはあるかも知れないが、東海地方全域に人が住めなくなるとか、東京や神奈川からの避難が必要になるとか、ミツイシたちの狙いである「日本をもう一度廃墟にする」ような事態が発生するとは限らない。だから、ミツイシたちは、日本人に警鐘を鳴らすという本来の目的を達成するために、おれの記事を必要としているのだ。何が、いったいどこが、変なのだろう。

「よくわからないときは、誰かに相談するしかないですね」

カツラギは、そう言った。確かに、その通りだった。


「なるほど。そういうことが実際に起こったんですね」

スピーカーフォンから聞こえる山方の声には力がなかった。相談といっても、頼れる相手は一人しかいなかった。山方なら、ミツイシたちのグループについてある程度のことは伝えてあるし、客観的な判断ができそうだった。だが、どういうわけか、なかなか電話がつながらなかった。何度かメールを出し、二日後の深夜、山方のほうから電話が来て、はじめて入院していることを知った。手術後にも体重が減り続け、つい最近、再検査をしたら複数のリンパ節に癌が転移していることがわかったのだという。余命三ヶ月という診断なんですよと、電話口で苦笑しながら言った。

「今、ちょうど家の者が出かけているので、こうやって電話できます」

疲れさせてはいけないと、かいつまんで説明したのだが、それでもかなりの時間がかかり、途中山方の呼吸が荒くなって、何度も話を中断せざるを得なかった。

「政治的には、セキグチさんが推測するように、彼らが言うことに不自然な点はありませんね」

山方は、喘《あえ》ぎながら話して、痛々しかった。カツラギが、ソファから身を乗り出し、一言も聞き逃さないようにスピーカーフォンに耳を寄せている。

「政治的には、です。わたしも、どこかがおかしいと思う。確かに、何かが変なんです。だけどですね、それはきっと政治的なことではないのかも知れないな。セキグチさんが、記事を書くことで、おそらく何か、決定的なことが起こるのでしょう。自分たちの主張が日の目を見るとか、たぶんそんな理由ではないのかも知れない。すみません、わたしも、こういう状態でもあり、充分な思考ができないのです」

政治的なことではなかったら、何なのだろうか。

「確信はありませんが、どなたか、信頼できて、金融経済に詳しい人に心当たりはありませんか。その辺のエコノミストとか、大学教授じゃだめです。金融の実務に詳しい人ですね。銀行、証券、そのあたりの、できれば外資系のほうがいい。最前線は、どうしても外資ですからね。しかし、どうですかね。にわかには信じがたいとんでもない話なので、そもそも話を聞いてもらえるかどうか」

山方は、そういうことを言ったあと、すみません、限界のようです、と喘ぎながら、電話を切った。おれは、茫然自失の状態に陥り、動悸がしてきた。

「どうしたの？」

カツラギが不安そうにこちらを見ていた。金融経済に詳しい外資系の実務家、と山方は言った。そんな知り合いは、一人しかいなかった。由美子だ。

「セキグチさん。苦しそう。どうしたんですか」

山方との電話のあと、おれがしばらく口を閉ざしていると、カツラギが心配そうに顔を覗きこんで、またティッシュの箱を手に取った。違う、とおれは首を振った。確かに泣きたい気分もあるが、悲しいわけでも、苦しいわけでもない。金融の実務家に相談すべき、山方がそう言ったのをカツラギはスピーカーフォンで聞いているが、由美子のことは一言も話していないから知らない。

「山方が言ったことだけど」

おれは覚悟を決めた。由美子のことをカツラギに話してはいけない理由などないし、妻子に逃げられたことが恥ずかしいわけでもなかった。由美子のことを知って、カツラギが嫉妬し、気分を害するかも知れないと、そんなバカなことを考えたのだった。

「金融関係の人、ってことですか」

おれは、自分でも唖然とするほど重苦しい表情でうなずいた。どうしてこんなに面倒なことが次から次へと起こるのだろうと、運命とか、偶然の重なりを呪いたい気分だった。

「うん。それでね。一人、心当たりがあって、よく知っている人なんだけど、これが、うまく言えないけど、かなり面倒というか、スムーズじゃないんだよね」

おれはきっと、全世界の苦悩を一人で背負ったかのような顔をしていたはずだ。カツラギは、そのおれの顔をじっと見て、あっさりと言った。

「ひょっとして、別れた女房とか？」

心臓が凍りついたような感じがした。どうして、そんなことがわかるのか。それとも、適当な推測で言ったのだろうか。おれは、ぽかんと口を開けたまま、呆けたようにカツラギを見た。

「当たったの？」

カツラギの口調は軽い。おれは、あ、ああ、ととぼけた声を出しただけで、うなずくことさえできなかった。

「じゃあ、ぴったりじゃありませんか」

カツラギは、おめでとうとか、そんなことを言いだしそうな口調でそう言った。でも、どうして妻だとわかったのだろうか。

「だってセキグチさん、かなり歳だし、女房がいたとしても変じゃない。今はずっとわたしといっしょにいて連絡もしてないみたいだから、それって別れたってことでしょう？」

そうだけど、とおれは、さっきより気持ちが軽くなっていることに気づいた。カツラギの態度があまりに普通だったからかも知れない。

「だったら、連絡しないと」

カツラギが、自分のスマートフォンを渡そうとする。そんなに簡単な問題じゃない、面倒なんだと言うと、原子炉を大砲で狙う人たちがいるってことよりも面倒な問題なんですか、と今度は真面目な顔つきになって質した。別れて何年も経つし、要は娘を連れて逃げていったわけで、今さら連絡するのは気が重い、みたいな弁解をすると、カツラギは、手を口に当てて笑い出した。何か、おかしなことを言っただろうか。

「バカみたい」

笑いながら、そう言われて、カチンと来た。妻子に逃げられた男の気持ちがわかるのかと思ったし、だいいち、会社名と、シアトルにいることしかわからない。由美子個人の携帯番号やメールアドレスはとっくに変わっているだろう。カツラギは、由美子という名前と会社名を聞き、メモし、この会社で、シアトルにあるやつね、と言って、PCを開き、会社のホームページを調べ、時計を見て時差を確かめ、信じられないことに、すぐに電話をかけた。しかも、流暢な英語でだ。おれは英語は苦手だが、ジャーナリストの元夫とか、重要なことを話さなければいけないとか、原子力発電所に関することとか、そんな単語が出てきた。メモをとりながら、カツラギは何人か相手を変えて数分間話し、電話を終えてから、ふーっと大きく息を吐いた。英語が話せるのか、とおれはあえてあまり関係ない質問をした。

「遊び人のママから習った」

カツラギは、そんなどうでもいいことを聞くなという表情でメモをじっと眺め、次にこちらを見て、言った。

「電話をくれるように言ったから、かかってくると思う。ただし」

ただし、何だ。

「元女房が、セキグチさんを、まだ信頼していれば、だけど」

おれは、パニックに陥った。カツラギが、女房、という古風な言い方をするのが何となく面白かったし、他人事のように、英語でのやりとりを聞いていた。目の前の現実に対しては、上の空だった。由美子への連絡、由美子からの連絡、おれにとって、そんなことはあり得ないことで、起こってはいけないことだった。まともに対応できず、思考が途切れてしまい、ただカツラギの見事な英語をバカみたいに茫然と聞いていたのだ。由美子との離婚で被った疲労、しこりのように腹に溜まったままの後悔と憂うつ、それにまだ乾いていない傷口のような、痛みを伴う感傷、それらが一気に吹き出てきて、思わず、何てことをしたんだ、とカツラギに向かい大声を出した。

「何が?」

カツラギは、電話が終わったとたんパニックになって慌てふためいているおれを、わけがわからない、という表情で見ている。カツラギはわかっていない。由美子が娘を連れて出て行ってから、おれはたぶん何千回と想像し、何万回と自問した。今後由美子の声を聞くことがあるだろうか、連絡ができるようになり、話ができるときがあるだろうか、もちろんそれらの答はいつもノーで、それを確認するたびに、安定剤やウイスキーに手が伸びた。由美子の、娘の、声が聞きたい、謝りたい、話がしたいという欲求を持つこと自体、深刻なタブーだった。だが、考えないようにしよう、バカな期待を捨てようと思えば思うほど、由美子と娘の影は大きくなるばかりだった。そんなあなたは見たくない、娘にも見せたくない、そう言い残し由美子が出て行ってから七年という歳月が流れたが、記憶が薄らいだり、傷が軽くなることは決してなかった。おれの中で、由美子のことは原罪と化していて、ありとあらゆるネガティブな思いがそこを基点として湧き続けた。一日を終えればそれでいいのだと思うようになり、それ以上を望むのはただ辛いだけだとわかった。だから、そのころからずっと、由美子と連絡を取ることを想像するだけで耐えがたい苦しさに包まれた。そんなことがカツラギに理解できるわけがない。何が？　と素っ気ない口調と表情で聞かれて、苛立ちが増した。いや、大声を出したりして悪かった、おれは、必死の思いでまず謝って、離婚がどれだけ大きな傷になっていて、今でもそれに支配されていることを、途切れ途切れに告白した。途中で涙があふれそうになったが、しっかりと目を閉じて耐えた。

「わかりますよ」

カツラギは、またあっさりとそう言った。胸をかきむしられるような思いで告白したのだが、どうやら通じなかったらしい。わかるわけがないじゃないか、簡単に言うな、とまた大声が出そうになった。

「わたしはわかりますよ」

またカツラギが繰り返した。

「わたしだって、たとえばママとか、パパとか、今から連絡があるかも知れないというような羽目になったら、たぶん慌てる」

カツラギは、しばらく話すのを止め、顔を伏せて寂しげな表情になった。新宿ミラノのテロのあとで近くの寺の境内で聞いた話によると、カツラギは、設計技師の父親とも、ダンサーの母親とも、生き別れのような少女時代を過ごし、今に至っている。カツラギの寂しげな顔を見ているうちに、おれは、苛立ちを露骨に示したことに対し、恥ずかしさを覚えた。わかりますよ、とカツラギは言った。適当に口にした言葉ではなかったのかも知れない。

「もう絶対に会えないだろうし、話したくないし、顔も見たくないけど、でも心のどこかに、会いたくてたまらないという気持ちがあるって、わたしは、わかりますよ」

おれは、しばらく何も言えなくなった。じっとおれを見つめるカツラギが、幼い少女のように見えたし、また、駒込の文化教室で最初に出会ったときの表情に戻ってしまったようでもあった。傷を負っているのはおれだけではないのだ。カツラギが何も話さなくなった。声をかけたいが、何も言えない。切なく、気まずい沈黙が続く中、おれは、カツラギの言葉を反芻し、妙に心にひっかかる表現があったと、それを思い出そうとした。シアトルへの電話のあとだ。その直前、ただし、とカツラギは言って、おれは、ただし、何だ、とくってかかるように続きを促した。そのあと、由美子の苗字が英語名だったかどうかが気になって、カツラギが言ったことを無意識に頭から払いのけたのだった。ただし、ただし、と数回つぶやくうちに、やっと思い出した。「まだ信頼していればだった。ただし、由美子がおれのことを信頼していれば電話はかかってくるはずだ、カツラギはそう言った。信頼という言葉が、新鮮というか、意外な気がしたので印象に残ったのだ。男女関係で、よく使われる言葉は愛情で、信頼は、あまり聞かない。

「さっきね」

おれは、顔を上げて、神妙に聞いた。

「さっき、カツラギさんがね、女房が今でもおれのことを信頼していればって、言ったよね」

カツラギは、それがどうしたという目つきでこちらを見ている。

「だから？」

やっと口を開いた。由美子がおれのことを信頼しているかどうか、そんなことは、いっしょに暮らしているときも考えたことがなかった、だから、今でも信頼されているか、そんなことはどうでもよく思える、信頼と愛情はきっと違うのだろうが、そういったことがよく理解できない、おれは、そんなことを言った。この人は何もわかっていない可哀相な人間だ、そんな目でカツラギはおれを見て、首を振った。

「セキグチさん、元女房には、あなたへの愛情はもうないですよ、あなたは死んだほうがいいですよ」

そう言われたようだった。とっくにわかっているつもりだったが、きっと認めたくなかったし、他人に宣告されたくなかったのだろう。情けない話だが、目の前が暗くなり、どこかにかすかに残っていた大切な何かが打ち砕かれたような、最悪の気分になった。

「愛情というのは、具体的にどういうものか、わたしはあまり知らない。でも、愛情がない人が、何をするかはだいたいわかる。いなくなるから。たぶん愛情というのは、量で計れるもので、ゼロかマイナスになると、たいてい、その人は、いなくなる」

しかし、カツラギはどうしてこんなにシンプルで、正しくて、そして残酷なことを、これほどわかりやすく語れるのだろう。愛情は量、まさに言い得て妙で、否定なんかできるわけがなかったし、おれは、これまでいかに自分をごまかして生きてきたか、思い知らされた。由美子のことはすでにとっくにあきらめている、何の期待もしていない、気持ちの整理はついている、そう思っていたが、違った。未練の塊だった。そうでなければ、この状況や、カツラギの言葉で動揺したりしないはずだ。愛情がゼロ、もしくはマイナスになって、由美子は去って行った。信頼もあるわけがない。しかし、カツラギは、わたしもよくわからないけど、と前置きして、信頼はまた別の種類かも、と言った。

「信頼は量では計れなくて、ラインというか、糸とか、線とか、ケーブルというか、そんな感じでしょう。愛情の量がゼロになっても、信頼という、お互いをつなぐ、ラインとかケーブルが一本でも残っていれば、コミュニケーションの可能性があるってことじゃないのかなあ。わたしの場合なんてどうでもいいんだけど、ママもパパもいなくなって、ママなんかブラザーを買ってきてとか、むちゃくちゃだったけど、二人とも、嘘はついていないんですね。なんか、ずっとそばにいるからねって言っておいて、いなくなったわけじゃなくて、そんなの意味なんかないって言えばないんだけど、出て行くって、ちゃんと言って、いなくなった。だから、細い糸みたいなのが、残っているんだと思うようにしてる。連絡先は、わかるようなわからないような、危うい感じだけど、本当にたまにだけど、二人から連絡来るんですよ。元気？　とかそんなのじゃなくて、パパの場合、おれは今すごく暑いところにいて、変な虫に嚙まれて具合が悪いから、ちょっとね、ユリコの声が聞きたくてね、とか。ママはもう、二階の部屋のクローゼットの引き出しの中にキャッツアイのリングがあるから送ってとか、そんなことばかりだけど、平均して二人とも二年に一度くらいかな。三年くらいかな。勝手に連絡してくるんですね。まあ、そんなことが信頼なのか、わたしなんかにはわからないんだけど、そんなものかなって。それと、思うんだけど、コミュニケーションというのは、怖いからって取らないより、取ったほうがいいみたい。出て行くの？　ってわたしは二人に聞いたし。なぜなの？　っても、聞いた。二人とも、仕事とか、自分が好きなことをするから、ここにはいられないって、ユリコは一人で生きられるだろうって。だからどんなに悲しいことを知ることになっても、コミュニケーションは取ったほうがいいんだと思った。だって、考えてしまうんですよ。こんなことは知らなければよかったというのは単に辛いだけだけど、相手が思っていることを聞いてなかったら、いろいろ想像して一生考え続けないといけないじゃないですか。それって辛いだけじゃなくて、後悔っていうか、それこそ地獄みたいなものじゃないですか」

　カツラギは、うっすらと涙を浮かべていた。両親とも、家を出て行ったというのは本当だったのだ。じゃあ、あのナガタという男から性的な虐待を受けていたというのも本当なのだろうか、そんなことをぼんやりと考えているとき、カツラギの電話が鳴った。表示された電話番号が日本のものではなかったのだろう、カツラギは、英語で応じ、そのあとすぐに、はい、そうですすと日本語になった。シアトルからなのか、おれは心臓が凍りつきそうだった。はい、とカツラギがスマートフォンを渡す。

「元女房みたい」

「もしもし」

意外なことに、ちゃんと声が出た。

「本当にテツなの？」

そうだ、悪いな、急に、と言いながら、懐かしい声に目まいを覚え、泣き出しそうになるのを必死でこらえた。少し、長い話になると思うんだけど、だいじょうぶかな。

「だいじょうぶ。出勤中だから。車の中。なんかやばいこと？　テロとか、原発とか、異様で、重要な用件らしいって、ボスが、言ってたから。さっき電話を受けたのは、わたしの、今のボスなのよ」

出勤中なのか。そう言えば、かすかに複数のエンジン音と、ときおりクラクションなども聞こえる。しかし、ボスより遅く出勤してもいいのだろうか。

「こちらは、ほら、子どもを送ってから出勤してもいいことになってるから」

アスナという名前ではなく、子どもと言った。確かアスナは十三歳だ。学校まで送っていかなければいけない歳なのだろうか。アメリカの教育事情はわからない。それとも誰かとの間に新しく生まれた子どもなのだろうか。動悸がして、妄想が頭を巡ったが、そんな場合ではないと何とか気持ちを切り替えた。とにかく、どこから話せばいいのだろうか。順序立てて話さないと、理解してもらえそうにない。

「日本でテロが起こったの知ってるかな」

「映画館のやつ？」

「その前に、ＮＨＫの西玄関でも起こった。可燃剤が撒かれて」

「聞いたような気がするな」

話す順番を考え、実際に説明するうちに、少しずつ落ちついてくるのがわかった。他に集中しなければいけないことがあると、感情の乱れが治まるようだ。

「おれは、仕事で、その現場にいたんだ」

「あら。だいじょうぶだったの？　いやだ、わたしったら。だいじょうぶだったからこうやって電話しているんだよね」

あら、という独特の言葉と抑揚で、昔に引き戻される感じがした。思い出が次々と脳裡に立ち上がりそうになるのを抑える。だが由美子は、仕事が見つかったのねとか、そんなことはいっさい言わなかった。ありがたい気もしたし、寂しい気もした。

「まあな。それで、そのあと、新宿のミラノ座でもテロがあって、これはひどかった。可燃剤の他に、毒ガスが使われたりしたんだよ」

「まさか。映画館にも、いたの？」

「ああ。ちょっとやばかった」

カツラギが、じっとこちらを見ている。表情が穏やかになっている。おれが説明を急ぎすぎないようにと、掲げた両方の手のひらを、下に押すような仕草をした。

「テロについて、取材を続けていたんだけど、そのうち、テロリストたちと接触するようになった」

「あら。いやだ。インフィルトレイト？　日本語、忘れちゃった、つまりテロリストの組織に、そうだ、潜入だ、それだったの？」

「いや、そうじゃない。向こうから接触してきた」

「確か、映画館のテロとか、こちらのメディアでは、犯人はデスペレットな若者って、そう言ってたけど、彼らが接触してきたわけ？」

「それがちょっと違うんだ。ここ、重要だから、とにかくよく聞いて欲しいんだけど、あの若い連中は、デコイというか、身代わりなんだよ。本当の犯人は、何て言うか、老人たちなんだ」

「老人？」

「そうだ。みな、かなり歳で、社会的地位もある。それで、思想犯というか、全員が確信犯なんだ」

「ちょっと待って。テロリストが老人たちなの？」

「そうなんだ」

「オールド・テロリストってわけ？」

「そうだ。連中はネットワークもしっかりしていて、資金もある。やっかいな連中だよ」

「目的は何なの。あら。いやだ。それがまさか原発ってこと？」

話を急ぎすぎたかも知れない。だが、あのミイラのような老人などは省いてもよさそうだ。満洲についてはどうだろう。話すべきだろうか。いや、満洲人脈などではなく、連中が生きてきた時代と、思想を話せばいいのだ。

「由美子」

おれははじめて名を呼んだ。感傷が襲ってきたが、そんな場合ではなかった。

「あのさ。つい最近だけど、静岡の原発のね、資料館みたいなところが爆発物で破壊されたって、そっちでは、ニュースになってないのかな」

額やこめかみから汗が垂れ、手のひらもぐっしょりで、スマートフォンが濡れ、おれはいったん耳から離して、袖口でそっと拭った。

「それ、最近でしょう？　テレビでもやってたから覚えてる。でも、日本は少ないのよ。ニュースというか、あまり話題にならないから」

そうなのか。原発のすぐそばで大きな爆発があったわけで、日本のメディアは、海外でも話題になっていると紹介していたが、違うのだろうか。

「うーん。ほら、結局、中国とか、韓国が、原発が危険らしいということで、オリンピックにも行かないとか、意地悪して、関係が最悪でしょう？　アメリカとしては、日本が同盟国なだけに、もううんざりしているわけ。もうアメリカも、今ね、アジアで中国と覇権を巡るいざこざに巻き込まれたくないっていうか、アメリカ自体、経済的にも政治的にもひどい状態なわけで、他の同盟国にはいざこざなんか起こして欲しくないのよ。とくに中国はアメリカ国債を大量に持っているから、ことを構えたくないのよ。中国は本当にやっかいな国だから、別にね、日本に仲良くしろってことじゃなくて、でも、わざわざ問題をこじらせないでくれって、もううんと前から言い続けてるのに、逆に、神経を逆なでることばかりで、この数年、一触即発みたいな状態が続いているわけでしょう。それは、こちらで繰り返し話題になってるけど、日本とアメリカにとって最大の敵である中国共産党にとっては大歓迎なわけよ。放っておけばひょっとしたら内部崩壊するくらい問題が山積みなのに、人民の不満を外に逸らせるから喜んでいるわけじゃないの。だから、日本に関しては、こちらのメディアも、もういい加減にしてくれって、あまり大きく扱わなくなってるの」

若干、話が逸れてしまったが、心が和んだ。昔も、よくこうやって世界経済などについて、レクチャーを受けたな、と思い出したのだ。由美子が話したことは、日本人もだいたいわかっている。いや政府だってわかっているはずだが、引き返せなくて、動きが取れなくなっている。日本政府だって、経済界の反発が強くて、財政がパンク寸前だというときに、中国との、国交断絶とか戦争とか、そんなことは考えていないはずだ。しかし中国共産党と同じく、中流層の没落で拡大し続ける経済格差、増税、崩壊寸前の年金、社会保障などによって爆発寸前の国民の怒りを逸らす対象として、中国を利用してきた。今さら、簡単にはその方向を変えられないのだ。だが、今、由美子に理解してもらわなければいけないのは、そんな政治情勢についてではない。

「そうか。まあ、そんな感じなんだろうな。すごい爆発だったんだよ」

「まさか。テツ、あなた、そのときも現場にいたの？」

しばらく黙り、一度大きく息を吐いてから、由美子はそう聞いた。

「実は、そうなんだ。テロリストのじいさんといっしょにいたんだけど、問題は他にあってさ。あれは、正確に言うと、爆発じゃなくて、砲撃なんだよ」

え？　と短く声を出して、また由美子が黙った。砲撃、という言葉にすぐには対応できなかったようだ。

「砲撃って？」

「だから、砲撃なんだ。爆発物じゃなくて、大砲、いや、正確に言うと、旧ドイツ軍の、88ミリ対戦車砲という、バカでかい大砲で撃ったんだよ」

「ちょっと待って」

由美子は、話についていけなくなったのだろう。旧ドイツ軍とか、88ミリ対戦車砲という単語を聞くと、誰だって違和感と猜疑心が芽生える。そしてまさに、ミツイシたちがおれを必要とする根拠がそこにある。

「それ、何？」

「いや、旧ドイツ軍の、強力な対戦車砲なんだけど、連中は、それを持っているんだよ。おれは、実際に砲撃を見たけど、オシッコをちびりそうになるくらい、すごい破壊力だった」

本当は、実際に小便をちびってしまったわけだが、言えなかった。

「オールド・テロリストたちが、どうしてそんな兵器を持ってるのよ。テツ、まさかわたしをからかっているわけじゃないよね」

「ただのじいさんたちじゃないんだよ。リーダーは、年商百億とか、そのくらいの規模の実業家だし、そのリーダーのオヤジがね、旧満洲人脈というか、満洲に利権を持っていたらしいんだ。連中の中には、九十歳を超える歳のカリヤというやつがいて、そいつは実際に少年兵で旧満洲にいた。それで、そいつらは、終戦前後のどさくさに紛れて、ソ連との戦闘用に旧ドイツ軍から譲り受けていた、その、ものすごい破壊力の対戦車砲を分解して船で日本に運んできたらしいんだ。その他にもちろん砲弾とか、他に、機関銃とか、いろいろ運んできて、隠してたんだよ。おれは、この目で、そのとんでもない対戦車砲を見たんだよ。正真正銘の、本物だったんだ」

やはり満洲のことを話さないわけにはいかなかった。だが、満洲という固有名詞は、あまりに現実と離れていて、話からリアリティを奪う。由美子が、困惑しているのが電話口から伝わってきた。

「にわかには、信じられないけど、その、オールド・テロリストたちの目的は何？」

むずかしい質問だった。目的が常軌を逸しているからだ。だが、とりあえず説明しなければ、由美子の意見を聞けない。

「それが、あるメンバーの言葉を借りると、もう一度日本を焼け跡というか、廃墟に戻すということらしい。腐りきった日本をいったんリセットする、ということだけど」

あら、またそうつぶやいて由美子はしばらく黙り、それって、と自分に言い聞かせるような感じの低い声を出した。

「それって、本当に、オールド・テロリストたちが言ったの？」

「そうだよ。確かに聞いたんだよ」

「彼らは、怒ってるわけね」

「そうみたいだ」

「それって、リアルね」

由美子は、意外なことを言った。日本をリセットするというのがどうしてリアルなのだろうか。

「こっちにもいるのよ、今。いや、中東とか、アフリカのイスラム過激派とかじゃなくてね、欧州なんかの先進国だけど、そういう連中がいるの。右翼とか、ナショナリストだけじゃなくて、かなり有名な経済学者とか、哲学者とか、似たようなことを言ってる人たちがいるのよ。先進国のほとんどは、財政難で、社会保障が破綻しかかっていて、そのくせ大銀行とか、金融界と、あとは一部の企業ばかり大儲けしていて、失業や貧困がものすごく拡大していて、がんじがらめになっているから、一度リセットすべきだと、最初からシステムを作り直すべきだって、そんなことを主張する勢力がいるの」

そんなことは知らなかった。由美子と娘が去ってから、ろくに本も読んでいない。社会全体を一度リセットしようとする勢力が他の国や地域にもいることはわかったが、経済学者や哲学者はもちろん、先進国の右翼やナショナリストにしても、88ミリ対戦車砲は持っていないのではないか。

「オールド・テロリストたちは、インテリなのね」

「そうだ。しかも半端じゃない。実業家や、精神科医とは実際に会った。おそらく医師や弁護士や会計士なんかもいるんだろう。おれの勘だけど、年金で細々と暮らしてるようなじいさんはいない。貧乏で、飢えて死にそうだから、世の不公平や不平等をなくしてくれとかそういうのじゃないんだよ」

うん、だいたいわかった、とつぶやくように言って、由美子は、またしばらく黙り、まさか、テツ、あなた、と途切れ途切れに小さな声を出した。

「オールド・テロリストの一員というわけじゃないよね」

返答に困る質問だった。曖昧に答えると由美子は混乱するだろう。

「一員でも仲間でもない。ただ、連中は、原発を狙っていて、これまでの一連の事件というか、おれが彼らと接触し、現場に居合わせたりして、おれが知ったことを、書いてくれと言うんだ」

「どういうこと？　よくわからない」

わかりづらいのは当然だ。日本を焼け野原にしてリセットしたいなら、さっさと原発を攻撃して、そのあとで犯行声明を出せばいい、誰だってそう思う。おれは、秘密保護法について簡単に触れ、たとえ原発が破壊されても、極端な話、中国や北朝鮮のテロだとされてしまって、連中の主張が公にならないかも知れないからだと、できるだけシンプルに、わかりやすく説明した。

「つまり、テツが、オールド・テロリストについてのレポートを書けば、ジャーナリストの端くれ、ということで、彼らの主張がパブリッシュされるってこと？」

「そうだ。おれが、大手メディアではなく、三流以下の、元週刊誌記者ということで、逆にリアリティがあるってことなんだ。以前から、たとえば原発の作業員とかのレポートなんかは、大手より、ネットジャーナリストとか、アマチュアに近い無名の記者のほうが信頼されたりしていたんだけど、それと似たような感じなんだよ」

「書くの？」

「まだ迷っているんだけど、覚えているかな、あの、山方って、ポンちゃんが国会で証言するときに、仲介してくれた元文部官僚がいただろう。彼が、何なのかはよくわからないが、妙に引っかかるので、誰か経済に詳しい人間に聞けって言ったんだ。実を言うと、おれは、恐ろしいことに、テロリストのじいさんたちに、心のどこかで共鳴というか、同調しているところがあり、またジャーナリストの端くれとしてね、これだけのスクープ記事だからね、書いてみたいという思いもあるんだよ。でも、うーん、何て言うのかな、どこか、引っかかるんだよ。何かが変なんだ」

「警察とかは？」

「だから、おれ自身、かなりやっかいな立場で、尋問とか考えると耐えられるかどうかわからないし、連中は警察と交戦すると言っているんだけど、結局は、連中の主張は闇に葬られることになるだろうな。警察に出頭するのが正しいのかも知れないけどね。何か、うまく言えないけど、意に反するというか、割に合わないというか、おれの中でちょっと違う気がするんだよ、本当に自分でもわけがわからないんだけどね」

由美子は、また大きく息を吐いて、話すのを中断した。しばらくしてふいに他の車のクラクションが聞こえて、おっと、まずい、と由美子の声がした。

「ごめん、考えてたら、違う車線に入りそうになっちゃった。それで、そのオールド・

テロリストたちが、原子炉をね、その何とかという大砲で、本当に撃つのかという問いというか、疑いは、テツにはないのね」

「いや、そんな連中じゃないんだ。やると決めたことは、これまで必ず実行してきた」

「でも、もしテツが記事を書いたら、原子炉なんか、ほとんど関係なくなるわよ」

由美子は何を言っているのだろう。

「確認するけど、オールド・テロリストたちは、日本をリセットしたいんだよね」

「そうだ」

「原子炉の攻撃はその手段で、目的じゃないよね」

「そうだと思う」

「あのね、テツ。テツが記事を書いて、ネットに流れた瞬間に、円が暴落するのよ。今でも、いつでも円は暴落一歩手前で、きっかけさえあれば、ほとんどすべての投資家が日本から資金を引き揚げるはず。そうなると、具体的には、かなりの企業が、中国に買収されるし、ひょっとしたら数ヶ月で、原油とか、あるいは食料も途絶えるかも知れない。誰もそんなことは想像できないかも知れないけど、結果的に、戦後の焼け野原に似たような感じになるの。オールド・テロリストたちが、テツに記事を書かせようというのは、おそらくそれを狙っているんだと思うな」

驚いたが、何となく腑に落ちた。ミツイシたちは、平気で丸太と呼ばれる若者を生け贄にするし、可燃剤やイペリットを撒いて百人単位の人々を殺すのもいとわない。原発の資料館も破壊する。だが、原子炉を攻撃して、放射性物質をばらまくというイメージにはどこか違和感が伴った。もちろん、連中がヒューマニストだというわけではない。88ミリ対戦車砲で原子炉を撃つというのは、派手で、いかにも筋金入りのテロリストという感じもするのだが、ミツイシの、あの冷静で、明晰な考え方には似合わない、おれはどこかでそう思っていたのかも知れない。

「おれはどうすればいいのかな。書かないと決めればいいのか」

またしばらく黙ってから、由美子はポツリと言った。

「いや。書かないと言ったら、たぶん殺される」

「殺される」と由美子は言った。それまで、由美子が話すことのすべてが理解できた。しかし、「書かないと言ったら、たぶん殺される」という意見には違和感を覚えた。書かないと告げたら、たぶん本当に殺されるのかも知れない。だが、ミツイシはそんな人間ではないような気がしたのだ。由美子は、以前とまったく変わらずクールで、シャープで、ロジカルだった。冷たいということではない。感情に流されることがないということだ。別れるときも、冷静に、おれを見切った。きっとアメリカのほうが仕事がしやすいだろう。おれが記事を書けば円が暴落する、それがミツイシの本当の狙いだ、一つか二つ原発を破壊されるより日本にとってはダメージが大きい、しかも対戦車砲で原発が破壊できるという確証はない、由美子はそういった分析をした。おそらく正しい。だが、ミツイシが、記事を書かないという理由でおれを殺すというのは、論理的には理解できるが、違うような気がした。殺されるのがいやで、事実を見ないようにして、希望的観測で判断しているだけかも知れない。だが、おれの直感が違うと言っている。それに、おれが殺されるかどうかは、個人的にはものすごく気になるが、最優先の問題ではない。書かないと告げたら、殺されるかどうかはともかく、ミツイシたちは原発を撃つだろう。それでいいのか。おれは、一生罪悪感とともに生きるようになるかも知れない。記事を書きもしなかったし、原発への攻撃を止めようともしなかったし、さらに、攻撃に参加しようともしなかった、そういうことになる。それは、いくら落ちぶれたとは言え、ジャーナリストとしてはもちろんのこと、人間として最悪ではないのか。

「おれが、記事を書くかどうかより、他に、何か方法はないのかな」

そう聞くと、でも、手に負えないよね、と由美子はため息をついた。確かに、ミツイシたちは手に負えない。

「手に負えないときは」

由美子は、そう言って、しばらく黙った。タイヤが軋む音が電話口から聞こえる。急なカーブを曲がっているようだ。ふと気になって、カツラギを見たが、いつの間にか、リビングから姿を消していた。由美子への説明に必死で、周囲が見えなくなっていた。スマートフォンをスピーカーモードにした。元妻ということで遠慮して座を外したのかも知れないが、そばにいて欲しかった。

「誰かに相談するしかないよ」

由美子の声がリビングにこだまして、やがてカツラギが、冷たい水を持って現れ、落ちついてね、とささやきながら、グラスを渡してくれて、おれは、ありがとうと小声で言って、一口飲んだが、喉がカラカラに渇いていたのがわかった。こめかみと脇の下を汗が流れている。ひどい緊張状態だった。緊張していることに気づかないくらい、緊張していたのだ。だが、相談と言われても、誰に相談すればいいのか見当もつかない。警察は面倒だし、信用されるかどうかも怪しい。おれの情報で警察が動きはじめ、逮捕されるかも知れないと感じたら、ミツイシたちはすぐに原発を攻撃するだろう。あのミイラのような老人も、警察では対応できないと言った。おれがすべてを告白しても、警察は裏を取らなければ捜査令状も逮捕状も請求できない。あの、製麺機の修理工場内にある対戦車砲を含む武器以外、物的証拠はないに等しい。

「経済に強い、若手の内閣府副大臣がいて、この間、こちらに来たんだけど、そういうのはどうかな。西木って名前で、まだ五十代前半だと思った。うちのボスと、こっちの大学で同級生だったみたいだから、詳しい事情は省くとして、ボスに紹介してもらえるかも知れない」

内閣府副大臣？　そんな人間と会うのか。つい最近までホームレスに近い生活をしていたおれが、副大臣と会う、リアリティが感じられない。そもそも、会って、おれはいったい、どうしようというのか。

「それで、まだよくわからないんだけど、テツは、どうしたいの」

見透かすように、由美子はそう聞いた。少し苛立っているようでもある。その通りだ、おれはいったいどうしたいのだろう。ミツイシたちを逮捕して、対戦車砲も破壊し、日本をもう一度焼け野原にするという連中の計画を阻止したいのか。

「まさか、オールド・テロリストたちが、原発を破壊すればいいと思っているわけじゃないよね」

痛い問いだった。おれは、どこかでミツイシたちにシンパシーを感じている。しかも、その思いは卑怯で、曖昧なものだ。今の日本に裂け目を入れるというか、揺り動かし、危機感のない政治家やマスコミを震撼させて欲しいと思っているが、そうかといって、大勢の人が死ぬような大災害は起こって欲しくない。

「だったら、記事を書けば？」

その通りだった。だが、記事を書きたいというはっきりした思いはない。円が暴落しても、おれにカタルシスはない。

「じゃあ原発を破壊させたいの？」

それをどうにか止めたいからこうやって相談しているわけだが、答えは明白だった。記事は書かない、原発への攻撃は止めさせたい、ということになると、ミツイシたちを物理的に阻止できる人物の力を借りるというか、権力に情報を提供し、方法を委《ゆだ》ねなければならない。おれは、迷ったり悩んだりするような立場にいない。悩むような選択肢はない。悩むのは、ある意味贅沢なことだ。それなりの力が必要なのだ。弱者や弱小国は、交渉において相手の言いなりになるしかない。おれには、ひとかけらの主導権もない。副大臣に会う以外、おれにはできることがない。副大臣に会う、と通話口を手でふさいで、カツラギに伝えた。カツラギは、それしかないという表情で、うなずいた。政府、権力の側にいる人間は好きではないが、曖昧で卑怯な逡巡を続けるわけにはいかない。由美子のボスがまず副大臣に連絡を取り、できればアポを取って、その旨を由美子がおれにメールして、そのあとおれが副大臣に直接確認のメールをする、という手順らしい。

しかし、おれには、疑問がずっと残っていた。これほど奇想天外な話を、なぜ由美子は事実だと信じることができて、かつあきれるくらい冷静に対応してくれるのだろうか。たいていの人間はバカバカしいとはじめから相手にしないかも知れない。ひょっとしたら、おれからの連絡だからなのかと、淡い期待が湧いていた。

「もちろん、久しぶりのテツからの連絡だから、よほど特別なことなんだろうし、それだけじゃなくて、さっきも言ったけど、この手の人間が、世界中で増えているんだって、そう言ったでしょう。方法はいろいろだけど、根っこからシステムを変えようとしている人が、ちょっと異様なくらい大勢いるのよ。あ、ちょっと待ってね。ほら、パパだよ、話す？」

心臓が止まりそうになった。アスナがいるのか。なぜ今まで黙ってたのか。

「この子、いつも車の中で寝るから。今、起きたの」

向こうもスピーカーに変えたようで、由美子の声が車内でこだまするのが聞こえる。

「誰なの」

十三歳になったアスナの声が聞こえた。おれは息が詰まり、何も言えない。

「誰？　パパ？」

「アスナか。うん、パパだよ」

おれのことをパパと紹介するということは、新しいパパはいないのだろうかと、そんなことを考え、元気か、という声が裏返ってしまった。

「元気だよ」

アスナは、そう言ったきり、黙った。おれも、急に娘と話すことになって焦り、言葉が見つからない。実際に会えば、大きくなったなとか、常套句があるが、電話なので何を話せばいいのかわからない。

「パパも、元気？」

アスナからそう聞かれて、元気だよ、と答えたとき、自分の中で張り詰めていたものが切れてしまい、涙があふれてきた。

「そう。じゃあ、ママと代わる」

ちょっと待てよ、と言おうとしたが、涙声になりそうで、何も言えなかった。

「もしもし、じゃあ、そういうことで」

由美子が、アスナに、もうすぐ着くから準備して、とかそんなことを注意しながら、電話を切ろうとして、あ、そうだ、と思い出したように聞いた。

「さっき、電話に出たの、彼女なの？」

カツラギのことだ。いや、そういうわけじゃないんだけど、と涙声をごまかすために、ささやくように答えた。

「じゃあね。メールするからね」

電話が終わった。最後まで、由美子は冷静で、カツラギが彼女なのかと、そんなことまで聞いてきた。アスナとは、ほとんど話せなかった。元気か、だけだった。カツラギが、じっとこちらを見ている。泣きながら、スマートフォンを渡した。恥ずかしかったが、涙を止めることができない。

「よかったですね」

カツラギがそう言って、からかわれている気がした。何がよかったというのか。由美子はまるでビジネスのように終始冷静に会話を続け、おれはバカみたいに泣きじゃくっている。アスナは、二、三言話しただけだった。もっと、娘と話したかった、鼻水をたらしながら、おれは言った。寂しさで胸が痛んで、カツラギに抱きしめてもらいたかった。

「子どもだから」

カツラギはそう言い、近づいてきて、おれの肩を抱いた。

「子どもは、変化が激しいし、昔より今、って感じで生きてるから。あれが自然」

そんなことを言って、おれを抱きしめる。

「でも、セキグチさん、元女房に信頼されてたでしょう。信頼していなければ、まず電話してこないし、話を聞かないし、誰かを紹介したりもしないでしょう」

由美子との電話のあと、おれは、涙が止まるまで三十分以上かかり、そして虚脱状態に陥り、何も手につかなくなったし、何も考えられなくなった。久しぶりに声を聞いたわけだが、どうして由美子はあんなに冷静で、ごく普通に話すことができたのだろう。

それがもっとも気になったし、もっとも辛かった。老人たちのテロリストグループとか、原発を攻撃するとか、歌舞伎町の映画館でおれがテロに遭遇したとか、そんなことを聞いても、多少驚いただけで、自分を失ったり、取り乱したりする様子もなく、うろたえることもなかった。おれのほうは、手のひらやこめかみや脇の下にべっとりと汗をかき、喉がカラカラに渇いているのにも気づかず、動悸が続き、挙げ句の果てにアスナと話していて泣き出してしまった。安定剤を飲むのもためらわれた。由美子は、安定剤など飲んでいないだろう。あのままアスナを学校に送っていき、いつものように出勤して、ボスや同僚たちに「ハロー」と笑顔で挨拶したのだろうと考えると、安定剤を求める自分がひどく惨めに思えたのだ。だが、安定剤の他に、おれには頼るものがない。

「だいじょうぶ?」

カツラギは、ハーブティを入れてくれて、しばらくそっとしておいてくれたが、おれが床に尻餅をつくようにだらしない姿勢で座ったまま、まだ鼻をぐずぐずさせ安定剤を嚙み砕いて飲んでいるのを見て、声をかけてきた。だいじょうぶ? と聞かれても答えようがない。ひどい愚痴になるのはわかっていたが、気がつくと、おれはすでにカツラギに、あいつ、どうしてあんなに冷静だったんだろう、と胸の内を吐露していた。

「元女房が冷静だったから、傷ついた?」

なぜいつもそんなにあっさりと、しかもはっきりとものを言うんだと腹が立った。傷ついたというより、知りたくなかったことが突然明らかになって、心が、羽をむしり取られた鶏のようになってしまった。もうどうあがいても、救いはない。電話で話して、はっきりした。由美子とアスナから、おれは完全に切り離された。

「でもね。わからないですよ」

何がわからないというのか。カツラギがそばにいて話しかけてくるのは辛かったが、気を利かせてどこかに行ってしまって、一人になるのはもっと耐えがたかった。カツラギと話すことで何とか気が紛れている。

「わからないって、どういうことなのかな」

そう聞いて、カツラギが渡してくれたティッシュで鼻をかんだ。ティッシュにこびりついた小汚いねばねばした液体をじっと見つめているうちに、悲しみが押し寄せてきて、強く唇を嚙み、あふれようとする涙を何とか止めた。

「セキグチさんだって、声を聞いている限りは、案外と冷静に聞こえたから」

そんなことはないだろう。声は震えていたはずだし、最後には泣いたじゃないか。

「元女房だって、逆に、この人はどうしてこんなに冷静なんだろうって思ったかも知れないですよ」

そうだろうか。おれが感じなかっただけで、由美子にも動揺があったのだろうか。

「カツラギさんは、そう感じたのかな。由美子の声とか、話し方とか、おれはごく普通というか、冷静そのものだと思ったんだけど」

おれはそう言って、すがるような目つきでカツラギを見た。元女房も動揺していたと思う、そう言って欲しかった。カツラギは、いったん顔を伏せ、どういう風に返事をしようかと考えているような表情になって、いや、その通りですけど、と突き放すようなことを言った。

「あのね、彼女は、ずっと冷静だった。順序よく話しますね。電話して欲しいというリクエストをして、かなりシリアスな用件だって、伝えたわけだけど、それで、確かに電話があった。これは、わたしも少しびっくりしたんです。ひょっとしたらだけど、電話ないかも知れないと思ってたから。で、元女房は、あれ、運転中だったんですよね」

そうだ。会社に出勤する途中だった。そういえばなぜ家から電話してこなかったのだろう。やはり家にはアメリカ人の新しい夫がいるのではないか。

「それはわからないし、別に新しい夫がいてもいいじゃないですか。再婚したかどうかなんて、大した問題じゃないですよ」

冗談じゃない。再婚というのは他の男に取られてしまったということだ。由美子とアスナの幸福とか人生に、もうおれが関与することが完全になくなったということだ。

「セキグチさん」

一度大きなため息をついたあと、カツラギは、優しい声で呼びかけた。

「車から電話してきたのは、朝、食事を作ったり、子どもの支度を手伝ったり、いろいろ忙しいからだと思うんですけど、それとは別に、電話をしてきたことが、証明だと思わない？」

証明？　何を証明しているというのか。さっきは、電話がかかってきて少しびっくりしたと言ったじゃないか。

「電話がかかってくる前にも言ったと思うし、繰り返しになるけど、セキグチさんは、わたしが元女房に連絡したときに、かなり焦ったでしょう。気持ちが揺れたんだと思う。元女房への気持ちが揺れたってことは、気持ちが残っているってことでしょう。元女房が、どんな気持ちで電話をかけてきたのかはわからないけど、セキグチさんと同じくらい気持ちが揺れていたら、あれだけ早いタイミングで電話はないと思うな」

確かに、その通りかも知れない。おれに対して、男女の感情が残っていたら、電話するのを躊躇するかも知れない。

「だから、セキグチさんからの久しぶりの電話だったから、よほどのことだろうって、セキグチさんのことが心配だったかも知れないし、気になったから、あんなに早く電話をくれたわけだけど、女として好きとか、嫌いとか、そんな感情があったら、逆に、考え込んだと思うんですね。いや、わかりませんよ。勇気を振り絞って電話したのかも知れないですよ。でも、わたしはそんな風には思わなかったな。元夫が、シリアスな相談ごとがあると言っている、だったら聞いてみよう、そんな電話だったじゃないですか。だいいち、女として、何かまだセキグチさんに感じるものがあったら、最初に電話に出たわたしのことでしょうけど、あれ、彼女？　なんて、平気で聞いたりしないですよ、セキグチさんのほうは、再婚したのかって、結局聞けなかったじゃないですか」

カツラギは正しい。この期に及んで、おれはまだ未練を持っている。未練が打ち砕かれたことを認めたくないと思っている。

「だから、寂しいでしょうが、次のステップを考えないといけないですよ。元女房からは必ずメールが来るはずなので、準備しておかないと」

準備といっても、何をすればいいのかまったくわからない。そもそも副大臣と会うことそのものに実感が持てない。本当におれのような人間に、内閣府副大臣が会おうとするのだろうか。全容や詳細は省いて、要点のみボスから伝えてもらう、由美子はそういうことを言っていた。確かに、言ってみれば国家存亡の危機なのだが、おれみたいな、名もなく貧しく、美しくもない五十男が重大な情報を握っていると信じるだろうか。

「信じるかどうかはわかりませんよ」

カツラギは、心配なのか、おれのそばを離れようとしない。由美子との電話からだいぶ時間が経った。何か食べますか、と言われて、力なく首を振り、じっと床の一点を見つめる、おれはずっとそんな感じだった。ときどき、ぼそぼそと一人言のようなことを無意識につぶやいているようだ。信じるかどうかはわからない、カツラギはおれのつぶやきに反応した。おれのつぶやきすべてに応答するわけではない。重要だと判断したときだけ、言葉を返してくる。信じるかどうかわからないとしたら、連絡してこないかも知れないじゃないか、おれは床を見つめたまま、愚痴をこぼすような情けない口調でまたつぶやいた。

「そう。連絡ないかも知れない。でも、アメリカの大学って、学生同士の結びつきが強いみたい。わたし、詳しいわけじゃないけど。いつか、ママが言ってたな。とくに、いい大学って、クラブみたいなのがあって、みんなたいてい出世するから、助け合うみたいですよ」

カツラギが何を言いたいのか、最初わからなかった。由美子のボスと、西木という名前の副大臣が大学で同期だったことを言っていると、しばらくして気づいた。おそらくその通りなのだろうが、東京のクソみたいな私立大出のおれには縁がない話だった。ふと顔を上げると、カツラギがじっとおれを見て、そろそろ開き直ったらどうですかね、と小さな声で言って、優しそうな微笑みを浮かべた。開き直るとはどういう意味なのか。

「元女房のことです」

おれは、もうそんなことを考えていない。副大臣と会うということそのものが実感がないし、今後どうすればいいのかわからないと途方に暮れているだけだ。

「違うでしょう」

カツラギは、何杯目かのハーブティを差し出して、おれの顔を覗きこむ。

「あの。はっきり言いますよ。またまた繰り返しになるけど、セキグチさん、まだわかってないみたいだから。セキグチさんと違って、元女房は、いなくなるときにね、ケリをつけたんですよ。まだセキグチさんに対する気持ちが残っているかどうか、何十回、何百回と自分に聞いて、それで自分自身で答えを出して、アメリカに行ったんですね。それ、わかるでしょう？　それって、強いです。彼女は、もう、感情的に悩んだりしないですよ。だから、元夫から重要な話ってことで、彼女なりにすごく早い応答をしてくれて、話もちゃんと聞いて、冷静に話してくれて、セキグチさんのね、ミツイシさんたちに対する気持ちもちゃんと確かめてくれて、解決策になるのかどうかはわからないけど、いちおう彼女なりに、ベターと思われる方法を考えてくれたわけじゃないですか。

最後は、子どもとも話させてくれたし、さすがだなと思いますよ」

さすがって、何がさすがなんだ、とおれはまた無意識につぶやいたが、完全な敗北が間近なことを認めざるを得なかった。

「セキグチさんが、なかなかあきらめられないだけのことはあるというか、強くて、優しい人じゃないですか。だから、もういい加減、認めないと」

そうか、何を認めるのかと、しつこく食い下がったが、これから決定的なときが訪れるぞと、自分に言い聞かせた。

「元女房は、もうセキグチさんのことを、男として見てない。それがわかったんだから、あきらめて、開き直るしかないですよ」


由美子との電話から丸一日が経ったが、まだ西木という内閣府副大臣とのコンタクトに関するメールはなかった。案件が案件だけに、内閣府のほうで何か下調べをしているのかも知れないし、あるいは単に由美子のボスが多忙で副大臣にまだ連絡をしていないのかも知れなかった。いずれにしろ、おれにとっては、身を引き裂かれるような状態が続いた。何か食べないと、というカツラギのアドバイスにしたがってデリバリーのピザとかカップ麺とか、コンビニのおにぎりとか、少しずつ口に入れたが、まるでボロ布を嚙んでいるようで味がしなかった。だが、味がしないということにはまったく違和感がなかった。当然だと思った。逆に、食い物の味がしないくらいでよく済んでいるなと、自分というか、人間の神経に関して、妙に感心したりした。神経はボロボロだが、それは当然だ。この数日間、何が起こったか、思い出すだけで充分だ。ミツイシたちに体よく拉致され、88ミリ対戦車砲の砲撃を見せられて嘔吐し小便を漏らした。突然由美子と話す羽目になり、アスナの声も聞いた。アスナは、おれをパパと呼んだが、元気？みたいな短い挨拶を交わしただけだった。何年も経つと子どもは別人になるからとカツラギは慰めてくれたが、すでに由美子がおれに対して女としての感情を持っていないことも思い知らされることになった。

ごまかしながら傷口をごく薄いかさぶたで覆っていて、それを無理やり剝がされ、さらに塩を塗り込まれたようだった。確かに、すべては、未練を認めず気持ちをごまかしていたおれのせいだ。しかし、大切な人が去って行って、残された人間というのはだいたいそういうものではないのか。もう完全に終わったのだと認めて、再出発できる強い人間もいるのだろう。そういった人は、経済的に余裕があり、充実した仕事を持ち、尊敬され、社会的にも重要なポジションにいて、新しい出会いも多いのだと思う。愚痴に過ぎないが、由美子が娘を連れて出て行ってから、おれはホームレスのような生活に落ちた。現実と向き合う力がなかった。だが、現実と向かい合い、辛い事実を認めずに自分をごまかしながら生きていると、必ず報いがある、由美子の声を聞いて、そのことに気づいてしまった。

それにしても、ひどい報いだ。ミツイシたちのテロの計画に巻き込まれたのは言ってみれば事故のようなもので、運が悪かったとか、まだあきらめがつく。だが、由美子との会話から、耐えがたい真実を突きつけられた。大切だと思う人に対しては、苦しいからとコミュニケーションを放棄してはならないのだ。由美子がアスナを連れて去って行く前、おれは自暴自棄になっていて、話し合うことを拒んだ。もちろん暴力を振るったりしたわけではないが、おれはどうせダメな人間なんだ、頼むからほっといてくれ、そんなことを言い続けた。そんなおれを見たくない、娘にも見せたくない、そう言い残して、由美子は出て行った。どうせダメな人間なんだ、ほっといてくれ、というのは、最悪の態度だったのだと、今になってやっと骨身に染みて理解した。それは、自己嫌悪とか、自分を卑下するとかではなく、単なる甘えだったのだ。ときとして甘えは暴力よりもやっかいだと思う。暴力なら、立ち向かうとか、退避するとか、誰かに支援してもらうとか、何らかの方法で対抗できるかも知れないが、甘えは、容認するか、見放すかしかない。しかも、甘えに応じることができなかったと自分を責めたりして、傷を負うこともある。由美子は、そういったことを繰り返し堪え忍んだあと、見切りをつけた。見切りをつけるためには、男としてのおれへの気持ちがゼロになるまで耐える必要がある。ゼロになったのを確かめて、彼女は出て行った。

思いがけない由美子との会話のあと、おれが襲われたのは、後悔だった。後悔ほど恐ろしいものはないかも知れない。感傷や絶望なら、簡単ではないが、慣れや、回復の見込みがあるような気がする。後悔は違う。一生消えることがない。安定剤を飲むときも、ウイスキーを喉に流し込むときも、露わになった後悔が、鉛のように全身にのしかかった。

そのうち安定剤の量が三倍になった。何かをしていなければ、本当におかしくなりそうだった。カツラギは、常に優しく話しかけてくれて、食べものを用意し、ハーブティを入れてくれたが、ふと由美子とアスナの声を思い出すだけで、もうダメだった。しかも時間が経つにつれて、気分はどんどん悪化していくように感じられた。

「あの人に、報告しなくていいんですかね」

由美子との電話の二日後、カツラギが言った。おれは、安定剤を噛み砕いて飲み、前夜のウイスキーがまだ下腹に残っていて、死んだほうがまだましなのではないかと考えていた。あの人って誰なのだろうか。

「ほら、元官僚で」

山方のことだ。確かに、経済実務に詳しい人間に相談しろというアドバイスをくれたのは彼だ。由美子とのやりとりを報告したほうがいいだろうし、ひょっとしたら西木という副大臣を知っているかも知れない。

携帯に電話をすると、すぐにつながったが、山方ではなく、女の声が聞こえた。わたくし、セキグチと申しますが、山方さんの携帯でしょうか。いやな予感とともに、そう聞いた。

「はい。山方の携帯でございます。それで山方ですが、昨日、心不全の発作を起こして、亡くなりました。大変に失礼ではございますが、今、取り込んでおりますので、またお掛け直しいただけますと、ありがたく存じます」

おれは、不思議な気分になった。それほど親しいというわけではなかったし、癌の進行が早いと本人から聞いていたので、驚きはなく、悲しいとも感じなかった。ただ、死んだ山方とその家族には悪いが、妙に救われた思いがした。どんなにひどい精神状態でも、たとえ死んだほうがましだと思うほど辛くても、実際に死ぬよりはいいと、不謹慎だがそんな風に思えたのだ。

そして、山方の死を知ってしばらくしてから、カツラギ宛に由美子からメールが来た。

「西木副大臣に連絡がつきました。すぐに会いたいそうです」

副大臣は、すぐに会いたい、連絡が欲しい、ということだった。由美子からのメールには、副大臣のメールアドレスが記されていた。ただし、用件はいっさい書かないで、面談の日時だけをやりとりしたいらしい。おれは、また躊躇した。カツラギは、すぐに副大臣にメールを出そうとしたが、ちょっと待ってくれと止めた。しかし、カツラギはどうしてすぐに、反射的に、反応するのだろうか。おれはいまだに内閣府副大臣に連絡をするというイメージがつかめない。だいいち、本当に直接連絡が取れるものだろうか。秘書とか、部下とか、そういった人間が仲介するのではないか。

「ダイレクトに連絡を取りたいって、そういうことなんじゃないですか」

カツラギは、そう言って、副大臣本人のものだというメールアドレスをタップして、文章を打ちはじめた。セキグチというものです、いつ会いますか。おれが唖然としている間に、すでに送信してしまった。

「あ」

カツラギが、端末を見る。

「すごい、早い。返事、もう来てる」

メールを打ち終わった端末をソファに置いたとたん、返信があった。できるだけ早く、とカツラギが文面を読み上げる。

「できるだけ早く、お目にかかりたい。日時を決める前に、当該グループのリーダーの名前と、経営する会社名をお知らせ願いたい、だって。どうします？」

そう言えば、おれは由美子に、ある企業家がリーダーだと言ったが、その名前や会社名は明かしていない。おれは、副大臣に、ミツイシの名前と彼の会社名を知らせることに、やましさを覚えた。カツラギも似たようなことを言っていたが、おれは、ミツイシを憎んだり、嫌ったりしていないらしい。権力に告げ口するようで、罪悪感が湧いたのだ。きっとカツラギも同じように感じたのだろう。だから、どうします？　と聞いたのだ。

「止めとく？」

カツラギは、あっさりと言った。だが、ここで止めてしまったら、またすべてが逆戻りだ。おれは、記事を書く書かないで、堂々巡りをする羽目になる。もう由美子に連絡するわけにもいかない。もう、あとには引けない、おれは腹を括《くく》った。光石幸司、新光興産、とカツラギに教えた。漢字がわからないと言うので、紙に書いた。カツラギは、余分なことはいっさい書かず、名前と会社名だけをすぐに送信した。

「また、来た」

一分も経たないうちに、副大臣から返事が来た。

「光石幸司、新光興産。間違いないか、ご確認願いたい、だって」

間違いありません。カツラギはまた短く送信した。またすぐに返事が来るものと待ったが、今度は、しばらく返事がなかった。三十分ほど着信がないのを確かめて、カツラギは昼食にデリバリーのピザを頼んだが、おれは、何か不吉なものを感じ、動悸がしてきて、安定剤を飲んだ。副大臣が、ミツイシの名前と会社名を知って、警察に連絡し、逮捕させようと動いたのではないかと思ったのだ。そのあとさらに三十分が経ち、宅配ピザが届いたが、返事はまだ来ていない。四種類のチーズとドライトマトのピザを手に取ったが、食べる気がしない。ピザがだらんと垂れ、溶けたチーズが落ちてきてズボンを汚しそうになり、慌てて手に巻きつけ、口に入れるが、味がしない。ティッシュペーパーを嚙んでいるようだった。ミツイシを、逮捕しようとしてるんじゃないのか。

「それは、ない」

ピザを食べ、コーラを飲みながら、カツラギが首を振った。

「だって、他に大勢いるって、元女房が、ちゃんと伝えてるんですよ。ミツイシさんだけ逮捕しても、カリヤさんとかが大砲を撃ったりしたら、困るじゃないですか」

確かにカツラギの言う通りだった。副大臣が、警察に指示してミツイシを逮捕させるとは考えにくい。だったら、さっきまではすぐに返信が来たのに、どうしてこんな長い間連絡がないのだろうか。

「長い間って、まだ一時間とちょっと。きっと、ミツイシさんのことを調べているんじゃないでしょうか」

またしてもカツラギの言う通りだった。ミツイシは、障がい者の雇用など、社会貢献に熱心で、都と厚労省から何度も表彰されているということだった。当然、そういったことを副大臣は把握しようとするだろう。無借金経営で、社債の格付も常に最高ランクなのだと、あのナガタという男が言っていた。そんな人物が、本当に大規模テロの首謀者で、原発への攻撃を狙うグループのリーダーなのか、可能性を探るはずだ。光石幸司、それに新光興産という会社名を挙げたとき、本当に間違いないかと、副大臣は確認を求めてきた。内閣府という最高の権力機関をあげて、情報を集めているのだ。しかし、おれはどうしてそんな当然のことにも気づかずに、逮捕しようとしているのではないかなどと、バカみたいに焦り、不安になってしまうのだろうか。

「ミツイシさんのことが、心配なんじゃないの？　わたしもそうだから」

心配？　おれは苛立ちが混じった声で、そうオウム返しに聞き返したが、カツラギは、ピザを頰ばりながら、そう、心配、と素っ気なく言った。心配という言葉が適切かどうかわからないが、平気ではないのは明らかだった。ミツイシが実行したこと、これからやろうとしていることに賛同はしていないし、おれを巻き込んだことに対しては迷惑千万だという怒りもある。だが心情的に、ミツイシに肩入れしたいという思いがあるのも確かだった。ミツイシがこの国と社会に抱く怒りは、多くの人々に共通のものだ。そして何より重要なのは、他の人々は、その怒りをどこに向け、どんな行動を起こせばいいのか、わかっていないし、考えてもいないが、ミツイシたちは、その方法と手段が間違っているとしても、何をすべきか、明確に自覚し、すでに実行に移しているということだった。そんな人間を、おれは国家権力に売ろうとしている。もう引き返せないが、正しいことをしているという実感が持てない。だから、副大臣からの返事が少し遅れただけで、逮捕に動いているのではないかと想像し、自己嫌悪にとらわれ、動悸がした。動悸はずっと続いていて、ピザも喉を通らない。こんな中途半端な気持ちで、副大臣に会うことができるのか、そもそも会ってどうしようというのか、またしても堂々巡りの自問がはじまるが、とにかくもう引き返すことはできない。他に、選択肢はない。

「来た」

カツラギの端末から着信音が聞こえた。最後のメールから三時間近くが経っていて、陽が少し西に傾きはじめていた。

「一時間半後に内閣府本府においで願いたい、だって」

今日、いますぐなのか。

「至急、車両番号をお知らせ願いたい、だって」

車両番号？

「運転手付きの車で行かないとまずいみたい」

どうすればいいんだ。運転手付きの車なんて、どこにあるんだ。

「あ、それは、トウゴウさんに頼めばだいじょうぶ。ところで車両番号って、何？」

ナンバープレートに記された番号だ。トウゴウとは誰なのかと最初わからなかったが、あのミイラのような老人に付き添っていた、黒いスーツの老婦人のことだった。

「じゃあ、お願いしますね。はい、ありがとうございます」

カツラギは、すぐに黒いスーツの老婦人に連絡を取り、折り返し、ハイヤーの運転手名と、端末の電話番号、それに車両ナンバーが知らされてきた。カツラギは、その番号を、副大臣宛に送った。すると、入館番号という十三桁の数字が副大臣から送られてきた。セキグチという名前と、その十三桁の番号を、門衛に告げるようにと、指示があった。おれは、悩んだ末に、カツラギの同席を許可して欲しいというメールを送った。おれの他に、すべてを知る唯一の人物であり、ミツイシたちによる原発資料館への砲撃の目撃者でもあると付け加えた。カツラギの同席は認められ、追加の入館番号が送られてきた。

「こんな格好でよかったのかな」

内閣府本府のエレベーターの前で、カツラギがファッションを気にした。おれは、あのジョーという元ボクサーに会いに行くときに買ったスーツを着て、カツラギは、持っている服の中でもっとも地味だと本人が言う灰色のミニのスーツを選んだ。ジャケットの下は無地の白のシャツだ。髪をセットする時間がなく、くるくるっと巻いて、後ろで束ね、真珠が付いたアクセサリーで留めている。一分の隙もないよ、とおれは言ったが、ロビーを歩き回る内閣府の男の職員たちは、みな例外なくカツラギの長い脚に目をやった。

ハイヤーで霞が関に入り、周囲には庁舎ビルが林立し、バリケードと警備の警官が点在し、スーツ姿の男女が行き交う、あまりに場違いなところで、おれは、逆に緊張せずに済んだ。フリーの記者時代、取材対象はおもに風俗や裏ビジネスだったので、官僚たちの牙城《がじょう》には縁がなかった。しかし、あの黒いスーツの老婦人にハイヤーを頼んでよかった。タクシーを拾う官僚はいるが、タクシーで各庁舎に乗り付ける人はほとんど見ない。正門から入っていくのは、たいてい黒塗りのハイヤーだ。見方を変えると、ハイヤーに乗っている限り、目立たないし、怪しまれることはないということになる。内閣府が入っているビルは、ズドンとした直方体で、建物として、それなりに巨大というだけで、他には特徴が何もなかった。

「副大臣の部屋、確かめた？」

二人の名前と、それぞれの入館番号、それに車両番号を確認した門衛は、ていねいな態度と言葉づかいで、どうぞ、と通してくれた。セキュリティチェックも、受付でもらった入館カードを、ゲートのセンサーにかざすだけだった。金属探知機などを使った身体検査を想像していたが、考えてみれば、官僚からのアポ、つまり入館番号を持たない来訪者は、ロビーに辿りつけない。門を通過することができないのだ。

ロビーには、出迎えの人間とか、案内してくれる人とか、誰もいなかった。エレベーター脇のボードに、各階ごとの部屋番号と名前と役職が記してある。西木副大臣のオフィスは、六階の、６０１２という部屋だった。勝手に上がってきてくれということらしい。おれはキョロキョロとあたりを見回し、いい加減にしたら、とカツラギに言われた。ハイヤーに乗って、霞が関に向かうときから、いや、住居を出たときから、ミツイシたちが見張っているのではないか、尾行されるのではないかと、おれはまるで逃亡者のように周囲を見回し、カツラギはあきれていた。どうしてミツイシさんが見張らないといけないの、と聞かれ、たとえばおれが警察に駆け込むのを警戒して、と弁解するように小声で答えると、警察に行ってもダメだからこれから内閣があるところに行くんでしょう？　とたしなめられた。確かに、警察に、おれが目撃したことを話しても、物証がないので、逮捕令状はおろか、捜査令状さえ取れないかも知れない。その間に、警察の動きを察知したミツイシたちは、８８ミリ対戦車砲を原発に向けて撃てばいい。ミイラのような老人が、警察では対応できないと言ったのはそういうことなのだ。

「少々、お待ちください」

部屋に入ろうとすると、入り口付近にいた秘書らしい女性から、そう言われた。部屋の外の廊下沿いにホテルの会議室にあるような趣味の悪い椅子が並んでいて、そこに座って待つようにとのことだった。約束の時間ぴったりに着いたが、副大臣室には、十数人の人がいて、部屋の外の椅子にも中年の男が三人座っていた。三人は、互いに背を向けるようにして座り、分厚い書類の束に目を通している。あれほど迅速に、またひんぱんにメールを寄こして一時間半後に来てくれと急がせたくせに、しばらく待てというのはどういうことだろうと思った。副大臣室の扉は開きっぱなしだが、秘書たちはお茶を運んだり、書類をコピーしたり、ＰＣのキーボードを打っていたり、のんびりした雰囲気だった。その細長い部屋の左側に、分厚い扉があり、その奥に、副大臣の執務室があるようだ。

「急いでいないんですかね」

椅子に座って足を組んでいるカツラギがそう言った。ミニのスーツなので、真っ白な膝と太ももの一部が露わになって、廊下を通る人や、椅子に座る三人がちらちらとカツラギに目をやった。内閣府本府といっても、男は男なのだと妙に納得したとき、濃紺のスーツに身を包んだ、背の高い外国人が現れた。白人で、歳ははっきりとはわからないが、四十代前半というところだろうか、非常に短い金髪、胸板が厚く、腹部が引き締まっていて、屈強な体つきだと、スーツの上からでもわかる。その背後に、同じような格好をした部下らしい男を二人従えている。軍人だろうと思った。彼らは、カツラギの足に目を留めることもなく、副大臣室にずかずかと入っていったが、その瞬間、秘書たちに緊張が走るのが伝わってきた。一人の秘書が、執務室の分厚い扉をノックして開け、中に入った。しばらくして、数人の男たちが、執務室から出てきて、最後に、少し髪の薄い、小柄な中年の男が現れ、じゃあ、途中で申しわけないですが、あとは秘書のほうに連絡していただければすべてわかるようになっておりますので、というようなことを言って、男たちを送り出した。

「あ、あの人だ」

カツラギが、その小柄な男が副大臣の西木だとおれに教えた。事前にネットで顔写真をチェックして、おれも写真を見たが、何年か前のものだったのだろう、髪がまだ薄くなっていなかった。それに、上半身だけの写真だったので、小柄だということもわからなかった。外国人たちは、背の高い上官らしい一人が、執務室に入り、二人の部下は、廊下に出てきて、椅子には座らず、両足をわずかに開き、腕を後ろに組んで、不動の姿勢をとった。二人とも明るい色のスーツを着ていたが、どこから見ても軍人だ。

「セキグチさま、カツラギさま」

年輩の女の秘書が、おれたちの名前を呼んだ。

「通訳をはさみたくないので、わたしは、英語で話しますが、おわかりになりますか」

お茶を運んできた秘書が、部屋を出て行くのを確かめてから、西木副大臣が、まずそう言った。執務室は、デスクと、書棚と、かなり大きなビデオシステムと、そして、大人が優に八人ほど座れる革張りのソファがあった。書棚には、洋書やセンスのいい装飾品に混じって、シャケをくわえている木彫り熊がいくつか並び、西木が北海道出身だと思い出した。後援者のプレゼントなのだろう。ソファには、おれとカツラギの他に、さっきの外国人と、副大臣、そしてテレビでよく顔を見かける初老の男、計五人が座っている。初老の男は、おれとカツラギが入室したすぐあとに、部屋に入ってきた。やはり髪が薄く、西木よりはるかに年上だ。この人たちか、と西木に聞いて、ひどく憂うつな顔になり、ため息をついた。ヨシナガという名前の、内閣官房長官だった。

英語、彼女がわかりますので、通訳してもらいます、おれは、そう答えた。どういうわけか、緊張を感じない。緊張する余裕さえもないということでもなさそうだ。おそらく、観念したのだろう。もうどこにも逃げられないし、引き返せない。悩んだり迷ったりする必要がないところまで来ると、人間は開き直るものらしい。

「ミツイシ、新光興産の光石幸司、なんですね」

西木は、流暢というより、ぼくとつで正確な英語を話す。マザー・テレサとか、南アフリカのマンデラとか、こんな英語だったなと思い出した。カツラギが、耳元で訳してくれたが、簡単な英語だったので理解できて、そうです、イエス、と答えた。だが、そのあとは、話が込み入ってきて、カツラギの通訳が必要になった。

「彼の、組織ですが、どのくらいの人数がいるんですか」

先日、浜岡原発近くに集まっていたのは、二十人から三十人程度でした。

「この写真の、工場ですね」

写真を見せられた。真上から見た太田の製麺機の修理工場だった。ミツイシの周辺を調べ、こんな写真まで撮っていたから、あのときメールの返信が遅れたのだ。写真は、衛星から撮ったものだった。

「結論から言います。ミツイシたちを、もう一度、この工場に集めてもらいたいのです。可能ですか」

そう聞かれ、おれは、西木と、外国人と、官房長官を交互に見た。どういった意味なのかわからなかった。聞かれたことはわかったが、ミツイシのグループをもう一度太田の工場に集める理由がわからなかった。連中を集めるって、どういうことですか、と日本語で聞いたが、だから、集めるんですよ、ミツイシの組織のメンバーを全部集めていただきたいということです、官房長官が薄い髪を掻き分けるようにしながら、日本語で言った。苛立ちを抑えているような口調だった。理由を教えていただけないでしょうか、おれは、小さな声の日本語でカツラギにそう伝え、カツラギが英語で繰り返した。

「できれば、あなたは知らないほうがいいのですが、どうですか。どうしても知りたいですか」

理由がわからなくて彼らを集めることなど不可能です、とおれはそう言った。わたしは彼らに拉致されたんです。わたしには彼らを集める力はありません。ただ、理由さえわかれば、何か方法が考えられるかも知れないです。

「いや、理由を知ったら、集めるのはさらにむずかしくなるかも知れない」

集めて、みんな捕まえるんですよね、そうですよね、カツラギが、最初は日本語で、そのあと英語で、そう聞いた。

「その質問にお答えする前に、わたしどもに、非常に重要な質問があります」

西木が、咳払いをして、うつむき、すぐに顔を上げて、睨むように、おれとカツラギを見た。

「彼らが保有している対戦車砲は、その修理工場にある一基だけですよね」

そうです、一基だけです。間髪を入れず、おれはそう答えた。ミツイシの父親たちが旧満洲から持ち帰った８８ミリ対戦車砲は三門だと、あのミイラのような老人は言った。資料館が砲撃される前、そのことをミツイシに尋ねた。あと二基はどこにあるのか。やはり他の原発の近くに隠してあるのか。その質問だけは勘弁してくれとミツイシは言って、そのことが最後の砦というか、保険になっているからだと付け加えた。あのとき、おれは、他には88ミリ対戦車砲はないのだと思った。こんなバカでかい兵器を隠しておくのは大変な資金と労力が必要だし、人材的にも、ミツイシたちのようなグループが他にもあるとは考えにくかったからだ。だが、西木の質問に対し、88ミリ対戦車砲は一基だけだと即答したのは、そのときの推測に基づくものではなかった。心のどこかに、ミツイシたちが他にも88ミリ対戦車砲を保有し隠していればいいという気持ちがあった。

「彼らを集めるのは無理なんですか」

官房長官が、憂うつそうな表情をさらに暗くして、そう聞いた。わかりやすい英語だったので、カツラギの通訳を待たず、ノーです、と答えた。です、は不要だったと恥ずかしくなったが、そんな場合ではなかった。

「念のために、言っておきます」

西木が、優しそうな顔になった。こいつは今から、おれたちにとって最悪なことを言うぞと覚悟した。最悪なことを宣告するときに優しい顔をするのは、首切りを告げる経営者も、死刑判決を読み上げる裁判官も、ドスや拳銃を突きつけるヤクザも、みな同じだ。

「あなたたちが嘘をついていると判明した場合、また、連絡なく逃亡した場合、それに意図的に協力を拒む場合、拘束されます」

カツラギから訳してもらって、まあ、そんなことだろうと腹を括り、逆に、容疑は何ですか、と聞いたが、相手を間違っていたようだ。官房長官が出てきているということは間違いなく総理大臣にも話が通っている。文字通り、最高権力者だ。おれたちは対抗できる情報や力を何も持っていない。あのミイラのような老人は、政財界に多くの人脈を持ち、誰かに依頼して人の腕を切り落とすほどの力を持っていたが、死んでしまったし、たとえまだ生きていたとしても、内閣総理大臣を脅かす影響力があるとは思えない。しかも、異様に屈強な外国人がいっしょだ。すごい筋肉、決して笑顔を見せない厳つい顔、不動の姿勢、後頭部を剃り上げた短髪、軍人に決まっている。

「容疑などは、何でもいいんです。テロ組織との共謀でも、何でもいいんです。終身刑になります」

　終身刑だって。カツラギが、ため息をつく。おばあちゃんになっちゃうよ。

「あの、わたしは、嘘は言いませんし、逃げも隠れもいたしません。ただ、彼らをまたあの工場に集めるのは、非常にむずかしいです。方法が見つかりません。ミツイシたちを、逮捕というか、拘束できないんですか」

　そう聞くと、西木と官房長官が顔を見合わせた。外国人、おそらくアメリカ人の軍人は、英語で通訳するカツラギの顔を一瞥するが、まったく表情を変えない。

「あなた。光石幸司という人物をご存じでしょう」

　社会貢献などで何度も表彰されている立派な経営者だと聞いてます、そう言うと、参ったなというように、西木は薄い髪を掻き上げ、首を振った。

「やっかいな人物なんですよ。ただ、あまりにやっかいなので、逆に、あなたが言うことを信用したというところもあります。光石幸司は、ただの経営者ではない。名前は言えないが、親類縁者にはそうそうたる人物がそろっております。だいいち、彼の父親は、戦後発足した日中貿易推進会議の最年少メンバーで、日中国交正常化に一役買ったほどの人物です。しかも、現役の政治家に、光石幸司と縁戚関係にある者がいます。だから、閣議にも諮《はか》れない案件で、把握しているのはごく少数です」

ちょっとむずかしすぎる、とカツラギが音を上げた。西木は、日本語で、同じことをもう一度喋った。

「しかも、製麵機修理工場の、太田という人物以外、他のメンバーがわからない。名前も住所も、光石幸司の周辺を、あらゆる手段を使って調べたが、誰も浮かび上がってこないんです」

カリヤという九十過ぎの老人はどうですか、あ、そうだ、モチダという精神科医はどうでしょうか、サカキムラというコンピュータに詳しいらしい老人もいましたが、どうでしょうか、とおれは聞いたが、西木はまた首を振るだけだった。

「偽名です。ひょっとしたら、お互いに本名や詳しい素性を知らないのかも知れない。通話記録もないし、ファックスも、もちろんメールのやりとりもない、どうやって連絡を取り合っているのか、皆目見当がつかない」

おれは、以前、マツノ君と話したことを思い出した。アル・カイーダ型の組織という話題だった。命令・指示系統がはっきりしたピラミッド型の組織ではなく、少人数のグループが分散して、ゆるやかに連携しているだけだから、たとえ一部が特定されても一網打尽というわけにいかない。ナガタという男が、ミツイシのことを割りだしたのも、アキヅキの帳簿にあったバイク便の領収書からだった。バイク便は、超アナログで、飛脚のようなものだ。ミツイシたちは、絶対に組織の全貌が明らかにならないように、あらゆる手段を講じているのだろう。

「まあ、そんなことはあり得ないが、何か、記念の集合写真のようなものがあればいいんだが、あるわけないか」

官房長官がそんなことを言うのを聞いたカツラギが、訳すのを忘れて、そうだ、とつぶやいた。何なんだよ、と小声で確かめると、記念写真、とまたつぶやく。セキグチさんが記事を書くにあたって、あの大砲といっしょに記念写真をね、撮りたいからみんなもう一度集まってもらえないですかって、そう言ってみればどうかな。あの人たち、案外、お茶目なので。

「お茶目?」

西木が眉間に皺を寄せた。カツラギは、外国人に向かって、彼らはお茶目なんです、と英語で言ったが、軍人は、軽くうなずいただけで、表情をまったく変えない。カツラギのアイデアに対し、おれは、なるほどと感心した。たとえばカリヤがお茶目と言えるかどうかわからないが、彼らは、何というか、実に楽しそうだった。砲撃とその準備、そして撤収まで、悲壮感などまるでなく、まるでバーベキューとか釣り大会に集まった老人たちのように嬉々として動いていた。意外といけるかも知れません、おれがそう言うと、西木は、しばらく官房長官と顔を見合わせて黙ったが、しょうがない、それでやってみるか、と英語でつぶやいた。

「すぐに、集められますか」

西木からそう聞かれて、すぐというのは無理でしょうと答えた。もったいぶっているわけではなく、単純に考えて、彼らの連絡網を考えると、一週間はいただきたいところです、西木の口調を真似て答え、ところで、この方はどなたですか、と軍人を示した。

「その前に聞くが、あなたは、ミツイシたちが集まるとき、参加するのですか」

わたしが行かないと話にならない、記念写真を勝手に撮って送ってくれなんて言えませんよ。そう言うと、西木が、軍人に、彼も、彼らといっしょにいることになる、と英語で言った。軍人は、よくわからない単語を使って、短い返事を返した。何て言ったんだ、とカツラギに聞くと、判別服を着る？　よくわからない、と首を振る。

「細い蛍光管が織り込まれたベストがあるらしい。スイッチを入れれば、光る。お二人にはそれを着てもらう」

なぜそんなものを着なければいけないんですか。おれは、不穏なものを感じた。

「攻撃するからだ。判別服を着た人間に対しては攻撃してはいけないと指示を出す」

軍人が、おそろしくシンプルな英語でそんなことを言う。

「リスクはあるが、引き受けて欲しい」

西木は、そう言って、おれとカツラギに、軽く頭を下げた。

「彼は、海兵隊の、ある部隊の指揮官だ。あなたの話を伺って、ＳＡＴでは無理だと判断したし、自衛隊の特作も実戦経験がない」

サット？ カツラギが首を傾げる。

「警察の特殊部隊だ」

トクサクは？ 今度はおれが聞いた。

「陸上自衛隊の、特殊作戦群のことだ」

じゃあ、殺すんですね。容疑もへったくれもないんですね。つい、おれは、声が大きくなった。

「他に、方法がない。他の方法だと、光石幸司は、ありとあらゆる手段を使って逆襲してくる」

確かに、ミツイシを拘束し、暗殺しても、組織は残る。ミツイシがいなくなれば弱体化するだろうが、間違いなくあいつらは反撃するだろう。だが、太田の製麺機修理工場が特定できているのだから、メンバーがそろっていなくても、襲撃して88ミリ対戦車砲を押さえてしまえばいいのではないか。少なくとも原発への攻撃を阻むことができる。

「あの工場に、すべての武器が集められているという確証はない」

官房長官が、苛立った声でそう言って、背広のポケットから煙草を取り出し、火をつけようとしたが、アメリカ人の軍人が眉間に皺を寄せ、ノー、と手を振って制した。あ、これはうっかりした、と官房長官はぺこりと頭を下げ、苦笑しながら煙草を仕舞った。あ、レスラーのような体格のアメリカ人がどのレベルの人物なのか不明だが、いずれにせよ力関係はわかった。官房長官に、平気で、ノーと言える人物なのだ。

「でも、あのバカでかい大砲以外、大して威力はないのではないですか」

おれは、なぜか気持ちが楽になって、軽い感じでそう聞いた。官房長官といっても、アメリカの軍人に煙草を吸うなと言われ、頭を下げるような、その程度の人間なのだ。だいいち、印象が薄い。西木は、それなりに頭が切れそうだが、官房長官は、佇まいというか風情が、その辺の潰れそうな中小企業のオヤジと変わらない。濃紺のスーツを着ているが、つなぎの作業服のほうが似合いそうだ。

「迫撃砲が一門あれば、使用済み核燃料のプールを破壊できる。対戦車ライフルがあると聞いたが、福島の汚染水タンクに穴が空く。それで充分だ」

静かに、アメリカの軍人が、言葉を選んでそんなことを言った。

「だからメンバーを残さないようにしなければならない」

そういうことなのか、だから全員を集めて殺そうとしているのか。しかし、アメリカ軍に依頼するなんて、本当にそれしか方法はないのだろうか。日本人としてのプライドはないのか、とはさすがに言わなかったが、腹が立った。アメリカの特殊部隊に日本人を殺させるのは卑怯なのではないか、そう言いたかったが、もう少し柔らかい表現にした。

「アメリカの特殊部隊に、日本人の年寄りたちを殺してもらうってことですか」

おれが、そう言うと、官房長官の目が吊り上がり、顔が紅潮した。また煙草を取り出そうとして止め、バカなことを言うな、とおれを睨んだ。まあまあ、落ちついて、というように、西木が、官房長官の肩を叩きながら、それは逆なんですよ、とおれとカツラギを交互に見て、日本語で言った。

「警察も自衛隊も、優秀です。ただ、まさにあなたが言ったように、日本人同士ということで、躊躇するかも知れない。まして相手は老人です。それと、あなたは、他人事のように話してますが、危険だという認識を持っていただきたい。攻撃されたら、彼らは、あなたが自分たちを売ったと思うでしょう。攻撃がはじまる前に、携帯を二度鳴らします。そしたら、蛍光管のベストを着てもらうわけだが、戦闘が起こるわけで、安全だという保証はないんです。どうでしょうか。女性は、同行しなくてもいいのではないでしょうか」

　そう聞いて、カツラギは、いや、わたし、いっしょに行きますよ、と答えた。

「セキグチさんだけだったら、信用されないかも」

　そうですか、西木はため息をつき、アメリカの軍人は、どういうわけか、カツラギの英語の発言にしきりにうなずいていた。勇気がある女だと思ったのかも知れない。だが、おれとカツラギに勇気があったわけではなかった。単に、工場で起こることに関してイメージが持てなかっただけだった。

「なんか、よく覚えていないんだけど、わたしたち、本当に、あの、内閣府っていうところに、行ったんですよね」

　内閣府の敷地内で待機していたハイヤーに乗り、三軒茶屋に戻ってきたが、車内ではほとんど会話がなかった。着替えたあと、二人とも何となく腹が減っていたので、またデリバリーのピザを頼むことにした。ピザばかり食べてるな、とおれが言って、カツラギが、心ここにあらずという表情でシーフードピザを口に運びながら、内閣府に行った記憶が希薄だというようなことを、何度かつぶやいた。その通りだった。内閣府の、あの副大臣室にいたのは一時間弱だ。官房長官は、話が終わりそうになるとさっさと席を立ってしまった。西木は、じゃあ、そういうことでミツイシたちに連絡をお願いしますと、まるでパーティや会合への出席を依頼するような軽い口調で言って、暗に退席をうながし、そのあとアメリカの軍人と何か小声で話し込んでいた。アメリカの軍人だけが、部屋を出ようとするおれたちに、ヘイ、と声をかけた。当日、会おう、と言って、驚いたことに、右手を振り、かすかに微笑んで見せた。

ピザはちゃんと味がしたし、おれは自分でも驚くほど気分が安定していて、そのことで逆に、違和感を覚えた。確かに、内閣府における記憶というか、印象が薄い。やりとりは覚えているが、内閣府にいたという実感が希薄だ。

「アメリカ人は別だけど、あの二人、どんな顔をしてたか、セキグチさん、覚えてる？」

カツラギにそう聞かれて、二人とも髪が薄かったな、そう答えながら、顔をはっきりと思い出せないことに気づいた。二人の顔だけではない。あの副大臣室で働いていた秘書らしき連中の顔や佇まいも、まったく印象に残っていない。

「不思議。ミツイシさんとか、太田さん、あとカリヤさんもね、あの人たち、絶対に忘れない顔でしょう。違うなと思って」

確かにそうだ。ミツイシたちは、顔も、佇まいも、雰囲気も、異様に濃密で、忘れようとしても脳裡にこびりついている。西木と、官房長官の存在の希薄さは、いったいどういうことなのだろう。やりとりは、ミツイシたちを工場に集め、米軍の特殊部隊を派遣して殺してしまうという、恐ろしくシリアスなものだったのに、なぜこんなにも内閣府での記憶が希薄なのか、違和感がしだいに大きくなった。

「わたし、よくわからなかったんだけど、ほら、何か光るベストを着るって、言ってたでしょう？　あれ、どういうことなんですかね。光るベストを着ていると、目立って、アメリカ軍が、撃たないようにするってこと？」

まあ、そういうことだろう、おれはそう答えたが、違和感がさらに膨らんでいった。細い蛍光管を織り込んだベストだが、普通に宅配便でここに送られてくるらしい。装着は普通のベストと同じで簡単で、胸のあたりにある小さな押しボタン式のスイッチをオンにすれば数秒後に発光すると、アメリカ人の軍人は言っていた。

「それでね。そのベストだけど、どこで、いつ着ればいいんですかね」

どこで？　それは、あの工場に決まってるだろう。

「そうだけど、最初から、着るんですか」

最初から着るわけにはいかない。記念写真を撮るためにミツイシたちが全員集まっているときに、蛍光管を織り込んだベストなんかを着ていると、それはいったい何だと問い詰められるし、攻撃があると気づく。だから、西木が、携帯を二度鳴らして、合図を出すと言ったわけじゃないか。

「確かに。あの人、そう言いましたよ。でも、そのとき、ミツイシさんたちは、そばにいるわけですよね」

そうだ。記念写真の撮影が終わったら、連中は、前回と同じように三々五々帰りはじめるだろうが、おそらくおれたちは彼らのすぐ近くにいるだろう、そう考えて、違和感がふいに膨れ上がり、破裂しそうになった。

「どうしてそんなものを着るんだって、聞かれないですか」

違和感がついに破裂した。ミツイシたちは、そんなことは聞かない。ベストを見た瞬間すべてを悟って、ひょっとしたらカリヤから日本刀で切られるかも知れない。

「二人で、トイレに行って、着るとか」

おれは、もう止めようと、右手を掲げて、カツラギを制した。カツラギだってわかっているのだ。どうしてこんなことになったのか、西木の依頼を簡単に引き受けてしまったのか、混乱して、わけがわからなくなってきた。順序立てて、考えてみようか。

「順序は、はっきりしてますよ。どうしようもなくなって、元女房に相談した、わけですよね。副大臣を紹介された、わけですよ。で、連絡したら、即、レスがあって、わたしたち、ハイヤーに乗って、行きました、内閣府へ。そうしたら、ミツイシさんたち全員を集めて欲しいって言われて、最初、無理っぽかったけど、記念写真を撮るっていうのはどうだろうって、これは、わたしが言いました。案外いけるかも、ということになって、それで、間違って撃たれちゃうと困るので、光るベストを着なさいって、あの体が大きなアメリカ人が言った、という流れです。どこか、間違ってますか」

その通りだった。間違えようがない。さすがに、ミツイシたちでも、アメリカ海兵隊の特殊部隊に襲われたら、全員が殺されるだろう。後処理をどうするのか、どうやって隠蔽するのか、聞かなかったが、死体を処理して、原発への攻撃を計画していたどこかの国のテロリストグループを全滅させたとか、いくらでもごまかせる。原発と国際テロが絡む事件で、真実を暴こうとするメディアはもう存在しない。いや、もともと存在しなかったと言ってもいい。メディア自身、それにもちろん国民に都合が悪いことは、いつの間にかしだいに明かされなくなっていった。金融でも軍事でも外交でも覇権を失いつつあったアメリカとの同盟に依存することにどれほどのリスクがあるか、多くの人が気づき、指摘していたが、アジアの覇権国として、インドやロシアやイランとも手を組み、影響力を増すばかりの中国との交渉があまりに面倒でやっかいだったので、政治家も国民もメディアも思考停止を選んだ。人間も組織も国家も、弱体化し、危機が深まれば深まるほど、問題の本質から目をそむけ、もっとも簡単で楽な道を選択する。正解は、もっともむずかしい方法と選択の中にあると言ったのは、確か、昔の、ギリシャかどこかの賢人だが、好んでそんな道を選ぶ者はいない。そんなことが可能なのは、まだ余力があるときだ。日本も、まだ経済力が残っていて、中国が本格的に台頭してくる前に、対策を講じるべきだったというのが、たとえば由美子のような冷徹な視点を持つ人たちの常識らしいが、もう遅い。

「でも、あの人たち、わたしたちを脅したでしょう？　死ぬまで刑務所に入れるって言われて、どうなのかな。あの部屋で、あの人たちに、イヤです、ミツイシさんたちを工場に集めるのは無理ですって言ったら、そのまま刑務所に入れられたのかな」

わからない。ミツイシとつながりがあり、秘密裏に接触できるのはおれたちだけかも知れないので、依頼を拒んでもすぐに逮捕されるというようなことはなかっただろう。だったら、おれは、どうして簡単に依頼に応じたのだろうか。

「よく、わからないけど」

カツラギは、三切れ目のシーフードピザを頰ばっている。いや、四つ目かも知れない。四、五人前という大きめのピザが、残り少なくなっている。おれは、何切れ食べたのだろうか。気分が安定していて食欲もあり、ちゃんとピザの味がしたというのは、ごましだったのだ。少し、食べ過ぎじゃないのかな、と言うと、カツラギは、ふいに顔色を変え、わたし、何か、変、と先端をかじった残りのピザを、皿に放り投げた。

「わたしは、あそこにいたくなかったんですよ。部屋に入ったときから、もう一秒でも早くここから出たいと思っていたんですよ。だから、あの人たちの頼みを聞いてあげたりして、記念写真なんて言いだしてしまって、バカみたい」

そんなことを言いながら、カツラギはまるで小さな女の子のように突然泣き出した。痛いほど、気持ちはわかった。おれたちは、結局、ミツイシたちを売ったのだ。しかも逮捕されて裁判を受けるわけではない。アメリカ軍に殺されるのだ。おれはピザを吐きそうになり、胃腸薬をコーラで流し込んで、そのあと安定剤をかじって飲んだ。

「ミツイシさんたちが、殺される。わたしたちのせいで」

カツラギは涙声でそう言って、立ち上がり、自分の部屋に入っていった。ドア越しに、泣き声がしばらく聞こえ続けた。

その夜、おれたちは別々に寝ることにした。カツラギは泣き出したあと何も話さなかったし、顔も合わせなかった。とんでもないことになった、そう思ったが、どこで歯止めをかければよかったのか、他にどんな方法があったのか、わからない。由美子に電話してからは、一直線に事が進んだ。考えたり迷ったりする余裕がなかったし、だいいちそれまでもういやになるくらい迷い続けたのだ。眠れそうになかったが、なぜかウイスキーを飲む気になれなかった。睡眠導入剤を倍量飲んだが、それでもなかなか寝つけなかった。ベッドに仰向けになっていると、何かがのしかかり、押さえつけられているかのように、息苦しかった。ミツイシたちを売ることになって、これほど苦しむとは想像できなかった。いや、たぶん想像しようとしなかったのだ。もしおれが記事を書けば、ミツイシたちは原発を攻撃せずに、目的を達することになると由美子は言った。国債、円の暴落、要するに経済破綻だ。そんな大それたことをと、びびったのも確かだ。ジャーナリストとして、これほど名誉なことはないでしょうとミツイシは言った。そう思う記者もいるかも知れない。おれが、落ちぶれ果てた元記者ではなく、大新聞とか、メジャーなテレビ局の報道部だったらどうだろうか。おれは、仕事にも運にも、それに妻子にも見放された正真正銘の負け犬だ。日本社会に抹殺された負け犬が復讐するという構図がいやだったのだろうか。大新聞の記者なら、堂々と真実を示し、スクープをものにして、そのあと権力から弾圧され投獄されても、ジャーナリストとして使命を果たしたと、誇れたのだろうか。そんな仮説には意味がないが、おれが自分を負け犬だと認めていることは、記事を書くかどうかに多分影響している。要するに、プライドがない。こんなダメな男が、日本を経済破綻に追い込んでいいのかという、ねじ曲がった劣等意識がある。

だが、それだけではない。おれの、ミツイシたちへの思いは、ねじれている。カツラギがいつも言う通り、ミツイシたちを単純に嫌っているわけではないし、シンパシーを感じている。連中は、日本を廃墟に戻すという明確な目標を持ち、実行しようとしている。知る限り、他にそんな人間はいない。みな、安全なところから批判したり、ぐだぐだ不平不満を言ったり、もっと生活を楽にしてくれとか、景気を回復させてくれとか陳情するだけだ。批判したり、陳情したりしても、この三十年あまり、まったく何も変わらなかった。衰退は静かにはじまり、やがて加速して、常態になった。考え方も、システムも、現状にフィットしていないと、ほとんどすべての日本人が気づいていたのに、ただ不平不満を言うだけだった。大規模なストライキやデモも起こっていない。そのうち目に見えて衰退していき、出口が見えないどころか、誰も出口を探そうともしなくなり、やがて出口のことを考えることさえ放棄した。ミツイシたちは、陳情したりしない。お願いなんかしてもムダだと骨の髄までわかっている。だから、テロを実行し、旧満洲の人脈と武器弾薬を使って原発を狙った。おれは、間違いなくミツイシたちに憧れに近い感情を持っている。

しかし、同時に、NHK西玄関の焼け焦げた死体と、新宿ミラノの非常口から出てきた人々のだらんと垂れた黒い腕が目に浮かぶのだ。そこで、また引き裂かれる。目的がどんなに崇高でも、許されることではない。

他人を傷つけて喜びを感じるのは、脳が機能不全に陥っている人間か、強烈なトラウマを残す幼児体験がある人間だけだろうが、ミツイシたちは、そんな人間ではない。誰でもいいから傷つけたい、殺したいと考えているわけではない。サディストではないのだ。自分たちの目的のために人々を犠牲にすることに、逡巡がないだけだ。目的の完遂にはある程度の犠牲はやむを得ないとか、大義のためには反人道的なことが許される場合があるとか、そんな風に考えているわけではない。ミツイシたちは、許せない番組を作ったプロデューサーを殺すためだったら、他の人が焼け死ぬのも当然だと思っている。迷いや躊躇がない。おれは、そんなことはできない。焼け焦げた死体を見るだけで気分が悪くなる。NHK西玄関のテロの現場を確かめに来た太田は、凄惨な光景を見て笑みを浮かべていた。

百歩譲って、ミツイシたちへのリスペクトが、違和感よりも大きいとしても、記事を書くのは、おれの意思ではない。それがもっとも大きいのではないかと思う。おれは、利用されるのだ。それが許せなかった。だが、だからといって、ミツイシたちを結果的に売ることになってしまったという罪悪感は消えない。カツラギが泣くのを間近で見たのははじめてではないだろうか。カツラギが言う通りだった。おれたちは、あの副大臣室から一秒でも早く逃げ出したかったのだ。拘束して終身刑にすると脅されたこともあり、とにかく終わりにしたかった。容疑もへったくれもなく殺すのかと、最後のほうで偉そうなことを言ったが、他に方法がない、他の方法だとミツイシが逆襲してくると切り返されて、黙った。

睡眠導入剤を三錠飲んだが、寝つけず、おれはもうろうとしながら、ウイスキーを抱えて、リビングに戻った。明かりを点けると、カツラギがうつむいたままソファに腰をかけていた。

「どうしたんですか」

悲しそうな表情でそう聞かれて、眠れない、と答えると、でも、どうしようもないですよ、とまた泣き出しそうな顔になった。相談がある、と言うと、力なくうなずいて、じっとこちらを見る。

「相談？　今さら？」

カツラギさんは逃げてくれ、そう言った。ジョーという男に、数百万円使ったが、あの十億はまだほとんど残っている。たぶんすでにおれたちには監視がついているだろうが、十億あれば、方法があるのではないだろうか。

「どこへ逃げるんですか」

母親がアメリカにいるんじゃないのか。由美子に頼んでもいい。

「わたし、出国なんかできないと思う。あの人たちが、出国なんかさせてくれるわけがないと思う」

でも、そのほうがいいと思うんだ。

「あなたは？　どうするんですか」

おれは、睡眠導入剤でもうろうとする頭で、堂々巡りを繰り返しながら、これは運命だと思うことに決めた。最初に、NHK西玄関に取材に行ったのも運命だし、カツラギと知り合ったのも運命で、ミツイシたちに目をつけられたのも運命だ、そう思うことにした。記事は書きたくない。だからといって、ミツイシたちを殺す連中に協力するのも耐えられない。拘束されるのはいやだし、終身刑など想像したくもないが、しょうがない。こうなるように、どこかで決まっていたのだ。

「なんか、それって、かっこよすぎじゃないですか」

確かに、睡眠導入剤とウイスキーで酔って、拘束とか、終身刑とか、どのくらいの苦痛なのか考えることなく、ごまかしているだけかも知れない。だが、おれは、あることに気づいた。負け犬になるのはかまわない。これ以上落ちることがないというところまで落ちた。さっき、ベッドで二百回くらい寝返りを打ちながら、人生で最悪なのは何だろうか、それだけを考えた。

「何だったんですか」

後悔することだ。そう言うと、カツラギは、よくわからない表情をした。なるほど、というような顔にも見えたし、何だ、そんな平凡なことかという反応のようでもあった。ただ、意外性とか、驚きとか、そんなものはなく、ハーブティ、飲みますか、と淡々とした口調で聞いた。いや、いい、ウイスキーのボトルを示して、おれは首を振った。

「こんなとき、あまり、お酒飲まないほうがいいですよ」

わかってる、でも酒の力を借りようとしてるわけじゃない、そう言ったが、実際にウイスキーをストレートであおっているわけで、説得力はなかった。おれは、もうろうとしている。ひょっとしたら自分の生年月日も言えないかも知れない。だが、そんな状態だったから、気づくことができたのだ。週刊誌が廃刊になり、クビになって以来、人生は後悔の連続で、だから逆に、気づかなかった。見ないふりをしていた。由美子との電話のあと、後悔ほど恐ろしいものはないとやっと自覚した。ミツイシたちを政府に売り渡すのか、それともミツイシたちの側について記事を書くのか、どんなに考えても答は出ない。だったら、後悔がないと思われる方法しかない。記事を書いても、ミツイシたちを売っても、後悔する。だから、あの副大臣に、工場に集めるのは無理でした、と言おう。そのあとどうなるのか不明だが、そうするしかない。

「で、わたしは逃げろ、とそういうこと？」

カツラギを巻き込むわけにはいかない。

「だから、逃げられないですよ。トウゴウさんに頼んでも、無理」

でも、次回、内閣府へは、おれ一人で行く。そもそも、カツラギを同席させたのが最初から間違いだった。

「なぜ？　わたしが記念写真とか、アイデアを出したから？」

そうではない。おれは、単に一人で行くのがいやで、西木に、カツラギを同伴してもいいかと打診した。カツラギを渦中に引き入れることになるとか、そんなリスクは考えなかった。

「でも、あの人たちは、わたしのことも調べているはずだから、結果的には同じで、要するに、わたしだけ逃げるとか、そんなことは、したくないとかじゃなくて、無理なんですよ」

じゃあ、どうするんだ。どうすればいいんだ。

「セキグチさん、とりあえず今夜は、寝たほうがいいと思う。こんな時間に、副大臣に連絡なんかできないし、明日でいいでしょう」

カツラギの口調には、明日、素面でもう一度考えるべきという含みが感じられた。その通りだったが、正直、恐ろしかった。もうふらふらで、意識を半分失いかけている。おそらく寝つけるだろうが、中途覚醒時や、目覚めたとき、気分的に地獄だろう。NHK西玄関でテロに遭遇して以来、思い出したくないことばかり起こってきたが、間違いなく、今が最悪だ。目覚めて、おれは、ボロ布のような脳みそで、決心を覆すかも知れない。それがもっとも恐ろしかった。

「セキグチさん、いったいどうしたんですか」

起きてきたカツラギに言われて、おれは、はじめて自分がスーツを着てネクタイを締めているのに気づいた。ベッドに入る前、念のために睡眠導入剤をもう一錠、噛み砕いて飲み、グラスに二センチほど残ったウイスキーをあおってから寝たが、三時間後に目覚めてしまった。まだ薬も酒もしっかり残っていて頭が痺れた感じだったが、ふらつきながら起きてシャワーを浴びた。早朝だったが、正確に何時だったのか記憶がない。シャワーを終えて、しばらく裸のまま歩き回り、そのうち服を着なければと思ったが、スーツを着てネクタイを締めたのは覚えていない。脳が痺れているうちに早く西木に連絡して会いに行かなければと、そればかり考えていたようだ。素面になったら決心が変わるかも知れない、それが恐怖だった。時計を見るとまだ七時だ。カツラギは、トイレに起きて、おれの姿を見てびっくりして声をかけたらしい。

「ちゃんと眠ったんですか」

もちろん、と答えようとして、喉が詰まり、声が出なかった。咳払いを繰り返していると、胃の奥から酸っぱいものがこみ上げてきて、吐きそうになり、カツラギが持ってきてくれた冷たい水をゆっくりと飲んだ。

「可哀相に」

カツラギは横に座り、涎のように唇の端から垂れた水を拭ったあと、おれを抱きしめてくれた。何か言おうとしたが、いいの、何も言わなくていいの、とまずおれの唇に指を当て、そのあとそっとキスした。びっくりしたが、脳が痺れているので、唇を合わせたという感慨はなかった。

「もうちょっと眠ったほうがいいですよ」

カツラギは、おれを抱きしめたまま、いっしょにソファにもたれかかった。

「だいじょうぶ。だいじょうぶだから、もう少し眠らないと。わたし、ずっとそばにいるから」

繰り返し、そんなことをささやき、何度もキスした。わけがわからなかったが、かすかに涙がにじんだ。

「セキグチさん、起きて」

ソファで眠っていたおれは、カツラギに起こされた。スーツを着たままだが、ネクタイだけなかった、カツラギが外してくれたらしい。いったい、どうしたというのだろう。カツラギが、異様に緊張した顔をしている。

「電話」

カツラギが、端末をおれの目の前に掲げた。

「ミツイシさんから」

冷水を浴びたようで、全身が震えるのがわかった。電話に出たくなかったが、気づいたら、カツラギが端末をおれの耳に押し当てていた。はい、何とか声が出たが、動悸のほうが大きい。

「セキグチさん？　おはようございます。起こしてしまったようで、悪かったですね」

ミツイシが、いつもの低い声でそう言った。いいえとか、だいじょうぶですとか、混乱したまま曖昧に応じたが、ミツイシが次に言ったことを聞いて、おれは、気を失いそうになった。

「実は、来週、太田さんの工場に、みんなでまた集まろうと思っているんです。全員で記念写真でも撮ろうかと思いまして」

え？　はい、何でしょうか、おれは、自動応答の機械音みたいだなと自分でそう思いながら、聞き返した。信じられないというより、あまりに突飛な話で、現実感を失いそうになった。

「恐縮なんですが、来週、太田さんの工場です。お二人もいらっしゃるでしょうし、そういうことです。確かに、セキグチさんの記事にも、わたしたちが勢揃いした写真があったほうがいいだろうと、みんなで決めたんです。どうでしょうか。来週水曜でいいでしょうか」

いったいどうなっているんだろうと、体が震えてきた。悪夢の中にいるようだった。記念写真を撮りたいのですが太田さんの工場に集まってもらえませんかと、連絡しようかどうか、おれは頭がおかしくなるくらい迷って、結局ミツイシたちを政府に売るのがいやなのだと自覚し、後悔しそうなことは止めようと決めたばかりだった。ミツイシは、おれたちをずっと監視していたのだろうか。いや、そうだとしても、内閣府の内部までは追跡できないだろう。まして副大臣室の会話を盗聴できたとも思えない。

「もしもし、セキグチさん、いかがでしょうか」

はい、と返事をしようとするが、喉がカラカラで声が出ない。喉がひーっと何度か鳴って、カツラギが水を飲ませてくれた。

「はい。わかりました」

何がわかったのか、自分でもまったくわからないまま、そう答えた。頭が熱くなり、こめかみが破裂しそうだったが、不思議なことに動悸はなく、逆に心臓が冷たく感じられ、このまま鼓動が止まってしまうのではないかと恐くなった。

「来週、水曜日、ご都合はどうでしょうか。写真は、やはり明るいうちがいいと思いますので、だいたい正午を過ぎたころにまたお迎えに上がろうと思っておりますが」

だめだ、わけがわからない。とても現実とは思えない。全員で記念写真を撮りませんかと、おれが提案することになっていた。やはり無理でしたと、西木副大臣に断ろうと決めたばかりなのだが、当のミツイシが、記念写真を撮りたいと連絡してきた。

「もしもし、セキグチさん、水曜でよろしいですか」

はい、もちろんです、と答えたが、何が、もちろんなのか、もちろんという言葉の意味さえわからなくなっていた。

「よかった。それでは、来週、お会いしましょう」

助かった、やっと電話を切ってくれる、このまま会話を続けたら頭がおかしくなっただろう。たぶん電話を切ったあともわけがわからない状態が続き、安定剤を相当量嚙み砕くのだろうが、とにかく会話を続けたくなかった。だが、最後に、ミツイシは、本当に心臓が凍りつきそうなことを言った。

「そうだ。何か、目印になるようなものを、お持ちでしょう。それ、必ず持ってきてくださいね。目印です」

「どうなってるんですかね」

電話を切ったあと、茫然自失となっているおれに、カツラギがそう言った。ミツイシとの会話はスピーカーですべてカツラギに伝わっている。

「顔色が真っ青」

顔色が真っ青なくらい何だ、よく心臓が麻痺しなかったなと、おれは胸に手を当てた。何が起こっているのか。確かなのは、ミツイシがおれたちの動きを把握していて、その上で記念写真を撮るためにグループ全員を集めると、向こうから言ってきたということだ。あの、副大臣室の会話を盗聴したのだろうか、という疑問が何度も頭をよぎる。ミツイシは現役の政治家ともつながりがある、西木はそう言ったが、さすがに内閣府内で盗聴はできないだろう。西木は、ミツイシたちへの襲撃は閣議にも諮れない案件だと言った。原発を狙う日本人の老人たちのグループをアメリカ海兵隊の特殊部隊が襲撃する、そんな情報が漏れたら、秘密保護法など関係なく内閣は吹っ飛ぶ。ミツイシたちに対する作戦を知っているのは、内閣でもごく少数のはずだ。

「それで、ミツイシさんが言ったこと、あの副大臣に話しますか」

カツラギがそう聞いた。そうだ、それが問題だった。

「でも、ミツイシさん、どうやって記念写真のこととか、知ったんですかね。それは、わからないけど、すごくわたしたちに気をつかっている感じがするな」

気をつかっているって、何なんだ。

「だって、セキグチさんは、昨日から、死にそうなくらい悩んでいたじゃないですか」

そのこととミツイシからの連絡とどんな関係があるというのか。

「ミツイシさんのほうから連絡があったわけだから、ミツイシさんたちを売るとか、もうそんなことを考えることはないわけですよね。全員で記念写真を撮りたいので集まってくださいって言うと、ミツイシさんたちを騙すことになるから、悩んでいたわけですよね」

結果的にはそういうことになる。だが、理由がわからない。ミツイシがなぜおれに気をつかうのか。しかも、内閣府内の話をどの程度知っているのか不明だが、全員が集まったところを、アメリカ海兵隊の特殊部隊が攻撃してくるのだ。そのことは知っているのだろうか。

「わからないけど、知ってるとしか思えないですよ。記念写真のことまで知ってるんだから、あのアメリカ人の軍人のことも知っているんじゃないですか」

攻撃されると知っていて、なぜわざわざ全員を集めるのか。

「だから、それはわかりませんよ。よくわからないけど、ミツイシさんは、自分で決めたわけでしょう。だから、問題は、あの副大臣にそのことを話すかどうかでしょう」

西木は、おそらくおれたちを監視している。ミツイシたちが太田の工場に集まることを隠しても、おれたちがミツイシの車で出発することを察知し、追跡して、他のメンバーも集まってくることを知ったら、攻撃するだろう。その場合、たぶんおれたちも殺されるだろう。

「ミツイシさん、なんか、言葉づかいが変だった。気づきました?」

そんなこと、気づくわけがない。心臓が止まるかと思うくらい動転していたのだ。

「水曜あたりに、集まることにしたって、そんな感じだった。それに、水曜日でいいですかって、聞いたでしょう?」

確かにそんな会話があった。だが、それがどうしたというのか。

「うーん、わたしの考えすぎかも知れないけど、記念写真を撮りたいからって、セキグチさんから、前もってリクエストがあったともとれるような、そんな口ぶりじゃなかったですか?」

なぜ、そんなことをミツイシが考慮する必要があるのだろうか。

「わたしのこの電話が盗聴されてるかもって、ミツイシさん、そんなこと考えたかも知れないなと思って」

携帯電話が盗聴されるのか。

「通信会社だったら盗聴できるって聞いたことがあるんですよ。副大臣がそんなことするかどうか、わからないけど、やろうと思えば、できるかも。すごく偉い人だから。だからミツイシさんは、ひょっとしたら、セキグチさんのリクエストを受けて、工場に集まるというニュアンスで話したのかなと思って」

しかし、どうしてそんなことが必要なのか。

「だから言ったじゃないですか。わたしたちに気をつかっているって」

カツラギが何を言いたいのか、よくわからない。

「だから、推測ですけど、ミツイシさんは、自分から工場に集まるって電話をかけてきたのではなく、セキグチさんのリクエストに応えるという形をとりたかったのかも知れないなって。推測」

そんな必要性がミツイシにあるのだろうか。

「だから、推測って言ってるじゃないですか。確かなことなんて、何もわかりませんよ。ただ、セキグチさんは、副大臣に信用されるじゃないですか。あと、最後に言った目印って、例の光るベストだと思うんだけど、あんな感じの話し方だったら、盗聴しても、何のことかわからないし」

でも、おれはミツイシに連絡をしていない。盗聴しているのだったら、そのこともわかるのではないか。

「それは微妙。ミツイシさんは、きっと盗聴できない電話を使っていると思うんですよ。それで、ここには、わたしの携帯が二台、タブレットを入れると三台。セキグチさんのが一台、それに固定電話もあるし、パソコンが、あの青森のイタコのところに帰った人のも入れると、三台あって、どれかからメールしたんだろうって思うかも知れない。公衆電話だってあるし、ネカフェだってあるわけだから、こちらからの連絡は、いくら副大臣でもわかりっこないですよ」

ネカフェって何だ。

「インターネットカフェ」

カツラギと話しているうちに、少しずつ混乱が収まってきた。

「ミツイシさんは、きっと何か考えがあるんだと思う」

どんな考えなんだと聞こうとして、止めた。カツラギが繰り返し言う通り、ミツイシの真意はわからない。推測するしかない。理由は不明だが、おれたちに気をつかったというのは事実かも知れない。太田の工場に全員集まることにした、向こうからそう申し出たのだ。何か策略があるのかも知れないが、とりあえずおれは救われた。問題は、来週水曜のことを西木に伝えるかどうかだ。

「隠しても、ばれますよ」

その通りだ。西木は、全員での記念写真がいつ実現しても対応できるように準備しているだろう。衛星から撮った太田の工場の写真もあった。大勢の人間が工場に出入りすればすぐにわかるだろう。

「届いた」

またカツラギに起こされた。おれは、自分がどこにいるのか、わからなかった。熟睡したようだ。目覚める直前、ディテールは忘れたが、カツラギと知り合う前、ずっと昔の夢を見ていたようで、目の前のカツラギを見て、この女は誰だろうと、すぐには現実に戻れず、そしてそれが心地よかった。ああ、カツラギだと気づき、意識がしっかりしてくるにつれて、頭と体がどっと重くなった。数年前、いや半年前でいいから、ＮＨＫ西玄関に行く前に戻れたらどんなにいいだろうと思った。

「届きましたよ」

カツラギが、宅配便を示す。茶色の大きな封筒に入れ、丸めてガムテープで留めたような雑な梱包で、全体はビールのロング缶半ダースほどの大きさだった。今のおれたちに宅配便が届くのはとても珍しい。ちなみに配送は佐川で、ごく普通の宅配便だった。「アメリカ合衆国海軍横須賀基地、って書いてある。送り主」

その辺の紙袋に適当に詰めて取り急ぎ送ったというような包みを開けると、ごわごわした薄い生地のベストが二着入っていた。ビニールで包まれているわけでもなく、どう見ても新品ではない。くすんだオレンジ色で、左胸にふくらみのあるポケットがあり、蓋をするように上部がマジックテープで留められている。中には、円筒形の、口紅ほどの太さと長さのプラスチックのスイッチのようなものがあり、単三乾電池を装填するようにという英語のメモ書きがあった。

「これが例のベストですか」

カツラギは、電池を入れて、側面にあるボタンを押した。数秒経つと、ベストの両面が縞模様に光りはじめた。それなりに明るいが、光量が最大になるまで数秒かかる。暗いところだとそれなりに目立つが、点滅するわけでもなく、日差しのある屋外だとどうだろうか。これを着ていれば海兵隊の特殊部隊から撃たれないということだったが、室内にいなければ役に立たないかも知れない。

「そう言えば」

カツラギが、ベストを折りたたみながら、思い出すように言う。

「ミツイシさん、これを持ってくるのを忘れないようにって、言ってた。ほら、目印になるものを持ってるはずだから、忘れないようにって」

ミツイシは、確かにそんなことを言った。だったら襲撃があることを知っていることになる。どうやってそんな情報まで得ているのだろうかと、また疑問が湧いたが、どうせわからないのだからと考えないようにした。

「でも、アメリカ海軍横須賀基地って、堂々と送り主を書いてだいじょうぶなのかな。配送も佐川で、普通のおじさんが持ってきたし」

カツラギが、首を傾げている。確かに、他の荷に紛れさせるとか、もっと秘密めいた感じで送られてくると思ったが、考えてみれば、疑う者はいない。アメリカ軍上層部から、在日米軍基地に指示が出て、基地勤務の兵士が、普通に佐川急便に依頼したのだろう。海兵隊の特殊部隊が極秘の襲撃を行い、内通者二人が撃たれないようにこのベストを着ることになっているなどと、在日米軍の兵士も、佐川の集配係も、そんなことを考えるわけがない。

「予備の電池、持って行ったほうがいいですかね。単三一本だから、このポケットに入れておけばいいか」

カツラギは、単三電池を二本ずつポケットに押し込んだ。蛍光ベストを見て、おれはあきらめに似た気持ちが生まれ、考えてもどうしようもないと腹を括ることにした。深く考えるまでもない。襲撃者たちが、間違えたり、蛍光ベストに気づかなかったりして、おれたちを撃っても、誰も困らない。逆に秘密が守られる。おそらくおれたちは殺されるのだろう、そう思ったが、奇妙なことに恐怖は感じなかった。たぶん撃たれるというイメージが持てないからだが、その他に、もうどうなってもいいというような、開き直りが生まれていた。人間というのは、不安や恐怖や疑念を維持できる時間が限られているのかも知れない。

「いつ電話があったんですか」

西木は、まずそんなことを聞いた。今日の午前中だと答えると、なるほど、とため息をついて、来週水曜ですね、と念を押した。

「あなたたちもいっしょに行くんですね」

前回と同じように、ミツイシが迎えに来るらしいです。

「ミツイシは、何か、疑っているようなところはなかったですか」

疑うも何も、罠《わな》があると思ったら、メンバーを全員集めることに同意などしない。

「それでですね、記念写真が、水曜日の午後だと都合がいい、ということの他に、彼は何か言いましたか」

他って、どういう意味なのか。

「いや、事前に、何かするとか、そんなことですが」

おれは、西木に、昨夜遅くミツイシにメールで記念写真のことを伝え、その返事の電話が本人からかかってきた、そう説明した。西木の口ぶりからは、疑念は感じられない。だから、電話を盗聴していたのかどうかもわからない。

「そんなことは何も聞いていませんが」

そう答えると、また、なるほど、と憂うつそうな声を出した。

「そうですか。いや、昨日から、太田の工場に、車が何台か出入りしているんです」

それがどうしたというのだろう。ミツイシたちは、来週水曜に記念写真を撮ると決めたわけだから、何か事前に、準備とかしているのかも知れない。

「いや、わかりました。ありがとう。また連絡します」


また連絡します、と西木は言ったが、電話もメールもなかった。同様に、その後、ミツイシからも音沙汰がなかった。おれとカツラギは、どういうわけか、妙に落ちついて、あの新宿ミラノのテロのあと訪れた寺まで散歩をして帰りにそばを食べたり、近くのカフェでハーブティを飲みながら通りを歩く人を眺めたり、住居の整頓や掃除をしたり、淡々と日々を過ごした。迷いや悩みがなくなったのだろうと思った。もともとカツラギは、何を考えているのかわからないところがあり、悩みなどを顔や態度に出したりしない。西木たちと会って、記念写真を撮りたいからとミツイシとそのメンバーを集めることになったときは、わたしたちのせいでミツイシさんたちが殺されると言って泣き出した。それは異例なことで、カツラギなりに苦しんでいるんだなとわかったが、そのあとミツイシ本人から電話がかかってきたことで罪悪感が軽減したのではないかと思う。

おれも同じだった。楽観できる要因はゼロという状況に変化はない。この先、どんなことが待っているのか、詳細がわかるわけもないし、イメージさえできないが、やばい展開になるのは間違いない。ただ、おれにも、カツラギにも、もう何もできない。ミツイシに連絡して、太田の工場に集まるのは止めたほうがいいと言おうかとも考えたが、すぐに意味がないことがわかった。ミツイシは、西木たちの計画を、知っているのだ。

どうやって知ったのか、またどの程度知っているのかはわからない。アメリカ海兵隊の特殊部隊が襲撃してくることを知っているのだろうか。知っていながらメンバー全員を集めるというのは、何か考えがあるのだろうか。疑問を挙げたらきりがない。全員を集めると言っておいて、何らかの方法で西木をあざむくのではないかと、そんなことも考えたが、すべては想像と推測に過ぎないので、考えること自体無意味だった。考えることに意味がないと、心の底から納得すると、楽になるものらしい。何がどうなっているのかわからないまま、奇妙に平穏な日々が過ぎていった。

そして、その日が来た。蒸し暑く、小雨が降るいやな天気だったが、おれは逆に気分が落ちついた。ピクニックに行くわけではないのだ。ミツイシは、前回の白のカローラではなく、黒のメルセデスを自ら運転してきた。驚いたことに、助手席に太田がいた。

「久しぶりだな。顔色が悪いぞ」

太田は、珍しく濃紺のスーツを着てネクタイを締めている。ミツイシもダークスーツだった。

「今日は、二人とも、おしゃれですね」

後部座席に乗り込むときにカツラギがそう言ったが、ミツイシは、黙ったままで、かすかに笑みを浮かべただけだった。何か異変を感じたのだろう、カツラギが不安そうな表情になり、車もベンツだし、と軽い口調でつぶやいた。

「一応、防弾なんだ」

太田が、振り向かずに、前を向いたままぼそっと言った。どうしてそんな車をミツイシは所有しているのだろうか。前回、白のカローラが愛車だと聞いた記憶がある。

「新しく買った」

ミツイシが、はじめて口を開いた。防弾ガラスのベンツなんて売っているんですか、そう聞いたが、ミツイシも太田も、答えない。

「そんなことより、何か、もらったものがあるだろ」

太田が、こちらを振り向いた。もらったものって？

「何か、目立つもんだよ。たいていは、蛍光材が入ったジャケットかベストだけどな。そういうの、もらわなかったか」

やはり、ミツイシは副大臣室でのやりとりまで把握していたのだ。そうでなければ蛍光ベストが送られてきたことがわかるわけがない。これ？　と言って、カツラギが紙袋から蛍光ベストを取り出して二人に見せた。

「着ろ」

太田が、真剣な顔でそう言った。今着るの？　カツラギが怪訝な顔をする。

「途中では何も起きないと思うが、念のために、着たほうがいい」

ミツイシの口ぶりが違っている。低く静かな声は変わらないが、ときおり深呼吸をしたりして、緊張感が伝わってくる。音楽を流そうともしない。質問してもいいですか、蛍光ベストに腕を通しながら聞いた。

「何だ」

太田が応じた。ミツイシは、制限速度を守りながら走る。スピード違反で警察に止められたくないのだろう。あの、おれたちを監視していたんですか、そう聞くと、ふん、と太田は鼻で笑った。

「いちいち監視するヒマなんてあるわけないじゃないか。おれたちは忙しいんだ」

だったら、どうして内閣府での会話まで把握しているのだろうか。

「副大臣室での会話？　いや、そこまではわからない」

ミツイシが、声を上げて笑った。だったらどうして記念写真とか、蛍光ベストのことまで知っているのだろうか。

「内閣府には知り合いが多い」

ミツイシは、笑うのを止め、ルームミラーでおれを見た。

「セキグチさんが西木と知り合いだったとは知らなかった。だが、西木を訪ねたということはすぐにわかる。誰が同席したかも、わかる。官房長官が同席したということは、内閣で何かが決定されたということだ。アメリカ海兵隊の幹部もいた。第一海兵遠征軍の元指揮官で、今は共和党の上院議員になっている。ポーランド系で、ヤムチャックとか、そういう名前だ。それだけで、何をしようとしているのかわかるだろう」

ミツイシは、憂うつそうな顔になった。おれは話を聞いていて、このあと殺されるのではないかと恐くなった。結局おれは、ミツイシの指示には従わず、記事を書かないで、内閣府副大臣に情報を流したのだ。怒り心頭に発してもおかしくない。だが、謝ったり、弁解してもしょうがない。ミツイシは、裏切ったから処刑しようと思ったら、哀願しようが、どんな弁明をしようが、躊躇なく殺すだろう。

「セキグチ。お前、これから、カリヤさんに引き渡すからな。覚悟してろよ」

おれの気持ちを察したのか、太田が、こちらを見て、薄笑いを浮かべながら、そんなことを言う。おれが顔を引きつらせるのを見て、太田が、バカ、と蛍光ベストを指差した。

「カリヤさんに、斬り殺してもらうつもりだったら、そんなもの着ろって言うか。バカだな、お前は」

しかし、副大臣室での会話を聞いていないのだったら、どうして記念写真のことがわかったのだろうか。

「おれだよ」

太田が、また笑顔になって、自慢そうに言った。

「連中は、おれたちを集めたい。メンバーの情報はほとんどないはずだから、全員を一ヶ所に集めるのがもっとも手っ取り早い。集めるための口実は何か。これは、むずかしかった。全員に連絡して、全員で考えたさ。でも、おれは、小学校のころを思い出したね。それで単純に考えた。児童が集まるのはどんなときか。朝会、運動会、全校清掃、遠足や修学旅行、入学式や卒業式、だがそんなものは大人にはない。大人にもあるのは何か、記念写真、おれはそう思ったね。それしかなかったんだ」

太田の携帯が鳴り、誰かと話しはじめる。

「そうか。おれとミツイシは今東名に乗ったところだから、そうだな。あと二時間ほどで着くな。ちょっと待て。ミツイシが、何か言ってる」

ミツイシは、屋根、という言葉を使った。小さな声で、全部は聞こえなかった。

「屋根を開けとけって言ってる。そうだ。屋根をもう開けていいらしい」

ミツイシ、アハトアハトはもう準備できたらしいぞ、そんなことを言いながら、太田が電話を切った。アハトアハト、聞き覚えがある。八、八というドイツ語で、あの８８ミリ対戦車砲のことだ。


「最初から、死ぬ覚悟はできている。全員だ」

東名高速を降りて、山間の曲がりくねった道を走りながら、ミツイシは突然そんなことを言った。

「だから、人も殺せた。特攻隊で死んでこいと言いながら、戦後ぬくぬくと生きた連中とは違う。問題は、どこで、どうやって死ぬかだった。襲撃してくるのは、おそらくフォース・リーコンだろう。海兵隊の武装偵察部隊だ。アメリカ軍の特殊作戦軍から独立していて海兵隊直属なので情報が漏れにくい」

ミツイシは淡々と語っている。確かに、西木も、特殊部隊とは言わなかったような記憶がある。ある部隊、と言った。

「おい、ミツイシ、聞こえるか」

太田がそう言って、フロントガラス越しに空を見上げた。

「聞こえてますよ。カリヤさんたちに、姿が見えたら撃つように言ってください」

何が聞こえるというのか。もうすぐ太田の製麺機修理工場だ。

「やっぱりスタリオンで来やがった。ヘリで急襲するとは、アホだな」

パタパタパタパタパタという音が聞こえてきて、見上げると、上空に、変わった形のヘリコプターがホバリングしている。機体が直方体に近く、やけにローターの数が多い。

「カリヤさん。ミツイシが、撃てって」

太田が電話で告げると、ミツイシは路肩にある空き地に急停止し、外に出た。太田があとに続き、おれたちも降りた。

「アホだな」

太田が腕を組んでつぶやく。

「アハトアハトはもともと高射砲なんだ。知らなかったのかな。あんなヘリなんか、ハエを落とすようなもんだ」

太田の製麺機修理工場の屋根が、まるでドーム球場のように、ぱっくりと割れたように開いていて、黒々とした煙突のような砲身がわずかに突き出ている。ホバリングしているヘリから砲身が見えるかどうか微妙だ。工場の駐車場には、十数人の老人たちが集まっている。ふいに、ロケットの発射音に似た砲声がとどろき、光跡がヘリのほうに向かっていく。だが、砲弾はヘリのはるか上空で爆発して、打ち上げ花火で星が飛散するように、放射状に黒煙が散った。

「高射砲だからな。距離が近すぎるのか」

太田が、双眼鏡を覗きながらつぶやく。ヘリは、攻撃に気づき、急旋回して遠ざかろうとした。

「つくづくアホだな。急降下して攻撃してくれれば、おれたちも為《な》す術がないのにな」

太田がそう言ったが、いや、記念写真で全員が揃うのを待ったんでしょう、とミツイシは冷静な表情を崩さない。微妙に角度と方向を変えて、対戦車砲が連射を開始した。砲声が腹に響き、その場にしゃがみ込みそうになる。次々に破裂する砲弾の何発目かが、ヘリのローターを吹き飛ばした。


ヘリは、ぐらりと大きく揺れ、糸が切れたマリオネットのように制御を失い、彼方の山の斜面に落下していく。乗員が何人かとっさに飛び降りるのが見えたが、パラシュートがないのだろう、一直線に杉林に消えてしまった。おれはいきなり映画のような光景に遭遇し、びっくりしたが、それより拍子抜けした。アメリカ海兵隊の精強部隊ではなかったのか。報復として、ミサイルや、大型爆撃機で攻撃してくるわけにもいかないだろう。要するに、ミツイシたちの勝利ということなのだろうか。これで終わりですか、そう聞くと、車に乗り込みながら、太田が、アホか、と吐き捨てるように言った。

「情報戦の勝利により、初戦は切り抜けたということだ」

太田は、いつになくシリアスな表情でそう言った。情報戦って？　何ですか、カツラギが前の座席の二人に質問した。ミツイシと太田が代わる代わる、大ざっぱに、かつ面倒くさそうに説明した。やはりおれたちを監視していたというわけではないらしい。理由は、前に太田が言った、監視するようなそんなヒマはないという単純なもので、おれとカツラギが内閣府に出向くのがわかったのは、あの黒いスーツの老女トウゴウが頼んだハイヤーが、ミツイシの系列会社のものだったからだ。車両番号を聞かれたということで、政府関係者に会いに行くのだとわかり、行き先が、霞が関、内閣府だった。ミツイシは、内閣府にいる知り合いや同志に連絡し、メンバーを限定して閣議が開かれたという情報を得た。受付で入館番号が示されると、内閣府内でセキュリティに関わる人間だったら、アポイントの相手が誰か、簡単にわかる。副大臣室に官房長官とアメリカ軍の旧幹部が集合していることを知り、彼らの戦略と戦術を予測した。目的がミツイシたちの殲滅《せんめつ》だと最初からわかっていたし、集まったメンバーを考えると選択肢が限られていたので、対応もむずかしくなかった。要は、ミツイシたちは情報を得て準備したが、西木たちは、そのことを想像しなかったということだ。そして、最後に、ミツイシは驚くべきことを言った。

「ちなみに、西木というか、日本政府が、わたしたちへの攻撃をアメリカ軍に要請したわけではない」

どういうことだろうか。

「政治的なものも、軍事的なものも、アメリカは決して情報を出さないが、日本政府の情報は筒抜けだ。おおっぴらな盗聴もあるし、内閣の秘密会議も、アメリカに対しては秘密でも何でもない。自衛隊の情報はアメリカ軍も共有しているが、アメリカ軍の情報は自衛隊には知らされない。フォース・リーコンを使えと指示してきたのはアメリカだ。

日本が原発テロで潰れると、東アジアのパワーバランスが崩れる。中国がさらに台頭し、やっかいなことになる。全部、アメリカが、決めたことだ」

「ただ、ヘリで攻撃してきたのは、別に間違ってない」

メルセデスを製麺機修理工場の駐車場の端っこに駐め、集まっているカリヤたちに手を振って挨拶しながら、ミツイシはそう言った。ミツイシの表情は険しいままだ。カリヤを含め、老人たちは、海兵隊の精鋭が乗るヘリを撃ち落としたというのに、喜んだり、興奮したりしていない。

「集合写真を撮るところを、ヘリで掃射すれば普通はカタがつく。そのあと、フォース・リーコンが残りを処理すればいいだけだ。だが、連中は、わたしたちが待ち受けているとは知らなかったし、その可能性も考慮しなかった、単にそういうことだ」

老人たちは、倉庫の前面から車を移動させ、端に寄せて、駐車場を、遮蔽物がない状態にしていた。またカリヤの指揮で、倉庫から土嚢《どのう》のようなものを手押し車で運んできて、プラットフォームのすぐ手前に積みはじめた。これから何が起こるのだろうか。

「地上部隊が来る。戦闘は夜だ」

どうして夜だとわかるのだろうか。ミツイシは答えず、土嚢を積む作業に加わった。おれは腰痛持ちなんで重いものは持てないんだ、そんなことを言いながら、太田が、プラットフォームに立ち、セキグチ、と呼びかけた。

「少しは、頭を使って、周囲を見てみろ」

そう言われて、おれはきょろきょろとあたりを見回したが、何のことなのかまったくわからない。

「別に、こういうことを考えて工場と倉庫を建てたわけじゃないが、ここは、言ってみれば天然の要塞なんだ」

天然の要塞？　って何ですか。シャツの上から蛍光ベストを着たカツラギが聞く。しかし、不思議な女だとつくづく思う。蛍光ベストでさえ、妙に似合ってしまう。だが、蛍光ベストを着こなしたカツラギを見ながら、改めて気づいたことがあった。オールド・テロリストたちに女性がいない、ということだ。正確な人数は不明だが、今集まっているのは三十数人というところだろう。九十歳を超えているというカリヤは別にしても、相当の年配者ばかりなので、妻と死別している老人も多いだろう。だが、女性が一人もいない。確かに老婦人にテロは似合わないが、男だけというのには何か理由があるのだろうか。それに、結婚している老人だっているのではないか。全員最初から死ぬ覚悟はできている、ミツイシはそう言った。それが本当なら、妻を残して死ぬことになる人がいるということになる。

「まず、ここは高台にある。しかもだ。道路に面していて、道路は見通しがきく。それで道路の下、向こう側はかなりな急斜面で、灌木が密生している。這い上がってくるのは大変だし、近づいてきたら、音でわかる。それで、後ろだけどな、背後だよ、工場と倉庫の背後の山。見てみろ、急斜面どころか、ほとんど崖だろうが。しかも、岩肌に樹木が生い茂っているんだ。海兵隊の連中は、いずれにしろ、かなり離れた場所に車両を停めて、徒歩でここに向かうしかない。本物の戦争だったらまず空爆するんだろうが、さすがに爆撃機を飛ばすわけにはいかないだろう。アハトアハトもあるし、倉庫の地下は、三十メートル以上掘ってあって、広いし、昔の日本の防空壕より頑丈なのさ。アハトアハトを隠せるくらいだから、だいたい想像がつくだろう。それで、あの道路をだな、まさか、戦車とか装甲車がやってくるとは思えないじゃないか。やつらは陸軍の機甲歩兵部隊じゃなくて、海兵隊だからな。ヘリは使えないと骨身に染みただろうし、いったい、どうやってここに近づくっていうんだよ。道路を歩いてのこのこやってくるのか。遮蔽物がないからな。映画みたいに、顔を真っ黒に塗りたくっても見えちゃうよ。知ってるか。今日は満月の一日前で、予報では晴れだ。ミツイシが今日に決めたのは、いろいろと計算があるわけだよ。おれが言うのも何だが、大したやつなんだ。実際、戦争中だったら、すごい指揮官になっただろうな。まあ、そういうやつじゃないと、企業家としても、あれだけの成功もないわけだけどな」

確かに地形的にはその通りだが、海兵隊の、武装偵察部隊なのだから、灌木が生えた斜面くらい移動できるのではないか。そういった訓練をしているのではないのだろうか。

「お前はバカだからな。日本の山林がいかに移動しづらくて戦闘が困難か、わからないのも無理がない。かつて、満洲国の礎を築いた偉大な参謀に石原莞爾先生という方がおられる。いや、別に、知らなくてもいいんだ。かく言うおれも、ミツイシやカリヤさんに教えてもらうまで知らなかったから大きなことは言えない。石原莞爾先生は、無条件降伏をせず、連合軍が上陸してきても、日本の中部山岳地帯でゲリラ戦をやれば、有利な条件で停戦できると考えたのだそうだ。頭がいい。日本の山岳地帯は樹木が密生している上に急斜面が多いからな。ベトナムのジャングル以上にやばいんだ。だいたい急斜面だと、足場が安定しないから鉄砲を撃つだけでも簡単じゃないんだよ」

陽が暮れてきた。あたりは静かで、戦闘がはじまるなどというイメージを持つことができない。だが、全車両が端に移動して、空っぽになった駐車場を土嚢越しにぼんやりと眺めながら、戦争や戦闘についての知識はゼロのおれでも、確かにここは襲撃するのがむずかしいかも知れないと思った。前の急斜面を上ってきた敵は、遮蔽物のない広い駐車場を横切ってこちらに近づかなければならない。駐車場全体をカバーする複数の照明がすでに点灯していて、たとえそれらを破壊しても、月明かりで姿は丸見えだ。裏手は、傾斜が急な山林が、倉庫の壁と屋根に接するように迫っていて、敵は、倉庫の屋根に飛び移るしかない。旧式の薄いスレート葺きなので、重装備の兵士が飛び乗れば割れてしまうだろうと太田は言っていた。たとえ倉庫の屋根に辿りついたとしても、隣接する工場の屋上に銃器を持った要員が配置されていて、しかも山林に向けてセンサーが設置され、人の動きがあると各自が持つスマートフォンに信号が送られてくるのだそうだ。

ミツイシたちは、土嚢の陰で握り飯を食べていて、傍らには、いつでも手に取れるように小銃が立てかけてあり、また棍棒のような形の手榴弾らしきものが段ボール箱に入れられている。そして数台の機関銃がほぼ等間隔に配置され、弾丸が入った細長い金属の箱があちこちに置かれていた。だが、武器が準備されているのに、戦闘のムードというか、イメージが希薄なのは、おれがそういった状況に慣れていないという理由だけではない。全員、どういうわけか、スーツ姿のままなのだ。カリヤまでスーツを着ている。ネクタイをしている者も多い。品のいい赤いネクタイのミツイシは、夜に戦闘がはじまると言っていた。たとえば戦闘服とか軍服のようなものに着替えなくてもいいのだろうか。

太田が、おれとカツラギのところにも、使い捨ての紙皿に入れた握り飯を持ってきてくれて、前回と同じことを言った。

「本当は、おれの製麺機で作ったうどんを食べさせてやりたかったんだけどな。容器とか面倒なんだ」

なかなか、おいしいですよ、カツラギが、海苔が巻かれた握り飯を頬ばりながら、そう言う。カツラギは、まるで貼りつくように足にフィットしたオレンジ色のパンツをはき、白のシャツに、例の蛍光ベストを着て、珍しくスニーカーを履いていた。カツラギなりに動きやすい服装をと考えたのだろう。おれも、底のゴムがすり減った昔のスニーカーを選び、ジーパンに白いシャツを着た。ミツイシたちは、ときおり土嚢から外を双眼鏡で眺めたりしているが、ごく普通に会話を交わしている。さすがに大声で笑う者はいないが、おれは、戦闘がはじまるという実感を、どうしても持てなかった。

「ところで、このおにぎりですが、太田さんが作ったんですか」

カツラギがそう聞いて、いや、おれの女房だ、と太田が答え、おれは驚いた。太田は結婚していたのか。

「孫だっているよ」

太田は、それがどうしたという表情で、淡々と言った。太田によると、ミツイシは妻と死別して子どもがいないが、他はたいてい家庭があるのだそうだ。カリヤには、七人のひ孫がいるらしい。死ぬ覚悟はできているとミツイシは言った。家族を残して死ぬというのはあまりに辛いのではないかと思ったが、聞けなかった。すると、おれの疑問を察したのか、遺書を書いてきた、と太田が平然と言った。

「あのな。おれたちって、家庭とか、あと仕事だな、何か問題があって、参加したやつなんか誰もいないんだよ。まあ、おれは大きいこと言えなくて、一度会社を潰しそうになってミツイシに助けてもらったけど、資金的に追い詰められただけで、自分で言うのもなんだが、商品はしっかりしてたからな。家庭もダメ、仕事もダメ、そんなやつは、ミツイシは参加させなかった。私生活に不平不満があるやつなんか、一人もいないよ。そんなやつは、ダメというか、やばいんだ。動機が浅いから決意も鈍いし、平気で裏切ったりするんだよ」

おれは、もう一つの疑問を聞いてみた。なぜメンバーに女性がいないのだろうか。

「アホか、お前は。女に戦争させられるわけがないじゃないか」

太田が、微笑みながら、そう言って、しかもだな、と話を続けようとしたとき、ハチの羽音のような音が、あちこちから聞こえてきた。何だ？　と土嚢から太田が顔を出し、額のあたりにレーザーポインターのような小さな光が浮かんで、次の瞬間、炭酸水が勢いよく噴き出すような音が聞こえ、おれの目の前で、太田の顔の上半分が吹き飛んだ。

何が起こったのか、わからない。プシュッ、という音が頭上で一斉に鳴りはじめ、ドローンだ、と誰かが叫ぶ声が聞こえる。ミツイシが土嚢沿いに這って近づいてきて、スイッチを入れろ、と耳元で怒鳴り、その向こう側で、カリヤたちが小銃を手に取って、斜め前方の薄暗い空に向けて撃ちはじめた。おれは、何が何だかわからず、スイッチが何を指すのかもわからなかった。気がつくと、顔に何かべっとりと貼りついていて、触ってみると、太田の千切れた上半分の顔の残骸だった。ぐしゃぐしゃになっていて、皮膚なのか肉なのか血なのかわからない。太田は、銃撃で体の向きが変わり、おれたちに話しかけていたときと同じ格好で土嚢に寄りかかっているが、鼻から上がない。きれいにすっぱりと切断されたのではなく、傷口というか、残りの顔の断面はえぐり取られたようにぎざぎざにくぼんでいる。あまりに突然で、しかも非現実的で、驚きも恐怖もなかった。あたりに血や肉片が散乱しているし、おれは、顔の上半分がない太田と正対している。しかし現実感がない。希薄なのではなく、まったく現実感がない。

「何、あれ」

ポケットからスイッチを出して蛍光ベストを点灯させながら、カツラギが駐車場の上空を見上げる。カツラギは、おれのスイッチもオンにしてくれた。そうだったのか、ミツイシがスイッチを入れろと言ったが、このスイッチのことだったか、そんなバカなことをぼんやりと考えていると、甲高い音とともに照明がすべて消えた。ガラスが割れる音で、ライトが破壊されたのだった。

「あれ、ロボット？　なんで空に浮いてるのかな」

カツラギがそんなことを言う。カツラギは、太田の死体を見ても表情を変えなかった。おれと同じく、感覚が麻痺しているのだ。薄暮の中、最初それを見たとき、ひょうたんが空に浮かんでいるのかと思った。見たことがない物体なので距離感がつかめず、大きさもよくわからない。くびれた部分には二枚のローターらしきものがあり、膨らんだ下部に棘《とげ》のようなものが突き出ていて、その先端から火花が飛んでいた。

「地下に移動、地下に移動しろ」

誰かが叫んでいる。ミツイシか、カリヤか、叫んでいるのが誰なのかわからない。おれは、上半分を吹き飛ばされた太田の顔から目を離すことができなかった。ふと上空に目をやると、ひょうたんのようなものが、こちらに近づいてくる。ひょうたんというか、数字の8のような形をしたロボットだった。全体の大きさはドラム缶ほどもある。ミツイシが身を屈めながら駆け寄ってきた。そして、おれの襟首をつかみ、カツラギの手を取って、倉庫の奥へ引っぱっていこうとしたとき、目が眩むような光に包まれ、体が揺れ、意識が途切れた。何かが爆発したようだが、何が起こったのかわからない。ぼやけた視界の中でカツラギが耳を押さえて叫んでいるが、その声が聞こえない。耳と目と脳に、溶かした金属を流し込まれたかのようだった。倉庫の端で、また爆発が起こった。閃光が炸裂し、目が潰れてしまったと思った。目を開けているのか、閉じているのかさえわからない。そして、爆風ではなく音で、おれは、コンクリートの床に叩きつけられ、意識を失った。

強烈なアンモニアの臭いが漂っている。おれは、甲高い耳鳴りだけを感じながら、目を開けた。ずっと意識を失っていたようだ。それとも、すでに死んでいるのだろうか。

「聞こえる？」

耳鳴りを押し分けるように、かすかにカツラギの声が聞こえるが、視界は灰色に濁り、ぐにゃぐにゃに歪んでいて、フォーカスも合わない。要するに何も像を結ばない。その代わり目の裏側では上半分が吹き飛んだ太田の顔がいまだ点滅している。その顔が現れるたびにおれは叫び声を上げているようだ。またアンモニアの臭いが鼻の奥に突き刺さる。こめかみと目が焼けるように痛くて、止めてくれと怒鳴りたいが声が出ない。おれの顔を押さえている誰かの手を払おうとするが体が動かない。そのうちに別の異様な臭いがしてきて、起きてくれ、と耳元で切羽詰まった声が途切れ途切れに聞こえ、誰かに肩をつかまれ体を揺すぶられる。尻と脚が濡れている。おれはまた小便を漏らしたのだろうか。いや小便ではなかった。ガソリンだった。なぜガソリンで尻が濡れているのか。

「セキグチさん、逃げるんだ」

ミツイシの声だ。肩を揺するミツイシの顔が見えた。そのすぐ横にカツラギがいて、視界の端に、上半身裸で壁にもたれかかるように座っているカリヤの姿があった。カリヤは日本刀を手にしているが、首が変な角度で曲がり動こうとしない。ロボットと、そのあとの海兵隊の攻撃で、老人たちはほとんど殺された。生き残りは、ミツイシを含め、わずか七人で、しかも大半が負傷している。ここは倉庫の地下の最深部らしい。頭上から筒状になった光が何本か差し込んでいて目が痛い。コンクリートの壁と天井に囲まれた、かなり広い地下室だった。壁際に巨大なエレベーターがあるが、ケーブルが切断され、簡単な作りの昇降籠が崩れていて、８８ミリ対戦車砲が横倒しになっていた。砲身が、つんのめるように傾き、先端部が水没している。床に溜まっているのは水ではない。ガソリンだ。

「目が覚めたか」

ミツイシのスーツとシャツが血に染まっている。赤いネクタイをしていたような記憶があるが、血と見分けがつかない。どうしてスーツを着てるんですか。やっと声が出て、おそろしく間抜けな質問だったが、ミツイシは、民間人だからだ、と真剣な顔で答えた。カリヤは、この地下室に追い詰められ、エレベーターを破壊され、海兵隊に囲まれたことがわかると、日本刀を抜き、切腹しようとしたそうだ。ミツイシが止めようとしたが、サーチライトで日本刀を確認した海兵隊に射殺されたらしい。どうしてカリヤだけが撃たれたのか。日本刀に対する本能的な嫌悪があるんだと、ミツイシはそんなことを言った。確か倉庫内には武器庫があったはずだが、もう誰も抵抗しようとしない。ミツイシも、何も武器を手にしていない。天井には、一メートル四方のハッチと、エレベーターが破壊されてできた大きな穴があり、数基の探照灯が設置されているが、上にいるはずの敵の姿は見えない。小銃や機関銃を撃ったところで意味がないし、手榴弾を投げても届かない。だいいち、生き残りの老人たちは戦えるような状態ではない。しかし、今すぐにでもこの地下室の全員を簡単に射殺できるはずなのに、海兵隊はどうして撃ってこないのだろう。

「対戦車砲や他の兵器といっしょに焼き払うつもりなんだ」

茫然として表情がないカツラギと、まだ立ち上がれないおれは、うっすらと光るベストを着ている。まるで、死にゆく蛍のようだと思った。

「セキグチさん。聞いてくれ」

ミツイシは、ここから逃げろと繰り返した。逃げても撃たれるんじゃないですか、そう言うと、ある人物に連絡しておいたから、撃たれない、と耳元で怒鳴った。上には、海兵隊と、西木、それに、ミツイシと親しい政治家がいるらしい。西木もよく知っている人物で、影響力が非常に大きく、ミツイシは事前に介入と交渉を依頼した。その政治家は、ミツイシたちのグループは殲滅しても構わないという条件で、西木と、取引きを済ませている。おれとカツラギは撃たれないし、逮捕もされないということだった。ミツイシは、逃げないのだろうか。

「おれたちは、撃たれるか、逮捕される」

ミツイシは、そう言った。間違いなく殺される。万が一、殺されずに逮捕されても、原発などとは関係なく、ＮＨＫや映画館のテロの犯人として裁かれるという。原発テロは起こらなかったし、これからも起こらない。事実は、封印される。

「わたしのミスだ」

ミツイシは、苦しそうな表情になったが、力を振り絞り、おれを立ち上がらせた。肩のあたりから血が流れ続けているが、目にはまだ力がある。ドローンという無人兵器が攻撃してくるとは想定していなかった。あっという間だった。グループは壊滅した。ドローンの機関砲で半数以上が撃ち殺され、閃光弾で目と耳がやられて、そのあとすぐに海兵隊が現れ、これだけの人数が地下に逃げ込んだが、エレベーターが破壊され、包囲され、ガソリンを流し込んで火をつける前に投降しろと迫られている。でも、どうやってここから逃げるんですか、そう聞くと、ミツイシは、エレベーター脇にある鉄製の昇降梯子を顎で示した。

「あれを上るんだ。あと数分で火をつけると言っている」

でも、ガソリンを流し込んで火をつけるなんて、どういう神経をしているのだろうか。地下室には遮蔽物がないから銃撃すればいいわけだし、爆弾を放り投げれば簡単に全員を殺せる。

「あいつらの手口なんだ。硫黄島と同じだ。地下トンネルの日本兵をガソリンと火炎放射器で焼き殺した。怖がらせるんだよ。ガソリンを流し込んで、火をつけると脅すんだ。そのほうが恐怖を強いるので、投降するはずだと、そういうことだ」

ミツイシと、他に生き残ったオールド・テロリストたちは、焼き殺されるのを覚悟しているのか。

「言ったじゃないか。おれたちは、死ぬ覚悟はできている。問題は、どこでどうやって死ぬかだ。ロボットにやられたのは悔しいが、アメリカ海兵隊と戦ったんだから、まあ、よしとしよう」

ロボットと聞いて、顔半分を吹き飛ばされた太田をまた思い出してしまい、体が震えてきた。どうしたんだとミツイシが聞いて、目の前で太田が死んだと話しているうちに、涙があふれてきた。太田さん、何か言いかけたところで顔を吹き飛ばされてしまって。まるで幼児のように、おれは泣き出した。

「そうか」

ミツイシは、おれに肩を貸し、カツラギの手を取って、膝のあたりまでガソリンに浸かりながら、梯子のほうに歩いていく。カツラギは、目がうつろで、表情がない。

「太田さんは、死ぬときの言葉を考えていたんだけどな。言えなかったんだな」

死ぬときの言葉って何ですか。

「いつも言ってたんだよ。おれは、ああ、面白かったと言って死ぬんだって、それが口癖だった」

おれは、なぜ体が震え、泣き出してしまったのか、わかった。怒りだった。西木とか、アメリカの海兵隊とか、ミツイシたちの敵への怒りではなかった。NHK西玄関や新宿ミラノで大勢の人を殺したのだから、ミツイシたちが死を決意し、攻撃を受けて実際に死んでいくのはしょうがないことなのかも知れない。だが、ミツイシたちが抱いた憎悪は理解できる。多かれ少なかれ、今の日本では誰もが同じような憎悪を持っているはずだ。しかしおれも含め、みんな、その憎悪に気づかないふりをして生きている。その事実が、おれを憤慨させている。ミツイシの肩口からはまだ血が吹き出ている。だが、ミツイシの目は輝いていて、一点の曇りもない。こんな人間に会ったことはない。

「セキグチさん」

まずカツラギの手と足を梯子に導きながら、ミツイシは、おれに呼びかけた。

「泣きながら投降するのはまずい。海兵隊に涙を見せないほうがいい」

わかりました、おれがそう答えて、太田の血や肉が付いたままの袖口で顔を拭うと、それと例の件、頼むよ、とミツイシは、軽い口調で言って、かすかに微笑んだ。

「書いてくれ」

記事のことだろうか。

「あなたは本物の記者だ。こちらも命を賭けて頼まないと書いてくれないだろうと、最初からそう思っていた。だから、セキグチさん、わたしは、あなたを選んだんだ。それだけは忘れないで欲しい」

おれは、言葉を失った。何か言おうとするが、気持ちが乱れて声が出ない。

「いいんだ。何も言わなくていい。それより、ユリコさんが足を踏み外さないように注意して、ゆっくりと上がってくれ。あいつらは、そのベストをセンサーでとらえているはずだから、撃たれない」

ミツイシに言われたように、カツラギの足元を見ながら、梯子をつかみ、体を引き上げていく。梯子は、ガソリンや誰かの血や、それに油のようなもので濡れていて、しっかりとつかまないと滑りそうになる。頭上からこちらを覗きこんでいる海兵隊の兵士が見えてきた。どのくらい上がったのだろうか。ふと下を見ると、腕を組んで立つミツイシと、その仲間たちがこちらを見上げていた。おれの視線に気づいたのか、ミツイシが、組んでいた腕を解き、右手で、Ｖサインをした。そのすぐ横にいる老人が、やはり右手を使って何かを示すような動作をしている。手の先には、ここからは死角になっていて見えないが、あの、崩れ落ちてしまった88ミリ対戦車砲があるはずだった。ミツイシは、おれのほうに手を伸ばし、何度もVサインを繰り返した。あれはVサインではない、そう気づいて、鳥肌が立った。88ミリ対戦車砲が、まだ二基残っている、そういう意味だと気づいた。

カツラギが、梯子を上りきろうとしていて、ヘルメットを被りサングラスのようなゴーグルをつけた兵士が、構えていた銃を肩にかけて、手を差し出した。カツラギが、引き上げられようとしている。その隣の兵士が、おれに手を差し出し、さらにその横の兵士が、何かボールペンのような小さな筒を取り出し、コンクリートの壁に強くこすりつけた。小さな筒は、先端から火を噴き出した。おれは、腕をつかまれ、放り投げられるように、地下室から這い出た。同時に、兵士が火を噴き出す筒をぽいと落とした。気化していたガソリンの爆発音がとどろき、地下室はあっという間に火に包まれた。ミツイシたちの姿を確かめようとしたが、すでに、燃え上がる炎の他には何も見えなかった。

「ミツイシさん」

倉庫の外に連れて行かれようとしているカツラギがつぶやくのが聞こえる。海兵隊の兵士に混じって、西木がいた。無言で、おれたちを見て、倉庫の外を顎で示した。殺されもしないし、逮捕もされないはずだとミツイシは言った。倉庫の外に、絶大な影響力があるという政治家が待っているのかも知れない。振り向くと、ガソリンの他には燃えるものがないからだろう、炎はすでに収まっている。ミツイシさん。声に出さずに、自分に言い聞かせた。

「ミツイシさん。おれは、書きますよ」

長い作業になるだろう。でも、書き出しはすでに決めていた。

「四月、ある晴れた日、わたしはＮＨＫの西玄関にいた」

そして、最後の文章も決めていた。

「だが、８８ミリ対戦車砲は、あと二基、残っている」

あとがき

70代から90代の老人たちが、テロも辞さず、日本を変えようと立ち上がるという物語のアイデアが浮かんだのは、もうずいぶん前のことだ。その年代の人々は何らかの形で戦争を体験し、食糧難の時代を生きている。だいたい、殺されもせず、病死も自殺もせず、寝たきりにもならず生き延びるということ自体、すごいと思う。彼らの中で、さらに経済的に成功し、社会的にもリスペクトされ、極限状況も体験している連中が、義憤を覚え、ネットワークを作り、持てる力をフルに使って立ち上がればどうなるのだろうか。どうやって戦いを挑み、展開するだろうか、そういった想像は、わたしの好奇心をかき立てた。

老人、とくに男の高齢者の多くは、一般的に社会から軽視されている印象を受ける。女性の高齢者は、人当たりが柔らかく、考え方もフレキシブルだとされ、パートでもアルバイトでも、男より採用されやすいらしい。高度成長を生きた元企業戦士の高齢者は、考え方が古く、成功体験に支配され、時代の変化について行けず、ＩＴ音痴で、頑固で保守的で、無能なのに長年会社に居座り、語るのは昔の自慢話ばかりで、意味も根拠もなく威張る、などと評される。

執筆に際しては、数え切れないほど多くの人に取材させていただいた。そのほとんどは「名前などを秘す」という条件だったこともあり、ここですべての方々に感謝したい。

作中に登場する旧ドイツ軍の「88ミリ対戦車砲」だが、本物（砲弾は発射できない）を所有し、快く取材に応じていただいた株式会社「海洋堂」宮脇修一社長に対しては、最大限の感謝を表したい。わたしの取材日に合わせて、倉庫から、巨大な兵器が陽光の下に運び出され、いろいろな話をうかがった。あれほど楽しい取材は、はじめてだった。

表紙の装画は、はまのゆかさんにお願いした。『あの金で何が買えたか（1999・小学館）』で、はじめて一緒に仕事をしたとき、彼女はまだ19歳で、以来、『13歳のハローワーク（2003・幻冬舎）』など、多くの作品をともに作ってきた。本書も、はまのさんとの代表的な共同作業になると思う。

3年を超えて連載した『文藝春秋』本誌の歴代の編集長のみなさん、副編集長・舩山幹雄君、担当編集者の池澤龍太君、中村雄亮君、繊細でダイナミックな装画を描いていただいた足立ゆうじさん、単行本担当、篠原一朗君、大川繁樹君、装幀をお願いした文藝春秋デザイン室の関口聖司さん、みなさんに深く感謝します。

2015年　5月20日　横浜

村上龍

解説

田原総一朗

村上龍氏は凄いストーリーテラーだと、再認識させられた。

この小説の主役である光石幸司の名前が出て来るのは、何と三五六頁である。そして光石自身が登場するのは四〇八頁である。

そのミツイシの口から、彼らの想像を絶する企てが語られるのは四四六頁だ。だが、読者である私は、それまで全く飽きることがなく、物語の展開に、どんどん吸い寄せられていった。

読者のための案内役、というか、物語を展開させているのは、週刊誌が廃刊になって職を失い、女房と娘に逃げられた五四歳のルポ・ライターである。彼は、きわめて常識的な人物で、彼の興味、疑問、不審、恐怖心、それらによって彼が行動することで物語が展開するのだが、彼が常識的な人物なので、彼の反応が読者にわかりやすい。

そのルポ・ライター（セキグチ）が、出版社の元上司から取材を頼まれた。

ＮＨＫの西玄関のロビーでテロが起きる、大久保の将棋道場の、セキグチの知り合いという老人から予告があった、というのである。

そして、予告通りテロが起きた。一二人が死亡し、百人以上が被害を受けるというテロで、セキグチは、目撃するというか、巻きこまれて、頼まれたルポを書いた。

NHKテロの犯人たち三人は自殺した。

そしてセキグチは、駒込の老人ばかりのカルチャーセンターで、謎に満ちた、しかし魅力的な女性・カツラギと出会う。それ以後、この両者による行動が、物語を展開させるのである。

セキグチたちは、出版社の編集部で、何者かに渡されたマイクロフィルムの中の気味の悪い絵に出会う。その背景に稚拙な字で、〝いけがみやなぎばししょうてんがい@にじゅうくにちゆうがた〟と書かれているのをみつける。

セキグチたちは、その時刻に、池上の商店街に行き、そこで第二のテロを目撃することになった。

犯人の滝沢幸夫は、NHKテロの犯人たちと同様に自殺した。

ところが、カツラギがタキザワのことを知っている、といい、会ったのは渋谷の心療内科だというのである。二人で訪ねると、アキヅキという医師が会ってくれた。

そのアキヅキが、何と、本気で〝日本全体を焼け野原にすべきだ〟といい出した。〝徹底的に破壊すべきだ〟というのである。

セキグチは怖くて、それ以上のことは聞けなかった。アキヅキは最後にとってつけたように、〝3Dの新作が、来週、歌舞伎町の映画館で封切られるようだ〟といった。

そして、歌舞伎町の映画館で、セキグチたちは三度目のテロに遭遇するのである。死者八六七人、重傷者を含めて被害者は一千人を超える、前代未聞の大テロとなった。

そしてアキヅキが自殺した。

セキグチは、カツラギに誘われて、謎につつまれた、寝たきりの老人を訪ねた。

三度のテロは、老人によると全てつながっているようだった。しかし、歌舞伎町の映画館のテロは、いわば暴走で、それゆえにアキヅキは絶望して自殺したらしいということがわかった。

老人の話では、満洲からの引揚者たちが中心で、相当大きなネットワークをつくったのだということだ。そして老人は、その中核的存在だったようである。だが、彼らは一体何をしようとしているのか。

老人は、暴走を止めてくれ、とセキグチに頼んだ。そして、その資金として何と十億円をセキグチたちに用意した。だが、一体何をすればよいのか、セキグチたちにはわからなかった。

セキグチたちは、アキヅキが、老人のいうネットワークに深くかかわっていたとみて、アキヅキと関係が深い企業を徹底的に調べて、新光興産という企業に行きついたのであった。そして新光興産の経営者がミツイシであり、創業者である父親は、満洲からの引揚者であることがわかった。

セキグチとカツラギが、老人に、ビデオ電話でミツイシのことを問うた。〝親友だった" "同志だった" "清廉潔白だった" と父親のことをいい、息子についても "りっぱな男だ〟と話した。

その老人が亡くなった。

セキグチたちが、その葬儀に参列したときに、ミツイシに会ったのである。ミツイシの方から自己紹介した。亡くなった老人からセキグチのことは聞いていて、高く評価していたといった。

そして、静岡に一緒に行きたい場所があるので、つきあってほしい、といい出した。カツラギが翌週と約束した。セキグチは逃げ出したい気持だったが、それはいえなかった。

約束の日に、二人はミツイシの自動車で静岡に行くことになった。自動車の中で、ミツイシは〝芸術家たちが、社会の幸福とか、平等とか、そういったことに貢献するなどというのは我慢ならない〟と厳しい語調でいい出した。〝彼らは虚業の世界に生きているのだ〟ともいった。ミツイシは、一体何をセキグチたちに表明したいのか。

やがて、自動車は、ミツイシの同志の工場に着いた。そこには、満洲にかかわりのある老人たちが何人もいて、何と、ドイツ製の８８ミリ対戦車砲など、満洲から持ち帰った少なからぬ尋常ならぬ武器があった。

ミツイシによれば、彼らの父親たちは、満洲を関東軍の傀儡《かいらい》から自立させようと図っていたのだという。

そして、ミツイシたちは、現在のこの国のあらゆるものを信じていないのだといい切った。

政治しかり、経済しかり、社会システムしかり、もちろんマスコミも全く信用していない。権力欲のかたまり、そして金銭欲のかたまり、さらに既得権益にしがみついている官僚たちが形づくっている、虚飾にまみれたこの国をぶち壊したい。焼け野原にしたい。そうすれば、警察あるいは自衛隊がオレたちを攻撃することになる。オレたちは徹底的に戦う。そして歴史を変えることになるだろう。その、オレたちの企図から展開、その経緯《けいい》を、全てセキグチに目撃してもらって記録してほしいのだ、といった。

もちろん原発も攻撃するが、今日は別の場所を爆発させるのだといい、その通りに原発の見学施設を砲撃した。原発の本格攻撃は次の機会にするというのである。

帰京して、セキグチはどうすればよいのかわからなくなってしまった。全く判断不能の状態に陥ったのである。そこで、彼が信頼する人物に相談すると、金融経済に詳しい人に心あたりはないか、といわれて、結局、シアトルにいる逃げた元女房に助けを求めることになり、内閣府副大臣を紹介されて、日本政府の計画を知ることになる。

それにしても、この国を破壊するというミツイシたちの憎悪や発想は、決して少数者の妄想の類ではない。

作者の村上龍氏も、意識のどこかに破壊願望があり、だからこそ、そのことをテーマに、これほど長大な小説を書き上げたのであろう。

実は、〝朝まで生テレビ〟の初期の頃、身体を張って頑張ってくれた、映画監督の大島渚氏も、作家の野坂昭如氏も、昭和の戦争体験者たちであったが、高度成長を成し遂げた現在のこの国について、あらゆることを損か得かでしか判断せず、得をするためには何でもやるという虚飾にまみれている、として破壊願望を隠さなかった。

大島渚氏は、徹底した反国家主義者で、彼の映画に登場する国旗は、日の丸が、赤ではなく黒であった。そして国家権力打倒のために人生を賭けて戦う学生たちに共感する映画や番組をつくりつづけた。

実は、私は戦争を知る最後の世代で、小学校五年生の夏休みに、昭和天皇の玉音放送を聞いたのである。

五年生から社会科の授業がはじまる。軍事教練のまねごともはじまる。

私たちは、一学期の社会科の授業で、〝わが日本は、世界の大侵略国であるアメリカやイギリスを打ち破り、アメリカやイギリスの植民地にされているアジアの国々を独立させ、解放させるために戦っているのであって、もちろん正義の戦争である。だからきみたちも早く大きくなって戦争に加わり、天皇陛下のために名誉の戦死をせよ〟と、担当の教師に強い口調でいわれた。こうした話は、校長からも、あるいはなにかの式典で、役所や軍関係の人物たちからも、何度もいわれた。この戦争は、可哀想なアジアの人々を救うための正しい戦争であり、私たちは将来、天皇陛下のために名誉の戦死をするのだということが、頭の中にすり込まれたのである。

もちろん、私たちには疑う余地もなかった。

ところが、夏休みに敗戦というかたちで戦争が終ると、二学期になって、教師や校長たちのいうことが一八〇度変った。

あの戦争は、やってはならない、間違った戦争であり、アメリカやイギリスが正しかった。日本のやったのが悪い侵略戦争だったというのである。

ラジオや新聞が報じる内容も一変した。一学期までは、とてもよかったことが、全て、とても悪いことになった。価値観が一八〇度変ったのだ。

一学期までは英雄であった、東条英機など軍の幹部たちが占領軍に逮捕されはじめると、ラジオも新聞も、それが当然だと非難した。

少年ながら、大人たちがもっともらしい口調でいうことは信用できないと思った。とくに偉そうな人間がいうことは信用してはダメだと強く思った。ラジオや新聞も信用してはダメだと思った。そして、国家も国民を騙すものだと強く思った。

これが、いわば私の原点である。おそらく私たちを含めた、戦争を知る世代の原点である。そして、その思いはずっと続いている。

その意味では、私は大島渚氏や野坂昭如氏などと、同様の思いを持っていて、だから、〝オールド・テロリスト〟に、少なからず共感しながら読めたのである。

ところで、北野武という芸能人がいる。現存している中では最高の芸能人だ。その北野氏が〝アウトレイジ〟という三部作の映画をつくった。アウトレイジとは極悪非道という意味で、ともかくヤクザたちが、深作欣二監督が仰天するようなすさまじい殺し合いをする映画である。

北野武氏も、政治家や経営者、官僚たちのやり方がえげつなさ過ぎると思っていて、間違いなく破壊願望を抱いているはずだ。

〝オールド・テロリスト〟に戻る。

詳述は避けるが、ミツイシたちは、なぜ自ら進んであのような結末を望んだのか。このことが実は、〝オールド・テロリスト〟の大きなテーマなのである。

作者はミツイシたちに〝おれたちは精一杯面白く生き、ああ、面白かったと言って死ぬんだ〟といわせており、このことばは私の印象に強く残った。

このことばには、読者の誰もが共感するであろう。

（ジャーナリスト）

文春文庫

オールド・テロリスト

定価はカバーに表示してあります

2018年1月10日　第1刷

著　者　村《むら》上《かみ》龍《りゆう》

発行者　飯窪成幸

発行所　株式会社　文藝春秋

東京都千代田区紀尾井町 3-23　〒102-8008
TEL　03・3265・1211㈹
文藝春秋ホームページ　http://www.bunshun.co.jp

落丁、乱丁本は、お手数ですが小社製作部宛お送り下さい。送料小社負担でお取替致します。

印刷・凸版印刷　製本・加藤製本

Printed in Japan
ISBN978-4-16-790993-2